k.

Leseexemplar

512 Seiten – gebunden
Euro 19,90 (D)
Erstverkaufstag 19. März 2004

Wir bitten Sie, die Rezensionen nicht vor dem Erstverkaufstag zu veröffentlichen.

Renate Kampmann

Im Schattenreich

Ein Leonie-Simon-Roman

verlegt bei Kindler

1. Auflage März 2004

Umschlaggestaltung Gudrun Fröba, Berlin
Satz Aldus PostScript, PageMaker bei
Pinkuin Satz und Datentechnik, Berlin
Druck und Bindung GGP Media, Pößneck
Printed in Germany
ISBN 3 463 40441 9

Die Schreibweise entspricht den Regeln
der neuen Rechtschreibung.

Im Schattenreich

Tief drang der Dorn der Brombeerranke ins zarte Fleisch des Kinderfingers ein, und ein dicker roter Blutstropfen quoll augenblicklich hervor, gefolgt von einem zweiten, einem dritten. Das hoch aufgeschossene dunkelhaarige Mädchen hatte bei dieser Operation nicht mit der Wimper gezuckt und reichte nun den Dorn an eine auffallend hübsche zarte Blonde weiter. Die Kleine starrte wie hypnotisiert auf den blutenden Finger der Freundin.

«Ich glaube, mir wird gleich schlecht.»

Die Dunkle schüttelte missbilligend den Kopf. «Stell dich nicht so an. Willst du nun mein Blutsbruder sein oder nicht?»

«Bruder geht gar nicht.»

«Na, dann eben Blutsschwester. Was ist jetzt? Tut auch gar nicht weh.»

Die Blonde nahm mit spitzen Fingern den Dorn, an dem das Blut der Freundin klebte. Vorsichtig stach sie in ihren Zeigefinger, aber so leicht, dass die Haut kaum verletzt wurde. «Au. Von wegen tut nicht weh.»

Kurz entschlossen nahm ihr die Dunkle den Dorn aus der Hand und stieß blitzschnell zu. Die Überrumpelte schrie empört auf. «Du bist gemein. Huh, mein Finger, mein Finger!»

Ein einziger Tropfen quoll hervor, und rasch presste die

andere ihren immer noch heftig blutenden Finger auf den der Kleinen, sodass sich ihr Blut vermischte.
«Mein Blut ist dein Blut, und dein Blut ist mein Blut. Jetzt sind wir bis ans Ende unseres Lebens miteinander verbunden.»
Feierlich blickten sich die beiden Mädchen an, so ernst und wahrhaftig, wie man es mit neun Jahren nur sein kann.
«Ein Blutsbruder ist das Wichtigste auf der Welt, wichtiger als alle anderen Menschen», erklärte das dunkelhaarige Mädchen.
«Und wenn man heiratet?», fragte die Blonde skeptisch.
«Ich heirate nicht.»
«Woher willst du das wissen? Ich heirate mal einen Prinzen oder einen Millionär. Dann bekomme ich ganz viele schöne Kleider und eine Krone aus Diamanten.»
«Du spinnst ja.» Die schlaksige Dunkelhaarige tippte sich an die Stirn. «Prinzen gibt's gar nicht mehr, und Millionäre sind alle hässliche alte Knacker.»
«Das ist überhaupt nicht wahr.» Die Kleine zog eine Schnute, worüber die Freundin lachen musste.
«Heh, wir sind ja noch gar nicht fertig.»
«Nochmal piken lasse ich mich aber nicht.»
«Wir müssen noch etwas vergraben. Jede muss was geben, das ihr gehört.»
«Wieso?»
«Na, eben zur Besiegelung des Freundschaftspaktes.»
«Und was?»
«Etwas, das du lieber behalten würdest. Zum Zeichen dafür, dass dir unsere Freundschaft wirklich wichtig ist.»

Die Kleine schüttelte den Kopf. «Steht das auch in deinem blöden Karl-May-Buch?»
«Ja, und Karl May ist nicht blöd. Jedenfalls nicht so blöd wie deine Liebesromane.»
Die Dunkle vergrub ihre Hände in den Hosentaschen und fand nach einigem Wühlen, was sie suchte. Sie hielt ein Taschenmesser hoch. «Das hat mir mein Vater zum Geburtstag geschenkt. Wahrscheinlich krieg ich Dresche, wenn er merkt, dass es weg ist.»
Die Blonde überlegte, sichtlich unwillig, und griff schließlich in ihr Haar. «Das ist meine schönste Haarspange.» Auf der offenen Handfläche präsentierte sie eine Haarspange in Form einer voll erblühten Rose.
«So 'n billiges Ding? Davon hast du doch zu Hause eine ganze Schachtel voll.»
Die Dunkle deutete auf einen Ring, den ihre Freundin trug. Er war aus Gold und besetzt mit einem herzförmig gefassten synthetischen Aquamarinstein. «Den vergraben wir.»
Die Kleine hielt erschrocken die Luft an. «Den Ring? Nein! Nein, den geb ich nicht her.»
Die Dunkle sah sie an, sagte aber kein Wort. Der Blonden rannen plötzlich dicke Tränen aus den Augen. Unter kleinen Schluchzern streifte sie den Ring vom Finger und gab ihn der anderen.
Der üppige, mannshohe Rhododendronstrauch, an dessen Fuß das dunkelhaarige Mädchen mit bloßen Händen zu graben begann, begrenzte einen kleinen Park zu einer der hübschen Wohnstraßen in Klein Flottbek, einem der besseren Hamburger Wohnviertel, die sich entlang der Elbe bis nach Rissen hin erstreckten. Park und Straßen

waren am späten Vormittag wenig belebt. Die beiden Mädchen fuhren deshalb erschrocken zusammen, als sie angesprochen wurden.
«Was macht ihr denn da?»
Ein Mädchen von etwa zwölf Jahren näherte sich den beiden Verschwörerinnen. Ihre leicht vorstehenden Augen weiteten sich, um zu sehen, was da gerade unter einer Schicht Erdreich verschwand.
«Das geht dich gar nichts an, du blöde Ziege.»
Die kleine Blonde funkelte das ältere Mädchen wütend an. Die nahm die Beleidigung ungerührt hin und deutete auf das Kleid der Blonden.
«Du hast dich schmutzig gemacht.» Wegen ihrer klobigen Zahnspange nuschelte sie stark.
«Na und? Was machst du eigentlich hier? Du hast doch noch Schule.»
Die Ältere senkte den Blick. «Deutsch ist ausgefallen.»
«Du lügst. Du schwänzt bloß wieder.» Die Kleine lächelte triumphierend. «Wenn das Papa erfährt, kannst du was erleben.»
Die Dunkelhaarige mischte sich ein. «Wir schwänzen doch auch.»
Ihr tat das Mädchen Leid. Obwohl drei Jahre älter als die kleine Schwester, war sie ihr in jeder Hinsicht unterlegen. Die Dunkelhaarige blickte von der einen zur anderen und fragte sich, ob bei der Geburt der einen im Krankenhaus wohl eine Verwechslung stattgefunden hatte. So etwas war schon passiert, das hatte sie in einer der Zeitungen gelesen, in die ihre Pausenbrote eingewickelt waren.
«Ich darf das. Weil ich schlauer bin als sie.»
Die Ältere nickte zustimmend. Nach kurzer Überlegung

langte sie in die Tasche ihres abgetragenen Anoraks und förderte einen glänzenden Lippenstift zutage. Auf der offenen Handfläche hielt sie ihn der Schwester hin, die ohne zu zögern danach griff. Es war ein ganz neuer, zartrosafarbener Stift. Die Augen der Kleinen glänzten.
«Woher hast du den? Geklaut?», wollte die Dunkelhaarige von der Älteren wissen.
Die schüttelte nur den Kopf und sah ihre kleine Schwester an.
«Kann sein, dass ich Papa nichts sage. Ich bin schließlich keine Petze.» Der Lippenstift verschwand in ihrer Rocktasche. Sie wandte sich der Freundin zu. «Los, komm, wir gehen zu der Frau mit den kleinen Kätzchen. Ob die schon die Augen offen haben?»
«Willst du mitkommen?» Die Dunkelhaarige blickte das ältere Mädchen fragend an. Nach kurzem Zögern schüttelte sie den Kopf, wandte sich ab und ging. Ein unansehnliches Kind mit bereits sprießenden Brüsten und dem plumpen Gang der Übergewichtigen.
Am Ausgang des Parks lehnte lässig ein halbwüchsiger Junge an einem Baumstamm. Er rauchte und zündete sich gerade eine neue Zigarette an der alten an, als das Mädchen vorbeikam.
«Hallo.»
Verblüfft hob sie den Blick und vergewisserte sich, dass er wirklich sie meinte. «Hallo», antwortete sie zaghaft.
«Willst du eine?» Der Junge hielt ihr seine Zigarettenpackung hin.
Dem Mädchen war bisher nie der Gedanke gekommen, eine Zigarette zu rauchen. Gar nicht auszudenken, welche häusliche Strafe das Rauchen mit sich brächte. Aber

jetzt griff sie ganz automatisch nach der Zigarette, die einladend ein Stück aus der Packung herausragte. Der Junge nickte aufmunternd, aber er lächelte nicht. Er hatte kalte graue Augen und einen aufgekratzten Pickel am Kinn. Sie fand ihn hübsch und fragte sich, was er von einer wie ihr wollte.

1.

«Das schaffen Sie nie. Ich komme zu spät. Ich komme viel zu spät.»

Dr. Leonie Simon warf einen amüsierten Seitenblick auf ihren Chef, Professor Cordes, den Leiter des Instituts für Rechtsmedizin der Universitätsklinik Eppendorf. Als sie an einer roten Ampel anhalten musste, blickte er zum zigsten Mal innerhalb der letzten fünf Minuten auf seine Armbanduhr. Er erinnerte Leonie an das weiße Kaninchen aus *Alice im Wunderland,* und sie konnte sich das Lachen nur mit Mühe verkneifen. «Machen Sie sich nicht verrückt. Ich bin zwar nicht Michael Schumacher, aber Ihren Flieger nach Frankfurt erwischen Sie allemal.»

Der Professor umklammerte seinen Aktenkoffer und sah starr geradeaus. Leonie hatte sich angeboten, ihn zum Flughafen zu fahren, weil das bestellte Taxi nicht erschienen war. Professor Cordes war normalerweise die Ruhe selbst, nur wenn er unter Zeitdruck geriet, wurde er manchmal etwas kopflos. In diesem speziellen Fall konnte Leonie seine Nervosität allerdings recht gut verstehen. Sollte er das Flugzeug nach Frankfurt verpassen, würde er sehr wahrscheinlich auch den Anschlussflug nach Tokio nicht erreichen. Eine Verspätung von einem

vollen Tag war eine ziemlich peinliche Angelegenheit und würde keinen guten Eindruck bei den japanischen Kollegen hinterlassen.
Knapp zwanzig Minuten vor Abflug der Maschine nach Frankfurt bremste Leonie direkt vor dem Eingang zur Abflughalle vom Terminal 4 des Hamburger Flughafens. Ihr Chef hatte hektische Flecken im Gesicht, und er vergaß völlig, sich von seiner leitenden Oberärztin zu verabschieden, nachdem sie ihm sein Gepäck gereicht und ihm einen guten Flug gewünscht hatte. Leonie sah ihm lächelnd nach und zeigte einem Taxifahrer die kalte Schulter, der sie anhupte und beschimpfte, weil sie seiner Ansicht nach nicht schnell genug wegfuhr.
Es war ein kühler Oktobernachmittag. Die Wolkendecke war aufgerissen, und die Sonne tauchte Hamburgs Straßen in warmes Herbstlicht. Leonie hatte keine große Lust, sofort wieder an ihren Schreibtisch zurückzukehren. Während der Abwesenheit von Professor Cordes hatte sie die Institutsleitung inne, was ihrem Terminkalender schlecht bekommen würde. Zwar lud ihr Chef, auch wenn er in Hamburg war, so viel Arbeit wie möglich bei ihr ab und pickte sich selbst möglichst die Rosinen aus dem Kuchen. Aber die von ihr nicht geliebten Gremien- und Ausschusssitzungen blieben ihr dann meist erspart. Natürlich wurde von ihr erwartet, und sie richtete diese Erwartung auch an sich selbst, dass sie sich zu gegebener Zeit um die Leitung eines Institutes bewerben würde. In letzter Zeit jedoch zweifelte Leonie Simon, ob das der richtige Weg für sie war.
Mit diesen Gedanken beschäftigt, fuhr Leonie geradeaus die Sengelmannstraße entlang, anstatt nach rechts in die

Alsterkrugchaussee einzubiegen. Sie bemerkte ihren Fehler erst, als sie an der Kreuzung Maienweg halten musste. In einem nur halb bewussten Entschluss bog sie nicht rechts in Richtung Eppendorf ab, sondern fuhr bis zur nächsten Ampelkreuzung und setzte den Blinker nach links. Die Alsterdorfer Straße lief direkt auf den Ohlsdorfer Friedhof zu. Leonie fuhr durch den Haupteingang und parkte den Wagen hinter dem imposanten Verwaltungsgebäude. Sie stieg aus und sah sich um. Vor ihren Augen erstreckte sich der mit vierhundert Hektar größte Friedhof der Welt, ein Stadtteil für sich und eine beeindruckende Parklandschaft, viel zu schön, um dort nur die Toten zu begraben. Der perfekte Ort für einen Sonntagsspaziergang. Dr. Leonie Simon jedoch war nicht zu ihrem Vergnügen gekommen. Vor über fünfundzwanzig Jahren war ihre Mutter auf dem Ohlsdorfer Friedhof beigesetzt worden, und seitdem war die Tochter nicht mehr da gewesen.

Nach so langer Zeit konnte sich Leonie nicht mehr erinnern, wo genau sich das Grab befand. Aber sie wusste, es konnte nicht allzu weit vom Haupteingang entfernt sein. Nach kurzer Überlegung überquerte sie die Straße und ging in südöstlicher Richtung, vorbei an der Bronzeplastik eines gefiederten Jünglings, hinein in die Park- und Gräberlandschaft. Sie passierte eine Anlage mit Polizeigräbern, das «Revier Blutbuche», wandte sich dann nach Norden zu einem See, in dessen Mitte eine romantische kleine Insel lag. Sie war dicht bewachsen mit den größten Rhododendronsträuchern, die Leonie seit langem gesehen hatte, und beschattet von Buchen, Birken und Lärchen. Leonie versuchte, sich zu orientieren, und wechselte instinktiv wieder die Richtung, als sie hinter einem fast verblühten Rosengarten in einen Weg einbog. Es war inzwischen später Nachmittag, das Licht schwand und machte ihre Suche nicht leichter. Aber sie wusste, dass das Grab ihrer Mutter nun ganz in der Nähe sein musste. Reihe für Reihe schritt sie ab, suchte nach einer schlichten marmornen Grabplatte. Und da war sie. Margot Simon, 13. 09. 1939 – 26. 04. 1977. Kein Grabspruch, alles ganz einfach, geradezu unauffällig. Bepflanzt war das Grab mit Pachysandra, immergrün und pflegeleicht. Der Friedhofsgärtner konnte in den vergangenen Jahren nicht viel Arbeit damit gehabt haben. Nur ein einziges Mal hatte Leonie zusammen mit ihrer Tante Charlotte, der älteren Schwester ihrer Mutter, an dieser Stelle gestanden und zugesehen, wie ein Angestellter des Friedhofs die Urne feierlich ins Grabloch senkte. Anschließend hatte er eine Minute lang mit gefalteten Händen vor dem Grab verharrt und sich nach einer Verbeugung gemessenen Schrittes entfernt. Tante Charlotte hatte sich verstohlen ein paar Tränen von den Wangen getupft. Sie selbst hatte keine einzige Träne vergossen. Nur bruchstückhaft konnte sich Leonie an die Wochen und Monate erinnern, die auf die Ermordung ihrer Mutter folgten. Aber das Entsetzen, das sie für lange Zeit hatte erstarren lassen, das würde sie niemals vergessen.

Leonie beugte sich vor und wischte mit der bloßen Hand Schmutz und Staub fort, die der Wind über den Grabstein geweht hatte. Warum war sie gekommen? Sie wusste es nicht. Oder doch? Seit sie vor über einem Jahr nach dem Tod ihres Vaters aus seinem Tagebuch erfahren hatte, dass nicht er seine Frau umgebracht hatte, wie sie all die Jahre glaubte, arbeitete es in ihr. Die entscheidende Tagebucheintragung hatte sich ihr ins Gedächtnis gebrannt. *Aber eher gehe ich selbst ins Gefängnis, als dass ich meine Tochter der Polizei ausliefere. Wenigstens das kann ich für sie tun. Gott steh uns beiden bei.* Ihr Vater hatte geglaubt, sie habe die Mutter getötet, so wie sie ihn für den Mörder gehalten hatte. Mehr als fünfundzwanzig Jahre lang hatten sie sich gegenseitig verdächtigt und niemals auch nur ein Wort darüber verloren. Auch Polizei und Justiz waren offenbar von der Täterschaft ihres Vaters überzeugt gewesen, denn nach seinem wackeligen Freispruch mangels Beweisen hatte die Polizei keine weiteren Ermittlungen mehr angestellt. Seit Monaten schon nagte die Erkenntnis an Leonie, dass der Mörder ihrer Mutter, oder die Mörderin, seit einem Vierteljahrhundert frei und unerkannt lebte. Und das auch weiterhin tun würde, sofern sie nichts unternahm. Aber war das nach so langer Zeit überhaupt möglich? Die Spuren waren kalt, einige Zeugen inzwischen sicher verstorben. Leonie gehörte nicht zu den Leuten, die sich lange selbst etwas vormachen konnten. Sie wusste genau, warum sie bisher untätig geblieben war. Sie hatte Angst. Angst, alles wieder aufzuwühlen. Angst vor dem Schmerz und Angst vor dem Scheitern. Und noch mehr Angst, etwas zu finden, das sie nicht finden wollte. Aber sie wusste auch, dass sie keine Ruhe finden würde. Es lag nicht in ihrer Natur, sich mit ungelösten Fragen zufrieden zu geben. Sie musste eine Entscheidung treffen. Hier und jetzt am Grab der Ermordeten. Deshalb war sie gekommen. Leonie starrte auf die

Inschrift und versuchte, sich an ihre Mutter zu erinnern. An ihr Gesicht, ihre Stimme, ihre Art, sich zu bewegen, den Geruch ihrer Haut. An ihr Lächeln. Es gelang ihr nicht. Sie konnte sich an einige Kleider ihrer Mutter erinnern. An ein Grauseidenes zum Beispiel, das sie zu besonderen Anlässen trug. Aber die Frau in dem Kleid war nur noch ein Schemen, ohne Gesicht und Stimme. Je intensiver Leonie ihre Gestalt zu fassen suchte, desto weiter zog sich ihre Mutter ins Schattenreich der Toten zurück. Wie Eurydike im Orpheus-Mythos. Sollte Leonie das als Warnung nehmen, nicht länger in die Vergangenheit zurückzuschauen, sondern nach vorn zu gehen und zu vergessen? Als Leonies Gedanken in die Realität zurückkehrten, hatte sich der Park um sie herum verändert, denn mit dem Schwinden des Lichts war Nebel aufgezogen. In dichten Schwaden schien er aus den Gräbern aufzusteigen, hüllte die Bäume und Büsche in schmutziges Weiß und dämpfte den Straßenlärm von den umliegenden Verkehrsadern. Leonie fürchtete sich nicht vor Nebel, sie liebte ihn sogar. Aber mit dem Nebel kamen auch Kälte und Feuchtigkeit. Sie fröstelte in ihrer dünnen Jacke. Raschen Schrittes entfernte sie sich ein Stück vom Grab und stellte schon bald fest, dass sie die Orientierung verloren hatte. Um das Grab ihrer Mutter zu finden, war sie kreuz und quer durch die Reihen gelaufen. Jetzt wusste sie nicht mehr, wo sie sich befand. Und der Nebel tat ein Übriges, um sie zu verwirren. Doch sofern man nicht die Nerven verlor, war es unmöglich, sich auf dem Ohlsdorfer Friedhof zu verlaufen. Wenn sie stur in eine Richtung ginge, würde sie bald auf einen der Hauptwege stoßen,

und dann dürfte es nicht mehr allzu schwierig sein, zum Eingang zurückzufinden.
Tatsächlich erreichte sie bereits nach wenigen Metern einen Nebenweg, der zu einer der Hauptstraßen führen würde, auf denen auch Autos und Busse fahren durften. Leonie hielt sich rechts und marschierte durch den immer dichter werdenden Nebel, sie schätzte die Sichtweite inzwischen auf unter hundert Meter. Als wäre sie allein auf der Welt, dachte sie gerade, als eine Stimme aus dem Nebel zu ihr drang. Es war die Stimme einer Frau, und es klang wie ein leise ausgestoßener, ein wenig zittriger Schrei. Leonie sah in die Richtung, aus der der Ruf zu kommen schien. Am Rande der gerade noch sichtbaren Welt, am Fuß einer noch im vollen Laub stehenden Eiche, deren Stamm völlig von Efeu überwuchert war, glaubte sie den dunklen Schemen einer menschlichen Gestalt zu erkennen. Sie zögerte noch, als dem Schrei ein lautes und deutliches «Hilfe!» folgte. Leonie setzte sich in Bewegung. Sie lief an einem großen Behälter für Grünabfälle vorbei und hielt, einem schmalen Fußweg folgend, auf die Eiche zu. Aus den Nebelschwaden schälte sich langsam die gebeugte Gestalt einer alten Frau, die ängstlich zurückwich, als sie Leonie auf sich zukommen sah.
«Brauchen Sie Hilfe?»
Leonie sah sich um. Sie vermutete, dass jemand die alte Frau überfallen und beraubt hatte.
«Da!» Am ganzen Körper zitternd, deutete die Alte auf ein halb fertiges Grab, das neben der Eiche ausgehoben worden war. Auf dem Boden der etwa ein Meter tiefen Grube lag ein Mensch. Er lag auf dem Bauch, den rech-

ten Arm unter dem Leib verborgen. Im Fallen musste er sich gedreht haben, denn seine Fußabdrücke in der weichen Erde an der unteren Schmalseite der Grube zeigten, dass er seitlich zum Grab gestanden hatte, wie auch ein unbekanntes Gegenüber, dessen Abdrücke ebenfalls deutlich zu erkennen waren. Leonie registrierte das alles ganz automatisch und vermied sorgfältig, die Abdrücke zu zerstören. Sie wandte sich wieder der alten Frau zu.
«Bitte, beruhigen Sie sich. Ich bin von der Polizei. Am besten, Sie setzen sich erst mal dorthin.»
Nach Leonies Erfahrung wirkte Polizei besser als Rechtsmedizin, vor allem beruhigender. Die alte Frau ließ sich zu einer Bank führen und versprach, dort sitzen zu bleiben, «bis die Kollegen eingetroffen sind». Dann kehrte Leonie zum Grab zurück. Sie trat von der Längsseite an die Grube heran und stieg vorsichtig hinein. Das war nicht ganz leicht, ohne auf die bewegungslose Gestalt zu treten. Leonie zog die kleine Stablampe aus der Tasche, die sie wie auch die Latexhandschuhe stets bei sich trug. Dann ging sie neben dem Mann in die Hocke und legte eine Hand an die Halsseite. Es war kein Puls an der Hauptschlagader mehr festzustellen. Der Mann war tot. Und das nach ihrer vorsichtigen Schätzung und bei Berücksichtigung der kühlen und feuchten Luft schon seit mindestens vier Stunden, denn die Leichenstarre hatte eingesetzt und war auch schon ziemlich weit fortgeschritten. Vorsichtig drehte sie den Leichnam halb auf den Rücken. Die Schusswunde befand sich dicht über der linken Augenbraue, an der Außenkante der Stirn. Das Einschussloch war kreisrund, es handelte sich um einen horizontalen Beschuss. Das Ausschussloch sollte

also genau auf der gegenüberliegenden Schädelseite zu finden sein. Leonie suchte oberhalb des rechten Ohres, zunächst vergebens. Erst sorgfältiges Abtasten ergab eine kleine harte Schwellung an der Schläfe des Toten. Die Kugel hatte das Schädeldach noch durchschlagen, war aber in der Kopfschwarte stecken geblieben. Leonie schloss daraus wie auch aus der Größe des Einschusslochs auf ein langsames Projektil, wahrscheinlich vom Kaliber 5,6 mm. Und noch etwas fiel ihr auf. Der Mann war möglicherweise nicht von seinem Gegenüber erschossen worden. Um die Einschusswunde waren keinerlei Schmauchspuren, keine Einsprengungen unverbrannter Pulverkörnchen zu sehen, wie es bei einem relativen Nahschuss der Fall gewesen wäre. Das konnte bedeuten, dass da draußen jemand auf der Lauer gelegen und auf die Gelegenheit zum Schuss gewartet hatte.

Als Leonie bei dieser beunruhigenden Überlegung angekommen war, hörte sie ein Geräusch, ein Rascheln, dann das Knacken trockenen Holzes. Der Adrenalinstoß bescherte ihr einen heftigen Schweißausbruch und gleich darauf die stumme Rüge, sich gefälligst zusammenzureißen. Der Täter war längst über alle Berge, er würde wohl kaum stundenlang durchs Gebüsch schleichen, um ihr einen Schrecken einzujagen. Sie brachte den Toten wieder in die Lage, in der sie ihn gefunden hatte, und kletterte aus der Grube. Es war wieder alles vollkommen still. Leonie lächelte der alten Frau beruhigend zu und zog das Handy aus der Tasche.

Das Polizeipräsidium befand sich in nächster Nachbarschaft zum Ohlsdorfer Friedhof, und so dauerte es kaum eine Viertelstunde, bis Hauptkommissar Kaminski mit den Kollegen Dittberner und Stein und den Technikern der Spurensicherung eintraf. Leonie erwartete die Truppe vor der Kapelle 4, einem Ende des 19. Jahrhunderts errichteten Prachtbau, den man für die Villa eines Großbürgers hätte halten können, wären da nicht die bunten bogenförmigen Kirchenfenster gewesen. Die Polizeiautos hielten am Straßenrand, und Kaminski, wie meist in schwarzes Leder gekleidet, diesmal aber ohne sein heiß geliebtes Motorrad, kam als Erster auf Leonie zu.

«Suchen Sie sich Ihre Kunden jetzt schon selbst auf dem Friedhof?»

Leonie ging nicht auf seine Bemerkung ein. Seit dem Serienmordfall im vergangenen Jahr, bei dem sie zum ersten Mal mit Kaminski zusammengearbeitet hatte, bemühte sie sich um Gelassenheit im Umgang mit ihm, auch wenn sie sich an seinen manchmal ziemlich ruppigen Ton und seinen ausgefallenen Humor bisher nicht gewöhnen konnte. Während sie das Denkmal für die «Hanseatischen Kampfgenossen» von 1813/14 passierten, schilderte sie ihm in knappen Worten, was sich ereignet hatte.

Kaminski hörte sich ihren Bericht an, ohne sie zu unterbrechen. Die Kollegen hatten inzwischen aufgeschlossen und hörten ebenfalls zu. Am Grab angekommen, machte Leonie die Spurentechniker auf die Fußabdrücke aufmerksam, und einer der Männer machte sich sofort an die Arbeit. Kaminski, Dittberner und Stein blickten auf den Toten hinunter.

«Ganz schön makaber», meinte Stein. «Wird erschossen und kippt gleich in die Grube.»

Dittberner nickte. «Da würde mir schon als Erstes Selbstmord einfallen.»
«Und wo, bitte schön, ist die Waffe?» Kaminski sah Dittberner unter zusammengezogenen schwarzen Brauen an.
«Sagten Sie nicht, da müsse es noch einen zweiten Mann gegeben haben? Könnte der die Waffe mitgenommen haben?», wandte sich Dittberner an Leonie. Die schüttelte den Kopf und erklärte den Beamten, welche Erkenntnis sie bei der ersten Untersuchung der Leiche gewonnen hatte. Nach ihren Angaben stellten Dittberner und Stein die Position der beiden Männer anhand der Fußabdrücke nach, und Leonie deutete in Verlängerung des Schusskanals im Kopf des Opfers die Richtung an, aus der der Schuss gekommen sein konnte. Zusammen mit zwei Technikern gingen sie und Kaminski in Richtung eines Grabes, neben dessen imposantem, aufrechtem Grabstein sich eine Säulenzypresse erhob. Einer der Techniker entdeckte einen abgeknickten Zweig in etwa einem Meter Höhe. Er roch an der Bruchstelle. «Der Bruch ist ganz frisch. Hier könnte jemand gestanden haben.»
«Tja, Jungens, dann amüsiert euch hier mal.» Kaminski wandte sich an Leonie. «Und wir zwei fahren zusammen in mein Büro. Für mich sind Sie jetzt in erster Linie Zeugin bei einem Tötungsdelikt und nicht Ärztin. Die Obduktion soll ein anderer machen.»
Leonie nickte. Sie hatte nach der Polizei im Institut angerufen und Dr. Fuchs informiert. Der Assistenzarzt und frisch gebackene Facharzt für Rechtsmedizin hatte sich unter anderem auf Schusswunden spezialisiert. Er wür-

de die Obduktion zusammen mit einem zweiten Arzt vornehmen.
«Und was ist mit ihr?» Leonie deutete mit dem Kopf auf die alte Frau, die immer noch brav auf der Bank saß und den Beamten zusah, die den Tatort absperrten und mit der Spurensicherung an der Leiche anfingen.
«Sie war als Erste bei der Leiche.»
«Um die soll sich Stein kümmern.»
Kaminski gab dem Kollegen einen Wink. «Der kann gut mit alten Damen. Na, kommen Sie schon.»
Leonie war froh, den Friedhof endlich verlassen zu können. Es war inzwischen dunkel geworden, und sie fror erbärmlich. Kaminski war das nicht entgangen, und bevor er sie in seinem Büro noch einmal alles in allen Einzelheiten für das Protokoll auf Band sprechen ließ, besorgte er ihr eine Tasse brühheißen Kaffee und einen Cognac. Manchmal konnte Kaminski richtig menschlich sein, dachte Leonie und wärmte ihre Hände an der Tasse.
«Was haben Sie eigentlich bei dem Nebel auf dem Friedhof gemacht?», wollte Kaminski wissen, nachdem sie mit den Formalitäten fertig waren.
«Als ich hinfuhr, schien noch die Sonne. Und im Übrigen bin ich der Meinung, dass es Sie gar nichts angeht, was ich da gemacht habe.»
«Sie wissen genau, dass es mich sehr wohl etwas angeht. Wir haben es hier mit Mord zu tun, da sind Sie zu umfassender Auskunft verpflichtet.»
Leonie seufzte. «Okay, okay. Es sind keine Fernsehkameras in der Nähe. Sparen Sie sich Ihren Monolog.» Sie machte eine kleine Pause, ehe sie fortfuhr. «Ich habe das Grab meiner Mutter besucht. Es befindet sich ganz in

der Nähe des Tatortes. Und der Zeitpunkt war reiner Zufall. Ich hatte Professor Cordes zum Flughafen gefahren, und weil ich nun mal in der Nähe war, dachte ich … na ja … ein spontaner Entschluss.»

Kaminski hatte ihr ruhig zugehört. Er kannte die Geschichte ihrer Familie.

«Wann waren Sie zuletzt am Grab Ihrer Mutter?»

«Ist lange her. Was hat das mit den heutigen Ereignissen zu tun?» Leonie sah ihn an, ihre Lippen wurden eine Spur schmaler.

«Gar nichts. Reine Neugierde. Und warum gerade heute?»

«Keine Ahnung. Aus keinem besonderen Grund.»

«Wirklich nicht? Na gut. Lassen wir das jetzt. Soll ich Sie nach Hause bringen?»

Leonies Wagen stand noch in Ohlsdorf. Sie waren zusammen in Kaminskis Dienstwagen zum Präsidium gefahren. Sie würde ihren Wagen morgen nach Öffnung des Friedhofs abholen müssen. Kaminskis Telefon klingelte.

«Ja?» Er hörte eine Weile zu und legte nach einem knappen «Bin gleich da» den Hörer auf.

Er wandte sich wieder Leonie zu.

«Gehen wir. Die Leiche ist auf dem Weg ins Institut.»

Leonie erhob sich. Zu ihrem eigenen Erstaunen war sie ziemlich wackelig auf den Beinen, als hätte sie im Fitness-Club etwas zu viel des Guten getan.

«Gut. Ich komme mit.»

«Nein, das werden Sie nicht. Ich setze Sie unterwegs ab, und Sie werden schön brav in Ihr Bettchen gehen und sich ausruhen.»

«Seien Sie nicht albern. Leichen sehe ich jeden Tag. Mir geht's gut.»

Kaminski schob sie zur Tür. «So sehen Sie aus.»

Unterwegs im Auto hingen beide eine Weile schweigend ihren Gedanken nach. Leonie ließ noch einmal die Ereignisse des Nachmittags Revue passieren. Ihr schien es jetzt schon, als läge das alles endlos lange zurück. Vielleicht weil die ganze Szene auf dem Friedhof so irreal war, auf einer Insel in der Zeit, ohne Bezug zu irgendetwas davor oder danach. Ihr fiel eine Frage wieder ein, die sie Kaminski schon in seinem Büro hatte stellen wollen, nachdem er das Telefongespräch beendet hatte.

«Wissen Sie schon, wer der Tote ist?»

«Wir sind noch dabei, Genaueres herauszufinden. Er hatte ein Flugticket bei sich, das auf den Namen Mohammed Utschaew lautet. Ein Rückflugticket nach Stockholm.»

«Oh», sagte Leonie. «Klingt nach Ärger.»

«Mhm», brummte Kaminski.

Leonie wusste, dass er dasselbe dachte wie sie. Der Mann war sicher kein Tourist und nicht wegen seiner Armbanduhr erschossen worden.

Gegen halb zehn hielt Kaminski vor dem Haus, in dem Leonie wohnte.

«Da wären wir.» Kaminski sah Leonie auffordernd an.

«Keine Angst. Ich steige freiwillig aus.» Leonie kletterte aus dem Wagen.

Während Leonie noch umständlich nach ihrem Schlüssel kramte, bog Kaminski bereits um die nächste Ecke. Erst als sie in der Badewanne lag und den Duft des Rosmarin-Ölbades genoss, kehrten ihre Gedanken wieder zu dem eigentlichen Grund ihres Besuchs auf dem Ohlsdorfer Friedhof zurück. Es war schon eigenartig! Nach Jahren besuchte sie das Grab ihrer ermordeten Mutter und stolperte in einen Mordfall hinein. Viele Menschen würden darin wahrscheinlich das schicksalhafte Wirken eines Gottes oder, je nach Glaubensbekenntnis, einer anderen jenseitigen Macht sehen wollen. Leonie hatte noch nie das Bedürfnis verspürt, ihre Existenz und das, was sie und andere seit ihrer Geburt daraus gemacht hatten, einem göttlichen Wesen in die Schuhe zu schieben. In ihren Augen waren alle Religionen und religiösen Welterklärungsmodelle hilflose Versuche, dem Sinnlosen einen Sinn und dem Chaos eine wenn auch fiktive Ordnungsidee abzutrotzen. Es war nicht leicht, allein auf einem Staubkorn am Rande des bekannten Universums sein kurzes Dasein zu fristen. Und dennoch! Schicksal oder Zufall, der Tote, den sie quasi am Grab ihrer Mutter gefunden hatte, bedeutete etwas. Er erinnerte sie daran, dass die Lebenden den Toten Gerechtigkeit schuldeten.

Nach dem Bad fühlte sich Leonie entspannt und noch viel zu munter, um ins Bett zu gehen. Seufzend holte sie eine Trittleiter aus dem Bad und schleppte sie in den Wohnungsflur. In einem Einbauschrank befanden sich zwei Kartons, die die persönlichen Hinterlassenschaften ihrer Eltern enthielten. Das, was Leonie weder verkauft noch entsorgt hatte: die Tagebücher ihres Vaters, die Briefe ihrer Mutter, die Familienalben, die Zeitungsausschnitte und all die Dokumente, die in einem Beamtenstaat dem Menschen erst zur Existenz verhelfen. Ganz oben auf der Leiter balancierend, zerrte Leonie die Kartons heraus. Beide waren ziemlich schwer, und sie war ein wenig aus der Puste, als sie sie neben ihrem Schreibtisch abstellte. Sie würde die Kartons nicht gleich öffnen und ihren Inhalt besichtigen. Auf einen Tag mehr oder weniger kam es nach all den Jahren nicht mehr an. Aber an diesem Abend fasste Leonie Simon den Entschluss, endlich ihre ganz persönliche Schuld zu begleichen. Sie würde den Mörder ihrer Mutter suchen und finden.

2.

Das Institut für Rechtsmedizin der Universitätsklinik Eppendorf hatte endlich seinen Neubau bekommen. Das heißt, eigentlich handelte es sich um einen Anbau, einen neuen Flügel, der rechtwinklig an das alte Gebäude angesetzt worden war und mit ihm zusammen ein L bildete. Sobald der neue Trakt bezugsfertig war, hatten die Renovierungsarbeiten im alten Gebäude begonnen, und die würden voraussichtlich noch Monate dauern. Für das Personal bedeutete das permanentes Chaos, Lärm, Schmutz und Hinundherziehen zwischen den Räumen. Bisher hatte nur die Toxikologie in der oberen Etage des Neubaus ihre endgültige Heimat gefunden. Außerdem war der neue Sektionskeller bereits seit einiger Zeit voll in Betrieb, während der alte Teil in Staub und Dreck versank.

Als Leonie Simon am frühen Morgen in den Leichenkeller hinabstieg, freute sie sich wieder mit einem gewissen Besitzerstolz über die modernen Obduktionsräume und die sowohl qualitativ wie quantitativ verbesserten Möglichkeiten zur Aufbewahrung der Leichen. Sie suchte Dr. Bernd Fuchs, der schon vor acht Uhr mit der Obduktion einer Männerleiche begonnen hatte, die in der Nacht als ungeklärter Todesfall eingeliefert worden war. Die Um-

stände des Fundortes in einem Männerwohnheim waren dem Notarzt verdächtig vorgekommen, und er hatte die Polizei informiert. Als Leonie den Obduktionsraum betrat, rief Fuchs gerade «Heureka!». Leonie trat neben ihn und sah, was ihn so begeisterte. Vor ihm auf dem Organbrett lag das Hirn des Toten, und er wies mit der Spitze des Skalpells auf etwas, das einem Laien in der rosagrauen Masse überhaupt nicht aufgefallen wäre.
«Ein geplatztes Aneurysma. Na also!», sagte Leonie.
«Das dürfte wohl der Übeltäter sein. Jedenfalls der unmittelbare.» Dr. Fuchs schnippelte seinen Fund heraus, um ihn in Formalin zu konservieren. «Er hat sich gestern Abend mit einem Saufkumpan geprügelt und dabei auch ein paar Schläge auf den Kopf abbekommen.»
«Das könnte natürlich den Tod herbeigeführt haben.»
Dr. Fuchs, die AiPlerin, die ihm assistierte, und Andresen, der Präparator, fuhren mit ihrer Arbeit rasch und routiniert fort. Leonie sah noch eine Weile zu, dann verließ sie den Raum, nachdem sie Fuchs beiläufig gebeten hatte, später bei ihr vorbeizuschauen. Er signalisierte ihr nickend, dass er wusste, worum es sich handelte. Leonie ging über die vordere Treppe, die hintere war durch den Umbau nicht benutzbar, wieder ins Erdgeschoss hinauf und betrat ihr derzeitiges Büro. Frau Thiele, ihre Sekretärin, hatte schon Kaffee gekocht und gönnte sich ein Croissant dazu. Leonie nahm auch eine Tasse und blickte sich suchend um.
«Wo ist Othello?»
Othello gehörte quasi zur Erbmasse ihres Vaters, ein eigenwilliger, aber liebenswerter kleiner schwarzer Kater, der seine Heimstatt im Institut gefunden hatte und von

fast allen verwöhnt wurde, besonders von Frau Thiele. Sein Futternapf stand frisch gefüllt neben ihrem Schreibtisch, und normalerweise wartete er schon auf sie, wenn sie morgens zum Dienst erschien.

«Wahrscheinlich treibt er sich wieder bei den Bauarbeitern herum. Sie geben ihm immer was von ihrem Frühstück ab, obwohl ich schon wer weiß wie oft gebeten habe, ihm nicht das Betteln anzugewöhnen. Außerdem geben sie dem Kleinen ungesundes Zeug, das gar nicht gut für ihn ist.»

Frau Thiele tat besorgt um Othellos Gesundheit, aber Leonie wusste genau, dass in Wirklichkeit die Eifersucht an ihr nagte. Seit Beginn der Bauarbeiten tauchte Othello deutlich seltener bei ihnen auf als früher. Die Baustelle übte offenbar eine ungeheure Faszination auf ihn aus, und weder Dreck noch Lärm schienen ihn zu stören. Er konnte Stunden damit verbringen, den Arbeitern zuzuschauen und durch das Chaos von Baumaterial, Schutt und Werkzeug zu stromern. Wenn er zu seinem Fressnapf zurückkehrte, war sein seidiges schwarzes Fell grau vom Staub, und Frau Thiele rückte ihm mit der Bürste zu Leibe, wobei sie ausgiebig mit ihm schimpfte, was ihn nicht im Mindesten beeindruckte.

«Othello ist ein schlauer kleiner Kerl. Der frisst schon nichts, was ihm schadet. Ihm geht es auch gar nicht ums Fressen, er ist einfach nur neugierig. Und sein liebster Mensch sind immer noch Sie. Das wissen Sie doch.»

Frau Thiele schenkte Leonie eines ihrer seltenen Lächeln. Leonie ging in ihr Büro und diktierte längst überfällige Korrespondenz auf Band, bis es klopfte und Bernd Fuchs den Kopf durch die Tür steckte. «Ist es gestattet?»

«Kommen Sie rein. Von Verwaltungskram lasse ich mich gern ablenken.»
Fuchs warf sich auf einen Stuhl und seufzte. «Ich bin hundemüde, war 'ne Menge los letzte Nacht.»
Fuchs hatte Bereitschaftsdienst, was im schlimmsten Fall bedeuten konnte, dass man sein Bett tagelang kaum sah.
«Tut mir Leid, dass ich Ihnen auch noch die Schusswunde aufhalsen musste.»
Fuchs grinste. «Konnten Sie ja nicht ahnen, dass Sie auf dem Friedhof über eine Leiche stolpern. Aber ganz im Sinne des Chefs. Wo eine Leiche liegt, ist der Rechtsmediziner nicht weit.»
Fuchs spielte damit auf etwas an, was Leonie als eines der größten Verdienste von Professor Cordes betrachtete. Nirgendwo in Deutschland gab es ein so gutes und sicheres Leichenschauwesen wie in Hamburg. Cordes hatte es geschafft, dass grundsätzlich alle ungeklärten und nicht natürlichen Todesfälle zunächst ins Institut für Rechtsmedizin zur Begutachtung eingeliefert wurden. In anderen Bundesländern lag das in der Entscheidungsbefugnis von Polizei und Staatsanwaltschaft, was bedeutete, dass Rechtsmediziner oft nur die Toten zu sehen bekamen, die selbst für Laien ganz offensichtlich eines gewaltsamen Todes gestorben waren. Jeder zweite Mord blieb dadurch unerkannt, was einer Zahl von mindestens eintausendzweihundert Toten pro Jahr entspricht, deren Mörder gar nicht oder nur durch Zufall gefunden werden.
«Die Todesursache dürfte für Sie ja keine Überraschung sein. Ein Schuss aus einiger Entfernung. Eine Zone der Gewebszerstörung mit Einblutung in innere Hirnkam-

mern. Die Kugel steckte in der Kopfschwarte, völlig verformt und aufgepilzt, ganz klar ein 5,6-mm-Projektil, Bleimantel, langsames, nur schallschnelles Geschoss.»

Leonie nickte. «Dachte ich mir schon. Schalldämpfer und kein Schallknall. Der Täter ist wirklich auf Nummer sicher gegangen.»

«Und er hat ein Projektil gewählt, an dem auch der beste Ballistiker sehr wahrscheinlich keine Riefen mehr feststellen kann. Für den nächsten Mord braucht er nicht mal den Pistolenlauf auszuwechseln. Eine Patronenhülse wurde am Tatort auch nicht gefunden, er hat sie aufgesammelt.»

«Sie glauben, es war ein Profi?»

«Sie etwa nicht?»

Leonie nickte. «Manchmal ist es eben doch gut, wenn man zu spät kommt im Leben.»

Bernd Fuchs brauchte einen Moment, bis bei ihm der Groschen fiel. «Oh, daran habe ich noch gar nicht gedacht. Also, grundsätzlich sind Amateure nervöser, dafür sind Profis gründlicher.»

«Das ist wirklich enorm beruhigend.»

Er betrachtete sie interessiert. «Sie machen sich doch nicht etwa Sorgen? Selbst wenn Sie den Mord beobachtet hätten, wüsste er doch nicht, wer Sie sind.»

Am nächsten Morgen wusste er es, jedenfalls wenn er einen Blick in die «Morgenpost» geworfen hatte. Leonie las fassungslos den Artikel über den «Friedhofsmörder», der sich ausgiebig mit ihrer Person beschäftigte und ein großes Foto präsentierte. Natürlich fehlte auch nicht die Spekulation, sie könne den Täter gesehen haben. Sie rief sofort Kaminski an und beschimpfte ihn wegen dieser unglaublichen Tatsachenverdrehung. Der Kommissar kannte den Artikel schon und war genauso wütend wie Leonie. Eine Stunde später tauchte er im Institut auf. Leonie war immer noch so aufgebracht, dass sie ihn am liebsten rausgeworfen hätte.

«Halten Sie mich für so blöd, dass ich Sie zur Schießbudenfigur mache?»

«Und woher haben die's dann? Göttliche Eingebung?»

«Okay, Sie sind jetzt mächtig sauer, und ich habe dafür Verständnis. Aber es ist nun mal passiert. Es gibt immer Idioten oder Grünschnäbel, die sich vor den Pressebengeln verplappern. Bei uns wie bei jeder anderen Behörde, und in Ihrem Institut gab's auch schon den einen oder anderen, der das Wasser nicht halten konnte.»

«Ach so, am Ende bin ich noch selber schuld, oder wie?»

Kaminski fuhr sich genervt mit der Hand durchs Haar. «Drehen Sie mir gefälligst nicht das Wort im Mund herum. Ich will ja nur sagen, es war keine böse Absicht.»

Leonie lehnte sich in ihrem Stuhl zurück. «Da bin ich aber beruhigt. Dieser Gedanke wird mir das Ende erleichtern, wenn ich irgendwann in den nächsten Tagen im Kugelhagel zusammenbreche.» Leonies Zorn war verraucht, und Kaminski grinste.

«Um Sie umzubringen, braucht der Kerl eine Elefantenbüchse. Aber mal im Ernst, ich glaube nicht, dass Sie in Gefahr sind. Wie es aussieht, ist der Kerl ein Profi und hat wahrscheinlich sofort nach dem Hit die Stadt verlassen. Und selbst wenn er den Artikel gelesen hat, wird er sich nicht der Gefahr aussetzen, Ihnen nachzustellen. Nur weil Sie ihn gesehen haben könnten.»

Leonie nickte. «Ich hoffe, Sie haben Recht. Wie kommen Sie voran?»
«Im Moment gar nicht. Wir haben über das BKA eine Anfrage nach Stockholm geschickt. Und wir suchen den Mann, mit dem sich Utschaew getroffen hat. Schwierig, wenn man nur die Schuhabdrücke hat. Die alte Frau war natürlich auch keine Hilfe. Gott sei Dank hat sie keine wichtigen Spuren zertrampelt.»
Leonie bedauerte, aber dem hatte auch sie nichts hinzuzufügen.
Ein paar Stunden später traf sich Leonie mit Vera Kilian-Walter, der Polizeipsychologin. Die beiden Frauen hatten sich bei dem Serienmordfall kennen gelernt und waren seitdem locker befreundet. Sie waren inzwischen zum Du übergegangen, wahrten aber eine gewisse Distanz. Die Abneigung gegen eine zu große Nähe bestand vor allem bei Leonie. Sie war nicht der Typ, der sich schnell an andere anschloss. Überdies fand sie im beruflichen Bereich eine gewisse Zurückhaltung angebracht. Man vermied dadurch Interessenkonflikte, wie sie aus eigener leidvoller Erfahrung nur zu gut wusste. Immerhin konnte sie mit Vera Kilian Dinge besprechen, die sie sonst mit sich ausmachte. Das bedeutete wiederum nicht, dass sie Veras Ratschläge befolgte. Leonies Aversion gegen «Seelenklempnerei» war immer wieder Gegenstand freundschaftlicher Kabbeleien zwischen den beiden Frauen, was ihr Einvernehmen aber nie ernsthaft trübte. Natürlich wusste Vera, was passiert war, und als die beiden sich zum Essen im «Borchers» trafen, einer netten Kneipe, günstig in der Mitte zwischen dem rechtsmedizinischen Institut und Veras Wohnung gele-

gen, plagte sie bereits mächtig die Neugierde, alles nochmal ganz genau aus erster Hand zu erfahren. Bei Leonies Bericht nahm der Leichenfund den größten Raum ein, den Anlass ihrer Anwesenheit auf dem Friedhof streifte sie nur beiläufig. Aber eine Vera Kilian konnte man nicht so einfach überlisten.

«Warum hast du das Grab deiner Mutter besucht? Was hast du geglaubt, dort zu finden?»

«Wie kommst du darauf, dass ich etwas gesucht habe?»

«Es soll Menschen geben, die es für tröstlich halten, das Grab ihrer Angehörigen zu besuchen.» Vera bedeutete dem Kellner, dass sie noch ein Glas vom selben Wein haben wollte.

Leonie zuckte mit den Schultern.

«Du versuchst, einen Weg zurück zu finden, nicht wahr?»

Leonie sah Vera erstaunt an. Manchmal war Veras Intuition wirklich verblüffend. Nicht umsonst war sie eine der besten Polizeipsychologinnen und Fallanalytikerinnen in Deutschland. «Es gibt keinen Weg zurück.»

«O doch, und ich glaube, du bist dabei, ihn zu betreten. Du willst den Mörder deiner Mutter aufspüren. Ich warte schon seit Monaten darauf, dass du endlich diese Entscheidung triffst.»

Die Kellnerin brachte den Salatteller mit Putenbruststreifen für Leonie und das Roastbeef mit Bratkartoffeln für Vera, deren barocke Formen mehr Kalorien verlangten als Leonies Windhundfigur. Die beiden aßen eine Weile schweigend. Aber Vera beherrschte die Kunst, gleichzeitig genussvoll zu kauen und verständlich zu sprechen.

«Was hast du vor? Wirst du beantragen, die Ermittlungen wieder aufzunehmen? Mord verjährt schließlich nicht.»
Leonie pickte lustlos auf ihrem Teller herum.
«Glaubst du im Ernst, dass irgendjemand bei der Polizei oder der Staatsanwaltschaft Interesse daran hat, einen uralten Fall wieder auszugraben, der als geklärt gilt? Mein Vater wurde damals nämlich nur freigesprochen, weil ihm der Mord nicht in letzter Konsequenz nachgewiesen werden konnte, und nicht etwa, weil ihn jemand für unschuldig hielt. Ich stand mit meiner Meinung damals absolut nicht allein da.»
Vera legte den Kopf schief. «Höre ich da Schuldbewusstsein durchklingen?»
«Schuld? Woran? Ich war praktisch noch ein Kind damals. Ich weiß, dass das Ausgraben von Schuldgefühlen eine Lieblingsbeschäftigung von euch Psychologen ist, aber bei mir brauchst du den Klappspaten gar nicht erst auszupacken.»
Im Dialog mit sich selbst hatte Leonie längst zugegeben, dass sie im tiefsten Verlies ihres Bewusstseins jede Menge Schuldgefühle weggeschlossen hatte. Nicht nur ihrem Vater gegenüber, sondern auch weil sie sich zum Zeitpunkt der Ermordung ihrer Mutter so sehr gewünscht hatte, von ihr befreit zu sein. Sie hatte ihrer Mutter beinahe genauso sehr wie ihrem Vater das Zerbrechen der Familie übel genommen. Zwar hatte er sie verlassen und war zu einer anderen Frau gezogen, aber Leonie warf insgeheim der Mutter vor, ihn mit ihren Launen vertrieben zu haben. In der Rückschau erschienen ihr die Jahre nach der Trennung der Eltern leichter als die Jahre davor mit

dem hasserfüllten, würdelosen Kleinkrieg, den sich die beiden täglich lieferten. Aber damals hatte sie es anders empfunden. Es gab Tage, da hatte sie ihre frustrierte, sich selbst bemitleidende und überstrenge Mutter gehasst. Als sie ihre übel zugerichtete Leiche fand, schien es ihr für einen Moment, als habe sie selbst der Mutter das Messer in die Brust gestoßen. Es war, als hätten ihre dummen, kindischen Wünsche die Katastrophe ausgelöst, so wie Nadeln in einer Voodoo-Puppe den Tod des Verfluchten bewirken konnten. Zerstörungen, die in der Vergangenheit in der Familie angerichtet worden waren, konnte sie nicht wieder gutmachen. Und sie würde bis ans Ende ihres Lebens die Erinnerungen daran als Teil ihrer eigenen Geschichte ertragen müssen, aber dennoch hielt sie es für wichtig, den Mörder ihrer Mutter zu finden.

«Ich mag keine offenen Fragen. Ich muss das in Ordnung bringen, verstehst du?»

Vera Kilian lächelte. «Ich verstehe das sehr gut. Und ich bin sicher, dass du das Richtige tust.»

Eigenartigerweise war Leonie beruhigt, dass sie von Vera quasi die Absolution erhalten hatte.

«Und was hast du vor? Gibt es alte Ermittlungsansätze, die du weiterverfolgen kannst?»

Das genau war ihr Problem. Leonie hatte keine Ahnung, wo sie anfangen sollte. Einen Mordfall, der ein Vierteljahrhundert zurücklag, wieder aufzurollen war mühsam. Was sie vor sich hatte, war kein Sprint, sondern ein Marathonlauf. Und ob sie das Ziel je erreichen würde, war ungewiss.

3.

Der Mann, der in den geheimen Dateien seines letzten Auftraggebers als «Dutch» geführt wurde, stand an den Landungsbrücken und betrachtete den hell erleuchteten nächtlichen Hafen. Er hatte im Hafenviertel in einem portugiesischen Restaurant zu Abend gegessen und befand sich auf dem Weg in sein Hotel. Dort galt er als einer von vielen in italienische Designer-Anzüge gekleideten Geschäftsleuten. Und als Geschäftsmann betrachtete er sich selbst auch, tätig in der vielfältigen Welt der Dienstleister. Für seine Art von Service gab es enormen Bedarf, mehr als die meisten Menschen sich träumen ließen. Männer und Frauen wie er, ja es gab auch Frauen in diesem Geschäft, reisten um die ganze Welt in Erfüllung ihrer Aufträge. Dutch war ein *global player*, könnte man sagen, und er war einer der Besten in seiner Branche. In letzter Zeit, eigentlich schon seit er die vierzig überschritten hatte, machten sich bei ihm allerdings Ermüdungserscheinungen bemerkbar. Körperlich konnte er es mit jedem Dreißigjährigen aufnehmen, und seine psychische Stabilität war über jeden Selbstzweifel erhaben, dennoch machte ihm sein Beruf keinen rechten Spaß mehr. Immer seltener fühlte er sich von einem Auftrag wirklich herausgefordert. Der Kick bei der Vorbereitung eines neuen Jagdausflugs, wie er es nannte, ließ immer schneller nach. Der Geschmack eines erfolgreich durchgeführten Hits wurde von Mal zu Mal schaler. Er wusste selbst nicht, woran es lag. Vielleicht war es wirklich das Alter. Vielleicht war er einfach zu lange in dem Job, er war ein Dinosaurier und sollte daran denken aufzuhören, bevor es zum großen Artensterben kam. Die wenigsten seiner Profession beendeten ihr Leben im Altersheim.

Er betrat die Lobby des «Madison» und ging zur Rezeption. Dort händigte ihm der junge Mann, der gerade seinen Dienst angetreten hatte, einen Umschlag aus. Dutch wusste, was er enthielt. Mit dem Fahrstuhl fuhr er ins oberste Stockwerk und öffnete mit der Codekarte die Tür zu seinem Apartment. Komfortabel, aber unauffällig war sein Prinzip bei der Auswahl seiner Unterkünfte. Er entledigte sich seiner Krawatte und hängte sorgfältig das Jackett auf den stummen Diener. Dann ging er zum Schreibtisch und öffnete den Umschlag, den ein Bote für ihn gebracht hatte. Wie vermutet, enthielt er die Kopie einer Bankanweisung zugunsten des Kontos einer Bank in Luxemburg-Stadt. Dutch unterhielt weitere Konten in der Schweiz, in Liechtenstein, auf den Bahamas und auf Curaçao, alle auf die unterschiedlichen Namen, die in seinen diversen Pässen standen. Seit er vor vielen Jahren Nordirland und die IRA, der er sein Handwerk verdankte, verlassen hatte, war ihm klar, dass er Vorsorge treffen musste. Sollte er sich also in absehbarer Zeit entschließen, einen neuen Lebensabschnitt zu beginnen, stünde dem in finanzieller Hinsicht nichts im Wege.

Nachdem er die überwiesene Summe überprüft und für korrekt befunden hatte – es handelte sich um die zweite Rate des vereinbarten Honorars –, zerriss er das Papier und verbrannte die Schnipsel im Aschenbecher. Danach entsorgte er die Asche in der Toilette des Badezimmers. Das Honorar war angemessen, wenn auch nicht üppig gewesen, aber so war das eben mit staatlichen Auftraggebern. Er zog deshalb die privaten vor, aber es gab Kunden, deren Angebote man nicht ablehnen konnte.

Dutch kehrte zum Schreibtisch zurück. Dort lag die Tageszeitung noch immer genau so, wie er sie am Morgen zurückgelassen hatte. Er entfaltete sie und betrachtete das Foto von Dr. Leonie Simon, der leitenden Oberärztin im Institut für Rechtsmedizin und angeblichen Augenzeugin eines «erschütternden Verbrechens, das auf dem Ohlsdorfer Friedhof begangen wurde». Das verdammte Gebüsch und vor allem die Eiche hatten ihm beinahe einen Strich durch die Rechnung gemacht, weil sie ihm die Sicht versperrten. Im letzten Augenblick musste er improvisieren, hatte statt seiner UNIQUE-Repetierbüchse die Ruger-Pistole gewählt, weil er näher heranmusste. Trotzdem war er sich in der Situation sicher, dass er nicht beobachtet worden war.

Nun, jetzt war er nicht mehr so sicher. Jedenfalls würde er morgen nicht nach New York zurückreisen, wo sein Apartment und seine neue Freundin auf ihn warteten. Zwar würde er wie geplant im «Madison» auschecken, schon weil es besser war, nie zu viel Zeit am selben Ort zu verbringen, aber er würde die nächsten Tage in der Stadt bleiben. Oder zumindest so lange, bis er sicher war, ob sein Verdacht sich bestätigte. Außerdem gab es da noch etwas, dessen er sich vergewissern musste. Falls er sich irrte, würde er den nächsten Flieger nach Hause nehmen. Falls nicht, musste er neue Entscheidungen treffen. Dutch plante nicht zu lange im Voraus. Wenn es etwas gab, was er in seinem Leben gelernt hatte, dann war es, niemals Energie und Gefühle zu verschwenden, wenn es nicht notwendig war. Und Dutch war ein sehr sparsamer Mann.

4.

Es war Mittagszeit, als Leonie Simon in den kleinen Institutsparkplatz einbog. Sie hatte den Vormittag bei einer Sitzung der SPD-Bürgerschaftsfraktion verbracht und einen Vortrag zum Thema «Maßnahmen gegen häusliche Gewalt in Hamburg» gehalten. Seit sie vor über einem Jahr den Verein «Hamburger Initiative gegen Aggressivität und Gewalt» gegründet und die rechtsmedizinische Untersuchungsstelle für Opfer von Gewalt am Institut eingerichtet hatte, verwandte sie einen großen Teil ihrer Zeit und Energie auf politische Überzeugungsarbeit und Bittgänge zu potenziellen Förderern. Immerhin war es ihr bereits gelungen, die Polizei, die Staatsanwaltschaft und die Ärzte und Krankenschwestern in den großen Hamburger Kliniken davon zu überzeugen, dass es sinnvoll war, sie in ihrer Arbeit zu unterstützen und ihr Gewaltopfer zur Untersuchung zu schicken. Was sie den Opfern von Gewalt und Misshandlung unabhängig von Geschlecht, Alter und sozialem Status anbot, war die Untersuchung der Misshandlungsspuren und ein schriftliches Gutachten, das vor Gericht standhalten würde. Untersuchung und Gutachten waren kostenlos und stellten für das Opfer keine Verpflichtung dar, den oder die Täter bei der Polizei anzuzeigen. Gewaltopfer waren unmittelbar nach der Tat oft nicht in der Lage, einen solchen Schritt zu unternehmen. Wenn sie sich jedoch erst Tage oder Wochen später dazu entschlossen, hatten sie ohne ein qualifiziertes Gutachten, das nach dem Übergriff angefertigt worden war, kaum eine Chance, vor Gericht die Art der Misshandlung nachzuweisen. Leonie Simon hatte damit ein Hilfsangebot geschaffen, das in Deutschland nach wie vor einmalig war. Aus anderen Städten war zwar Interesse signalisiert worden, aber derartige Opfer-Initiativen scheiterten häufig am mangelnden politischen Willen und an der finanziellen Unterstützung. Auch ihr war es von Beginn an klar gewesen, dass sie nicht für einen unbegrenzten Zeitraum ohne öffentliche Gelder würde arbeiten können. Noch sprangen die Kollegen ein, wenn sie selbst eine Opfer-Untersuchung nicht durchführen konnte, und eine hoch motivierte Kollegin unterstützte sie bei der wissenschaftlichen Auswertung, aber über kurz oder lang brauchte sie mindestens zwei feste Stellen. Zumal die Zahl der Untersuchungen in den letzten Monaten sprunghaft angestiegen war.

Als sie aus dem Wagen stieg und auf den Eingang des Institutes zuging, kam ihr Paul Unruh entgegen, Molekularbiologe und Leiter des DNA-Labors. Er sah völlig übernächtigt aus und wäre grußlos an ihr vorbeigeeilt, wenn sie ihn nicht angesprochen hätte.

«Ihnen auch einen schönen Tag.»

Er sah sie erschrocken an. «Oh, hallo, ich hab Sie gar nicht gesehen.»

Leonie lächelte ihn an. «Das hab ich gemerkt. Wahrscheinlich ist das, worüber Sie gerade nachdenken, auch viel interessanter als ich.»

Unruh wandte seinen Blick ab. «Ach, ich hab eigentlich an gar nichts Besonderes gedacht. Ich bin nur ein bisschen müde.»
Leonie konnte sich denken, woran das lag. Unruh hatte sein einziges Kind, einen Sohn, durch plötzlichen Kindstod verloren. Seine Frau hatte diesen Schlag nicht verkraftet und versucht, sich das Leben zu nehmen. Die schwere Barbituratvergiftung hatte sie zwar nicht umgebracht, weil ihr Mann sie rechtzeitig gefunden hatte, aber ob das ein Segen gewesen war, wagte Leonie zu bezweifeln. Paul Unruhs Frau war seitdem ein Schwerstpflegefall, und er kämpfte einen heroischen Kampf, um ihr das Pflegeheim zu ersparen. Seit sie aus der Reha-Klinik nach Hause entlassen worden war, arbeitete Unruh rund um die Uhr, um weder den Beruf noch die häusliche Pflege seiner Frau zu vernachlässigen. Es war abzusehen, dass er irgendwann unter dieser extremen körperlichen und seelischen Belastung zusammenbrechen würde.
Leonie wollte ihn gerade fragen, ob er sie zum Mittagessen begleiten wolle, was er sicher genauso nötig hatte wie sie, als Dr. Gabriel ihr vom Eingang aus zuwinkte. Er war einer der jungen Fachärzte, sehr kompetent, aber ihrer Einschätzung nach nicht ehrgeizig und durchsetzungsfähig genug, um es bis ganz nach oben zu schaffen. Im Grunde war er ihr aber gerade deswegen sympathisch. Außerdem war er der Kollege, auf den sie sich am ehesten verlassen konnte, wenn sie Hilfe in der Untersuchungsstelle brauchte. Das wusste sie besonders zu schätzen, weil er verheiratet war und zwei kleine Kinder hatte, mit seiner Freizeit also etwas Besseres anfangen

konnte, als unentgeltlich misshandelte Kinder und vergewaltigte Frauen zu begutachten.
Diesmal brauchte er ihren Rat. Sie entschuldigte sich bei Paul Unruh und folgte Gabriel, dem Erzengel, wie Kollegen ihn auch mit liebevollem Spott nannten, in den Leichenkeller. Unterwegs erzählte er ihr von dem Fall, um den es ging. Am frühen Morgen war in der Speicherstadt im Freihandelshafen auf einem großen leeren Parkplatz ein junger Mann in einem Auto tot aufgefunden worden. Eine Spritze steckte in seinem linken Arm, und die üblichen Utensilien eines Junkies lagen um ihn herum. Er war ins Institut gebracht worden, und Gabriel hatte bei der äußeren Leichenschau keine verdächtigen Spuren gefunden, die darauf hingedeutet hätten, dass Fremdverschulden am Tod des Mannes vorlag. Dennoch schlug er Dr. Voss, dem zuständigen Staatsanwalt, vor, die Leiche zu obduzieren. Voss hatte erwartungsgemäß abgelehnt und Gabriels Argumente verworfen. Gabriel aber war unzufrieden und suchte nach einer Begründung, die Freigabe der Leiche hinauszuzögern. Er bat Leonie um eine zweite Meinung. Nachdem sie den Körper des Mannes sorgfältig untersucht hatte, wandte sie sich an Gabriel, der geduldig auf ihr Urteil wartete.
«Ich kann keine Zeichen für äußere Gewaltanwendung entdecken. Es sieht ganz danach aus, als hätte der Bursche sich den goldenen Schuss gesetzt.»
Gabriel nickte. «Das hat Hauptkommissar Kaminski auch gesagt.»
«Ach, Kaminski ist mit dem Fall befasst? Hat der nicht schon genug zu tun?» Leonie streifte die Latexhandschuhe ab und warf sie in den Müllbehälter. «Ich nehme

an, Ihnen ist aufgefallen, dass der Mann für einen Junkie in ausgezeichnetem körperlichem Zustand ist. Außerdem konnte ich keine weiteren Einstiche entdecken.»
Gabriel entspannte sich. «Genau das steht in meinem Protokoll. Ich habe daraus die Schlussfolgerung gezogen, dass es sich nicht um einen Drogenabhängigen handelt und dadurch die Situation weniger eindeutig erscheint als zunächst angenommen.»
«Ganz meine Meinung. Aber ich nehme an, Voss hat, souffliert von Kaminski, beschlossen, die Sache als normalen Drogentod zu den Akten zu legen.»
«Er meinte, da hätte sich eben jemand beim ersten Mal mit der Dosis vertan.»
«Ein Mann fährt nachts in die verlassene Speicherstadt, um sich den ersten Druck seines Lebens zu setzen?»
«Kaminski glaubt, es könnte auch Selbstmord sein.»
«Möglich ist vieles. Aber ich bin Ihrer Meinung, dass wir uns den jungen Mann nochmal von innen ansehen sollten. Und ein paar Laboruntersuchungen wären auch nicht schlecht.»
Gabriel sah sie skeptisch an. «Das wird ja noch teurer. Das kriegen Sie nie durch.»
«Na, mal sehen. Ich rede mit Voss. Heute noch.»

Voss war wie immer reizend, machte Leonie ein Kompliment zu ihrem neuen Kurzhaarschnitt und blieb ansonsten hart wie Kruppstahl. Ihre Argumente ließen ihn kalt. Der Tote hatte Heroin aufgekocht und gedrückt, die Todesursache galt als geklärt. Für Voss war es ein Unfall. Kaminskis Selbstmordtheorie lehnte er ebenso ab wie Leonies Vorstellungen, es könne eventuell ein Fremdver-

schulden vorliegen. Es wurde schnell klar, warum ihm so viel an einer geräuschlosen Abwicklung des Falles lag. Durch den Personalausweis, den der Tote bei sich getragen hatte, gelang es Kaminski ohne Probleme, den Hintergrund des Mannes auszuleuchten. Er hieß Achim Löhr, stand kurz vor seinem dreißigsten Geburtstag und war Kriminalobermeister in Berlin, wo eine interne Ermittlung wegen Verstoßes gegen das Betäubungsmittelgesetz gegen ihn lief. Es ging um Kokain, das er gedealt und bei Szenepartys selbst genommen haben sollte.
«Der junge Mann hat in den letzten Jahren offenbar in zunehmendem Maße Probleme gehabt, die Bösen und die Guten auseinander zu halten. Er trieb sich mit Prostituierten herum und ließ sich mit der Halbwelt-Schickeria ein. Möglicherweise war er einfach nur naiv und wurde benutzt. Aber wie dem auch sei, es gibt – auch aufseiten der Berliner Kollegen – nicht das geringste Interesse an einer unnötigen Ausweitung dieser leidigen Angelegenheit.»
«Verstehe», nickte Leonie. «Das schwarze Schaf soll möglichst unauffällig verscharrt werden.»
«Was ist daran falsch? Und glauben Sie mir, das ist auch ganz im Sinne seiner verwitweten Mutter, einer Polizistenwitwe übrigens.»
«Tja, dann ist ja alles in Ordnung.» Leonie erhob sich. Voss geleitete sie charmant zur Tür und wollte sie gerade verabschieden, als ihr noch etwas einfiel.
«Was wollte er eigentlich in Hamburg? Er ist doch sicher nicht nur zum Sterben hergekommen?»
Voss schüttelte bedauernd den Kopf. «Dieses Geheimnis wird der arme Kerl wohl mit ins Grab nehmen.»

Wahrscheinlich hat sich niemand die Mühe gemacht, es herauszufinden, dachte Leonie auf dem Weg zu ihrem Wagen.

Als sie ins Institut zurückkehrte, war Achim Löhrs Leichnam bereits abgeholt worden und vermutlich auf dem Weg nach Berlin. Voss verlor wirklich keine Zeit.

Auf Leonie wartete eine Menge Schreibtischarbeit, aber ihre Gedanken schweiften immer wieder zu dem toten Polizisten zurück. Was ihr am meisten Kopfzerbrechen bereitete, war die Verdickung des Gewebes um die Einstichstelle. Bei intaktem Blutkreislauf wird intravenös gespritzte Flüssigkeit sofort abtransportiert. Kommt der Blutkreislauf kurz vor oder kurz nach der Injektion zum Stillstand, sammelt sich die Flüssigkeit im umliegenden Gewebe. Die Frage lautete also: War Achim Löhr tot oder lag er im Sterben, als ihm das Heroin beigebracht wurde? Oder rührte die Schwellung an seinem Arm von etwas anderem her? Nur eine Obduktion hätte das klären können, aber die würde nun nicht mehr stattfinden.

Leonie merkte, dass sie den Entwurf eines Fachartikels, den ihr einer der Assistenten zur Korrektur vorgelegt hatte, schon zum dritten Mal las, ohne zu begreifen, worum es ging. Sie machte Schluss und fuhr nach Hause. Unterwegs besorgte sie sich im «Wienerwald» ein halbes Hähnchen und eine extragroße Portion Kartoffelsalat mit Mayonnaise. Ein medizinisch gesehen völlig unkorrektes Essen, das ihr aber das Wasser im Mund zusammenlaufen ließ. Und dazu würde sie mindestens zwei Flaschen Bier trinken. Man lebte nur einmal, dachte Leonie.

Bewaffnet mit Junkfood und Bier, machte sie es sich zu

Hause vor dem Fernseher gemütlich. Es fehlte eigentlich nur noch ein Mann mit Bierbauch in Unterhemd und Trainingshose im anderen Sessel, um das Bild abzurunden. Leonie kicherte, als sie daran dachte, und griff nach der Fernbedienung. Nachdem sie durch mehr als ein Dutzend Kanäle gezappt war, stellte sie zum wiederholten Mal fest, dass sie offenbar nicht zum Zielpublikum der Sender zählte.

Nach dem Essen holte sie die zweite Flasche Bier aus dem Kühlschrank und schaltete den Fernseher aus. Der Versuch, sich von dem abzulenken, was sie gedanklich beschäftigte, war gescheitert. Irgendwann und irgendwo musste sie anfangen, also warum nicht sofort. Die Kiste mit der schriftlichen Hinterlassenschaft ihrer Eltern wartete in ihrem Arbeitszimmer auf sie. Das umfangreichste Zeugnis hatte ihr Vater hinterlassen, nämlich rund zwei Dutzend Tagebuchbände, die er seit seiner Gymnasialzeit fast täglich mit seinen Erlebnissen und Reflexionen gefüllt hatte. Die Eintragungen endeten mit dem Tod seiner geschiedenen Frau. Danach hatte es Dr. Richard Simon offenbar nicht mehr für sinnvoll gehalten, sein Leben weiter zu dokumentieren. Leonie hatte bis jetzt nur die Notizen aus den Tagen vor dem Mord an ihrer Mutter gelesen, und die einzige und endgültig letzte vom Tage danach, die bewies, dass ihr Vater nicht der Täter war. Von ihrer Mutter war ihr nur ein Karton in der Größe einer Hutschachtel geblieben, den sie einige Wochen nach dem Mord von ihrer Tante Charlotte ausgehändigt bekommen hatte. Damals hatte sie nur einen flüchtigen Blick hineingeworfen, aber jetzt war die Zeit gekommen, sich den Inhalt vorzuneh-

men. Es stellte sich schnell heraus, dass er eine große Enttäuschung war.
Leonie fragte sich, was sie eigentlich erwartet hatte. Den Namen des Mörders in roter Tinte? Sie wusste, dass es dumm war, aber es war in etwa das, was sie im Stillen erhofft hatte, zumindest einen Hinweis auf eine verdächtige Person, einen Drohbrief, ein Testament von der Art «Sollte ich die nächsten Tage nicht überleben, dann suchen Sie meinen Mörder im Hause von ...» Was Leonie fand, waren vor allem die Dinge, die in den fünfziger Jahren typisch für weibliche Teenager waren: Poesiealben mit albernen und banalen Weisheiten, getrocknete Blumen, Ansichtskarten aus Österreich und Italien von denen, die sich nach dem Krieg Urlaub wieder leisten konnten, ein schwarzroter Spitzenfächer, Tanzkarten, ein leeres Fläschchen Eau de Cologne 4711, eine aus Elfenbein geschnitzte Teerose an einem schwarzen Samtband, ein zerlesenes Exemplar von Margaret Mitchells «Vom Winde verweht» und ein paar zerknitterte Briefe. Letztere interessierten Leonie am meisten, aber sie waren wenig informativ und datierten zum großen Teil aus der Schulzeit ihrer Mutter. Nur drei Briefe stammten aus späterer Zeit, enthielten aber ebenfalls keine Geheimnisse. Zwei Briefe kamen aus Münster von einer Hildegard Stümpel, einer ehemaligen Schulfreundin, die nach der Heirat weggezogen war. Im ersten Brief schwärmte sie von ihren drei kleinen Kindern, mit dem zweiten vermeldete sie tränenfeucht ihre bevorstehende Scheidung. Immerhin erfuhr Leonie aus den Briefen, dass die beiden in Lübeck zusammen zur Schule gegangen waren. Sie war immer im Glauben gewesen, ihre Mutter sei in Hamburg

aufgewachsen. Der dritte Brief trug eine männliche Unterschrift, die Adresse ließ sich leider nur mühsam entziffern, offenbar ein kleiner Ort, den Leonie nicht kannte. Ein gewisser Hans-Joachim Mohr bot ihrer Mutter an, ihn und seine Familie zu besuchen. Der Brief datierte aus dem Jahr vor Leonies Geburt. Ihre Mutter schien ihn zerknüllt und dann wieder glatt gestrichen zu haben. Leonie notierte sich den Namen wie auch den der Schulfreundin und legte die Briefe in den Karton zurück. Die Poesiealben brachten erwartungsgemäß wenig. Es hatten sich vorwiegend Mitschülerinnen und Lehrerinnen verewigt, dazu ein paar Verwandte. Der Großvater ihrer Mutter hatte seiner Enkelin in krakeliger Altmännerschrift den Rat «Lebe glücklich, lebe froh, wie der Mops im Paletot» mit auf den Weg gegeben. Alles andere war brav bis besinnlich. Vor ihrem inneren Auge sah Leonie eine Schar züchtig gekleideter junger Damen und streng frisierter Lehrerinnen, denen das nationalsozialistische Frauenbild noch in den Knochen steckte. Die Urlaubskarten boten nicht viel mehr als das übliche «Hier ist es herrlich, die Sonne scheint den ganzen Tag» und dergleichen Nullkommunikation. All die Gudruns und Erikas und Ingrids, die die Karten verschickt hatten, waren unauffindbar in Margot Simons Vergangenheit verschwunden.

Seufzend legte Leonie alles wieder in die Hutschachtel zurück. Schon einigermaßen entmutigt, betrachtete sie die vielen Tagebücher ihres Vaters. Hatte es überhaupt Sinn, sich durch Tausende von Seiten schwer leserlicher Medizinerhandschrift zu quälen? War es nicht absurd, anzunehmen, darin einen Hinweis auf den Mörder ihrer Mutter zu finden? Hätte ihr Vater einen anderen Verdacht gehabt, wäre er doch gar nicht erst auf die Idee gekommen, die eigene Tochter für die Mörderin zu halten. Andererseits konnte sie es sich nicht leisten, eine mögliche Spur zu vernachlässigen. Leonie griff nach dem ersten Tagebuchband. Ihr abendliches Lesefutter für die nächsten Wochen war gesichert.

Am nächsten Morgen war Leonie kaum im Institut angekommen, als sie einen Anruf aus dem Allgemeinen Krankenhaus Altona bekam und zu einer Opferuntersuchung gebeten wurde. Im Krankenhaus fand sie eine völlig verängstigte Fünfzehnjährige türkischer Herkunft vor, die von ihrem Vater und ihrem Bruder schwer verprügelt und die ganze Nacht eingesperrt worden war. Erst im Morgengrauen war ihr die Flucht aus dem Fenster gelungen, wobei sie sich zusätzlich verletzt hatte. Leonie fand Hämatome unterschiedlichen Alters am ganzen Körper, die von Schlägen mit stumpfen Gegenständen herrührten. Ein geformter Abdruck am linken Oberarm zeigte den Umriss einer Gürtelschnalle. Für Leonie war es klar, dass das Mädchen nicht zum ersten Mal schwer geschlagen worden war. Eine Sozialarbeiterin des Jugendnotdienstes Feuerbergstraße, die das Mädchen ins Krankenhaus begleitet hatte, erzählte ihr nach der Untersuchung, dass die Fünfzehnjährige sich den Heiratsplänen der Familie widersetzt und einen deutschen Freund hatte, den ihre Eltern nicht akzeptierten. Der Vater hatte versucht, sie durch Schläge zur Vernunft zu bringen, und zuletzt damit gedroht, sie in die Türkei zu schicken. In der Flucht schien sie den einzigen Ausweg gesehen zu haben. Leonie hatte inzwischen einige

Erfahrung mit solchen und ähnlichen Fällen gesammelt. Ein großer Teil der Frauen und Mädchen, die sie bei der rechtsmedizinischen Untersuchungsstelle zu sehen bekam, waren Musliminnen, angepasste und unangepasste, die von ihren Vätern, Brüdern und Ehemännern geschlagen und misshandelt wurden. Im Jugendnotdienst, sagte ihr die Mitarbeiterin, machten die Mädchen aus islamischen Ländern mehr als die Hälfte der Klientinnen aus. Die wenigsten hatten die Kraft und das Selbstbewusstsein, Anzeige zu erstatten. Immerhin hatten sie den Mut, sich behandeln zu lassen. Leonie fragte sich, wie hoch die Dunkelziffer derjenigen war, die ihre Verletzungen, die körperlichen und die seelischen, stumm leidend hinter verschlossenen Türen verbargen, im festen Glauben an einen Gott, der den Männern die Welt geschenkt und den Frauen den Gehorsam zugedacht hatte.
Sie atmete tief durch, als sie in den klaren Herbsttag hinaustrat. An manches hatte sie sich in ihrem Beruf gewöhnt, an die vielen Gesichter des Todes, aber der Schmerz der Lebenden war oft mehr, als sie ertragen konnte.

Leonie stieg in ihren alten Wagen, sie brachte es einfach nicht fertig, sich nach über hunderttausend gemeinsam verbrachten Kilometern von ihrem Golf zu trennen, und fuhr in Richtung Klein Flottbek. Dieser Elbvorort bildete, grob gesagt, die Nahtstelle zwischen den Vierteln der Normalverdiener und denen der Bessergestellten bis Superreichen, deren Villen in Nienstedten, Blankenese und Rissen standen. In Klein Flottbek lebte zum großen Teil das, was man die gehobene Mittelschicht zu nennen pflegte. Die Häuser waren hübsch und gepflegt, je nach Einkommen durchschnittlich bis großbürgerlich. Seit Leonies Kindheit hatte sich natürlich einiges verändert, dennoch war es kein Problem für sie, sich zu orientieren. Leonie fuhr zunächst mehrere Straßen auf und ab. Sie wollte den Moment des Wiedersehens ein wenig hinauszögern.

Schließlich bog sie in die Straße ein, in der ihr Elternhaus stand. Erst jetzt kam ihr der Gedanke, dass es vielleicht gar nicht mehr existierte. Ein Vierteljahrhundert war eine lange Zeit, in der neue Besitzer das Haus abgerissen oder völlig umgebaut haben konnten. Sie fuhr langsam die Straße entlang und hielt auf der gegenüberliegenden Seite des Grundstücks. Das Haus stand noch da, und es war fast unverändert. Eine hübsche kleine Jugendstilvilla, neu gestrichen, mit einer Satellitenschüssel auf dem Dach, was Leonie nicht gerade passend fand. Der Garten war umgestaltet worden, aber einige der alten Bäume hatten überlebt. Leonie stieg aus dem Wagen und ging auf das Haus zu. Am mannshohen schmiedeeisernen Zaun blieb sie stehen und lugte durch die Stäbe. Sie hatte erwartet, dass eine Flut von Erinnerungsbildern über sie hereinbrechen würde, aber nur ihr Herz bockte ein wenig. Zu ihrer Überraschung empfand sie hauptsächlich Neugierde. Sie blickte auf das Klingelschild und las den Namen Nagel. Ob die neuen Besitzer wussten, was in diesem Haus einmal geschehen war? In dem Zimmer im ersten Stock auf der Rückseite des Hauses, dessen Fenster Leonie von ihrem Standort aus nicht sehen konnte.

Mit großer Erleichterung kam Leonie plötzlich die Erkenntnis, dass sie all die Jahre nicht nur verdrängt, sondern auch verarbeitet hatte, wenigstens zum Teil. Sie spürte, dass sie auf die Ereignisse jenes Frühlings wie auf die Erlebnisse eines anderen Menschen zurücksehen konnte. Das Mädchen von damals war ihr nicht fremd, wie konnte es auch, aber sie war definitiv nicht mehr dieselbe, so wie sie nicht mehr die Studentin und die Berufsanfängerin, die zum ersten Mal Verliebte und zum ersten Mal Enttäuschte war. Mit jedem Lebensabschnitt hatte sie sich gehäutet, hatte sich durch neue Erfahrungen weiterentwickelt, intellektuell und emotional. Ihre Vergangenheit hatte sie geprägt, aber sie hatte sie nicht determiniert. Sie konnte jetzt den Versuch wagen, konstruktiv damit umzugehen. Auch wenn die dunklen Schatten, die auf sie warteten, ihr noch immer Angst machten.

«Kann ich Ihnen helfen?» Eine sanfte Männerstimme unterbrach ihren Gedankengang. Leonie wandte sich um und stand einem Mann in einem eleganten Mantel gegenüber. Er blickte sie aus grauen Augen prüfend an.

«Nein danke. Ich komme zurecht.»

«Verzeihen Sie, wenn ich aufdringlich wirke. Ich dachte nur, Sie suchen vielleicht jemanden.» Er lächelte und sah dadurch schon sehr viel netter aus.

Leonie schüttelte den Kopf. «Nein, nicht direkt. Ich hab mal hier gewohnt. Ist schon lange her. Ich bin auf Nostalgie-Tour, wenn Sie so wollen.» Ihr kam plötzlich der Gedanke, dass der Mann der jetzige Besitzer sein könnte. «Gehört das Haus etwa Ihnen?»

«Leider nein.»

Er sah sie wieder mit seinem eigentümlich durchdringenden Blick an, und Leonie hatte das Gefühl, dass er noch etwas sagen oder fragen wollte. Aber dann wünschte er ihr nur einen schönen Tag und ging zu seinem Auto, einem großen BMW, der direkt vor dem Haus parkte. Leonie sah ihm nach, dann klapperte sie die Häuser in der Nachbarschaft ab und suchte nach vertrauten Namen. Zwei der Namen weckten Erinnerungen in ihr, aber sie hatte nicht den Mut zu klingeln. Was sollte sie sagen? Ich bin die Tochter der ermordeten Margot Simon. Haben Sie zufällig damals den Mörder ins Haus gehen sehen? Das brachte sie auf die Idee, sich unbedingt die Ermittlungsakte der Polizei oder die Prozessakte der Staatsanwaltschaft zu beschaffen. Die Erstere könnte ihr Kaminski organisieren, falls er sich dazu überreden ließ. Und sie würde wohl nicht darum herumkommen, mit Tante Charlotte zu sprechen. Langsam setzte sich der Zug in Bewegung.

5.

Leonie Simon beendete die wöchentliche Dienstbesprechung, die sie in Abwesenheit von Professor Cordes leitete. Viele waren genervt wegen der nun schon seit Monaten andauernden Bauarbeiten. Nun war auch noch in Teilen des Gebäudes die Heizung abgeschaltet worden, was die Laune der Betroffenen nicht verbesserte. Leonie konnte nichts weiter tun als die Kollegen vertrösten.
Sie ging zur Pforte, um im Sektionsbuch nachzuschlagen, welche Obduktionen für den Tag angesetzt waren. Pfeiffer, dienstältester Präparator und tagsüber der Zerberus am Haupteingang, gleichzeitig Telefonzentrale und Anlieferungsstelle für die Leichentransporte, nahm gerade ein Telefongespräch entgegen. Er hörte einen Moment zu, dann deckte er die Sprechmuschel ab und blickte Leonie fragend an.
«Achim Löhr, der tote Polizist, war das nicht Doktor Gabriel?»
Leonie nickte. «Gabriel hat eine Außensektion. Worum geht's?»
Pfeiffer schnitt eine Grimasse. «Seine Mutter. Sie will sich beschweren.»
«Stellen Sie das Gespräch in mein Büro.»
Leonie trabte in ihr Büro und rief ihrer Sekretärin im

Vorbeilaufen zu, dass sie das eingehende Gespräch gleich selbst annehmen würde. Es wurde eine ziemlich mühsame Unterhaltung. Frau Löhr brach immer wieder in Tränen aus und verirrte sich auf Nebenwege, sodass Leonie Mühe hatte, sie wieder auf den Zweck ihres Anrufes zu bringen. Die Quintessenz des Telefonats war, dass Frau Löhr weder an Unfall noch Selbstmord ihres Sohnes glaubte und an der Seriosität der Arbeit der Rechtsmediziner zweifelte. Es stellte sich heraus, dass das Begräbnis am Tag zuvor stattgefunden hatte, und Leonie hielt die Aufgewühltheit der Mutter dem noch unverarbeiteten Verlust zugute. Sie versuchte zu beruhigen, konnte die Frau aber nicht davon abbringen zu klagen, ihr Sohn sei unbekannten bösen Mächten zum Opfer gefallen. Nach dem Ende des anstrengenden Gesprächs nahm sich Leonie eine Tasse Kaffee, schon die vierte an diesem Morgen und damit eindeutig zwei zu viel, und dachte über das nach, was die Mutter des Toten gesagt hatte. Ihr Instinkt sagte ihr, dass unter all dem ungereimten Zeug ein Kern Wahrheit schlummerte.

Othello kam hereinspaziert, strich um ihre Beine und machte es sich nach einer langen Nacht des Herumstreunens in seinem Schlafkörbchen neben der Heizung bequem. Er schlief auf der Stelle ein, und Leonie sah amüsiert, wie seine Schwanzspitze im Schlaf zuckte. Sie überlegte einen Moment, dann griff sie nach dem Telefonhörer und wählte eine Nummer, die sie auswendig kannte.

«Hallo, Tante Charlotte, hier ist Leonie.»

Nach dem üblichen Geplänkel kam sie auf den Grund ihres Anrufes zu sprechen.

«Ich dachte, es ist höchste Zeit, dich mal wieder in Berlin zu besuchen.»
Ihre Tante äußerte Erstaunen, denn Leonie hatte in den letzten Monaten immer Arbeit vorgeschützt und war nicht mal zu Weihnachten bei ihr gewesen. Aber natürlich freute sie sich, und Leonie kündigte ihr Erscheinen für das kommende Wochenende an.
Danach ging sie ins Nebengebäude, wo sie mit ihrer Mitarbeiterin bei der Gewalt-Initiative Termine besprach, die sie teils gemeinsam, teils getrennt wahrnehmen wollten. Gegen Mittag waren sie fertig, und Leonie dachte, es könnte nicht schaden, Dr. Unruh einen Besuch abzustatten, bevor sie wieder ins Hauptgebäude zurückging. Sie traf ihn in seinem Büro ein paar Türen weiter, wo er seine Post öffnete. Als sie eintrat, angelte er gerade einen knallroten String-Tanga aus einem braunen Briefumschlag.
«Post von einer Verehrerin?»
Unruh bekam rote Ohren, was dem großen, überschlanken Mann etwas Jungenhaftes verlieh. Nicht unsympathisch, wie Leonie fand.
«Ach, das Übliche. Wir kriegen hier ständig Post von Männern, die die Unterwäsche ihrer Frauen auf Samenspuren getestet haben wollen.»
«Der wissenschaftliche Nachweis der Untreue, wie langweilig. Irgendwie hat mir der Detektiv mit den Schmuddelfotos besser gefallen.»
«Ist auch billiger.»
«Wie geht's Ihnen? Sie sehen nicht besonders gut aus, wenn ich offen sein darf.»
Unruh lächelte schief. «Das sind Sie ja eigentlich immer.

Aber ist schon gut. Sie haben sicher Recht. Ich schau mich nicht so genau im Spiegel an. Ist alles in Ordnung, den Umständen entsprechend.»

«Hat Ihre Frau die neue Pflegerin akzeptiert?»

«Ja, einigermaßen, jedenfalls lässt sie sich inzwischen auch von ihr füttern. Es ist natürlich nicht ideal, dass sich zwei Betreuerinnen abwechseln. Ich glaube, das verwirrt sie immer wieder. Aber was soll ich machen, auch die Pflegestufe drei bezahlt mir keine Kraft für den ganzen Tag.»

«Und die Kosten für die Privatpflege? Können Sie sich das auf Dauer leisten?»

«Das werde ich wohl müssen.»

Die Alternative war ein Heim, und Leonie wusste, dass Paul Unruh noch nicht so weit war.

«Wie wär's mit Mittagessen? Ich habe solchen Hunger, dass ich sogar das Kantinenessen runterkriegen würde.»

«Ach, ich weiß nicht.»

«Wann haben Sie zuletzt etwas gegessen? Kommen Sie, Paul, oder muss ich Sie zur Zwangsernährung einweisen lassen?»

Er ließ sich von ihr überreden, und während des Essens in der Kantine unterhielten sie sich über unverfängliche Themen, und einmal schaffte es Leonie sogar, ihn zum Lachen zu bringen. Auf dem Rückweg erwähnte sie, dass sie am Wochenende nach Berlin wolle. Aber als er nachfragte, wich sie aus. Außer Vera und Kaminski musste niemand etwas über ihren familiären Hintergrund wissen. Sie verabschiedete sich von Unruh und ging zurück in ihr Büro. Mitleid war ein Gefühl, das Leonie nur in homöopathischen Dosen zuließ, sie hätte sonst ihren Beruf nicht ausüben können, zeigte aber auch von Natur aus keine besondere Neigung für dieses Gefühl. In Bezug auf Unruh gestattete sie sich allerdings diese Empfindung. Sie fand, er habe ein besseres Schicksal verdient.

Am späten Freitagnachmittag bestieg Leonie den Zug nach Berlin und bereute sofort, dass sie sich nicht um eine Reservierung gekümmert hatte. Die Waggons zweiter Klasse waren rappelvoll. Leonie boxte sich zur ersten Klasse durch und erwischte mit großem Glück den letzten freien Platz. Sie zahlte lieber zu, als gute zwei Stunden im Gang zu stehen und sich von vorbeidrängelnden Leuten auf die Füße treten zu lassen. Sie hasste Zugfahrten, aber der Flugverkehr zwischen Hamburg und Berlin war eingestellt worden, und die Wochenendstaus auf der Autobahn hatten ebenfalls wenig Verlockendes. Sie war froh, als der Zug um kurz nach acht am Bahnhof Zoo ankam, und gönnte sich ein Taxi zum Haus ihrer Tante. Ihre Tante Charlotte wohnte in der Nähe des Botanischen Gartens in einer entzückenden kleinen Backsteinvilla, die sie einer kinderlosen Berlinerin kurz vor deren Tod vor fast zwanzig Jahren zu einem Spottpreis abgekauft hatte. Das Haus war nicht groß und der Garten drum herum handtuchschmal, aber für ihre Tante war es das Paradies. Natürlich wohnte Leonie auch dort, wenn sie in Berlin war. Das Gästezimmer hatte sogar ein eigenes winziges Bad und war liebevoll mit Antiquitäten eingerichtet, zwar nicht kostbar, aber von Tante Charlotte mit Begeisterung in kleinen Läden und auf Flohmärkten erhandelt.

Als Leonie aus dem Taxi stieg, stand ihre Tante schon in der Eingangstür. Tante Charlotte ging auf die siebzig zu, sah aber keinen Tag älter als neunundfünfzig aus. Das behauptete Leonie jedenfalls immer, und ihre Tante hörte das nicht ungern. Auch diesmal sah sie wie aus dem Ei gepellt aus, und bei der Begrüßung – niemals eine Umarmung, sondern drei Wangenküsse, wie es bei den Franzosen üblich ist – erschnupperte Leonie, dass ihre Tante ein neues Parfüm benutzte, eine weitere ihrer vielen kleinen Eitelkeiten. Leonie brachte das Gepäck auf ihr Zimmer und wusch sich rasch das Gesicht. Im Esszimmer wurde sie von ihrer Tante und einem köstlich duftenden Braten erwartet. Im Gegensatz zu ihrer Nichte war Charlotte Reichert eine erstklassige Köchin. Für ihre Menüs hatte sie schon Heiratsanträge erhalten, die sie alle wohlweislich abgelehnt hatte. Leonie bekam bei ihren seltenen Besuchen meist eine ihrer Lieblingsspeisen, diesmal einen Rinderbraten nach einem Piemonteser Rezept. Dazu wurde ein gutes Schmorbratenstück einen Tag und eine Nacht in eine Marinade aus mindestens fünf Jahre altem Barolo, Gemüse, Kräutern und Gewürzen eingelegt. Zum Braten wurde das Fleisch mit Speck gespickt und zusammen mit Wein und Gemüse bei niedriger Temperatur etwa drei Stunden geschmort, bis es auf der Zunge zerging. Für die Soße wurden Gemüse und Schmorfond grob püriert und zum aufgeschnittenen Braten gereicht. Ihre Tante servierte dazu Polenta und gemischten Salat oder glacierte junge Möhren. Getrunken wurde der gleiche kräftige Rotwein, der für die Soße verwendet worden war.

Als Leonie das Esszimmer betrat, stand schon alles be-

reit, und ihre Tante schnitt gerade den Braten in Scheiben.
«Tante Charlotte, du magst deine Fehler haben, aber in der Küche bist du eine Göttin.»
«Komplimente, die zu dick aufgetragen werden, sind unglaubwürdig. Merk dir das, mein Kind.»
Tante Charlotte sah Leonie streng an, aber sie hatte das gewisse Funkeln in ihren Augen. Leonie wusste genau, wie stolz sie jedes Mal war, wenn man ihre Kochkünste lobte. Sie setzte sich an ihren Platz und sog den Duft des Bratens ein. Ihr kam ein Spruch von Oskar Lafontaine in den Sinn, aus der Zeit, als er noch der kleine Napoleon des Saarlandes war. «Gutes Essen und Trinken sind die drei schönsten Dinge des Lebens.» Ein bisschen Macho zwar, aber wo der Mann Recht hatte, hatte er Recht. Leonie hob das Weinglas, prostete ihrer Tante zu und ließ den Barolo langsam über ihre Zunge wandern. Ja, das Leben konnte schön sein.
Leonie aß für drei.
Nach dem Essen holte Tante Charlotte die Grappa-Flasche aus dem Schrank und zündete sich eine Zigarette an, ein Laster, das ihre Nichte ihr viele Jahre vergeblich abzugewöhnen versucht hatte. Leonie nippte an ihrem Digestif und fühlte sich auf angenehmste Weise schläfrig. Tante Charlotte setzte sich in ihren Lieblingssessel, bettete ihre Füße auf einem kleinen Schemel und musterte ihre Nichte. «Und warum bist du gekommen?»
Leonie blinzelte faul. «Na, um dich zu besuchen natürlich.»
Sie wollte das Gespräch über ihre Mutter lieber am nächsten Tag führen. Aber ihre Tante ließ nicht locker.

«Erzähl mir nichts. Dafür kenne ich dich viel zu gut. Hast du ein Problem? Oder bist du beruflich in Berlin?»
«Beides.» Leonie überlegte, wie sie anfangen sollte.
Sie erzählte von dem toten Polizisten, den sie nicht hatte obduzieren können, obwohl sie die Todesursache nicht für ausreichend geklärt hielt. Und von dem Telefonat mit seiner Mutter, das ihre Zweifel verstärkt hatte. Da sie ohnehin nach Berlin fahren wollte, konnte sie den Besuch bei ihrer Tante eventuell mit einem persönlichen Gespräch mit dieser Frau Löhr verbinden.
«Und warum willst du mich sehen, nachdem du monatelang kaum Zeit hattest, mich anzurufen?»
Leonie schenkte sich selbst ein zweites Glas Grappa ein. «Als mein Vater gestorben war, habe ich seinen Nachlass geordnet.» Leonie machte eine Pause. Ihre Tante nickte, die reine Aufmerksamkeit. «Er hat Tagebuch geschrieben. Wusstest du das?»
«Nein, das wusste ich nicht.»
«Die Polizei auch nicht, sonst wäre der Prozess gegen ihn anders verlaufen.»
Leonie erzählte von ihrer Entdeckung, dass ihr Vater nicht der Mörder ihrer Mutter sein konnte. Tante Charlottes Gesicht spiegelte ehrliches Erstaunen wider, und eine Spur von Erleichterung, wie Leonie zu sehen meinte.
«Hast du ihn damals für schuldig gehalten?»
Tante Charlotte sah an Leonie vorbei, als sie antwortete. «Zuerst nicht. Aber im Laufe des Prozesses kamen mir doch Zweifel. Es sah ihm nicht ähnlich, so etwas zu tun. Andererseits …» Sie machte eine Pause. «Na ja, man kann die Zeit nicht zurückdrehen und Dinge ungeschehen machen.»

«Warum hast du mir nicht gesagt, dass du an seiner Schuld zweifeltest? Warum haben wir nie darüber geredet?»
«Als du damals zu mir nach Berlin kamst, warst du völlig verstört. Niemand kam an dich heran. Ich hatte das Gefühl, es wäre das Beste, dich in Ruhe zu lassen.»
Vielleicht war es heute doch besser mit all den Therapeuten und Psychologen, dachte Leonie. «Ich wollte dir keinen Vorwurf machen.»
Die beiden schwiegen eine Weile.
«Wenn er es nicht war, wer war es dann?»
Leonies Frage sickerte ganz langsam in das Bewusstsein ihrer Tante. Es vergingen Minuten, bis sie antwortete.
«Mein Gott, daran habe ich überhaupt noch nie gedacht.»
«Wirklich nicht?»
Die alte Dame sah ihre Nichte fassungslos an. «Du denkst, ich kenne den Mörder meiner Schwester und habe all die Jahre niemandem etwas davon gesagt?»
«Das habe ich nicht gemeint. Aber wenn du meinen Vater möglicherweise für unschuldig hieltest, musst du dich doch gefragt haben, wer der echte Täter war. Vielleicht hattest du einen Verdacht?»
«Nein. Darüber habe ich niemals nachgedacht, das schwöre ich.» Leonies Tante war sichtlich aufgewühlt. Sie tat ihr beinahe Leid.
«Du warst damals als Zeugin geladen. Hat man dich nicht gefragt, wer meine Mutter so gehasst haben könnte?»
«Ich weiß es nicht mehr. Es ist alles so lange her.» Sie sah ihre Nichte bittend an. «Ist es denn nötig, alles noch

einmal aufzuwühlen? Dein Vater ist tot. Du bist erwachsen und hast deinen Platz im Leben gefunden. Jedenfalls hoffe ich das für dich. Wozu in der Vergangenheit herumstochern? Du änderst doch nichts damit.»

«Es geht ja auch nicht ums Ändern, sondern ums Sichtbarmachen. Ich habe lange genug den Kopf in den Sand gesteckt. Und vergiss bitte nicht, ich bin Rechtsmedizinerin. Auf offene Fragen muss ich einfach Antworten suchen. Willst du denn nicht wissen, was damals passiert ist?»

Tante Charlotte sah mit einem Mal so alt aus, wie sie tatsächlich war.

«Ich weiß nicht, ob ich es wissen will. Es ist spät, ich bin müde, lass uns morgen weiter darüber reden.»

Sie erhob sich schwerfällig und ließ Leonie allein im Wohnzimmer zurück. Leonie versuchte nicht, sie aufzuhalten. Fünf Minuten später war sie im Sessel eingeschlafen.

Spät in der Nacht wachte Leonie fröstelnd auf. Nachts lief die Heizung mit gedrosselter Leistung, und es war kalt im Raum. Sie ging hinauf ins Gästezimmer, zog sich rasch aus und kuschelte sich unter die warme Bettdecke. Leonie schlief sofort wieder ein. Am Morgen erwachte sie vom Geschirrklappern in der Küche. Sie drehte sich auf den Rücken und dachte über den Tag nach, der sie erwartete. Zuerst würde sie die Mutter des toten Polizisten aufsuchen und schauen, was dabei herauskam. Falls sich nichts Neues ergab, würde sie wohl oder übel aufgeben müssen. Aber vielleicht hatte sie Glück. Schwieriger würde es mit Tante Charlotte werden. Falls sie über-

haupt etwas wusste, würde sie es nur ungern preisgeben.
Leonie war kein Frühstückstyp. Kurz nach dem Aufstehen bekam sie wenig mehr als eine Scheibe Toast hinunter, allerdings brauchte sie sehr viel Kaffee, um auf die Beine zu kommen. An diesem Morgen verweigerte sie auch den Toast, sie war noch satt vom Abendessen. Sie trank drei Tassen Kaffee und las dabei den «Tagesspiegel». Ihre Tante wusste, dass sie ein Morgenmuffel war, und versuchte gar nicht erst, ein Gespräch mit ihr anzufangen. Gleich nach dem Frühstück verabschiedete sich Leonie und versprach, rechtzeitig zum Nachmittagskaffee zurück zu sein.
Die Mutter von Achim Löhr wohnte in einem hässlichen Wohnblock in Moabit, schon immer eine Kleineleutegegend. Leonie hatte ihren Besuch nicht angekündigt, aber sie hatte Glück. Frau Löhr packte gerade ihre Wochenendeinkäufe aus, als Leonie klingelte. Als sie die kleine Wohnung betrat und sich umsah, fielen ihr die Worte von Heinrich Zille ein, mit einer Wohnung könne man einen Menschen erschlagen wie mit einer Axt. Zille hatte diesen Satz zwar mit Blick auf die feuchten und dunklen Behausungen der Allerärmsten geprägt, aber Leonie fand, auf den ästhetischen Albtraum dieser Kleinbürgerwohnung ließe sich Zilles Diktum mühelos übertragen. Die Karstadt-Barockmöbel, der röhrende Hirsch über dem Sofa, allüberall Häkeldeckchen und geschmacklose Nippes, Gliederkakteen und Alpenveilchen auf dem Fensterbrett, ein Rechtschreib-Duden, eine Bibel und zwei Taschenbücher von Barbara Cartland, die sich einsam auf einem schmalen Bücherbord aneinander schmiegten. Leonie wusste aus der Todesermittlungs-

akte, dass Löhr bei seiner Mutter gewohnt hatte, und fragte sich, wie ein junger Mann von knapp dreißig Jahren es hier aushalten konnte.
Frau Löhr bot Leonie Kaffee an, ignorierte ihre höfliche Ablehnung aber und kochte, dabei unausgesetzt plappernd, eine große Kanne voll. Die alte Frau, Leonie schätzte sie auf etwa Mitte sechzig, stellte schnaufend Tassen und Kaffeekanne auf den Tisch. Sie war klein und dick, und ihr großer Kopf saß beinahe halslos auf ihrem Körper. Sie trug Trauerkleidung, und ihr teigiges Gesicht hatte einen Mitleid erregenden grämlichen Ausdruck. Ein Instinkt sagte Leonie, dass diese Märtyrermiene langer Übung entsprang und nicht erst seit dem Tod des Sohnes zur Schau getragen wurde. Leonie brauchte keine Überredungskünste anzuwenden, um Frau Löhr zum Sprechen zu bringen. Die alte Frau erzählte ihr unaufgefordert und ohne Punkt und Komma ihr ganzes Leben. Sie war schon kurz nach der Geburt ihres Sohnes Witwe geworden. Ihr Mann, ein Streifenpolizist, hatte mit seiner Dienstwaffe Selbstmord begangen, was sie ihm bis zum heutigen Tag übel nahm. Leonie gab einen mitfühlenden Laut von sich und dachte, dem armen Kerl habe eben der Mumm gefehlt, stattdessen seine Frau zu erschießen. Nachdem ihr Mann sich ihr entzogen hatte, musste anscheinend der kleine Achim dran glauben. Binnen einer knappen Stunde lernte Leonie eine frustrierte und egozentrische alte Frau kennen, die ihren Sohn durch Schuldgefühle, Nörgelei und der Forderung nach ständiger Aufmerksamkeit eisern an sich band. Der junge Mann hatte es offenbar nie gewagt, seine Mutter infrage zu stellen und die ihm auferlegten Denkverbote

zu überwinden. Er war quasi in der Vorpubertät stecken geblieben, und Leonie wunderte es kein bisschen, dass es ihm nie gelungen war, eine funktionierende Beziehung zu einer Frau aufzubauen. Aber natürlich brauchte Achim Löhr ein Ventil, wenn er nicht verrückt oder gewalttätig werden wollte. Und er fand es nicht ganz untypischerweise im Halbweltmilieu. Leonie hörte sehr aufmerksam zu, als Frau Löhr mit klagender Stimme von einer gewissen Person erzählte, die sich ihren Sohn geangelt hatte. Ihr armer, unschuldiger Sohn war aus Unerfahrenheit einem ganz ausgekochten Luder ins Netz gegangen, das, soweit Frau Löhr wusste, nichts als eine billige Prostituierte war. Selbst ihr, seiner Mutter, war es nicht gelungen, ihn aus den Klauen dieses Weibsstückes zu befreien. Sex, dachte Leonie, war also eine noch größere Macht als die Furcht vor der Übermutter. Konnte man den Worten von Frau Löhr Glauben schenken, so hatte ihr Sohn für diese Frau offenbar eine Menge Dummheiten gemacht, Geld war auch im Spiel gewesen. Aber irgendwann im Spätsommer war seine Angebetete plötzlich verschwunden. Er fuhr einem Hinweis folgend nach Hamburg, kam aber unverrichteter Dinge und gänzlich niedergeschlagen zurück. Ein paar Wochen später hielt er sich erneut in der Hansestadt auf, um sie zu suchen. Von diesem Ausflug kehrte er nicht zurück, jedenfalls nicht lebend. Seine Mutter war felsenfest davon überzeugt, dass diese Sirene die Schuld an seinem Tod trug. Leider wusste sie den Namen nicht, aber sie war damit einverstanden, dass Leonie sich im Zimmer ihres Sohnes umsah.

Achim Löhrs kleines Reich war zwar genauso geschmacklos möbliert wie der Rest der Wohnung, aber ansonsten einem jungen Mann durchaus angemessen ausgestattet. Leonies Interesse galt vor allem dem Schreibtisch und seinen persönlichen Besitztümern. Zu ihrer Verwunderung fand sie weder Fotos noch sonstige Hinweise auf die Freundin. Frau Löhr hatte, wie sich herausstellte, nach dem Tod des Sohnes alles weggeworfen, was mit dieser Frau zu tun hatte. Niemand könne von ihr verlangen, dass sie Fotos und Briefe von diesem Flittchen in ihrer Wohnung aufbewahrte. Leonie konnte so viel Dummheit kaum fassen. Wie konnte man die Hinweise auf einen Menschen vernichten, den man des Mordes verdächtigte? Immerhin hatte sie die Sachen aufbewahrt, die ihr die Hamburger Polizei zusammen mit der Leiche ihres Sohnes übereignet hatte. Sie holte eine große Plastiktüte aus dem Schrank und reichte sie Leonie. In der Plastiktüte fand Leonie die Kleidungsstücke, die der Tote getragen hatte. Glücklicherweise hatte seine Mutter sie noch nicht gewaschen. Leonie untersuchte alles sorgfältig, fand aber lediglich ein blondes Haar, das sie zwischen den Seiten ihres Taschenkalenders aufbewahrte. Achim Löhr hatte dunkelbraunes Haar gehabt. Und wo waren seine übrigen Sachen? Reisegepäck, Auto und so weiter? Seine Mutter wusste es nicht. Das Auto war wohl noch im Gewahrsam der Hamburger Kripo, und von Gepäck hatten die ihr gar nichts gesagt. Das wurde immer interessanter. Leonie hatte mehr erfahren, als sie zu hoffen gewagt hatte. Aber jetzt wollte sie nur noch eines: raus aus der beklemmenden Atmosphäre, die diese alte Frau um sich herum geschaffen hatte. Schon halb im Treppenhaus, fiel ihr noch etwas Wichtiges ein. Wie war Achim

Löhr bestattet worden? Im Sarg oder in der Urne? Leonie konnte sofort wieder aufatmen, er war nicht verbrannt worden. Aber als seine Mutter fragte, ob es denn nicht noch irgendeine Möglichkeit gebe, ihren Sohn vom Makel des Fixers oder Selbstmörders zu befreien, äußerte sich Leonie vage. Und das Wort Exhumierung behielt sie ganz für sich.

Auf dem Weg zur nächstgelegenen U-Bahn-Station hatte sie plötzlich das Gefühl, beobachtet zu werden. Sie drehte sich auf dem Absatz einmal um sich selbst, konnte aber nichts Verdächtiges entdecken. Die Menschen, die an ihr vorbeihasteten, zeigten keinerlei Interesse und sahen sie nicht einmal an. Leonie zuckte mit den Schultern, beschleunigte aber ihren Schritt, als sie die Treppe zur U-Bahn-Station hinablief. Sie sollte ihren Chef nach seiner Rückkehr aus Japan um ein paar Tage Urlaub bitten. Offensichtlich hatte sie ihn nötig.

6.

Am späten Sonntagnachmittag kehrte Leonie nach Hamburg zurück. Ihre Reise war nur ein halber Erfolg geworden. So redselig die Mutter des toten Polizisten, so schweigsam war ihre Tante gewesen. Nach ihrem Gespräch am ersten Abend hatte Tante Charlotte sich offenbar zu totalem Gedächtnisverlust entschlossen. Sie erklärte, dass sie zur Schwester schon vor dem Mord nur noch wenig Kontakt gehabt hatte und in Berlin weit vom Schuss saß. Mit anderen Worten, außer den Tatsachen, die Leonie bereits vertraut waren, hatte sie angeblich nichts zu bieten. Das Einzige, was Leonie ihr noch entlocken konnte, war der Name der Frau, für die ihr Vater die Familie verlassen hatte. Noch während des Prozesses hatte sie einen Arzt geheiratet, einen Freund und Kollegen ihres ehemaligen Liebhabers. Tante Charlotte kannte ihn flüchtig, deshalb war ihr der Name im Gedächtnis geblieben, Dr. Lothar Roessler. Es dürfte nicht allzu schwer sein, die Frau ausfindig zu machen, sofern sie noch in Hamburg lebte.

Als Leonie nach einer Vorlesung am Montagmorgen das Institut betrat, sah sie nur kurz in ihr Büro, um ihrer Sekretärin zu bedeuten, dass sie anwesend sei. Dann ging sie hinüber ins Labor zu Dr. Paul Unruh. Der DNA-Ex-

perte schloss gerade seine Tür auf. In letzter Zeit kam Unruh meist etwas später als seine Kollegen, die um acht Uhr ihren Dienst antraten. Da seine häusliche Situation bekannt war, hatte bisher niemand etwas dagegen eingewendet, aber Leonie wusste, dass sie und Professor Cordes spätestens dann etwas unternehmen mussten, wenn Unruh seine Pflichten vernachlässigte.
«Oh, guten Morgen, Leonie. Haben Sie mich schon gesucht?»
Leonie verneinte und folgte ihm ins Büro. Er schälte sich aus seiner abgewetzten Lederjacke und griff nach der Tüte, die Leonie ihm auf den Schreibtisch legte.
«Was ist das?»
«Ein Haar. Bevor ich damit zur Polizei gehe, wüsste ich gern, ob es noch für eine DNA-Analyse taugt.»
«Dann wollen wir mal sehen.»
Paul Unruh befreite das Haar mit einer Pinzette aus seinem Behältnis und hielt es kurz ans Licht. Dann legte er es wieder zurück.
«Tut mir Leid. Völlig unbrauchbar. Das Haar hat keine Wurzel, es ist nicht ausgefallen, sondern abgeschnitten. Frisch vom Friseur oder Perückenhaar.»
«Perückenhaar!»
Damit hatte Leonie nicht gerechnet. Aber sie war nicht unzufrieden.

Sie traf Kaminski am selben Tag in dem Fitness-Club, in dem sie sich so regelmäßig, wie es ihre Dienstzeiten zuließen, in Form brachte. Kaminski spielte dort Squash und liebte es wie Leonie, anschließend ein bis zwei frisch gezapfte Bier zu trinken. Gelegentliche Treffen an der

Bar ließen sich also gar nicht vermeiden. An diesem Abend war das Leonie gar nicht so unlieb. Sie hatte zwei Anliegen auf dem Herzen. Beide, wusste sie, würden Kaminski nicht gefallen. Er war schon beim zweiten Bier angekommen, als sie sich neben ihn stellte. Die Hocker waren alle besetzt, und Kaminski machte keine Anstalten, ihr seinen anzubieten.

«Hallo, Doc. Sie leben ja noch.»

«Ihnen habe ich das jedenfalls nicht zu verdanken.»

Der Mann links neben Kaminski zahlte, und Leonie enterte den Hocker, bevor es ein anderer tun konnte. «Wie weit sind Sie denn inzwischen mit meinem Friedhofs-Opfer? Haben Sie schon was über den zweiten Mann herausgefunden?»

«Sprechen Sie mich bloß nicht auf diesen Usbeken-Fall an. Damit werd ich noch mächtig viele Probleme kriegen, ich spür's in allen Knochen.»

«Haben Sie schon die Kollegen vom Staatsschutz im Nacken?»

«Woher wissen Sie das denn?»

«Weibliche Intuition. Apropos, ich bin immer noch der Meinung, dass wir Achim Löhr hätten obduzieren müssen.»

«Der tote Streifenpolizist? Ach kommen Sie, wir haben doch so schon genug zu tun. Der Typ ist nicht ermordet worden. Er hat sich einen Druck gesetzt und ist dabei über den Jordan gegangen. Warum und wieso, will ich gar nicht wissen.»

«Kaminski, Sie sind ein Ignorant. Und Voss sowieso. Nur nicht so genau hinschauen, man könnte ja was erfahren, das Arbeit macht oder Geld kostet oder beides. Dabei häufen sich in diesem Fall die Hinweise, dass da etwas stinkt.»

Kaminski sah sie scharf an. «Sie haben doch nicht etwa schon wieder auf eigene Faust rumgeschnüffelt?»

Leonie trank von ihrem Bier und wischte sich den Schaum von der Oberlippe. «Ich hab meine Tante in Berlin besucht. Und weil ich eh schon da war, habe ich einen Kondolenzbesuch bei Löhrs Mutter gemacht. Eine in jeder Hinsicht interessante Erfahrung.»

«Sie können es einfach nicht lassen, was? Von mir aus verbrennen Sie sich wieder die Finger, aber diesmal ohne mich.»

Leonie hatte nicht die Absicht, sich irgendwas zu verbrennen. Deshalb brauchte sie Kaminski. «Er hat ein Mädchen gesucht, möglicherweise eine Professionelle, in die er wahnsinnig verliebt gewesen sein soll. Er war zweimal in Hamburg, beim ersten Mal hat er sie nicht gefunden.»

«Na und?»

«Mensch, Kaminski. Ein Polizist, der sich im Milieu rumtreibt und deswegen berufliche Schwierigkeiten hat, kommt nach Hamburg, um ein mysteriöses Mädchen zu suchen. Er wird mit einer Heroinspritze im Arm gefunden, obwohl er bis dahin nur gelegentlich gekokst hat. Und noch was. An der Kleidung, die er bei seinem Tod getragen hat, hab ich ein blondes Haar gefunden, das von einer Perücke stammen könnte.»

«Und was sagt uns das?»

«Prostituierte tragen oft Perücken. Vielleicht hat er das Mädchen gefunden, das er suchte. Und irgendjemand hatte was dagegen, womöglich das Mädchen selbst.»

«Doc, Ihre Theorie ist an den Perückenhaaren herbeigezogen. Sehen Sie's mal so. Der Junge hatte Liebeskummer, jede Menge Ärger mit den Kollegen von der internen Ermittlung. Da hat er sich von dieser bösen Welt verabschiedet.»

«Ich glaube nicht, dass er an einer Überdosis Rauschgift gestorben ist. Ich wette mit Ihnen um Ihr Jahresgehalt, dass wir bei einer Autopsie festgestellt hätten, dass das Heroin dem Sterbenden injiziert worden ist.» Sie berichtete von der Gewebsverdickung um die Einstichstelle und ihre Schlussfolgerung daraus.

«Wieso haben Sie der Mutter eigentlich nicht das Gepäck des Sohnes zurückerstattet?»

«Weil wir's nicht gefunden haben. Wir wissen bis jetzt nicht, wo er gewohnt hat.»

«Also, eigentlich wissen Sie gar nichts, außer dass Sie keine Lust haben, weitere Recherchen anzustellen. Und wo ist sein Auto?»

«Sichergestellt. Was wollen Sie von mir?»

«Überreden Sie Voss, die Akte wieder zu öffnen. Löhr ist nicht verbrannt worden, die Kollegen in Berlin könnten ihn exhumieren und obduzieren. Je eher, desto besser, noch ist die Leiche in einigermaßen gutem Zustand.»

Kaminski schüttelte resigniert den Kopf. «Vergessen Sie's.»

«Wir wissen jetzt, dass der Mann eine bestimmte Person gesucht hat. Er war definitiv kein Junkie und nicht selbstmordgefährdet. Sie müssen Voss ja nicht auf die Nase binden, dass Sie das von mir haben.»

«Ich denk drüber nach.»

«Aber nicht zu lange.»

Leonie holte tief Luft, um ihr zweites Anliegen vorzubringen, als Kaminskis Handy klingelte. Er meldete sich, warf einen Seitenblick auf Leonie und führte leise ein kurzes und einsilbiges Telefonat. Leonie verzog keine Miene. Seit sie zufällig entdeckt hatte, dass Kaminski, der Macho-Mann mit dem Aussehen eines Latinlovers, schwul war und seine Flirts mit vollbusigen Blondinen reine Showveranstaltungen waren, vermied er peinlich jedes Gespräch darüber. Sie glaubte zwar, dass er inzwischen ihrer Diskretion vertraute, und er hatte aufgehört, mit ihr Spielchen zu spielen. Aber noch immer machte er ein großes Geheimnis aus seinem Privatleben. Wahrscheinlich war ihm das Versteckspiel so sehr in Fleisch und Blut übergegangen, dass er sich niemandem öffnen konnte, jedenfalls nicht Leonie, die darauf auch nicht den geringsten Wert legte.

Kaminski steckte das Handy wieder ein und trank sein Bier aus.

«Ich muss los. Hab noch was vor.»

Leonie bedeutete dem Barkeeper, dass auch sie zahlen wolle. «Eine Sache noch, Kaminski. Es ist etwas eher Persönliches.» Leonie fiel es nicht leicht, ihren Wunsch vorzutragen. «Es geht um meinen Vater. Sie kennen ja die Geschichte. Ich hätte gern die Ermittlungsakte von damals.»

Kaminski sah sie an, er schien nicht sonderlich erstaunt zu sein.

«Vermutlich fragen Sie sich, warum ich Sie darum bitte …?»

«Sie glauben, er war unschuldig.»

«Woher wissen Sie das?»

«Männliche Intuition. Eine Frage hätte ich allerdings schon noch. Was haben Sie vor?»
«Den Täter suchen natürlich.»
«Falls Sie etwas gefunden haben, sagen wir mal in seinem Nachlass, das Zweifel an seiner Täterschaft aufkommen lässt, könnten Sie offiziell die Wiederaufnahme der Ermittlungen betreiben. Wozu ich Ihnen dringend raten würde.»
Mit dem Vorschlag hatte Leonie gerechnet. «Damals haben alle an seine Schuld geglaubt, sie konnten es ihm nur nicht beweisen. Glauben Sie allen Ernstes, dass man über fünfundzwanzig Jahre danach wegen eines Hinweises seiner Tochter das Karussell wieder in Gang setzt? Wenn nicht einmal der Tod eines Kollegen anständig recherchiert wird?»
Kaminski knurrte Unverständliches. Er wusste, dass sie Recht hatte, niemand würde sich für einen abgeschlossenen Fall interessieren.
«Helfen Sie mir nun oder nicht? Ich kann mir ansonsten auch über einen Anwalt die Akte der Staatsanwaltschaft besorgen. Das dauert nur länger.»
Kaminski legte einen Schein auf den Tresen und winkte dem Mann dahinter zum Abschied.
«Also gut, weil Sie's sind. Aber nur unter einer Bedingung.» Er machte eine Kunstpause und sah sie streng an. «Sie halten mich in der Sache auf dem Laufenden. Klar?»

Nach dem zweifelhaften Genuss einer lauwarmen Pizza, die sie sich auf dem Nachhauseweg geholt hatte, zog sich Leonie mit einem Glas Chianti classico auf ihr Sofa

zurück und nahm sich eines der frühen Tagebücher ihres Vaters vor. Die ersten Jahre überflog sie nur. Für sie wurde es erst interessant, als ihre Mutter ins Spiel kam. Beim dritten Band wurde sie fündig. Der Medizinstudent Richard Simon lernte auf einer Hochzeitsfeier ein junges Mädchen kennen, ein Fräulein Reichert. Das war ihre Mutter. Es schien für beide Liebe auf den ersten Blick zu sein, für Leonie eine eigenartige Vorstellung. Sie konnte sich nicht erinnern, ihre Eltern jemals zärtlich miteinander erlebt zu haben. Solange sie denken konnte, hatte es nur Streit oder kühle Gleichgültigkeit zwischen ihnen gegeben. Ein paar Tage nach dem ersten Eintrag ein Vorname, Charlotte. Ihr Vater musste sich geirrt, ihre Mutter mit ihrer Tante verwechselt haben.
Gegen Mitternacht legte sie das Tagebuch aus der Hand. So war das also gewesen. Leonie hatte bei der Lektüre für vieles eine Erklärung gefunden, aber es machte sie trauriger, als sie erwartet hatte. Deshalb die Entfremdung der Schwestern und die unglückliche Ehe der Eltern, es war Charlotte gewesen, die Richard Simon geliebt hatte. Deren jüngere Schwester Margot, hübscher, aber weniger liebenswert, hatte sich offenbar zwischen die beiden gedrängt. Zunächst ohne Erfolg, aber dann war es ihr doch gelungen, den jungen Mann zu verführen. Als sie schwanger wurde, fühlte er sich verpflichtet, sie zu heiraten. Sie verlor das Kind schon kurz nach der Hochzeit, aber damals ließ man sich nicht so schnell wieder scheiden. Und als dann Leonie da war, konnte Richard Simon endgültig nicht mehr zurück. Die Ehe war zu dem Zeitpunkt bereits vollkommen zerrüttet. Leonie fühlte eine ungeheure Wut auf ihre Mutter in sich aufsteigen. Wie

hatte sie ihr das antun können? Kein Kind durfte unter diesen Umständen gezeugt und geboren werden. Wie grausam, gedankenlos und dumm das gewesen war. Und wie viele Menschen darunter hatten leiden müssen. Leonie fiel erst jetzt auf, dass ihr Vater damit ein zusätzliches Motiv bekommen hatte. Aber auch ihre Tante, denn sie hatte damals den Mann, den sie liebte, verloren. Konnte es sein, dass sie ihren Hass auf die Schwester fünfzehn Jahre lang gehegt und gepflegt hatte, um sie nach so langer Zeit erst zu töten? Aber hätte Tante Charlotte es zugelassen, dass ihre ehemals große Liebe Richard für einen Mord vor Gericht gestellt wurde, den er nicht begangen hatte? Leonie schloss ihre Tante ebenso aus wie ihren Vater. Aber sie würde mit ihr darüber reden müssen.

Leonie ging mit Frau Ohngemach, der Sekretärin von Professor Cordes, ein paar Termine durch. Der Chef wurde in zwei Tagen aus Japan zurückerwartet, wofür Leonie äußerst dankbar war. Es gab in der kommenden Woche ein paar Sitzungen, die sie nur zu gern an ihn abtreten würde. Frau Ohngemach bot ihr selbst gebackene Kekse an. Aber in dem Moment setzte das vertraute Würgegeräusch aus dem Behandlungsraum ein, der sich auf der gegenüberliegenden Flurseite befand. Frau Ohngemach stellte die Kekse ohne weiteren Kommentar wieder weg. An die Brechmitteleinsätze, die seit einiger Zeit zu den Aufgaben der Rechtsmedizin gehörten, und die damit verbundene akustische Belästigung würde sie sich nie gewöhnen. Auch Leonie konnte sich, wie die meisten Kollegen, mit der neuen, ungeliebten Aufgabe nicht anfreunden.

Nach jahrelanger Diskussion hatte sich der Hamburger Senat dazu durchgerungen, den Brechmitteleinsatz gegen Drogendealer einzuführen, eine in anderen Städten und Bundesländern seit langem geübte Praxis. Immer wieder standen Polizei und Gerichte vor dem Problem, dass die Kleindealer, in Hamburg zumeist Schwarzafrikaner, die die Drogen an die Abhängigen verkauften, beim Herannahen einer Polizeistreife die Crack-Kugeln hinunterschluckten. Selbst wenn zwei Polizisten diesen Tatbestand bezeugen konnten, wurden die Dealer vom Haftrichter in der Regel wieder laufen gelassen. Ohne Corpus Delicti keine Anklage und kein Haftbefehl. Nach der neuen Gesetzeslage konnte in solch einem Fall die Verabreichung eines Brechmittels, des völlig ungefährlichen Ipecacuanha-Sirups, angeordnet werden. Diese Prozedur musste ärztlich überwacht werden. Der aus medizinischer Sicht heikle Punkt dabei war, dass dem Delinquenten der Sirup durch eine Magensonde eingeflößt werden musste, falls er sich weigerte, ihn zu trinken. Das Institut für Rechtsmedizin war dafür der natürliche Partner für Polizei und Staatsanwaltschaft. Als man an Professor Cordes herantrat, hatte der sich nach Beratung mit seinen Mitarbeitern dazu entschlossen, diese Aufgabe zu übernehmen. Die Meinungen darüber, ob diese Entscheidung richtig war, gingen im Institut stark auseinander. Das Unbehagen lag in erster Linie darin, dass man nicht zum Büttel der Justiz werden wollte, ein Problem, das auch Leonie hatte. Einerseits war es die klassische Aufgabe der Rechtsmedizin, der Polizei und der Anklagebehörde bei der Beweismittelsicherung zu helfen. Andererseits bestand diese

Aufgabe normalerweise nicht darin, einem Verdächtigen diesen Beweis quasi gewaltsam zu entreißen. Professor Cordes' Entscheidung beruhte jedoch eher auf einer politischen als auf einer medizinethischen Überlegung. Die Stadt brauchte das Institut, aber das Institut brauchte auch die Stadt. Sich einer rechtlich zulässigen Maßnahme zur Überführung von Straftätern zu verweigern konnte Auswirkungen auf die Zusammenarbeit haben, die sich in den letzten Jahren durchaus erfreulich entwickelt hatte. Und um Geld ging es natürlich auch.
Leonie war jedenfalls alles andere als unglücklich, wenn sie während ihres Bereitschaftsdienstes verschont blieb. Sie warf nur einen kurzen Blick in den Behandlungsraum, wo ein Polizeibeamter mit angewidertem Gesicht Crack-Kugeln aus dem Erbrochenen fischte, während Dr. Matschoss dem immer noch würgenden Dealer den Puls fühlte. Dann ging sie in ihr Büro, um Schreibtischarbeit zu erledigen. Professor Cordes würde bei seiner Rückkehr einige gut gefüllte Mappen Post und einen keineswegs halb leeren Terminkalender, wie er ihn liebte, auf seinem Schreibtisch vorfinden. Sie grinste bei dem Gedanken, dass der Golfplatz wohl einige Tage auf ihn warten musste.
Frau Thiele hatte sich soeben in den Feierabend verabschiedet, als Leonies Telefon klingelte. Eine junge Beamtin war am Apparat und gab die Adresse eines Leichenfundortes durch. Kaminski und seine Leute waren schon vor Ort. Kaminski ließ ausrichten, sie solle Dr. Kühn mitbringen. Das bedeutete, dass die Leiche Besuch bekommen hatte.

7.

Das Haus lag am westlichen Rand des Hamburger Stadtgebietes, in Rissen am Rande des Schnaakenmoors. Es bildete den Abschluss einer ruhigen Sackgasse, in der sich überwiegend einstöckige Einfamilienhäuser der oberen Preisklasse hinter Hecken oder Bäumen verbargen. Als Leonie das Grundstück betrat, registrierte sie mit Bedauern den völlig verwahrlosten Garten. Hier hatte offensichtlich seit Jahren niemand mehr Hand angelegt. Das Haus war eingerüstet, und eine Dixie-Toilette sowie Baumaterialien wiesen darauf hin, dass Handwerker mit der Renovierung des Gebäudes beauftragt waren. Ein junger Beamter in Uniform übergab sich in ein verwildertes Rosenbeet, ein ebenfalls sichtlich angeschlagener Kollege bemühte sich um Fassung und schaffte sogar ein Lächeln, als er Leonie erklärte, wohin sie sich wenden solle. Sie betrat das Haus, in dem überall die Kriminaltechniker in ihren weißen Overalls herumliefen, und suchte die Küche, wo es einen Zugang zum Keller geben sollte. Leonie hatte erwartet, dass ihr bereits auf der Treppe der unverkennbare Geruch einer verwesenden Leiche entgegenschlagen würde, aber es roch lediglich ein bisschen muffig und intensiv nach Heizöl. Das Haus war voll unterkellert. Sie schätzte die Gesamtfläche auf mindestens 250 Quadratmeter, als sie einem endlos erscheinenden Gang folgte. Die Leiche befand sich im hintersten Raum, und Kaminski, zwei seiner Kollegen und die Spurentechniker bemühten sich, einen Überblick über die Situation zu bekommen. Leonie nickte Kaminski zu und trat neben die Leiche. Sie lag zwischen einem Kleiderschrank und einer Wickelkommode und war von der Tür aus nicht zu sehen. Der Raum diente als eine Art Rumpelkammer und war zu mehr als zwei Dritteln mit alten Möbeln, Kisten und dergleichen zugestellt, was die Arbeit der Ermittler nicht gerade erleichterte. Die Leiche war teils verwest, teils mumifiziert, und Leonie hatte volles Verständnis für den schwachen Magen des jungen Polizisten. Die Tote – das Geschlecht zumindest ließ sich noch zweifelsfrei bestimmen – bot keinen besonders appetitlichen Anblick, Fliegen und Käfer tummelten sich auf ihr. Leonie hockte sich neben den Körper und fing mit der äußeren Leichenschau an, soweit sich diese unter den gegebenen Umständen durchführen ließ. Die tote Frau war vollständig entkleidet und lag flach auf dem Rücken. Durch die Leichenveränderungen und die Fraßspuren der Insekten war es nicht ohne weiteres möglich, die äußeren Spuren von Gewalteinwirkung zu erkennen. Das Gesicht war durch die Maden stark zerstört, aber als Leonie vorsichtig den Kopf ein wenig zur Seite drehte, konnte sie eine Schädelverletzung oberhalb der Hinterhauptschuppe erkennen. Sie erhob sich und streifte ihre Handschuhe ab. Kaminski hatte ihr aus sicherer Entfernung zugesehen. Sie wusste inzwischen, dass er nicht halb so hart im Nehmen war, wie er alle glauben machen wollte.

«Sie hat eine Schädelfraktur über der Hutkrempenlinie. Das bedeutet, dass die Verletzung wahrscheinlich nicht durch einen Sturz verursacht wurde. Mehr kann ich noch nicht sagen.»
Kaminski nickte. «Ist doch schon mal was. Und wie lange liegt sie schon hier?»
Leonie ging zu einem großen Heizkörper, der an der Außenwand unter einem kleinen Fenster angebracht war. Das obere Viertel der Kellerwand ragte über den Erdboden hinaus, und dort war ein Fenster angebracht, das einen Spalt geöffnet stand. Der Heizkörper war heiß, wie Leonie feststellte. «Tja, der Keller ist warm und trocken und wird belüftet. Aber auch unter diesen Umständen dauert eine Teilmumifizierung ihre Zeit, mindestens vier Wochen, würde ich schätzen. Zur Liegezeit kann Doktor Kühn bestimmt Genaueres sagen.»
Wie aufs Stichwort betrat Dr. Kühn den Kellerraum. Sie war eine grobknochige, hoch gewachsene Frau und überragte sogar Leonie noch um ein paar Zentimeter. Das Auffälligste an ihr aber waren ihre üppige fuchsrote Mähne und ihre veilchenblauen Augen. Sie arbeitete am Institut für Zoologie der Universität Hamburg und hatte sich auf forensische Entomologie spezialisiert. Damit gehörte sie in Deutschland zu einem sehr kleinen Kreis von Experten. Wenn in Hamburg jemand von der «Madenfrau» sprach, konnte nur sie gemeint sein.
«Aha», sagte Ursula Kühn und betrachtete liebevoll die Leiche. «Das sieht ja interessant aus.» Sie stellte ihre Gerätschaften ab und schüttelte Leonie und Kaminski kräftig die Hand. «Wie weit seid ihr denn schon?»
Leonie wiederholte ihren Befund und hörte dann inter-

essiert Kaminski zu, der die allgemeine Situation erklärte. Das Haus hatte wegen diverser Erbstreitigkeiten längere Zeit leer gestanden, war vor einigen Monaten schließlich verkauft worden, und im Zuge der Renovierungsarbeiten hatte ein Arbeiter die Leiche entdeckt. Mit der Bautätigkeit hatte man zwar schon vor circa zwei Monaten begonnen, aber die Leiche war erst jetzt gefunden worden, weil sich bisher niemand mit den Kellerräumen beschäftigt hatte.

Während Kaminski seinen Bericht abspulte, stellte Ursula Kühn einen Thermohygrographen in Fensternähe auf, der in den nächsten Tagen Raumtemperatur und Luftfeuchtigkeit aufzeichnen würde. Neben der Leiche platzierte sie ein normales Thermometer, um die Temperatur direkt am Körper messen zu können. Dann fing sie an, Fliegenlarven vom Körper abzusammeln.

Leonie sah ihr zu, wie immer fasziniert von der Arbeit der Biologin. Sie hatte Ursula Kühn vor etwa einem Jahr kennen gelernt, als sie die stark verweste Leiche eines kleinen Mädchens untersuchen musste. Mit den normalen rechtsmedizinischen Methoden war es beim Zustand der Leiche unmöglich, auch nur eine grobe Schätzung zum Todeszeitpunkt abzugeben. Genau dies aber war ein entscheidender Faktor für die ermittelnden Beamten, die einen Verdächtigen im häuslichen Umfeld der Kleinen ausgemacht hatten. Natürlich kannte Leonie zu dem Zeitpunkt bereits die Möglichkeiten, die die forensische Entomologie bot, hatte selbst aber noch nicht mit Insektenkundlern zusammengearbeitet. Der Fall des kleinen Mädchens hatte sie jedoch auf die Idee gebracht, einen Experten hinzuzuziehen. So hatte sie

Ursula Kühn kennen gelernt, die eine so präzise Todeszeitbestimmung vornehmen konnte, dass das Alibi des Verdächtigen ins Wanken geraten war. Da Leonie sich mit der gleichaltrigen Kollegin auf Anhieb bestens verstand, hatten die beiden die Arbeitsgruppe forensische Entomologie ins Leben gerufen und untersuchten zu Forschungszwecken so viele Madenleichen wie möglich, auch wenn es sich nicht um einen Fall für die Kripo handelte. Seit dem Beginn ihrer Zusammenarbeit mit Ursula Kühn hatte sich Leonies Verhältnis zu Insekten erheblich verändert. Statt unangenehmer, wenn auch notwendiger Teil des Kreislaufs der Natur waren Maden und Käfer für sie zu kleinen Hilfstruppen der Todesermittler geworden, die dort weitermachten, wo der Rechtsmediziner seine Möglichkeiten ausgeschöpft hat, weil der Fäulnisprozess einer Leiche schon zu weit fortgeschritten war.

Die Insektenbesiedlung eines toten Körpers erfolgt in mehreren Schritten. Schmeißfliegen sind in der Regel die ersten, die kurz nach Todeseintritt eintreffen. Sie reagieren auf Blut- und Fäulnisgeruch und setzen sich gern auf Wunden und, wenn keine blutenden Verletzungen vorhanden sind, auf Körperöffnungen wie Nase, Mund, Augen, Ohren oder Geschlechtsteile. Dort legen sie ihre Eier in kleinen Paketen ab, und je nach äußeren Gegebenheiten wie Luftfeuchtigkeit und Temperatur und je nach Fliegengattung schlüpfen die Larven, auch Maden genannt, nach einem oder mehreren Tagen oder Wochen und beginnen sofort, den toten Körper zu verzehren. Nach einer gewissen Zeitspanne verpuppt sich die Larve, und aus der Puppe schlüpft nach Ablauf weiterer Tage die neue Fliege. Und genau diese Zeiträume sind es, die der Entomologe berechnen und durch die er auf zwei bis vier Tage genau den Todeszeitpunkt bestimmen kann. Nach den Insekten, die frische Leichen lieben, gibt es diejenigen, die erst kommen, wenn das Gewebe schon stark zersetzt und dadurch weicher geworden ist. Käfer wiederum mögen es fester und interessieren sich erst für tote Körper, wenn die ausgetretene Fäulnisflüssigkeit völlig abgetrocknet ist und die Leiche zu mumifizieren beginnt. Leonie betrachtete die unbekannte Tote und fragte sich, ob auch in diesem Fall die Insekten helfen würden, den Täter zu finden.

Dr. Kühn war fertig. An der Leiche hatte sie nicht mehr viele Larven gefunden, denn sie war schon stark getrocknet. Die Maden der ersten Besiedlungswelle waren ohnehin längst von der Leiche weggekrochen und hatten sich verpuppt. Im Gegensatz zu den Larven mögen es die Puppen nicht gern feucht, weswegen die Maden rechtzeitig einen trockenen, geschützten Ort abseits des toten Körpers suchen, bevor sie sich verpuppen. An solchen Orten war in dem Keller kein Mangel, und Dr. Kühn hatte eine Menge Puppen unter Möbeln und einem Stück Teppichboden gefunden. Etwa die Hälfte der ältesten abgesammelten Larven und Puppen verwahrte sie in Kästen, um sie in den nächsten Tagen und Wochen in ihrem Labor weiterzuzüchten. Die andere Hälfte tötete sie zu späteren Vergleichszwecken in neunzigprozentigem Alkohol ab. Als sie sich nach getaner Arbeit aufrichtete, hielt sie Kaminski einen Käfer vor die Nase. Kaminski wich instinktiv einen Schritt zurück.

«Dermestes maculatus», sagte Dr. Kühn. «Speckkäfer. Der geht erst spät an eine Leiche, wenn sie schon abgetrocknet ist.»

«Und weiter?», fragte Kaminski und betrachtete angewidert den kleinen Käfer, der wild mit seinen dünnen Beinchen ruderte.

«Nichts weiter. Bevor ich nicht die Züchtungsergebnisse der Fliegenlarven habe und alle weiteren Angaben, die ich zum Rechnen brauche, kann ich mich nicht festlegen.»

«Hätte ich mir denken können», knurrte Kaminski. «Wir sehen uns später im Institut. Die Jungens würden jetzt gern ihre Arbeit machen.»

Leonie und Ursula Kühn fuhren zusammen ins rechtsmedizinische Institut. Dr. Kühn war nicht mit dem eigenen Wagen gekommen, sondern zusammen mit einem der Beamten. Sie war eine flotte Autofahrerin, manchmal ein bisschen zu flott, und kürzlich zum zweiten Mal innerhalb eines Jahres bei einer erheblichen Geschwindigkeitsüberschreitung erwischt worden. Ein Versuch, das Herz des zuständigen Beamten zu rühren, war fehlgeschlagen, und sie hatte ihren Führerschein für sechs Wochen abgeben müssen.

«Wie geht's dir? Ist alles glatt gegangen?», fragte Leonie mit einem prüfenden Seitenblick. Aber Ursula Kühn war weit davon entfernt, in Tränen auszubrechen.

«Oh, wunderbar. Wir haben anschließend ein Glas Wein zusammen getrunken, und er hat mir von seiner neuen Freundin vorgeschwärmt.»

Ursula Kühn war gerade zum dritten Mal geschieden

worden, und wie alle ihre Scheidungen war offenbar auch diese vollkommen undramatisch verlaufen. Zusammen mit ihrem zweiten Mann hatte sie einen siebenjährigen Sohn, der bei seinem Vater, einem Grundschullehrer, lebte, weil Ursula der Meinung war, dass sie zu wenig Zeit und pädagogisches Feingefühl für die Erziehung eines Kindes habe. Sie und ihr Ex teilten sich das Sorgerecht, und Tobias hatte das Glück, zu den Scheidungskindern zu gehören, deren Eltern in bestem Einvernehmen lebten.

«Toby ist mir allerdings böse wegen der neuen Scheidung. Bernd ist mit ihm oft zum Fußball gegangen, und damit ist jetzt wohl Schluss. Seinen Vater kriegen keine zehn Pferde in ein Fußballstadion.»

Leonie beneidete Ursula Kühn um ihre lässige Art, mit Krisen umzugehen oder sie gar nicht erst entstehen zu lassen. Sie war stets gleichmäßig temperiert, hatte keine Launen und eine umwerfend vitale und positive Ausstrahlung. Allerdings schien es Leonie manchmal, dass der Grund dafür eine gewisse Oberflächlichkeit war. Doch vielleicht tat sie ihr damit Unrecht. Schließlich war ihr selbst auch schon mangelnde Gefühlstiefe vorgeworfen worden, nur weil sie nicht zu den Leuten gehörte, die mit ihren seelischen Blähungen hausieren gingen.

Die unbekannte Tote wurde zwei Stunden später in Begleitung von Hauptkommissar Kaminski angeliefert, der seinen Magen anscheinend mit Alkohol beruhigt hatte, jedenfalls roch er danach. Auch Andresen, einer der Präparatoren, verzog das Gesicht.

«Verfallsdatum siehe Fußsohle.» Andresens Humor war nicht jedermanns Sache.

Ursula Kühn schien jedenfalls amüsiert und zwängte sich in einen etwas zu kleinen Kittel. Leonie und ihr Kollege Hinrichs legten zu Ehren der Madenleiche die volle Montur an, also Mundschutz, Haube, Handschuhe, Kittel plus Gummischürze und Gummischuhe.

Zusammen mit Dr. Kühn traten sie an die Leiche. Die Entomologin untersuchte noch einmal gründlich die verbleibenden Maden und die Stellen, an denen sie gearbeitet hatten. Leonie nahm ihre Beobachtungen ins Diktat der Befunde der äußeren Leichenschau auf, während ihr Kollege zur Eröffnung der Obduktion mit einem ypsilonförmigen Schnitt Brustkorb und Bauch vom Hals bis zum Schambein öffnete, was wegen der fortgeschrittenen Fäulnis kein reines Vergnügen war. Der Sektionsgehilfe stand schon mit der Rippenschere parat, die Hinrichs benötigte, um die Brustplatte zu entfernen, die die inneren Organe schützte. Über das hässliche Geräusch hinweg, das er dabei machte, unterhielt er sich mit Kaminski, dessen Leidenschaft für Motorräder er teilte. Leonie unterbrach ihre Unterhaltung über die Vorzüge ihrer jeweiligen Lieblinge.

«Wieso haben die Arbeiter die Leiche erst so spät entdeckt? Haben die alle was mit der Nase?»

Kaminski schlug sein Notizbuch auf. «Soweit ich bis jetzt rausgefunden habe, war keiner der Arbeiter bisher im Keller tätig. Es war mal einer von einer Heizungsfirma da unten, weil eines der Ölfässer geleckt hat. Stinkt ja jetzt noch bestialisch nach Heizöl, wenn man die Treppe runtergeht. Wahrscheinlich hat das den Leichengeruch überdeckt.»

«Schau dir das mal an.»

Dr. Kühn wandte sich an Leonie und deutete auf Stellen an Knien und Handinnenflächen der Toten, wo das Gewebe bis auf die Knochen abgenagt worden war.

«Ich würde sagen, Mama Fliege hat außer an den Körperöffnungen und der Kopfwunde hier die ersten Eierchen abgelegt. Was sagt uns das?»

Leonie brauchte nicht lange zu überlegen. «Blutende Wunden haben sie angezogen.»

«Möglicherweise. Können wir das beweisen?»

Leonie schüttelte den Kopf. «Da deine kleinen Lieblinge mit ihrem großen Appetit alles weggefressen haben, fällt eine feingewebliche Untersuchung leider flach.»

«Könnten die Wunden beim Leichentransport entstanden sein?», wollte Kaminski wissen. Hinrichs schüttelte den Kopf. «Höchstens unmittelbar nach dem Eintritt des Todes. Vorausgesetzt, da waren Wunden, und das ist reine Spekulation, wären das ungewöhnliche Stellen für Schleifverletzungen.»

«Stimmt», sagte Leonie. «Aber sie könnte auf Händen und Knien über einen rauen Bodenbelag oder über spitze Steine gekrochen sein. Die Kopfwunde muss nicht unmittelbar tödlich gewesen sein, falls sie überhaupt die Todesursache ist.»

Eine Stunde später waren alle schlauer. Leonie und Hinrichs hatten rötlich-gräulich verfärbte, aber noch halbwegs gut erhaltene innere Organe vorgefunden, die keine krankhaften oder gewaltsamen Veränderungen oder Verletzungen aufwiesen. Unter der zertrümmerten Schädeldecke fand sich ein stattliches subdurales Hämatom, das trotz Madenfraß noch als Gewebsrest vorhanden war.

«Ich denke, wir können schon jetzt sagen, dass die Schädelverletzung und die dadurch entstandene Blutung todesursächlich waren.»
Kaminski sah Leonie fragend an. Sie schüttelte den Kopf. «Nein, wie lange sie danach noch gelebt hat, kann ich wirklich nicht sagen. Die Handlungsfähigkeit würde ich nach solch einer Verletzung jedenfalls als eher kurz ansehen.»
Hinrichs machte Kaminski auf das vernarbte Gewebe aufmerksam, das er nach Ablösung der Haut an den Armen der Toten gefunden hatte, ein Zeichen dafür, dass sie es mit einem Junkie zu tun haben könnten. Außerdem hatte er vergrößerte Lymphknoten in den Achselhöhlen gefunden und eine noch nicht zurückgebildete Thymusdrüse, was ungewöhnlich ist für einen Menschen im Erwachsenenalter, es sei denn, er nimmt regelmäßig harte Drogen. Hinrichs kannte sich aus, denn er war selbst über viele Jahre alkohol- und drogenabhängig gewesen. Inzwischen war von Sex, Drugs und Rock 'n' Roll wohl nur noch Letzteres übrig geblieben. Und natürlich die Harley samt Lederkluft und die zum Indianerzopf gebundenen langen Haare, deren müder Grauton ihren Träger täglich daran erinnerte, dass Woodstock schon ein paar Tage her war. Auf Geheiß von Leonie entnahm Andresen dem Brustkorb der Toten Fäulnisflüssigkeit, die später im Labor mit Hilfe des Gaschromatographen auf die gängigen Drogen getestet werden würde.
Die Obduktion lieferte noch zwei weitere auffällige Befunde, die für die Identifizierung der Unbekannten, die Leonie und Hinrichs auf etwa Anfang zwanzig schätzten, hilfreich sein konnten. Die Tote hatte ein außeror-

dentlich intaktes Gebiss und nur eine einzige kleine Amalgamfüllung in einem Backenzahn. Und sie besaß zwei zusätzliche rudimentäre Brustwarzen, die jeweils unter der rechten und linken Brust saßen.

«Es gibt sogar Frauen, die vier und mehr rudimentäre Brustwarzen haben, wie eine Knopfleiste links und rechts. Kleine Laune der Evolution.»

Kaminski schüttelte den Kopf. «Toll, was es alles gibt.»

«Könnte die Identifizierung erleichtern. Leute, die sie gut kannten, sollten das wissen.»

Leonie hob eine Hand der Toten an, deren Fingerspitzen starke Fraßspuren aufwiesen.

«Fingerabdrücke werden wir davon nicht mehr nehmen können.»

Ursula Kühn lächelte Kaminski gewinnend an. «Die Speckkäfer fangen immer an der trockensten Stelle an zu nagen, und das sind meistens die Finger und die Zehen. Schlaue kleine Kerlchen.»

«Und», fuhr Leonie fort, «ich wette mit Ihnen um einen Kasten Bier, dass sie keinen Zahnarzt finden, der Ihnen Röntgenaufnahmen zu Vergleichszwecken liefern kann. Das sind die schönsten und gesündesten Zähne, die ich seit langem gesehen habe.»

Ursula Kühn wartete das Ende der Obduktion nicht ab, sie hatte gesehen, was sie für ihre Arbeit benötigte. Kaminski hatte es ebenfalls eilig fortzukommen und blieb nur so lange, bis Andresen die Fingernägel der Toten abgeschnitten und ihm in beschrifteten Röhrchen überreicht hatte. Kaminskis Laune war sichtlich nicht die allerbeste, und Leonie nahm an, dass er zu viel um die Ohren hatte. Sie überlegte, ob es ein Fehler wäre, ihn zu fragen, ob er in der Sache des Berliner Polizisten schon etwas erreicht hatte. Aber als sie ihn zum Ausgang des Sektionstraktes begleitete, brachte er das Thema selbst zur Sprache.

«Morgen habe ich einen Termin bei Voss wegen Ihrer Friedhofsleiche. Macht mir eine Menge Ärger. Na ja, das nur am Rande. Jedenfalls will ich ihn nochmal auf den Fall Löhr ansprechen.»

Leonie war angenehm überrascht. «Ich hatte nicht zu hoffen gewagt, dass Sie für mich in den Ring steigen würden.»

«Bilden Sie sich keine Schwachheiten ein. Sie haben mich nicht wirklich überzeugt. Aber vor ein paar Tagen hat sich ein Kollege von der Todesermittlung bei mir gemeldet, der sich an eine offizielle Anfrage von Löhr erinnerte. Löhr hat eine junge Frau gesucht, deren vollen Namen er kurioserweise nicht kannte.»

«Bedauerlich.»

«Er ist dann überraschend persönlich aufgetaucht, und zwar wenige Tage vor seinem Tod. Seine Freundin war inzwischen nicht wieder aufgetaucht, und er machte sich große Sorgen um sie. Der Kollege konnte ihm nicht helfen, und das Foto hat Löhr auch wieder mitgenommen.»

«Was für ein Foto?»

«Der Kollege sagt, Löhr habe ihm ein ziemlich unscharfes Polaroidfoto gezeigt. Da waren mehrere Mädchen drauf, unter anderem diese Easy. Der Kollege kannte das Mädchen nicht. Daraufhin ist Löhr gegangen, und das war's. Weil Löhr eben selbst Polizist war und weil er was von Russenmafia und Entführung gefaselt hat, ist sein Auftritt in Erinnerung geblieben.»

«Und jetzt möchten Sie ihn auch gern obduziert haben?»
«Wahrscheinlich war dieser Löhr bloß ein Spinner, und eine Exhumierung ist rausgeworfenes Geld.»
«Möglich.» Leonie machte eine Kunstpause. «Aber es ist schon ein eigenartiger Zufall.»
Kaminski runzelte die Stirn, und seine dichten Augenbrauen wuchsen zu einer schwarzen Linie zusammen.
«Innerhalb einer Woche sterben ein mysteriöser Mann aus dem ehemaligen Ostblock und ein Berliner Polizist, der eine verschwundene Frau sucht und was von Russenmafia erzählt. Da könnte man doch glatt auf die Idee kommen, dass die beiden Fälle zusammenhängen.»
Leonie sah Kaminski an, dass er den Haken geschluckt hatte, und mit etwas Glück würde der Staatsanwalt das auch tun.

Es dämmerte schon, als Leonie vor dem Nobelrestaurant Louis C. Jacob von der Elbchaussee nach rechts abbog, hinein ins Herz von Nienstedten. In diesem kleinen, aber feinen Elbvorort waren die meisten in Hamburg lebenden Millionäre registriert, das zuständige Finanzamt gehörte indes zu den einnahmeschwächsten. Das, fand die Steuerzahlerin Leonie Simon, sollte einem zu denken geben. Das Haus, das sie nach kurzer Suche gefunden hatte, gab sich äußerlich vergleichsweise bescheiden, aber der Porsche in der Einfahrt signalisierte, dass man sich um den Lebensabend des Besitzers keine Sorgen zu machen brauchte. Leonie war ein wenig mulmig zumute, als sie durch einen gepflegten Vorgarten auf die Haustür zuging. Beinahe wünschte sie sich, sie möge sich bei ihrer Suche geirrt haben. Nach dem dritten Klingeln öffnete eine Frau von etwa Mitte fünfzig die Tür. Sie war sehr schlank, trug Jeans und Pullover und wirkte trotz der grauen Haare noch sehr jugendlich. Iris Roeseler, geborene Banuscher, war Leonie auf Anhieb sympathisch. Damit hatte sie weder gerechnet noch gar den Wunsch danach verspürt.

«Ja bitte?», fragte die Hausherrin.

Sogar ihre Stimme ist sympathisch, dachte Leonie. Das war ja kaum auszuhalten. «Erinnern Sie sich an Doktor Richard Simon?»

Die Frau zuckte mit keiner Wimper. Leonie spürte den Wunsch, sie zu verletzen. «Ihren ehemaligen Liebhaber?»

«Natürlich erinnere ich mich», sagte Iris Roeseler und zeigte ein höfliches Lächeln. «Ich nehme an, Sie sind seine Tochter. Kommen Sie doch herein.»

8.

Er hatte wirklich ein unwahrscheinliches Glück gehabt und eine Wohnung genau gegenüber gefunden. Ganz zufällig war Dutch in einer kleinen Eimsbütteler Kneipe mit einem Mann ins Gespräch gekommen, der in Kürze eine sechsmonatige Gastprofessur in den USA antreten musste und noch keinen Untermieter für seine Wohnung gefunden hatte. Als er die Adresse nannte, war Dutch sofort interessiert. Gleich am nächsten Vormittag sah er sich die Wohnung an und bezahlte auf der Stelle für sechs Monate im Voraus. Vier Tage später konnte er einziehen. Er deponierte seinen Feldstecher auf dem Fensterbrett in der Küche. Von dort aus hatte er den Blick in den quadratischen Innenhof des Häuserblocks, den die Bewohner der Erdgeschosswohnungen mit Pflanzen und Sitzbänken ausgestaltet hatten. Leider gab es auch einen kleinen Kinderspielplatz, aber da es auf den Winter zuging, würde sich der Lärm wohl in Grenzen halten. Dutch hatte nicht direkt etwas gegen Kinder, aber sie gingen ihm entweder auf die Nerven, oder er nahm keine Notiz von ihnen.

Das jüngste Gebäude bildete die Südostecke des Blocks, seine Eingangstür lag zum Innenhof und war durch einen Durchgang zu erreichen, der auch die Einfahrt zur

Tiefgarage bildete. Dutch konnte von seiner Position aus genau verfolgen, wer Haus und Garage verließ und wer zurückkehrte oder zu Besuch kam. Aber das Beste war der Blick in Küche und Arbeitszimmer ihrer Wohnung, die weder Gardinen noch Jalousien hatten. Nicht dass es viel zu sehen gab, aber er hatte dadurch das Gefühl, ihr wirklich nahe zu sein. Es war nicht schwer gewesen, herauszufinden, wer sie war. Für seine Verhältnisse hatte er danach lange gebraucht, eine ganze Nacht, um eine Entscheidung zu treffen. Er hatte sich fürs Bleiben entschieden und die entsprechenden Vorkehrungen getroffen. Einige Projekte mussten verschoben oder abgesagt, seine Freundin vertröstet werden, alles in allem nicht besonders schwierig. Leute wie er lebten nicht in festen sozialen und beruflichen Netzen. Aber warum blieb er überhaupt? Heimweh nach Europa, gar nach Deutschland war es nicht. Beim Rasieren hatte er sich eingehend im Spiegel gemustert und sich gefragt, ob er irrationalen Beweggründen gestattet hatte, seinen Entschluss zu beeinflussen. Irrationalität war gefährlich und konnte der Anfang vom Ende sein. Vernünftig wäre es gewesen, wenn er sofort in die Vereinigten Staaten zurückgeflogen wäre. Sein hiesiger Auftrag war beendet, die Ermittlungen der Polizei würden ins Leere laufen. Dennoch war er geblieben, hatte sich Dr. Leonie Simon an die Fersen geheftet und ihre Lebensumstände erforscht. Und er hatte Geschmack daran gefunden. Er wusste inzwischen, dass er zum richtigen Zeitpunkt auf sie getroffen war. Zufall oder Vorbestimmung – ihm war es gleich. Aber er glaubte zu begreifen, dass hier ein Spiel auf ihn wartete, ein großes Spiel. Und sie hatte es eröffnet, als sie auf dem Friedhof aus dem Nebel aufgetaucht war. Ihr Besuch bei der Mutter des toten Polizisten in Berlin hatte sein Interesse geweckt, er fragte sich, was sie damit bezweckte. Und nun saß sie schon seit mehr als einer halben Stunde im Wohnzimmer von Iris Roeseler, und diesmal wusste er ganz genau, was sie vorhatte. Ab jetzt würde er versuchen, jeden ihrer Schritte vorauszusehen. Wie ein guter Schachspieler. Natürlich war er ein wenig im Vorteil, denn im Gegensatz zu ihr kannte er den Gegner. Dafür würde er sie gelegentlich gewinnen, ihr einen kleinen Vorsprung lassen. Wenn er an sie dachte, verflog seine Müdigkeit, und er verspürte wieder dieses gewisse Prickeln und Ziehen im ganzen Körper. Vielleicht gehörte er doch noch nicht zum alten Eisen.

9.

«Ich warte seit über einem Jahr auf Ihren Besuch, seit ich gehört habe, dass Richard gestorben ist.»

«Entschuldigung, aber das verstehe ich nicht. Ich habe mich all die Jahre nicht für Sie interessiert, warum sollte ich es jetzt tun?»

«Ich nahm an, dass Richard Ihnen auf dem Totenbett sagen würde, dass er Sie für die Mörderin seiner Frau hielt.»

Ihre Äußerung brachte Leonie völlig aus der Fassung. Leonie spürte ihre Gesichtszüge entgleisen. Iris Roeseler hatte ihr von Anfang an keine Chance gelassen, die Initiative zu ergreifen, und nun hatte sie sie auch noch in die Defensive gedrängt.

«Mein Vater hat damals mit Ihnen über mich gesprochen? Hatten Sie ihn nicht längst verlassen?»

«Das ist richtig. Ich wollte einen Mann und Kinder, aber Ihr Vater war zu einer neuen festen Bindung nicht bereit. Durchaus verständlich. Es war eine freundschaftliche Trennung, wie man so sagt. Als die Sache mit Ihrer Mutter passierte, war ich die Einzige, die er ins Vertrauen zog.»

«Er hat Ihnen gesagt, er wäre unschuldig, und Sie haben ihm geglaubt?»

«Ja. Weil er Sie beschuldigt hat. Das hätte er nie getan, wäre er es selbst gewesen.»

Leonie wischte ihre feuchten Hände unauffällig an ihrer Jeans ab. «Und warum haben Sie nicht vor Gericht für ihn ausgesagt?»

Iris Roeseler lächelte sie an. «Er hätte mir nie verziehen, wenn ich dem Gericht davon erzählt hätte. Ich hatte ihm mein Wort gegeben.»

Leonie nickte. So weit, so gut. «Dann hat er keinen anderen Verdacht geäußert? Ich meine, hat er irgendwann mal, vielleicht schon lange vor dem Mord, jemanden erwähnt, der auf meine Mutter wütend war?»

«Er hat mit mir nie über Sie oder Ihre Mutter gesprochen, er war sehr diskret.» Iris Roeseler machte eine Pause und lächelte wieder, beugte sich ein wenig vor, beinahe verschwörerisch. «Ich war auf Ihre Mutter wütend.»

Diese Frau war wirklich unglaublich. Leonie fühlte sich wie ein bei einem Streich ertapptes Schulmädchen.

«Wenn Sie nicht gekommen wären, hätte Richard wohl Recht gehabt. Aber nun sind Sie da, und dafür kann es doch wohl nur einen Grund geben, nicht wahr?»

«Sie sind eine kluge Frau.» Leonie war wirklich beeindruckt. Alles, was ihr Gegenüber gesagt hatte, war vollkommen logisch. Aber was bedeutete das schon?

«Ich werde mir die alten Ermittlungsakten besorgen und noch einmal alles nachprüfen, was damals von der Polizei aufgenommen wurde. Und vor allem das, was damals nicht recherchiert wurde.»

Iris Roeseler nickte. «Ja, ich verstehe.»

Die beiden Frauen schwiegen, es war alles gesagt. Fast alles.

Leonie erhob sich als Erste. Ihre Anspannung ließ ein wenig nach, und sie nahm erst jetzt die angenehme Atmosphäre des Raumes in sich auf. Die Roeselers hatten ihr Wohnzimmer schlicht, fast spartanisch eingerichtet, in einer interessanten Mischung aus modernen Elementen und klassisch-chinesischen Stücken. Der Raum strahlte Ruhe und Klarheit aus. Auf einem kleinen Beistelltisch standen zwei Fotografien, eine zeigte einen kleinen Jungen, die andere einen erwachsenen Mann. Iris Roeseler sah Leonies Blick und antwortete auf die nicht gestellte Frage.

«Mein Mann und mein Sohn.»

Im Haus war es vollkommen still, Vater und Sohn waren wohl nicht da.

«Sie sind beide tot.»

Wieder eine Antwort auf eine Frage, die Leonie gar nicht gestellt hatte.

«Mein Mann starb vor zwei Jahren nach seinem dritten Herzinfarkt. Er hat mir den Tod unseres Sohnes nie verziehen.»

«Oh», sagte Leonie.

«Timmy war erst acht Jahre alt, als er starb. Er hat einen schweren Sturz nicht überlebt. Ich habe ihn umgebracht. Mein Sohn war Bluter.»

Jetzt verstand Leonie. Hämophilie ist eine X-chromosomal rezessive Erbkrankheit, die nur von Frauen übertragen werden kann, aber ausschließlich bei männlichen Nachkommen ausbricht. Deshalb fühlte sie sich schuldig am Tod des Sohnes.

Iris Roeseler begleitete Leonie zur Haustür. Sie reichte ihr nicht die Hand zum Abschied.

«Ihre Mutter habe ich nicht umgebracht.»
Leonie nickte und ging den Weg zurück durch den gepflegten Vorgarten. Sie hatte sich vorgenommen, zu diesem Zeitpunkt noch keine Entscheidungen zu treffen. Aber sie neigte schon jetzt dazu, Iris Roeseler zu glauben.
Auf dem Weg zu ihrem Wagen kam Leonie an einem Haus vorbei, in dessen Vorgarten ein junges Mädchen Laub zusammenharkte. Sie war klein und zierlich, und ihr blasses Puppengesicht wurde von raffiniert geschnittenen Haaren von so strahlend goldblonder Farbe umrahmt, wie sie nur die Natur verleihen konnte. Leonie blieb wie angewurzelt stehen. Das Haar und ihre Art, sich zu bewegen, lösten bei Leonie eine Erinnerung aus. «Anita», murmelte sie, so leise, dass das Mädchen sie nicht gehört haben konnte. Dann schüttelte Leonie den Kopf. Natürlich war das Unsinn. Anita war mehr als doppelt so alt und dafür wahrscheinlich nur noch halb so attraktiv. Immerhin hatte ihr die Begegnung mit dem blonden Mädchen eine Idee eingegeben, die sie für immer besser hielt, je länger sie in den folgenden Stunden darüber nachdachte.

Professor Cordes war aus Tokio zurück und hatte sich gleich mit einem schweren grippalen Infekt ins Bett gelegt. Die Termine, die Leonie mit List und Tücke in seinen Terminkalender geschmuggelt hatte, landeten flugs wieder auf ihrem Schreibtisch. Dennoch war sie nicht bereit, die erneute Reise nach Berlin abzusagen. Kaminski hatte das Wunder zustande gebracht, Dr. Voss von der Notwendigkeit weiterer forensischer Ermittlungen im

Fall Achim Löhr zu überzeugen. Das juristische Mahlwerk hatte gearbeitet, und heraus kam die Entscheidung zur Exhumierung und Obduktion der Leiche durch die Berliner Kollegen. Kaminski hatte seinen Dienstreiseantrag bewilligt bekommen, und Leonie hatte nicht die Absicht, ihn allein fahren zu lassen. Er war über ihren Entschluss nicht begeistert, nahm aber unerwartet sogar ihr Mitfahrangebot an. Die Exhumierung war um sieben Uhr morgens angesetzt – Leonie hatte schon frühere Termine erlebt –, aber das bedeutete entweder eine Übernachtung in Berlin oder die Abfahrt um halb vier. Leonie und Kaminski entschieden sich für die frühe Autofahrt, und da Kaminski im Dunkeln nicht besonders gut sehen konnte, war er froh, dass sie mit Leonies Auto fuhren.

Beide waren Morgenmuffel, weshalb während der ersten Stunde kaum ein Wort gewechselt wurde. Nach einem kurzen Tankstopp und einer Kaffeepause fand sich Kaminski bereit, Leonie über den zweiten Grund seiner Dienstfahrt zu unterrichten. Im Fall des Erschossenen vom Ohlsdorfer Friedhof hatte es eine viel versprechende Entwicklung gegeben. Der Abdruck vom Schuh seines flüchtigen Gesprächspartners hatte im Abgleich mit Tausenden von archivierten Schuhmarken zu einer Berliner Firma geführt, die Schuhe in Unter- oder Übergrößen produzierte. Außerdem hatte sich Leonies Kollege Fuchs geirrt, als er meinte, auch der beste Ballistiker könne an der aufgepilzten Patrone keine Spuren mehr entdecken. Der Ballistiker des LKA hatte ein unzerstörtes Feld gefunden, das einen Vergleich mit einem zweiten Geschoss oder der Waffe möglich machen würde. Die bisher interessanteste Information war aus Schweden gekommen. Der Tote hatte unter dem Namen Utschaew in Schweden politisches Asyl beantragt und vor kurzem auch bewilligt bekommen. Er stammte aus Usbekistan und galt als wichtigster Oppositionspolitiker und Intimfeind des Präsidenten Islam Karimow. Einer Verhaftung konnte er sich durch seine Flucht nach Schweden entziehen, von wo aus er weiter seine Fäden zog, was den Schweden ganz und gar nicht passte. Bereits zweimal, einmal in Stockholm und einmal in London, waren Mordanschläge auf ihn verübt worden, aber in beiden Fällen so stümperhaft, dass Utschaew sich auch weiterhin weigerte, Bodyguards zu akzeptieren.

«Verstehe ich nicht», meinte Leonie. «Warum ist er ein so hohes Risiko eingegangen?»

«Weil er sich von der schwedischen Regierung keine Laus in den Pelz setzen lassen wollte», knurrte Kaminski. «Utschaew war selbst kein Waisenknabe. Karimow ist zwar ein ziemlich unangenehmer Bursche, aber Utschaew ging es nicht um Menschenrechte. Er kam aus der islamistischen Fundi-Ecke, und was ihm nicht passte, war Karimows prowestlicher, vor allem proamerikanischer Kurs.»

«Also daher weht der Wind. Und Karimow hat ihm einen Killer hinterhergeschickt.»

«Wer weiß. Der hier war jedenfalls kein solcher Anfänger wie der in Schweden und England.»

«Und einen so heiklen Politthriller lässt man Sie ganz unbeobachtet und allein weiterermitteln?»

Kaminski gähnte herzhaft. «Noch. Jedenfalls was die Laufarbeit anbelangt. Aber im Hintergrund weben

schon die Kollegen aus der Staatsschutzabteilung ihre Fäden. Das BKA ist eh informiert. Und wer weiß, wann sich der Generalbundesanwalt dafür interessiert. Ehrlich gesagt, böse wäre ich nicht, wenn sich ein anderer an dem Fall die Finger verbrennt.»
«Mit wem könnte er sich in Hamburg wohl getroffen haben? Mit Achim Löhr vielleicht?»
«Löhr hatte Schuhgröße 44, der Abdruck stammt von einem Schuh Größe 48.»
«Tja dann …»
Im Wagen breitete sich wieder Schweigen aus. Aus dem Augenwinkel sah Leonie, wie Kaminski heroisch gegen den Schlaf kämpfte und verlor. Er hing schlaff im Sicherheitsgurt und fing schließlich dezent an zu schnarchen. Im Osten färbte sich langsam der Himmel rot. Leonie dachte an das, was vor ihr lag. Nach der Sektion von Achim Löhrs Leiche wollte sie ihre Tante mit dem konfrontieren, was sie aus den Tagebüchern ihres Vaters erfahren hatte. Es war höchste Zeit, dass ihre Tante aufhörte, aus der Vergangenheit ein Geheimnis zu machen. Leonie wollte jetzt alles über die kaputte Ehe ihrer Eltern und die merkwürdige Dreiecksbeziehung wissen, die offenbar vor ihrer Geburt bestanden hatte. Im Grunde grauste ihr vor der Banalität dieser alten Geschichte. Auf irgendeine Art und Weise klangen alle diese Ehedramen gleich dumm und elend.
Vor zwei Tagen erst hatte sich Vera Kilian an ihrer Schulter ausgeweint. Das heißt, geweint hatte sie eigentlich nicht. Sie sah nur ziemlich blass und ernst aus, als Leonie sie am Rande eines Termins im Oberlandesgericht traf. Leonie hatte sie gefragt, ob der Fall, die Miss-

handlung zweier Kleinkinder, ihr so an die Nieren gehe. Bei einer Tasse Kaffee erzählte ihr Vera, was Leonie schon längst wusste. Veras Ehemann Peter Walter, Professor für Geschichte an der Universität Hamburg, hatte ein Verhältnis mit einer Doktorandin. Leonie hatte die beiden schon vor Monaten miteinander herumknutschen sehen, wollte aber nicht diejenige sein, die Veras heile Welt kaputtmachte. Nun stellte sich heraus, dass Veras Welt so heil schon lange nicht mehr war. Im Grunde, sagte sie, habe sie seit einiger Zeit geahnt, dass da etwas lief.

«Und da hast du einfach alles weiterlaufen lassen und den Kopf in den Sand gesteckt? Würdest du mir das in einer vergleichbaren Situation als heißen Tipp geben?»

«Nachtreten, wenn einer am Boden liegt, ist unfair. Ein Psychologe kann gute Ratschläge geben, aber nicht unbedingt selbst befolgen.»

Vera schämte sich, aber Leonie fühlte kein Mitleid, so wenig wie damals für ihre Mutter.

«Du denkst, ich sei selbst schuld daran, wenn mein Mann mit einer Jüngeren fremdgeht.»

Manchmal konnte Veras Fähigkeit, Gedanken zu lesen, wirklich nervtötend sein.

«Bist du's nicht?»

«Ich hab keine Traummaße mehr, und meine erste Mädchenblüte ist auch schon ein paar Jahre vorbei. Wenn man sich dadurch schuldig macht, dann bin ich's wohl.»

«Ach komm, Vera. Das ist doch nicht der Grund, warum dein Mann fremdgeht.»

«So? Woher weißt du das? Mein Mann ist in dem Alter, in dem er sich nochmal beweisen muss, dass eine junge, knackige und nicht ganz blöde Frau auf einen wie ihn fliegt. Und dabei geht es nicht um Seelenverwandtschaft. Das kannst du mir glauben.»

Leonie glaubte ihr. Die Szene, deren Zeugin sie damals geworden war, hatte nach Sex ausgesehen.

«Ich habe eine nicht mehr taufrische Partnerschaft, zwei anstrengende Teenagertöchter und einen aufreibenden Job zu bieten. Meine Rivalin hat die glatte Haut einer Sechsundzwanzigjährigen, eine sturmfreie Bude und jede Menge Zeit. Und jetzt stell dir vor, du wärst ein Mann mit einsetzendem Haarausfall, abgeschlossener Karriere und einigen begrabenen Träumen. Was würdest du wählen?»

Leonie seufzte. Zum Schluss lief doch immer alles auf den Austausch von Körperflüssigkeiten hinaus. «Und was hast du vor? Warten, bis der Anfall vorbei ist?»

Vera hatte den Kopf geschüttelt. «Ich habe ihn gebeten auszuziehen.»

«Donnerwetter.» Leonie war überrascht. «Keine verständnisvollen Gespräche? Keine ehetherapeutischen Anläufe?»

«Ich bin auch nur ein Mensch. Vorerst will ich ihn nicht mehr sehen. Die Mädchen können sich mit ihm treffen, wann immer sie wollen. Ich muss meine Niederlage erst mal verdauen.»

Halbherzig hatte Leonie ihre Hilfe angeboten, aber wie hätte die schon aussehen können. Als Eheberaterin war sie denkbar ungeeignet. Vera hatte tapfer gelächelt und sich bedankt. Da hatte Leonie doch ein bisschen Mitleid verspürt.

Sie kamen gerade rechtzeitig in Berlin an, und um kurz vor sieben Uhr setzte Leonie ihren verschlafenen Beifahrer vor dem Wilmersdorfer Friedhof ab. An der Exhumierung wollte und musste Leonie nicht teilnehmen. Statt frierend neben einem Grab zu warten, bis der Sarg geborgen war, genehmigte sie sich lieber einen großen Braunen im Café Einstein und las dabei in Ruhe zwei Zeitungen, ein für sie höchst seltenes Vergnügen. Kaminski gab einen ätzenden und neiderfüllten Kommentar dazu, als sie sich später in der zentralen Leichenhalle wieder trafen, wo Löhrs noch recht gut erhaltener Körper seziert werden sollte. Leonie begrüßte die beiden Kollegen, mit denen sie jahrelang in Berlin zusammengearbeitet hatte, bevor sie ans Hamburger Institut gewechselt war. Vor allem mit dem älteren, Dr. Wilfried Lottermoser, hatte sie sich gut verstanden. Er lebte seit mehr als dreißig Jahren in Deutschland, vermisste aber immer noch seine österreichische Heimat, und sein Akzent war absolut immun gegen hochdeutsche oder gar berlinerische Anmutungen. Von ihm hatte sie gelernt, dass «schiach» hässlich bedeutet und mit «Ribiseln» Johannisbeeren gemeint sind. Nur einmal war sie böse mit ihm gewesen, nämlich als er ihr erst nach dem Essen gesagt hatte, woraus Kalbsbeuschel, eine seiner Leibspeisen, gemacht wurden. Hätte sie vorher gewusst, dass man darin unter anderem Lunge und Schlund verarbeitet, hätte sie so ein Hundefutter nicht gegessen. Eben, hatte er gemeint, und eine große Köstlichkeit verpasst. Lottermoser und sein Kollege begannen mit der Obduktion und ließen sich währenddessen von Kaminski und Leonie in den Streitfall einweihen. Mit entsprechender

Aufmerksamkeit widmeten sie sich den Armen des Toten und stimmten Leonie zu, die seinerzeit bei der äußeren Leichenschau keine weiteren Einstichstellen gefunden hatte. Eine Verdickung um die vorhandene Einstichstelle herum konnte inzwischen nicht mehr festgestellt werden. Eine etwaige Flüssigkeitsansammlung im Gewebe war inzwischen den Leichenveränderungen zum Opfer gefallen. Gegen Ende der Obduktion konnte Lottermoser mit Sicherheit sagen, dass er Hirn- und Lungenödeme sowie eine Erweiterung von Blase und Enddarm festgestellt hatte, verursacht durch zentralisiertes Herz-Kreislauf-Versagen. Dies alles waren unspezifische Anzeichen für eine Intoxikation. Hinweise auf die Anwendung von äußerer Gewalt hatte auch die Obduktion nicht erbracht.

«Na super», sagte Kaminski. «Tod eines Junkies. Da sind wir wieder so weit wie vorher. Und dafür hab ich mich bei Voss stark gemacht.»

Lottermoser schnippelte am Magen herum und schüttelte den Kopf. «Des g'fallt ma goar net.»

Leonie trat zu ihm und sah, was er meinte. An der Magenaußenwand und der Magenschleimhaut zeigten sich drei verschieden große Areale, die türkis-bläuliche Verfärbungen aufwiesen. Sie drehte sich zu Kaminski um.

«Bläuliche Verfärbung des Magens. Das muss in die Toxikologie. Und das Herzblut natürlich auch.»

Kaminski schnaubte durch die Nase. «Kommt überhaupt nicht infrage. Ich weiß jetzt schon, dass Voss die zusätzlichen Kosten nicht genehmigen wird. Der Aufwand heute war mehr als genug. Und alles wegen Ihrer weiblichen Intuition.»

Lottermoser drohte ihm mit dem Messer. «Obacht, Freunderl. Recht hat's, die Leonie. Des is a sauberer Fall für'd Kollegen im Labor.»
«Nur über meine Leiche.» Kaminski schob das Kinn vor.
«Darüber ließe sich reden», meinte Leonie grinsend. «Schauen Sie, Kaminski. Sie glauben, er hat sich den goldenen Schuss gesetzt, aber Heroin verursacht keine Blaufärbung des Magens. Ich hab da auch eine Idee, bin mir aber nicht ganz sicher. Sicher bin ich mir nur, dass unbedingt ein Drogen-Screening gemacht werden muss. Erst dann können wir sagen, ob eine Vergiftung in Betracht kommt.»
«Reden Sie nicht mit mir, reden Sie mit Voss.»
Lottermoser stopfte ein Stück Magen, das er vorher auf ein kleines Stück Pappe aufgespannt hatte, in ein Glas mit Formalin.
«Seid's so guat und macht's des unter euch aus. Geh ma liawer essen. Ich kenn da a recht a passables Beisl, wo's a anständigs Backhendl ham.»

Kaminski und Leonie hatten auf das Backhendl verzichtet, sehr zum Bedauern von Dr. Lottermoser. Kaminski war mit dem Besitzer der Schuhfirma verabredet, und Leonie drängte es, mit ihrer Tante zu sprechen. Sie kam unangemeldet, aber sie hatte Glück. Tante Charlotte kehrte gerade von einem Friseurbesuch zurück und war bestens gelaunt.
«Du meine Güte, Leonie, du wirst noch der reinste Springteufel. Wenn man's am wenigsten erwartet, tauchst du aus der Versenkung auf. Und gleich zweimal hintereinander.»

Sie setzte die Kaffeemaschine in Gang. «Ich brauche jetzt einen starken Kaffee. Willst du auch eine Tasse?»
Leonie lehnte sich an die Kante des Küchentisches. «Wieso hast du zugelassen, dass meine Mutter dir deinen Verlobten wegschnappt?»
Ihre Tante drehte sich langsam zu ihr um. «Was hast du gesagt?»
«Du weißt genau, was ich gesagt habe.»
«Die Tagebücher. Ich hab ihm gesagt, er soll sie verbrennen.»
«Tja, mein Vater tat nie, was man ihm sagte. Er gab normalerweise die Kommandos.»
Tante Charlotte ließ sich schwerfällig auf einen Stuhl sinken. Stotternd lief der Kaffee durch die Maschine, die beängstigende Geräusche von sich gab. Wahrscheinlich war sie völlig verkalkt, dachte Leonie.
«Wenn du schon alles weißt, warum fragst du dann noch?»
«Ich weiß eben nicht alles. Zum Beispiel weiß ich nicht, was zwischen dir und meiner Mutter vorgefallen ist. Du musst sie doch gehasst haben.»
Tante Charlotte erhob sich wieder, goss mit leicht zitternder Hand zwei Becher mit Kaffee voll und stellte einen vor Leonie hin. In ihren Becher warf sie zwei Stück Zucker hinein, vergaß aber umzurühren.
«Ich hab erst gar nicht gemerkt, was da vorging. Richard und ich wollten heiraten, alle wussten das. Und Richard war kein Mann, der den Frauen nachlief. Ich war dumm, ich kannte schließlich meine Schwester.»
Leonie sah sie verständnislos an. Ihre Tante lächelte plötzlich, allerdings war es ein eher trauriges Lächeln.

«Deine Mutter hatte mir schon zweimal vorher einen Freund ausgespannt. Einfach so.»
«Aber warum?»
«Ich weiß es nicht. Sie hat mich nie gemocht, schon von klein an nicht. Wahrscheinlich wusste sie selbst den Grund nicht. Und sie war immer neidisch auf mich. Dabei war sie die Hübschere.»
Leonie nickte. In der Beschreibung erkannte sie ihre Mutter wieder. Sie war auf jeden neidisch gewesen, der glücklicher schien als sie selbst.
«Aber Richard liebte ich wirklich. Und ich hatte nicht im Traum daran gedacht, dass sie so weit gehen würde, mir den Mann wegzunehmen, mit dem ich mein Leben verbringen wollte.»
«Zum Fremdgehen gehören allerdings immer zwei. Wenn mein Vater dich heiraten wollte, dann ist es doch ziemlich eigenartig, dass er sich auf deine Schwester eingelassen hat.»
Tante Charlotte antwortete nicht gleich. Sie nahm einen Schluck Kaffee und stellte die noch ganz volle Tasse in die Spüle.
«Sie hat es sehr geschickt angestellt, hat ihn umworben, umschmeichelt, bewundert, ohne wirklich aufdringlich zu sein oder zu flirten. Als er sie kennen lernte, hatte sie ihm gar nicht gefallen. Plötzlich fing er an, gut von ihr zu sprechen, schlug vor, sie ins Kino oder auf den Sonntagsausflug mitzunehmen.»
«Und da hast du nicht Lunte gerochen?»
Ihre Tante zuckte mit den Schultern.
«Sie waren ja nie wirklich allein. Immer nur für ein paar Minuten. Und ich dachte, er versucht meinetwegen, sich

mit Margot gutzustellen. Aber dann bekam ich eine schwere Lungenentzündung und war lange bettlägerig. Sie begleitete ihn an meiner Stelle zu einer Silvesterfeier. Da hat es wohl angefangen.»

«Meine Mutter und eine Ménage à trois! Ich kann nicht glauben, dass das wirklich passiert ist.» Leonie musste wider Willen lachen. «Entschuldige, Tante Charlotte, aber verstehst du, *meine Mutter* ...»

Damals hatte sie kaum glauben können, dass sich überhaupt jemals ein Mann für ihre Mutter interessiert hatte. Aber für Teenager war es eben schwer, sich den eigenen Vater und die eigene Mutter als Objekte des Begehrens vorzustellen.

«Es war auch keine Ménage à trois. Das Ganze ging nicht lange, nur ein paar Tage. Dann ist Richard wieder zu sich gekommen, so hat er es mir später jedenfalls erzählt. Als ich wieder gesund war, hab ich die Spannung zwischen den beiden wohl bemerkt. Margot war wütend auf ihn, und er mied sie, wo er konnte. Und dann kam sie zu mir und sagte, sie sei schwanger und Richard wäre der Vater.»

Leonie hörte fasziniert zu. Das war reinste Courths-Mahler. Realkitsch. Unfassbar.

«Richard war am Boden zerstört. Ich hab gesagt, sie soll das Kind abtreiben, aber sie hat sich geweigert. Sie wollte das Kind, und sie wollte ihn. Vielleicht hat sie ihn sogar geliebt oder es zumindest geglaubt, eine Weile wenigstens. Er hat sich zuerst geweigert, sie zu heiraten, aber sie hat ihn erpresst. Zu dem Zeitpunkt hätte ihm eine öffentlich ausgetragene Affäre um ein uneheliches Kind beruflich ziemlich geschadet.»

«1968 und die sexuelle Revolution sind für euch ein bisschen zu spät gekommen. Aber trotzdem, was ihr da aufgeführt habt, war ein Stück aus der Mottenkiste. War euch das nicht klar?»

In dem Moment, als sie es aussprach, wusste Leonie, dass sie Unrecht hatte. Die Gesetze, zumal die ungeschriebenen, hatten sich geändert. Tabus waren gefallen, seinerzeit Ungeheuerliches und Undenkbares galt inzwischen als normal. Sie hatte nicht das Recht, die Ereignisse von damals ins Lächerliche zu ziehen. Aber Tante Charlotte war nicht beleidigt, möglicherweise hatte sie auch gar nicht zugehört. Sie erzählte sich ihre Geschichte längst selbst.

«Margot bekam, was sie wollte. Sie bekam Richard, und ich ging nach Berlin.»

Deshalb war Tante Charlotte so selten auf Familienfotos zu sehen. Sie hatte nicht auch noch zuschauen wollen.

«Aber nach der Fehlgeburt hätte mein Vater sich doch scheiden lassen können.»

«Dein Vater war ein Mann, der an einer einmal getroffenen Entscheidung festhielt. Früher nannte man so etwas Pflicht und Verantwortung. Außerdem wäre unsere Beziehung nicht mehr zu kitten gewesen. Das wusste er. Es war vorbei.»

«Hast du meine Mutter gehasst?» Leonie stellte die Frage zum zweiten Mal, und diesmal wich die Tante nicht aus.

«Nein. Ich habe sie geliebt, seit ich sie zum ersten Mal gesehen habe, so klein und verschrumpelt und hilfsbedürftig. So habe ich sie eigentlich immer gesehen, meine kleine Schwester. Deine Mutter gehörte zu den Menschen, die unfähig waren, Glück zu empfinden. Ihre Ehe muss für sie die Hölle gewesen sein. Sie tat mir Leid.»

Leonies Respekt für ihre Tante wuchs. Eine Frage war noch offen.

«Und ich?»

«Ja, du …»

Die Rückfahrt verlief noch schweigsamer als die Hinfahrt. Es war für beide ein langer und anstrengender Tag gewesen, und jeder hing seinen Gedanken nach. Für Kaminski war der Tag nur teilweise erfolgreich gewesen. Den Fall Achim Löhr hatte er für sich endgültig abgehakt als Tod durch Drogenmissbrauch. Seine Recherche bezüglich des Schuhabdrucks hatte noch zu keinem Ergebnis geführt, und er bezweifelte, dass die Spur ihn weiterbringen würde. Er hatte gehofft, dass in einem Spezialgeschäft für Unter- und Übergrößen jeder Kunde namentlich aufgeführt war, aber das war nur bei Maßanfertigungen der Fall. Ein großer Teil der Schuhe, vor allem die in noch halbwegs gängigen Größen wie zum Beispiel die gesuchte Größe 48, wurde für Laufkundschaft als Regalware vorproduziert. Diese Kunden waren in keiner Kartei zu finden. Kaminski würde in den nächsten Tagen eine Liste der Kunden aus den vergangenen zehn Jahren bekommen, die sich Schuhe in dieser Größe hatten anfertigen lassen. Es würde viel Arbeit kosten, alle zu überprüfen, und die Chancen standen nicht besonders gut, dass der Gesuchte darunter sein würde.

Für Leonie hatte sich der Tag schon eher gelohnt, zumindest was ihr privates Anliegen betraf. Obwohl sie nach dem Tod ihrer Mutter mehrere Jahre bei ihrer Tante gelebt hatte, war sie sich nie darüber klar geworden, was Tante Charlotte für sie empfand. Ihr Umgang miteinander war nie liebevoll gewesen, oft distanziert und von Missverständnissen geprägt. Dagegen stand die unübersehbare Geduld und Mühe, die es eine allein stehende Frau gekostet haben musste, einem traumatisierten und schwierigen Teenager ein Heim zu geben. Tante Charlotte hatte ihnen beiden eine wohlfeile Liebeserklärung erspart, und Leonie hätte ihr auch nicht geglaubt. Wäre das Leben fair zu Charlotte Reichert gewesen, hätte Leonie ihre Tochter sein können. Das Kind der Schwester war der Stachel in ihrem Fleisch geworden, und gegen sie hatten sich all die verdrängten negativen Gefühle gerichtet, die sie auch heute noch nicht zugeben mochte. Als sie zu ihr zog, kannte Leonie die Tante kaum, hatte nie ein Geschenk von ihr bekommen. Sie hatte sogar ein bisschen Angst vor ihr. Das beruhte auf Gegenseitigkeit, aber das ahnte sie damals natürlich nicht. Wie wichtig sie für ihre Tante geworden war, hatte sie ebenfalls nicht geahnt. Leonie war froh, dass sie es jetzt wusste.

Was sie über ihre Mutter erfahren hatte, musste erst noch verdaut werden. Einiges passte in das Bild, das Leonie von ihr hatte, manches nicht. Und im Nachhinein fragte sie sich, ob die Tante nicht ein in der Erinnerung verzerrtes Bild gemalt hatte. Schwester Margot als böse Verführerin und der unschuldige Verlobte, der in die geschickt gestellte Falle tappt – diese Deutung mochte einmal schmerzlindernd gewirkt haben. Aber stimmte sie auch? Wirklich überraschend war das Geständnis ihrer Tante, die Schwester habe jahrelang eine Liebschaft gehabt, die sie erst kurz vor ihrem Tod beendet hatte. Angeblich war es einer der ehrenamtlichen Mitarbeiter der Kirchengemeinde gewesen, in der sich auch Margot Simon betätigt hatte. Ausgeschlossen, hatte Leonie dazu gesagt. Davon hätte sie etwas merken müssen. Tante Charlotte hatte gelächelt und gemeint, dass auch Eltern vor ihren Kindern Geheimnisse haben können. Aber doch nicht ihre hoch moralische und an Sex völlig uninteressierte Mutter! Was sollte die denn mit einem Liebhaber anfangen?

«Heh, ich hab Sie was gefragt!» Kaminskis raue Stimme drang in Leonies Bewusstsein. «Schlafen Sie etwa?»

«Ich denke nach.»

«Aha. Über den Fall Achim Löhr wahrscheinlich.»

«Nein, über Sex.»

Kaminski sah sie erschrocken von der Seite an.

«Kein Grund zur Sorge. Ich weiß ja, dass ich nicht ihr Typ bin.» Dazu müsste sie im Stehen pinkeln können. «Meine Mutter soll einen Geliebten gehabt haben.»

«Na und?»

«Sie kennen meine Mutter nicht.»

«War sie Nonne?»

«Natürlich nicht.»

«Na also. Da haben wir's schon. Und selbst die tun es. Was man manchmal so hört.»

Leonie fiel ein Song von Eartha Kitt ein. «Birds do it, bees do it, even oysters in the sea do it …»

Möglicherweise hatte sie ihre Mutter falsch eingeschätzt.

10.

Seit dem Tod des Vaters hatte Leonie Simon ihren über Jahre wiederkehrenden Albtraum nicht mehr gehabt. Es war schon verrückt. Als sie sich noch davor gefürchtet hatte, träumte sie ihn manchmal jede Nacht. Nun, da sie ihn träumen wollte, spielte ihr Kopfkino nicht mit. In diesem Traum, eingebettet in eine Horrorfilmszenerie, erlebte Leonie wieder und wieder die Situation, in der sie ihre ermordete Mutter aufgefunden hatte. Sie sah sich nach der Schule das stille Haus betreten und die Treppe zu den oberen Räumen hinaufgehen. Dann fand sie die Mutter, erstochen in einem See von Blut liegend. Das Messer noch in der Brust. Und bevor sie in Panik aus dem Zimmer und die Treppe hinunter floh, hatte sie in ihrem Traum ein Geräusch gehört. Ein Geräusch hinter der Tür des Mordzimmers, als reibe Stoff auf Stoff. Leonie konnte sich nicht erinnern, dieses Geräusch in der realen Situation gehört zu haben. Da war nur der schwache Duft eines Rasierwassers im Raum gewesen, des Rasierwassers, das ihr Vater zu benutzen pflegte. Und da sie damals vor der Haustür ihrem Vater in die Arme lief, hatte sie ihn für den Täter gehalten. Inzwischen wusste sie es besser, und sie hatte überlegt, ob der Traum ihr mit dem Geräusch einen Hinweis gegeben hatte, den ihre bewusste Erinnerung nicht kannte. Vielleicht hatte ihr Unterbewusstsein in jenem traumatischen Moment Dinge wahrgenommen und gespeichert, die ihr bei der Suche nach dem Mörder weiterhelfen konnten. Sie hatte die vage Hoffnung, dass sie dieser Details durch Träumen habhaft werden konnte. Und tatsächlich reiste sie in den letzten Monaten in der Nacht gelegentlich in die Vergangenheit zurück, aber es waren die eher harmlosen Momente, zu denen sie zurückkehrte. In teils ziemlich wirren oder albernen Situationen begegnete sie Menschen, die sie als Kind und Heranwachsende gekannt und an die sie zumeist schon sehr lange nicht mehr gedacht hatte. Besonders häufig tauchte in der letzten Zeit Anita in ihren Träumen auf, die Sandkastenfreundin, die sie zuletzt an ihrem vierzehnten Geburtstag gesehen hatte. Anita war ein paar Tage später mit ihrer Familie fortgezogen. Sie hatten sich noch ein paar Briefe geschrieben, doch dann war der Kontakt abgebrochen. Die Freundin hatte einfach nicht mehr geantwortet. In der ersten Zeit war Leonie darüber sehr traurig gewesen, erkannte dann aber, dass die Freundschaft sich überlebt hatte. Die Interessensphären der beiden halbwüchsigen Mädchen waren auseinander gedriftet, man hatte sich nicht mehr viel zu sagen gehabt.

Leonie wusste, warum Anita nach so langer Zeit plötzlich in ihren Träumen auftauchte. Es war das blonde Mädchen, das sie gesehen hatte. Auch die Jugendfreundin hatte so leuchtend goldblondes Haar gehabt, und es war etwas in den Bewegungen des Mädchens gewesen, das sie an Anita erinnerte. Sentimentalität oder das Ergebnis ihrer jüngsten Beschäftigung mit der Vergangenheit: Plötzlich verspürte Leonie das dringende Bedürfnis, die Jugendfreundin wieder zu sehen. Aber wie sollte sie das anstellen? Genau erinnern konnte sie sich nur, wo Anita vor dem Umzug gewohnt hatte. Ihre Eltern waren als Hauspersonal bei einer sehr reichen Familie an der Elbchaussee angestellt gewesen und hatten dort eine Wohnung in einem Gartenhaus bewohnt. Wohin sie später ihre Briefe geschickt hatte, wusste Leonie nicht mehr genau. Sie erinnerte sich nur noch an eine abfällige Bemerkung ihrer Mutter, die mit der Freundschaft der beiden Mädchen nie einverstanden gewesen war. Es war wohl nicht die beste Wohngegend, in die Anitas Familie gezogen war. Wie fand man einen Menschen, dessen Spur man vor mehr als zwanzig Jahren verloren hatte? Sie dachte daran, alte Nachbarn aufzusuchen, an eine Zeitungsanzeige, sogar an einen Privatdetektiv. Ganz nebenbei erwähnte sie ihr Problem dem Kollegen Silber gegenüber und fragte ihn, wo er anfangen würde. Die Antwort war so simpel wie einleuchtend.

«Ich würde erst mal ins Telefonbuch schauen. Wenn Sie Glück haben, steht sie mit ihrem Mädchennamen drin. Wenn nicht, versuchen Sie's beim Einwohnermeldeamt.»

In einer ruhigen Minute, als die meisten Kollegen das Institut schon verlassen hatten, zog sich Leonie mit dem Hamburger Telefonbuch in ihr Büro zurück. Es war nicht die neueste Ausgabe, sondern schon zwei Jahre alt, aber das spielte in dem Fall keine Rolle. Es gab drei Lifkas in Hamburg, aber natürlich keine Anita. Bernhard, Erika, Susanne – Leonie versuchte, sich zu erinnern, wie

Anitas Geschwister hießen. Kurz entschlossen griff sie zum Telefonhörer und wählte die Nummer von Bernhard Lifka. Es meldete sich eine Frauenstimme.
«Simon. Guten Abend, Frau Lifka. Könnte ich Bernhard Lifka sprechen? Ihr Mann, nehme ich an?»
«Was wollen Sie denn von ihm?»
Das Misstrauen in der Stimme der Frau war nicht zu überhören.
«Ich bin auf der Suche nach einer alten Freundin und dachte, Ihr Mann ist vielleicht mit ihr verwandt. Anita Lifka, sagt Ihnen der Name etwas?»
Die Frau legte einfach auf. Entweder kannte sie Anita nicht, oder sie kannte Anita zu gut. Leonie seufzte und tippte die zweite Nummer ein, Erika Lifka. Diesmal meldete sich die helle Stimme eines Kindes.
«Max Lifka.»
«Hallo, Max, mein Name ist Simon. Kann ich mal deine Mutter sprechen? Ich nehme an, Erika Lifka ist deine Mutter?»
«Ja, aber die ist nicht da. Die muss arbeiten.»
Die Uhr zeigte kurz vor acht, eine Karrierefrau offenbar.
«Ich suche eine alte Freundin, die hieß Anita Lifka, und ich dachte, deine Mutter kennt sie vielleicht.»
«Das ist meine Tante, aber die mag das gar nicht, wenn man sie Anita nennt. Und Lifka heißt sie auch schon lange nicht mehr.»
Die unerwartet positive Antwort ließ Leonies Herz schneller klopfen.
«Dann sollte ich wohl nochmal mit deiner Mutter reden, am besten persönlich. Wann ist sie denn zu Hause?»

«Mittags, wenn ich aus der Schule komme, ist sie meistens da. Aber nur für eine Stunde, dann muss sie wieder weg.»

Leonie bedankte sich und schrieb die Adresse aus dem Telefonbuch ab. Und weil sie offenbar gerade eine Glückssträhne hatte, wählte sie als Nächstes die Nummer ihres Berliner Kollegen Lottermoser. Sie wollte ihn überreden, Löhrs Venenblut auch ohne Auftrag der Hamburger Staatsanwaltschaft zu untersuchen. Voss hatte sie natürlich abblitzen lassen. Lottermoser würde sicher einen Weg finden, die Kosten der Toxikologie unauffällig zu verschieben. Sein Anschluss war besetzt. Morgen ist auch noch ein Tag, dachte Leonie und war nur leicht enttäuscht. Gerade wollte sie ihr Büro verlassen, als das Klingeln des Telefons sie zurückhielt. Lottermoser war am Apparat. Er habe es schon ein paar Mal probiert, aber bei ihr sei ja ständig besetzt. Die türkisblaue Verfärbung der Magenwand des toten Polizisten hatte Leonies Kollegen keine Ruhe gelassen, und er hatte auf eigene Faust bereits eine toxikologische Untersuchung von Blut und Urin in Auftrag gegeben. Das Ergebnis hatte er gerade erhalten, und es übertraf ihre schönsten Hoffnungen. Bei Achim Löhr war Flunitrazepam, besser bekannt unter der Bezeichnung Rohypnol, gefunden worden, und zwar in so hoher Dosierung, dass er nach Einnahme nicht mehr in der Lage gewesen sein dürfte, sich selbst Heroin zu spritzen. Heroin konnte dagegen nur in geringer Konzentration nachgewiesen werden, was bedeutete, dass Löhrs Kreislauf nach Setzen der Spritze schon so schwach gewesen war, dass die Droge nicht mehr vollständig aus dem Gewebe um die Einstichstelle herum abtransportiert werden konnte.

Leonie war elektrisiert. Selbstmord oder Drogenunfall wurden immer unwahrscheinlicher.

«Aber soviel ich weiß, wird Rohypnol seit einiger Zeit ein Farbstoff zugesetzt, um Missbrauch zu verhindern.»

Rohypnol galt in den USA als *date-rape*-Droge und wurde häufig Frauen in Getränken verabreicht, um die Bewusstlose oder halb Bewusstlose vergewaltigen zu können. Und so mancher Hamburg-Tourist war nach einem Reeperbahnbummel ohne Brieftasche aufgewacht und mit nur schwacher Erinnerung an sein letztes Bier, mit dem ihm seine neue Damenbekanntschaft das Betäubungsmittel eingeflößt hatte.

«Richtig, Indigocarmin. Wenga dem auch die blauen Verfärbungen des Magens. Hab ma gleich so was denkt. Aber was willst machen, wan's dunkel is. Oder wan's des im Kaffee oder in der Cola serviert kriagst.»

Ja, so musste es gewesen sein.

«Lottchen, du bist der Größte. Ich danke dir. Und wenn ich wieder in Berlin bin, spendiere ich dir ein Wiener Schnitzel in Klodeckelgröße.»

Nachdem sie aufgelegt hatte, überlegte Leonie, wie sie weiter verfahren sollte. Sie entschloss sich für den offiziellen Weg und diktierte das Ergebnis der toxikologischen Untersuchung und die sich daraus ergebenden medizinischen Schlüsse. Die Kassette deponierte sie auf Frau Thieles Schreibtisch mit dem Vermerk «Eilt» und «Vorab per Fax an Voss und Kaminski». Jetzt musste Voss die Ermittlungen wieder aufnehmen, ob es ihm passte oder nicht.

Leonie hatte sich vorgenommen, mal wieder ins Kino zu gehen, aber nun war es dafür zu spät. Als sie sich ans Steuer ihres Wagens setzte, knisterte der Zettel in ihrer Tasche, auf dem sie die Adresse von Erika Lifka notiert hatte. Eigentlich hatte sie am nächsten Mittag hinfahren wollen, aber irgendwann musste auch die fleißigste Arbeitsbiene mal nach Hause kommen. Leonie fischte einen Stadtplan aus dem überquellenden Handschuhfach und suchte die Straße, in der Erika Lifka zu Hause war. Sie fand sie in Farmsen-Berne, einem Stadtteil im Osten Hamburgs, nicht gerade ein Nobelwohnviertel, soviel Leonie wusste. Auf der langen Fahrt versuchte Leonie, sich an Erika Lifka zu erinnern. Sie war Anitas ältere Schwester, zu der sie aber wenig Kontakt gehabt hatte. Ihre Erinnerung gab nur ein ziemlich diffuses Bild eines schüchternen und wenig anziehenden Mädchens her. Es fiel schwer, sich dieses Mädchen mit Familie und einem womöglich anspruchsvollen Beruf vorzustellen.

Als Leonie vor dem mittleren von fünf Hochhäusern ankam, die in der Nähe einer S-Bahn-Linie standen, erinnerte sie sich an die Obduktion eines Säuglings, den seine völlig überforderte, drogenabhängige Mutter in der verwahrlosten Wohnung zwei Wochen lang allein gelassen hatte. Sie hatte in einem dieser Hochhäuser gewohnt. Welcher Arbeit Erika Lifka auch immer nachging, es konnte sich dabei um keine besonders lukrative Tätigkeit handeln, sonst hätte sie sich etwas Besseres als diese Gegend leisten können. Leonie suchte auf dem fast quadratmetergroßen Klingelschild nach dem Namen Lifka und drückte auf den Klingelknopf. Fast sofort meldete

sich eine Frauenstimme aus der Gegensprechanlage. Leonie beugte sich vor.
«Mein Name ist Simon, Leonie Simon. Ich glaube, wir kennen uns von früher.»
Einen Moment herrschte Stille, dann ertönte der Summer. Leonie betrat das Haus, und erst als sie schon fast im Aufzug stand, fiel ihr ein, dass sie vergessen hatte, nach dem Stockwerk zu fragen. Da sich der Klingelknopf etwa in der Mitte der Klingelanlage befunden hatte, musste die Wohnung auch in einem mittleren Stockwerk liegen. Leonie wählte den siebten Stock und hatte Glück. Als sie die Fahrstuhlkabine verließ, öffnete sich eine Tür am Ende des Ganges zu ihrer Linken. Leonie ging auf die offene Tür zu und fragte sich, ob sie Erika wieder erkennen würde. Die Antwort war ein eindeutiges Nein. An der Frau, die ihr an der Wohnungstür entgegentrat, wäre sie auf der Straße ohne einen zweiten Blick vorübergegangen. Erika Lifka war stark übergewichtig, fast schon an der Grenze zur krankhaften Fettleibigkeit, und füllte fast den gesamten Türrahmen aus. Ihre von grauen Strähnen durchzogenen Haare waren unvorteilhaft geschnitten. Rock und Bluse saßen viel zu eng und betonten noch die Unförmigkeit ihres Leibes. Ihr Gesicht war grau und müde wie das Gesicht einer Frau, die vom Leben nichts mehr erwartete, jedenfalls nichts Gutes. Leonie hätte die Frau auf mindestens Anfang fünfzig geschätzt, wusste aber, dass Erika nur etwa drei Jahre älter als sie und Anita sein konnte.
«Leonie Simon. Du meine Güte, du hast dich gar nicht verändert.» Erika sprach in Leonies Gedanken hinein,

und ihre Stimme war sanft und dunkel. Sofort erinnerte sich Leonie. Schon als Kind hatte sie sich über den Gegensatz von Stimme und Person gewundert. Wer nur Erikas Stimme hörte, träumte sich eine Frau von der Schönheit einer Liz Taylor dazu und erschrak, wenn er die Augen öffnete. Die Natur erlaubte sich manchmal recht fragwürdige Scherze.
«Du hast Recht, ich bin immer noch eine ziemliche Landplage. Ich hoffe, ich platze nicht ausgerechnet in dein Abendessen hinein.»
«O nein, ich freue mich. Bitte, komm rein.»
Die kleine dicke Frau trat in den schmalen Flur zurück, um Leonie einzulassen, und ging voraus in ein unerwartet geräumiges Wohnzimmer, das peinlich sauber und ordentlich gehalten und mit Ikea-Möbeln eingerichtet war. Auf dem Couchtisch war ein Backgammon-Spiel aufgebaut, und ein Junge kniete daneben und betrachtete konzentriert die Konstellation auf dem Brett.

«Max, wir haben Besuch bekommen.» Erika Lifka wandte sich an Leonie. «Das ist mein Sohn Max. Hat gar keinen Zweck, mit ihm zu spielen, der Bengel gewinnt sowieso immer.»
Es war unübersehbar, wie sehr sie das Kind liebte und wie stolz sie auf ihn war. Max erhob sich und sah Leonie direkt in die Augen. Er war mager und ziemlich klein, aber sein rundes Kindergesicht zeigte einen so ernsten und verständigen Ausdruck, dass er älter und reifer erschien, als er dem Augenschein nach war. Leonie schätzte den Jungen auf zehn oder elf Jahre.
«Hallo», er reichte ihr wohlerzogen seine rechte Hand.

«Haben Sie heute angerufen und nach meiner Tante gefragt?»

Leonie nahm seine Hand und schüttelte sie ernsthaft. «Genau, das war ich.»

«Kann ich dir etwas zu trinken anbieten? Kaffee, Tee, Limonade. Ich fürchte, Alkohol habe ich im Moment nicht im Haus.»

Erika Lifka wies einladend auf den bequemsten und größten Sessel, der vermutlich sonst ihr Stammplatz war. Leonie setzte sich.

«Das macht gar nichts. Ich bin nicht durstig.»

Ihre Gastgeberin ließ sich ihr gegenüber auf die Couch sinken, und es trat ein kurzes Schweigen ein. Die drei betrachteten einander, und Leonie überlegte, wie sie anfangen sollte. Es schien ihr plötzlich absurd, dass sie überhaupt gekommen war.

«Was wollen Sie denn von meiner Tante?» Es lag kein Misstrauen, sondern pure Neugier in der Frage.

Leonie sah von ihm zu seiner Mutter. «Ich muss mich wirklich entschuldigen. Es wird dir ziemlich eigenartig vorkommen, dass ich nach so langer Zeit plötzlich unangemeldet vor der Tür stehe. Ist auch nicht so leicht zu erklären.»

Die beiden Lifkas sahen sie erwartungsvoll an.

Leonie hatte nicht die Absicht, den beiden die ganze Geschichte zu erzählen. Aber sie war sich auch selbst nicht ganz sicher über ihre Beweggründe, was die Jugendfreundin anbelangte. Zum Mord an ihrer Mutter konnte Anita kaum Wissenswertes beitragen, sie war einfach ein Teil von Leonies Vergangenheit. Und irgendwie war es plötzlich wichtig geworden, diese neu zu entdecken, nachdem sie so lange erfolgreich verdrängt worden war.

«Mein Vater ist gestorben, und durch die Beschäftigung mit seinem Nachlass bin ich auf Dinge und Menschen gestoßen, die ich längst vergessen hatte. Auch auf dich und Anita. Ich hatte plötzlich das Bedürfnis, euch wieder zu sehen.» Was Erika betraf, war das natürlich geflunkert, aber es war eine höfliche Lüge. «Ich hab einfach ins Telefonbuch geschaut, und nun bin ich hier.»

Erikas leicht vorstehende Augen sahen Leonie unverwandt an, ihre Hände lagen auf ihren runden Knien. «Ja, nun bist du da. Es ist lange her.» Sie schien zu überlegen, was noch von ihr erwartet wurde. «Geht's dir gut? Ich meine, das mit deinem Vater tut mir natürlich Leid!»

«Wir standen uns nicht besonders nahe.»

Leonie fragte sich, ob Erika damals die Sache mit dem Mord an ihrer Mutter überhaupt mitbekommen hatte. Eine eifrige Zeitungsleserin war sie sicher nicht.

«Und wie ist es euch seit damals ergangen?»

Es kostete Leonie einiges Geschick, Erika die wichtigsten Ereignisse der vergangenen zwanzig Jahre zu entlocken. So schwerfällig wie ihr Körper war auch ihr Verstand, dabei war sie nicht dumm. Sie brauchte nur länger, um ihre Gedanken zu ordnen. Über die Zeit nach dem Wegzug der Familie Lifka aus Klein Flottbek ging Erika rasch hinweg. Leonies Mutter schien mit dem sozialen Abstieg Recht behalten zu haben, was auch erklärte, warum Anita aufgehört hatte zu schreiben. Erika hatte zwei Kinder von verschiedenen Vätern, die offenbar nicht mehr vorhanden waren. Die ältere Tochter war schon vor einigen Jahren ausgezogen, und Leonie gewann den Eindruck, dass es zwischen Mutter und Tochter Probleme gegeben hatte. Als allein erziehende Mutter und ohne Berufsausbildung stand Erika nicht gerade blendend da. Tagsüber arbeitete sie in einem Supermarkt, und abends ging sie in Büros putzen. Von wegen Karrierefrau, dachte Leonie. Nicht jeder, der fast rund um die Uhr schuftet, kommt dabei auf einen grünen Zweig. Erika hatte sich außerdem jahrelang um den Vater und die krebskranke Mutter gekümmert, inzwischen waren beide tot. Erika erzählte alles ohne ein Wort der Klage, mit dem Gleichmut eines Hiob, der sein Schicksal als gottgegeben und unabwendbar ansieht. Ihr Ton veränderte sich nicht einmal, als sie vom Aufstieg ihrer Schwester erzählte. Anita hatte Erika mit den Eltern allein gelassen und es nach einigen nicht weiter erläuterten Wanderjahren geschafft, die Ehefrau eines wohlhabenden Kaufmanns zu werden. Ohne erkennbaren Neid schilderte Erika das schöne Haus, in dem ihre Schwester lebte. Anita verkehrte jetzt in den besseren Kreisen Hamburgs und nannte sich nicht mehr Anita, sondern Sophie. Anita erschien ihr zu ordinär. Ihre Schwester war ihr wohl auch nicht mehr gut genug, denn sie hatte den Kontakt quasi abgebrochen. Leonie sah Erika an, und ihr fiel die Geschichte vom Aschenputtel ein, das gar nichts hat, und den bösen Stiefschwestern, die alles haben. Aber der Vergleich hinkte, die arme Erika würde in diesem Leben wohl keinen Prinzen mehr abbekommen.

Leonie hielt ihren Bericht so kurz wie möglich. Sie erwähnte weder den Mord an ihrer Mutter noch den Prozess ihres Vaters. Mann und Kinder hatte sie nicht zu bieten, was Erikas Interesse erlahmen ließ. Max aller-

dings war schwer beeindruckt, als sie erzählte, dass sie Medizin studiert hatte.
«Cool. Was für eine Sorte sind Sie denn? Chirurg vielleicht?»
Leonie verkniff sich das Lachen. «So was Ähnliches.»
Sie kramte aus ihrer Brieftasche eine Visitenkarte hervor und reichte sie Erika. Die nahm sie in Empfang, starrte mit gerunzelten Brauen darauf, wobei sie sie verkehrt herum hielt, und reichte die Karte dann an ihren Sohn weiter.
«Interessant», sagte Erika knapp. Max las und explodierte fast vor Neugier.
«Institut für Rechtsmedizin. Geil. Wenn ich das in der Schule erzähle. Sie schneiden Tote auf, stimmt's?»
«Unter anderem. Aber, weißt du, das ist nicht alles, was wir Rechtsmediziner machen. Wir untersuchen und studieren auch Lebende.»
«O Mann, das würde ich gern sehen. Kann ich Sie mal besuchen kommen? Bitte.»
«Max, du nervst», sagte seine Mutter streng. «Kinder haben da nichts zu suchen. Außerdem würde ich das nie erlauben.»
Max plumpste seufzend auf den Teppich zurück. Er gehörte anscheinend zu der verschwindend geringen Minderheit von Kindern, die ein Machtwort ihrer Eltern respektierten.
«Vielleicht, wenn du ein bisschen älter bist», tröstete Leonie. Sie interessierte sich nicht sonderlich für Kinder und konnte normalerweise nichts mit ihnen anfangen. Die meisten schienen ihr heutzutage außerdem so schlecht erzogen zu sein, dass anderen Menschen als ih-

ren Eltern ein Umgang nicht zuzumuten war. Max allerdings war ihr auf Anhieb sympathisch. Er hatte Persönlichkeit, sein Alter spielte dabei keine Rolle.
Leonie erhob sich.
«Es war nett, dich wiederzusehen, Erika.» Leonie wandte sich dem Jungen zu. «Max, es hat mich sehr gefreut, dich kennen zu lernen.»
Max nahm wieder ihre Hand und machte einen Diener. «Tja, ihr habt ja meine Visitenkarte. Vielleicht telefonieren wir mal.»
Das klang nicht gerade ermutigend, aber Leonie war auch nicht erpicht auf weiteren Kontakt. Und sie war sicher, dass es Erika genauso ging. Sie beide hatten sich einfach nichts zu sagen. Es war fraglich, ob ein Besuch bei Anita, nein, bei Sophie, mehr Sinn machen würde. Aber sie wusste, dass sie inzwischen viel zu neugierig war, um darauf zu verzichten.
Obwohl es schon spät war, als sie nach Hause fuhr, waren die Straßen fast so belebt wie tagsüber. Vermutlich waren die Menschen zu irgendwelchen Vergnügungen unterwegs. Leonie hatte dagegen nur den einen Wunsch, nämlich ins Bett zu gehen. Sie verzog das Gesicht, als ihr Handy klingelte, und meldete sich mit einem knappen «Ja». Es war der Institutspförtner. Sie solle sofort kommen, es habe einen Zwischenfall gegeben. Schwer beunruhigt betrat Leonie eine Viertelstunde später das Institut. Sie traf auf eine völlig aufgelöste Meiling Zhao und das Team der Notfallrufbereitschaft des Uni-Klinikums, das gerade zusammenpackte und das Haus verlassen wollte. Dr. Meiling Zhao war eine viel versprechende junge Ärztin aus Shanghai, die in

Hamburg ihren Facharzt in Rechtsmedizin gemacht hatte und von allen Kollegen sehr geschätzt wurde. Sie war zufällig noch im Haus gewesen, als Polizisten einen schwarzafrikanischen Drogendealer zur Brechmittelverabreichung brachten. An sich hatte Dr. Hinrichs Bereitschaft, der war aber zu einem Tatort gerufen worden. Meiling Zhao übernahm für ihn, es war nicht ihr erster Einsatz dieser Art. Der Dealer weigerte sich, den Pflanzensaft freiwillig zu trinken. Deshalb hatte Dr. Zhao ihm das Brechmittel gegen seinen heftigen Widerstand per Magensonde eingeflößt. Kurz darauf kollabierte der Mann. Dr. Zhao hatte das Notfall-Team der Anästhesie angefordert, das wenige Minuten später vor Ort war und feststellte, dass der Mann ins Koma gefallen war. Er wurde sofort in die nahe gelegene Intensivstation des Uni-Krankenhauses verlegt, aber der Anästhesist, mit dem Leonie telefonierte, machte ihr wenig Hoffnung auf ein Überleben des Patienten. Leonie versuchte, ihre Kollegin zu beruhigen, und versorgte sie mit Kaffee. Dann sprach sie mit den beiden Polizisten, die den Dealer begleitet hatten, und verständigte ihren Chef, Professor Cordes, der gerade ins Bett gehen wollte, als sie ihn anrief. Eine halbe Stunde später traf er ein. Dr. Zhao ging es inzwischen ein wenig besser. Nun musste sie dem Chef noch einmal alles von vorn erzählen. Zu dritt berieten sie die weiteren Schritte. Professor Cordes wollte Meiling Zhao ab sofort vom Dienst befreien, um sie aus der Schusslinie zu nehmen, aber Leonie war strikt dagegen. Meiling Zhao hatte medizinisch und juristisch korrekt gehandelt, und soweit ihr niemand das Gegenteil bewies, gab es keinen Grund, sie zu verstecken. Eine Suspendierung vom Dienst würde wie das Eingeständnis von Schuld aussehen. Aber schuldig oder nicht, das Institut würde Prügel beziehen. Und allen dreien war klar, dass ihnen eine sehr unangenehme Zeit bevorstand.

11.

Die Stimmung im Institut war auf dem absoluten Nullpunkt. Noch bevor der schwarze Drogendealer für hirntot erklärt wurde und starb, brach das Unwetter los. Die Presse berichtete zwar zum großen Teil relativ objektiv, wenn auch nicht sonderlich freundlich über den Fall, aber eine breite Front verschiedener Gruppierungen blies jetzt zur Jagd, darunter auch Teile der Ärzteschaft. Alle, die schon immer den Einsatz von Brechmitteln zur Sicherstellung der Drogen als menschenunwürdig abgelehnt hatten, standen jetzt auf den Barrikaden. Und die Tatsache, dass es sich nicht um einen weißen, sondern um einen schwarzen Dealer und Asylbewerber handelte, trug den Rechtsmedizinern auch noch den Rassismusvorwurf ein und rief entsprechende Menschenrechtsgruppen auf den Plan, die den Ärzten vorwarfen, den Tod des Dealers willentlich in Kauf genommen zu haben. Im Institut gingen anonyme Briefe und Anrufe ein, und auch Leonie bekam mehrere Todesdrohungen, nachdem ihr Name in der Presse aufgetaucht war. Bereits am Nachmittag nach dem Unglücksfall versammelten sich die ersten Demonstranten vor dem Institut, und seitdem herrschte Belagerungszustand. Professor Cordes war zutiefst deprimiert, und Leonie litt mit ihm. Er kämpfte seit Jahren dafür, die medizinische und gesellschaftliche Bedeutung und Leistung seines Institutes bekannt zu machen, und hatte nun einen herben Rückschlag in der öffentlichen Wahrnehmung zu verkraften. Zwar gab es politische Rückendeckung für das Institut, aber die war eher kontraproduktiv, da der Mitte-Rechts-Senat mit seiner *Law-and-order*-Politik selbst in der Kritik stand. Was Leonie besonders ärgerte, war die sofortige Streichung von Forschungsgeldern, die schon fest eingeplant waren.

Der Ton unter den Kollegen war gereizt. Zwar gab es niemanden, der Meiling Zhao einen Vorwurf machte, und sogar ein Altlinker wie Dr. Hinrichs regte sich darüber auf, dass ein Drogendealer, der nicht nur wiederholt gegen das Betäubungsmittel- und das Asylbewerbergesetz, sondern auch gegen etliche andere Strafrechtsparagraphen verstoßen hatte und getrost als Krimineller bezeichnet werden konnte, in der öffentlichen Meinung zum Märtyrer stilisiert wurde. Niemand hatte seinen Tod gewollt oder empfand Genugtuung deswegen, aber vermutlich erregte allein schon der Ort seines Zusammenbruchs das Misstrauen der Öffentlichkeit. Wäre er bei einer Untersuchung in einer normalen ärztlichen Praxis umgefallen, hätte kein Hahn danach gekräht, meinte Hinrichs.

Die Obduktion des Toten konnte selbstverständlich nicht in Hamburg stattfinden. Die Berliner Kollegen hatten sich dazu bereit erklärt, und der dortige Institutsleiter würde die Sektion selbst vornehmen. Danach würde man weitersehen.

Leonies Tage waren nun zusätzlich ausgefüllt mit Besprechungen und Pressekonferenzen, die der Schadensbegrenzung und der Rechtfertigung dienten. An Recherchen in eigener Sache war überhaupt nicht zu denken. Leonie fühlte, wie sie von Tag zu Tag dünnhäutiger wurde. Sie war Ärztin und Rechtsmedizinerin geworden, weil sie den Lebenden wie den Toten Gerechtigkeit verschaffen wollte. Es verletzte sie zutiefst, dass sie und ihre Kollegen in dieser Situation ins Zwielicht gebracht wurden, und zwar von Leuten, die lediglich ihr eigenes politisches Süppchen kochen wollten. Leonie verabscheute alle Ismen, egal, aus welchem Lager sie kamen. Darüber hatte sie schon oft mit Kaminski gestritten, der gelegentlich zu vereinfachenden Sichtweisen neigte und dem sie mal eine «Cowboy-Mentalität» vorgeworfen hatte. Nach einem gemeinsam wahrgenommenen Gerichtstermin brachte er sie mit seinem Dienstwagen zum Institut, und Leonie ließ bei einer Kabbelei über das Thema Drogenfreigabe ein bisschen Luft ab.

«Wenn wir nicht eine so blödsinnige Drogenpolitik hätten, wäre das alles gar nicht passiert.»

«Gehören Sie etwa zu den *legalize-shit*-Typen?»

«Keine Verbote, keine Dealer. Prohibition hat noch nie jemanden vom Saufen oder Koksen abgehalten. Nur die Kriminellen haben daran ihre Freude.»

Kaminski schüttelte missbilligend den Kopf. «Jetzt reden Sie gequirlten Mist, Doc. Nach der Logik könnte man auch den Mord-Paragraphen abschaffen. Weil die Leute sich so oder so gegenseitig umbringen.»

«Werden Sie nicht polemisch, Kaminski! Sie vergleichen gerade Äpfel mit Birnen.»

«Ach ja? Haben Sie schon mal darüber nachgedacht, dass

Gesetze …» Kaminski stieg in die Bremsen. «Was soll das denn?»

Hinter der Biegung, wo das Gelände des rechtsmedizinischen Instituts begann, versperrte eine Menschenmenge den Eingang zum Parkplatz und zum Haupteingang. Einige hielten Spruchbänder und Plakate hoch.

«Die übliche Nachmittagsdemo. Ich steige hier aus.»

Sie wollte die Tür öffnen, aber Kaminski hielt sie am Arm fest.

«Kommt gar nicht infrage. Ich parke und bringe Sie bis zur Tür. Oder glauben Sie, ich lasse Sie allein Spießruten laufen?»

Manchmal konnte Kaminski richtig nett sein, dachte Leonie. Es wurde trotzdem ziemlich unangenehm. Sie wurde als Mörderin und Nazi-Ärztin beschimpft und von einem jungen Mann so heftig geschubst, dass sie um ein Haar hingefallen wäre. Kaminski handelte sich ein herzhaftes «Bullenschwein» ein, als er ihr zu Hilfe eilte und sich dabei als Polizist zu erkennen gab. Leonie merkte, dass er vor Wut bebte, und legte ihm begütigend die Hand auf die Schulter. Sie wollte auf keinen Fall eine Eskalation. Am Fuß der Treppe blieb die Menge zurück. Schon an der Tür blickte Leonie auf die circa hundert Demonstranten zurück, junge und ältere Menschen, Männer und Frauen, Menschen mit ernstem Anliegen und die üblichen Verdächtigen, die überall auftauchten, wo es Randale gab. Ein Mann brüllte «Schluss mit den Brechmitteln», und eine junge Frau bückte sich und warf einen Stein in Richtung Eingang. Er knallte neben Leonies Kopf in die Glastür, ohne weiteren Schaden anzurichten. Kaminski griff nach Leonie und wollte sie ins

Gebäude ziehen, aber sie machte sich los und ging auf die junge Frau zu. Die wich ein paar Schritte zurück, weil sie glaubte, Leonie wolle sie schlagen. Aber Leonie fixierte sie nur kurz, blickte dann von ihr zu dem Mann, der die Parole gerufen hatte und sie jetzt erstaunt ansah.

«Kommen Sie mit, ich will Ihnen etwas zeigen.»

Die junge Frau schüttelte den Kopf, der Mann klappte den Mund auf, sagte aber nichts.

«Zu mehr als zum Brüllen und Steinewerfen reicht's also nicht. Das habe ich mir gedacht.»

«Was wollen Sie uns denn zeigen?», fragte der Mann vorsichtig.

«Das werden Sie schon sehen.» Leonie drehte sich um und ging auf den zornesroten Kaminski zu.

«Was haben Sie sich denn dabei gedacht?», flüsterte er.

Leonie lächelte ihn nur grimmig an und lotste den Mann und die junge Frau, die ihr nur zögerlich gefolgt waren, ins Haus.

«Na los, ich tue Ihnen nichts. Außerdem haben Sie ja Polizeischutz.»

Auf einen Wink von ihr betätigte der Pförtner den Türöffner, und Leonie betrat mit ihrem Gefolge das Institut. Die Kollegen, die sich gerade in der Eingangshalle befanden, blieben stehen und betrachteten erstaunt die ungebetenen Gäste, die sich sichtlich unwohl fühlten. Leonie führte sie hinab in den Sektionstrakt. Sie ging auf eines der Kühlfächer zu, öffnete es und rollte die Leiche heraus, die darin aufbewahrt wurde. Es war ein junges Mädchen von fünfzehn Jahren, das in einem Hinterhof zwischen Müllcontainern gefunden worden war. Ihre Leiche hatte in einem blauen Müllsack gesteckt, weswegen man zunächst von einem Tötungsdelikt ausgegangen war. Es hatte sich dann herausgestellt, dass das nicht der Fall war. Eine Überdosis Heroin, die sie sich selbst gespritzt hatte, war die Todesursache gewesen. Die zwei Junkies, in deren Wohnung sie sich den letzten Schuss gesetzt hatte, wollten keinen Ärger haben und schafften sich die Leiche heimlich vom Hals. Der Mann und die junge Frau starrten auf den abgemagerten kindlichen Körper, dessen Arme und Unterschenkel von Drogenabszessen übersät waren.

«Ihr kämpft um die Würde von Drogendealern. Was ist mit der Würde ihrer Opfer?»

Der Mann hatte eine ziemlich ungesunde Farbe angenommen. Leonie ging zu einem anderen Kühlfach und förderte die Leiche einer sehr alten Frau zutage. Die Frau war im Krankenhaus verstorben, zwei Stunden nachdem sie aus einem inzwischen geschlossenen privaten Pflegeheim herausgeholt worden war. Die Angehörigen wollten wissen, ob sie eines natürlichen Todes gestorben war, wie der Krankenhausarzt ihnen versichert hatte. Die alte Frau hatte zwar vor einiger Zeit einen Schlaganfall erlitten, aber die Todesursache war Vernachlässigung oder Misshandlung, wie Leonie vorzog, es zu nennen. Bei der Obduktion hatte Leonie Nissenbefall des Kopfhaares festgestellt, handtellergroße Blutergüsse an zwei Stellen des Oberkörpers, eine Gürtelrose in der Leistengegend, totale Dehydrierung, schwere Atrophie der Muskulatur und, der entsetzlichste Befund, ein ausgedehntes Liegegeschwür mit völliger Gewebezerstörung an den Wirbelkörpern des Rückgrades, das die finale Sepsis verursacht hatte. Trotz der Kühlung verströmte die Leiche einen üblen Geruch. Der Mann fing an zu würgen, und auch die junge Frau verlor etwas von ihrer frischen Farbe. Leonie zog Handschuhe an und drehte die Leiche so, dass die Liegegeschwüre gut sichtbar waren.

«Die Frau hatte Pech. Sie war alt und pflegebedürftig. Für Alte und Kranke interessiert sich in diesem Land kein Mensch. Täter sind viel spannender als Opfer. Hab ich Recht? Wie schwer wiegt das Menschenrecht einer verwirrten alten Frau, die langsam bei lebendigem Leib verfault, gegenüber so einem armen kotzenden Drogendealer?»

Der Mann hielt sich die Hand vor den Mund und stürmte hinaus. Die junge Frau riss sich vom Anblick der Leiche los und starrte Leonie hasserfüllt an.

«Sie wollen sich bloß rausreden. Sie haben einen Menschen getötet, und jetzt verdrehen Sie alles und geben ihm die Schuld. Ihre blöden Leichen können Sie sich an den Hut stecken.»

Sie drehte sich um und lief hinter dem Gesinnungsfreund her. Kaminski, der sich bisher im Hintergrund gehalten hatte, trat auf Leonie zu.

«Die hat's Ihnen aber gegeben.»

Leonie grinste ihn etwas schief an. «Das war wohl keine besonders gute Idee.»

«Tja, hätte von mir sein können, aber von meinen Ideen halten Sie ja auch nicht viel.»

«Ich wollte bloß versuchen, die beiden zum Nachdenken zu bringen.»

«Das Dumme ist nur, dass nicht alle Menschen bereit sind, die Dinge so zu sehen wie Sie.»

Leonie schob die beiden Leichen wieder in ihre Fächer

zurück und ließ die Riegel einschnappen. «Das ist mir schon bei früheren Gelegenheiten aufgefallen.»
Zusammen mit Kaminski verließ sie den Sektionstrakt. Vor dem Gebäude löste sich die Demonstration langsam auf. Bis zum nächsten Tag.
«Haben Sie schon was von Ihrer Madenfrau gehört?», wollte Kaminski wissen.
«Bis jetzt noch nicht. Und Sie? Konnten Sie die Tote schon identifizieren?»
«Fehlanzeige. Der Zahnstatus hat uns nicht weitergebracht. Und es gibt bundesweit keine Vermisstenmeldung über eine Frau mit zwei zusätzlichen Brustwarzen. Wir haben jetzt vor, in allen größeren deutschen Zeitungen eine Beschreibung der Toten zu schalten.»
Leonie überlegte. «Ein Foto wäre natürlich besser. Aber dazu ist ihr Zustand zu schlecht. Haben Sie schon mal an eine Schädelrekonstruktion gedacht?»
«Zu teuer und dauert zu lange.»
Leonie begleitete Kaminski zum Seitenausgang. Eine zweite Begegnung mit den Demonstranten wollte sie ihm ersparen.
«Was hat Voss zu dem toxikologischen Gutachten aus Berlin gesagt?»
«Damit haben Sie mir schön was eingebrockt. Er hat die Akte wieder geöffnet, aber ich soll nur einen Mann darauf ansetzen. Ein bisschen ermitteln ist wie ein bisschen schwanger. Es funktioniert nicht.»
Leonie grinste. «Wenn Sie wollen, helfe ich Ihnen. Undercover natürlich.»
«Soll das eine Drohung sein?»
«Nur ein freundschaftliches Angebot.»

Kaminski zog eine Grimasse, verließ aber ohne ein weiteres Wort das Haus. Leonie schloss die Tür hinter ihm und lehnte sich einen Moment mit geschlossenen Augen dagegen. Es gab so vieles, was sie tun musste. Vor allem musste sie sich entscheiden, welchen Schritt sie als nächsten tun wollte.

Als Leonie ihre Haustür aufschloss, stutzte sie einen Moment. Sie hätte schwören können, dass sie am Morgen den Schlüssel zweimal umgedreht hatte. Nur dann schoben sich die Bolzen des Sicherheitsschlosses in die dafür vorgesehenen Löcher im Türrahmen. Meist dachte Leonie daran, aber wenn sie in Eile war, vergaß sie es schon mal und schloss nur einmal ab. So musste es wohl wieder gewesen sein. Leonie verschloss die Tür sorgfältig hinter sich und legte zusätzlich die Kette vor. Sie war wegen der Morddrohungen der letzten Tage nicht wirklich beunruhigt. Leute, die solche Briefe schrieben oder Anrufe machten, waren meist harmlos.
Leonie hatte vergessen einzukaufen, und außer Brot und Käse fand sich nicht mehr viel unter ihren Vorräten. Aber sie brauchte dringend ein Trostpflaster und beschloss, den roten Burgunder aufzumachen, den ihr Chef ihr zum Geburtstag geschenkt hatte. Es war ein zehn Jahre alter Nuits-Saint-Georges Premier Cru. Cordes war wirklich spendabel gewesen. Sie dekantierte den Wein durch einen Filter, um die Schwebstoffe aufzufangen, und goss dann langsam und mit Bedacht ein wenig aus der Karaffe in ein bauchiges Glas. Sie ließ den Wein kreisen, wärmte ihn noch einen Moment mit den Händen, schnupperte und nahm den ersten Schluck. Der

Wein erblühte auf ihrer Zunge. Keine Frage, er gehörte zu der Klasse, die richtig glücklich machen konnte. Was mehr war, als man von einigen der Männer sagen konnte, die sie in ihrem Leben gekannt hatte. Dieser Gedanke brachte sie zurück zu ihrem Vater und dem angeblichen Liebhaber ihrer Mutter. Sie holte das Tagebuch, in dem sie zuletzt gelesen hatte. Sie las chronologisch und war gerade in dem Jahr angekommen, in dem sie fünf Jahre alt geworden war. Erstaunlicherweise schrieb ihr Vater immer weniger über private Ereignisse und wandte sich verstärkt beruflichen Themen zu. Leonie erinnerte sich vage, dass das Verhältnis ihrer Eltern etwa ab ihrem sechsten Lebensjahr stetig schlechter geworden war. Es schien, als habe Richard Simon das Interesse verloren, die immer gleichen Ehekrisen und Streitigkeiten zu schildern. Er berichtete über positive und negative Erlebnisse mit Patienten, über Ärztekongresse und Treffen mit alten Freunden. Seine Familie erwähnte er kaum.

Leonie trug die Reste ihrer Mahlzeit in die Küche und goss sich ein zweites Glas Wein ein. Mit Wein und Tagebuch kuschelte sie sich auf die Couch und vertiefte sich in das Leben ihres Vaters. Sie hoffte immer noch, über die Lektüre ihren Vater von einer unbekannten Seite kennen zu lernen. Aber der Tagebuchschreiber unterschied sich nicht wesentlich von dem Mann, den sie in Erinnerung hatte. Das Seelenleben ihres Vaters hatte entweder keine Untiefen gehabt, oder er vertraute sich nicht einmal seinem Tagebuch an. Eine Eintragung erregte ihr Interesse. Ihr Vater hatte an einem Sonntag von der Praxis aus ihre Tante Charlotte angerufen. Er hatte ungestört mit ihr über seine Frau sprechen wollen.

Es handelte sich um einen Brief, den er erhalten hatte. Worum es in dem Brief ging und wieso er ausgerechnet mit seiner ehemaligen Verlobten und Schwester seiner Frau darüber reden wollte, erfuhr Leonie leider nicht, denn die nächsten zwei Seiten des Tagebuchs fehlten. Sie waren sorgfältig mit einem offenbar sehr scharfen Messer und so geschickt herausgeschnitten, dass man ihr Fehlen nur bemerkte, wenn man sehr genau hinsah. Durch bloßes Durchblättern konnte man es nicht erkennen. Warum hatte ihr Vater das gemacht? Leonie überlegte einen Moment, dann suchte sie aufmerksam nach womöglich weiteren fehlenden Seiten. Sie wurde fündig. Zwei Stunden später wusste sie, dass auch in allen Folgebänden Seiten fehlten. Und immer schien es um ihre Mutter zu gehen.

Leonie war völlig verwirrt. Ging es um Betrug? Hatte ihre Mutter tatsächlich einen Liebhaber gehabt? Aber warum hätte ihr Vater darüber mit Tante Charlotte sprechen wollen? Sie lebte in Berlin und war die Letzte, der sich die Schwester anvertraut hätte. Und warum hätte ihr Vater seine Eintragungen darüber später wieder entfernen wollen? Leonie kam ein Gedanke. Ihre Mutter hätte ein Interesse daran gehabt, die Seiten zu entfernen. Sie musste damit rechnen, dass die Tochter irgendwann einmal in den Besitz der Tagebücher kommen würde. Und sicher wäre es ihr nicht recht gewesen, wenn ihre Tochter von einem Verhältnis erfahren hätte. Und wenn es nicht um einen Liebhaber ging? Aber was war es dann, das ihren Vater immer wieder beschäftigt hatte?

Leonies Gedanken drifteten davon. Sie war hundemüde, und der Wein hatte ihr die nötige Bettschwere verliehen. Sie stolperte ins Bad und war schon halb eingeschlafen, als sie ihren Kopf aufs Kissen legte. Ihr letzter Gedanke war, dass sie unbedingt den Mann aus der Kirchengemeinde finden musste, von dem ihre Tante erzählt hatte.

Leonie traf ihre Jugendfreundin Anita zwei Tage später bei einem Wohltätigkeitskonzert, dessen Erlös drogenabhängigen Kindern zugute kommen sollte. Solche Veranstaltungen waren für Leonie Pflicht, wenn sie eine Einladung erhielt, weil sie immer hoffte, Sponsoren oder Unterstützer aus der Politik für ihre eigene Initiative zu gewinnen. Sie hatte Anita sofort bemerkt, als sie den Saal in der Handelskammer betrat, wo das Konzert stattfinden sollte. Aber erst nach dem Konzert, als das Buffet im Nebenraum eröffnet wurde, schaffte sie es, sich in Anitas Nähe vorzuarbeiten. Ihre Freundin war eine prachtvolle Erscheinung in Veilchenblau und dezent, aber teuer geschmückt. Im hochgesteckten goldblonden Haar prangte eine Diamantagraffe, und Leonie fühlte sich an Grace Kelly erinnert, als sie schon die Rolle der Fürstin Gracia Patricia übernommen hatte. Anita fühlte offenbar ihren Blick und sah in ihre Richtung. Es war ein langer Blick, und Leonie war sicher, dass sie sie ebenfalls erkannt hatte. Anita entschuldigte sich bei ihren beiden Gesprächspartnerinnen und kam langsam auf Leonie zu.
«Was für ein netter Zufall.» Ihre Stimme war hoch und kindlich.
«Aber hoffentlich ein erfreulicher. Tatsächlich hatte ich vor, mich in den nächsten Tagen bei dir zu melden.»

«Erika hat mich angerufen und von deinem Besuch erzählt. Wie lange haben wir nichts mehr voneinander gehört? Zwanzig Jahre?»
Eine Platitude, die aus einer schlechten Fernsehserie hätte stammen können. Aber aller Anfang war eben schwer.
«Kommt ungefähr hin.»
«Du hast dich gar nicht verändert.»
«Das hat deine Schwester auch gesagt. Ich glaube, ich sollte anfangen, mir Sorgen zu machen.»
Anita lachte ein glockenhelles Lachen, das wie eingeübt klang. «Deinen trockenen Humor hast du also auch noch.» Anita grüßte ein vorbeiflanierendes Ehepaar, das auf den ersten Blick als eine der Stützen der Hamburger Gesellschaft identifiziert werden konnte. Seit Leonie aus beruflichen Gründen gewissen Ereignissen nicht fernbleiben konnte, hatte sie einen Blick für die verschiedenen Abstufungen der Hamburger High Society bekommen. Es gab den echten und den alteingesessenen Kaufmannsadel, es gab die Neureichenfraktion und die Prominenz aus Politik und Medien. Beim Auftreten und im persönlichen Erscheinungsbild gab es Unterschiede, und die Plätze in der gesellschaftlichen Hierarchie waren sorgfältig festgelegt. Als Leonie ihren Blick über all die in Prada und Armani und Donna Karan gewandeten Herrschaften mit den blitzenden Ringen und Armbändern schweifen ließ, kam ihr das Konzert der Beatles in der Londoner Royal Albert Hall in den Sinn, wo sie zum ersten Mal auch vor Mitgliedern der britischen Oberklasse auftraten, die natürlich in den ersten Reihen saßen. John Lennon forderte in einer berühmt gewordenen Anmoderation des nächsten Songs zum Mitklat-

schen auf. Er sagte: «In the back rows clap your hands, in the first rows just rattle your jewels.»
Anita schien ihre Gedanken erraten zu haben. Sie lächelte schmal und sagte: «Es sind ein paar ganz nette Menschen darunter.»
«Davon bin ich überzeugt. Außerdem, du bist ja da.»
Die beiden lächelten einander an, und für einen kurzen Augenblick stellte sich die alte Vertrautheit wieder ein.
«Erika hat mir ein bisschen von dir erzählt. Sieht so aus, als hättest du's geschafft.»
«Ja, sieht so aus.» Anita lächelte jetzt wieder ihr unverbindliches Gesellschaftslächeln.
«Und du bist Ärztin geworden. Warst ja schon damals die Intelligentere von uns beiden.»
Eine ältere Dame winkte Anita von weitem, offenbar wurde sie verlangt.
«Du entschuldigst mich bitte, aber ich bin leider nicht nur zu meinem Vergnügen hier. Ich bin Mitglied des Komitees. Vielleicht besuchst du mich mal. Wo ich wohne, weißt du von Erika, oder?»
Nach einer Abschiedsgeste schritt sie davon und ließ Leonie mit gemischten Gefühlen zurück. Die Begegnung mit der alten Freundin hatte sie sich anders vorgestellt. Wie, wusste sie eigentlich nicht, aber sie hatte Mühe, hinter dem routinierten Charme der Gesellschaftsdame den lebenslustigen, temperamentvollen kleinen Kobold wieder zu finden, den sie als Kind gekannt und so gemocht hatte. Zusammen mit dem neuen Namen Sophie schien die Freundin sich auch neu erfunden zu haben. Die zuletzt ausgesprochene Einladung war nicht sehr überzeugend gewesen, ein sensibler Mensch hätte die

Idee einer Erneuerung der Bekanntschaft wahrscheinlich aufgegeben. Aber Leonie war neugierig, und in dem Fall konnte sie erstaunlich dickfellig sein. Sie würde Anita besuchen, sobald sie Zeit fand.

12.

Das Sicherheitsschloss an ihrer Haustür war ein Witz. Der ihr das angedreht hatte, müsste an den Eiern aufgehängt werden, dachte Dutch. Selbst ein jugendlicher Halbprofi hätte die Tür mit einer Hand auf dem Rücken aufmachen können. Dutch hatte sich den ganzen Nachmittag in ihrer Wohnung aufgehalten. Er hatte es genossen. Ihm gefiel die Atmosphäre in ihren Räumen. Es gab Menschen, die ihren Wohnungen in geradezu aufdringlicher Weise ihren Stempel aufdrückten. Pflanzendickichte, Möbeldschungel, Berge von Nippes und Krimskrams aller Art, Gerüche und Farben, die einen anschrien, so und so bin ich, das und das liebe ich. Leonies Wohnung war diskret, distanziert und dennoch nicht kalt und unpersönlich. Die Bilder, die sie aufgehängt hatte, waren überwiegend Originale und bewiesen ihren Kunstgeschmack. Ebenso die sparsame Möblierung, eine gelungene Mischung aus modernen Designerstücken und Antiquitäten, nicht teuer, aber gut gearbeitet. Der übliche Firlefanz, den Frauen um sich zu verbreiten pflegten – Kissen und Puppen und Sammeltassen und dergleichen mehr –, fehlte völlig, und das einzige Grünzeug in der Wohnung war eine Fächerpalme, deren Ableben kurz bevorstand. Ein Geschenk, wie

Dutch vermutete, dessen Pflege der Hausfrau offenbar nicht so wichtig war. Stattdessen gab es Unmengen von Büchern, Schallplatten, CDs und Fachzeitschriften, die in genialer Unordnung über die Wohnung verteilt waren und sich überall stapelten. Ein wenig enttäuscht war Dutch über Art und Zustand ihrer Lebensmittelvorräte, eine Feinschmeckerin war sie nicht. Die Etiketten einiger leerer Weinflaschen stimmten ihn versöhnlich, einen guten Tropfen schien sie immerhin würdigen zu können. Ein Überblick über ihre Garderobe war schnell zu bekommen. Sie hatte einen Kleiderschrank, und der war nur zu drei Vierteln gefüllt. Es gab zwei, drei gute Stücke, der Rest lief unter dem Stichwort praktisch und sportlich. Ihr Schmuck fand in einem kleinen chinesischen Ebenholzkästchen Platz. Dutch dachte an seine aktuelle Freundin und ihre Vorgängerinnen, an ihre riesigen begehbaren Kleiderschränke und die Schmuckschatullen in Koffergröße. Nachdem er sich ein Bild von der Bewohnerin gemacht hatte, begann er mit der Arbeit. Die Sichtung und Bearbeitung des relevanten Materials nahm einige Zeit in Anspruch, aber er wusste, dass er bis zum Abend ungestört sein würde. Mit ihren Gewohnheiten war er inzwischen vertraut. Dann brachte er winzige Abhörmikrophone im Telefon und in allen Zimmern an, das Badezimmer ließ er diskreterweise aus. Bevor er die Wohnung verließ, entfernte er alle Spuren, die auf seine Anwesenheit hätten schließen lassen können, und versicherte sich, dass alles exakt am richtigen Platz stand. Nachlässigkeiten erlaubte er sich prinzipiell nicht, und er wollte sie nicht misstrauisch machen oder gar erschrecken. Jedenfalls jetzt noch nicht.

13.

Wie jedes Mal, wenn Leonie Dr. Ursula Kühn im Zoologischen Institut der Universität aufsuchte, verlief sie sich in den gesichtslosen Gängen des Gebäudes. Diesmal war sie in Gedanken versunken zunächst im falschen Stockwerk gelandet. Als sie den kleinen Raum, in dem die Biologin ihr Reich hatte, endlich fand, war diese nicht da. Leonie betrachtete die Käfige und Brutschränke, in denen Ursula Kühn ihre Zöglinge hielt. In den Behältern surrten geschlüpfte Fliegen verschiedener Arten herum. In den Brutschränken, in die man nicht hineinsehen konnte, wurden unter den Bedingungen, die am Fundort einer Leiche geherrscht hatten, Larven und Puppen so lange bebrütet, bis die Fliegen schlüpften. Temperatur und Luftfeuchtigkeit des originalen Milieus wurden nachgestellt, um einen exakten Zeitwert zu bekommen, der Aufschluss über die Liegezeit und den Zeitpunkt des Todes geben sollte. Das Einzige, was nicht den vorgefundenen Gegebenheiten entsprach, war die Nahrungsquelle der Fliegenlarven. Ursula Kühn fütterte ihre Zöglinge mit Hackfleisch. Sie selbst war Vegetarierin, und Leonie fand eine üppig bestückte Obstschale zwischen diversen Akten und Gerätschaften auf einer Arbeitsfläche. Sie überlegte gerade, ob sie sich bei den Äpfeln bedienen

sollte, als Ursula Kühn hereinkam. Sie sah ein wenig erschöpft aus.
«Oh, hallo, waren wir verabredet?»
Leonie schüttelte den Kopf. «Nein, nein, keine Panik. Es war ein spontaner Entschluss herzukommen. Ist alles in Ordnung?»
«Wie man's nimmt. Ich hatte den ganzen Morgen eine Schulklasse am Hals. Hauptschüler aus Altona! Die sind im Wald herumgestolpert wie betrunkene Einbeinige. Sobald der Weg uneben wird, fällt gleich einer auf die Nase. Die haben überhaupt kein Verhältnis mehr zu ihrem Körper, weil sie nur noch vor der Glotze oder ihrem Computer sitzen.»
Sie zog ihren Mantel aus und warf ihn über einen Stuhl.
«Wie läuft's bei euch? Arbeitet ihr immer noch unter Polizeischutz?»
«Die Streifenwagen sind abgezogen worden, seit die tägliche Demo nicht mehr stattfindet. Aber die Stimmung ist immer noch mies.»
Die Staatsanwaltschaft hatte ein Vorermittlungsverfahren gegen Dr. Meiling Zhao eingeleitet. Und Professor Cordes blühte möglicherweise eine standesrechtliche Untersuchung, der er aber gelassen entgegensah. Brechmitteleinsätze waren legal und jeder einzelne Fall richterlich genehmigt. Er hatte sich entschlossen, die Ermittlungsbehörden auch weiterhin auf diese Weise zu unterstützen. Einige Kollegen hielten das für falsch, aber Cordes war hartnäckig wie ein Terrier, wenn er eine einmal getroffene Entscheidung verteidigte.
«Kein Wunder. Ich würde mich auch nicht gerne als Doktor Mengele anreden lassen.»

Leonie deutete auf einen der Fliegenkäfige. «Sind das die Fliegen von unserer unbekannten Frauenleiche?»
Ursula Kühn zeigte auf den Käfig daneben. «Das sind einige der Fliegen, die schon geschlüpft sind. Ein paar Puppen sind noch im Brutschrank.»
«Und? Hast du schon ein Ergebnis?»
Ursula Kühn setzte sich und griff nach einer Mappe mit ihren Aufzeichnungen. «Also, wir haben es hier mit Lucilia sericata und Calliphora vicina zu tun, Goldfliege und Blaue Schmeißfliege, falls dir das mehr sagt. Ich habe die ältesten Larven bei siebzehn Grad und vierzig Prozent Luftfeuchtigkeit gezüchtet. Diese Werte habe ich über einen Zeitraum von einer Woche in dem Kellerraum gemessen.»
«Glaubst du, die Eiablage hat dort stattgefunden?»
«Kann ich zumindest nicht ausschließen. Da die allgemeine Situation darauf hindeutet, dass die Tote dort nur abgelegt wurde, kann die Leiche auch woanders besiedelt worden sein.»
«Und der Zeitraum?»
«Die Gesamtentwicklung liegt bei beiden Fliegenarten unter diesen Bedingungen bei ungefähr sechsundzwanzig Tagen. Allerdings waren die Larven und die Fliegen ungewöhnlich klein. Habt ihr schon das Gutachten eurer Toxikologie?»
«Die Frau war voll gedröhnt mit Heroin.»
«Das dachte ich mir. Dann gehen wir von einer Gesamtentwicklungszeit von vierundzwanzig Tagen aus. Bei vorsichtiger Schätzung würde ich sagen, die Frau war seit drei bis vier Wochen tot, als sie gefunden wurde.»
«Also starb sie in der ersten Septemberwoche.»

Ursula Kühn klopfte mit einem Kugelschreiber gegen ihre Zähne.
«Tja, so sieht es im Moment aus.»
Leonie sah sie erstaunt an. «Wieso? Bist du nicht sicher?»
«Doch, doch. Es ist nur …» Kühn überlegte. «Ich bin nur etwas irritiert, weil die Calliphora schneller geschlüpft ist als Lucilia.»
«Ja und?»
«Lucilia, also die Goldfliege, mag es normalerweise ein bisschen wärmer als die Schmeißfliege. Bei siebzehn Grad hätte sie etwas früher schlüpfen müssen.»
«Ändert das was an deinen Berechnungen?»
«Nein, nein, es geht auch nur um ein paar Stunden. Es hat mich eben gewundert.»
Leonie bat ihre Kollegin, ihre Berechnungen und Ergebnisse in verständliches Schriftdeutsch zu kleiden, damit auch Kaminski und die Staatsanwaltschaft etwas damit anfangen konnten, und verabschiedete sich.
Auf dem Institutsparkplatz traf sie Paul Unruh, der ebenfalls gerade gekommen war. Er sah sie schuldbewusst an und stürzte sich unerwartet in eine Erklärung, obwohl sie gar keine Frage gestellt hatte.
«Ich weiß, es ist schon ein wenig spät, aber ich musste meine Frau heute selbst zur Dialyse fahren. Es gibt in letzter Zeit Probleme mit der Krankenkasse wegen der Taxifahrten, und heute Morgen habe ich niemanden gefunden, der …»
Leonie unterbrach ihn. «Paul, stopp. Ich bin keine Stechuhr auf zwei Beinen. Sie sind mir keine Rechenschaft schuldig.»

Das stimmte nur halb. Als Stellvertreterin von Professor Cordes ging sie so ziemlich alles etwas an, was im Institut passierte. Aber sie war nicht der Typ, der mit der Stoppuhr kontrollierte, wer wann da war und wie lange. Die Mehrzahl der Kollegen machte ohnehin andauernd unbezahlte Überstunden, und es gab eher solche, die gelegentlich ermahnt werden mussten, nach Hause zu gehen.

«Aber wie wär's, wenn Sie mich zum Essen einladen würden?»

Auf diese Weise hatte sie ihn in der letzten Zeit öfter mal dazu bekommen, eine normale Mahlzeit einzunehmen, und sich selbst auch. Diesmal gelang es ihr nicht, ihn in die Kantine zu lotsen. Es wartete eine dringende Arbeit auf ihn. Dafür musste er ihr versprechen, am Abend mit ihr essen zu gehen.

In ihrem Büro wartete Kaminski auf sie. Auf seiner Schulter hockte Othello. Zusammen mit Kaminskis üblicher schwarzer Lederkleidung, seinem schwarzen Haar und seinem düsteren Gesichtsausdruck ergab das einen Eindruck, der dreihundert Jahre zuvor zu einer Anklage wegen Hexerei vor einem Inquisitionsgericht hätte führen können. Leonie überlegte rasch, ob sie an Kaminskis schlechter Laune schuld sein konnte.

«Hallo, Kaminski. Was verschafft mir das Vergnügen Ihres Besuchs?»

«Vergnügen? Wie meinen Sie das?», blaffte Kaminski.

«Vergessen Sie's.»

Leonie setzte sich an ihren Schreibtisch und warf einen kurzen Blick auf die Telefonliste, die ihre Sekretärin ihr hingelegt hatte. Vera Kilian hatte angerufen. Sie war also aus den Herbstferien zurück.

«Der Schuhabdruck vom Friedhof. Sind Sie sicher, dass der von dem Mann stammt, der mit diesem verflixten Usbeken gesprochen hat?»

«Was heißt sicher? Ich hab die beiden natürlich nicht gesehen. Sie haben doch von der Stelle Abdrücke genommen. Also werden es wohl die richtigen sein. Können Sie den Mann nicht finden?»

«Das Problem ist nicht, dass ich ihn nicht finden kann. Mein Problem ist, dass ich ihn gefunden habe.»

Leonie lehnte sich in ihrem Stuhl zurück und faltete die Hände über dem Bauch. «Interessant. Gefällt er Ihnen nicht?»

«Blödsinn», knurrte Kaminski. «Er arbeitet in der Russischen Botschaft in Berlin und genießt diplomatische Immunität.»

«Aber reden darf man doch mit ihm, oder?»

Kaminski lachte unfroh. «Na, Sie sind vielleicht naiv. Ich kann da nicht einfach reinspazieren und den Zweiten Botschaftssekretär fragen, ob er was mit einem Mord zu tun hat. Außerdem lassen sie mich nicht.»

«Wer ist ‹sie›?», wollte Leonie wissen.

«BKA, Generalbundesanwaltschaft, Auswärtiges Amt und wahrscheinlich noch ein paar Leute, die mit dunklen Brillengläsern rumlaufen.»

«Ich hätte Ihnen gern den Gefallen getan und eine personelle Alternative präsentiert. Und was machen Sie nun?»

«Ich soll meine Fragen schriftlich stellen und über die vorgesetzte Behörde weiterleiten.»

«Na, da können Sie sich die Antworten auch selber aufschreiben.»
«Und sollte dieser Iwan mit mir reden wollen, hab ich mindestens zwei Aufpasser an meiner Seite. Von mir aus können die sich ihren Usbeken-Fall sonst wohin schieben.»
«Schade. Ich wüsste schon gern, wer den Mann abgeknallt hat und warum. Dafür kann ich Ihnen sagen, wie lange unsere Madenleiche im Keller gelegen hat.»
Sie berichtete kurz von dem Gespräch mit Ursula Kühn. Kaminski machte sich eine Notiz in ein zerfleddertes Notizbuch.
«Wenigstens etwas. Viel hilft mir das allerdings nicht, solange ich nicht weiß, wer sie war.»
Dr. Silber steckte den Kopf durch die Tür und informierte Kaminski, dass er jetzt anfangen wolle. Kaminski war nicht Leonies wegen gekommen, sondern um an der Sektion eines Erstochenen teilzunehmen. Zwei Männer hatten ihren Streit um einen Parkplatz mit Messern ausgetragen.
Leonie bekam am Nachmittag noch eine Frauenleiche herein und hatte anschließend nur noch das Bedürfnis, ihre Sachen in die Waschmaschine zu stecken und unter die Dusche zu gehen, bevor sie Paul Unruh zum Essen traf. Als sie in ihren Bademantel gehüllt vor dem Kleiderschrank stand und überlegte, was sie anziehen sollte, klingelte das Telefon. Es war Vera Kilian. Leonie entschuldigte sich, dass sie nicht längst zurückgerufen hatte, und musste ihr für den Abend einen Korb geben.
«Mit wem bist du denn verabredet?», wollte Vera wissen, die von Beruf neugierig war.

«Mit einem Kollegen, Paul Unruh. Kennst du, glaube ich, nicht.»
«Natürlich kenne ich den. Ein komischer Heiliger, aber gar nicht so übel. Läuft da was?»
«Vorsicht. Du bist auf dem völlig falschen Dampfer.»
Sie schilderte kurz Paul Unruhs private Situation und wies darauf hin, dass sie nur ihrer Sorgfaltspflicht als Quasivorgesetzte nachkam. Um Vera rasch auf andere Gedanken zu bringen, fragte sie sie, was sie tun würde, wenn sie einen Mann finden wollte, der vor über zwanzig Jahren zusammen mit ihrer Mutter in einer Kirchengemeinde ehrenamtlich tätig war und dessen Namen sie nicht kannte. Vera sagte, sie würde eine Detektei beauftragen. Darauf war Leonie natürlich schon selbst gekommen, aber ein Detektiv war ihr zu teuer. Vera schlug als Alternative vor, den Pfarrer zu suchen, der damals dort tätig war. Der müsste aufzutreiben sein, sofern er noch lebte. Vielleicht gab es auch Aufzeichnungen über die Gemeindemitglieder.
«Aber was fängst du mit ihm an, falls du ihn findest. Glaubst du, er hat deine Mutter getötet?»
«Jeder kann es gewesen sein, der sie damals kannte. Ich muss nach jedem Strohhalm greifen.»
Vera wünschte ihr viel Glück und hielt sie noch eine halbe Stunde am Telefon fest, um von dem Kurzurlaub zu berichten, den sie mit ihren beiden Töchtern gemacht hatte. Der erste Urlaub ohne den Vater. Es war nicht leicht gewesen. Die älteste Tochter fühlte sich verpflichtet, Solidarität mit der Mutter zu zeigen, die jüngste heulte den halben Tag und wollte ihren Papi zurückhaben. Und natürlich gaben mehr oder weniger beide ihrer

Mutter die Schuld, dass der Vater die Familie verlassen hatte. Vera war stocksauer und ganz unprofessionell ratlos. Leonie äußerte ihr Mitgefühl, konnte ihr aber nur gute Nerven wünschen. Irgendwann würden die Töchter sich schon daran gewöhnen, dass die Eltern getrennt lebten.

«Die Frage ist, ob ich mich daran gewöhnen kann», sagte Vera.

Zum Treffen mit Unruh kam Leonie wegen des Telefonats mit Vera fast eine halbe Stunde zu spät. Sie hasste es, jemanden warten zu lassen, und befürchtete schon, er könne gegangen sein. Aber er saß immer noch in dem Restaurant, in dem sie sich verabredet hatten. Das Glas Wein, das vor ihm stand, war bestimmt nicht sein erstes. Leonie entschuldigte sich wegen der Verspätung.

«Eine gute Bekannte hat Eheprobleme, und ich hatte nicht das Herz, sie abzuwürgen.»

Paul Unruh lächelte schief. «Dann haben Sie Ihre Tagesdosis an Lebenskrisen ja schon abgearbeitet. War vielleicht keine so gute Idee, sich mit mir zu verabreden.»

Leonie griff nach der Speisekarte. «Ich bin hart im Nehmen.»

Während des Essens redeten sie über die Situation im Institut. Unruh wunderte sich darüber, dass Leonie statt Meiling Zhao zur öffentlichen Zielscheibe geworden war.

«Ganz einfach. Cordes hat am Anfang auf Nachfrage der Presse nur mitgeteilt, dass eine Ärztin zur fraglichen Zeit Dienst hatte. Und ich bin bekannter als Meiling.»

«Aber warum haben Sie das nicht richtig gestellt? Zhao

hätte doch zumindest den Rassismusverdacht entkräftet.»
«Da bin ich nicht so sicher. Nein, ich finde, es ist gut so, wie es ist. Den Staatsanwalt kann ich ihr natürlich nicht vom Hals halten.»
Statt eines Desserts bestellte Leonie einen Espresso und einen Grappa. Dann rang sie sich dazu durch, Unruh einen Rat zu geben.
«Paul, Sie wissen, dass ich großes Verständnis für Ihre Situation habe, und Ihnen wahrhaftig nicht auch noch zusätzliche Sorgen aufpacken möchte. Aber in letzter Zeit gab es häufiger Nachfragen, weil Analysen länger als sonst auf sich warten ließen und Sie oft tagelang kaum zu erreichen waren. Sie nehmen an keiner Fachtagung mehr teil, sagen Vorträge und zugesagte Artikel ab oder delegieren an Kollegen. Ich fürchte, Cordes wird irgendwann die Geduld verlieren. Ich denke, Sie sollten das wissen.»
Unruh senkte den Kopf und nickte leicht. «Ich verstehe. Sie haben natürlich Recht. Ich vernachlässige meine Pflichten. Aber ich weiß nicht, was ich machen soll.»
«Sie brauchen Hilfe.»
«Aber die habe ich doch. Na ja, im Moment ist es ein bisschen schwierig. Eine Pflegekraft hat mich im Stich gelassen, weil ich keine Höchstsätze zahlen kann. Meine Schwiegermutter ist kurzfristig eingesprungen, aber sie musste letzte Woche wieder nach Hause fahren. Ich tue wirklich mein Bestes, alles so zu organisieren, dass meine Arbeit nicht darunter leidet.»
Leonie beugte sich vor und legte kurz ihre Hand auf seine ineinander verkrampften Hände.

«Paul, ich glaube, Sie wissen, was ich mit Hilfe meine. Auf Dauer können Sie dieses Leben nicht durchhalten.»
Er sah sie nicht an. Sein Atem ging schwer, als strenge er sich körperlich an.
«Sie müssen für Ihre Frau ein Pflegeheim suchen. Gabriel könnte Ihnen dabei helfen. Durch die Dekubitus-Studie hat er einen guten Überblick über die Qualität der infrage kommenden Heime gewonnen.»
«Ich kann das nicht tun.» Unruhs Stimme klang gepresst. «Ich kann ihr das nicht antun. Sie würde das nicht überleben.»
«Aber sie braucht eine Betreuung rund um die Uhr. Das können Sie privat nicht immer garantieren. Was ist, wenn Ihrer Frau etwas passiert, wenn Sie sie mal ein oder zwei Stunden allein lassen müssen? Haben Sie daran schon mal gedacht?»
Er hob den Blick, und Leonie sah die Verzweiflung in seinen Augen. «Jeden Tag denke ich daran. Was glauben Sie denn?» Er stockte, bevor er leise weitersprach. «Ich hab versucht, mit ihr darüber zu reden. Sie versteht, was man ihr sagt, meistens jedenfalls. Sie hat geschrien und geweint, wenn ich nur davon angefangen habe. Es ist unmöglich.»
Leonie wusste, dass sie jetzt nicht weiter in ihn dringen durfte. Er musste wohl erst ans Ende seines Weges gehen.

Am nächsten Morgen herrschte Alarmstimmung in Leonies Büro. Frau Thiele kam Leonie völlig aufgelöst entgegen und wollte wissen, ob sie Othello ausnahmsweise am Abend mit nach Hause genommen hatte. Leonie verneinte. Da brach Frau Thiele beinahe in Tränen aus. Leonie sei ihre letzte Hoffnung gewesen. Nun müsse sie dem Furchtbaren ins Auge blicken: Othello sei verschwunden. Offenbar war der Kater nicht wie sonst am Morgen zum Frühstück in ihr Büro gekommen, und die Bauarbeiter hatten ihn auch noch nicht gesehen. Frau Thiele hatte das ganze Institut nach ihm abgesucht, und ein Präparator hatte sogar auf ihre Bitten hin in die Leichenfächer geschaut. Für Othello war der Sektionstrakt zwar streng verboten, und er wusste das auch, aber es war schon vorgekommen, dass er ins Untergeschoss hinabgeschlüpft war. Auch die Suche in der Umgebung des Instituts war erfolglos geblieben. Frau Thiele war nun nicht mehr davon abzubringen, dass Othello entführt worden war.

«Das ist ein Racheakt, Frau Doktor Simon. Ich weiß es genau. Ach, ich hab ja von Anfang an gesagt, dass diese Brechmittelgeschichte ein Fehler war.»

Leonie versuchte, Frau Thiele zu beruhigen. Othello war zwar mal auf einem Foto mit ihr abgebildet gewesen, aber die Idee, dass einer der Brechmittelgegner ihn entführt haben sollte, schien ihr arg an den Haaren herbeigezogen. «Othello ist ein Kater, noch dazu ein ziemlich junger. Ich schätze, er beginnt, das Abenteuer zu suchen.»

Frau Thiele war empört. Othello war kein Streuner. Sie blieb dabei, ihm musste etwas zugestoßen sein. Leonie gab es auf und widmete sich ihrer Post, bei deren Bewältigung Frau Thiele bis zu Othellos Rückkehr wahrscheinlich keine große Hilfe sein würde.

Als sie später am Vormittag in einer Besprechung mit einem ihrer Doktoranden saß, rief Frau Löhr, die Mutter des toten Polizisten, an. Sie war empört und verbittert. Ein amtliches Schreiben war bei ihr eingegangen, in dem ihr beziehungsweise Herrn Achim Löhr mitgeteilt wurde, dass ein Hamburger Hotel Anzeige wegen einer nicht bezahlten Rechnung gegen ihn erstattet hatte. Wusste denn in Hamburg eine Behörde nicht, was die andere tat? Wie konnte ein Ermittlungsverfahren gegen einen Toten eingeleitet werden? Leonie versprach, ihre Beschwerde an die richtige Adresse weiterzuleiten. Aber weder Kaminski noch Voss waren erreichbar.

Am Nachmittag wurde sie über das Handy der Gewaltinitiative zu einer Opferuntersuchung in eine Polizeiwache in Altona gerufen. Ein Beamter hatte die Frau in bewusstlosem Zustand in einer Toreinfahrt in der Nähe der Wache gefunden. Er hatte sie auf die Wache geschleppt, wo sie wieder zu sich gekommen war. Leonies Untersuchung ergab, dass die junge Frau durch mehrfache Gewalteinwirkung mit einem stumpfen Gegenstand schwer misshandelt worden war. Sie fand multiple Verletzungen im Gesicht und im Bereich beider Oberarme. Eine Verletzung im Rücken musste durch einen Stoß gegen einen kantigen Gegenstand, einen Schrank oder einen Türrahmen, entstanden sein. Die kurzzeitige Bewusstlosigkeit, starke Kopfschmerzen und Übelkeit sprachen dafür, dass sie eine Gehirnerschütterung erlitten hatte. Die Frau wollte keine Aussage darüber machen, wer sie so zugerichtet hatte. Leonie bat sie, sich ihre Entscheidung noch einmal zu überlegen. Aber sie wusste, dass sie nicht zu ihr durchgedrungen war. Wie so oft konnte sich ein Täter darauf verlassen, vom Opfer gedeckt zu werden.

Beim Verlassen der Wache fiel ihr der Anruf von Frau Löhr wieder ein. Das Hotel, um das es ging, lag ganz in der Nähe. Leonie fuhr kurz entschlossen hin. Das Hotel entpuppte sich als kleine Frühstückspension und wurde, wie man so sagt, familiär geführt. Die betagte Besitzerin war in Personalunion Geschäftsführerin, Empfangschefin und wahrscheinlich auch Kummerkastentante für ihre Stammgäste. Der Betrieb würde wahrscheinlich mit ihr aussterben, und das konnte täglich der Fall sein. Als sie begriff, wer Leonie war und worum es ging, führte sie sie in ein Hinterzimmer, dessen Milchglastür die Aufschrift «Direktion» trug. Die alte Frau setzte sich hinter einen wurmstichigen Schreibtisch und legte ihr Gesicht in strenge Falten. Sie erklärte, dass sie die Anzeige keinesfalls zurücknehmen werde, außer natürlich, Herr Löhr begliche seine Rechnung. Die Nachricht über sein Ableben brachte sie keineswegs aus der Fassung. Natürlich bedauerte sie seine arme Mutter, dachte aber keine Sekunde daran, ihre Forderung fallen zu lassen. Manchmal bestand ein Erbe eben aus Schulden.

«Wie lange hat Herr Löhr bei Ihnen gewohnt?»

«Meinen Sie beim ersten oder beim zweiten Mal?»

«Beide Male, wenn Sie's noch wissen.»

«Natürlich weiß ich das. Mein Gedächtnis funktioniert noch ganz hervorragend. Herr Löhr war Ende der zweiten Augustwoche für drei Tage da, und wiedergekommen ist er am achtundzwanzigsten September.»

Da hatte er noch vier Tage zu leben, dachte Leonie. Laut fragte sie: «Hat er mit Ihnen darüber gesprochen, was er in Hamburg vorhatte?»

«Nein, und ich hab ihn auch nicht gefragt. Er war ein

ziemlich verschlossener junger Mann. Es gibt welche, die wollen angesprochen werden, und dann gibt's die, die in Ruhe gelassen werden wollen. Mit so was kenne ich mich aus.»

«Erinnern Sie sich an irgendetwas, das wichtig sein könnte? Hatte er vielleicht mal Besuch?»

Die alte Frau schüttelte den Kopf. «Er war immer allein. Telefoniert hat er manchmal, aber da höre ich nicht hin.»

«Hat er vom Hausapparat telefoniert?»

«Ach, die Leute haben doch heutzutage alle Handys. Die Telefone in den Zimmern könnte ich mir glatt sparen.» Ihr fiel noch etwas ein. «In meinem Telefonbuch wollte er mal etwas nachschlagen. Was, weiß ich natürlich nicht.»

Das war nicht besonders ergiebig. Zeit, sich zu verabschieden.

«Da fällt mir ein, wo haben Sie eigentlich sein Gepäck? Ich nehme an, er hat etwas in seinem Zimmer zurückgelassen.»

«Und das behalte ich auch, bis ich mein Geld habe. Als Sicherheit. Das ist mein gutes Recht.»

Einem Kriminalpolizisten würde sie selbstverständlich Einblick gewähren, mehr aber auch nicht. Leonie gab auf. Sollte Kaminski sich doch weiter mit ihr herumschlagen. Sie fuhr ins Institut zurück, obwohl es schon ziemlich spät war. Der Routinekram war in den letzten Tagen deutlich zu kurz gekommen. Der Institutsparkplatz hatte sich schon ziemlich geleert, und sie hatte die Auswahl. Sie stellte sich auf den Platz, der für Professor Cordes reserviert war, weil er dem Eingang am nächsten lag. Sie schloss ab und ging über den schmalen Verbindungsweg zwischen Parkplatz und Haupteingang. Erst im letzten Moment sah Leonie die dunkle Gestalt, die hinter einem Gebüsch auf sie wartete und ihr jetzt den Weg versperrte. Es war ein Mann, und er trug eine Maske. Ohne einen Laut von sich zu geben, hob er etwas, das sie für einen Baseballschläger hielt, und schlug zu. Geistesgegenwärtig drehte sie sich weg und bog den Oberkörper zur Seite. Der Schlag traf ihre rechte Schulter statt ihren Kopf, was zweifellos vorzuziehen war. Der Schmerz zuckte durch ihren Körper, und im Versuch fortzulaufen stolperte sie und fiel auf die Knie. Der Mann schlug ein zweites Mal zu, und diesmal traf es die Nieren. Leonie rang nach Luft, und bevor sie vornüberkippte, trat er kräftig zu. Der Tritt schleuderte sie auf die Seite und machte sie zu einem wimmernden Häufchen Elend. Das schien ihren Angreifer enorm zu befriedigen. Er sagte irgendetwas, aber die Schmerzwellen, die Leonies Körper durchfluteten, ließen seine Worte nicht bis in ihr Hirn gelangen. Speichel klatschte feucht und klebrig auf ihre Wange. Dann entfernten sich Schritte. Sie verlor das Bewusstsein. Das Nächste, was sie wahrnahm, war etwas Lebendiges, Pelziges an ihrem Gesicht.

«Othello», flüsterte sie. «Othello.»

Sie versuchte, sich zu bewegen, und fiel wieder in ein schwarzes Loch.

14.

Leonie sah zu, wie der Chirurg ihre Röntgenaufnahmen an das Leuchtbrett klemmte. Das Licht der grellen Deckenlampe tat ihren Augen weh, und sie versuchte, sich auf der Liege in eine vorteilhaftere Position zu bringen, was ihre Rippen ihr übel nahmen. Sie stöhnte leise. Der Kollege drehte sich zu ihr um und runzelte die Stirn.

«Das Schmerzmittel müsste gleich wirken. Sie haben übrigens Glück gehabt. Ich kann keine Läsionen oder Brüche feststellen. Sie haben schwere Prellungen erlitten, und die können genauso wehtun. Dafür dauert die Heilung nicht so lange, Sie sind bald wieder wie neu.»

«Dann ist der Abend ja gerettet.» Sie versuchte, sich aufzurichten, was ihr erst beim zweiten Versuch und mit Hilfe des Arztes gelang.

«Draußen wartet ein Polizist auf Sie. Er ist von Ihrem Institut informiert worden.»

Ein Bad und ein dreifacher Cognac, das war alles, wonach sie sich jetzt sehnte. Ein Polizist war so ungefähr das Letzte, was sie sehen wollte.

«Sie sollten wirklich Anzeige erstatten. Eine solche Attacke darf man nicht auf die leichte Schulter nehmen.»

Konnte der sich nicht um seine eigenen Angelegenheiten kümmern? Leicht gebeugt wie Queen Mum in ihren letzten Lebensjahren schlich Leonie zur Tür.

Auf dem Gang der Notaufnahme saß Kaminski und wartete auf sie. Er sprang auf, als Leonie den Behandlungsraum verließ. «Was haben Sie jetzt wieder angestellt? Sie sehen grässlich aus.»

«Danke gleichfalls.»

Leonie verstaute mühsam die Schmerzzäpfchen, die der Arzt ihr gegeben hatte. «Ich will nach Hause.»

«Nicht bevor ich weiß, was passiert ist. Mit dem Pförtner hab ich schon gesprochen.»

Jan, ein Student, der gelegentlich den Nachtdienst an der Pforte übernahm, hatte sie gefunden. Othello hatte ihn durch sein eigenartiges Benehmen aufmerksam gemacht und nach draußen gelockt. Leonie dachte, dass sie die Zuneigung, die der kleine Kerl für sie empfand, offenbar stark unterschätzt hatte.

«Ihr Kater sieht übrigens genauso schlimm aus wie Sie. Muss sich mit einem Kumpel geprügelt haben.»

«Ich hab keine Lust, mit Ihnen zu reden. Lassen Sie mich in Ruhe.»

«Sie sollten es eigentlich besser wissen, Doc.»

Kaminski nahm vorsichtig ihren Arm und schleppte sie zum Ausgang. Er hatte Recht. Sie benahm sich genauso irrational wie viele der Gewaltopfer, die sie fast täglich zu sehen bekam. So ist das eben auf der anderen Seite, dachte Leonie und versuchte, nicht in Tränen auszubrechen.

«Ich kann ihn nicht beschreiben. Er trug eine Maske und hatte einen Baseballschläger oder so was Ähnliches. Er hat mich geschlagen und getreten, und als ich am Boden lag, hat er mir ins Gesicht gespuckt. Dann bin ich ohnmächtig geworden. Und das ist alles.»

«Hat er nichts gesagt, bevor er sie angriff?»

«Keinen Ton. Als ich schon fast hinüber war, hat er irgendwas gesagt. Aber ich hab's nicht verstanden.»

«Hat er kein Deutsch gesprochen?»

«Kaminski, ich hab keine Ahnung. Mein Gehirn stand kurz vor der Notabschaltung.»

«Na schön. Ich will Sie nicht quälen.»

Beim Einsteigen in seinen Dienstwagen musste sie sich von ihm helfen lassen. Dann hielt sie einen Moment den Atem an, bis der stechende Schmerz langsam abflaute. Kaminski sah sie besorgt an.

«Geht's?»

«Bestens», flüsterte Leonie. «Nun fahren Sie schon.»

Für seine Verhältnisse fuhr Kaminski ausgesprochen zahm, dennoch war es für sie eine Qual, und sie atmete auf, als er vor ihrem Haus hielt. Er stellte den Motor ab.

«Ich an Ihrer Stelle würde Personenschutz beantragen. Das nächste Mal gibt sich Ihr Verehrer vielleicht nicht damit zufrieden, Ihnen eine ordentliche Tracht Prügel zu verpassen.»

«Ich will keinen Aufpasser.»

«Da gibt es eine Menge Leute, die wahrscheinlich ziemlich sauer auf Sie sind. Und ich meine nicht bloß die Dealer-Fangemeinde.»

Leonie wusste, wen er meinte. Sie hatte mal mit ihm darüber gesprochen, dass die Arbeit für die Anti-Gewalt-Initiative sie zum Hassobjekt für Vergewaltiger und Misshandler machte. Gelegentlich erhielt sie Drohungen von Männern, deren Frauen sie begutachtet hatte.

«Dann müsste ich bis zu meiner Pensionierung mit einem Bodyguard an der Hacke rumlaufen. Leute wie wir gewinnen nun mal keine Beliebtheitswettbewerbe.»
«Wie Sie meinen. Es ist Ihre Beerdigung.»
Kaminski brachte sie noch bis zu ihrer Wohnungstür und ermahnte sie, die Tür gut zu verschließen und ihn sofort anzurufen, falls sie seine Hilfe brauche. Sie war ihm ehrlich dankbar und brachte das auch zum Ausdruck.
Als sie später in der heißen Badewanne lag, einen dreifachen Cognac in Reichweite, mäanderte ein Gedanke durch ihr mattes Hirn, den sie schon eine Weile konsequent zur Seite geschoben hatte. Seit einiger Zeit hatte sie das Gefühl, unter Beobachtung zu stehen. Der heutige Überfall schien zu beweisen, dass ihr Instinkt sie nicht getrogen hatte. Der Kerl hatte sich abreagiert und würde sie jetzt hoffentlich in Frieden lassen. Aber machte sich ein brutaler Schläger die Mühe, sein Opfer tage- und wochenlang zu beobachten, bevor er es krankenhausreif prügelte? Vielleicht litt sie auch an Verfolgungswahn, ihre Nerven waren in letzter Zeit nicht mehr die allerbesten. Aber was, wenn ihr Gefühl sie nicht täuschte? Das wäre im höchsten Maße beunruhigend. Leonie griff nach ihrem Cognac und gestattete sich, den Teil ihres Bewusstseins abzuschalten, der für das Sorgenmachen zuständig war.

Leonies Erlebnis löste im Institut eine gewisse Unruhe aus. Einige ängstliche Gemüter hätten am liebsten auf der Stelle unbefristeten Urlaub genommen. Auf Veranlassung von Professor Cordes wurde der Wachdienst der

Uni-Klinik angewiesen, die Kontrollgänge in und um das rechtsmedizinische Institut zu verstärken. Leonie bemühte sich, die Sache herunterzuspielen. Immerhin nahm sie das Angebot des Kollegen Fuchs an, in den nächsten Tagen ihren Bereitschaftsdienst zu übernehmen, und ließ sich von Cordes überreden, drei Tage ganz zu Hause zu bleiben. Von Vera Kilian mit Hühnersuppe und dem Hinweis auf die Möglichkeit psychologischer Unterstützung versorgt, hielt sie es tatsächlich einen vollen Tag lang mit leichter Lektüre auf der Couch aus. Dann fiel ihr siedend heiß ein, dass sie im Zuge der Ereignisse versäumt hatte, Kaminski von dem kleinen Hotel zu erzählen, in dem Achim Löhr vor seiner Ermordung gewohnt hatte. Also raffte sie sich an ihrem zweiten freien Tag auf und besuchte ihn im Polizeipräsidium. Die Zäpfchen, die ihr der Kollege in der Notaufnahme mitgegeben hatte, dämpften den schlimmsten Schmerz, und Leonie schaffte es, mit einigermaßen guter Haltung in Kaminskis Büro zu hinken. Dort traf sie nur zwei von seinen Kollegen, die natürlich längst Bescheid wussten und ihr Bedauern äußerten. Leonie hatte keine Lust, auf Kaminski zu warten, und ging bei den Kriminaltechnikern auf die Suche nach ihm. Sie fand ihn im Labor von Dr. Holm, einem Chemiker, mit dem auch Leonie schon gelegentlich zu tun gehabt hatte. Er zeigte Kaminski gerade etwas am Computer, ein Koordinatensystem mit zwei farblich unterschiedlich gezackten Linien. Als Leonie an die offene Tür klopfte, um sich bemerkbar zu machen, drehten sich beide gleichzeitig um.

«Was wollen Sie denn hier?» Kaminski zog die Augen-

brauen zusammen. «Sie sollten im Bett liegen und einen netten Liebesroman lesen.»
«Hab ich gestern gemacht. Noch so einen Tag halte ich nicht aus. Außerdem muss ich Sie dringend sprechen.»
Holm schob ihr seinen gepolsterten Bürostuhl Marke Chefsessel in die Kniekehlen. «Der ist leidlich bequem.»
Leonie lächelte ihn dankbar an und ließ sich vorsichtig und ein wenig steif auf den Stuhl sinken.
«Holm hat das Zeug analysiert, das wir unter den Fingernägeln unserer Madenleiche gefunden haben.»
Die Maden hatten zwar auch an den Fingern der unbekannten Toten ganze Arbeit geleistet, aber die Spurentechniker des LKA hatten Reste einer weißlich grauen, puderartigen Substanz unter zwei Nägeln gefunden. Sie hatten auf Drogen getippt und die sichergestellten Proben ins Labor geschickt. Da die Toxikologie der Rechtsmedizin bereits Heroin und Spuren anderer Drogen aus den bei der Obduktion gewonnenen Proben analysiert hatte, war die Untersuchung dieser Substanz nicht mit Vorrang behandelt worden.
«Sie war ein Junkie, ist mir schon bekannt.»
Holm schüttelte den Kopf. «Ich hab auch an Koks oder Heroin gedacht. Aber meine kleinen Helfer haben mir ganz etwas anderes ausgespuckt.»
Er klopfte auf ein viereckiges Gerät, das aussah wie ein kleiner Kühlschrank. Es handelte sich um einen Gaschromatographen, mit dessen Hilfe man Drogen oder Gifte analysieren kann. Dabei werden die zu untersuchenden Stoffe nach einer Vorbehandlung zusammen mit Gas durch eine lange, dünne Röhre geschickt. Jede Substanz benötigt dabei eine bestimmte und ganz indi-

viduelle Zeit, und die Substanzen, aus denen sich eine Probe zusammensetzt, kommen deshalb zu unterschiedlichen Zeiten am Ende der Röhre an. Sicherheitshalber werden die Substanzen danach in ein Massenspektrometer weitergeleitet, wo ihre Molekularstruktur zerbrochen wird. Das Ergebnis dieser Untersuchung ist unanfechtbar, denn jede Substanz zerbricht immer wieder in die gleichen Bestandteile. Der Computer vergleicht diese Untersuchungsergebnisse mit den vorhandenen Daten und benennt die gefundenen Substanzen.

«Gift. Sie hatte Gift unter den Nägeln», verkündete Kaminski.

«Genauer gesagt, ein Gartengift», fuhr der Chemiker fort. «Man setzt es gegen einen bestimmten Pilz ein, der Gemüse und Obst, aber auch Nadelbäume befällt. Seit einiger Zeit darf das Zeug allerdings nicht mehr verkauft werden.»

«Ein Gartengift. Dann ist wohl mal wieder der Gärtner der Mörder.»

Kaminski warf Leonie einen strengen Blick zu.

«Immerhin gibt uns das einen winzigen Anhaltspunkt. Schließlich kommt nicht jeder mit einem Gartengift in Kontakt, noch dazu mit einem, das vor mehr als einem Jahr aus dem Verkehr gezogen wurde.»

«Gut und schön, aber es muss ja nicht unbedingt in einem Zusammenhang mit ihrem Mörder stehen», wandte Leonie ein.

«So schlau bin ich auch, aber sie könnte im eigenen Garten damit hantiert haben.»

«Oder auf einer eigenen kleinen Opiumplantage.»

«Doc, Sie haben heute nicht den nötigen sittlichen Ernst

für solche Diskussionen.» Kaminski konnte sich ein Grinsen nicht verkneifen. «Aber ich weiß schon, worauf Sie hinauswollen. Junkies arbeiten normalerweise nicht körperlich und schon gar nicht im Garten.»
Leonie lächelte ihn an. «So ungefähr. Ich denke, das Zeug hilft erst weiter, wenn wir mehr über sie wissen. Apropos wissen: Ich weiß, wo Achim Löhr in Hamburg gewohnt hat, bevor er ermordet wurde.»

Erst nachdem sie Kaminskis Dienstausweis sehr sorgfältig geprüft hatte, war die Pensionswirtin bereit, Achim Löhrs Habe herauszugeben. Sie führte Leonie und Kaminski in das Leonie bereits bekannte Hinterzimmer und kam wenige Minuten später mit einem kleinen Koffer zurück.
«Danke», sagte Kaminski und legte den Koffer auf den wurmstichigen Schreibtisch.
Die alte Frau baute sich neben Kaminski auf und sah zu, wie er die Schlösser des Koffers betätigte. Vergeblich.
«Er ist abgeschlossen», sagte die Pensionswirtin mit einem Hauch Schadenfreude in der Stimme.
Kaminski lächelte sie freundlich an. «Wenn wir Sie brauchen, rufen wir.»
Nach kurzem Zögern drehte sie sich um und rauschte hinaus.
«Und nun?» Leonie tippte mit dem Zeigefinger auf ein Kofferschloss.
Kaminski holte wortlos die Luxusversion eines Schweizermessers aus einer der vielen Taschen seiner Lederjacke, wählte ein Werkzeug und stemmte damit in null Komma nichts die beiden Kofferschlösser auf.

Leonie hob die Augenbrauen. «Mit Gewalt kann ich das auch.»
Der Inhalt des Koffers war eine Enttäuschung. Die üblichen Bekleidungsstücke, Toilettensachen, ein Radiowecker und als interessantestes Fundstück ein Pornoheft der übelsten Sorte. Keine Fotos, keine Briefe, kein Notiz- oder Adressbuch, nichts, was auf Achim Löhrs Freundin hingewiesen hätte oder auf die Zielrichtung seiner Suche.
«Was haben Sie eigentlich bei der Leiche gefunden?», wollte Leonie wissen.
«Das Übliche. Brieftasche, Zigaretten, Kondome, mehr fällt mir jetzt nicht ein.»
«Hatte er kein Handy dabei?»
Kaminski überlegte. «Ich müsste in die Akte schauen, aber ich glaube nicht.»
«Die Pensionswirtin hat ihn mit einem Handy telefonieren sehen. Im Koffer ist keins, bei der Leiche war keins. Komisch, nicht?»
«Es könnte ihm gestohlen worden sein.»
Leonie zupfte in Gedanken an einem Schlafanzug herum.
«Wieso hat er seinen Koffer gepackt und abgeschlossen, bevor er die Pension verlassen hat? Wichtiges oder Wertvolles ist sowieso nicht drin. Hatte er den Kofferschlüssel bei sich?»
Kaminski sah sie einen Moment wortlos an, ging dann zur Tür und rief die Chefin herein.
«Wir sind da auf ein kleines Problem gestoßen, bei dem Sie uns vielleicht behilflich sein können?»
Die alte Frau sah ihn erwartungsvoll an.

«Haben Sie den Koffer gepackt und verschlossen in Herrn Löhrs Zimmer vorgefunden, oder haben Sie seine Sachen zusammengeräumt?»

«Der Koffer lag so auf seinem Bett. Ich hätte Ihnen doch sonst die Schlüssel gegeben.»

«Haben Sie sonst noch etwas in seinem Zimmer gefunden, das er nicht eingepackt hatte? Zum Beispiel sein Handy?»

Die Pensionswirtin schüttelte den Kopf. «Da war sonst nichts. Sah so aus, als wollte er abreisen. Jetzt hab ich nochmal eine Frage. Könnte ich den Zimmerschlüssel wiederhaben?»

Kaminski begriff nicht gleich. «Zimmerschlüssel?»

«Ja, den muss er doch bei sich gehabt haben, als man ihn …» Sie beendete den Satz nicht.

Leonie sah Kaminski an. «Sie sollten sich schnellstens die Auflistung seiner Habseligkeiten anschauen. Bei den Sachen, die man seiner Mutter ausgehändigt hat, waren Schlüssel und Handy jedenfalls nicht. Aber vielleicht hat sie mir ja nicht alles gezeigt.»

«Was ist denn eigentlich mit Herrn Löhr passiert? Ist er ermordet worden?»

Kaminski klappte den Koffer zu und klemmte ihn sich unter den Arm.

«Wir denken noch darüber nach.»

«Moment, Sie wollen den Koffer doch nicht etwa mitnehmen? Das kann ich nicht gestatten. Nicht, bevor seine Rechnung bezahlt worden ist.»

Die alte Frau vertrat Kaminski den Weg. Kaminski setzte zu einer heftigen Antwort an.

Leonie schaltete sich ein. «Ich bin sicher, es wird sich ein

Weg finden, wie Sie zu Ihrem Geld kommen. Aber die Sachen sind Beweismittel und müssen untersucht werden. Dafür haben Sie sicher Verständnis.»

Als sie wieder auf der Straße standen, fiel Leonie noch etwas ein.

«Haben Sie inzwischen seinen Wagen kriminaltechnisch untersuchen lassen?»

Kaminski sah sie grimmig an und schüttelte den Kopf. «Die neue Sparsamkeit. Würde ich an Ihrer Stelle langsam veranlassen.»

Kaminski wollte sie nach Hause fahren, aber Leonie hatte etwas anderes vor.

Während es mit ihrer Ehe langsam abwärts ging, hatte Margot Simon in steigendem Maße Trost in der Religion gesucht. Leonie erinnerte sich gut an die abschätzigen Bemerkungen, die ihr Vater, Atheist aus Vernunft und Leidenschaft, darüber häufig gemacht hatte. Ihr selbst waren die Kirchenbesuche ihrer Mutter egal gewesen, solange sie nicht gezwungen wurde mitzugehen. Und die Zeit, die Margot Simon als ehrenamtliche Mitarbeiterin der Kirchengemeinde opferte, konnte Leonie für Aktivitäten nutzen, die ihre Mutter mit Sicherheit missbilligt hätte. Der Gedanke, dass ihre Mutter ausgerechnet mit einem Mann aus der Gemeinde ein Liebesverhältnis gehabt haben sollte, kam Leonie nach wie vor höchst abwegig vor. Ihn zu finden würde nach so langer Zeit ohnehin sehr schwierig werden, zumal sie keine Ahnung hatte, wer er war.

Als sie das Büro der evangelischen Kirchengemeinde Groß Flottbek betrat, hatte sie wenig Hoffnung, eine positive Antwort auf ihre Frage zu erhalten. Aber die Sekretärin, eine ältere Frau, lächelte sie strahlend an: «Aber natürlich haben wir die Namen und Adressen unserer ehrenamtlichen Mitarbeiter in den Akten. Schon wegen der Rundschreiben.»

«Der Zeitraum, der mich interessiert, liegt allerdings schon ziemlich weit zurück. Anfang bis Mitte der siebziger Jahre.»

«Kein Problem», war die fröhliche Antwort. «Um was geht es denn?»

Leonie hatte sich eine glaubwürdige Lüge zurechtgelegt und den Mann zum ehemaligen Schulfreund ihres Vaters gemacht. Die nette Gemeindesekretärin notierte sich ihre Angaben und versprach, sobald sie Zeit fand, ins Archiv zu steigen und ihr die Listen aus den Jahren zu kopieren. Leonie fragte nach der Kaffeekasse und überreichte eine motivationssteigernde Summe. Was sie machen sollte, wenn es Dutzende von männlichen Ehrenamtlichen gab, würde sie sich überlegen, wenn es so weit war.

Als sie das Kirchenbüro verließ, stieß sie beinahe mit einer attraktiven Frau zusammen, die hineinwollte.

«Anita!»

Ihre alte Schulfreundin trug Jeans und Lederjacke, beides aus einer Preisklasse, die Leonie verschlossen blieb. Aber Anita würde wahrscheinlich auch in einem alten Jutesack wie aus dem Ei gepellt aussehen, dachte Leonie.

«Das ist wirklich eine Überraschung. Ich wusste gar nicht, dass du zur Gemeinde gehörst.»

«Tue ich auch nicht. Und du?»

«Ich helfe gelegentlich, wenn es um karitative Zwecke

geht. Kinder und Jugendliche, Obdachlose, Drogenabhängige und so weiter.»
«Meine Mutter hat früher auch ehrenamtlich für die Gemeinde gearbeitet.»
Die beiden sahen sich an und lächelten dann gleichzeitig.
«Wollen wir einen Kaffee trinken gehen, oder bist du in Eile?», fragte Anita. «Wir könnten natürlich auch warten, bis wir uns zum dritten Mal begegnen.»
Zwanzig Minuten später saßen sie sich in den Witthüs-Teestuben im Hirschpark gegenüber und rührten in ihren Tassen. Die Kellnerin kam ein zweites Mal und servierte Leonie die berühmte «Qualle auf Sand», eine Mischung aus Kuchenbruch, Früchten und Sahne. Anita betrachtete die üppige Portion nicht ohne Neid.
«Du kannst also immer noch so viel essen, wie du magst.»
Leonie leckte sich Sahne von der Lippe. «Na ja, ganz so ist es nicht mehr. Aber ich kann mich nicht beklagen, Adipositas ist nicht mein Hauptproblem.»
«Adipositas?»
«Krankhafte Fettleibigkeit. Entschuldige, manchmal vergesse ich, dass nicht alle Leute Medizin studiert haben.»
Anita lächelte dünn. «Du hast es weit gebracht. Ich hab über dich in der Zeitung gelesen, mehrmals im Laufe des letzten Jahres.»
«Das bedeutet gar nichts. Wenn ich's verhindern könnte, täte ich's.» Nach einer kurzen Pause: «Du hättest dich melden können.»
«Es ist so lange her, Leonie. Freundschaften lassen sich nicht aufwärmen.»
Leonie nickte. «Da hast du Recht, aber es hätte mich

schon interessiert, mal wieder von dir zu hören. Ich wüsste zum Beispiel gern, warum du auf meine letzten Briefe damals nicht mehr geantwortet hast.»

Anita betrachtete ihre gepflegten, rosa lackierten Fingernägel. «Ich kann mich nicht mehr so genau erinnern. Wahrscheinlich hatte ich begriffen, dass wir zu verschieden sind.»

Leonie schob den Kuchenteller an die Seite. Sie hatte nicht alles aufgegessen. «Ich dachte damals, dass du vielleicht Schwierigkeiten hattest. Dein Vater konnte ziemlich ungemütlich werden, wenn ich mich recht erinnere.»

«Deiner auch», konterte Anita. «Und deine Mutter hat mich einmal rausgeworfen. Weil ich geflucht hatte. Sie sagte, ich sei ordinär.»

«Meine Mutter mochte generell niemanden, den ich mochte.»

Die Art, wie Anita sie mit einem flüchtigen Blick streifte und sich dann wieder ihren Fingernägeln zuwandte, sagte Leonie, dass sie über die Ermordung ihrer Mutter Bescheid wusste. Wahrscheinlich erwartete sie jetzt, dass sie darüber reden würde, aber Leonie scheute davor zurück. Sie deutete auf Anitas breiten Ehering.

«Und du, Anita? Wie muss ich dich jetzt eigentlich anreden?»

Anita holte eine Visitenkarte aus ihrer Handtasche und legte sie vor Leonie auf den Tisch.

«Sophie Vandenberg. Sophie?»

«Ich hab meinen Vornamen immer gehasst. Wenn es dir nichts ausmacht, nenne mich bitte Sophie.» Anita nahm einen Schluck Tee und spreizte dabei geziert den kleinen

Finger ab. Nicht wirklich erstklassig, dachte Leonie. «Des Menschen Wille ist sein Himmelreich. Und? Was machst du so?»
«Ich habe keinen Beruf gelernt, falls du das meinst.»
Leonie spürte ihren Ärger und ihre Abwehr. «Meine ich nicht. Ich wollte einfach wissen, wie es dir geht. Deinen Prinzen hast du ja offenbar gefunden.»
«Ich lebe in gesicherten Verhältnissen, ja. Und ich habe einen wunderbaren Sohn.»
Sie klappte ihre Brieftasche auf und zeigte Leonie einige Familienfotos, unter anderem das Bild eines rundlichen kleinen Jungen, der weder die strahlende Schönheit seiner Mutter noch die dunkle Attraktivität seines Vaters geerbt hatte.
«Das ist Adrian, er ist gerade vier Jahre alt geworden. Er ist so süß und jetzt schon viel klüger als ich.»
Die nächste halbe Stunde musste Leonie sich endlose Geschichten über Anitas Sohn anhören, der erst nach zehnjähriger Ehe geboren worden war. Nun wurde er nach Strich und Faden verwöhnt und war der Augapfel seiner Eltern, was ihm vermutlich nicht bekommen würde. Leonie fing an, sich zu langweilen. Sie brachte die Sprache auf Anitas Mann, konnte der alten Freundin aber nicht viel über ihn entlocken. Er hatte irgendwie mit Immobilien zu tun, war oft im Ausland, in den USA und in den arabischen Staaten, und durfte als sehr wohlhabend bezeichnet werden. Anita nannte ihn nie beim Vornamen oder bezeichnete ihn als «mein Mann», er war Vandenberg.
Nach einer Stunde waren die Themen erschöpft, und Leonie stellte fest, dass sie sich mit Anita nicht recht

wohl fühlte. Aber vielleicht war das so, wenn man sich nach über zwanzig Jahren wieder traf. Keine von beiden wollte aus der Reserve kommen, das alte Vertrauen hatte sich nicht wieder eingestellt. Sie hatten beide ein bisschen von sich erzählt, aber nur das Positive. Eigentlich wusste Leonie immer noch nicht, wer Anita jetzt war. Und auch sie selbst hatte nichts von dem preisgegeben, was ihr Leben bestimmte. Wahrscheinlich hatte Anita Recht. Es war sinnlos, alte Freundschaften aufzuwärmen. Der Abschied fiel entsprechend unverbindlich aus.

«Besuch mich in meinem Haus, wenn du in der Gegend bist. Dann kannst du auch Adrian kennen lernen.»

Leonie sprach keine Gegeneinladung aus, weil sie sowieso kaum zu Hause war, gab Anita aber ihre Telefonnummer im Institut.

«Falls du mich mal brauchst.»

Anita stellte sich auf die Zehenspitzen und hauchte Leonie einen Kuss auf beide Wangen. «Ciao, Leonie. Bis bald.»

Sie ging zu ihrem silberfarbenen SLK, stieg ein und winkte Leonie noch einmal. Dann war sie fort, und Leonie überlegte, mit wem sie die vergangene Stunde verbracht hatte. Mit Anita oder mit Sophie?

15.

Leonies körperliche Wunden heilten langsam, die Rippenprellung nahm ihr nicht mehr bei jeder Bewegung den Atem. Aber sie merkte, dass der Angriff ihres unbekannten Gegners sie dünnhäutig gemacht und ein ihr bis dahin unvertrautes Gefühl der Schutzlosigkeit ausgelöst hatte. Dabei war es nicht ihre erste persönliche Gewalterfahrung gewesen, und in ihrem Beruf hatte sie die Folgen von Aggressivität und physischer Bedrohung ohnehin ständig vor Augen. Doch vielleicht war es gerade das Übermaß an täglicher Gewalt, das an ihren Schutzwällen zu nagen begann. Sie war nervös, schlecht gelaunt, und die Ringe unter ihren Augen verrieten sie, auch wenn sie behauptete, es gehe ihr blendend.

«Wem willst du das erzählen?» Vera Kilian zog eine Augenbraue hoch.

Leonie zuckte mit den Schultern und stocherte in ihren *Tagliatelle con salmone* herum. Sie und Vera standen sich an einem Stehtisch in einem kleinen italienischen Laden am Eppendorfer Weg gegenüber, wo man mittags zwischen zwei bis drei guten und bezahlbaren Gerichten wählen konnte. Vera hatte ihrer Figur zuliebe nur eine Tomatensuppe gegessen und versuchte, ihren immer noch knurrenden Magen zu ignorieren. Sie hatte die

Wohnungsanzeigen der Mittwochsausgabe des «Hamburger Abendblattes» neben ihrem leeren Teller liegen und strich einen Text rot an.
«Was hältst du davon? Eine Vierzimmerwohnung in Ottensen, 110 m^2, Duschbad, Einbauküche, Balkon, ruhige Lage für 560 Euro kalt.»
«Musst du dir ansehen. Aber mit Nebenkosten bist du auch wieder bei mindestens 800 Euro. Bist du sicher, dass du umziehen willst?»
«Mir wird nichts anderes übrig bleiben. Die Wohnung in der Erikastraße kann ich mir von meinem Gehalt nicht mehr leisten.»
Leonie schob ihren Teller zur Seite. «Wieso? Ich denke, dein Mann zahlt nach wie vor seinen Anteil an der Miete?»
«Ja schon. Aber wie lange noch? Außerdem will ich nicht von ihm abhängig sein. Isst du nicht auf?» Vera deutete auf den Nudelberg, den Leonie nicht einmal zur Hälfte abgetragen hatte.
Leonie nickte. «Klar. Ist aber Sahne an der Soße.»
«Sahne macht nicht dick.»
Vera besorgte sich eine frische Gabel und aß mit Genuss, was Leonie verschmäht hatte.
«Und jetzt hör auf, von dir abzulenken. Was ist los mit dir?»
«Hast du ein paar Stunden Zeit?» Leonie entwich zur Theke und bestellte einen *Caffè macchiato*.
Vera faltete sorgfältig ihre Zeitung zusammen und sah Leonie an. «Der Überfall geht dir an die Nieren. Und die Situation im Institut. Und dein Ausflug in die Vergangenheit ist eine schlimme Zerreißprobe. Dass du dir au-

ßerdem mit deiner Gewaltinitiative viel zu viel an zusätzlicher Arbeit aufgeladen hast, will ich gar nicht erwähnen.»

Leonie nahm ihren Kaffee in Empfang. «Warum fragst du, wenn du deine Diagnose schon parat hast?»

«Ich zähle nur auf, was jeder sehen kann. Du riskierst einen totalen Burnout, wenn du so weitermachst. Ist dir das klar?»

Leonie überging Veras düstere Prognose. Ihr ging etwas im Kopf herum, und sie überlegte, wie sie es am besten erklären konnte. «Ich hab dir doch mal meinen wiederkehrenden Albtraum erzählt.»

Vera nickte.

«Ich hab ihn nicht mehr.»

«Gut.»

«Nein, das ist gar nicht gut. Jetzt will ich ihn träumen.»

«Wieso? Sei doch froh, dass er dich nicht mehr quält.»

Vera bestellte per Zeichensprache den gleichen Kaffee wie Leonie.

«Aber es hat sich doch alles verändert. Ich weiß jetzt, dass ich mich damals geirrt habe. Vielleicht würde mir der Traum heute etwas anderes zeigen. Verstehst du?»

«Du willst deinem Unterbewusstsein Informationen entreißen, an die du dich in bewusstem Zustand nicht erinnern kannst?»

«Genau. Und wie schaffe ich es, meine Träume zu steuern?»

«So einfach ist das nicht, Leonie.» Vera rührte gedankenvoll viel zu viel Zucker in ihren Kaffee. «Wenn du wirklich fest entschlossen bist, in die verborgenen Archive deiner Erinnerung hinabzusteigen, und nicht Jahre

mit einer Psychotherapie verbringen willst, dann gibt es nur eine Möglichkeit, die mir auf Anhieb einfällt.»
Leonie sah sie erwartungsvoll an.
«Hypnose.» Vera nahm einen Schluck von ihrem Kaffee und verzog das Gesicht.
«Hypnose? Ist das dein Ernst?»
«Natürlich. Das ist inzwischen ein anerkannter und sehr ernst zu nehmender Therapieansatz.»
Leonie war enttäuscht. «Für mich sind Hypnotiseur und Scharlatan Synonyme.»
«Du denkst an diese unsäglichen Show-Hypnotiseure, die in Varietés und Discos auftreten. Das sind zum Teil völlig verantwortungslose und sehr schlecht ausgebildete Leute. Die haben in einem Wochenendseminar lediglich die reine Hypnosetechnik gelernt, was gar nicht so schwer ist. Sie sind aber keine Psychologen und können die Leute, die sie auf die Reise schicken, nicht zurückholen, wenn sie dort auf Traumata stoßen. Das ist natürlich sehr gefährlich, als würde man einem Kind, das ein bisschen Rad fahren kann, eine Harley in die Hand drücken.»
«Wahrscheinlich bin ich gar nicht zu hypnotisieren. Mein innerer Widerstand wäre viel zu groß.»
Vera grinste spitzbübisch. «Da wäre ich an deiner Stelle nicht so sicher.»
«Und was soll das bringen?» Leonie blieb skeptisch.
«Du hast dich während deines Studiums doch mit Psychologie und Psychiatrie beschäftigt, wenn auch nur am Rande. Dir muss ich nichts über die zwei Welten erzählen, in denen wir leben. Der Grundgedanke der Hypnose ist, dass eine Verbindung zwischen der äußeren Realität

und der inneren, der geistigen Welt, geschaffen wird. Du nutzt in der Hypnose diese Verbindung, um sozusagen in vergessenen Dateien herumzustöbern und für das Hier und Heute nutzbar zu machen. Das ist kein fauler Zauber und nichts Unseriöses. Sogar die Polizei hat diese Technik schon genutzt, um die Erinnerung von Zeugen zu wecken.»

«Tatsächlich?»

«Ich könnte dir einen Kollegen empfehlen, bei dem du in sehr guten Händen wärst.»

«Ich werd's mir überlegen.»

Vera wechselte das Thema und erkundigte sich nach dem Stand der Dinge im so genannten Brechmittel-Skandal. Das Gutachten der Berliner Kollegen war noch nicht veröffentlicht worden, aber Leonie kannte schon den Befund. Die feingewebliche Untersuchung des Herzmuskels hatte Schädigungen durch mehrere leichte Herzinfarkte zutage gefördert. Der junge Mann war herzkrank gewesen, was er selbst wahrscheinlich gar nicht wusste. Außerdem hatte man bei der toxikologischen Untersuchung Kokain und diverse Medikamente gefunden. Er hätte jederzeit und bei jeder anderen Gelegenheit tot umfallen können. Vera wandte ein, dass er aber nun mal durch die Aufregung bei der zwangsweisen Brechmittelverabreichung kollabiert war.

«Aber die Magensonde war nicht todesursächlich, wie bisher behauptet wurde. Und die Vorschädigung des Herzens konnte Meiling unmöglich bei der Untersuchung feststellen. Selbst ein EKG hätte wahrscheinlich keinen Befund ergeben.»

Vera schüttelte den Kopf. «Mag alles sein, aber ich finde

die Vorstellung nach wie vor grauenhaft, dass einem Menschen gegen seinen Willen etwas eingeflößt wird. Das ist meiner Ansicht nach kein angemessenes ärztliches Verhalten, auch wenn es juristisch in Ordnung ist.»

Leonie spürte zum ersten Mal Ungeduld im Zusammensein mit Vera Kilian. «Glaubst du, die Leute, denen wir nachts auf Polizeiwachen Blutproben abnehmen, lassen sich freiwillig anzapfen? Manche müssen von zwei kräftigen Kerlen festgehalten werden. Das macht mir auch kein Vergnügen.»

Vera Kilian zog die Stirn in Falten. Leonie redete rasch weiter. «Ja, ja, ich weiß schon, was du sagen willst. Die Blutabnahme dient der nachträglichen Beweissicherung bei einer bereits festgestellten Schuld, während das Herbeiführen des Erbrechens das Corpus Delicti erst zutage fördern soll. Das ist wie das Erpressen einer Aussage. Aber der Arzt handelt in beiden Fällen nicht mit Zustimmung des Delinquenten. Und eigentlich gibt es sogar eine medizinische Indikation für die Verabreichung eines Brechmittels.»

«Jetzt hör aber auf.»

«Was meinst du, wie viele Dealer schon in der Notaufnahme gelandet wären, wenn wir sie ihren Mist nicht hätten erbrechen lassen? Nicht alle haben ihre Ware so gut verpackt, dass sie unbeschädigt durch den Verdauungstrakt wandert.»

«Dann gebt ihnen doch ein Abführmittel. Das ist weniger demütigend und birgt kein gesundheitliches Risiko.»

Leonie kannte das Argument, beim ersten Mal hatte sie noch darüber lachen können. «Mensch, Vera, das ist doch Bockmist. Erstens wirken Abführmittel nicht schnell genug, um eine eventuelle Intoxikation zu verhindern. Zweitens muss auch das zwangsweise verabreicht werden, wenn der Dealer es nicht freiwillig nimmt. Da haben wir dann wieder die gute alte Ethik-Diskussion. Und drittens würde ich gern mal wissen, wieso Durchfall menschenwürdiger sein soll als Erbrechen.»

Vera hatte ihr Pulver verschossen und schüttelte nur den Kopf.

«Ehrlich gesagt hängt mir diese ganze Diskussion ziemlich zum Hals heraus. Auch weil eine Menge Heuchelei dabei ist und es oft um ganz andere Dinge geht. Alle rufen nach Eindämmung der Drogenkriminalität, aber wenn wirksame Maßnahmen ergriffen werden, schreien dieselben Leute laut auf und fürchten um den Rechtsstaat.»

Vera kippte den Rest ihres übersüßten Kaffees hinunter. «Glaubst du wirklich, dass auf diese Weise die Drogenszene ausgetrocknet werden kann?»

«Natürlich nicht. Und weißt du was? Die Jungens, die sich bei uns auskotzen müssen, tun mir manchmal sogar Leid. Das sind oft halbe Kinder, die auch nur gnadenlos ausgenutzt werden. Aber sie sind nun mal Teil des großen Puzzles. Und sie wissen, was sie tun. Jedenfalls bin ich nicht in diesen Beruf gegangen, um Brechmitteleinsätze zu leiten.»

Vera lächelte zum ersten Mal, seit sie das Thema angeschnitten hatte. «Du musst dich nicht rechtfertigen.»

«Nicht vor dir vielleicht.» Leonie machte eine kurze Pause und wischte imaginäre Krümel vom Tisch. «In letzter Zeit denke ich oft darüber nach, ob ich noch die Richtige bin für das, was ich tue.»

Vera widersprach nicht, wie Leonie erwartet hatte. «Ich sehe die Wunden der Toten und der Lebenden, und niemand interessiert sich dafür. Ich sehe die grinsenden Täter im Gerichtssaal und höre die Urteile, die viel zu häufig nicht einmal annähernd für einen gerechten Ausgleich sorgen. Du ahnst gar nicht, wie satt ich das alles manchmal habe.»
«Doch, das tu ich. Und bilde dir ja nicht ein, dass du mit deinem Überdruss einen Anspruch auf Exklusivität hast. Polizisten reagieren sich in dieser Gemütslage gern mal damit ab, dass sie einen Randalierer oder einen Betrunkenen verprügeln. An die Großkriminellen kommen sie ja nicht ran. Und was meinst du, wie es manch altgedientem Sozialarbeiter geht, der seit zwanzig oder dreißig Jahren das geistige und moralische Elend in trostlosen Sozialsiedlungen verwalten muss? Die können die Sonntagsreden von Leuten, die die Realitäten überhaupt nicht kennen, über die sie zu befinden haben, auch nicht mehr hören. Wir haben nun mal Berufe, in denen die Menschenliebe leicht flöten geht. Man darf daraus nur nicht die falschen Konsequenzen ziehen.»
«Schon gut. Ich hatte nicht vor, die Todesstrafe wieder einzuführen.»
Die beiden grinsten sich an.
«Ach, eh ich's vergesse.» Vera holte einen Zettel und einen Kugelschreiber aus ihrer Handtasche und schrieb einen Namen und eine Telefonnummer auf. «Das ist der Kollege, der sich auf Hypnotherapie spezialisiert hat.»
Leonie nahm den Zettel mit spitzen Fingern. «Ich werd's mir überlegen.»
Natürlich hatte sie nichts dergleichen vor.

Seit Othello seine verletzte Herrin gefunden und ihr praktisch das Leben gerettet hatte, so sah es jedenfalls Frau Thiele, galt er im Institut endgültig als Einstein unter den Katzen. Sogar Professor Meißner, der Leiter der Toxikologie, der den Kater ebenso wenig mochte wie seine Herrin, machte ihr ein Kompliment zu ihrer Erziehungsleistung. Leonie bedankte sich und war froh, dass niemand außer Frau Thiele wusste, wie wenig Respekt Othello ihr gegenüber zeigte. Frau Thieles Stolz auf Othellos Heldentat wurde allerdings schwer getrübt durch die Tatsache, dass er sich unübersehbar mit einem Artgenossen angelegt hatte. Sein Ohr war zerfetzt, und sie mussten zwei blutverkrustete Risse in seinem Fell behandeln. Sie hatte dabei heftig mit ihm geschimpft, was er, wie immer, mit großer Würde über sich ergehen ließ.

«Na, du alter Raufbold?» Kaminski gab Othello einen spielerischen Nasenstüber. Er hatte Paul Unruh einige Speichelproben zur vergleichenden DNA-Analyse gebracht und wollte sich nach Leonies Gesundheit erkundigen.

«Vermutlich hat er lediglich in Notwehr gehandelt. Seien Sie doch vorsichtig. Sie tun ihm ja weh.» Frau Thiele sah mit äußerster Missbilligung der kleinen Balgerei Mann gegen Katze zu.

«Ach, Quatsch. Der Kleine hat rausgefunden, dass er ein ausgewachsener Kater und kein Kuscheltier ist. Da draußen läuft wahrscheinlich irgendwo eine heiße Braut rum, und er hat einem Konkurrenten gezeigt, was 'ne Harke ist. Ich hoffe, er hat gewonnen und gekriegt, was er wollte.»

Leonie amüsierte sich im Stillen über Frau Thieles indigniertes Gesicht, fand aber, dass Kaminski ihre Sekretärin genug geärgert hatte.

«Wollen Sie einen Moment in mein Büro kommen? Ich habe eine Frage an Sie.»

Kaminski machte die Tür hinter sich zu und fläzte sich auf den Besucherstuhl gegenüber Leonies Schreibtisch.

«Ich wäre Ihnen wirklich dankbar, wenn Sie meiner Sekretärin nicht immer die Laune verderben würden. Ausbaden muss ich das nämlich hinterher.»

Kaminski grinste. «Sie müssen lernen, sich durchzusetzen, Doc. Ich denke, Sie sind 'ne Führungskraft.»

Leonie ignorierte die Bemerkung. «Was ist mit der Akte, um die ich Sie gebeten hatte? Krieg ich die nun oder nicht?»

«Sie meinen die Ermittlungsakte Ihres Vaters?»

«Was sonst?»

Kaminski machte eine Verlegenheitsgeste.

«Tja, komische Sache, das. Natürlich nicht direkt ungewöhnlich. Kommt schon mal vor, so was.»

Leonie fiel ihm ins Wort. «Ich entnehme Ihrem Herumgestottere, dass die Akte verschwunden ist.»

«Ich weiß nicht, ob sie verschwunden ist. Ich kann sie nur nicht finden.»

«Was soll die Wortklauberei? Entweder sie ist da, oder sie ist nicht da.»

«Es könnte ja auch sein, dass sie da ist, aber falsch einsortiert.»

Leonie lehnte sich in ihrem Sessel zurück und seufzte.

«Heiliger Amtsschimmel. Dann muss ich einen Antrag bei der Staatsanwaltschaft auf Einsicht in deren Ermittlungs- und Prozessakten stellen. Das geht nur über einen Anwalt, und es dauert wahrscheinlich noch länger als bei Ihnen, bis ich die Antwort erhalte.» Sie überlegte einen Moment. «Eigentlich komisch, dass die Akte gerade dann weg ist, wenn ich danach frage.»

«Wieso gerade dann? Die kann doch seit Jahren falsch eingeordnet sein. Der Letzte, der sie hatte, war ein Student kurz nach Prozessende. Danach hat offenbar keiner mehr die Akte einsehen wollen. Auf der Karteikarte gibt es jedenfalls keinen späteren Vermerk.»

«Sicher haben Sie Recht. Ich hab wahrscheinlich schon Verfolgungswahn.»

Leonie legte unwillkürlich die Hand auf die immer noch schmerzenden Rippen.

«Wird schon wieder, Doc.» Kaminskis Blick war ungewohnt verständnisvoll. «Mich hat schon zweimal so ein Schwein erwischt, das es mir heimzahlen wollte. Beim zweiten Mal hatte der Kerl ein Messer, bin fast verblutet. Ist nicht leicht, danach wieder auf die Beine zu kommen. Ich meine, abgesehen von der körperlichen Schwäche. Hab noch lange 'ne Scheißangst gehabt. Da muss man durch.»

Sein unerwartetes Bekenntnis rührte Leonie. Sie nickte. «Danke, dass Sie mir Mut machen.» Sie zögerte. Bisher hatte sie noch niemandem davon erzählt. «Manchmal denke ich, jemand verfolgt mich. Beobachtet mich, wo ich gehe und stehe. Aber das ist nicht immer so. Nicht jeden Tag, meine ich. Vielleicht hat Vera Kilian Recht, und ich sollte ein Therapie machen.»

«Jeder nach seinem Geschmack. Ich lasse keinen Seelenklempner in meinem Innenleben rumwühlen.»

Leonie musste lächeln. «In Ihrer verstopften Seele findet eh keiner mehr was.»

Kaminski beugte sich vor und sah ihr in die Augen. «Nochmal von vorn. Wieso fühlen Sie sich verfolgt? Sehen Sie öfter dieselbe Person in Ihrer Nähe?»

Leonie überlegte. «Nein, ich glaube nicht. Manchmal denke ich, derselbe Wagen fährt mir schon durch die halbe Stadt hinterher. Und dann ist es das Gefühl, jemand sieht mir von irgendwoher zu. Aber wenn ich mich umschaue, sehe ich niemanden, der mich beobachtet.»

Kaminski machte es sich wieder bequem. «Die Nerven. Das ist alles. Kommt wieder in Ordnung.»

«Sicher. Wie weit sind Sie mit dem Friedhofsmord?»

Kaminski zögerte sichtlich mit der Antwort. «Der Mann aus der Russischen Botschaft ist bereit, mit mir zu reden.»

«Da müssen irgendwo die Drähte heißgelaufen sein. Aber keine Angst, so genau will ich's gar nicht wissen. Gratuliere!»

«Kann sein, dass nicht viel dabei rauskommt. Der Russe kriegt einen Aufpasser und ich auch. Ein Typ aus der Bundesanwaltschaft nimmt mich an die Leine.»

Leonies Meinung von Kaminskis diplomatischen Fähigkeiten war nicht besonders hoch. Offenbar sahen das andere Leute genauso. «Machen Sie das Beste daraus.»

Kaminski wechselte das Thema. «Wir haben Achim Löhrs Wagen untersucht. Ich dachte, es interessiert Sie, was dabei rausgekommen ist.»

Leonie nickte. Natürlich interessierte sie das.

«Wir haben Haare gefunden, die mit dem Haar übereinstimmen, das Sie an seiner Kleidung gefunden hatten. Alle ohne Haarwurzel.»

«Es hat also jemand in seinem Wagen gesessen, der eine Perücke trug.»
«Oder gerade beim Friseur war. Außerdem haben wir eine Menge Lederfibrillen gefunden.»
Die Tatsache, dass Menschen überall, wo sie sich aufhalten, durch ihre Kleidung unverwechselbare Spuren wie einen Fingerabdruck hinterlassen, war durch die modernen Möglichkeiten der Labortechnik zu einem wichtigen Indiz bei der Tätersuche geworden. Die Textilfasern werden bei sechzigfacher Vergrößerung unter Auflichtmikroskopen oder bei sogar zweihundertfacher Vergrößerung unter Durchlichtmikroskopen in Struktur und Farbe vorbestimmt und markiert. Im Mikrospektralphotometer werden sie dann UV-Strahlen und sichtbarem Licht ausgesetzt, und es wird gemessen, wie viel Licht das Material durchgelassen hat. Das Messergebnis erscheint in Form von verschiedenfarbigen Kurven. Mit Hilfe von Vergleichsmaterial lässt sich dann feststellen, ob die Kurven sich decken und die Fasern identisch sind. Zu Leonies Überraschung hatte ihr eine Mitarbeiterin des Biologie-Labors einmal erklärt, dass auch Leder Spuren hinterlässt. Rauleder und Glattleder, wenn es leichte Beschädigungen aufweist, geben so genannte Fibrillen an die Umgebung ab. Natürlich nicht in solchen Mengen wie andere Gewebe, aber mit etwas Glück genug, um den Nachweis der Anwesenheit einer Person zu erbringen. Eventuell lässt sich durch weitere chemische Untersuchungen sogar bestimmen, mit welchen Gerbstoffen das Leder behandelt wurde.
«Löhr trug kein Leder. Also stammten die Fibrillen wie die Haare von einer anderen Person. Das ist doch was.»

«Hilft uns nur nicht weiter. Jedenfalls nicht im Moment. Uns fehlt das Vergleichsmaterial. Außerdem muss der Spurenverursacher ja nicht einer der letzten Beifahrer Löhrs gewesen sein. Die Spuren können Monate alt sein.»

«Nicht wenn Löhr zwischendurch mal gesaugt hat. Wo befanden sich die Spuren?»

Kaminski nickte beifällig. Richtige Frage. «Das ist das Interessante. Sowohl Fibrillen als auch Haare befanden sich auf dem Beifahrersitz, auf dem Steuerrad und auf dem Boden vor dem Fahrersitz.»

«Die Person hat sich also zu Löhr hinübergebeugt. Vielleicht, um ihm die tödliche Spritze zu setzen.»

«Ich wusste, dass Sie das sagen würden», grinste Kaminski. «Es gibt dafür allerdings auch eine harmlose Erklärung. Jemand hat ihn geküsst.»

Leonie musste zugeben, dass auch das eine Möglichkeit wäre. Als Kaminski sich erhob, um zu gehen, klingelte sein Handy. Er zerrte das Telefon aus der Jackentasche und meldete sich mit einem knappen Ja. Die Unterhaltung war kurz und von Kaminskis Seite wortkarg. Er steckte das Handy wieder weg und wandte sich Leonie zu.

«Es hat sich eine Frau gemeldet, die glaubt, unsere Madenleiche zu kennen. Es ist eine Hure aus Berlin.»

16.

Lea Fromms Wohnung war groß und nicht eben billig eingerichtet. Leonie und Kaminski ließen sich in riesige schwarze Ledersessel sinken, während Lea Fromm Tee in zartem chinesischem Geschirr servierte. Leonie musterte die junge Frau und suchte nach sichtbaren Zeichen für ihr Gewerbe, aber Lea Fromm hätte genauso gut Anwältin oder Managerin sein können. Ihre blondierten, kurz geschnittenen Haare saßen perfekt, ebenso der graue Anzug, der mit Sicherheit nicht aus einem Billigladen stammte. Sie lächelte mit dezent geschminktem Mund und setzte sich ihren Gästen gegenüber in einen freischwingenden Stuhl aus Chrom und schwarzem Leder. Kaminski räusperte sich und eröffnete das Gespräch.

«Sie haben meinem Berliner Kollegen gesagt, die unbekannte Tote, die in Hamburg gefunden wurde, könnte Ihre verschwundene Freundin sein. Wegen der zusätzlichen rudimentären Brustwarzen, die Ihre Freundin auch hatte. Gibt es einen Grund, warum Sie keine Vermisstenanzeige aufgegeben haben?»

Lea Fromms Lächeln wurde noch eine Spur verbindlicher. «Nun, es war nicht das erste Mal, dass Easy für längere Zeit verschwand. Ich wollte ihr und mir Ärger ersparen und habe erst einmal abgewartet.»

Kaminski zückte seinen Notizblock. «Ich brauche den vollen Namen Ihrer Freundin.»
«Ich würde Easy nicht als Freundin bezeichnen. Sie war meine Untermieterin. Und ihren vollen Namen kenne ich leider nicht. Sie nannte sich Easy, mir hat das genügt.»
Kaminski blickte Leonie ein wenig hilflos an.
«Easy wie das englische Wort für leicht?», fragte Leonie.
Lea Fromm hob die Hände. «Das hab ich angenommen.»
«Sie haben eine Frau in Ihrer Wohnung aufgenommen, deren Namen Sie nicht mal kannten?»
Kaminskis Missbilligung war nicht zu überhören.
«In meinem Gewerbe gibt es eine Menge Frauen, die gute Gründe haben, ihre Identität nicht preiszugeben. Und ich bin schließlich nicht der CIA. Als Easy vor etwa zwei Jahren bei mir einzog, ging es mir außerdem finanziell nicht besonders gut. Ich trank damals ziemlich viel und war kaum arbeitsfähig. Easy hatte Geld wie Heu und bezahlte für sechs Monate im Voraus. Da stellt man keine dummen Fragen.»
Leonie ließ ihren Blick über einige kostspielige Einrichtungsgegenstände und zurück zum Rubinring wandern, der an Lea Fromms linker Hand prangte. «Inzwischen scheint es Ihnen besser zu gehen.»
Lea Fromm stellte ihre Teetasse ab und schlug ein langes Bein über das andere. Sie wirkte vollkommen entspannt und gut gelaunt.
«Ja, ich kann sagen, das Blatt hat sich gewendet. Ich bin seit über einem Jahr trocken und habe mich geschäftlich auf eigene Füße gestellt. Als Unternehmerin, wenn Sie so wollen. Ich betreibe ein exklusives Haus mit erstklassigem Personal.»

«Sie meinen, Sie lassen andere für sich anschaffen?», sagte Kaminski grob.
Lea Fromm war Schlimmeres gewohnt. «So ist es. Seit neuestem mit Sozialversicherung. Ich weiß aus eigener Erfahrung, wie hart das Leben auf der Straße ist.»
«Dann waren Sie auf Easys Mietbeitrag wohl nicht mehr angewiesen?», wollte Leonie wissen.
«Nein, eigentlich nicht. Und ich wäre sie, offen gestanden, gern wieder losgeworden. Nur hatte ich nicht das Herz, ihr zu kündigen. Ich wusste immer, dass sie Drogen nahm. Damals hatte sie ihren Konsum noch einigermaßen unter Kontrolle. Aber in den letzten Monaten fing sie an zu verwahrlosen. Eine Zeit lang hab ich sie noch bei mir arbeiten lassen, aber irgendwann ging das nicht mehr. Unsere Kunden kommen aus den besseren Kreisen, und die Ansprüche an die Frauen liegen da schon ein bisschen höher. Ich hab Easy angeboten, ihr einen Therapieplatz zu besorgen, aber sie wollte nicht.»
Kaminski blätterte in seinen Aufzeichnungen. «Sie haben meinem Berliner Kollegen gesagt, dass Ihre Freundin, äh, Mitbewohnerin, Ende Juli die Wohnung mit einer Reisetasche verlassen hat. Was hat sie gesagt, wohin sie wollte?»
«Keine Ahnung. Ich war nicht da, als sie ging. Sie hatte mir nur einen Zettel hingelegt, dass sie verreisen müsste und sich meine Reisetasche ausgeborgt hätte. Ich hab dann festgestellt, dass auch Geld aus meinem Schreibtisch fehlte.»
«Und Sie haben keinerlei Anhaltspunkte, was sie vorhatte?»
Lea Fromm schüttelte den Kopf und hob entschuldigend

die Hände. «Tut mir Leid. Sie hat mir eigentlich nie irgendwas Wichtiges über sich erzählt. Und, wie gesagt, in meinem Gewerbe lässt man die Leute reden oder schweigen, wie sie wollen.»
«Und ihre Kontakte hier in Berlin? Können Sie uns dazu etwas sagen?» Kaminski wippte ungeduldig mit dem Fuß.
«Sie hatte in meinem Etablissement ein paar wichtige Leute kennen gelernt. Zwei oder drei der Herren waren so was wie Stammkunden. Möglicherweise hat sie sich auch später noch mit ihnen getroffen. Ansonsten stand sie, glaube ich, irgendwo beim Tiergarten auf der Straße.»
Lea Fromm überlegte einen Moment, nicht um sich zu erinnern, sondern um zu entscheiden, ob sie mit der Information rausrücken sollte, ehe sie weitersprach.
«Sie hat mal erwähnt, dass es einen jungen Mann gab, der sich in sie verguckt hatte und anfing, ihr auf die Nerven zu gehen. So was gibt's öfter, dass ein Freier glaubt, er müsste eine Frau missionieren. Der muss besonders hartnäckig gewesen sein. Vielleicht ist sie seinetwegen verschwunden.»
«Einen Namen hat sie natürlich nicht genannt?»
«Nein. Aber ich vermute, er ist Polizist.»
Leonie und Kaminski sahen sich an.
«Wie kommen Sie denn darauf?»
«Easy war die letzte Zeit, bevor sie abgehauen ist, ziemlich nervös. Sie hat's nicht zugegeben, aber ich glaube, sie fing an, Angst vor dem Kerl zu kriegen. Ich hab ihr gesagt, wenn er sie nicht in Ruhe lässt, soll sie ihn anzeigen. Sie hat gelacht und gemeint, das wär, als würde man

die Königin von England bitten, die Monarchie abzuschaffen.»

Nach einem weiteren Blickkontakt mit Kaminski fragte Leonie: «Haben Sie den Namen Achim Löhr schon mal gehört?»

Lea Fromm überlegte kurz, schüttelte dann aber den Kopf. «Nein, kann mich nicht erinnern.»

«Kunde Ihres Hauses kann er also nicht sein?»

«Würde ich nicht sagen. Natürlich kenne ich einige Kunden, aber bei weitem nicht alle. Die Laufkundschaft schon gar nicht. Außerdem bin ich nicht immer da.»

Kaminski erhob sich. «Dann würde ich gern mal das Zimmer von dieser Easy sehen. Und ich brauche ein Foto von ihr.»

«Ich dachte mir schon, dass Sie danach fragen würden.» Lea Fromm ging zu einem Sekretär und nahm ein Foto aus einer Schublade. Es zeigte ein hübsches junges Mädchen, das lachend mit einem Glas Champagner posierte. «Das Foto ist etwa ein Jahr alt. Da ging es ihr noch ziemlich gut.»

Leonie sah Kaminski über die Schulter und tippte nach kurzer Betrachtung auf das Foto.

«Schauen Sie mal. Sie hat ein Nasenpiercing links. Ein blauer Stein.»

«Ja, ein Aquamarin. Hatte ihr einer ihrer Stammkunden geschenkt.»

Kaminski sah Leonie fragend an, die schüttelte den Kopf. Bei der Obduktion hatte sie den Schmuck nicht gefunden. Sie hätte nicht mal feststellen können, ob der Nasenflügel mal gepierct worden war. Die Maden hatten von der Nase nicht viel übrig gelassen.

Ihr fiel etwas Wichtiges ein. «Wir brauchen Material für eine DNA-Analyse.»
Kaminski holte wortlos eine Schachtel und eine kleine Papiertüte aus seiner Brusttasche.
«Wie sicher ist es überhaupt, dass Ihre Tote meine Untermieterin ist?», wollte Lea Fromm wissen, während sie Leonie und Kaminski zu einem Zimmer am hinteren Ende des Flurs führte.
«Sicher ist bis jetzt noch gar nichts. Aber es passt einiges zusammen.» Kaminski drängte sich an der Frau vorbei, als sie die Tür zu Easys Zimmer öffnete.
Der Gegensatz zum Rest der Wohnung hätte nicht größer sein können. Im Zimmer herrschte das totale Chaos, und es war mit Sicherheit schon eine Weile nicht mehr geputzt worden. Leonie dachte, dass Lea Fromm dieser Anblick in Weißglut versetzen müsste, aber die verzog keine Miene. Die DNA-Probe stellte kein Problem dar. Das Bett war wahrscheinlich schon länger nicht mehr frisch bezogen worden. Leonie kratzte genug Haare und Hautschuppen vom Kopfkissen, um mehrere Analysen machen zu können, wenn es sein musste. Kaminski arbeitete sich routiniert durch die Berge von ungewaschenen Kleidern, alten Zeitungen und Pizza-Kartons. Nach etwa einer Stunde hatten weder er noch Leonie etwas gefunden, das auf die Identität der Bewohnerin schließen ließ oder Hinweise auf ihre Kontakte geben konnte. Das Persönlichste waren Fixerutensilien und zwei Porzellanpuppen, die auf dem Fensterbrett saßen. Es gab keine Fotos, keine Briefe, keine Behördenkorrespondenz oder amtliche Dokumente, weder Bank- noch Steuerunterlagen.

«Sie hat entweder alles mitgenommen oder einen anderen Ort, wo sie ihre persönlichen Papiere aufbewahrt.»
Kaminski wandte sich an Lea Fromm, die ihnen die ganze Zeit zugesehen hatte.
«Sie wissen natürlich nicht, ob diese Easy noch eine andere feste Bleibe hatte.»
«Nein, ich muss Sie leider wieder enttäuschen. Ich kann es mir aber nicht vorstellen.»
Leonie und Kaminski verabschiedeten sich bald, nicht ohne Kaminskis Warnung an Lea Fromm, ja nichts aus dem Zimmer zu entfernen, bis er dazu die Erlaubnis geben würde.
Auf dem Weg zu Kaminskis Dienstwagen konnte Leonie nicht länger an sich halten.
«Achim Löhr. Ich wette mit Ihnen um Ihre Beamtenpension, dass er der Typ ist, vor dem Easy Angst hatte.»
«Mal halblang, Doc. Bis jetzt ist das nichts als eine ziemlich wilde Vermutung.»
«Hab schon Wilderes erlebt, Kaminski. Löhrs Mutter hat mir erzählt, ihr Sohn wäre wegen einer Hure total aus dem Häuschen gewesen, regelrecht besessen von ihr. Damals dachte ich, Hure sei nur ein Ausdruck ihrer Verachtung gewesen.»
«War vielleicht auch so gemeint.»
«Löhr ist wegen einer Frau nach Hamburg gefahren, etwa zwei Wochen nach Easys Verschwinden. Schon wieder Zufall? Und Lea Fromm glaubt, Easys Quälgeist war Polizist.»
«Na, das ist ja wohl an den Haaren herbeigezogen.»
«Wieso? Weil nicht sein kann, was nicht sein darf? Außerdem wissen wir positiv, dass Löhr Schwierigkeiten

wegen seiner Milieukontakte hatte. Wissen Sie darüber eigentlich Genaueres?»

«Hab's irgendwo in der Akte», brummte Kaminski.

«Na, da liegt's ja gut. Egal, die Sache fängt an, wirklich interessant zu werden.» Leonie fiel plötzlich etwas ein. «Hatten Sie mir nicht erzählt, dass Löhr einem Ihrer Hamburger Kollegen ein Foto von seiner Freundin gezeigt hat?»

«Hab ich auch gerade dran gedacht. Soll aber ziemlich verschwommen gewesen sein.»

«Versuchen Sie's trotzdem. Wohin fahren wir eigentlich?»

Sie waren inzwischen in Kaminskis Wagen eingestiegen, und er hatte sich in den Verkehr eingefädelt.

«Ich fahre Sie zu Ihrer Tante. In einer Stunde muss ich in der Botschaft sein. Und dahin kann ich Sie nicht mitnehmen.»

Leonie bat ihn, sie einfach an der nächsten U-Bahn-Haltestelle rauszulassen. Sie hatte diesmal nicht vor, ihre Tante zu besuchen. Ihr fehlte dazu einfach die Kraft. Stattdessen fuhr sie ins rechtsmedizinische Institut und fragte nach Dr. Lottermoser. Er obduzierte gerade einen Mann, der aus dem so genannten Hundesee in Dahlem gefischt worden war. Die Wassertemperatur war ziemlich niedrig, und der Mann sah nach vermuteten zehn Tagen Liegezeit noch fast wie neu aus. Bei einem Glas Wein – natürlich ein Österreicher, ein Blauer Zweigelt – in Lottermosers Lieblingskneipe kauten sie nochmal den Fall des toten Dealers durch. Lottermoser war wie Leonie überzeugt, dass Meiling Zhao keine Schuld am Tod des Mannes trug, und er ließ keinen Zweifel daran,

dass er die Verabreichung von Brechmitteln grundsätzlich für völlig ungefährlich hielt, auch wenn sie unter Zwang geschah. Die Ethik und die Politik, das stand natürlich wieder auf einem anderen Blatt Papier.
Es war schon fast dunkel, als Kaminski sich auf ihrem Handy meldete. Sein Gespräch in der Botschaft war zu Ende, und er wollte noch am Abend nach Hamburg zurückfahren. Leonie verabschiedete sich von ihrem Kollegen und fuhr mit einem Taxi zum verabredeten Treffpunkt. Zu ihrem Erstaunen war Kaminski nicht allein. Ein Mann von etwa Mitte vierzig, sehr blond, sehr schlank, sehr elegant gekleidet, mit der unverkennbaren Aura des alteingesessenen hanseatischen Kaufmannsadels, saß auf dem Beifahrersitz. Er stieg aus, um Leonie zu begrüßen, und stellte sich als Oberstaatsanwalt Dr. Knut Boysen vor. Das war also Kaminskis Aufpasser von der Bundesanwaltschaft. Boysen überging charmant Leonies höflichen Protest und überließ ihr den Beifahrersitz. Er selbst quetschte sich und seine langen Beine auf die Rückbank. Natürlich hätte Leonie gern gewusst, was sich in der Botschaft abgespielt hatte, aber in Anwesenheit eines Bundesanwalts konnte sie Kaminski schlecht ausfragen. Sie erfuhr lediglich, dass der Staatsanwalt in den nächsten Tagen in Hamburg zu tun hatte. Boysen war ein Meister der lockeren, aber nichts sagenden Konversation und hielt bis kurz vor Hamburg das Gespräch in Gang. Kaminski beteiligte sich nur selten daran, aber Leonie entging nicht, dass er Boysen des Öfteren im Rückspiegel beobachtete.
Kaminski setzte Leonie als Erste vor ihrer Haustür ab, bevor er Boysen in sein Hotel fuhr. Der Abschied von

Kaminski fiel knapp aus, der von Boysen formvollendet höflich. Er blieb im Fond des Wagens sitzen, und als Leonie den beiden nachblickte, hatte sie die Vorstellung eines Herr-und-Knecht-Verhältnisses. Leonie ging durch die Toreinfahrt zur Haustür und fand nach langem Wühlen in ihrer großen Tasche endlich den Schlüssel. Für den Notfall hatte sie einen Zweitschlüssel in ihrem Büro deponiert, zu dem sie Tag und Nacht Zutritt hatte. Seltsamerweise kämpfte sie trotzdem jedes Mal mit aufsteigender Panik, wenn sie ihren Schlüssel nicht auf Anhieb fand. Sie betrat die Eingangshalle und drückte auf den Fahrstuhlknopf. Während der Fahrstuhl aus dem obersten Stockwerk nach unten fuhr, holte sie ihre Post aus dem Briefkasten. Er quoll wie jeden Tag fast über von Postwurfsendungen und Handzetteln. Der Aufkleber *Bitte keine Werbung* hatte nicht den geringsten Effekt. Sie stopfte unterschiedslos alles in ihre Tasche, die sie im Flur ihrer Wohnung in eine Ecke warf und erst einmal vergaß. Sie schob eine Portion *Nasigoreng* in die Mikrowelle, nahm sich ein Bier und schaltete den Fernseher ein. Wenigstens einmal am Tag wollte sie sich informieren, was in der Welt los war. Erst nach der *Heute*-Sendung und dem zweifelhaften Genuss des Reisgerichtes, eines Triumphs der modernen Lebensmittelchemie, fiel ihr die Post wieder ein. Die Werbung warf sie ungelesen in den Papierkorb, übrig blieben nur zwei Rechnungen und ein Brief der Groß Flottbeker Kirchengemeinde. Er enthielt die Liste der ehrenamtlichen Mitarbeiter, die in den siebziger Jahren in der Gemeinde tätig waren. Neben ihrer Mutter waren auch die meisten anderen dieser Hilfskräfte Frauen gewesen. Männer rissen sich nicht um Tätigkeiten, die weder Geld noch Aufstiegschancen boten. Fünf Männernamen fanden sich auf der Liste. Einer davon musste der Liebhaber sein – falls Leonies Tante Recht hatte mit ihrer Vermutung. Leonie nahm sich ein zweites Bier und überlegte, welche Vorgehensweise die geschickteste wäre. Im Grunde war es natürlich schrecklich peinlich, was sie vorhatte. Sie musste zu fünf älteren Herren, falls sie noch lebten, gehen und fragen, ob sie ein Verhältnis mit ihrer Mutter gehabt hatten. Die Zahl fünf hätte sie gern etwas eingeschränkt. Aber wie sollte sie wissen, wer der wahrscheinlichste Kandidat war?

«Der Pfarrer», sagte sie. Das war eine glänzende Idee. Wenn einer wusste, mit wem ihre Mutter ein engeres Verhältnis gehabt haben könnte, war das der damalige Pfarrer. Aber wie hieß er noch? Leonie überlegte laut.

«Berger. Nein, Burger. Bürger? Burgmann. Bergmann. Verdammt, das gibt's doch nicht!»

Leonie tigerte in ihrem Arbeitszimmer hin und her. Dann fiel es ihr ein.

«Bergner. Genau, das war der Name. Bergner. Hoffentlich lebt der noch.»

Ins Telefonbuch zu schauen war sinnlos. Bergners gab es eine Menge, und sie wusste seinen Vornamen nicht. Vielleicht konnte ihr die Gemeindesekretärin ein zweites Mal weiterhelfen.

Sie konnte. Gleich am nächsten Vormittag rief Leonie an und erhielt die Auskunft, Pfarrer Bergner lebe noch, allerdings in einem Pflegeheim. Er war weit über achtzig und ziemlich hinfällig. Ob sein Gedächtnis noch funktionierte, schien zweifelhaft, aber Leonie würde es in jedem Fall versuchen.

Der Tag im Institut verlief wenig erfreulich. Die Heizung fiel in Teilen des Gebäudes mal wieder wegen der Bauarbeiten aus. Professor Cordes hatte in einem seltenen Anfall von unbeherrschbar schlechter Laune einen Journalisten aus seinem Büro geworfen, wofür der sich mit Sicherheit in seinem Artikel rächen würde. Und Dr. Meiling Zhao hatte Leonie in einem Gespräch unter vier Augen mitgeteilt, dass sie nach Abschluss der staatsanwaltlichen Ermittlungen nach Shanghai zurückgehen werde. Leonie hatte gar nicht versucht, sie zum Bleiben zu überreden. Meiling Zhao hatte in ihren eigenen Augen vor den deutschen Kollegen das Gesicht verloren. Ihre Rückkehr in die Heimat war ohnehin geplant und würde nun eben ein oder zwei Jahre früher stattfinden. Leonie war sicher, dass die begabte junge Kollegin in China ihren Weg machen würde. Aber sie würde ihr fehlen und den Kollegen sicher ebenso.
Eine Messerstecherei zwischen türkischen und albanischen Jugendlichen lieferte am späten Nachmittag noch zwei Leichen zur Eilobduktion. Leonie übernahm einen der Toten, und es war schon fast halb acht, als sie den Seziersaal verließ. Als sie auf dem Weg zu ihrem Büro beim Nachtpförtner, der seinen Dienst um sechs Uhr angetreten hatte, vorbeikam, lief er ihr nach und übergab ihr einen Brief. Der Umschlag war unbeschriftet. Ein Bote hatte ihn abgegeben und sie als Empfängerin genannt. Leonie fragte nach dem Absender, aber der Pförtner hatte versäumt, danach zu fragen.
In ihrem Büro angelangt, las Leonie zunächst die Nachrichten, die Frau Thiele ihr hinterlassen hatte. Dann erst riss sie den Umschlag auf, den der Bote gebracht hatte.

Er enthielt ein Foto, nichts sonst. Es handelte sich ganz offensichtlich um einen Schnappschuss, von einem Amateur gemacht, unbemerkt von den beiden abgelichteten Personen. Das Foto zeigte Margot Simon an der Seite eines Mannes, den Leonie um einige Jahre jünger als ihre Mutter schätzte. Die beiden standen mit bloßen Füßen im Sand des Elbstrandes, im Hintergrund war der Blankeneser Leuchtturm zu sehen. Margot Simon lachte und hielt ihrem Begleiter lockend ein Eis hin. Der Mann beugte sich gerade vor und öffnete den Mund, um abzubeißen. Die beiden berührten sich nicht, aber es ging eine Intimität von ihrer Haltung aus, die für Leonie keinen Zweifel daran ließ, dass dies der von ihr Gesuchte war.

Othello kam herein und sprang auf ihren Schoß. Er hatte einen seiner seltenen Anfälle von Schmusebedürfnis, und Leonie streichelte ihn sanft, während sie das Foto anstarrte. So glücklich und gelöst hatte sie ihre Mutter nur ganz selten gesehen. Und sie konnte sich nicht an eine einzige Situation dieser Art zwischen ihren Eltern erinnern. Stattdessen fielen ihr wieder einige der hässlichen Streitszenen ein, die zum Alltag des Ehepaars gehört hatten. Oder hatte sie die harmonischen Zeiten aus ihrer Erinnerung verdrängt? Die meisten Menschen erinnerten sich an das Gute. Vielleicht lief es bei ihr umgekehrt. Der Mann war ihr jedenfalls völlig unbekannt. Falls sie ihm bei einer Gemeindefestlichkeit oder bei einem der wenigen Gottesdienste, die sie ihrer Mutter zuliebe besucht hatte, begegnet war, hatte sie ihn nicht beachtet.

Othello hatte genug und verzog sich wieder. Erst jetzt

kam es Leonie in den Sinn, sich zu fragen, wer der Absender des Fotos war. Die Sekretärin der Kirchengemeinde hätte das Foto der Liste beigelegt und es nicht wortlos per Boten geschickt. Außerdem kannte die Frau ihre Mutter nicht, hätte das Foto also gar nicht zuordnen können. Tante Charlotte konnte es auch nicht sein. Und wer sonst wusste, wonach sie suchte, und besaß Fotos von ihrer Mutter? Leonie spürte, wie sich langsam ihre Nackenhaare aufstellten. Das Ganze war seltsam und beunruhigend. Sehr beunruhigend.

17.

Pfarrer Bergner hatte noch die Blumen von seinem 86. Geburtstag auf dem Nachttisch stehen, als Leonie sein Zimmer betrat. Die Gemeindesekretärin hatte ihr zwar die Adresse seines Altenheims gegeben, den Geburtstag aber leider verschwiegen oder nicht gewusst. Das war bedauerlich, aber nicht zu ändern. Immerhin hatte Leonie die Idee gehabt, einen kleinen Kuchen als Gastgeschenk mitzubringen. Der konnte nun ebenso gut als Geburtstagskuchen gelten. Der alte Pfarrer war körperlich schon recht hinfällig und hatte große Mühe, sich zu ihrer Begrüßung aus seinem altmodischen Ohrensessel, den er zusammen mit ein paar anderen eigenen Möbeln ins Heim hatte mitbringen dürfen, zu erheben. Aber seine Augen blickten klar, und sein Geist war so jung und lebendig, wie Leonie ihn in Erinnerung hatte. Er hatte keine Ahnung, wer sie war, freute sich aber sehr über ihren Besuch. Leonie organisierte eine Kanne Kaffee und schnitt den Kuchen an.

«Woher wussten Sie, dass ich Schokoladenkuchen am liebsten esse?» Der alte Mann mühte sich nicht lange mit der Kuchengabel ab, sondern aß mit den Fingern. «Ich bitte um Verzeihung, aber das Zittern wird immer schlimmer. Sie sollten mich sehen, wenn es Suppe gibt!»

Leonie lachte. Wie hatte sie ihn so viele Jahre völlig vergessen können? Er war schon damals kein junger Mann mehr gewesen, aber bei den Jugendlichen trotzdem sehr beliebt. Er hatte sich nicht angebiedert, aber wenn jemand Hilfe brauchte, konnte man sich auf ihn verlassen. Leonie selbst hatte sich ihm nie anvertraut, sie hatte darin keinen Sinn gesehen. Aber sie hatte seine Selbstironie und seinen trockenen Witz gemocht. Offenbar hatten die beiden Eigenschaften ihn auch im hohen Alter nicht verlassen.

«Wie kann ich Ihnen helfen? Sie sind doch sicher nicht gekommen, um mit einem langweiligen alten Mann Kuchen zu essen. Hab ich Recht?»

Leonie wich dem Blick seiner wässrig blauen Augen aus.

«Nein, nein, das ist völlig in Ordnung. Sie müssen nicht verlegen werden. Die Alten sollen den Jungen Verpflichtung sein, aber keine Last. Würden Sie so gut sein und mir noch einmal Ihren Namen sagen?»

Leonie wiederholte ihren Namen, und er nickte nachdenklich. «Meine Mutter hieß Margot, Margot Simon. Sie war viele Jahre in Ihrer Gemeinde in Groß Flottbek ehrenamtlich tätig.»

Wieder nickte der alte Mann, aber Leonie war nicht sicher, ob er sich erinnern konnte.

«Mein Vater, Doktor Richard Simon, wurde seinerzeit angeklagt, meine Mutter getötet zu haben.»

Bei Pfarrer Bergner fiel fast hörbar der Groschen.

«Ach du meine Güte, Sie sind das. Die arme Kleine, die ihre Mutter verloren hatte. Ja, natürlich, jetzt weiß ich alles wieder.»

Er schloss die Augen und rief seine Erinnerungen ab.

Wie viele alte Leute hatte auch er einen kleinen Tic. Seine Zunge war ständig in Bewegung; wenn er nicht gerade sprach, schoss sie plötzlich vor oder leckte über die Lippen.

«Schreckliche Geschichte, ganz schreckliche Geschichte. Ist nicht leicht, mit so etwas fertig zu werden, nicht wahr?»

Er öffnete die Augen wieder und sah Leonie prüfend an. «Sie sind Ärztin geworden? Wie Ihr Vater?»

«Ärztin bin ich geworden, aber mein Vater hatte damit nichts zu tun. Er war im Übrigen unschuldig, wie ich jetzt weiß.»

«Das ist schön.» Der alte Mann hob seine zittrige Rechte und legte sie kurz auf Leonies linke Hand. «Die Sünden der Väter lasten schwer auf uns, ob wir es akzeptieren oder nicht. Und was bedrückt Sie noch, wenn diese Last von Ihnen genommen wurde?»

«Ich glaube, ich weiß gar nicht, wer meine Mutter wirklich war.» Leonie hatte eigentlich sagen wollen, dass sie auf der Suche nach dem Mörder ihrer Mutter war, und war selbst überrascht von ihrer Antwort.

«Und Sie glauben, dass ich Ihnen helfen kann, das herauszufinden?»

«Es gibt nicht viele, die ich fragen könnte.»

Der alte Mann wischte sich ungeschickt ein paar Kuchenkrümel von der Weste. «Ich habe mir immer gewünscht, den Menschen ins Herz sehen zu können. Aber das kann wohl nur Gott selbst. Wie könnte ich also behaupten, einen Menschen zu kennen? Gesehen habe ich in Margot Simon eine Frau, die sich nie selbst gefunden hat. Sie war auf der Suche, ich weiß nicht, nach was. Die

Gemeindearbeit war nur eine Ablenkung, eine Möglichkeit, die Leere nicht so sehr zu spüren. Ihre Mutter war voller Sehnsucht und voller Enttäuschung, und das hat sie hart gemacht. Ich nehme an, sie war keine gute Ehefrau und keine gute Mutter. Aber vielleicht ist auch alles falsch, was ich Ihnen da gesagt habe.»

«Nein, ich glaube, Sie haben Recht. Es ist in jedem Fall ein Teil der Wahrheit. Falls es so etwas überhaupt gibt.»

Leonie zog die Namenliste aus ihrer Jackentasche und entfaltete sie. Sie schob sie über den Tisch, Pfarrer Bergner unter die Augen. «Das ist eine Liste von ehrenamtlichen Mitarbeitern Ihrer Gemeinde. Ich habe die Namen von fünf Männern rot markiert. Können Sie sich an diese Männer erinnern?»

Der Pfarrer nahm die Liste und hielt sie sich dicht vor die Augen. Leonie sah weit und breit keine Brille. War er etwa in seinem Alter zu eitel, eine zu tragen?

«Ich hab meine Brille gestern kaputtgemacht, und auf die neue muss ich mindestens eine Woche warten», antwortete er auf ihre unausgesprochene Frage.

«Und dabei habe ich gerade mit einem so spannenden Buch angefangen.» Er deutete auf die Taschenbuchausgabe eines Stephen-King-Romans. Leonie musste lächeln. Ein Pfarrer, der Horrorromane las. Aber warum eigentlich nicht? Er legte das Blatt wieder auf den Tisch zurück.

«Die Namen sind mir nicht völlig unvertraut, aber, um ehrlich zu sein, ich verbinde keine Gesichter mit ihnen. Mit Namen hatte ich immer so meine Probleme, schon als ich noch viel jünger war.»

«Einer von diesen Männern war möglicherweise mit

meiner Mutter näher bekannt. Vielleicht sogar ihr Liebhaber.»
«So? Ja, ich verstehe.»
Leonie wartete. Aber es kam nichts mehr. Sie holte das Foto heraus, das sie per Boten bekommen hatte.
«Kennen Sie diesen Mann?»
Pfarrer Bergner betrachtete das Foto, hielt es mal weiter, mal dichter vor seine Augen. Er seufzte leise. «Ja, das ist er. Aber ich wusste nicht, dass sie so weit gegangen sind.»
Leonie war elektrisiert. «Sie erkennen den Mann? Steht sein Name auf der Liste?»
Bergner tippte auf den letzten Namen der alphabetisch geordneten Liste. Zacharias, Norbert.
«Er war mit unserer Organistin verheiratet und half seiner Frau zuliebe gelegentlich ein bisschen aus. Er war gelernter Elektriker, und da gab es immer mal etwas zu tun. Er hat der Gemeinde manches Mal gutes Geld gespart.»
«Wussten viele, dass er und meine Mutter ein Verhältnis hatten?»
«Ich glaube nicht, dass überhaupt jemand auch nur etwas ahnte. Ich bin nicht einmal jetzt sicher. Das Foto zeigt doch eine im Grunde harmlose Situation.»
«Aber Sie sagten eben, Sie hätten nicht gewusst, dass sie so weit gegangen sind. Das heißt doch, irgendetwas haben Sie bemerkt.»
Der alte Mann wackelte mit dem Kopf hin und her, als wollte er gleichzeitig bejahen und verneinen. «Es gab zwei- oder dreimal eine Situation, in der mir die Vertrautheit zwischen den beiden auffiel. Aber ich wäre niemals auf die Idee gekommen, die beiden zu verdächtigen.

Ihre Mutter war ein paar Jahre älter als Zacharias, und er war damals jungverheiratet.»
Leonie versorgte Foto und Liste wieder in ihrer Tasche. «Wen hätte das je gehindert?»
«Sie haben keine besonders gute Meinung von den Menschen.»
Leonie sah ihn an und lächelte schief. «Die meisten geben dazu wenig Anlass.»
Der Pfarrer seufzte. «Da mögen Sie Recht haben. Aber wenn Gott uns liebt, sollten wir uns auch ein bisschen anstrengen, uns zu mögen.»
Leonie war bestrebt, zum Thema zurückzuführen. «Haben Sie eine Ahnung, was aus diesem Zacharias geworden ist?»
«Warten Sie mal.» Er schloss wieder die Augen und dachte nach, während seine Zunge ein Eigenleben führte.
«Ich glaube, er hat kurz nach dem Tod Ihrer Mutter die Gemeinde verlassen. Jedenfalls mussten wir uns eine neue Organistin suchen, daran erinnere ich mich gut. Damals wohnten die beiden ganz in der Nähe. Den Straßennamen weiß ich nicht mehr. So ein nettes Paar. Die neue Organistin war nicht halb so gut wie Frau Zacharias.»
Leonie blieb noch eine halbe Stunde und gestattete dem alten Mann, sie ein wenig auszuhorchen. Sie erzählte so wenig wie möglich, ohne unhöflich zu wirken, und verabschiedete sich mit dem Versprechen, ihn bald wieder zu besuchen.

Es war kurz vor sechs, als sie nach dem Besuch bei Pfarrer Bergner wieder ins Institut zurückkehrte. Frau Thiele war längst nach Hause gegangen, und auch in den anderen Büros war es etwas ruhiger geworden. Leonie hatte beim Einparken registriert, dass in Paul Unruhs Büro noch Licht brannte. Ihre Ermahnung, mehr Präsenz im Institut zu zeigen, hatte also gewirkt. Sie las gerade ein Memo von Ursula Kühn zu dem Fall einer zerstückelten Kinderleiche, die vor einiger Zeit in einem Plastikmüllsack gefunden worden war, als ihr Telefon klingelte. Geistesabwesend hob sie ab und meldete sich nur mit einem knappen «Ja». Am anderen Ende der Leitung blieb es zunächst still, dann ein Atmen und eine leise Männerstimme.

«Na, tun die Rippen noch weh?»

Der Schock jagte eine Hitzewelle durch Leonies Körper. Ihr Mund wurde trocken, und sie brauchte ein paar Sekunden, bevor sie antworten konnte.

«Wer sind Sie?» Ihre Stimme klang weniger fest, als sie es sich gewünscht hätte.

«Wir sind noch nicht fertig mit dir und deiner schlitzäugigen Kollegin. Ihr glaubt, ihr seid aus dem Schneider. Aber da irrt ihr euch. So einfach kommt ihr nicht davon.»

«Jetzt hören Sie mir mal zu …»

Es klickte im Hörer, er hatte aufgelegt. Leonie warf mit erwachendem Zorn ebenfalls den Hörer auf die Gabel. Nahm das denn nie ein Ende? Am Tag zuvor war der Obduktionsbericht der Berliner Kollegen von der Staatsanwaltschaft zur Veröffentlichung freigegeben worden. Die Zeitungen hatten berichtet, dass es nur noch eine Frage der Zeit sei, wann sämtliche Ermittlungen gegen Ärzte und das rechtsmedizinische Institut eingestellt

würden. Ob die Zivilklage auf Schadenersatz, die Angehörige des toten Dealers angestrengt hatten, Erfolg haben würde, wurde als zweifelhaft dargestellt. Und die Brechmitteleinsätze gingen weiter. Natürlich war Leonie klar, dass das einigen Leuten gar nicht gefallen würde, aber mit einer Neuauflage der Drohanrufe hatte sie nicht gerechnet. Und dieser Anrufer war sehr gut informiert, er wusste sogar von Meiling, deren Identität bisher geheim gehalten worden war. Vielleicht war er derjenige, der sie überfallen hatte. Dann war seine Drohung ernst zu nehmen. Leonie sah hinaus in die Schwärze eines nasskalten Novemberabends. Von wo aus mochte er angerufen haben? Wenn er ein Handy benutzte, konnte er ganz in der Nähe sein. Vielleicht stand er da draußen in der Dunkelheit und beobachtete sie in ihrem hell erleuchteten Büro. Unwillig schüttelte Leonie den Kopf. Vor gut einem Jahr hatte sie den Mordversuch eines verrückten Serientäters überlebt, und sie würde auch mit dieser Situation fertig werden.
Das Telefon klingelte ein zweites Mal und ließ Leonie zusammenzucken. Aber es war nur Paul Unruh, der sie bat, zu ihm hinüberzukommen. Auf dem Weg ins Nachbargebäude mied sie den Weg, der an dem Gebüsch entlangführte, wo ihr Angreifer auf sie gewartet hatte. Natürlich war es eher unwahrscheinlich, dass er es wieder auf die gleiche Weise versuchen würde, aber ein kleines Zugeständnis an ihre wieder erwachten Ängste durfte sie sich gönnen. Unruh wartete auf sie an der Eingangstür, zu der man eine Codekarte benötigte.
«Ist alles in Ordnung?» Er sah sie prüfend an.
«Ja, natürlich.»

«Sind Sie sicher?»
Der erlittene Schreck stand ihr anscheinend deutlich ins Gesicht geschrieben.
«Nur wieder einer dieser albernen Drohanrufe.»
Sie betraten sein Büro, und er bot ihr einen Platz an.
«Sie geben sich ziemlich viel Mühe, nichts an sich heranzulassen.»
«Danke gleichfalls. Ich bin eben nicht der Typ für hysterische Anfälle.»
Unruh lächelte andeutungsweise. «Das ist bestimmt sehr bequem für Ihre Mitmenschen.»
Leonie erwiderte sein Lächeln nicht. «Mich lässt das alles absolut nicht kalt, falls es das ist, was Sie hören wollen. In letzter Zeit gibt es Momente, da hab ich das Gefühl, eine Riesenhand drückt mich unter Wasser und ich bekomme keine Luft mehr. Aber wenn ich erst mal anfange, mich zu beobachten, und zulasse, dass die Angst mich und mein Leben kontrolliert, habe ich endgültig verloren.»
«Ich verstehe.» Er sah ihr ruhig in die Augen, und sie wusste, dass das keine Floskel war. Sie ahnte, dass er das Gefühl zu ersticken in letzter Zeit selbst kennen gelernt hatte.
Er wandte sich übergangslos den Papieren auf seinem Schreibtisch zu.
«Das Testergebnis in der Leichensache Ihrer unbekannten Toten liegt jetzt vor. Wir haben DNA aus dem Muskelgewebe der Leiche und aus den Haarwurzeln der Proben, die Sie aus Berlin mitgebracht hatten, extrahiert und den Polymerasetest gemacht. Und das ist dabei herausgekommen.» Er legte zwei Computerausdrucke vor

Leonie auf den Tisch. Der eine zeigte das Ergebnis der Analyse des Leichengewebes, der andere das der Berliner Haarproben.

Für eine Erbgutuntersuchung wird die in einem komplizierten Verfahren gewonnene DNA mit Fluoreszenzfarbstoffen markiert, vervielfältigt und in einen automatischen Sequenzer eingegeben. Eine Computersoftware bereitet die Rohdaten des Sequenzers auf und liefert das Ergebnis in Form mehrfarbiger Zackenlinien, an denen man die individuelle Wiederholung einer Grundsequenz auf einem Chromosomenabschnitt ablesen kann. Diese Art von Code ist für jeden Menschen typisch und unverwechselbar. Durch den Vergleich mit anderen Proben ist eine eindeutige Identifizierung möglich. Bei der DNA-Bestimmung wird nichtcodierende DNA benutzt. Der Erbsubstanzfaden, auf dem der Bauplan des Menschen gespeichert ist, besteht zu mehr als neunzig Prozent aus nichtcodierenden DNA-Bereichen. Diese Bereiche sind keine Gene und enthalten keine individuellen Erbinformationen. Dennoch lässt sich das Geschlecht bestimmen, und aufgrund von Merkmalshäufigkeiten und numerischen Anomalien kann man Rückschlüsse auf Rasse und Erbkrankheiten ziehen. Die Angst vor Missbrauch einer Gendatenbank zu forensischen Zwecken konnte Leonie deshalb nachvollziehen und wünschte sich, wie ihre Kollegen, klare Vorgaben durch die Politik.

Auch ein ungeschultes Auge konnte im vorliegenden Fall das Ergebnis interpretieren. Die beiden Proben waren zweifelsfrei identisch. Die Madenleiche aus dem Keller in Rissen war dieselbe Person, die einmal Untermieterin von Lea Fromm in Berlin gewesen war.

Leonie hatte eine unruhige Nacht verbracht. Die Stimme des anonymen Anrufers war in ihren Träumen aufgetaucht und hatte sich verbunden mit Gesichtern von Menschen, die sie kannte oder gekannt hatte. Ihr Französischlehrer, der Anwalt ihres Vaters, ein Nachbar, der Kollege Meißner – alle sprachen mit einer schrecklich sanften und zugleich bösartigen Stimme, und alle wollten ihr wehtun. Im Einzelnen konnte sie sich an die Trauminhalte nicht erinnern, was sie unsinnigerweise ärgerte. Natürlich hatte Vera Kilian Recht, dass eine Kontrolle über unsere Träume unmöglich war. Aber Leonie hatte die Hoffnung noch nicht aufgegeben, dass die Informationen aus ihrem Unterbewusstsein dem Druck ihres Willens erliegen würden und hervorgeholt werden konnten. Doch ihre Träume, soweit sie ihr beim Aufwachen noch im Gedächtnis waren, erschienen ihr wie eine sinnlose Mischung aus phantastischen und realen Elementen. In letzter Zeit tauchten darin zwar vermehrt Personen aus ihrer Kindheit auf, aber meist losgelöst von ihrer tatsächlichen Funktion in Leonies Leben. In einem Traum, der noch Minuten nach dem Aufwachen vollkommen präsent war, ging Leonie mit Anita durch einen fast undurchdringlichen Urwald, der in ein seltsames Dämmerlicht getaucht war. Es herrschte vollkommene Stille, aber Leonie wusste, dass irgendwo etwas Schreckliches auf sie beide wartete, etwas, das schlimmer war als alle wilden Tiere zusammen. Sie und Anita hielten sich bei den Händen, und Anita wimmerte leise vor Angst. Leonie hätte sie gern getröstet, aber ihre Kehle war wie mit Sandpapier ausgekleidet, sie bekam keinen Ton heraus. Plötzlich ruckte es an ihrer Seite, und Leonie sah die Freundin an. Irgendetwas stimmte nicht mit ihr. Die Linien ihres Körpers verschwammen, blähten sich auf, transformierten sich. Anita wuchs. Leonie wollte sich losreißen, aber die Freundin hielt ihre Hand mit schmerzhaftem Griff umklammert. Furchtsam und fasziniert zugleich sah die kindliche Leonie zu, wie sich ihre Freundin vor ihren Augen in eine schöne, erwachsene Frau verwandelte. Dann wandte sich Anita, die bis dahin starr geradeaus geblickt hatte, Leonie zu und sah auf sie herab. Sie verzog den Mund zu einem spöttischen Lächeln, und Leonie wusste mit einem Mal, dass dieses Geschöpf das Schreckliche war, vor dem sie sich gefürchtet hatte. Schreiend fuhr sie aus dem Schlaf, ihr Schrei hallte in ihrem Kopf nach. Mühsam kehrte sie in die Realität zurück.

Als sie unter der Dusche stand und das warme Wasser über ihren Körper strömte, rekapitulierte sie den Traum. Es machte überhaupt keinen Sinn. Anita war nicht furchteinflößender als ein Schmetterling, und zur Ermordung ihrer Mutter gab es keine Verbindung. Anitas Familie war zu dem Zeitpunkt bereits fortgezogen und der Kontakt abgebrochen. Was immer ihr der Traum sagen wollte, ihrer Erinnerung half er nicht auf die Sprünge. Vielleicht war Veras Idee mit der Hypnose doch nicht so dumm.

Der Vormittag schleppte sich dahin. Leonie kämpfte gegen bleierne Müdigkeit und Etatprobleme. Es standen ein paar größere Anschaffungen an, und der dafür zuständige Ausschuss schob die Entscheidung schon seit Monaten vor sich her. Es war zum Verzweifeln.

Gegen Mittag rief Dr. Kühn an. Sie war zu einem Leichenfundort gerufen worden und bat Leonie, ebenfalls dorthin zu kommen. Leonie griff nach Handy und Stadtplan und meldete sich bei ihrer Sekretärin für die nächsten zwei oder drei Stunden ab. Sie quälte sich durch dichten Verkehr quer durch die Stadt in Richtung Südosten.
Die Gegend zwischen Billbrookkanal und Bergedorfer Straße gehört zum Tristesten, was Hamburg zu bieten hat. Industriegelände, heruntergekommene Wohnblocks, Autowracks, Müllkippen und verwildertes Brachland bilden eine einmalige Kulisse der Trost- und Hoffnungslosigkeit. Ein älterer Kriminalbeamter erwartete Leonie und führte sie in die Wohnung des Toten. Ursula Kühn kniete neben dem Leichnam, der in einer halb sitzenden Stellung auf einem Sofa lag. Sie blickte auf, als Leonie eintrat.
«Du hast also hergefunden.»
«Kein schöner Anblick.» Leonie betrachtete die Leiche eines älteren, völlig verwahrlosten Mannes.
«Erstaunlicherweise funktioniert die Heizung in diesem Dreckloch. Ich hab zwanzig Grad Raumtemperatur gemessen.» Ursula Kühn erhob sich ächzend und schloss einen der Madenkästen, in dem sie Larven aus Mund und Augenhöhlen verstaut hatte. Leonie fing nach kurzer Verständigung mit dem Kriminalbeamten an, die Leiche vorsichtig zu entkleiden, um eine erste Prüfung auf Fremdverschulden vorzunehmen. Aber die Male und Wunden, die sie fand, waren keine Zeichen äußerer Gewalt, sondern Folge einer lebensbedrohlichen Vernachlässigung. Der Mann musste krank gewesen sein, im

Zimmer herumliegende leere Bier- und Schnapsflaschen wiesen ihn außerdem als alkoholabhängig aus.
«Was meinen Sie? Wie lange liegt er schon da?», wollte der Beamte wissen.
«Länger, als er tot ist. Vielleicht eine Woche. Woran er gestorben ist, kann ich Ihnen erst nach der Obduktion sagen.»
Ursula Kühn sammelte Maden vom Unterschenkel ein. «Hab ich das vorhin richtig mitbekommen, dass vor zehn Tagen noch die Sozialarbeiterin und dieser Hausmeister bei ihm waren?»
Der Kriminalbeamte nickte grimmig. «Angeblich ging es ihm gut, und er wollte keinen Arzt.»
Ursula Kühn wurde vor Ärger rot im Gesicht. «Der Mann hatte ein offenes Bein, wo Fliegen schon Stunden oder Tage vor seinem Tod ihre Eier abgelegt haben. Genau kann ich es jetzt noch nicht sagen, aber ich bin fast sicher, dass in dieser Wunde vor zehn Tagen schon Maden saßen. Und das hätten die sehen müssen.»
«Der Mann lag vor zehn Tagen jedenfalls bereits im Sterben. Diesen Zustand der Verwahrlosung erreicht man nicht in wenigen Stunden. Wenn die in der Wohnung waren und nichts unternommen haben, ist das mindestens unterlassene Hilfeleistung», fügte Leonie hinzu.
Der Kriminalbeamte nickte wieder und trat an die Seite, um ungestört mit seiner Dienststelle telefonieren zu können. Ursula Kühn blickte Leonie an.
«Apropos: Gibt's etwas Neues über unsere Madenleiche aus dem Keller?»
Leonie berichtete kurz, während sie ihren Tatortkoffer wieder zusammenpackte.

«Na also, das ist doch sehr erfreulich.» Ursula Kühn verstaute ihre kleinen weißen Lieblinge und hatte ihre gute Laune bereits wieder gefunden.

Leonie verabschiedete sich von der Kollegin und dem Polizeibeamten und verließ die Wohnung. Auf dem Weg zu ihrem Auto klingelte das Handy. Eine vor Aufregung dünne und hohe Kinderstimme piepste im Hörer.

«Hier ist Max. Frau Thiele hat mir Ihre Handynummer gegeben. Bitte kommen Sie ganz schnell.»

Leonie schaltete nicht sofort. «Moment mal. Mit wem spreche ich? Wer ist Max?»

«Max Lifka. Sie haben mich und meine Mama doch neulich besucht.» Seine Enttäuschung über ihr schlechtes Gedächtnis war nicht zu überhören.

«Meiner Mama geht es ganz schlecht. Sie schläft immer wieder ein. Sie sind doch Ärztin. Können Sie nicht kommen?»

Leonie überlegte rasch. «Ganz ruhig, Max. Das kriegen wir schon hin. Ich rufe jetzt den Notarzt an. Der wird deiner Mutter am schnellsten helfen können.»

«Nein», schrie Max. «Nicht einen richtigen Arzt. Das will meine Mama nicht. Bitte, bitte, kommen Sie. Sie wissen doch auch, was man tun muss.»

«Also gut, ich beeile mich.» Leonie rannte zu ihrem Wagen und fuhr los. Natürlich wäre es das Beste gewesen, sofort den Notarzt zu rufen. Aber sie durfte sich über Erika Lifkas Willen nicht einfach hinwegsetzen. Sie würde sich erst ein Bild von der Situation machen, ehe sie entschied, was zu tun war.

18.

Die Sache konnte sich noch hinziehen, monatelang. Es war Dutch von vornherein klar gewesen, dass er nicht ewig untätig in Hamburg herumsitzen konnte. Aber es war auch nicht nötig, ständig am Ball zu bleiben. Anfang November flog er für eine Woche nach New York, um nach dem Rechten zu sehen. Seine derzeitige Freundin war über seine unangekündigte Rückkehr nicht so begeistert, wie er erwartet hatte, was sofort sein Misstrauen erregte. Er war nicht der Mann, der sich auf der Nase herumtanzen ließ. Falls sie sich einen Zeitvertreib leistete, solange er fort war, würde er sie abservieren.

In seinem Postfach hatte sich einiges angesammelt, darunter diverse Jobangebote. Die meisten würde er ablehnen, weil sie ihn aus dem einen oder anderen Grund nicht interessierten. Ein Brief weckte seine Neugierde. Er trug einen Berliner Poststempel, und der Name des Absenders kam ihm vage bekannt vor, aber er brauchte zur Erinnerung einen kleinen Anstoß von außen. Nach einem Treffen mit einem Beamten aus der New Yorker Polizeiführung, zu dem er seit längerem eine sehr fruchtbare Geschäftsbeziehung unterhielt, beobachtete er zwei Halbwüchsige, die in einer Seitenstraße versuchten, das Schloss einer Lagerhalle zu knacken. Ein Blinder konnte sehen, dass sie blutige Anfänger waren. Als sie bemerkten, dass sie beobachtet wurden, rannten sie in wilder Panik davon und verloren dabei ihr Werkzeug. Dutch lächelte nachsichtig, und in dem Moment fiel ihm wieder ein, wer Bernhard Stöcker war. Bernie. Natürlich, Pfannkuchen-Bernie aus dem Heim in Bremen. Oder war es das in Lüneburg gewesen? Jedenfalls war Bernie der kleine Dicke, der immer Hunger hatte und jedes Mal erwischt wurde, wenn er etwas anstellte. Einmal hatte Dutch sich hinreißen lassen, ihn zu einem Bruch mitzunehmen. Bernie bewunderte ihn, und Dutch war damals noch anfällig für so etwas. Bernie sollte Schmiere stehen, ließ sich aber vom Geruch eines frisch gebackenen Kuchens ablenken. Als er sich in der Küche ein großes Stück abschnitt, kamen die Hausbesitzer zurück. Dutch konnte sich über den Balkon in eine Eiche schwingen und durch die Nachbargärten verschwinden. Bernie hatte man geschnappt. Die Streicheleinheiten des deutschen Jugendstrafrechts konnte man im Großen und Ganzen locker wegstecken, aber wenn man zu oft erwischt wurde, gingen einem die Resozialisierungsmaßnahmen stark auf die Nerven. Dutch hatte Bernie zuletzt in einem Jugendknast besucht, wo er wegen eines Betrugsdeliktes einsaß. Danach hatte er ihn aus den Augen verloren. Und nun schrieb er ihm, er sei Unternehmer in Berlin und benötige seine Hilfe. Es würde interessant sein, herauszufinden, wie Bernie von ihm erfahren hatte. Dutch agierte weder unter seinem richtigen Namen – den er so lange nicht mehr benutzt hatte, dass er ihm manchmal selbst nicht mehr einfiel –, noch stand er mit seinem Gewerbe in den Gelben Seiten.

Zurück in Hamburg, fand er das Objekt seines dortigen Interesses in einem körperlich sehr schlechten Zustand vor. Dank seiner modernen Überwachungsmethoden war es nicht schwer für ihn, den Grund dafür herauszubekommen. Es gab außer ihm offenbar noch jemanden, den ihre Existenz reizte. Welches Motiv ihn auch immer angetrieben haben mochte, sie zu attackieren, Dutch konnte das nicht dulden. Ihr Leben gehörte ihm, und er würde niemand anderem gestatten, ihr auch nur ein Haar zu krümmen. Er musste eine vertrauenswürdige Person finden, die während seiner Abwesenheit ein Auge auf sie hatte. Der Sohn eines Cousins eines seiner italo-amerikanischen Kollegen schien ihm geeignet, und Dutch übergab ihm den Job, als er nach Berlin fuhr, um sich mit Bernie Stöcker zu treffen.
Bernie Stöcker oder Dr. Bernhard Maria Stöcker, wie er sich jetzt nannte, wobei der Doktortitel gekauft und der zweite Vorname Maria frei erfunden war, residierte in einem Bürohaus in der Nähe des Potsdamer Platzes und überraschte Dutch gleich in mehrfacher Hinsicht. Sein Büro war ein ultramoderner Traum aus Granit, Glas und zeitgenössischer Kunst und seine Sekretärin eine echte Schönheit. Der Mann, der sich hinter einem Schreibtisch von beeindruckenden Ausmaßen erhob, trug Maßgeschneidertes und war so groß und schlank wie ein amerikanischer Basketball-Profi. Sieh mal an, der dumme kleine Pfannkuchen-Bernie, dachte Dutch. In welchen Zaubertrank mochte er gefallen sein?
Dutch stellte keine Fragen, das war nicht seine Art. Außerdem war Bernie redselig genug, darin ganz der alte Dummkopf, und prahlte mit seinen Erfolgen. In den ver-

gangenen zwanzig Jahren hatte er, nach seinen Worten, ein Immobilien-Imperium aus dem Boden gestampft und sich in der Berliner Gesellschaft ganz nach oben gedient. Zusammen mit einem Geschäftspartner, den er nur Vau nannte, hatte er dabei ein großes persönliches Vermögen angehäuft. Es war dieser Vau gewesen, der den Kontakt zu Dutch besorgt hatte. Vau wickelte einen großen Teil seiner Geschäfte im Ausland ab und verfügte über interessante Beziehungen. Und er und Bernie hatten beschlossen, dass eine Situation eingetreten war, die die ruhige Hand eines erfahrenen Spezialisten wie Dutch erforderte.

Bernie und Vau hatten ein Problem. Sie hatten sich über Jahre Bankkredite in Höhe von mehreren Millionen Euro besorgt, die zum Teil über diverse Tricks auf ihre privaten Konten geflossen waren. Den großen Rest hatten Fehlinvestitionen und Spekulationsgeschäfte in Ostdeutschland geschluckt, nicht zu vergessen die diskreten Rückflüsse an Bankmanager und Politiker, die bei der Kreditvergabe mitgewirkt hatten. Diese ganze ehrenwerte Gesellschaft war schließlich aufgeflogen, Untersuchungsausschüsse und Staatsanwälte hatten, wenn auch unwillig, ihre Arbeit aufgenommen. Und in dieser prekären Situation kam ein Unterling aus Bernies Holding-Gesellschaft daher und wollte Geld für Unterlagen und Disketten, mit denen er das Funktionieren der größten Sauereien beweisen konnte. Männer wie Bernie und Vau aber ließen sich nicht so einfach von einem Mann erpressen, der Opel fuhr und Urlaub auf Gran Canaria machte. Der Kerl musste weg, und natürlich sollte es wie ein Unfall aussehen.

Dutch seufzte. Er versuchte, Bernie zu erklären, dass es sehr viel riskanter sei, einen Unfall glaubwürdig zu inszenieren, als eine saubere Exekution durchzuführen. Was die Polizei glaubte, konnte Bernie schließlich egal sein. Er würde für die Tatzeit in jedem Fall ein Alibi haben. Bernie blieb hart. Dutch forderte ein entsprechend höheres Honorar und bekam es anstandslos zugesichert. Für Bernie waren sechsstellige Summen offenbar Peanuts, außerdem nutzte ihm sein im Ausland gebunkertes Geld herzlich wenig, wenn er in Moabit im Knast saß.

Dutch akzeptierte. Nicht des Geldes wegen, sondern weil ihn die Aufgabe reizte. Die folgenden Tage verbrachte er damit, sein neues Wild zu beobachten und seine verwundbarste Stelle zu finden. Der Mann stellte sich als Glücksfall heraus, er litt an Höhenangst und machte gerade eine Therapie, die auf der Idee der Desensibilisierung durch Aushalten der Angst einflößenden Situation beruhte. Teils in Gesellschaft des Therapeuten und einiger Leidensgenossen, teils allein, quasi als Hausaufgabe, bestieg der Mann Aussichtstürme, Hochhausdächer und Fesselballons. Dutch kehrte hoch zufrieden nach Hamburg zurück. Die neue Aufgabe würde sich leichter lösen lassen als zunächst gedacht.

Enzo hatte inzwischen gute Arbeit geleistet, und er bescherte Dutch die Erneuerung einer alten Bekanntschaft, fast so alt wie die mit Bernie Stöcker.

19.

Die Frau lag im Morgenmantel auf einem zerwühlten Bett und hielt die Augen fest geschlossen. Leonie sah auf den ersten Blick, was mit Erika Lifka passiert war. Ihr Sohn hatte schon an der Tür auf Leonie gewartet. Sein Gesicht war blass vor Angst und Aufregung, und er zog Leonie in Richtung Schlafzimmer.

«Ich glaube, sie ist jetzt wach, aber sie will nicht mit mir reden.»

Mit gebrochenem Kiefer ist das auch nicht so einfach, dachte Leonie, als sie neben das Bett trat und sich über Erikas geschundenes Gesicht beugte.

«Sie wird doch wieder gesund, nicht wahr, Doktor Simon?»

Max wich nicht von Leonies Seite. Sie sah auf ihn hinunter und berührte flüchtig seinen verstrubbelten Haarschopf.

«Du könntest mir einen Gefallen tun. Koch mir eine starke Tasse Kaffee, während ich deine Mutter untersuche. Schaffst du das?»

Max nickte zögernd. Er war nicht dumm und wusste, dass das eine nette Form des Rauswurfs war. Aber er widersprach nicht und ließ Leonie mit seiner Mutter allein.

«Erika? Ich bin's, Leonie Simon. Kannst du mich hören?»

Erika Lifkas Augenlider flatterten zur Antwort.
«Ich werde dich jetzt untersuchen. Ist das in Ordnung?»
Erika bewegte leicht den Kopf hin und her und flüsterte etwas Unverständliches.
«Ich vermute, du hast eine Gehirnerschütterung und einen gebrochenen Kiefer. Es ist wichtig, dass ich mir deine Verletzungen genau anschaue.»
Erika öffnete jetzt ihre Augen und sah Leonie ängstlich an. Mühsam und vor Schmerzen stöhnend versuchte sie, sich aufzurichten. Leonie half ihr in eine sitzende Stellung. Dann begann sie mit ihrer Untersuchung. Derjenige, der ihr das Gesicht zerschlagen hatte, war auch sonst nicht zimperlich gewesen. Erikas Körper war mit Blutergüssen übersät. Eine geformte Verletzung tauchte an mehreren Stellen ihres Oberkörpers auf, verursacht durch einen Siegelring, wie Leonie vermutete. Auch Spuren von Tritten fanden sich. Leonie vermaß die Male und sprach ihren Befund in das Diktiergerät, das sie stets bei sich trug. Außerdem markierte sie Erikas Verletzungen in einer vorbereiteten Skizze des menschlichen Körpers mit verschiedenen Farben. Sie hatte die Erfahrung gemacht, dass solches Anschauungsmaterial vor Gericht bessere Wirkung auf Richter und Schöffen zeitigte als nur seitenlange komplizierte Gutachten. Erika ließ die Untersuchung ohne weiteren Widerspruch über sich ergehen.
Als Leonie fertig war, klärte sie Erika darüber auf, dass sie ein Gutachten schreiben würde, das Erika kostenlos zur Verfügung stand, falls es zu einer Anzeige und einer Anklage wegen Körperverletzung kam.
«Und ich hoffe, du wirst Anzeige erstatten.»

Glänzende Tränen quollen unter Erikas Augenlidern hervor und rannen über ihre aufgedunsenen Wangen. Sie gab einen Laut von sich, der wie «kann nicht» klang. Leonie setzte sich neben sie aufs Bett und sah sie ernst an.

«Hör mal, Erika, einige der Blutergüsse sind schon älter. Du bist nicht zum ersten Mal verprügelt worden. Und wenn du dich nicht wehrst, war es auch nicht das letzte Mal. Ich habe leider ziemlich oft mit Frauen wie dir zu tun, deshalb weiß ich, was ich sage. Du musst dir das nicht gefallen lassen. Niemand hat das Recht, dich so zu behandeln. Verstehst du?»

Erika sah sie an und nickte gehorsam. Ihr fehlte einfach die Kraft zum Widerspruch, überzeugt war sie wohl nicht.

Leonie erhob sich. «Ich rufe jetzt einen Krankenwagen. Du musst geröntgt und dein gebrochener Kiefer eventuell operiert werden.»

Sie sah die aufsteigende Panik in Erikas Augen. «Keine Sorge, ich lasse dich nicht allein.»

«Max», flüsterte Erika mühsam.

«Um den kümmere ich mich schon.»

Max saß in der Küche, seine gefalteten Hände lagen wie zum Gebet auf dem Tisch. Er sah gleichzeitig unglaublich kindlich und sehr erwachsen aus. Er blickte auf, als Leonie eintrat.

«Wir haben keinen Kaffee mehr.»

«Das macht doch nichts.» Leonie setzte sich zu ihm.

«Deiner Mutter wird es bald wieder besser gehen, aber wir müssen sie ins Krankenhaus bringen. Vielleicht muss sie operiert werden.»

Max senkte den Kopf.
«Jemand hat deine Mutter geschlagen. Kannst du mir sagen, wer das war?»
Der Junge reagierte nicht.
«Du hilfst deiner Mutter nicht, wenn du schweigst. Du willst doch nicht, dass ihr das immer wieder passiert?»
«Ich war nicht da, sonst hätte ich sie beschützt.»
Auch das noch, dachte Leonie, ein kleiner Macho mit Schuldkomplex. So kam sie nicht weiter.
Es klingelte. Der Krankenwagen war da. Mit Max' Hilfe packte sie rasch das Nötigste zusammen und fuhr mit ihm und Erika in die Klinik nach Barmbek, wo sie die meisten Ärzte inzwischen recht gut kannte. Während Erika Lifka untersucht wurde, saß Leonie mit deren niedergeschlagenem Sohn in der Cafeteria und versuchte, ihn ein wenig aufzuheitern. Da sie mit Kindern wenig Erfahrung hatte, war sie nicht besonders erfolgreich. Nach einer Ewigkeit, wie Leonie schien, kam der Arzt zu ihnen und erklärte, dass er Erika vier oder fünf Tage dabehalten wolle. Der Kiefer musste unter Vollnarkose gerichtet werden, und die schwere Gehirnerschütterung erforderte strenge Bettruhe. Außerdem hatte sie eine Nierenquetschung erlitten, die behandelt werden musste. Er empfahl ihr und Max, erst am nächsten Tag wiederzukommen. Erika hatte ein starkes Schmerzmittel bekommen und brauchte jetzt absolute Ruhe.
Fünf Minuten später stand Leonie mit Max vor dem Krankenhaus und stellte fest, dass sie ein Problem hatte.
«Könnten Sie mich bitte nach Hause fahren?» Max versuchte, sich der Lage gewachsen zu zeigen. Nur seine Kinderstimme zitterte ein wenig.

Leonie sah auf ihn herab.
«Du kannst nicht allein zu Hause bleiben, solange deine Mutter im Krankenhaus liegt.»
Max reckte seine magere kleine Gestalt. «Warum nicht? Ich bin elf Jahre alt.»
«Eben. Und deshalb geht das nicht.»
«Und wo soll ich hin, bitte schön?»
Leonie brauchte nicht lange zu überlegen. «Zu deiner Tante Anita, ich meine Tante Sophie, natürlich.»
«Zu der gehe ich nicht.» Max schob kämpferisch das Kinn vor.
«Was soll das denn heißen?»
«Die mag mich nicht. Und meine Mama auch nicht. Das ist eine ganz blöde Ziege.»
Leonie sah ihn perplex an. Auf eine derart heftige Ablehnung war sie nicht gefasst gewesen.
«Na gut. Ich kann dich nicht zwingen. Und wo soll ich dich dann hinbringen? Habt ihr noch andere Verwandte? Einen Schulfreund vielleicht?» Ihr kam eine Idee. «Was ist mit deinem Vater?»
«Ich hab keinen Vater.» Max wandte sich ab und setzte sich in Bewegung. Leonie hatte ihren Golf in der Nähe des Krankenwagens geparkt, dem sie in Begleitung von Max hinterhergefahren war.
«O nein, Max, das geht wirklich nicht.»
Max stellte sich neben ihren Wagen und sah sie mit einem Blick an, der Packeis hätte zum Schmelzen bringen können. «Es sind doch nur ein paar Tage.»
«Max, ich kann mich nicht um dich kümmern. Ich komme praktisch nur zum Schlafen nach Hause.»
«Ich könnte nach der Schule ins Institut kommen.»

Schon der Gedanke an diese verlockende Möglichkeit munterte ihn auf.
Leider musste Leonie ihm diesen Zahn sofort ziehen.
«Ausgeschlossen. Das Institut für Rechtsmedizin ist kein Platz für Kinder. Du würdest nicht mögen, was du dort zu sehen bekämst, glaub mir.»
Auf dem Weg nach Hause, einen in mürrische Lethargie versunkenen Max neben sich, überlegte Leonie fieberhaft, was sie mit dem Jungen anfangen sollte. Die Nacht über konnte er natürlich bei ihr bleiben. Ihr Sofa war groß genug. Aber für den kommenden Tag musste eine Lösung gefunden werden. Während der Junge die Sachen auspackte, die sie bei einem Umweg über die Wohnung der Lifkas für ihn mitgenommen hatten, rief Leonie bei Vera Kilian zu Hause an. Sie hatte Glück, und Vera meldete sich nach dem dritten Klingelzeichen. Leonie erklärte ihr die Lage.
«Vier oder fünf Tage, sagst du? Na ja, ich denke schon, dass sich das machen lässt.»
Veras jüngste Tochter Rebecca war im selben Alter wie Max, Melanie zwei Jahre älter. Wenn ihr Vater nachmittags nicht da sein konnte, passten wechselnde Au-pair-Mädchen auf die beiden auf. Max sollte nach der Schule einfach dazukommen. Melanie und Rebecca waren zurzeit auf männliche Wesen zwar nicht gut zu sprechen, aber für ein paar Tage würden sie ihn schon akzeptieren.
«Aber am Abend müsstest du ihn abholen. Für Schlafgäste habe ich im Moment keine Nerven.»
Leonie versicherte eifrig, dass es ihr nur um die Nachmittagsbetreuung gehe, und bedankte sich dreimal, bevor sie auflegte. Ihr fiel ein Stein vom Herzen. In ge-

hobener Stimmung teilte sie Max die glückliche Lösung des Problems mit und erhielt prompt eine kalte Dusche.
«Zwei Mädchen? Da geh ich nicht hin.»
Leonie wurde stocksauer. «Max, jetzt reicht's mir. Ich muss dir leider sagen, dass du nicht die große Auswahl hast. Entweder du gehst morgen Nachmittag zu den Kilians, oder ich liefere dich beim Jugendnotdienst ab, und die besorgen dir einen Heimplatz für die nächsten Tage.»
Max schaffte es, gleichzeitig aufmüpfig und tief verletzt auszusehen. «Dann möchte ich bitte ins Heim. Ich will Ihnen nicht zur Last fallen.»
Leonie verkniff sich das Lachen und ließ sich erschöpft auf einen Stuhl fallen. Sie griff nach Max, der stocksteif vor ihr stand, und zog ihn zu sich heran.
«Hör mal zu, Max. Ich habe keine Erfahrung mit Kindern, und deshalb weiß ich nicht, wie man mit Menschen deines Alters umgeht. Es ist nicht so, dass ich dich nicht mag. Und ich kümmere mich auch wirklich gern um dich. Aber du musst die Situation auch mal von meiner Seite aus sehen.»
Sie hielt kurz inne. Max' Gesicht hatte sich eine Spur aufgehellt, und er nickte.
«Es ist einfach eine Frage der Organisation. Du würdest uns beiden wirklich helfen, wenn du die paar Nachmittagsstunden mit Melanie und Rebecca durchstehen würdest. Vielleicht sind die beiden ja auch gar nicht so übel. Rebecca ist übrigens eine richtige Computerspezialistin.»
«Ein Mädchen?» Das klang mehr als ungläubig.
«Du traust uns wohl nicht viel zu, was? Aber die scho-

ckierende Tatsache ist, dass die Mädchen in der Regel die besseren Noten haben. Also, was ist?»
«Na gut, ist ja nicht für lange.»
«Das ist die richtige Einstellung. Und jetzt bestelle ich uns eine Pizza. Welche magst du am liebsten?»
Es war ein langer und aufregender Tag gewesen, und Max schlief über seiner Pizza beinahe ein. Während er im Bad war, richtete Leonie ihm das Bett auf der Wohnzimmercouch. Barfüßig und im Schlafanzug kam er aus dem Bad zurück und huschte rasch unter die Decke. Leonie wünschte ihm eine gute Nacht und ging kurz darauf ebenfalls ins Bett. Bevor sie einschlief, beschloss sie, nicht lockerzulassen, ehe sie erfuhr, wer Erika so schwer misshandelt hatte.
Am nächsten Morgen fuhr sie Max zur Schule und versprach, ihn rechtzeitig abzuholen und ihn persönlich bei Vera abzuliefern. Am zweiten Tag sollte er die Wege allein per U-Bahn bewältigen. Erfreulicherweise war er für sein Alter recht selbständig, und da seine Mutter kein Auto hatte, war er in der Beziehung nicht verwöhnt. Während Max in der Schule war, stand Leonie zwei langweilige Sitzungen und eine Opfer-Untersuchung im Institut durch. Dann musste sie schon wieder los, um rechtzeitig bei Max' Schule zu sein. Erstaunlich, dass es Mutter gab, die sich freiwillig diesem täglichen Fahrstress aussetzten, anstatt ihre Kinder rechtzeitig von der Leine zu lassen.
In Veras Wohnung traf sie eine junge Frau an, die gerade zusammen mit Melanie und Rebecca das Mittagessen, Bratwurst mit Kartoffelpüree, zubereitete. Max punktete sofort mit dem Angebot, den Tisch zu decken, was

Melanie ihm gnädig erlaubte. Leonie blieb noch ein paar Minuten und ging mit dem beruhigenden Gefühl, dass nicht unmittelbar mit einem Geschlechterkrieg zu rechnen war.

Leonie fuhr nicht zurück ins Institut, sondern machte sich auf den Weg in den Westteil der Stadt. Sie hatte gleich frühmorgens Anita angerufen und ihr Kommen für den Nachmittag angekündigt. Glücklicherweise war Anita einverstanden gewesen, wahrscheinlich, weil sie neugierig war, was Leonie so Dringendes zu besprechen hatte. Leonie parkte ihren Wagen auf der Straße und ging zu Fuß die Auffahrt zu der großen weißen Villa hinauf, nachdem sich das schmiedeeiserne Tor für sie automatisch geöffnet hatte. Normalerweise boten Gärten im November einen wenig erfreulichen Anblick, aber hier war dem Gärtner das Kunststück gelungen, selbst der tristesten Jahreszeit noch ein Gesicht zu geben. Immergrüne Pflanzen und Gehölze wie Kirschlorbeer, Zypressen und Rhododendren waren so geschickt eingesetzt, dass der Garten grün und belebt wirkte, auch wenn die Blütenpracht des Sommers fehlte.

Anita öffnete die Tür, noch bevor Leonie den Klingelknopf betätigen konnte. Ungeschminkt wirkte sie beinahe noch jünger als zurechtgemacht, obwohl man ohne deckendes Make-up die kleinen Fältchen nicht mehr übersehen konnte, die ihr knapp vier Jahrzehnte Leben unter die Augen und um den Mund geprägt hatten. Sie trug eine graue Hose aus sehr feinem Flanell und einen rosa Kaschmirpullover, beides von schlichter, aber teurer Eleganz. Hinter ihr stand ihr kleiner Sohn, der Leonie schüchtern zulächelte und verlegen den Daumen in den

Mund steckte, als sie zurücklächelte. Seine Mutter beugte sich zu ihm hinunter, zwang ihn, den Daumen wieder aus dem Mund zu nehmen, und schob ihn Leonie entgegen. «Was ist denn los mit dir? Wo bleibt dein gutes Benehmen? Sag der Dame einen guten Tag.»
«Guten Tag», sagte der Kleine gehorsam und streckte Leonie seine rechte Hand entgegen.
Leonie ergriff die kleine, ein wenig klebrige Kinderhand. «Guten Tag. Wie heißt du denn?»
Er sah seine Mutter an, die nickte.
«Adrian Vandenberg.»
Der Familienname ging ihm noch nicht so leicht über die Lippen und klang mehr wie Vannenberch. Anita lächelte stolz und führte Leonie nach diesen Präliminarien durch eine mit Marmor ausgekleidete Halle in einen Raum, den sie Salon nannte. Der Raum war in zartem Gelb gehalten und mit Jugendstilmöbeln ausgestattet. Adrian wurde zum Spielen fortgeschickt. Irgendwo im Haus schien es ein Kindermädchen zu geben, das auf ihn wartete. Leonie lehnte den angebotenen Kaffee ab und kam zur Sache.
«Ich habe gestern deine Schwester ins Krankenhaus gebracht. Sie wurde schwer misshandelt.»
«Oh», sagte Anita.
«Ich habe Grund zu der Annahme, dass es nicht das erste Mal war. Aber sie und auch Max wollen mir nicht sagen, wer es war.»
Anita schlug ein Bein über das andere und verschränkte die Arme. Leonie verstand nicht viel von Körpersprache, aber die Botschaft schien ihr eindeutig zu sein.
«Hast du eine Ahnung, wer ihr das angetan haben könnte?»

«Erika und ich haben in den letzten Jahren nicht viel Kontakt zueinander gehabt. Ich weiß praktisch nichts über die Leute, mit denen sie Umgang hat.»
«Aber den Vater ihrer Kinder kennst du doch sicher?»
«Väter. Isabel und Max haben verschiedene Väter, ich sollte wohl besser Erzeuger sagen.»
«Und wo sind die jetzt?»
«Isabels Vater hatte sich schon vor der Geburt verdrückt und der von Max ein paar Monate danach. So ganz kann ich es ihnen nicht verdenken.»
Du Biest, dachte Leonie. «Und du hast wirklich keine Ahnung, wer deine Schwester regelmäßig grün und blau prügelt?»
«Gott, bist du hartnäckig, Leonie. Also gut, ich habe eine Vermutung. Ich habe mitbekommen, dass Max' Vater immer mal wieder auftaucht. Er ist ein Spieler, du verstehst?»
«Und wenn sie ihm nicht freiwillig Geld gibt, hilft er nach.»
«Könnte ich mir vorstellen. Ich hab ihn nur einmal in meinem Leben gesehen, und das hat mir gereicht. Er ist Baggerfahrer.»
Und du bist ein Snob geworden, dachte Leonie und sagte laut: «Wenn ich mich recht erinnere, hat dein Vater auch auf dem Bau gearbeitet.»
Anita sah sie mit einem schwer zu deutenden Blick an. «Er war Polier. Kann ich sonst noch etwas für dich tun?»
Anscheinend war die Audienz beendet, aber Leonie hatte noch keine Lust zu gehen.
«Bist du glücklich?»

Mit der Frage war es ihr gelungen, die Jugendfreundin für einen Moment aus der Fassung zu bringen. Dann lächelte sie und machte eine halbkreisförmige Bewegung mit der Hand, als wollte sie sagen: «Siehst du nicht, was ich alles besitze?»
«Ich meinte Glück, nicht Besitz.»
«Ist das nicht dasselbe?»
«Nicht notwendigerweise.» Leonie lächelte leicht. «Ich sehe, du hast dich doch nicht so sehr verändert.»
«Du dich auch nicht.» Das war von beiden Seiten nicht als Kompliment gedacht.
Leonie erhob sich und sah Anitas Erleichterung.
«Ach, übrigens, dein Neffe Max wohnt bei mir, solange deine Schwester im Krankenhaus ist. Zu dir wollte er partout nicht gebracht werden.»
Anita zuckte die Schultern. «Tut mir Leid für dich. Max ist ein ziemlich schwieriges Kind.»
«Den Eindruck habe ich eigentlich nicht. Wahrscheinlich liegt es daran, dass du kein gutes Verhältnis zu seiner Mutter hast. Das scheint er dir übel zu nehmen.»
«Dazu hat er nicht den geringsten Grund. Ich habe Erika mehr als einmal aus der Patsche geholfen. Irgendwann hat es mir dann gereicht. Sie ist einfach unmöglich.» Sie war kurz davor, noch deutlicher zu werden. Aber dann atmete sie tief durch und zwinkerte Leonie zu. «Erika und ich sind einfach nicht kompatibel.»
«Ich erinnere mich», sagte Leonie trocken und ging in die Halle. Dort saß Adrian auf der untersten Stufe der Treppe, die sich in einem eleganten Bogen in den ersten Stock schwang. Er spielte mit einem kleinen Matchbox-Auto und imitierte das Motorengeräusch.

«Adrian. Wo ist Sandra?», fragte ihn seine Mutter stirnrunzelnd.
«Die hat keine Zeit. Die telefoniert.»
Leonie sah voraus, dass Sandra Ärger mit ihrer Arbeitgeberin bekommen würde. Sie ging auf den Kleinen zu, um sich von ihm zu verabschieden. Adrian stand auf und sackte gleich wieder zurück. Auch beim zweiten Versuch knickten seine Beine unter ihm ein, erst beim dritten Mal klappte es, und er lief auf Leonie zu. Sie blickte Anita kurz an, die entschuldigend lächelte.
«Er ist manchmal so ein ungeschicktes kleines Bärchen.»
Leonie nahm seine ausgestreckte Rechte und einen erstklassigen Diener in Empfang und verabschiedete sich dann von ihrer Jugendfreundin.
«Anita, falls du deine Schwester besuchen möchtest, sie liegt noch ein paar Tage im Allgemeinen Krankenhaus in Barmbek.»
«Danke für die Information. Und mein Name ist Sophie.»
Hinter Leonie fiel die Haustür mit einem satten Klacken ins Schloss. Auf der Fahrt ins Institut dachte sie über die beiden ungleichen Schwestern nach, die so unterschiedlich geraten waren und in so unterschiedlichen Welten lebten. Jeder Vermittlungsversuch war vergebliche Liebesmüh. Und ab jetzt wollte sie ernsthaft versuchen, sich an den Namen Sophie zu gewöhnen.

Im Institut lag eine handschriftliche Nachricht von Kaminski auf ihrem Schreibtisch. Leonie brauchte mehrere Minuten und Frau Thieles Hilfe, bis sie seine Hieroglyphen entziffern konnte. Anscheinend hatte der Kollege, an den sich Löhr wegen seiner verschwundenen Freundin gewandt hatte, die Berliner Hure Easy als dieselbe Frau identifiziert, die auf dem von Löhr präsentierten Foto in die Kamera lächelte. Kaminski informierte Leonie außerdem, dass in seinem Büro etwas auf sie warte. Sie konnte sich im Institut erst am späten Nachmittag freimachen und fürchtete, Kaminski gar nicht mehr anzutreffen. In der Eingangshalle des Polizeipräsidiums schwamm sie gegen den Strom der Beamten, die sich in den Feierabend verabschiedeten. Kaminski telefonierte, als sie sein Büro betrat. Sie setzte sich ihm gegenüber an den Schreibtisch eines Kollegen, dessen penible Ordnung besonders auffiel, weil Kaminskis Arbeitsplatz aussah wie ein umgekippter Altpapiercontainer. Leonie, die wahrlich nicht die Ordentlichste war, fragte sich, wie der Hauptkommissar in dem Chaos jemals etwas wieder fand. Leonie hatte ihre Ohren auf Durchzug geschaltet und wurde erst auf das Gespräch aufmerksam, als Kaminski sich verabschiedete und dabei der Name Boysen fiel.

«Der Herr Bundesanwalt. Sie haben mir noch nicht erzählt, was in der Russischen Botschaft passiert ist.»

«Und das habe ich auch gar nicht vor.» Kaminski holte einen Schokoriegel aus der obersten Schreibtischschublade und riss die Umhüllung auf.

«Das ist nicht fair. Es ist auch mein Fall, und ich würde schon gern wissen, ob Sie meinem Mörder auf der Spur sind.»

«Ihr Mörder?» Kaminski sprach mit vollem Mund, er hatte mit einem Bissen den halben Riegel weggeputzt. «Ich hör wohl nicht recht. Doktor Boysen hat mir jedenfalls unmissverständlich klar gemacht, dass ich den Ball flach halten muss, wenn ich keinen Ärger kriegen will.»

«Kommen Sie, Kaminski, nur ungefähr die Richtung. Hat der Russe gesagt, warum er sich mit diesem Usbeken getroffen hat?»

«Tut mir Leid, Doc, die Antwort lautet ‹njet›. Doktor Boysen weiß natürlich, dass Sie in den Fall als Zeugin verwickelt sind, und gerade deshalb darf ich mit Ihnen nicht weiter darüber reden.»

Leonie hatte nicht damit gerechnet, dass sie in solch einem Fall Informationen bekäme. Die ganze Sache hatte den üblen Geruch des Politischen. Die Bundesanwaltschaft kümmerte sich nicht um Familienfehden. Trotzdem war sie gekränkt.

«Hätte nicht gedacht, dass Sie sich von einem geschniegelten Bundesheini einen Maulkorb verpassen lassen.»

«Was heißt hier geschniegelter Heini?» Kaminski zog seine schwarzen Brauen zusammen, sodass sie sich über der Nasenwurzel trafen. «Ein Mann in seiner Position kann ja wohl schlecht im Jogginganzug herumlaufen.»

Hoppla, dachte Leonie, er wird sich doch nicht etwa in den Lackaffen verguckt haben?

«Schon gut. Ich geb's auf. Sie wissen ja, wo Sie mich finden, falls man Sie irgendwann wieder von der Leine lässt.»

Kaminskis Knurren wurde von der zweiten Hälfte des Schokoriegels gedämpft.

«Ihrem fast unleserlichen Gekritzel habe ich entnommen, dass ich mit Löhr und unserer Madenleiche Recht hatte. Die beiden gehören zusammen, was bedeuten könnte, dass auch die Morde zusammenhängen.»

Das zerknüllte Schokopapier flog dicht an Leonies Kopf vorbei und zielgenau in einen Papierkorb.
«Das muss es überhaupt nicht bedeuten. Das Einzige, was wir inzwischen ausschließen können, ist, dass er sie getötet hat. Als er Mitte August das erste Mal in Hamburg war, muss sie noch gelebt haben, und Ende September war sie schon tot, als er hier ankam. Alles andere ist Spekulation.»
Kaminski hatte offenbar schlechte Laune.
«Zugegeben», sagte Leonie, «aber eine Arbeitshypothese werden Sie doch wohl haben?».
«Die lege ich mir zu, wenn ich mehr Informationen habe. Die Berliner Kollegen sind auf diese Easy angesetzt. Die muss ja einen Nachnamen haben.»
«Und Löhrs verschwundene Sachen?»
«Die sind immer noch verschwunden.»
«Haben Sie schon mal daran gedacht, über den Netzbetreiber ...»
«Doc, ich sehe vielleicht nicht so aus, als könnte ich bis drei zählen, aber so ein paar einfache logische Aufgaben kriege ich zur Not auch ohne Ihre Hilfe hin. Ich erwarte stündlich die Auflistung seiner letzten Anrufe.»
Er sah auf seine Uhr. «Ich hab noch was vor. Also würde ich vorschlagen, Sie werfen jetzt mal einen Blick in diese Akten.»
Er schaufelte einen Stapel aus allen Nähten platzender Akten auf den Schreibtisch des Kollegen. Die Akten rochen nach Staub und altem Zigarettenrauch. Leonie legte vorsichtig eine Hand auf die oberste Akte, als wollte sie testen, ob sie wirklich real sei.
«Die alten Ermittlungsakten?»

«Erraten. Sie dürfen einen Blick hineinwerfen.»
«Was soll das denn heißen? Ein kurzer Blick nützt mir gar nichts. Außerdem hab ich auch noch was vor. Ich muss einen kleinen Jungen abholen, den ich zurzeit in Obhut habe.»
Kaminski sah sie misstrauisch an.
«Was für einen Jungen?»
«Das ist privat und tut nichts zur Sache. Ich muss die Akten in Ruhe durcharbeiten können.»
«Wie Sie sicher wissen, dürfen Akten das Gebäude nicht verlassen. Nicht mal ich darf was mit nach Hause nehmen.»
«Und Sie und Ihre Kollegen halten sich natürlich immer streng an diese Vorschrift.»
«Selbstverständlich», sagte er lammfromm. Er erhob sich, zerrte seine Lederjacke von der Stuhllehne und suchte seinen Zündschlüssel in deren zahllosen Taschen. «Aber wenn Akten während meiner Abwesenheit verschwinden, bin ich natürlich machtlos.»
Er bückte sich und zerrte einen großen Karton unter seinem Schreibtisch hervor.
«Mein Name steht auf der Archivkarte, und wenn ich die Akten nicht in spätestens einer Woche zurückhabe, kidnappe ich Ihren Kater.»
«Danke, Kaminski», sagte Leonie, aber da war er schon aus der Tür.

20.

Leonie war erleichtert, zu hören, dass Max den ersten Tag im Hause Kilian-Walter bestens überstanden hatte. Vera war bereits zu Hause, als sie klingelte, und lachte über ihren besorgten Gesichtsausdruck.

«Du kannst dich wieder entspannen. Die drei haben sich nicht gegenseitig die Köpfe eingeschlagen. Ich möchte sogar behaupten, dass du einige Schwierigkeiten haben wirst, ihn hier wegzulocken.»

Damit lag sie vollkommen richtig. Max und Rebecca saßen vor dem Computer und fachsimpelten über Themen, die Leonie so fremd waren wie einem mittelalterlichen Mediziner Zweck und Funktionsweise eines Kernspintomographen. Max bettelte um eine weitere halbe Stunde, aber Leonie blieb hart. Sie brannte darauf, die Akten ihres Vaters durchzustöbern. Außerdem wartete Erika Lifka vermutlich schon sehnsüchtig auf den Besuch ihres Sohnes. Zur Strafe nervte Max sie während der gesamten Fahrt mit einem endlosen Monolog über die phantastischen Möglichkeiten von Rebeccas Computer. Es lag keine Spur von Neid in seinen Worten, was Leonie sehr für ihn einnahm, aber es wurde deutlich, dass er für den Besitz eines PCs seinen rechten Arm gegeben hätte. Leonie nahm an, dass eine solche

Anschaffung die Möglichkeiten seiner Mutter weit überstieg.
Erika Lifka schlürfte gerade mühsam etwas Tee durch einen Strohhalm, als Leonie Max ins Krankenzimmer schob. Max trat an ihr Bett und streichelte vorsichtig ihren Arm.
«Hallo, Mama, tut's noch sehr weh?»
Seine Mutter nuschelte etwas Unverständliches.
«Bist du heute Morgen operiert worden?», wollte Leonie wissen.
Erika Lifka nickte und stellte die weiße Steinguttasse auf den Nachttisch.
«Haben sie dir gesagt, wann du entlassen wirst?»
Fünf Finger zeigten die Anzahl der Tage an, dann richtete Erika Lifka einen fragenden Blick auf ihren Sohn und nuschelte wieder etwas. Max schien zu ahnen, was sie wissen wollte.
«Mir geht's gut, Mama. Ich wohne bei Doktor Simon, und am Nachmittag war ich bei Rebecca. Die hat einen Pentium IV mit 40-Gigabyte-Festplatte und DVD-ROM-Laufwerk, und ins Internet kann sie natürlich auch.»
Leonie hatte das Gefühl, diese Information bedürfe einer Hinzufügung.
«Ich bin den ganzen Tag im Institut und dachte, es wäre eine gute Idee, wenn Max den Nachmittag bei der Familie einer Kollegin verbringt. Frau Kilian-Walter ist Polizeipsychologin und hat zwei Töchter, eine davon in Max' Alter. Also mach dir keine Sorgen um ihn. Bis du entlassen wirst, ist er in guten Händen.»
Erika Lifka sah Leonie mit feucht werdenden Augen an und murmelte etwas, das wie «Danke» klang. Nach ei-

ner halben Stunde merkte Leonie, wie erschöpft die Kranke war, und drängte Max, sich zu verabschieden. Er nahm seine Mutter ganz fest in den Arm und versprach, am nächsten Tag gleich nach der Schule wiederzukommen. Erst nach seinem Besuch im Krankenhaus würde er zu den Kilians weiterfahren. Im Stillen war ihm Leonie für diese Idee sehr dankbar. Das ersparte ihr in den nächsten Tagen den weiten Weg quer durch die Stadt und zurück.

Es war schon nach acht Uhr, als sie und Max endlich zu Hause ankamen. Unterwegs hatte Leonie bei einem italienischen Feinkostladen angehalten und Brot, Tomaten, Käse und Fenchelsalami gekauft. Max fiel über sein Abendessen her wie eine Raupe und schaffte anschließend noch eine halbe Tafel Nougatschokolade, die er in einem Küchenschrank gefunden hatte. Danach war er so müde, dass er freiwillig ins Bad abzog, um sich für die Nacht fertig zu machen. Leonie richtete ihm wieder das Bett auf dem Sofa im Wohnzimmer. Sie selbst zog sich mit einem Glas Wein in ihr Arbeitszimmer zurück, wo die Akten auf sie warteten. Kurz nach Mitternacht hatte sie die wesentlichen Dokumente gelesen und sich Notizen gemacht.

Wie Leonie schon vermutet hatte, waren die Ermittlungen damals recht schlampig geführt worden. Ihr Vater war von Anfang an der einzige Verdächtige gewesen, und man hatte sich wenig Mühe gegeben, in andere Richtungen zu recherchieren. Tatsächlich sprach einiges gegen ihn. Zeugen hatten ihn zur vermuteten Tatzeit in der Nähe des Hauses gesehen. Einem Laborbericht entnahm Leonie, dass die Spurentechniker Faserspuren auf und neben der Leiche ihrer Mutter gefunden hatten, die ihrem Vater zugeordnet werden konnten. Dummerweise hatte er bei den Befragungen immer nur das zugegeben, was ihm gerade nachgewiesen werden konnte. So hatte er zunächst behauptet, seine Exfrau wochenlang nicht gesehen zu haben. Dann räumte er ein, bei ihr gewesen und mit ihr über Geld gestritten zu haben. Nach maximal einer halben Stunde habe er sie verlassen und sei den Rest des Nachmittags spazieren gegangen, bis seine Wut verraucht war. Schließlich gab er zu, etwa eine Stunde nach dem Streit zurückgekehrt zu sein, um noch einmal in Ruhe mit ihr zu reden. Da habe er sie in einer Blutlache liegend vorgefunden. Die Spuren müssten entstanden sein, als er sich über sie beugte, um zu prüfen, ob sie noch lebte. Warum er nicht sofort die Polizei verständigte, konnte er ebenfalls nicht glaubhaft erklären, ebenso wenig wie er nachweisen konnte, wo er in den folgenden knapp zwei Stunden gewesen war. Leonie vermutete, dass er in der fraglichen Zeit das Messer versteckt hatte, welches sie bei ihrer überstürzten Flucht fallen gelassen hatte. Es sah damals nicht gut für ihn aus. Zu seinen Gunsten sprach lediglich das Gutachten des Rechtsmediziners, der anhand der Messerwunden und einer Tatrekonstruktion eindeutig nachwies, dass an der Kleidung des Täters Blutspritzer zu finden sein müssten. Und gerade die fehlten an dem Jackett, das Dr. Simon getragen hatte und von dem die Faserspuren stammten. Dazu kam, dass der Versuch, seine Aussagen zu widerlegen, misslang. Bei kritischer Würdigung all der Gutachten, Zeugenaussagen und Faktenbelege musste man, sofern man objektiv war, zugeben, dass es am Ende der Ermittlungen zu einem Patt kam. Dr. Simon war der wahrscheinlichste Täter, weil er als Einziger ein Motiv hatte. Aber die Chancen standen fünfzig zu fünfzig, dass seine Version richtig war und ein Unbekannter den Mord beging, nachdem Richard Simon das Haus verlassen hatte. Da Leonie wusste, dass ihr Vater unschuldig war, interessierte sie sich besonders für die Zeugenaussagen und Dokumente, die nicht direkt mit dem Mordgeschehen in Zusammenhang standen.

Die Polizei hatte versucht, sich durch Befragungen im Umfeld der Toten und ihres Exmannes ein Bild von der Beziehung zu machen. Bekannte und Verwandte wurden befragt, Dr. Simons Sprechstundenhilfe und sein Steuerberater, seine damalige Geliebte, die spätere Frau Roeseler. Es waren eine Menge Namen darunter, die Leonie wenig oder gar nichts sagten, einige Personen waren, wie sie wusste, inzwischen verstorben. Der Name einer Zeugin, Hildegard Stümpel, kam ihr bekannt vor, aber erst nach der Lektüre der Zeugenaussage erinnerte sie sich wieder. Sie war die Schulfreundin, deren Postkarten sie unter den Briefen ihrer Mutter gefunden hatte. Hildegard Stümpel war vernommen worden, weil sie sich zwei Tage vor dem Mord mit ihrer alten Freundin getroffen hatte. Danach war sie nach Münster, wo sie lebte, zurückgekehrt, hatte aber von sich aus die Hamburger Kriminalpolizei kontaktiert, als sie von dem Mord in der Zeitung las. Ihre Freundin Margot habe bedrückt gewirkt und auf Nachfrage zugegeben, ein Problem zu haben. Worüber sie sich Sorgen machte, hatte sie jedoch nicht sagen wollen. Leonie schrieb die Adresse auf; vielleicht wohnte sie ja noch immer dort. Möglicherweise wäre es eine gute Idee, diese Frau, die ein Teil der Vergangenheit ihrer Mutter war, aufzusuchen. Die damaligen Ermittlungen hatten sich fast ausschließlich um den Tattag und die Person des Hauptverdächtigen gedreht. Leonie interessierte sich für die Zeit vor dem Mord. An einen Zufallstäter glaubte sie nicht. Wenn die Tat aber eine Vorgeschichte hatte, war es denkbar, dass ihre Mutter schon Tage vorher Kontakt zu ihrem späteren Mörder hatte. Vielleicht hatte sie jemandem von ihm erzählt, oder er war mit ihr zusammen gesehen worden. Aber ob sich nach so langer Zeit noch jemand daran erinnern würde?

In den Akten fand sich eine Anzahl von Briefen, die Margot Simon in den Wochen vor ihrem Tod an ihren Exehemann geschrieben hatte. Richard Simon hatte die Briefe aufbewahrt, weil er hoffte, sie bei einem eventuellen neuen Unterhaltsstreit vor Gericht gegen seine Frau verwenden zu können. Stattdessen wurden sie von der Polizei als belastendes Material sichergestellt, denn sie untermauerten das Motiv, das sie ihm unterstellten. Leonie hatte geglaubt, dass es in dem Zusammenhang nichts gab, was sie noch erschüttern konnte. Aber als sie die Briefe las, traf es sie mehr, als sie es vor sich selbst hatte zugeben wollen.

Pfarrer Bergner hatte wohl Recht gehabt. Ihre Mutter hatte keinen Sinn in ihrem Leben gefunden, und ihre Hoffnungen und Sehnsüchte hatten sich nicht erfüllt. Das erklärte ihre Wut, ihren Neid, ihre Rachegefühle. Aber unter all den Beleidigungen und Bösartigkeiten, mit denen sie ihren finanziellen Forderungen an ihren

Exmann Nachdruck verlieh, meinte Leonie die Einsamkeit und die Qualen eines Menschen zu spüren, der sein ganzes Leben ebenso verzweifelt wie vergeblich versuchte, einem anderen Menschen nahe zu sein.

«Ich weiß, was du vorhast», schrieb sie in einem ihrer Briefe. «Du willst mir den Unterhalt kürzen, um mich zum Arbeiten zu zwingen. Ich werde weniger Geld und weniger Zeit für meine Tochter haben. Und dann wirst du dich an sie heranmachen und sie mir wegnehmen. Aber das wird dir nicht gelingen. Leonie weiß, dass du sie nicht liebst. Und sie liebt dich auch nicht. Und glaube ja nicht, dass du mit deinen dummen Lügen über Umsatzeinbrüche durchkommst. Du hast die Familie verlassen, und dafür wirst du zahlen bis an dein Lebensende, das schwör ich dir.»

Leonie schloss die Augen und versuchte, wie so oft in den letzten Wochen, sich das Gesicht ihrer Mutter zu vergegenwärtigen. Nicht die starre, ernste Maske von den alten Familienfotos, sondern wie sie aussah, wenn sie wütend oder traurig war, wenn sie mit Leonie schimpfte oder ihr schiefes ironisches Lächeln aufsetzte. Manchmal gelang es ihr um ein Haar, sie zu fassen. Aber im letzten Moment wich das Bild ihrer Mutter zurück in das Schattenreich der Erinnerung, in das sie ihr nicht folgen konnte.

Dennoch spürte sie, dass sich etwas verändert hatte. Mit jedem neuen Detail, das sie dem Bild ihrer Mutter hinzufügte, wuchs ihre Irritation. Soweit sie zurückdenken konnte, hatte sie sich ganz bewusst gegen ihre Mutter abgegrenzt. Schon bevor der Vater die Familie verließ, tagträumte Leonie sich gern in die Vorstellung hinein, am falschen Platz, bei den falschen Eltern aufzuwachsen. Ihre Lieblingsidee war es gewesen, dass man sie nach der Geburt versehentlich vertauscht hatte. Beweis dafür waren mangelnde Ähnlichkeiten, die sie hervorhob, während sie unübersehbare Übereinstimmungen einfach ignorierte. Und genau das war es, was ihr inzwischen immer weniger gelang. Wie viel von der Unfähigkeit ihrer Mutter, Nähe zuzulassen und Glück zu empfinden, steckte auch in ihr? War ihre Besessenheit, mit der sie die totale Kontrolle über ihre Gefühle verteidigte, nur auf das Trauma zurückzuführen, das ihr der gewaltsame Tod der Mutter zweifellos zugefügt hatte? Oder war sie doch viel mehr die Tochter ihrer Mutter, als ihr lieb war? Leonie glaubte nicht daran, dass man sich mit den Toten aussöhnen konnte. Das Verzeihen erforderte zunächst das Eingeständnis von Schuld und Reue, und das war nun mal nur von den Lebenden zu bekommen. Wenn überhaupt. Aber vielleicht würde es ja genügen, zu verstehen, um den zehrenden Schmerz der Bitterkeit zu überwinden.

Müde klappte sie die Akten zu. Sie würde noch einmal gründlich Seite für Seite studieren, würde sich mehr Notizen und einige Kopien machen. Aber was sie erhofft hatte, würde sie wohl nicht finden, einen direkten Hinweis auf den Täter.

Leonie kam erst gegen Mittag ins Institut. Mit einem Ordner voller Statistiken, Zahlen, Fakten und Fallbeispielen hatte sie mal wieder beim Justizsenator um Geld für ihre Gewaltinitiative geworben. Bei einer Zahl von inzwischen bis zu zehn Opferuntersuchungen pro Woche war es an der Zeit, die mehr oder weniger private und ehrenamtliche Leistung der Vereinsmitglieder auf eine professionellere Basis zu stellen. Leonie plante die Einrichtung eines Kompetenzzentrums, das dem rechtsmedizinischen Institut angegliedert und mit Experten anderer medizinischer Fachbereiche zur eventuellen Weiterbehandlung vernetzt war. Zugleich galt es, die Zusammenarbeit mit Krankenhäusern, Polizei und Justiz weiter zu verbessern und zu institutionalisieren. Eine wissenschaftliche Begleitforschung sollte sich unter anderem mit der Analyse der Opfersituation und der Gewaltprävention beschäftigen. Dafür brauchte Leonie einen festen Etat für mindestens drei Mitarbeiter und für Sachmittel. Und das war nicht mehr ausschließlich mit Spenden und Mitgliedsbeiträgen zu finanzieren. Der Senator hatte ihr interessiert zugehört. Das Dumme war nur, er schwamm nicht gerade in Geld. Immerhin hatte er sie mit dem Versprechen entlassen, ihr Projekt wohlwollend im Auge zu behalten. Ob, wann und mit wie viel Geld sie rechnen könne, darauf ließ er sich nicht festlegen. Trotzdem war Leonie nicht unzufrieden und einigermaßen guter Laune, als sie mit einem kurzen «Hallo» an ihrer Sekretärin vorbeilief. Frau Thiele rief sie zurück.

«Der Herr Professor möchte Sie sofort sehen.»

Frau Thiele machte ein bedeutungsvolles Gesicht.

«Hab ich was angestellt?»

«Ich glaube, es geht um Doktor Unruh.»

Frau Thieles Buschtrommeln hatten Recht gehabt. Professor Cordes wollte mit seiner Stellvertreterin über Paul Unruh sprechen. Er war mit der Arbeit des DNA-

Experten in der letzten Zeit nicht mehr zufrieden. An diesem Morgen war Unruh nicht im Labor erschienen, und ein verärgerter Polizeioberrat, den er versetzt hatte, war bei Cordes aufgelaufen und hatte sich beschwert.
«Ich kann nicht länger so tun, als wäre alles in Ordnung. Und eine zweite hochbezahlte Fachkraft kann sich das Institut nicht leisten. Es muss etwas passieren.»
Leonie wusste, dass ihr Chef die private Situation Unruhs kannte und deswegen lange beide Augen zugedrückt hatte. Sie verstand, dass der Punkt erreicht war, an dem er die Belange des Institutes in den Vordergrund stellen musste. Andererseits wollte sie Unruh unbedingt vor ernsten Konsequenzen bewahren. In seiner Situation durfte man ihm nicht auch noch beruflich den Boden unter den Füßen wegziehen.
«Ich gehe zu ihm und rede mit ihm.»
«Das haben Sie schon getan. Und was hat es genützt?»
«Geben Sie ihm noch eine Chance. Eine letzte. Eine andere Entscheidung könnte und würde ich im Moment nicht mittragen.»
Cordes zog verärgert die Stirn kraus, nickte dann aber.
«Sie haben ein zu weiches Herz, Frau Kollegin. Aber sagen Sie ihm, dass er mit meiner Unterstützung nicht mehr rechnen kann, wenn er seine Angelegenheiten nicht endlich in Ordnung bringt.»

Sie klingelte zum zweiten Mal. Lächerlich, dachte Leonie, sie und ein zu weiches Herz. Sie wollte dem Institut lediglich Ärger ersparen. Unruh würde eine Kündigung sicher nicht so einfach hinnehmen. Auch auf das dritte Klingelzeichen öffnete niemand. Leonie war beunruhigt.

Natürlich hatte sie als Erstes probiert, ihn auf seinem Handy zu erreichen. Aber es hatte sich nur seine Mailbox gemeldet. Und zu Hause war auch niemand, was bei einer schwerkranken Frau ungewöhnlich war. Wenn Unruh unterwegs war, müsste eine Pflegerin da sein.
«Es ist niemand zu Hause.»
Eine ältere Frau mit lila gefärbten Haaren, die einen nervös kläffenden Rehpinscher Gassi führte, stand in der Auffahrt und betrachtete Leonie neugierig.
«Sind Sie die neue Pflegerin?»
Leonie antwortete mit einer Gegenfrage: «Wohnen Sie nebenan?»
Die alte Frau deutete auf das gegenüberliegende Haus. «Ich stand gestern Abend zufällig am Küchenfenster, als der Krankenwagen kam.»
Leonie bedankte sich und ging zu ihrem Auto zurück. Sie hatte schon vermutet, dass etwas mit Unruhs Frau passiert war. Er war viel zu gewissenhaft, um ohne Not einen wichtigen Termin platzen zu lassen. Vom Auto aus rief sie im St.-Georg-Krankenhaus an, wo man ihr die Einlieferung einer Frau Unruh bestätigte. Zehn Minuten später parkte sie in der Nähe des Krankenhauses an der Außenalster. Ellen Unruh lag auf der Intensivstation, und Leonie sah Paul Unruh schon, als sie am Eingang in den grünen Kittel schlüpfte. Er saß mit gesenktem Kopf neben dem Bett seiner Frau, als schliefe er. Leonie nickte einer Schwester zu, die sie kannte, und klopfte an die offene Tür, um sich bemerkbar zu machen.
Langsam hob Unruh den Kopf.
«Hallo, Paul. Was ist passiert?»
Ellen Unruh, früher eine Schneewittchen-Schönheit, lag

mit geschlossenen Augen und eingefallenen Wangen in ihrem Bett, angeschlossen an Schläuche und Messgeräte.
«Wieso …?»
«Intuition.»
Er stand auf und trat auf Leonie zu. Vermutlich, um seine Frau nicht zu stören, schob er sie auf den Gang und schloss die Tür hinter sich.
«Es ist meine Schuld, dass sie jetzt da liegt.» Unruh machte eine Kopfbewegung zur Scheibe, hinter der die Kranke zu sehen war.
Leonie wusste sofort, was er meinte. «Sie haben sie allein lassen müssen?»
«Was sollte ich machen? Die neue Pflegerin hat's nur drei Tage mit ihr ausgehalten, und so schnell konnte ich keinen Ersatz auftreiben.»
«Das heißt, Ihre Frau war stundenweise ohne Hilfe.»
Unruh senkte den Kopf. «Als ich gestern Abend nach Hause kam, lag sie auf dem Boden. Sie ist aus dem Bett gefallen und hat sich das Becken gebrochen.»
Er machte eine kurze Pause. «Ich weiß nicht, woher, aber irgendwie ist sie an Schlaftabletten gekommen. Sie muss sie kurz vor dem Sturz geschluckt haben. Einen Teil hatte sie bereits erbrochen.»
Leonie wusste nicht, was sie sagen sollte. Jedenfalls konnte sie ihm jetzt nicht mit arbeitsrechtlichen Problemen kommen.
«Sie hatten Recht. Ich bin der Situation nicht gewachsen.»
Dann war dieser scheußliche Unfall doch zu etwas gut, dachte Leonie.
«Paul, Sie haben getan, was Sie konnten. Mehr als das,

Sie haben sich für Ihre Frau völlig verausgabt. Niemand hätte das von Ihnen verlangt.»

Sein Blick sagte ihr, dass er für Trostworte noch nicht zu erreichen war.

«Ich mache Ihnen einen Vorschlag. Sie lassen sich für ein paar Tage krankschreiben, bis es Ihrer Frau besser geht. In Ihrer derzeitigen Verfassung sind Sie im Institut ohnehin nicht zu gebrauchen.»

«Das geht nicht, ich habe Termine.»

«Die kann man verlegen. Einen haben Sie heute Morgen sowieso schon verpasst.»

«Verdammt.» Er fuhr sich mit der Hand durch das ungekämmte Haar.

«Machen Sie sich darüber jetzt keine Gedanken. Aber ich werde Gabriel bitten, Sie in den nächsten Tagen anzurufen. Er soll Ihnen bei der Wahl eines Pflegeheims helfen.»

Unruh schüttelte den Kopf. «Nein.»

«Paul, Sie wissen genau, dass Sie Ihre Frau nicht wieder mitnehmen können.»

«In einem Heim wird sie sterben.»

«Vielleicht. Irgendwann. Aber sterben wollte sie auch zu Hause.»

Leonie trat nicht gern einem schon am Boden liegenden Mann in die Nieren, aber es gab Fälle, da half nur schonungslose Offenheit. «Lassen Sie Ihre Frau nicht Ihre Schuldgefühle ausbaden.»

Er drehte sich um und ließ sie einfach stehen. Durch die Scheibe sah sie ihn seinen Platz am Bett seiner Frau einnehmen.

Nachdem Leonie am Abend ihren Zögling Max ins Bett gebracht und ihm das Versprechen abgenommen hatte, nicht länger als eine halbe Stunde in Robert Louis Stevensons «Schatzinsel» zu lesen, die er in ihrem Bücherschrank gefunden hatte, setzte sie sich wieder in ihren Wagen und fuhr in die Stadt. In einer Kellerkneipe hinter dem Hauptbahnhof wartete der ehemalige Geliebte ihrer Mutter auf sie.

21.

Ohrenbetäubender Lärm empfing Leonie bereits auf der Treppe, die zum Sektionstrakt führte. Da die im Haus tätigen Handwerker dort zurzeit nichts zu schaffen hatten, ging sie auf die Suche nach der Quelle des unangenehmen Geräusches. Sie fand ihren Kollegen Hinrichs im kleinsten der Obduktionsräume, eine elektrische Heckenschere schwingend, während einer der PJler ihm einen in eine Haltevorrichtung festgeklemmten Schweineschwanz entgegenstreckte. Erst nach mehreren Anläufen und nicht ohne Kraftaufwand gelang es, den Schweineschwanz in eine der Schneidebuchten der Maschine zu bugsieren und zu durchtrennen. Dr. Hinrichs stellte die Maschine ab und ließ seufzend den rechten Arm sinken.

«Gibt's nicht einfachere Methoden, zu einem Mittagessen zu kommen?» Leonie hob das abgetrennte Stück des Schweineschwanzes auf und betrachtete die nicht ganz glatten Wundränder. Auf einem Organbrett lagen die Überreste zweier weiterer Schwänze, die schon daran hatten glauben müssen, und in einer Plastikhülle wartete eine menschliche Hand, vermutlich ein Amputat aus der Chirurgie, auf ihren Einsatz.

«Seien Sie froh, dass das nicht Ihr Fall ist», knurrte Hin-

richs. «Dieses verdammte Ding ist von Anno dunnemals und wiegt fast so viel wie ein Elefant. Und das will der Kerl nur mit einer Hand geführt haben.»
Der Kerl war ein Arzt, der von seiner Versicherung eine Menge Geld für den abgetrennten linken Zeigefinger haben wollte. Seine Schilderung des Unfallgeschehens war der Versicherung derart unglaubwürdig erschienen, dass sie den Fall der Rechtsmedizin zur Begutachtung übergeben hatte, nachdem schon ein botanischer Sachverständiger nachgewiesen hatte, wie unsinnig und schwierig es war, Forsythienzweige mit einer Heckenschere stutzen zu wollen.
Leonie hatte in ihren fast fünfzehn Berufsjahren schon unzählige Fälle von Selbstbeschädigung zu sehen bekommen, fand es aber immer wieder faszinierend und erschreckend, welch grausame Verstümmelungen Menschen aus Habgier in Kauf nahmen.
Bis Mitte der neunziger Jahre gab es unter Medizinern geradezu eine Selbstbeschädigungswelle, was an einer zeitweiligen Verbesserung der ärztlichen Unfallversicherungen lag. Es wurden große Summen geboten und auf hundertprozentige Invalidität schon bei Verlust nur eines Körperteils erkannt. Für verschuldete Mediziner und ältere Ärzte, die einfach keine Lust mehr hatten, ihren Beruf auszuüben, war das eine große Verlockung gewesen. Nachdem die Versicherungen die besonderen Anreize beseitigt hatten, sank die Zahl der Unfälle unter Leonies Kollegen wieder. Aber es gab genug andere Verrückte, die für ein paar Tausender Finger, Zehen, ja ganze Gliedmaßen zu opfern bereit waren und ihr Blutgeld oft genug nicht einmal ausgezahlt bekamen, weil sie das

Misstrauen ihrer Versicherungen und die Möglichkeiten der modernen Rechtsmedizin unterschätzten. Leonie hatte häufig mit ihren Gutachten vor Gericht den endgültigen Ruin eines nun auch noch körperlich Geschädigten herbeiführen müssen. Manchmal taten ihr diese Menschen sogar Leid, aber sie war nun mal zur Wahrheit verpflichtet.

Hinrichs warf wieder die Heckenschere an und setzte seinen Versuch fort. In vielen Fällen wurden mit Leichenteilen oder Schweineschwänzen die angeblichen Unfallsituationen nachgestellt, um exakt nachweisen zu können, ob die Amputationswunde in der behaupteten Art und Weise hatte zustande kommen können. Dieser Fall schien Leonie wieder in die Kategorie freiwilliger Verstümmelung zu gehören, und sie hoffte, Hinrichs werde bald zu einem Ergebnis kommen, damit endlich dieser infernalische Krach aufhörte.

Sie verließ Hinrichs und die Schweineschwänze und betrat den großen Obduktionssaal, wo die Präparatorin Heidi Zenker, einer der Assistenzärzte und ein vermuteter Selbstmord auf sie warteten. Ein älterer Mann hatte sich von einem Hochhausdach in die Tiefe gestürzt. Leonie fand keinerlei Spuren, die darauf hingedeutet hätten, dass eine zweite Person am Geschehen beteiligt war. Dafür fand sie ein weit fortgeschrittenes Lungenkarzinom mit Metastasen in den Knochen. Der Mann musste unter unerträglichen Schmerzen gelitten haben. Leonie konnte sich kaum einen besseren Grund für einen Suizid vorstellen.

Am Nachmittag lud sie die Ermittlungsakten, aus denen sie im Büro ein paar Seiten herauskopiert hatte, was mit

Sicherheit nicht gestattet war, in ihr Auto und fuhr zum Polizeipräsidium. Kaminski hatte die Akten schon angemahnt, und sie wollte ihn nicht in Schwierigkeiten bringen. Er war nicht in seinem Büro. Leonie stellte den Karton mit den Akten mitten auf seinen Schreibtisch und kritzelte ein paar Dankesworte auf einen Briefumschlag, den sie aus seinem Papierkorb fischte. Erst als sie den Briefumschlag auf den Aktenstapel legte, registrierte sie den Absender. Handschriftlich und mit Privatadresse firmierte Dr. Knut Boysen, der Bundesanwalt, auf der Rückseite des Umschlags. Das fand sie so interessant, dass sie sich auf dem Schreibtisch nach dem Brief umsah, der in dem Umschlag gesteckt haben musste. Es war kein Brief, sondern eine Grußkarte zum Geburtstag, die an der Schreibtischlampe lehnte. Leonie kannte Kaminskis Geburtstag nicht, ihr Verhältnis war nicht so eng. Umso bemerkenswerter, dass Boysen darüber informiert war. Jegliche Diskretion außer Acht lassend, klappte Leonie die Karte auf. Boysen gratulierte nicht nur, er gab seiner Hoffnung Ausdruck, der Rotwein treffe Kaminskis Geschmack. Sieh mal einer an, dachte Leonie. Das ging über einen normalen beruflichen Kontakt erheblich hinaus. Als sie Kaminskis festen Schritt hörte und unmittelbar darauf die Tür aufging, konnte sie gerade noch rechtzeitig die Karte an ihren Platz zurückstellen.

«Was schnüffeln Sie da auf meinem Schreibtisch rum?» Kaminski betrachtete sie misstrauisch.

«Ich schnüffele nicht, ich habe Ihnen eine Nachricht geschrieben.» Leonie zerknüllte den Briefumschlag und warf ihn in den Papierkorb. «Aber nun kann ich's Ihnen ja selbst sagen. Ich hab Ihnen die Akten wieder mitgebracht. Sie haben mir sehr damit geholfen, und ich bin Ihnen für Ihre Hilfe wirklich dankbar.»

Kaminski nickte. «Schon gut. Sie können sich bei Gelegenheit revanchieren.»

Leonie machte den Platz hinter seinem Schreibtisch frei. «Da ich schon mal hier bin: Gibt's Neuigkeiten?»

«Was für Neuigkeiten?»

«Na, über unsere beiden Berliner Leichen.»

Kaminski fing an, in einem Papierstapel zu kramen. Er zog eine dünne Mappe heraus und schlug sie auf.

«Ich hab die Daten von Löhrs Handy bekommen. Da ist 'ne Menge Interessantes dabei.»

Leonie wischte alte Zeitungen vom Besucherstuhl und setzte sich.

«Löhr hat vor etwa einem halben Jahr ein zweites Handy mit Partnerkarte gekauft, für seine Ehefrau Isabel Löhr.»

«Hat er etwa heimlich geheiratet?»

«Da war wohl der Wunsch der Vater des Gedankens.» Kaminski klopfte auf seine Unterlagen. «Aber sehen Sie denn nicht, was er uns da mitteilt? Isabel. Da haben wir den Vornamen unserer Madenleiche.»

«Jetzt, wo Sie's sagen. Typischer Fall von Denglisch.» Isabels Spitzname war Isi, nicht Easy. Lautlich gleich klingend, aber nicht gleichbedeutend. Und natürlich hatten sie als Erstes an das englische Wort gedacht.

«Er hat sie nach ihrem Verschwinden mehrfach angerufen, aber offenbar nur noch einmal erreicht. Das war am 30. Juli, ein ziemlich langes Gespräch. Dann mehrere kurze Gespräche, wahrscheinlich hat er auf die Mailbox gesprochen. Die Auflistung ihrer Telefonate kriege ich hoffentlich auch bald.»

«Wann hat er es denn zuletzt versucht?»
«Am Tag seines Todes.»
«Wieso hat er schon seit August nur noch ihre Mailbox erreicht?»
«Vielleicht wollte sie nicht mehr mit ihm sprechen. Ich geh auch nicht immer ran. Sie etwa?»
Leonie fand das trotzdem sehr seltsam, aber es blieb abzuwarten, was Isabels Telefonliste ergab.
«Mit wem hat er denn noch telefoniert?»
«Täglich mit seiner Mutter, manchmal mehrmals. Komischer Kerl. Bei seinen Hamburg-Aufenthalten zweimal mit dem Kollegen, dem er auch das Foto gezeigt hatte. Mit seiner Berliner Dienststelle. Immer wieder mit Krankenhäusern, hat wohl gehofft, sie ist dort eingeliefert worden. Auch diverse Stellen, die sich um Drogenabhängige kümmern, hat er abtelefoniert.»
«Er hatte also wirklich keine Ahnung, wo sie steckte. Wenn wir wenigstens wüssten, wer sie ist.»
«Die Kollegen in Berlin haben in der Szene nur Leute gefunden, die sie unter ihrem Spitznamen kannten. Behördlich gemeldet war sie nirgendwo. Die Dame hatte offenbar großes Interesse daran, unbekannt zu bleiben.»
«Für uns lästig, aber an sich nicht ungewöhnlich.»
Leonie hatte schon oft erlebt, dass junge Mädchen, die sich prostituierten, unter falschem Namen lebten, weil sie vor ihren Verwandten Angst hatten oder den guten Ruf ihrer Familie nicht gefährden wollten.
«Und der Friedhofskiller? Oder soll ich lieber Doktor Boysen bei Gelegenheit fragen?»
Leonie versuchte, ein harmloses Gesicht zu machen. Er-

schien eine leichte Röte auf Kaminskis Wangen, oder war das nur die funzelige Beleuchtung in seinem Büro?
«Es geht voran. Reicht das fürs Erste?»
«Sie sollten Politiker werden, Kaminski. Nichts sagen können Sie schon.»

Max wartete schon auf Leonie, als sie kam, um ihn abzuholen. Er schien hinter der Tür auf der Lauer gelegen zu haben und öffnete, noch bevor der erste Klingelton verklungen war.
Gestiefelt und gespornt, seinen Schulranzen über einer Schulter hängend, stand er vor ihr.
«Na endlich. Können wir gehen?»
Er drängte an ihr vorbei, aber sie packte ihn an der Schulter und hielt ihn fest.
«Heh, Moment mal, von Höflichkeit hältst du wohl nicht viel? Wir sollten uns noch einmal bedanken, findest du nicht?»
Es war das fünfte und letzte Mal, dass er bei den Kilians den Nachmittag verbracht hatte, und Leonie hatte als kleines Dankeschön eine Flasche Wein für Vera unter dem Arm.
«Müssen wir wirklich?» Max war das personifizierte Unbehagen.
«Was ist denn heute los mit dir? Wieso sitzt du nicht mit Rebecca vor dem Computer?»
Deren Tür öffnete sich in dem Moment, und Vera trat in den Flur. Leonie bildete sich nicht ein, besonders sensibel für Stimmungen zu sein, aber Veras Gesichtsausdruck sprach Bände. Offenbar herrschte dicke Luft im Hause Kilian.

«Tut mir Leid, Max. War heute nicht so lustig bei uns.» Vera nickte Leonie zu und legte Max die Hand auf die Schulter.
«Dann kannst du ja vielleicht einen tröstenden Schluck gebrauchen.»
Leonie drückte Vera die Flasche in den Arm. Die versuchte ein Lächeln und zitierte Wilhelm Busch.
«Wer Sorgen hat, hat auch Likör. Danke, Leonie.»
«Max und ich danken. Ohne eure Hilfe wär's ganz schön schwierig geworden.»
In Rebeccas Zimmer setzte dröhnende Musik ein. Vera seufzte und verdrehte die Augen.
«Ihr habt's gut, ihr könnt gehen. Mach's gut, Max. Und vergiss nicht, was du deiner Mutter von mir bestellen sollst.»
Max machte einen etwas überhasteten Diener und polterte so schnell die Treppe hinunter, dass Leonie kaum hinterherkam. Auf der Heimfahrt horchte Leonie ihn vorsichtig aus, erfuhr aus seinen einsilbigen Antworten aber wenig mehr, als dass er Melanie und Rebecca heulend auf ihren Zimmern angetroffen hatte. Es hing irgendwie mit ihrem Vater zusammen, den sie mittags zum Essen getroffen hatten. Eine Frau war anscheinend auch beteiligt gewesen, der Melanie einen Teller heiße Spaghetti Bolognese auf den Schoß gekippt hatte. Leonie konnte sich das Lachen kaum verkneifen. Wenn sie sich Max' fragmentarischen Bericht korrekt zusammenreimte, war Veras Mann so unfassbar dumm gewesen, seinen Töchtern seine Geliebte vorzuführen.
Max wechselte das Thema. Er wollte wissen, wann sie seine Mutter aus dem Krankenhaus holen würden. Er

musste am nächsten Morgen erst zur zweiten Stunde in die Schule. Konnten sie nicht gleich morgens früh ins Krankenhaus fahren? Da musste sie ihn leider enttäuschen, vor dem frühen Nachmittag war bei ihr nichts zu machen. Außerdem würde seine Mutter vor der vormittäglichen Visite sicher nicht entlassen werden können.

«Und weißt du, wenn es einem schlecht geht, ist es manchmal ganz schön, wenn man sich so lange wie möglich im Krankenhaus ausruhen kann. Zu Hause fangen Frauen sofort an, im Haushalt rumzupusseln. Was sollst du deiner Mutter eigentlich von Frau Kilian ausrichten?»

Max drückte das Kinn auf die Brust und schwieg. Schließlich überwand er sich.

«Sie hat gesagt, sie kann meiner Mutter vielleicht helfen, wenn sie über ein Problem sprechen möchte, mit dem sie allein nicht fertig wird.» Er sah Leonie empört an. «Aber sie hat doch mich.»

Zur Feier ihres letzten gemeinsamen Abends ging Leonie mit Max in ein griechisches Restaurant in der Nähe ihrer Wohnung, wo sie gelegentlich aß oder sich etwas mitnahm. Der Wirt zwinkerte ihr zu, als sie, Max vor sich herschiebend, das Lokal betrat, und machte eine überflüssige Bemerkung zum Thema Herrenbegleitung. Max war beeindruckt von der umfangreichen Speisenkarte, und Leonie musste ihm helfen, sich zu entscheiden. Der Junge machte keinen Hehl daraus, dass Restaurantbesuche zu den besonders seltenen Anlässen in seinem Leben gehörten. Bestenfalls konnte seine Mutter sich ein Essen bei McDonald's oder einen Döner beim Türken um die Ecke leisten. Leonie hinderte ihn deswegen daran, sich ein Hackfleischgericht oder Gyros zu bestellen. Ihre Empfehlung, Lammkeule aus dem Ofen mit Bohnen und Backkartoffeln, war bei Max ein voller Erfolg, und als sie nach zwei Stunden müheloser Konversation aufbrachen, fanden beide, es sei ein außerordentlich gelungener Abend gewesen.

Beim Zubettgehen dankte er ihr artig und beglückte sie mit einem für einen Jungen seines Alters großen Kompliment.

«Wenn meine Mutter nicht meine Mutter wäre, würde ich am zweitliebsten bei Ihnen leben.»

Für Leonie war es noch zu früh zum Schlafengehen, und sie nahm sich wie fast jeden Abend noch ein paar Seiten im Tagebuch ihres Vaters vor. Sie war inzwischen in dem Jahr angekommen, als er begann, sich mit dem Gedanken an eine Trennung von ihrer Mutter zu beschäftigen. Früher, als sie erwartet hatte, sie war gerade acht Jahre alt geworden, äußerte er zum ersten Mal in seinem Tagebuch den Wunsch, ein neues Leben zu beginnen. Falls dieser Wunsch durch eine neue Liebe geweckt worden war, so hatte er dazu nichts notiert. Aber er äußerte den Verdacht, dass seine Frau eine außereheliche Beziehung habe. Wie Leonie inzwischen wusste, konnte er damit durchaus Recht gehabt haben. Von Norbert Zacharias hatte sie erfahren, dass es vor ihm schon ein oder zwei andere gegeben hatte. Ihre Mutter hatte ihm das einmal im Streit an den Kopf geworfen.

Leonie schloss die Augen und rief sich das Bild des Mannes in Erinnerung, der bis wenige Monate vor deren Tod Kontakt zu ihrer Mutter gehabt hatte. Er hatte sie spätabends im «Villon», seiner Stammkneipe, erwartet, das offenbar sein zweites Zuhause darstellte. Zacharias' aufgedunsenes, grobporiges Gesicht zeigte die Verwüstungen jahrelangen Alkoholmissbrauchs, der dennoch nicht alle Spuren von Attraktivität hatte verwischen können. Zur Auflockerung bestellte Leonie eine Weißweinschorle für sich und ein Bier und einen Aquavit für Zacharias. Nach einem kurzen, höflichen Vorgeplänkel schob Leonie dem Mann das Foto hin, das sie zu ihm geführt hatte.

«Erinnern Sie sich noch an meine Mutter?»

Er nahm das Foto und betrachtete es lange.

«Und ob ich mich an sie erinnere. Ihretwegen hat mich meine Frau verlassen. Ein halbes Jahr nach dem Mord hat sie die Scheidung eingereicht.»

«Klingt für mich nicht gerade logisch.»

«Wie man's nimmt. Wir haben's eben nicht mehr gepackt.»

Zacharias goss den Aquavit, den die dunkelhäutige Kellnerin gerade serviert hatte, in einem Zug hinunter und löschte mit Bier.

«Unsere Ehe lief von Anfang an schief. Wir hätten nicht heiraten sollen.»

Vielleicht war Leonie der erste Mensch seit Jahren, vor dem Norbert Zacharias sein ganzes Elend ausbreitete, vielleicht erzählte er es jedem, der ihm Bier und Schnaps spendierte. Am Ende seines Monologs wusste Leonie jedenfalls alles über die Frigidität seiner Frau, die vermutlich einem nicht näher bezeichneten Kindheitstrauma entsprang, seine Hoffnung, ihr helfen zu können, und die maßlose Enttäuschung, dass es ihm nicht gelungen war. Er hatte sich deshalb schon wenige Monate nach der

Heirat bei anderen Frauen geholt, was er brauchte. So weit eine typische Geschichte, dachte Leonie und wunderte sich einmal mehr über diese klassische Mischung aus Ignoranz und Egoismus. Als er ihre Mutter in der Gemeinde, wo seine Frau die Organistenstelle innehatte, zum ersten Mal traf, war er von ihr sofort «hin und weg», wie er sagte. Sie war zwar ein paar Jahre älter als er, aber das war ihm gleichgültig. Er hatte Feuer gefangen und glaubte, auch Margot Simon habe sich in ihn verliebt. Leonie bezweifelte das, aber besonders schwer fiel es ihr zu glauben, dass ihre Mutter eine starke sexuelle Anziehungskraft gehabt hatte.

«Das ging so zwei oder drei Jahre mit uns. Meine Frau ahnte irgendwann, dass da was lief. Ich wollte mit ihr reden, hatte mich schon nach einem Scheidungsanwalt umgesehen, da hat mir Margot den Stuhl vor die Tür gesetzt.»

Leonie bedeutete der Kellnerin, dass eine neue Runde Getränke angenehm wäre.

«Sie meinen, meine Mutter hat Ihnen den Laufpass gegeben?»

«Genau. Ich hatte mir eingebildet, es wär was Ernstes mit uns beiden. Und für mich war's das ja auch.»

«Wann hat meine Mutter mit Ihnen Schluss gemacht?»

Zacharias überlegte einen Moment, ehe er antwortete.

«So etwa vier oder fünf Monate vor ihrer … ihrem Tod, würde ich sagen.»

Es lag jetzt eine gewisse Reserviertheit in seinem Ton. Er mochte ein Trinker sein, dumm war er nicht.

«Sind Sie damals nicht von der Polizei kontaktiert worden?»

«Nein. Wieso auch?»
«Nun, Exliebhaber sind immer interessant in so einem Fall. Besonders, wenn nicht sie die Beziehung beendet haben.»
Zacharias hielt Leonies Blick stand.
«Ich dachte mir schon, dass unser Gespräch irgendwann darauf hinauslaufen würde. Sie glauben, ein Motiv gefunden zu haben. Bitte sehr, ja, ich war wütend auf Ihre Mutter, verletzt, und ich vermisste sie sehr. Ich habe sie noch ein paar Mal angerufen, hab ihr geschrieben. Sie wollte mich nicht mehr sehen. Ich hab mir dann angewöhnt, ein bisschen mehr zu trinken als gewöhnlich. Und das war die einzige Dummheit, die ich damals gemacht habe.»
Leonie wusste nicht, ob sie ihm glauben sollte. Es war eine unglaubliche Nachlässigkeit der Ermittler gewesen, dass sie sich nicht intensiv genug mit Margot Simons Kontakten beschäftigt hatten. Norbert Zacharias hätte unbedingt überprüft werden müssen.
«Ich hatte übrigens ein Alibi. Ein sehr gutes sogar.» Er lächelte amüsiert, als hätte er ihre Gedanken erraten. «An dem Tag, an dem Ihre Mutter getötet wurde, lag ich frisch operiert im Krankenhaus. Blinddarm. Ich erfuhr deshalb auch erst Tage später, was passiert war.»
Leonie merkte, dass sie enttäuscht war. Dabei hatte sie gar nicht ernsthaft erwartet, in ihm den Mörder ihrer Mutter zu finden. Er wäre nicht abgebrüht und raffiniert genug gewesen, sich in dem Fall einem Gespräch mit ihr zu stellen.
«Dann hätten wir das ja geklärt.» Sie machte eine kurze Pause. «Wieso meine Mutter? Was fanden Sie an einer

älteren, frustrierten Frau, die ihren Mann aus dem Haus geekelt hatte?»

«So haben Sie sie vielleicht gesehen. Für mich war sie eine faszinierende, erfahrene Frau. Intelligent, witzig und voller Energie. Sie war kompliziert, das schon. Ein bisschen verwöhnt. Und ich gebe zu, dass sie mir in jeder Beziehung überlegen war. Es hat mir nichts ausgemacht.»

«Und warum wollte sie die Beziehung mit Ihnen nicht fortsetzen? Hatte sie ein schlechtes Gewissen wegen Ihrer Frau?»

Der Mann schüttelte den Kopf, ein bisschen wehmütig, wie Leonie schien.

«Das habe ich mir auch zunächst eingeredet. Edler Verzicht und so. Aber sie hatte wohl einfach genug von mir.»

Leonie bezahlte an der Theke. Zacharias bedankte sich und begleitete sie hinaus.

«Sie glauben nicht, dass Ihr Vater der Täter war?»

«Ich weiß, dass er es nicht war.»

Sie standen sich auf der dunklen Straße gegenüber. Ein Auto fuhr auf der Suche nach einem der seltenen Parkplätze in diesem Teil der Stadt im Schritttempo an ihnen vorüber.

«Wissen Sie, ein Problem mit Margot war, dass sie so plötzlich ihre Meinung änderte. Sie engagierte sich ernsthaft und mit vollem Einsatz für etwas, das sie von einem Tag auf den anderen nicht mehr interessierte. Sie hatte mich wirklich gern, da bin ich mir noch heute ganz sicher. Aber plötzlich war ihr Gefühl erkaltet, und ich war ihr lästig geworden. Und dann konnte sie sehr grausam sein. Das hat wohl jemand nicht verkraftet.»

Leonie öffnete die Augen wieder und klappte das Tagebuch ihres Vaters zu. Es war nicht schwer gewesen, Norbert Zacharias' Alibi nachzuprüfen. Seine Krankenakte existierte noch. Es war eine Notoperation gewesen, akute Appendizitis mit Verdacht auf Perforation. Möglicherweise gab es also noch jemanden, den ihre Mutter tief verletzt hatte.

22.

Professor Cordes war ein Mann von ausgeglichenem Temperament und zeigte normalerweise keine Neigung zu extremen Gefühlsausbrüchen. Als Leonie morgens kurz nach acht Uhr den Eingang passierte, war sie deshalb nicht wenig erstaunt, als sie ihn schon von weitem brüllen hörte. Pfeiffer, der um sechs Uhr seinen Dienst an der Pforte angetreten hatte, verdrehte die Augen und signalisierte dicke Luft. Leonie betrat seinen Raum und schloss die Tür hinter sich.

«Was ist denn los?»

«Der Chef hat eine Stinkwut. Gestern Nacht hat jemand sein Haus mit Farbe beschmiert und Scheiben eingeworfen. Ein Farbbeutel ist mitten in seinem Wohnzimmer geplatzt.»

«Ist er verletzt worden?»

«Nee, bloß seine Laune hat gelitten.»

Das, fand Leonie, konnte ihm wohl keiner verdenken. Sie eilte den Gang hinunter und betrat das Chefsekretariat, wo Frau Ohngemach als Fels in der Brandung mit der Teekanne hantierte und eine Schale mit Keksen und Schokolade füllte. Leonie nickte Frau Ohngemach zu und betrat Cordes' Büro. Der knallte gerade den Hörer auf die Gabel.

«Das ist doch nicht zu fassen. Man bedauert. Dafür kann ich mir nichts kaufen.»
Cordes war kurz nach Mitternacht durch ein dumpfes Geräusch erwacht, das sich mehrfach wiederholte und sich später als Aufprall der Farbbeutel entpuppte. Etwas benommen, aber noch nicht beunruhigt überlegte der Professor, was das Geräusch verursacht haben könnte. Das Klirren einer Glasscheibe hatte ihn schließlich aus dem Bett gejagt. Als er das Schlafzimmerfenster aufriss, sah er zwei dunkel gekleidete Gestalten, Männer, vermutete er, die noch etwas warfen, das eine zweite Fensterscheibe zu Bruch gehen ließ. Dann rannten die Attentäter weg und sprangen in einen unbeleuchteten Wagen, der sofort losfuhr. Im Wohnzimmer hatte Cordes eine giftgrüne Sauerei vorgefunden. Teppich, Möbel, Bücherwände, Bilder – alles war bespritzt und besudelt.
In der Gästetoilette neben dem Eingang, wo die zweite Scheibe eingeworfen war, lag ein großer Stein, um den ein Bekennerschreiben gewickelt war. Dasselbe Schreiben war übrigens noch in der Nacht bei sämtlichen Hamburger Zeitungen eingegangen, wie er inzwischen erfahren hatte. Darin wurde Cordes als Hauptverantwortlicher für die «Brechmittelfolter» und den Tod des Drogendealers bezeichnet. Gefordert wurde seine Entlassung, wie auch die der anderen beteiligten Ärzte, und die sofortige Aussetzung von Brechmitteln bei Dealern, die Rauschgiftkugeln verschluckten. Cordes hatte die Polizei alarmiert, die aber wenig mehr tun konnte, als seine Anzeige gegen Unbekannt zu protokollieren. Die Verantwortlichen aus Justiz und Ärzteschaft hatte er entweder noch nicht erreicht oder unbefriedigende Re-

aktionen zwischen kaum verhohlener Schadenfreude und hilflosem Bedauern geerntet.
Cordes fühlte sich persönlich verletzt und als Chef des Institutes gleich doppelt attackiert. Nicht nur dass sein Institut wochenlang Ziel aggressiver Demonstrationen geworden war, dass seine Ärzte anonymen Drohungen ausgesetzt waren, dass man Dr. Simon zusammengeschlagen und eine viel versprechende junge Ärztin vertrieben hatte – Meiling Zhao war inzwischen nach Shanghai zurückgekehrt –, jetzt verfolgte man ihn sogar bis in sein Privatleben hinein. Und weshalb? Weil die Staatsanwaltschaft ihre Vorermittlungen zu Recht eingestellt hatte und im Senat ein Antrag auf weitere Untersuchungen abgeschmettert worden war.
Leonie riet ihrem Chef, die Sache so tief wie möglich zu hängen. Je weniger über den nächtlichen Vorfall geredet und in der Presse berichtet wurde, desto besser für sie alle. Aufmerksamkeit war schließlich das, was ihre Gegner wollten. Cordes stimmte ihr zu, wenn auch quasi mit geballten Fäusten. Sein nächster Golfpartner war nicht zu beneiden.

Die Farbbeutelattacke auf das Haus des Chefs war natürlich das Gespräch des Tages und trat ein weiteres Mal die internen Debatten zu dem Thema los, von den neu erwachten Ängsten ganz zu schweigen. Leonie war deshalb froh, dass sie eine Entschuldigung hatte, um das Institut mittags wieder verlassen zu können. Sie holte Max von der Schule ab und fuhr anschließend mit ihm zum Krankenhaus, wo seine Mutter bereits angezogen und mit gepackter Tasche auf ihrem Bett saß. Max um-

armte sie heftig, wobei er ihrem verletzten Kiefer gefährlich nahe kam.
«Hallo, Leonie», nuschelte Erika Lifka. «Max und ich können auch mit dem Bus nach Hause fahren.»
«Davon bin ich überzeugt. Da ich aber nun schon mal hier bin ...»
Max griff nach der Tasche seiner Mutter. «Dir geht's doch schon wieder gut, Mama, oder? Du hast doch keine Schmerzen?»
«Nur wenn ich lache.»
Max wollte sich ausschütten über diesen uralten Scherz. Leonie sah Erika Lifka fragend an. Die griff in ihre abgewetzte Handtasche und hielt ein Rezept hoch. Leonie warf einen Blick darauf und nickte.
«Aber nimm das Medikament nur, wenn die Schmerzen zu stark werden.»
Auf dem Weg nach Hause gab Max praktisch den Alleinunterhalter. Seine Mutter war froh, wenn sie ihren Kiefer ruhig halten konnte, und Leonies Aufmerksamkeit wurde durch ein Fahrzeug abgelenkt, von dem sie sich verfolgt fühlte, seit sie den Krankenhausparkplatz verlassen hatte. Soweit sie das im Rückspiegel erkennen konnte, saß ein dunkelhaariger junger Mann am Steuer. Manchmal fiel er zurück und gestattete eiligeren Verkehrsteilnehmern, ihn zu überholen und sich zwischen sie zu setzen, dann fuhr er wieder direkt hinter Leonie. Leonie sagte sich, dass der Mann nur zufällig denselben Weg hatte wie sie. So etwas kam dauernd vor. Aber der Angriff auf sie steckte ihr im wahrsten Sinne des Wortes noch in den Knochen. Und die wiederholten telefonischen und brieflichen Drohungen und jetzt die Attacke

auf Professor Cordes waren nicht dazu angetan, ihren Seelenfrieden wieder herzustellen. Es wurde im Gegenteil höchste Zeit, sich zusammenzureißen, wenn sie nicht Gefahr laufen wollte, eine regelrechte Paranoia zu entwickeln.
Als Leonie den Blinker setzte und in eine Parklücke fuhr, die zum Glück gerade direkt vor dem Haus, in dem die beiden Lifkas wohnten, frei geworden war, bog der junge Mann, ohne einen Blick an sie zu verschwenden, auf einen Mieterparkplatz zwei Wohnblocks weiter ein. Leonie atmete befreit auf und half Erika Lifka aus dem Auto. Die Einladung zu einer Tasse Kaffee nahm sie an, obwohl es klar war, dass es sich dabei um einen Akt reiner Höflichkeit handelte. Leonie wollte sichergehen, dass nach fast einer Woche Abwesenheit in der Wohnung alles in Ordnung war. Tatsächlich roch es lediglich ein bisschen muffig, und zwei Pflanzen ließen die Blätter hängen. Wiederum fühlte Leonie Erleichterung und fragte sich, was sie erwartet hatte. Eine Todesdrohung im Briefkasten? Eine eingetretene Wohnungstür?
Erika Lifka war glücklich, wieder zu Hause zu sein. Max wuselte ebenso glücklich um sie herum, bis sie ihn ins Bad schickte mit der Aufforderung, sich Hände und Gesicht zu waschen. Leonie folgte ihr in die Küche und sah ihr beim Kaffeekochen zu.
«Ich bin dir wirklich sehr dankbar», presste Erika mühsam hervor, während sie das Wasser abmaß.
Leonie wehrte ab, aber Erika fuhr fort.
«Doch, du warst sehr freundlich zu mir und Max, sehr großzügig. Wie früher.»
Sie machte eine Pause, um den Schmerz niederzukämp-

fen, den die Bewegungen des Kiefers beim Sprechen verursachten. Leonie konnte sich nicht erinnern, Erika schon mal aus der Patsche geholfen zu haben.
«Als wir Kinder waren», fuhr Erika fort. «Erinnerst du dich nicht? Du warst die Einzige, die manchmal Mitleid mit dem hässlichen Entlein hatte.»
Leonie sah sie verblüfft an. Ein deutlicher Unterton von Bitterkeit klang aus Erikas Worten. «Einmal wolltest du sogar meinen Vater daran hindern, mich zu verprügeln. Er hat dir eine Ohrfeige gegeben, und du hast Nasenbluten bekommen.»
Ganz schwach tauchte ein Bild in Leonies Gedächtnis auf. Erikas Vater war ein Riesenkerl gewesen, mit Händen wie Schaufeln, und meistens war er betrunken oder auf dem besten Wege, es zu werden.
«Ich habe es gehasst, bemitleidet zu werden. Das war schlimmer als alles andere.»
Leonie wusste nicht, wie sie reagieren sollte. Ungewollt kühlte ihre Stimme ein paar Grade ab.
«Ich habe mich nicht um Max gekümmert, weil ich Mitleid mit dir hatte, sondern weil ich den Jungen mag und ihm helfen wollte.»
Erika schoss das Blut ins Gesicht, und sie ließ beinahe die Zuckerdose fallen, die sie gerade aus dem Schrank holte.
«Natürlich. Ich wollte auch nicht ... Und ich bin dir wirklich sehr dankbar.»
«Du musst nicht dankbar sein. Was immer ich getan habe, jetzt oder früher, hatte nicht das Ziel, dich zu demütigen.»
Erika senkte den Kopf, und Leonie wusste, dass sie ge-

nau das schon wieder getan hatte. Sie fühlte sich mies dabei, und gleichzeitig spürte sie heftigen Ärger auf Erika, die ihr dieses Schuldgefühl eingab.

«Entschuldige. Ich weiß, ich habe so eine Art, die Leute wütend zu machen.»

«Vielleicht solltest du einfach aufhören, dich selbst klein zu machen. Das reizt manche Menschen nachzutreten, weißt du.»

Der Kaffee tropfte aus dem Filter in die Kanne. Leonie verspürte den Drang zu flüchten.

«Komisch», flüsterte Erika. «Das hat schon mal jemand zu mir gesagt. Vor langer Zeit.»

Leonie trank anstandshalber ein paar Schluck Kaffee. Dann verabschiedete sie sich von Max, der frisch gewaschen aus dem Bad auftauchte und enttäuscht war, dass Leonie schon gehen wollte.

«Wir sehen uns ja bald wieder», sagte Leonie, aber sie war nicht sicher, ob sie es ernst meinte.

Als sie das Haus verließ, war weit und breit niemand zu sehen, der auch nur im Entferntesten verdächtig gewesen wäre, auf sie zu warten. Ein alter Mann führte seinen fetten Dackel spazieren, zwei kleine Jungen auf einem trostlosen Spielplatz zwischen den Häuserblocks beschimpften sich mit Ausdrücken, die selbst einen altgedienten Zuhälter hätten erröten lassen, und eine hübsche junge Rollstuhlfahrerin hievte sich geschickt ans Steuer ihres Wagens. Leonie dachte an Erika und ihre unterdrückte Wut auf vergangene Demütigungen, als sie ihr Auto startete und losfuhr. In ihrer Erinnerung war sie einfach die große Schwester von Anita gewesen,

nicht besonders helle, aber nett und fröhlich. Oder war da doch mehr gewesen?
An der übernächsten Ampel wurde ihr Gedankengang jäh unterbrochen. Ihr Verfolger war wieder da. Nun war sie ernsthaft beunruhigt. Leonie gab Gas und fuhr bei Rot über die Ampel. Dann fuhr sie planlos durch ein Gewirr von Wohnstraßen, bis sie sicher sein konnte, dass sie den Mann abgeschüttelt hatte. Sie bog in die Bramfelder Chaussee Richtung Norden ein und wieder links in die Rolfinckstraße, die sie geradewegs zum Alsterlauf führte. Am Wellingsbütteler Torhaus, dem Überbleibsel eines alten Herrensitzes, wo gelegentlich Lesungen und Konzerte stattfanden, parkte sie und ging trotz einsetzenden Nieselregens zu dem Wanderweg, der am Flusslauf entlangführte. Ihr Herz schlug hart gegen die Rippen, und sie wusste, dass daran nicht ihr rascher Schritt schuld war. Sie hatte Angst und sie war wütend. Die Wut war wichtig und musste gepflegt werden, denn sonst würde die Angst sie überwältigen und lähmen. Trotz des unfreundlichen Wetters begegnete Leonie einigen Spaziergängern und den unvermeidlichen Joggern. Ein junger Mann versuchte, seinem Mischlingswelpen das Gehen an der Leine beizubringen, wogegen der sich heftig wehrte. Schließlich gab sein Herr auf und trug das Hundebaby auf dem Arm davon. Leonie hatte die Szene lächelnd beobachtet und dabei ihre Ruhe wieder gefunden. Vor allem musste sie ihre Gedanken ordnen. Zunächst einmal war es immer noch möglich, dass der Mann auch auf dem Rückweg nur zufällig hinter ihr war. Er hatte wie sie etwas in der Siedlung erledigt und war zum selben Zeitpunkt wie sie damit fertig geworden. Es war eine

Möglichkeit, aber Leonie glaubte nicht daran. Was also sollte das Ganze? Nach dem Anschlag auf Cordes' Haus lag es nahe, ihren Verfolger in den Reihen der Brechmittelgegner zu suchen. Vielleicht sollte sie das Objekt der nächsten politischen Aktion werden? Dann dachte Leonie an den Ehemann, der sie vor ein paar Tagen im Institut angerufen und nach seiner Frau gefragt hatte. Sie hatte die blutjunge und hochschwangere Frau untersucht und anschließend mit dem Taxi zu einem Frauenhaus bringen lassen. Die Jemenitin sprach kaum Deutsch und war völlig verängstigt, als eine Polizistin sie ins Untersuchungszimmer schob. Ihr Körper war übersät mit frischen und älteren Blutergüssen, ihr fehlten zwei Schneidezähne, und ihr rechtes Auge war völlig zugeschwollen. Sie bedeutete Leonie, dass sie Angst um ihr Baby habe. Ihr Mann hatte sie in den Leib getreten, und das nicht zum ersten Mal. Anzeige wollte sie nicht erstatten, aber sie hatte wenigstens den Mut, nicht nach Hause zurückzukehren. Der fließend Deutsch sprechende Ehemann reagierte auf diese Mitteilung zunächst mit den üblichen Lügengeschichten von der ungeschickten Frau, die häufig stolperte und hinfiel. Er vergaß auch nicht zu erwähnen, dass er ein wohlhabender Geschäftsmann mit besten Verbindungen zur Politik sei. Als das alles nichts half und Leonie ihm erklärte, dass sie nicht verpflichtet sei, ihm den Aufenthaltsort seiner Frau zu nennen, und seine Frau in Deutschland glücklicherweise eine andere Rechtsposition genieße als in ihrem Heimatland, reagierte er mit Drohungen, die besonders eindrucksvoll waren, weil sie völlig ruhig ausgesprochen wurden. Der Mann am Steuer des verfolgenden Wagens war eindeutig kein Nordeuropäer, es war also durchaus denkbar, dass er der Mann aus dem Jemen war, der die Adresse des Frauenhauses aus ihr rausprügeln wollte. Leonie beglückwünschte sich zu der Geistesgegenwart, sich die Autonummer gemerkt zu haben. Sie wollte sie Kaminski durchgeben, und dann würde sie ja sehen. Sie drehte um und ging den Weg zurück, den sie gekommen war. Ihre Gedanken wanderten wieder zu Erika Lifka, und plötzlich blieb sie wie angewurzelt stehen, als ihr eine weitere Möglichkeit einfiel. Etwa zeitgleich mit dem Friedhofsmord hatte sie begonnen, nach dem Mörder ihrer Mutter zu suchen. Seitdem hatte sie immer wieder das meist unbewiesene Gefühl gehabt, unter Beobachtung zu stehen. Zunächst hatte sie das mit dem Mord und dem Zeitungsartikel in Verbindung gebracht, dann kamen die Auseinandersetzungen um die Brechmittelverabreichung und der Angriff auf sie, und so hatte sie darin einen Grund für ihren Verfolgungswahn gefunden. Aber war es nicht auch denkbar, dass der Mörder ihrer Mutter von ihren Recherchen erfahren hatte und sie seither beobachtete? Das musste wiederum bedeuten, dass er zu dem Personenkreis gehörte oder dazu in Verbindung stand, den sie bisher kontaktiert hatte. Der Gedanke elektrisierte Leonie und erleichterte ihr eine Entscheidung, die sie längst hätte treffen sollen.

Leonies Handy klingelte, als sie sich gerade in ihre Trainingshose zwängte. Sport war zwar kein Allheilmittel, aber zum Abbau von Frust, Wut und innerer Unruhe fand sie die Quälerei im Fitness-Studio am effektivsten. Kaminski wollte wissen, zu welchem Zweck sie seinem Kollegen Stein eine Hamburger Autonummer durchgegeben hatte. Stein war nicht so neugierig gewesen. Ihr fiel keine vernünftig klingende Ausrede ein, also sagte sie wahrheitsgemäß, sie sei verfolgt worden.

«In einer halben Stunde im ‹Fasan›», sagte Kaminski kurz angebunden und legte auf.

Bisher war es Leonie nicht gelungen, ihm diese Anfälle von Herrenmenschentum im Umgang mit ihr abzugewöhnen. Ärgerlich zog sie sich wieder um und stopfte die Trainingssachen in ihre Sporttasche. Normalerweise hätte sie Kaminski einfach sitzen lassen, aber sie wollte unbedingt Gewissheit haben.

Kaminski saß bereits vor einem gezapften Pils, als sie den «Fasan» betrat. Die Kneipe mit Siebziger-Jahre-Charme und Golden-Oldie-Repertoire lag in der Nähe ihrer Wohnung, und sie musste sich beim Trinken nicht zurückhalten. Sie bestellte ebenfalls ein großes Pils und wappnete sich mit einem Lächeln gegen Kaminskis Vorwürfe. Aber der legte nur seine Stirn in Sorgenfalten und wollte wissen, was passiert war. Sie gab ihm eine Kurzfassung der Ereignisse und betonte, sie könne sich natürlich geirrt haben, und wahrscheinlich hielt er sie sowieso für paranoid. Kaminski spielte mit einem Bierdeckel und blickte erst auf, als sie zum Ende gekommen war.

«Kann sein, dass Sie paranoid sind, aber den Typen, der Ihnen gefolgt ist, kann man kaum als braven Bürger bezeichnen.»

«Wer ist es?»

«Keine Ahnung. Das Kennzeichen, das Sie Stein durchgegeben haben, gehört zu einem 7er BMW, der vor ein paar Wochen in Bremen gestohlen wurde.»

«Oh.» Leonie war enttäuscht. Nun war sie auch nicht viel schlauer.
«Tut mir Leid. Es kann trotzdem Zufall sein.»
Leonie zog eine Augenbraue hoch, sagte aber nichts.
«Sie sollten in Zukunft in jedem Fall ein bisschen vorsichtiger sein.»
«Wie meinen Sie das? Nicht mehr das Haus verlassen? Meinen Beruf aufgeben? Nicht mehr zu fremden Männern ins Auto steigen?»
«Ich wiederhole mich ungern, aber Sie könnten Personenschutz beantragen.»
«Mit welcher Begründung?»
«Sie sind schon einmal zusammengeschlagen worden.»
Leonie schüttelte den Kopf. «Krieg ich nie genehmigt. Das wissen Sie doch besser als ich. Außerdem will ich keinen ständigen Begleiter, dem man den Polizisten schon meilenweit ansieht.»
«Ich wusste schon immer, dass Sie tief in Ihrem Herzen eine dieser altlinken Bullenhasserinnen sind.»
Leonie grinste. «Okay, Sie haben mich durchschaut.»
Kaminski blieb ernst. «Hören Sie wenigstens auf, in dieser alten Sache mit Ihrer Mutter herumzustochern. Sie haben auch sonst schon genug Ärger.»
«Ich bin gerührt und nehm's als gut gemeinten Rat.»
«Den Sie natürlich nicht befolgen werden.»
Es war an der Zeit, das Thema zu wechseln.
«Sie haben mich doch bestimmt nicht nur herbestellt, um mir auf den Zahn zu fühlen.»
«Hauptsächlich schon.» Kaminski fing an, einen Bierdeckel zu zerbröseln, und mied Leonies Blick.
«Hat es mit mir zu tun, woran Sie gerade herumkauen?»

«Das kann ich Ihnen nicht sagen.»
«Heißt das, Sie sind dazu nicht in der Lage, oder dürfen Sie nicht?»
Kaminski winkte der vorbeieilenden Kellnerin und deutete auf sein leeres Bierglas, neben dem sich die traurigen Überreste des Bierdeckels häuften.
«Der Friedhofsmord? Haben Sie etwa einen Verdächtigen am Wickel?»
Kaminski wand sich. «Das kann man so nicht sagen.»
Leonie wurde ungeduldig. «Jetzt schleichen Sie nicht wie die Katze um den heißen Brei herum. Sagen Sie mir entweder, was Sie loswerden wollen, oder schlucken Sie's runter.»
Die Kellnerin brachte das frisch gezapfte Pils und zückte ihren Kugelschreiber. Sie blickte erst das an, was ein Bierdeckel gewesen war, dann Kaminski. Der griff wortlos nach einem neuen Deckel.
«Mit dem neuen sind's drei Pils, das von der Dame mitgezählt.»
Die Kellnerin machte drei Striche auf seinem Deckel und entschwand.
«Die nächste Runde geht auf mich. Vorausgesetzt, Sie entschließen sich, Ihr Schweigegelübde zu brechen. Andernfalls verabschiede ich mich für heute.»
«Hören Sie, ich kann Ihnen nicht viel sagen, weil ich selbst nur bruchstückhaft informiert bin.» Er machte eine Pause, dann beugte er sich vor. Er sprach so leise, dass sie ihn kaum verstehen konnte. «Gestern wurde im Ruhrgebiet ein usbekischer Asylbewerber in der Zelle eines Untersuchungsgefängnisses erhängt aufgefunden, der angeblich vorher gestanden hatte, Utschaew aus re-

ligiösen Motiven getötet zu haben. Ich soll die Akte schließen.»

«Interessant. Irgendwas sagt mir, dass Sie damit nicht einverstanden sind.»

Sie merkte plötzlich, wie wütend er war. Aber er sprach weiter in gedämpftem Ton.

«Verdammt, das bin ich ganz und gar nicht. Das glaubt doch kein Mensch, dass das arme Schwein, das sich aufgehängt hat, diesen Profijob gemacht hat. Die schon gar nicht.»

«Wer sind die?»

«Na wer wohl?», brummte Kaminski.

«Wollen Sie damit sagen, dass ein usbekischer Diktator Einfluss auf unsere Polizei, die Bundesanwaltschaft oder sonst wen hat?»

«Der nicht. Jedenfalls nicht direkt.»

«Oh.»

Leonie hatte sich über Karimow und die Situation in Usbekistan informiert. Der Alleinherrscher über 25 Millionen Menschen gab sich zwar einerseits als Moskau-treuer Kommunist, hatte sich in den letzten Jahren aber auch den Amerikanern angedient. Schon vor dem 11. September 2001 suchte er den Schulterschluss mit den USA wegen seiner Probleme mit der erstarkenden islamistischen Opposition im Lande. Die Amerikaner wiederum hätschelten Karimow wegen der für sie strategisch günstigen Lage Usbekistans in Zentralasien. Leonie konnte sich gut vorstellen, dass die Bush-Regierung, die den CIA-Agenten gerade die Lizenz zum Töten zurückgegeben hatte, dem Genossen Karimow nach dem Motto «He's a bastard, but he's our bastard» gern

mal logistisch aushalf, wenn es Probleme mit Oppositionellen gab.
«Es wurde also ein Profi auf Utschaew angesetzt und anschließend die Losung an die Deutschen ausgegeben, den Ball flach zu halten. Kann es sein, dass die Einmischung nötig wurde, weil unsere Jungs Witterung aufgenommen hatten?»
Kaminski reagierte nicht.
«Sie wissen also, wer's war.» Leonie war sicher, dass er seine Informationen von Boysen hatte. Boudoir-Geheimnisse.
Kaminski schüttelte den Kopf. «Nein. Es gibt keinen Namen und kein Gesicht. Jedenfalls nicht, was mich betrifft. Aber wer immer auf dem Friedhof geschossen hat, er hat sich über Sie informiert.»
Leonie, die gerade von ihrem Bier getrunken hatte, verschluckte sich.
«Wo?»
«Doc!»
«Schon gut, blöde Frage. Aber wieso? Ich bin nicht gefährlich für ihn.»
«Das glaubt er aber vielleicht.»
«Dann steckt er also hinter allem. Er will mich einschüchtern.»
«Wenn er Sie hätte töten wollen, hätte er's schon getan. Trotzdem denke ich, Sie sollten Ihren Jahresurlaub nehmen und eine Weile von hier verschwinden.»
«Ich denke gar nicht daran. Würde auch nichts helfen, oder?»
«Ich weiß nicht.»
Kaminski winkte der Bedienung und zahlte.

Leonie sah ihm nachdenklich dabei zu. «Und was machen Sie jetzt?»
«Was soll ich schon machen? Ich kümmere mich wieder um meine anderen Fälle.»
Die beiden verließen die Kneipe. Draußen war ein Sturm aufgekommen. Sie stemmten sich gegen die heftigen Windböen, die um die Ecken fegten.
«Ich habe heute die Telefonliste von dieser Isi auf den Tisch bekommen. Bis Anfang August hat sie täglich Telefonate geführt. Dann gibt's eine Pause von ein paar Tagen, da haben diverse Leute auf ihre Mailbox gesprochen, am häufigsten Achim Löhr. Mitte August hat sie noch drei Gespräche aus Hamburg geführt und die Mailbox gelöscht. Danach ist Sense. Entweder hat sie bis zu ihrer Ermordung kein Telefon mehr benötigt, oder sie hat sich ein neues Handy besorgt.»
Leonie trennte sich an der nächsten Ecke von Kaminski. Den Wagen bemerkte sie diesmal nicht.

23.

Es hatte sich herausgestellt, dass Bernie Stöckers Veränderungen hauptsächlich sein Äußeres betrafen. Ansonsten war er genauso dämlich wie früher. Dutch hatte zur Bedingung gemacht, dass ihm niemand in die Ausführung des übernommenen Auftrags hineinredete. Das bedeutete auch, dass er allein den Zeitpunkt bestimmte, wann die Sache zum Abschluss gebracht wurde. Bernie war einverstanden gewesen; als er aber zwei Wochen später noch keine Vollzugsmeldung erhielt, schickte er einen seiner Gorillas los. Fünf Tage später wurde der Mann, der Bernie und dessen Partner erpresste, aus dem Krankenhaus entlassen. Eingeschüchtert, aber auch gewarnt, rührte er sich tagelang nicht mehr aus seiner Wohnung, von den Übungen gegen seine Höhenangst ganz zu schweigen. Dutch war schon drauf und dran, Bernie den Job hinzuschmeißen. Aber er hatte schon zu viel Zeit und Recherchen darauf verschwendet, und schließlich kam ihm der Zufall zu Hilfe. Der Arzt, bei dem die Zielperson sich die Fäden ziehen lassen musste, hatte seine Praxis im elften Stock eines Bürokomplexes, dessen Treppenschacht nach außen verlegt war und in einen Innenhof führte. Es war erstaunlich einfach gewesen, den Mann nach draußen zu locken und über die Brüstung zu stoßen. Er schrie nicht einmal, als er in die Tiefe sauste. Dutch wartete den Aufprall nicht ab; einen Sturz aus dieser Höhe auf Waschbeton überlebte niemand. Noch bevor jemand zum Telefon griff, saß Dutch in seinem Leihwagen und fuhr in sein Hotel zurück.

Bernie bestand darauf, ihm das Honorar persönlich zu überreichen, was Dutch überhaupt nicht recht war. Bei dem Treffen in Bernies privatem Domizil, einer Riesenvilla in Potsdam, lernte Dutch Bernies Partner kennen. Der Mann war ihm auf Anhieb suspekt, und er gab seinem alten Freund zum Abschied den guten Rat, ihm nicht zu sehr zu vertrauen. Ein Instinkt sagte ihm außerdem, dass Bernies Villa unter Beobachtung stand. Es war ein Fehler gewesen, herzukommen.

In Hamburg erwartete ihn Enzo mit einer Beichte, die seine Laune weiter abkühlte. Der Junge hatte sich wie der Anfänger, der er war, angestellt und war als Aufpasser für Leonie Simon verbrannt. Wenigstens hatte er sorgfältig Buch geführt, sodass Dutch einigermaßen lückenlos über alles Bescheid wusste, was in seiner Abwesenheit passiert war. Es erstaunte und beunruhigte ihn ein wenig, dass Leonie und Erika Lifka in so engen Kontakt getreten waren. Schon vor Wochen hatte er sich über Erikas derzeitige Verhältnisse informiert und konnte sich nicht vorstellen, was Leonie auf sie gebracht hatte. Er musste Erika dringend auf den Zahn fühlen; die Frage war nur, unter welchem Vorwand und unter welcher Identität. Noch bevor er einen Plan hatte, ergab sich die perfekte Gelegenheit ganz von selbst.

Er verbrachte mal wieder einen höchst erfreulichen

Nachmittag in Leonie Simons Wohnung, bei welcher Gelegenheit er die Dokumente las, die sie aus der Ermittlungsakte herauskopiert hatte. Dutch kannte den Inhalt der Akte, ein Freund in der LKA-Verwaltung hatte sie ihm besorgt, bevor dieser schwule Bulle sie abfordern konnte. Aber es war natürlich aufschlussreich, zu sehen, für welche Details Leonie Simon sich interessierte. Ihre nächsten Schritte waren dadurch leichter vorauszusehen, und entsprechende Maßnahmen konnten rechtzeitig ergriffen werden. Er wusch gerade sorgfältig ein Grappa-Glas ab, das er benutzt hatte, als das Telefon klingelte und unmittelbar nach dem zweiten Läuten der Anrufbeantworter ansprang. Nach Leonies Ansage meldete sich Erika Lifkas Stimme. Es war ein Hilferuf, den sie auf Band sprach. Vor dem Supermarkt, in dem sie nachmittags Ware einräumte, stand ihr Ex und wartete auf sie. Es gab zwar einen Hinterausgang, der aber auf eine Passage hinausging, die ums Gebäude herum auf die Straße führte. Sie saß wie die Maus in der Falle, und von ihrem Chef hatte sie keine Hilfe zu erwarten.

Dutch löschte das Band und verließ die Wohnung, so schnell es seine Vorsicht erlaubte. Zwanzig Minuten und einige bei Rot überfahrene Ampeln später fuhr er auf den Parkplatz von Erika Lifkas Arbeitsstelle. Er fand eine Parklücke in der Nähe des Eingangs. Eine halbe Stunde vor Ladenschluss gab es einen lebhaften Kundenverkehr, aber es war nicht schwer, Erikas Quälgeist ausfindig zu machen. Er lehnte direkt neben dem Eingang an einem Metallgestell, in dem Kaminholz in handlichen Säcken auf Abnehmer wartete. Der Mann zündete sich gerade eine Zigarette an und sah aus wie jemand, der nicht viel zu verlieren hat.

Dutch blieb im Auto sitzen und stellte einen Sender ein, der klassische Musik spielte. Mitten im *Recordare* von Mozarts *Requiem* musste er zu seinem Bedauern ausschalten. Nachdem die letzten Kunden den Laden verlassen hatten, kamen nach und nach die Angestellten heraus. Erika Lifka hatte sich zwei Kolleginnen angeschlossen, in der Hoffnung, von ihrem Exmann in Ruhe gelassen zu werden. Aber als er sie ansprach und am Arm festhielt, wagte sie nicht, sich loszureißen und weiterzugehen. Dutch schüttelte den Kopf. Sie verhielt sich wie das perfekte Opfer. Seufzend verließ er den Wagen und folgte den beiden. Erika ging mit gesenktem Kopf und hochgezogenen Schultern, der Mann neben ihr redete auf sie ein. Dutch konnte nicht alles verstehen, aber es schien um Geld zu gehen. Erika flüsterte etwas Unhörbares, worauf sie gepackt und in eine Einfahrt gezerrt wurde. Dutch beschleunigte nun seine Schritte und trat in die Einfahrt, als Erika gerade mit aller Gewalt gegen die Mauer gestoßen wurde. Beim Aufprall machte ihr Kopf ein unangenehmes Geräusch. Ihr Peiniger hielt sie an den Schultern und wollte sie ein zweites Mal gegen die Mauer rammen, als er mit großer Kraft von ihr weggerissen und herumgewirbelt wurde. Eine Hand legte sich wie eine Würgeschlange um seinen Hals und drückte ihm die Hauptschlagader ab. Wenige Sekunden später lag er bewusstlos zu Dutchs Füßen. Kerle wie er waren keine ernst zu nehmenden Gegner. Sie hatten gerade genug Mut und Energie, Schwächere zu misshandeln. Was für ein elendes Stück Scheiße, dachte Dutch und berühr-

te ihn mit der Fußspitze. Er blickte auf und sah in Erika Lifkas weit aufgerissene Augen. Einen Moment glaubte er, sie habe ihn erkannt, aber es war nur der Schock über das Geschehene.
«Alles in Ordnung mit Ihnen?»
Erika Lifka nickte.
«Sind Sie sicher, dass Sie keinen Arzt brauchen? Sie sehen so aus, als würden Sie gleich ohnmächtig.»
«Nein, ganz bestimmt nicht.»
An ihre Stimme konnte er sich noch gut erinnern. Jetzt war sie vor Angst heiser und so leise, dass er sie kaum hören konnte. Der Mann zu seinen Füßen regte sich stöhnend. Dutch griff in seine Haare und zerrte ihn unsanft auf die Beine. Er stöhnte vor Schmerz und machte ein paar schlappe und völlig untaugliche Versuche, sich zu wehren. Trotz der Alkoholfahne, die ihm entgegenwehte, trat Dutch dicht an ihn heran, ihn immer noch an den Haaren haltend, und flüsterte ihm so leise ins Ohr, dass Erika ihn nicht hören konnte.
«Ich weiß, wer du bist und wo du wohnst. Wenn du Erika und deinem Sohn noch einmal auch nur in die Nähe kommst, dann schlag ich dich tot. Für Abschaum wie dich hab ich nicht mal eine Patrone übrig. Hab ich mich klar ausgedrückt?»
Der Mann stierte ihn blöde an. Dutch riss seinen Kopf nach hinten, was ihn eine fettige Haarsträhne kostete und Blut in sein Ohr laufen ließ.
«Ich hab deine Antwort nicht verstanden.»
«Ja, ja, alles klar. Bitte …»
Dutch ließ ihn los und zog ein Taschentuch aus seiner Manteltasche, um sich die rechte Hand sauberzuwi-

schen. Sein Opfer wagte nicht, ihn oder Erika noch einmal anzublicken, und taumelte davon, so schnell es ging. Erika lehnte immer noch zitternd an der Wand.

«Kommen Sie. Ich fahr Sie nach Hause.»

Dutch streckte ihr seine Hand hin. Sie ergriff sie, ohne zu zögern, und ging mit ihm davon. So erneuerte Erika Lifka, ohne es zu wissen, eine alte Bekanntschaft.

24.

Die Praxis des Neurologen, den Vera Kilian ihr empfohlen hatte, lag am Beginn einer hässlichen Einkaufszone in einem Stadtviertel in Hamburgs Osten, das seinen dörflichen Charakter schon vor langer Zeit verloren hatte. In einem nach Putzmitteln riechenden Treppenhaus stieg Leonie in den ersten Stock hinauf und fand die Tür zu den Praxisräumen einladend offen vor. Sie unterdrückte den Fluchtinstinkt, der sich plötzlich heftig regte, und ging zur Anmeldung, wo sie von einer freundlichen älteren Sprechstundenhilfe sofort in Empfang genommen und in ein leeres Wartezimmer geführt wurde.

Etwa zehn Minuten später holte der Arzt sie persönlich ab. Der Neurologe war ein beinahe unscheinbarer kleiner Mann, dessen Alter genauso gut vierzig wie sechzig sein konnte. Er trug keinen Arztkittel, sondern normale Straßenkleidung, und führte sie in ein winziges Büro, in das Schreibtisch, Bücherregale und die unvermeidliche Liege gerade hineinpassten. Als Leonie Zweifel an ihrer Hypnosefähigkeit äußerte, lächelte er verständnisvoll und erklärte ihr, wie vermutlich Hunderten von anderen Patienten zuvor, dass nur sehr wenige Menschen zur Selbstversenkung vollständig unfähig waren. Die tiefste Tranceebene erreichten zwar nur circa zehn Prozent, aber weit mehr als die Hälfte schaffte immerhin die erste Stufe. Um einen Behandlungserfolg zu erzielen, sei es nicht nötig, einen Zustand völliger Abwesenheit zu erreichen, erfuhr Leonie. Eine gewisse schläfrige Entspanntheit genüge meist schon, um mit Hilfe des Hypnotiseurs die eine oder andere Tür zu öffnen. Im Übrigen sei alles eine Sache der Übung, und es dürfe nicht beim ersten Mal der große Durchbruch erwartet werden.

Leonie erklärte ihr Problem und was sie sich von einer Hypnosebehandlung erhoffte. Dr. Albrecht saß ihr mit halb geschlossenen Augen gegenüber, und sie fragte sich, ob er überhaupt zuhörte. Tatsächlich war er hellwach und an ihrer Geschichte höchst interessiert. Er berichtete von einem Fall, den er gerade für das LKA bearbeitete, wobei es um die Erinnerungen eines Zeugen ging, der einen Überfall beobachtet hatte. Die Chancen in ihrem Fall schätzte er mindestens ebenso gut ein, aber natürlich könne man sich nur an etwas erinnern, was auch passiert war.

Leonie legte sich auf seine Bitte auf die Liege; die Show konnte beginnen. Mit leiser, sanfter und etwas leieriger Stimme begann Dr. Albrecht, einen Text zu rezitieren.

«Schließen Sie die Augen und legen Sie sich so hin, wie es für Sie am bequemsten ist. Atmen Sie ein paar Mal tief ein und aus und stellen Sie sich vor, wie mit jedem Atemzug die Anspannung aus Ihnen hinausfließt. Jetzt richten Sie Ihre Aufmerksamkeit auf Ihren Körper. Spüren Sie, wie sich Ihr Kopf zu Ihrem Oberkörper verhält, Ihr Oberkörper zu Ihrem Unterleib. Ihre Hände zu Ih-

ren Armen, Ihre Füße zu Ihren Beinen. Ihre Muskeln lockern sich mehr und mehr, Sie sind völlig entspannt.»
Leonies Muskeln waren alles andere als locker, und sie merkte, dass sie den Text und ihre Situation reflektiert hatte, statt sich dem Fluss der Worte hinzugeben.
«Alle Anspannung und alle irritierenden Gedanken sind aus Ihnen hinausgeflossen wie Wasser. Ihr Körper fühlt sich warm an, und Sie genießen die Ruhe und Entspannung, die Sie empfinden. Lassen Sie diesen Zustand auf sich wirken und nehmen Sie sich die Zeit, die Sie brauchen.»
Er machte eine längere Pause, und Leonie versuchte, endlich ihr Gedankenkarussell zu stoppen und sich auf ihren Körper zu konzentrieren. Als der Arzt wieder ansetzte, war es ihr gelungen, ihre Muskeln so weit zu lockern, dass sie sich halbwegs entspannt fühlte.
«Stellen Sie sich vor, Sie sitzen in einem leeren Raum. Aus diesem Raum führen drei Türen hinaus. Die erste Tür ist verschlossen. Sie stehen auf und gehen auf diese Tür zu. Drücken Sie die Klinke herunter und gehen Sie in den Raum hinein. Dort sehen Sie eine Szene, die Sie schon einmal erlebt haben. Bleiben Sie so lange in dem Raum, wie Sie wollen.»
Verwundert über sich selbst, imaginierte Leonie einen kahlen Raum mit grau gestrichenen Wänden und drei Türen. Langsam ging sie auf die erste Tür zu und griff nach der Klinke. Sie öffnete die Tür in der festen Erwartung, sich mit dem Mordzimmer konfrontiert zu sehen. Es war das elterliche Wohnzimmer, das sie betrat. Ihr Vater stand in der Mitte des Zimmers und sah wütend auf einen etwa zehn Jahre alten Jungen herab, der mit ge-

senktem Kopf und trotzigem Gesichtsausdruck vor ihm stand. Sie selbst, ein kleines Mädchen im Schlafanzug, lugte durch einen Spalt in der nicht ganz geschlossenen Schiebetür zum angrenzenden Speisezimmer. Die Szene lief ohne Ton ab, aber sie wusste, was ihr Vater dem Jungen sagte. Er hielt ein Armband hoch, es gehörte ihrer Mutter, und der Junge hatte es gestohlen. Der Junge schwieg trotzig und nahm unbewegt das Urteil für dieses schlimme Vergehen entgegen. Er durfte nie wiederkommen.
Die Stimme von Dr. Albrecht drang in ihre Gedanken.
«Sie verlassen jetzt den ersten Raum und setzen sich wieder hin. Denken Sie einen Moment über das nach, was Sie gesehen haben.»
Leonie war verwirrt. Hatte es diese Situation wirklich gegeben? Der Junge kam ihr zwar vage bekannt vor, aber sie wusste ihn nicht einzuordnen. Eine große Rolle konnte er in ihrem Leben nicht gespielt haben.
«Stehen Sie auf und gehen Sie zu dem zweiten Raum. Die Tür ist nicht geschlossen, sie ist nur angelehnt. Dort erwartet Sie jemand, den Sie gut kennen.»
Diesmal würde es die Mutter sein, die auf sie wartete. Leonie stieß die Tür auf und betrat den zweiten Raum. Es war ein heller und völlig leerer Raum mit einer großen Fensterfront. Durch sie hindurch blickte man in eine geradezu kitschig schöne Parklandschaft. Mitten im Park, neben einem Gebüsch, stand ihre alte Freundin Anita. Sie war sehr elegant gekleidet und trug hochhackige Schuhe. Eigenartigerweise hielt sie eine Schaufel in den Händen und fing an zu graben. Nach wenigen Spatenstichen drehte sie sich abrupt um und blickte Leo-

nie an. Ihr Blick war so hasserfüllt, dass sich Leonie umdrehte und mit schnellen Schritten den Raum verließ, bevor es ihr die Stimme des Arztes befahl.
Widerstrebend näherte sie sich dem dritten Raum.
«Dort finden Sie in der linken Hälfte des Zimmers Ziegelsteine aufgestapelt, in der rechten Hälfte eine große Menge Holz. Welche Empfindungen haben Sie, und was möchten Sie tun?»
Leonie ging in den Raum und blickte statt auf ordentliche Materialstapel auf ein Trümmerfeld. Was zum Teufel sollte man angesichts dieses Chaos schon empfinden? Sie wollte nur noch raus, und zwar schnell.
«Sie kehren jetzt langsam in die Realität zurück und nehmen sich dazu alle Zeit, die Sie brauchen. Atmen Sie tief ein und wieder aus, recken Sie sich ausgiebig. Und dann öffnen Sie langsam die Augen und setzen sich auf.»
Leonie gähnte und schwang ihre Beine von der Liege. Dr. Albrecht lächelte sein sparsames Lächeln und deutete auf den Stuhl vor seinem Schreibtisch, auf dem sie schon zu Beginn gesessen hatte.
«Erzählen Sie mir, was Sie in den drei Räumen gesehen haben. Natürlich nur, wenn es Ihnen nichts ausmacht.»
«Warum sollte es? Aber ich sag Ihnen gleich, ich war die ganze Zeit absolut wach und nicht im Geringsten in Trance.»
«Das ist völlig normal. Machen Sie sich darüber keine Gedanken.»
Leonie schilderte kurz, was sie in ihren Wachträumen gesehen hatte, und der Arzt machte sich Notizen, ohne sie anzuschauen. Danach sah er einen Moment aus dem Fenster, bevor er sich ihr wieder zuwandte.

«Üben Sie zu Hause und möglichst jeden Tag, sich in ähnlicher Weise wie hier zu entspannen. Konzentrieren Sie sich auf Ihren Körper, lassen Sie Ihre Gedanken aus sich rausfließen und genießen Sie einfach das Gefühl der Ruhe. Wenn Sie dabei einschlafen, ist das kein Problem. Als zweite Hausaufgabe möchte ich Sie bitten, sich in einem solchen Zustand der Entspannung auf das Bild einer Ampel zu konzentrieren.»

«Was meinen Sie mit Ampel?»

«Eine ganz normale Verkehrsampel. Stellen Sie sich vor, Sie fahren eine Straße entlang und auf eine Kreuzung zu. Dort steht eine Ampel. Und die schaltet gerade um. Wenn Sie das nächste Mal zu mir kommen, möchte ich wissen, welche Farbe die Ampel zeigt. Rot, Gelb oder Grün.»

Leonie sah ihn skeptisch an. «Wozu soll das denn gut sein?»

«Ich möchte wissen, ob Sie überhaupt schon so weit sind, sich mit Ihrer Vergangenheit zu beschäftigen.»

«Wär ich sonst hier?»

«Es kommt relativ häufig vor, dass Menschen ihre Kräfte überschätzen. Das Unterbewusstsein ist der bessere Indikator. Wenn die Ampel Rot zeigt, mache ich nicht weiter.»

Als sie wieder auf der Straße stand, war Leonie nicht sicher, ob sie den Vormittag wirklich sinnvoll verbracht hatte.

Das Bedürfnis, eine qualifizierte Meinung zu dieser merkwürdigen Hypnosesitzung einzuholen, war stärker als Leonies Abneigung, über persönliche Probleme zu reden. Das Polizeipräsidium lag an ihrem Weg, und Vera hatte sie schließlich zu diesem Schritt überredet. Der Besucherparkplatz war mal wieder voll besetzt, aber Leonie hatte Glück. Ein älterer Herr machte ihr Zeichen, dass er wegfahren wolle. Während er zu seinem Wagen humpelte, umständlich einstieg und eine Ewigkeit mit den Startvorbereitungen beschäftigt war, bekam Leonie Teile der lebhaften Unterhaltung zweier Männer mit, die ebenfalls zu ihren Autos strebten. Den Älteren der beiden hielt Leonie für einen Anwalt, der andere, ein knochiger Kerl mit Frettchengesicht, regte sich gerade darüber auf, dass sein Begleiter die Wohnungsdurchsuchung nicht verhindert hatte. Zumal er schon zugegeben habe, dass Isi bei ihm gewohnt hatte.

Leonie vergaß Vera und Dr. Albrecht und ging stattdessen auf die Suche nach Kaminski. Sie fand ihn in der kriminaltechnischen Abteilung, wo er sich mit einer Biologin unterhielt, die Kleidungsstücke aus einer großen braunen Papiertüte einer ersten Begutachtung unterzog. Bevor Leonie etwas sagen konnte, wies Kaminski auf den Kleiderstapel.

«Was meinen Sie wohl, wem die Klamotten gehören?»

«Unserer Madenleiche.»

Sein selbstzufriedenes Grinsen erlosch. «Woher wissen Sie das denn?»

«Ein Kerl mit Frettchengesicht hat's mir verraten.»

In der Kantine steuerte Kaminski einen Tisch außer Hörweite der anderen besetzten Tische an und stellte das Tablett so energisch ab, dass der Kaffee in die Untertassen schwappte. Leonie reichte ihm eine Serviette.

«Jetzt reden Sie schon. Hat er was mit der Sache zu tun?»

Kaminski ließ sich auf einen Stuhl fallen und schlürfte geräuschvoll seinen Kaffee.
«Kann ich noch nicht sagen.»
«Wie sind Sie auf ihn gekommen? Isis Handy?»
«Erraten. Seine Nummer war auf der Liste. Als wir bei ihm aufgekreuzt sind, hat er zuerst behauptet, er kenne keine Isabel. Dann hat er sich schwach an eine Kneipenbekanntschaft erinnert, und im Verhör hat er schließlich zugegeben, dass sie mehrere Tage lang bei ihm gewohnt hat.»
«Wohnung gegen Liebesdienste, nehme ich an.»
«So isses. Er sagt, er macht so was öfter. Obdachlose Huren für ein paar Tage bei sich pennen lassen.»
«Wie ein Menschenfreund sieht er mir nicht aus.»
«Jedenfalls ist er nicht vorbestraft. Er arbeitet als Fahrer bei einem Getränkegroßhandel, hat keine Schulden und ist bis jetzt auch sonst nicht unangenehm aufgefallen.»
Leonie stellte die Tasse halb voll aufs Tablett zurück. Der Kaffee schmeckte muffig. Wahrscheinlich war eine schlechte Bohne dabei.
«Hat er sich nicht gewundert, dass sie plötzlich verschwunden ist?»
Kaminski zog den kleinen Notizblock, den er stets bei sich trug, aus der Jackentasche.
«Also, angeblich hat sie vom 28. Juli bis zum 4. August bei ihm gewohnt. Sie hatte einen eigenen Schlüssel und konnte kommen und gehen, wie und wann sie wollte. Als sie nicht wieder auftauchte, hat er sich weiter keine Gedanken gemacht. Er sagte, die meisten Mädchen verschwinden nach ein paar Tagen. Er war bloß sauer, dass sie den Zweitschlüssel mitgenommen hat. Sicher-

heitshalber hat er ein neues Türschloss einbauen lassen.»

«Und die Wohnungsdurchsuchung?»

«Da der Fundort der Leiche nicht der Tatort ist, will ich sichergehen, dass sie nicht in seiner Wohnung gestorben ist. Die Spurensicherung ist noch dort. Ihre Sachen habe ich gleich mitgenommen.»

«Sie hat also Frettchengesicht verlassen, ohne ihre persönliche Habe mitzunehmen?»

«Nur ein paar Kleidungsstücke und Toilettensachen. Hohmann, das Frettchengesicht, sagt, sie habe einen Rucksack besessen, und den habe sie mitgenommen. Wahrscheinlich waren da die für sie wichtigen Sachen drin.»

«Trotzdem. Warum hat sie nicht alles eingepackt, als sie beschloss, nicht zu Frettchengesicht zurückzukehren?»

Kaminski zuckte mit den Schultern. «War vielleicht gar nicht geplant. Ihr bot sich eine bessere Möglichkeit.»

«Oder sie wurde daran gehindert, zurückzugehen und ihre Sachen zu holen.»

«Aber sie ist erst vier Wochen später gestorben. So steht's in Ihrem Gutachten.»

Leonie knabberte an ihrer Unterlippe. «Es gibt zwei Möglichkeiten. Sie ist entweder vier Wochen woanders untergekommen, oder Frettchengesicht hat gelogen.»

«Stimmt», räumte Kaminski ein. «Ich bin mit Hohmann auch längst nicht fertig. Als Exfreier steht er grundsätzlich ganz oben auf der Liste.»

«Und was ist mit den anderen Nummern?»

«Die meisten existieren nicht mehr, vermutlich Drogendealer. Die wechseln Handys und Nummern schneller als andere ihre Unterwäsche. Eine Arztpraxis, ein Billighotel, ein Pizza-Service. Die erinnern sich nicht an eine Isabel Wieauchimmer.»

Auf dem Weg zum Fahrstuhl begegneten sie Kaminskis Kollegen Retzlaff und Dittberner. Retzlaff hielt ein Handy ans Ohr.

«Den Anruf können Sie sich sparen. Sie kommt mir gerade entgegen.»

Leonie mochte Retzlaff nicht. Er war ein Wichtigtuer und außerdem eine ästhetische Herausforderung. Unter einem Bierbauch von beachtlichen Ausmaßen hielt sich seine Hose mühsam auf den Hüften. Und wie immer roch er auch jetzt nach Schweiß und ungewaschenen Kleidern. Aber Leonie konnte sich die Beamten nicht aussuchen, mit denen sie zusammenarbeitete.

«Gut, dass ich Sie treffe. In Ihrem Institut ist alles, was ein Messer halten kann, ausgeflogen.»

Ein Mann hatte angerufen und völlig aufgelöst gemeldet, er habe seine Freundin in deren Wohnung tot aufgefunden. Der Mörder habe sie ganz furchtbar zugerichtet. Retzlaff nannte Leonie eine Adresse ganz in der Nähe. Zehn Minuten später parkte sie hinter Retzlaffs Wagen vor einem mehrstöckigen Mietshaus. Der übliche Pulk von Neugierigen hatte sich auf der Straße versammelt, obwohl es außer den Polizeifahrzeugen und hin und her laufenden Kriminaltechnikern nichts zu sehen gab. Da die Spurenexperten gerade erst ihre Arbeit aufgenommen hatten, schlüpfte Leonie in ihren fusselfreien weißen Overall, stülpte sich eine Plastikhaube über die Haare und vertauschte ihre Lederschuhe gegen Einmal-Plastik-Überschuhe.

Sie folgte Retzlaff und Dittberner in eine Dreizimmerwohnung im zweiten Stock. Im Wohnzimmer saß ein kreidebleicher Mann von circa vierzig Jahren, der gerade einer uniformierten Polizistin seinen Namen und seine Adresse in den Block diktierte. Dittberner nickte der Kollegin zu und übernahm die weitere Befragung des Mannes, der den Leichenfund gemeldet hatte. Leonie und Retzlaff betraten das Schlafzimmer, wo sich die Leiche in Rückenlage auf dem Bett befand.

Retzlaff pfiff durch die Zähne. «Auweia, das sieht ja lecker aus.»

Die Tote war bis zu den Schultern zugedeckt. Kopf und Hals waren fast völlig skelettiert, die Gesichtsweichteile fehlten bis auf wenige Fetzen subkutanen Gewebes und Teilen der Muskulatur von Wangenknochen und Kinn. Kehlkopf, Schilddrüse, Teile der Halsarterien und von Luft- und Speiseröhre waren ebenfalls nicht mehr vorhanden.

«Was für eine Art Irrer hat sich denn hier ausgetobt?»

Leonie betrachtete aufmerksam die Wundränder, schlug dann die Decke zurück. Der von der Decke verhüllte und ansonsten nackte Körper war vollständig unversehrt.

«Packen Sie mal mit an.»

Retzlaff half widerstrebend, die Leiche auf die Seite zu drehen. Abgesehen von den Totenflecken, die sich über Rücken und Oberschenkel ausgebreitet hatten, gab es unterhalb des Nackens nichts zu sehen, jedenfalls keine erkennbaren Verletzungen. Retzlaff deutete auf zwei Stellen am Rande der großflächigen Schädigungen im Nackenbereich der Toten. Im unverletzten Hautbereich waren deutlich zwei V-förmige Wunden zu erkennen.

«Da hat er sie gestochen.»
Leonie ließ die Leiche vorsichtig wieder in Rückenlage sinken.
«Woran die Frau gestorben ist, kann ich Ihnen erst nach der Obduktion sagen. Eines ist jetzt schon klar. Diese Verletzungen waren nicht die Todesursache.»
«Sind Sie sicher?» Retzlaff sah sie misstrauisch an.
«Es gibt keine vitalen subkutanen Blutungen.» Leonie deutete auf die zerfetzten Wundränder. «Und im Übrigen, sehen Sie irgendwo auf dem Kopfkissen oder auf der Decke große Blutflecken?»
«Verdammt, da haben Sie Recht. Aber selbst wenn er sie vorher getötet hat, müsste das doch immer noch eine Riesensauerei gegeben haben?»
Leonie zog ihre Handschuhe aus und steckte sie ein.
«Ich würde gern mit dem Freund der Frau sprechen.»
«Wozu?»
Sie schob Retzlaff einfach zur Seite und ging nach nebenan, wo der Freund der Toten gerade laut darüber nachdachte, wann er sie zuletzt gesehen hatte.
«Das muss gestern Abend, so kurz nach halb zehn, gewesen sein. Oder war's später?»
Leonie unterbrach ihn ohne Umschweife.
«Ich bin Doktor Simon vom Institut für Rechtsmedizin. Zwar hab ich keinen gesehen, aber zu dieser Wohnung gehört wohl ein Hund. Hab ich Recht?»
«Ja, Emma, ein Pitbull, aber wegen der vielen Leute hab ich sie in mein Auto gesperrt. Sie ist eigentlich ganz lieb, aber sicher ist sicher.»
«Sie meinen ...?» Retzlaff starrte Leonie entgeistert an.
«Was Sie für Messerstiche gehalten haben, sind mit

ziemlicher Sicherheit Wunden von Hundezähnen, Eckzähnen, um genau zu sein.»
«Sie wollen doch nicht behaupten, dass Emma meine Freundin so zugerichtet hat?»
Der Mann schien den Tränen nahe.
«Wenn ein Tier, ein Hund oder eine Katze zum Beispiel, mit einer Leiche in einer Wohnung eingesperrt ist, kommt es sehr häufig zu dem, was wir Tierfraß-Verletzungen nennen. Ich vermute, Ihre Freundin ist eines natürlichen Todes gestorben, und ihre Hündin hat wahrscheinlich schlicht Hunger bekommen. Es gibt auch die Theorie, dass solches Verhalten durch Verwirrung und Angst ausgelöst wird. Aber da bin ich keine Expertin.»
«O Gott. Was soll ich jetzt bloß mit dem Hund machen? Ich könnte sie nicht mehr ertragen.»
Auch Leonie fühlte sich bei dem Gedanken, von Emma geleckt zu werden, deutlich unbehaglich. Den Übrigen schien es ebenso zu gehen.
«Ich würde das Mistvieh abspritzen lassen.»
Typisch Retzlaff, dachte Leonie.
Es gab für sie nichts mehr zu tun. Sie packte ihre Sachen zusammen und fuhr ins Institut. Am Nachmittag nahm sie die Obduktion an der Frau vor und bekam dabei den Beweis für einen natürlichen Tod. Todesursache war eine akute Lungenentzündung gewesen; die Verletzungen waren der Frau, wie vermutet, erst nach Todeseintritt beigebracht worden. Dass Emma sich an ihrer toten Herrin vergriffen hatte, erfuhr Leonie durch den Anruf eines Tierpathologen. Der Hund war eingeschläfert und sofort obduziert worden. Ein Teil menschlichen Gewebes befand sich noch unverdaut in seinem Magen.

Als Leonie in ihr verwaistes Büro zurückkam, Frau Thiele hatte bereits Feierabend, fand sie Othello dösend in seinem Katzenkorb. Er blinzelte sie kurz an und schlief wieder ein. Nur seine Schwanzspitze zuckte gelegentlich und machte deutlich, dass er im Notfall blitzschnell auf den Beinen sein würde. Leonie betrachtete ihren kleinen Zimmertiger mit gemischten Gefühlen. Sie fragte sich, was passieren würde, wenn er mit ihrem leblosen Körper eingesperrt bliebe.
Sie versuchte, Vera zu erreichen, aber die meldete sich weder im Büro noch zu Hause. Leonie verzichtete darauf, sie übers Handy aufzustöbern. Sie wollte ihre erste Hypnoseerfahrung erst einmal selbst verdauen, ehe sie mit Vera darüber sprach.
Zu Hause erwartete sie die übliche Unordnung. Zum Aufräumen war sie seit Tagen nicht gekommen, und eine umfangreiche Säuberungsaktion stand auch mal wieder an. Stattdessen legte sie sich nach einem kalten Abendessen, das aus Brot, Käse und Oliven bestand, aufs Sofa und ließ die Klänge von Bachs E-Dur-Violinkonzert über sich hinwegfluten. Sie rief sich die Bilder ins Gedächtnis zurück, die ihr Unterbewusstsein am Morgen signalisiert hatte. Oder war es bloß ihre lebhafte Phantasie gewesen? Angeregt durch die Atmosphäre und die daraus entstehende Erwartungshaltung sich selbst gegenüber, dem Arzt etwas Verwertbares liefern zu müssen.
Am meisten beschäftigte sie der Junge, den sie in der Szene mit ihrem Vater gesehen hatte. Die Situation mochte der Phantasie entsprungen sein, aber an das Kind hatte sie eine schwache Erinnerung. Sie musste

noch sehr klein gewesen sein, wahrscheinlich fiel ihr deshalb nicht ein, wer er war. Vielleicht ein Patient ihres Vaters. Anfangs hatten sie in einer Wohnung mit anschließenden Praxisräumen gewohnt. Und manchmal waren Patienten auch in die Wohnung gekommen, um ihren Vater zu sprechen. Später waren sie dann in die Villa in Flottbek gezogen und blieben von derartigen Störungen verschont. Aber wer immer der Junge gewesen war, er konnte doch unmöglich eine Bedeutung für sie haben? Anders war das schon mit Anita. Sie war einmal für einige Jahre ihre beste Freundin und wichtige Bezugsperson gewesen. Und sie hatte sie in den letzten Wochen mehrmals getroffen. Es war nicht unlogisch und völlig normal, sich gedanklich mit ihr zu beschäftigen. Nur was sollte dieses beinahe surrealistische Bild mit der Schaufel? Und warum hatte Anita sie so hasserfüllt angesehen? Auch damals hatte es das nie zwischen ihnen gegeben. Wie alle Kinder hatten sie manchmal gestritten oder sich um Kleinigkeiten gekabbelt. Aber selbst das Ende ihrer Freundschaft war ohne Dramatik gewesen. Jahrelang hatte sie sich an Anita überhaupt nicht erinnert, und das Wiedersehen mit der erwachsenen Freundin fand Leonie traurig und enttäuschend. Die Verwandlung von der frechen kleinen Göre Anita mit ihrem Charme und ihrer Vitalität in die manierierte, selbstbezogene und todlangweilige Patriziersgattin Sophie war ihr unbegreiflich. Wie auch immer, die Beschäftigung mit einem Jungen, an den sie sich kaum erinnern konnte, und mit einer Exfreundin, die keinerlei Rolle mehr in ihrem Leben spielte, half ihr, was den Mord betraf, kein bisschen weiter. Wahrscheinlich würde Vera ihr sagen, dass sie Geduld brauche und ihr Unterbewusstsein nicht auf Knopfdruck funktioniere wie ein Getränkeautomat. Leider war Geduld nicht Leonies Stärke.

Beim Zubettgehen wurde ein Gefühl stärker, das schon den ganzen Abend unterschwellig in ihr arbeitete, das sie aber erst jetzt einordnen konnte. Ihr fehlte etwas. Sie vermisste Max, diesen rührenden kleinen Kerl, der jetzt wieder in seinem eigenen Bett schlief und glaubte, die Verantwortung für seine Mutter auf seinen schmalen Schultern tragen zu müssen. Seine Anwesenheit hatte sie fünf Abende lang um ihre häusliche Ruhe gebracht, aber im Nachhinein fand sie es gar nicht mehr so lästig. Eigentlich war es sogar ganz entspannend gewesen, statt Fachzeitschriften zu lesen, wozu sie tagsüber nicht kam, mit dem Jungen Monopoly zu spielen oder einen Zeichentrickfilm im Fernsehen anzuschauen, bei dem er vor Lachen auf dem Teppich herumkugelte.

Leonie kannte sich gut genug, um zu wissen, dass kein unerfüllt gebliebener Kinderwunsch Auslöser für dieses Gefühl der Leere war. Schon sehr früh hatte sie sich bewusst gegen Kinder entschieden. Sie konnte einem Kind nichts bieten, jedenfalls nicht die Dinge, auf die ein Kind Anspruch haben sollte. Eine kaputte Biographie und ein 24-Stunden-Beruf waren wohl kaum das, was die ideale Mutter auszeichnete. Ganz abgesehen von der Kleinigkeit eines anwesenden Vaters, denn sie war der altmodischen Ansicht, dass allein erziehende Mütter nicht das Gelbe vom Ei darstellten. Gekannt hatte sie viele Männer, und einen oder zwei sogar geliebt. Ein Mann, mit dem sie sich eine Beziehung vorstellen konnte, die lange genug hielt, um ein Kind großzuziehen, war nicht dabei gewesen. Wahrscheinlich hatte sie genau das Leben, das zu ihr passte, und im Allgemeinen fühlte sie sich wohl damit.

Bevor sie einschlief, fiel ihr die Hausaufgabe wieder ein, die der Hypnose-Arzt ihr aufgegeben hatte. Also entspannte sie sich, so gut es ihr möglich war, und stellte sich eine Landstraße mit Ampelkreuzung vor. Es gelang ihr so weit ganz gut, aber als sie sich der Ampel näherte, sah sie, dass sie ausgeschaltet war und weder Rot noch Gelb, noch Grün zeigte.

25.

Ausgerechnet an dem Tag, an dem sie nach Berlin fahren wollte, machte ihr alter Golf schlapp. Leonie fischte unter ganz unvornehmen Flüchen ihre Reisetasche wieder aus dem Kofferraum und lief zum Taxistand um die Ecke. So etwas musste natürlich an einem Samstag passieren, wenn ihre kleine, preiswerte Hinterhofwerkstatt geschlossen hatte. Der Taxifahrer jagte in Rekordzeit durch die Stadt, und sie erwischte gerade noch den ICE um 10.02 Uhr. Natürlich war der Zug brechend voll, und sie hatte wie immer keine Platzkarte. Mit anderen Platzsuchenden schob sie sich durch die engen Gänge und stolperte über Koffer und ausgestreckte Männerbeine. Im letzten Wagen der zweiten Klasse ließ sie sich erschöpft auf einen reservierten Platz fallen in der Hoffnung, dass der Inhaber nicht mehr kommen würde. Aber natürlich kam er doch. Leonie räumte das Feld und ging, mit ihren Nerven am Ende, in die erste Klasse, wo es noch ein paar nicht reservierte Plätze gab.
Kaum hatte der Zug den Hamburger Hauptbahnhof verlassen, fielen ihr die Augen zu. Aber schon kurz hinter Reinbek wurde sie vom Klingeln ihres Handys geweckt.
«Hallo, Doc, wollten Sie heute nicht nach Berlin fahren?» Es war Kaminski.

Leonie unterdrückte ein Gähnen. «So ist es. Warum fragen Sie?»
«Ich kann Sie mitnehmen, wenn Sie wollen.»
«Zu spät. Ich sitze bereits im Zug, mein Auto hat gestreikt. Was haben Sie denn in Berlin zu tun?»
«Es geht um Hohmann.»
«Frettchengesicht?» Leonie konnte sich den Namen von Isabels Freier und Wohnungsgeber einfach nicht merken.
«Genau. Er ist gestern nach Berlin gefahren. Die dortigen Kollegen haben ihn festgenommen.»
Leonie wusste, dass Kaminski den Mann die ganze Zeit hatte observieren lassen.
«Was hat er angestellt?»
«Er hat etwas abgeholt, was ihm nicht gehört. Hören Sie, ich muss jetzt Schluss machen. Ich melde mich wieder.»
Leonie sah ihr Telefon an. Dieser unmögliche Mensch hatte einfach aufgelegt. Ihre Neugier war erwacht, und sie verbrachte einen großen Teil der Fahrt mit Überlegungen, was dieser Hohmann in Berlin gesucht und gefunden haben mochte. Es ging um Isabel, das war klar. Irgendwas hatte sie ihm gesagt oder hinterlassen, wahrscheinlich etwas von Wert. Mit einer leichten Verspätung kam der Zug am Bahnhof Zoologischer Garten an, wo Leonie in ein Taxi umstieg, das sie zum Haus ihrer Tante fuhr. Dort wartete ihre Tante schon mit einer selbst gebackenen Zitronen-Baiser-Torte auf sie. Leider auch mit der weniger erfreulichen Information, dass ihr Besuch an diesem Wochenende nicht glücklich gewählt sei. Ihre Tante hatte sowohl am Abend wie

auch am folgenden Mittag Einladungen von Freunden und gedachte nicht, sie ihrer Nichte wegen abzusagen.
«Das hättest du mir sagen können, als ich dich anrief.»
«Du hast so selten Zeit, mich zu besuchen. Ich freue mich doch, wenn ich dich sehe.»
Leonie wusste, dass sie kein Recht hatte, eingeschnappt zu sein. Aber sie war enttäuscht, weil sie den Abend für ein ausführliches Gespräch hatte nutzen wollen. Jetzt musste sie direkt auf ihr Ziel zusteuern. Während ihre Tante Tassen und Teller abwusch, erzählte Leonie von der Hypnosetherapie und der Szene zwischen ihrem Vater und dem Jungen, der anscheinend etwas gestohlen hatte.
«Ich weiß nicht, ob das eine echte Erinnerung ist oder ein Phantasieprodukt. Aber den Jungen muss es gegeben haben. Weißt du etwas darüber?»
Ihre Tante wuselte geschäftig hin und her und sah ihre Nichte dabei nicht an.
«Ich verstehe dich nicht. Es ist doch völlig unwichtig, was das für ein Junge war. Diese ganze Herumwühlerei in der Vergangenheit ist zu gar nichts nütze. Den Mörder deiner Mutter wirst du auf diese Weise nicht finden. Und ich glaube nicht, dass es irgendjemand nach so langer Zeit noch könnte.»
«Verbrechen können noch nach Jahrzehnten aufgeklärt werden. Und ob ein Detail wichtig oder unwichtig ist, kann ich noch nicht entscheiden. Zunächst würde ich nur gern wissen, ob diese Hypnosetechnik tatsächlich Erinnerungen bei mir an die Oberfläche befördern kann. Bis jetzt bin ich noch ziemlich skeptisch.»
Die alte Frau band die Schürze ab und ging ins Wohnzimmer. Ihre Nichte folgte ihr.

«Das solltest du auch bleiben. Aber dieser Junge … Also gut, es hat da mal ein Kind gegeben, ein Junge aus einem Heim. Da musst du so etwa fünf Jahre alt gewesen sein.» Sie goss sich ein Glas Portwein ein, nachdem Leonie abgewinkt hatte.

«Wie du vielleicht weißt, kann jeder erwachsene Bürger wie zum Schöffendienst bei Gericht auch zur Ausübung einer Amtsvormundschaft herangezogen werden. Deinem Vater ist das passiert. Sein Mündel war ein neunjähriger Junge, der von Pflegeeltern, die nicht mehr mit ihm fertig wurden, wieder ins Heim zurückgebracht worden war.»

Leonie schüttelte verwundert den Kopf. «Aber er hat nicht bei uns gewohnt.»

«Natürlich nicht. Die Vormundschaft bewegt sich grundsätzlich auf einer rein juristischen Entscheidungsebene. Welche Schule soll das Kind besuchen? Darf eine Operation durchgeführt werden? Bestimmung des Aufenthaltsortes. Solche Dinge eben. Wenn der Vormund nicht will, muss er keinen persönlichen Kontakt zum Kind pflegen. Aber das wäre sicher nicht sehr klug und nicht sehr einfühlsam.»

«Mein Vater hat sich also um den Jungen gekümmert. Wie hieß er eigentlich?»

Die Tante überlegte kurz. «Hab ich vergessen. Oder nie gewusst. Jedenfalls war es so, dass das Kind ab und zu bei euch zum Essen eingeladen war. Meist sonntags mittags. Irgendwann hörte ich, dass die Sache ein Ende gefunden hatte, weil nach jedem Besuch etwas fehlte. Der Junge hat gestohlen wie eine Elster. Dein Vater tat danach nur noch, was nötig war.»

«Verstehe. Komisch, dass in seinem Tagebuch nichts darüber steht.»
Die Tante schwieg. Leonie sprang auf.
«Mir fällt die Decke auf den Kopf. Hast du Lust auf einen Spaziergang?»
Der nahe gelegene Botanische Garten hatte auch so spät im Jahr noch seine Reize, und Leonie liebte es zu jeder Jahreszeit, dort spazieren zu gehen. Ein paar Minuten gingen sie schweigend nebeneinanderher und beobachteten die Eichhörnchen, die überall herumflitzten und für den kommenden Winter Nahrungsverstecke anlegten. Dann brachte Leonie die Sprache wieder auf ihre Recherchen. Sie erzählte von dem Treffen mit Zacharias, dem Geliebten ihrer Mutter.
«Langsam bekomme ich das Gefühl, dass ich sie überhaupt nicht gekannt habe. Meine Mutter eine Femme fatale, du meine Güte!»
«Sie war erst vierzehn, als sie einem Studenten den Kopf verdrehte.» Ihre Tante lächelte. «Kinder machen sich oft ein Bild von ihren Eltern, das ihnen im Guten wie im Schlechten nicht gerecht wird.»
Sie blieben auf der kleinen Brücke stehen, die über das schmalere Ende eines künstlichen Sees führte. Unter der Brücke warteten fette Karpfen auf Futter.
«Im Grunde ging es mir wie dir. Ich habe meine Schwester nicht gesehen, wie sie war, sondern wie ich sie gern gehabt hätte. Ich wollte nur die guten Seiten sehen oder was ich dafür hielt. Egal, ob wir einen Menschen lieben oder hassen, wir neigen dazu, das auszuschließen, was nicht in das Bild passt, dem er entsprechen soll. Wir lassen einfach einen Teil seiner Persönlichkeit weg, weil wir

diesen Teil nicht haben wollen. Damit tun wir diesem Menschen bitteres Unrecht. Und wir helfen ihm damit auch nicht, im Gegenteil.»

Gedankenverloren kickte Leonie einen Stein ins Wasser. Die Fische tauchten erschreckt ab.

«Ich habe in letzter Zeit öfter darüber nachgedacht, ob ich den Mord hätte verhindern können, wenn ich mich nicht so von ihr zurückgezogen hätte.»

«Ich hätte nicht geglaubt, dass ich jemals einen solchen Unsinn von dir zu hören kriegen würde.» Die alte Frau war ganz aufgebracht. «Wer immer das getan hat und aus welchen Gründen, hätte sich kaum von einer Fünfzehnjährigen davon abhalten lassen.»

«Woher willst du das wissen? Ich denke, sie war damals sehr einsam und unglücklich, und ich habe ihr das Leben zusätzlich schwer gemacht.»

«Das dürfte wohl auf Gegenseitigkeit beruht haben. Falls du damit andeuten willst, dass sie deinetwegen in schlechte Gesellschaft geraten ist, dann ist das eine überaus kindische Idee. Sie war eine erwachsene Frau und wusste, was sie tat. Also hör auf, dich zu quälen.»

Die beiden Frauen schlugen einen Bogen und gingen langsam wieder zum Haupteingang zurück.

«Weißt du was? Komm einfach mit heute Abend. Meine Freunde haben sicher nichts dagegen, wenn ich dich mitbringe.»

«Vielen Dank, Tante Charlotte, aber ich glaube, ich fahre heute noch zurück. Es macht dir doch nichts aus?»

Ihre Tante seufzte. «Du bist wirklich ein unruhiger Geist. Aber das nächste Mal bleibst du länger, oder ich kündige dir die Verwandtschaft.»

Am Abend war der Zug erheblich leerer, und Leonie hatte keine Mühe, einen Sitzplatz zu finden. Eine innere Unruhe hielt sie davon ab, sich auf ihre mitgebrachte Lektüre zu konzentrieren. Kaminski müsste von seinen Kollegen inzwischen über den Ausgang der Befragung von Hohmann informiert worden sein. Er hatte sie noch einmal anrufen wollen, aber sie hatte gelernt, von Kaminski nicht zu viel zu erwarten. Wie oft hatte sie sich schon über seine Gedankenlosigkeit, seine Sturheit und sein schlechtes Benehmen geärgert? Eigenartigerweise war er dennoch einer der wenigen Menschen, denen sie vollkommen vertraute.

Wenn er sich nicht meldete, dann würde sie es eben tun. Sie griff nach ihrer Tasche und suchte ihr Telefon. Es fand sich weder in ihrer Tasche noch in ihrem Mantel. Vor ihrem inneren Auge erschien das Bild ihres Handys auf dem Küchentisch ihrer Tante. Und da lag es wohl immer noch.

Leonie war eine ungeduldige Reisende, und die Zugfahrt durch die Dunkelheit erschien ihr endlos. Als sie zu Hause aus dem Taxi stieg, war es schon spät. Auf dem Weg zur Haustür sah sie sich forschend nach allen Seiten um, wie sie es sich seit der Attacke auf sie angewöhnt hatte. Alles schien ruhig und friedlich, und auch in ihrer Wohnung wartete nichts Unerfreuliches auf sie. Ihr Anrufbeantworter zeigte zwei Anrufe an. Sie betätigte die Wiedergabetaste.

«Kaminski. Wieso gehen Sie nicht an Ihr Handy? Ich dachte, es interessiert Sie, was aus der Sache mit Hohmann geworden ist. Na egal.»

Der zweite Anrufer meldete sich nicht. Sie hörte vernehmliches Atmen. Dann wurde aufgelegt. Früher hätte sie keinen zweiten Gedanken auf Anrufe dieser Art verschwendet. Neuerdings versetzte sie so etwas allerdings in Alarmstimmung und ließ sie nachts schweißgebadet hochschrecken.

Am Sonntagmorgen erwachte sie für ihre Verhältnisse ziemlich spät. Es war schon fast zehn Uhr, als sie aus der Dusche kam. Wegen des Lärms, den ihr Föhn machte, hätte sie beinahe die Türklingel überhört. Außerdem erwartete sie niemanden. Sie zog rasch ihren Bademantel über, ging zur Tür und drückte die Taste der Sprechanlage.

«Ja bitte?»

«Frau Simon? Hier ist Max.»

«Max? Ja, was ...? Komm rauf.»

Leonie betätigte den Türöffner und entriegelte die Wohnungstür. Der Aufzug surrte und spie Max Lifka in die schläfrige Stille des Hauses. Der Junge war im Trainingsanzug und trug eine Sporttasche bei sich.

«Ich hab Sie doch nicht geweckt?»

Die besorgte Frage galt ihrem Aufzug. Leonie schob ihn in die Wohnung und schloss die Tür.

«Keine Sorge. Ich hab sogar schon geduscht. Warte einen Moment.»

Sie verschwand im Schlafzimmer und griff hastig nach Jeans und T-Shirt. Wenn Max unangemeldet am Sonntagmorgen bei ihr auftauchte, konnte das nichts Gutes bedeuten. Der Junge stand immer noch mitten im Wohnzimmer, wo sie ihn zurückgelassen hatte.

«Setz dich. Du bist hier doch so gut wie zu Hause. Hast du schon gefrühstückt?»

Max nickte und setzte sich an den Esstisch. Leonie beobachtete ihn, während sie in der Küche die Kaffeemaschine anwarf. Er zog ein zerknittertes Stück Papier aus der Hosentasche und strich es notdürftig glatt.
«Weiß deine Mutter, dass du hier bist?»
Er schüttelte den Kopf. «Sie denkt, ich bin Fußball spielen.»
Leonie setzte sich ihm gegenüber.
«Was hast du auf dem Herzen?»
Wortlos schob das Kind einen Zeitungsausschnitt über den Tisch. Er war aus einer Zeitung herausgerissen, und es handelte sich um die Beschreibung der toten Isi, die das LKA nach dem Fund der Leiche an die Presse gegeben hatte.
«Meine Schwester hat zwei Brustwarzen mehr.» Max sah Leonie ernst an.
«Viele Frauen haben das.»
«Aber wir haben ganz lange nichts mehr von ihr gehört. Mama hat sich schon Sorgen gemacht. Wir wissen bloß nicht, wo sie ist. Deshalb können wir sie nicht suchen.»
«Warum kommst du erst jetzt zu mir? Der Artikel erschien schon vor Wochen in der Zeitung.»
Max wandte den Blick ab. «Wir haben keine Zeitung. Manchmal bringe ich für eine alte Nachbarin Müll zum Container. Da hab ich's gesehen.»
«Und deiner Mutter hast du davon noch nichts erzählt?»
Max schüttelte heftig den Kopf. «Die hat schon genug Sorgen. Und vielleicht ist sie's ja nicht.»
«Da bin ich beinahe sicher. Wann habt ihr sie zuletzt gesehen?»
«Weiß ich gar nicht mehr. Ich war noch ziemlich klein,

als sie abgehauen ist. Wegen einem Kerl, glaube ich. War ein Riesenkrach, Mama war furchtbar wütend auf sie. Manchmal hat sie angerufen oder geschrieben, aber seit ein paar Monaten nicht mehr.»
Leonie holte sich eine Tasse Kaffee und brachte für Max ein Glas Milch mit.
«Also, da kann ich nicht viel machen. Und die Polizei auch nicht. Wenn jemand freiwillig seine Familie verlässt und keinen Kontakt mehr haben möchte, hat er das Recht dazu. Oder ist deine Schwester noch minderjährig?»
«Nee, die ist schon ziemlich alt. Über zwanzig.»
Leonie verkniff sich ein Grinsen. «Weißt du was, Max? Ich kann ja mal meine Fühler ausstrecken. Aber an deiner Stelle würde ich mir erst mal keine Sorgen machen. Wie heißt denn deine Schwester?»
«Na, Lifka.»
«Und der Vorname?»
«Isabel.»
Leonie verschluckte sich an ihrem Kaffee. «Isabel? Bist du sicher?»
Max machte ein erstauntes Gesicht.
«Entschuldige. Blöde Frage.»
«Was haben Sie denn?»
Leonie zögerte mit der Antwort.
«Sie ist es doch, oder?»
«Das kann ich unmöglich sagen. Isabel ist ein ziemlich häufiger Name bei jungen Frauen.»
Max senkte den Kopf. Er hatte seine Milch nicht angerührt. Langsam schob er sich vom Stuhl und trottete zur Tür. «Vielen Dank. Ich muss jetzt gehen.»

«Moment mal.» Leonie war mit zwei Schritten bei ihm. Sie packte ihn an den Schultern und zwang ihn, sie anzusehen.
«Ich verspreche dir, dass ich mich darum kümmern werde. In Ordnung? Und jetzt fahre ich dich nach Hause.»
«Vielen Dank, aber das mit dem Fußballspielen war nicht gelogen. Meine Freunde warten sicher schon auf mich.»
«Na, dann fahre ich dich eben zu deinem Fußballplatz.»
Er blieb dabei, dass er lieber mit der U-Bahn fahren würde. Vielleicht wollte er einfach nur allein sein. Sie brachte ihn zur Tür und verabschiedete ihn mit einem aufmunternden Klaps auf die Schulter. Zurück im Wohnzimmer, fiel ihr Blick auf den Zeitungsausschnitt, den er vergessen hatte. Kurz entschlossen griff sie danach, schnappte sich Autoschlüssel und Mantel und verließ die Wohnung. Bevor sie Kaminski aufscheuchte, wollte sie Erika Lifka anhören. Es war durchaus denkbar, dass Isabel Lifka putzmunter herumlief und ihre Mutter das auch wusste.
Unterwegs überlegte Leonie, wie sie die Sache anpacken könnte, ohne Max' Besuch zu erwähnen. Leider fiel ihr nichts Gescheites ein. Das Identifikationsmerkmal der zusätzlichen Brustwarzen konnte ihr als Information nicht aus heiterem Himmel zugefallen sein.
Erika Lifka war bis zu den Ellenbogen mit Mehl bestäubt, als sie die Tür öffnete. Sie hatte einen Kuchen in Arbeit und bat Leonie, sie in die Küche zu begleiten.
«Magst du eine Tasse Kaffee?»
«Hatte ich schon, vielen Dank. Wie geht's deinem Kiefer?»

«Schon viel besser. Hartes kann ich noch nicht kauen, aber das ist nicht schlimm.»
Sie bearbeitete energisch den Teigkloß, bis er die richtige Beschaffenheit hatte, und griff nach einem Nudelholz, um den Teig auszurollen.
«Hast du Anzeige erstattet?»
«Nein.» Erika Lifkas Gesicht zeigte eine leichte Röte, was aber auch von der Arbeit herrühren konnte. «Er wird es nicht wieder tun.»
«Woher weißt du das? Es war ja auch nicht das erste Mal.»
«Es würde ihm schlecht bekommen.» Sie wandte sich ab, um eine Backform einzufetten. Leonie starrte verwundert ihren breiten Rücken an. Sie hatte ihm offenbar gedroht. Aber womit? Mit einer Anzeige wahrscheinlich.
«Ich habe eine Frage an dich.» Leonie kramte den Artikel hervor und legte ihn auf den Küchentisch.
Erika warf einen kurzen Blick darauf. «Ja?»
«Max war vorhin bei mir. Er hat diese alte Pressemeldung gelesen und macht sich Sorgen um seine Schwester.»
Erikas Blick wechselte nervös zwischen dem Artikel und Leonie hin und her.
«Hat sie was angestellt?»
Leonie war irritiert. Der Artikel trug die Überschrift «Unbekannte Frauenleiche gefunden».
«Also mir geht's im Moment darum, zu klären, um wen es sich bei der Toten handelt. Wegen der zusätzlichen rudimentären Brustwarzen glaubt Max, es könnte seine Schwester sein.»

Erika ließ sich auf einen Stuhl fallen, der unter ihrem Gewicht laut ächzte.

«Eine Tote?»

«Ja. Nach dem Leichenfund hatten wir eine Beschreibung an die Presse gegeben. Da steht alles Wichtige drin.»

Leonie deutete auf den Artikel, aber Erika sah gar nicht hin.

«O Gott, meine Isabel. Deswegen habe ich so lange nichts mehr von ihr gehört.»

Plötzlich rannen der dicken Frau Tränen über das Gesicht, als wäre eine Schleuse geöffnet worden.

«Bitte, beruhige dich. Es steht doch noch gar nicht fest, ob es wirklich deine Tochter ist, die wir gefunden haben.»

«Doch, sie ist es. Ich habe schon seit Wochen ein ganz komisches Gefühl. Sie ist es.»

Die Tränen flossen jetzt in wahren Bächen. Sie schlug die Hände vors Gesicht und bestäubte sich über und über mit Mehl.

«Wo lebt deine Tochter?»

«Ich weiß nicht», sagte Erika, von Schluchzern unterbrochen. «Wir vertragen uns nicht besonders, aber ein- oder zweimal im Jahr meldet sie sich und sagt, dass es ihr gut geht. Seit dem Frühjahr habe ich nichts mehr von ihr gehört.»

«Du weißt also gar nichts von ihr?»

«Doch. Sie hat einen guten Job und verdient viel Geld. Irgendwas mit Mode.»

Das war nicht sehr hilfreich. Wenn Isabel Lifka mit der Toten identisch war, hatte sie ihrer Mutter seit Jahren das Blaue vom Himmel heruntergelogen.

«Hast du eine Haarbürste?»
Erika Lifka nahm die Hände vom Gesicht. Mehl und Teigreste bildeten so etwas wie eine Kriegsbemalung. Leonie betrachtete sie und dachte, wie grotesk sie aussah in ihrer Verzweiflung und Verwirrung.
«Warum willst du das wissen?»
«In einer Bürste bleiben meist einige Haare hängen. Und die würde ich gerne mitnehmen, um einen vergleichenden Gentest machen zu lassen. Verstehst du?»
«Natürlich verstehe ich.»
Sie nahm ein Handtuch und wischte sich das Gesicht ab. Dann erhob sie sich schwerfällig und verließ die Küche. Leonie folgte ihr langsam ins Bad. Erika gab ihr eine Bürste, der etwa die Hälfte der Borsten fehlte.
«Du kannst die ganze Bürste mitnehmen. Ich hätte sie sowieso bald weggeworfen.»
Leonie nickte und wickelte sie vorsichtig in ein Papiertaschentuch.
«Wie ist sie gestorben?»
«Sie wurde ermordet. Durch einen Schlag auf den Kopf.»
Erika Lifka nickte, als wollte sie sagen: «Klar, wie sollte meine Tochter auch sonst sterben.»
«Sobald ich das Ergebnis der Untersuchung habe, melde ich mich. Vielleicht ist die Tote ja nicht deine Isabel.»
Die dicke Frau nickte wieder. Dann drehte sie sich um und ging zurück in die Küche, um ihren Kuchen zu backen.

26.

Leonie fuhr ins Institut. Mit etwas Glück war Paul Unruh auch am Sonntag im Labor. Wenn nicht, würde er ihr bestimmt den Gefallen tun zu kommen. Und natürlich musste sie Kaminski informieren. Sie war inzwischen genauso überzeugt wie Erika, dass es sich bei Isabel um die verlorene Tochter handelte. Der armen Erika würde eine peinliche Befragung durch die Polizei bevorstehen. Sie würde den Grund des Zerwürfnisses beichten müssen und dafür erfahren, was ihre Tochter in Berlin getrieben hatte. Was für eine elende Geschichte! Leonie dachte an Erikas merkwürdige Reaktion auf den Artikel. Für einen Moment war ihr der absurde Gedanke gekommen, dass sie die Überschrift nicht hatte lesen können. Sie hatte bei ihrer ersten Begegnung auch die Visitenkarte verkehrt herum gehalten, wie Leonie wieder einfiel. Nein. Unsinn. Völlig unmöglich. Das hätte sie doch schon damals, als sie Kinder waren, bemerkt.

Sie hatte Glück, Paul Unruh saß an seinem Schreibtisch und arbeitete. Jedes Mal, wenn sie ihn sah, hatte sie den Eindruck, dass er noch schlechter aussah als das Mal zuvor.

«Hallo, Paul. Wie geht's Ihrer Frau?»

«Unverändert.» Er machte eine Pause. «Gabriel hat mir eine Liste mit Heimen gegeben, die infrage kämen. Gestern habe ich mir eines angesehen.»

«Das ist sehr vernünftig, Paul.»

Er schüttelte den Kopf. «Es war furchtbar dort. Ich kann sie nicht an einen solchen Ort bringen.»

«Ich kann mir nicht vorstellen, dass Gabriel schlecht geleitete Heime empfiehlt.»

«Sie verstehen das nicht. Es ist einfach deprimierend. Überall Krankheit, Verfall und Tod.»

Leonie zog einen Stuhl heran und setzte sich neben ihn. «Sie suchen nach einer Lösung, die Sie optimal entlastet und gleichzeitig von allen Schuldgefühlen befreit. Aber dieses Ideal ist nicht zu haben. Ihre Frau ist schwerstbehindert und braucht Pflege rund um die Uhr. Sofern Sie kein reicher Mann sind und das privat auf die Beine stellen können, bleibt Ihnen nur die Heimpflege. Und da bleiben selbst im günstigen Fall immer Wünsche offen. Im Übrigen ist es für jeden zunächst ziemlich abschreckend, wenn er zum ersten Mal eine Pflegestation betritt. Ganz gleichgültig, ob es sich um schwer kranke Menschen, um Demente oder um geistig erkrankte Patienten handelt. Es ist wie alles eine Frage der Gewöhnung. Glauben Sie mir.»

Er presste die Lippen fest aufeinander und schüttelte den Kopf.

«Wenn Sie Ihre Frau lieben und ihr helfen wollen, dann hören Sie auf, sich mit Ihren eigenen Gefühlen zu beschäftigen. Sie werden noch genug Zeit haben, das abzuarbeiten. Es geht nicht darum, womit Sie sich am wohlsten fühlen. Die Entscheidung muss nach den Be-

dürfnissen Ihrer Frau getroffen werden, und die sind mit den Ihren wohl kaum deckungsgleich.»
Unruh sprang auf und entfernte sich ein paar Schritte, als könne er Leonies Nähe nicht länger ertragen. «Ich weiß nicht, wie Sie mir solche Dinge sagen können. Was wissen Sie schon von mir und meiner Frau? Halten Sie sich gefälligst aus meinem Leben raus.»
Er verließ das Büro und knallte die Tür hinter sich zu. Leonie seufzte. Die Haarbürste musste sie nun Kaminski und dem LKA-Labor überlassen, die eigentlich auch dafür zuständig waren. Aber mit Unruhs Hilfe hätte sie das Ergebnis schneller auf dem Tisch gehabt. Die Tür ging auf, und Unruh kam wieder herein. Seine Miene verriet, dass er immer noch ungehalten war.
«Tut mir Leid, dass ich Sie angebrüllt habe. Ich bin sicher, Sie wollten mir helfen. Aber ich glaube, es ist besser, wenn Sie mich meine Angelegenheiten selbst regeln lassen.»
«Sie haben vollkommen Recht. Lassen Sie uns also zum Beruflichen übergehen.»
Leonie holte Erikas Haarbürste aus ihrer Tasche und wickelte sie aus.
«Die Frau, der diese Bürste gehört, ist möglicherweise die Mutter unserer bis jetzt unbekannten Madenleiche. Ich wollte Sie bitten, einen Vergleichstest durchzuführen. Genug Genmaterial war ja trotz der fortgeschrittenen Verwesung vorhanden.»
Unruh zog mit einer Pinzette ein Büschel Haare zwischen den Borsten hervor.
«Reichlich. Wenn es um die Mutter geht, würde es zur Not auch mitochondriale DNA tun.»

In Fällen, in denen das Spurenmaterial schlecht ist, keine intakten Zellkerne vorhanden sind und die Kopiertechnik der PCR-Methode deswegen nicht angewendet werden kann, gibt es die Möglichkeit, das Erbgut der Mitochondrien zu untersuchen. Mitochondrien sind Zellbestandteile außerhalb des Zellkerns und wesentlich robuster. Der Nachteil der mitochondrialen DNA ist allerdings, dass sie nur das Erbgut der Mutter trägt. Es kann also nur eine Verwandtschaft innerhalb der mütterlichen Linie nachgewiesen werden. Auf diese Weise konnte zum Beispiel mit Hilfe einer Genprobe von Prinz Philip von England, der über die mütterliche Linie mit den Romanows verwandt ist, das Schicksal der russischen Zarenfamilie geklärt werden, deren Knochen in der Nähe von Jekaterinburg gefunden worden waren.

Leonie überließ Unruh seiner Arbeit und ging in ihr Büro, um Kaminski anzurufen. Sie versuchte es zuerst in seinem Büro, und er nahm sofort ab.

«Wo haben Sie denn gesteckt? Ich hab zweimal auf Ihre Mailbox gesprochen. Hab mir schon Sorgen gemacht, dass Sie in der Hauptstadt unter die Räder gekommen sind.»

«Ich bin gerührt. Leider hab ich einfach nur mein Handy bei meiner Tante liegen lassen.»

«Es gibt Neuigkeiten über unsere Madenleiche. Hohmann, der Idiot, hat einen Schlüssel unterschlagen, den er bei Isabels Sachen gefunden hat. Auf dem Schlüsselanhänger steht der Name eines Sauna-Clubs. Und Hohmann wusste, dass Isabel in so einem Laden in Berlin gearbeitet hat. Also ist er hingefahren, weil er dachte, sie hätte dort Wertsachen versteckt.»

«Und? Hat sie?»
«Wie man's nimmt. Für sie waren die Sachen bestimmt wertvoll. Unsere Isi scheint sich ihren Lebensunterhalt nicht nur in der Horizontalen verdient zu haben. Sie hatte ein paar prominente Kunden, und abgesehen von Fotos hat sie auch Gespräche mitgeschnitten, die nicht für die Öffentlichkeit bestimmt waren.»
«Sie meinen, sie hätte eine Regierungskrise auslösen können?»
«Ich hab die Bänder noch nicht abgehört.»
Leonie hatte ihre Frage nicht wirklich ernst gemeint, aber natürlich dachte sie sofort an die berühmte Profumo-Affäre, die einen früheren englischen Verteidigungsminister das Amt gekostet hatte, weil er gegenüber einem Callgirl den Mund nicht hatte halten können.
«Bankunterlagen waren auch dabei. Sie hatte übrigens ihr ganzes Geld in Aktien vom Neuen Markt angelegt. Die Frau war pleite.»
«Da eröffnen sich ja eine Menge neuer Perspektiven, was die Person des Täters anbelangt. Sonst noch was?»
«Ein paar persönliche Dinge. Ein Ring, der ziemlich wertvoll aussieht, ein Adressbuch, Führerschein, einige Briefe.»
«Dann wissen Sie also jetzt, wer sie ist?»
«So ist es.»
«Ist ihr Name vielleicht Isabel Lifka?»
Für einen Moment herrschte Totenstille in der Leitung.
«Sie haben mit den Berliner Kollegen telefoniert?»
«Hab ich nicht. Aber ich hatte Besuch von einem kleinen Jungen, der seine Schwester vermisst.»
«Und das sagen Sie mir erst jetzt?», blaffte Kaminski.

«Ich weiß es selbst erst seit ein paar Stunden. Unruh untersucht gerade DNA-Vergleichsmaterial der Mutter. Ist übrigens eine alte Bekannte von mir, noch aus Kindertagen.»

«Name, Adresse.»

Leonie machte die gewünschten Angaben.

«Seien Sie nett zu ihr, Kaminski. Erika lebt auch ohne das alles nicht gerade auf der Sonnenseite des Lebens.»

Kaminski legte einfach auf.

Die nächsten Tage waren bis zum Rand angefüllt mit Leonies Pflichten im Institut und als Universitätsdozentin. Erst Mitte der Woche kam sie dazu, bei Erika und Max nach dem Rechten zu sehen. Die DNA-Analyse hatte inzwischen die Identität der Toten geklärt. Es gab keinen Zweifel, dass es sich um Isabel Lifka, Erikas Tochter, handelte. Kaminski hatte die Nachricht bereits überbracht, wofür Leonie ihm dankbar war. Von ihm wusste sie auch, dass die Perückenhaare, die im Auto von Achim Löhr gefunden worden waren, auch an Isabels Kleidung sichergestellt werden konnten. Hohmann, der nach der Befragung in Berlin auf freien Fuß gesetzt worden war, konnte sich nicht erinnern, bei Isabel eine Perücke gesehen zu haben. Die Haare stammten also vermutlich von einer dritten Person, die mit den Morden an Löhr und Isabel nicht notwendigerweise zu tun haben musste. Kaminski war für seine Verhältnisse bestens gelaunt gewesen, weil der ins Stocken geratene Fall durch den Fund im Sauna-Club neuen Auftrieb bekommen hatte. Isabels Adressbuch war randvoll mit Namen und Nummern, und es gab die delikaten Aufnahmen, mit denen das Mädchen offenbar reiche oder prominente Kunden erpresst hatte. Leonie hätte zu gern gewusst, um wen es ging, aber Kaminski ließ sich nichts entlocken. Er war erneut nach Berlin gefahren, um mit Amtshilfe der dortigen Kollegen Befragungen durchzuführen und Alibis zu überprüfen.

Leonie traf Erika Lifka allein an. Max war bei einem Schulfreund, dem er regelmäßig bei den Schulaufgaben half.

«Ich musste ihn regelrecht rauswerfen, er will mich im Moment nicht allein lassen.»

Erika trug Schwarz und machte im Übrigen einen sehr gefassten Eindruck. Sie stellte eine Schale Kekse auf den Tisch und bot Leonie Kaffee an.

«Das ist doch ganz rührend von ihm.»

«Ja, schon, aber er übertreibt mit seiner Sorge ein bisschen.»

Erika bediente sich bei den Keksen und setzte sich Leonie gegenüber. Der schwarze Rock spannte gefährlich über ihren üppigen Hüften.

«Dann gehe ich dir jetzt vermutlich auch auf die Nerven. Ich wollte nur schauen, wie es euch geht. Und hören, ob ihr Hilfe braucht.»

Erika beugte sich vor und tätschelte Leonies Knie. Ihre Hand war hart, mit großem Handteller und kurzen, wurstähnlichen Fingern.

«Das ist nett von dir, und ich freue mich, dass du gekommen bist. Schade, dass Max nicht da ist. Er spricht sehr gut von dir, weißt du?»

Erika nahm einen zweiten Keks. Leonie nahm an, dass Essen für sie Trost und Befriedigung bedeutete, wohl ihre einzige.

«Wahrscheinlich wirst du jetzt ganz schrecklich finden, was ich sage, aber ich bin nicht so traurig, wie ich sein sollte.»
«Für Trauer gibt es keine Vorschriften.»
«Als du mir gesagt hast, dass es eine Tote gibt, die meine Isabel sein könnte, da war ich wirklich fix und fertig. Später war ich dann wütend auf Max, weil er zuerst zu dir gegangen ist und nicht zu mir. Und als dieser Kommissar bei mir war …»
«Kaminski?»
«Ja, genau, da hab ich gemerkt, dass ich nicht so richtig traurig war. Der Kommissar hat sich bestimmt über mich gewundert.»
«Als Polizist gewöhnt man sich an die unterschiedlichen Reaktionen von Hinterbliebenen.»
«Ja, vielleicht.» Erika Lifka machte eine Pause und massierte ihren Kiefer, der beim Kauen und Sprechen noch immer schmerzte.
«Mit Kindern ist das eine komische Sache. Isabel und ich sind nie miteinander klargekommen, von Anfang an nicht. Schon als sie ein Baby war, dachte ich, die ist gar nicht von mir. Wie eine Fremde war sie, besser kann ich's nicht erklären. Bei Max war das ganz anders. Dabei ist er viel klüger als ich. Ich weiß gar nicht, von wem er das hat.»
Die Wunder der Mendel'schen Erbgesetze, dachte Leonie.
«Als Isabel größer wurde, hielten viele sie für Anitas Tochter. Sie war so schlank und hübsch, genau wie sie. Und auch sonst kam sie mehr nach meiner Schwester. Na ja, du kennst sie ja.»
Da bin ich mir nicht so sicher, dachte Leonie. Laut sagte

sie: «Ich nehme an, Kaminski hatte eine Menge Fragen an dich.»
Erika zupfte wieder an ihrem Rock herum.
«Er hat mir gesagt, was Isi gemacht hat. Dass sie Drogen genommen hat, und die anderen Sachen.»
Erika stockte. So unberührt, wie sie behauptete, ließ sie das Schicksal ihrer Tochter doch nicht.
«Ich hätte strenger mit ihr sein müssen. Da wär vielleicht alles anders gekommen. Ich bin einfach nicht mit ihr fertig geworden.»
Was gab es da Tröstliches zu sagen?
«Aber ich bin ihre Mutter, und sie hätte zu mir kommen sollen und nicht zu Anita.»
Leonie, die schon anfing sich zu langweilen, wurde wieder aufmerksam.
«Sie hat Anita besucht? Wann war das?»
Erika schüttelte den Kopf. «Ich weiß nicht. Der Kommissar hat mir Briefe gezeigt, die er gefunden hat. Er wollte wissen, ob ich jemanden davon kenne. Ein Brief war mit Sophie unterschrieben. Ich hab ihm gesagt, das ist meine Schwester. Sie hat ihr nach Berlin geschrieben. Wann, hat er nicht gesagt.»
«Und was stand drin?»
«Weiß ich nicht so genau. Irgendwas, dass sie in Ruhe gelassen werden will.»
Wenn das Gespräch mit Kaminski ähnlich verlaufen war, musste es für ihn ziemlich frustrierend gewesen sein.
«Hat sie Anita um Geld gebeten?»
«Vielleicht. Sie hat ja genug. Und Isi konnte noch nie mit Geld umgehen. Ich dachte ja, sie hat einen Job und verdient gut.» Mit ungewohnter Selbstironie fügte sie

hinzu: «Etwas hatte sie also doch von mir. Sie war auch ein Versager.»
Die pure Höflichkeit erforderte eine Antwort.
«Wer einen Sohn wie Max großgezogen hat, ist kein Versager.»
Erika lächelte dankbar und mit verdächtig glänzenden Augen, und Leonie fühlte wieder Mitleid mit ihr. So war es schon damals gewesen, als sie noch Kinder waren. Es war eine Gefühlsmischung aus Mitleid und Ungeduld, Schuldgefühlen und Ärger, die Erika stets in Leonie auslöste. Wahrscheinlich hatte sie deswegen keine Freunde gehabt. Mit ihr zusammen zu sein war auf Dauer einfach zu anstrengend.
Kaminski erreichte sie erst am frühen Abend. Nach den Hintergrundgeräuschen zu urteilen, befand er sich in einer Berliner Kneipe. Sie erzählte ihm von ihrem Gespräch mit Erika und wollte wissen, ob er schon mit deren Schwester, Sophie Vandenberg, gesprochen habe.
Er bejahte, aber er hatte nur herausgefunden, was er schon wusste.
«Das Mädchen brauchte dringend Geld. Sie hat ihre Tante seit Monaten mit Bettelbriefen bombardiert.»
«Und? Hat sie's bekommen?»
«Einmal ein paar hundert Euro, dann hat Frau Vandenberg den Geldhahn wieder zugedreht. Sie ist offenbar nicht der Typ, der sich endlos ausnutzen lässt.»
«Ist Isabel ihretwegen nach Hamburg gekommen?»
«Laut ihrer Aussage hat Isabel sich nach dem Brief nicht mehr bei ihr gemeldet.»
«Und das ist alles?»
«So ziemlich. Sie behauptet, zu ihrer Nichte nie einen

engen Kontakt gehabt zu haben. Viel Familiensinn scheint die Kleine nicht gehabt zu haben.»
Leonie war unzufrieden. «Hm.»
«Bei Ihnen alles in Ordnung?»
«Könnte nicht besser sein. Wenn man von den beiden Drohbriefen absieht, die heute in der Institutspost waren. Aber daran haben wir uns alle schon gewöhnt.»
Kaminski ermahnte sie, vorsichtig zu sein, und beendete rasch das Gespräch, als er angesprochen wurde. Leonie hätte schwören können, dass es die Stimme von Dr. Knut Boysen war.
Nachdem sie Kaminski verabschiedet hatte, wählte sie, ohne lange zu überlegen, Veras Nummer. Es hatte sich einiges angesammelt, was sie gern mit ihr besprechen wollte. Die Leitung war belegt, auch noch eine halbe Stunde später. Immerhin war jemand zu Hause, und Leonie beschloss, einfach vorbeizufahren. Vom Institut aus war es nicht weit zu Veras Wohnung. Wenn sie nur eine dauertelefonierende Tochter vorfände, wäre es auch keine Tragödie. Aber Vera war daheim, immer noch den Hörer am Ohr und bestens gelaunt. Sie winkte Leonie hereinzukommen und beendete ihr Gespräch erst nach weiteren zehn Minuten. Währenddessen hatte Leonie im Wohnzimmer eine Mappe mit Wohnungsangeboten durchgeblättert, die sich Vera von einem Eppendorfer Maklerbüro hatte zusammenstellen lassen. Für alle auch nur halbwegs akzeptablen Wohnungen wurden Wuchermieten verlangt. Wer in der Lage war, solche Mieten zu zahlen, konnte sich gleich ein Haus kaufen.
Vera schwebte ins Zimmer. «Entschuldige, dass du warten musstest.»

«Entschuldige, dass ich unangemeldet hereinschneie. Aber das Telefon war immer besetzt.»
Vera lächelte verlegen, und in Leonie keimte der Verdacht, dass ein neuer Mann im Spiel war. «Ach Gott, ja, ich hatte mit Peter so einiges zu besprechen.»
«Du hast die ganze Zeit mit deinem Mann telefoniert?» Leonie sah Vera ungläubig an.
«Ja. Warum auch nicht?» Veras Gegenfrage hatte einen leicht trotzigen Unterton.
«Klar. Die Kinder, die neue Wohnung, die Scheidung. Alles richtige Gute-Laune-Themen.»
Vera griff nach der Makler-Mappe und legte sie auf einen Zeitungsstapel.
«Eine neue Wohnung steht im Moment nicht zur Debatte.»
«Die Sucherei nervt, aber das wird dir wohl nicht erspart bleiben.»
«Ich meine, wir wollen hier bleiben, die Kinder und ich. Und möglicherweise zieht Peter auch wieder ein.»
Leonie ließ sich auf einen Stuhl fallen. «Das nenne ich eine Neuigkeit. Mir scheint, ich habe in letzter Zeit einiges verpasst.»
Vera lächelte flüchtig und setzte sich Leonie gegenüber. «Peter und ich haben uns ein paar Mal getroffen und geredet. Er hat ziemlich viel durchgemacht.»
«*Er* hat viel durchgemacht?»
«Natürlich. Glaubst du, es ist ihm leicht gefallen, uns zu verlassen?»
Das war genau das, was Leonie dachte, aber sie hütete sich, es auszusprechen. «Und was ist der Grund für seinen Sinneswandel, wenn ich fragen darf?»

Vera strich eine imaginäre Falte in der Tischdecke glatt. «Wir sind seine Familie, er gehört zu uns. Jeder kann einmal auf einen Irrweg geraten.»
«Das junge Glück hat also den ersten richtigen Krach gehabt.»
Vera zeigte ihr mildes Psychologenlächeln, hinter dem sich allerlei Gefühle verbergen ließen.
«Wenn du es so ausdrücken willst. Natürlich ist sie noch ziemlich unreif und egoistisch. Jugend ist auf Dauer eben nicht genug.»
Ach du liebe Zeit, dachte Leonie, sie wird doch nicht in die klassische Falle tappen. «Bei dir heult er sich also aus, damit er anschließend unbeschwert ins Bett seiner kleinen Freundin zurückkehren kann.»
Veras Lächeln wurde starr. «Ich glaube nicht, dass du beurteilen kannst, was in einer solchen Situation zwischen Eheleuten vorgeht.»
Leonie beabsichtigte nicht, sich von Vera eine ähnliche Abfuhr wie von Unruh zu holen. «Touché. Wenn du ihm verzeihst, kann ich es wohl auch, oder?»
Aber Vera war nicht in der Stimmung, auf Leonies Scherz einzugehen. «Wieso bist du gekommen?»
Leonie hatte das Gefühl, es wäre besser, das Gespräch auf einen späteren Zeitpunkt zu verschieben. Die Fragen, die ihr im Kopf herumgingen, brauchten eine geneigtere Zuhörerin, als Vera es im Moment war.
«Ich wollte nur sehen, wie es dir geht. Das habe ich ja jetzt.»
Leonie verabschiedete sich, und Vera versuchte nicht, sie aufzuhalten.

27.

Die zweite Hypnosesitzung war eine Enttäuschung. Nachdem es Leonie halbwegs gelungen war, ihre Muskeln zu lockern und sich zu entspannen, forderte der Arzt sie auf, sich an Ereignisse aus ihrer Kindheit zu erinnern. Ereignisse, die sie besonders berührt, geärgert oder geängstigt hatten. Das Kaleidoskop, das er damit in Gang setzte, zeigte ihr in rascher Folge Situationen, die anscheinend wahllos aneinander gereiht waren. Der Sportunfall einer Klassenkameradin, ein Streit mit ihrer Mutter über Geld, das unsichere Gefühl auf dem nächtlichen Heimweg von einer Party, der tote Vogel auf ihrem Fensterbrett. Was sollte sie damit anfangen? Der Arzt schalt sie milde ob ihrer Ungeduld. Sie dürfe nicht versuchen, etwas zu erzwingen, müsse sich langsam an die Antwort auf ihre Frage herantasten.
Bei der Suche nach der Schulfreundin ihrer Mutter war Leonie erfolgreicher. Nach zwei gescheiterten Ehen hatte sie ihren Mädchennamen Stümpel wieder angenommen und war in ihre Geburtsstadt Lübeck zurückgekehrt. Dort lebte Hildegard Stümpel mit zwei Hunden und einer Katze in einem schmalen Altstadthaus. In der Spitzwegidylle ihres winzigen Gartens blühten noch ein paar späte Rosen.

Sie bewirtete Leonie mit selbst gebackenem Kuchen. «Ein Sonntag ohne Kuchen wäre doch nicht das Richtige. Oder was meinen Sie, meine Liebe?»
Leonie nickte brav und betrachtete amüsiert die zarte kleine Frau, die seit der Begrüßung ohne Punkt und Komma geredet hatte. Hildegard Stümpel musste über sechzig sein, wirkte aber trotz fast gänzlich weißer Haare ungewöhnlich jung. Das mochte zum Teil an ihrer noch immer bemerkenswert glatten Pfirsichhaut und ihrer schlanken Figur liegen, zum anderen Teil an der Lebhaftigkeit ihres Wesens und den flinken Bewegungen. Wie aufgezogen sauste sie hin und her, und auch als sie sich Leonie gegenüber setzte, waren zumindest ihre Hände in steter Bewegung. Ihre Hausgenossen – eine hellgraue Perserkatze, ein Mops und ein schwarzer Spitz – lagen um sie herum drapiert und hoben höchstens einmal träge den Kopf. Die geballte Energie ging in diesem Haushalt von der Hausherrin aus.
«Sie haben ja keine Vorstellung, wie es mich freut, die Tochter meiner armen Margot zu Gast zu haben. Seit dieser schrecklichen Geschichte habe ich mich oft gefragt, was wohl aus Margots Kleiner geworden ist. Übrigens sehen Sie ihr gar nicht ähnlich.»
«Angeblich komme ich eher nach der Mutter meines Vaters.»
Sehr zum Ärger ihrer Mutter, wie sich Leonie erinnern konnte, die ihre Schwiegermutter nicht hatte ausstehen können.
«Wie schade. Margot war in ihrer Jugend nämlich eine echte Schönheit. Nicht dass ich damit sagen will, Sie wären nicht hübsch, meine Liebe.»

Leonie nahm es gelassen. Dem traditionellen Geschmack ihrer Gastgeberin konnte sie mit Sicherheit nicht entsprechen. Dazu war sie zu groß, zu knochig und insgesamt zu wenig feminin, ganz zu schweigen von einem Beruf, der Hildegard Stümpel die Nase rümpfen ließ.

«Schauen Sie.» Mit einem Ruck schlug sie eines der vielen Fotoalben auf, die sie hervorgeholt hatte. «Das war Ihre Mutter mit achtzehn.»

Leonie betrachtete das Foto, das ihre Mutter untergehakt mit zwei anderen Mädchen zeigte, eines davon zweifelsohne ihre Gastgeberin. Margot Reichert, wie Leonies Mutter damals noch hieß, war wirklich eine Schönheit. Unvoreingenommene Betrachter, unvoreingenommener, als es Leonie gewesen war, hätten vermutlich auch die ältere Margot Simon attraktiv gefunden.

«Sie waren ihre beste Freundin damals?»

«Ich und Ingrid. Das ist die da.» Sie tippte auf das dritte Mädchen auf dem Foto. «Ist leider auch schon tot. Brustkrebs. Vor drei Jahren. Ja, ich bin die Letzte von uns dreien.»

«Sicher kannten Sie meine Mutter sehr gut. Auch ihre kleinen Geheimnisse», tastete sich Leonie an den Grund ihres Besuchs heran.

«O ja», lächelte Hildegard Stümpel. «Wir wussten alles voneinander. Oder fast alles. Aus heutiger Sicht war das nicht besonders aufregend, aber damals galten andere Maßstäbe.»

Leonie vermutete, dass die alte Dame von Liebesaffären redete.

«Meine Mutter hatte sicher einen Verehrer.»

«Einen? Sie hätte an jedem Finger zehn haben können.»

Hildegard Stümpel suchte ein Bild heraus, auf dem Leonies Mutter mit einem attraktiven blonden Jüngling zu sehen war.
«Mit dem war sie ein paar Monate zusammen. Gott, wie hieß er gleich? Irgendwann fällt's mir bestimmt wieder ein. Natürlich gab es andere. Nichts Ernsthaftes, kann ich Ihnen versichern. Margot genoss die Aufmerksamkeit, aber sie wollte kein Wanderpokal werden, wie sie sagte.»
Leonie fühlte Erleichterung und schämte sich gleich darauf für diese spießige Reaktion. Was wäre so schlimm an einer promiskuitiven Mutter, die ihre Jugend genoss?
«Wie lange hatten Sie so engen Kontakt zu meiner Mutter? Über die Schulzeit hinaus?»
Hildegard Stümpel wedelte mit den Händen eine imaginäre Fliege vom Kuchen.
«Ach, meine Liebe, ich weiß ja, worauf Sie hinauswollen. Leider kann ich Ihnen gar nicht weiterhelfen. Zu der Zeit, als diese schreckliche Geschichte passierte, hatten Margot und ich nur noch wenig Kontakt. Als sie damals so plötzlich die Schule verließ, war es vorbei mit der engen Freundschaft. Wie es so geht, wenn man sich in alle Winde verstreut.»
«Moment mal», hakte Leonie nach. «Ich dachte, meine Mutter hätte das Abitur gemacht.»
«Das kann ja sein, aber nicht an unserer Schule in Lübeck. Ein halbes Jahr vor dem Abitur erschien sie plötzlich nicht mehr. Als ich sie sprechen wollte, hieß es, sie hätte dringend in ein Lungensanatorium fahren müssen. Also, das war schon sehr merkwürdig. Der Brief, den ich dann von ihr bekam, war in Hamburg abgestempelt. Und da gab es kein Lungensanatorium, soviel ich weiß.»

«Was hat sie Ihnen geschrieben?»
«Merkwürdigerweise kann ich mich nicht mehr so genau erinnern. Vielleicht weil es lauter Belanglosigkeiten waren. Ich habe sie auch später nie auf diese Zeit angesprochen.» Sie machte eine Pause, beugte sich zu Leonie vor und senkte ihre Stimme, als sie weitersprach. «Damals gab es das Gerücht, Margot wäre schwanger gewesen.»
«Schwanger?» Damit hatte sie Leonie überrascht.
«Wenn damals junge Mädchen plötzlich verschwanden und erst nach Wochen oder Monaten wieder auftauchten, war der Grund häufig eine Abtreibung oder eine heimliche Schwangerschaft. Und Margot ist nie nach Lübeck zurückgekehrt. Ihre Familie ist ein Jahr später auch fortgezogen. Viel später bekam ich dann eine Karte von ihr, mit der sie ihre Heirat mit einem Arzt in Hamburg bekannt gab.»

Leonie eilte zu ihrem Auto, das sie am Rande der Altstadt geparkt hatte, ohne einen Blick auf Lübecks prächtiges bauliches Erbe zu werfen. Nur ein Gedanke beherrschte sie. Sie musste sofort mit ihrer Tante sprechen. Mit überhöhter Geschwindigkeit fuhr sie nach Hamburg zurück, stürmte in ihre Wohnung und nahm sich nicht einmal die Zeit, ihren Mantel auszuziehen, ehe sie nach dem Telefonhörer griff. Glücklicherweise war ihre Tante daheim und meldete sich nach dem vierten Klingelzeichen.
«Wieso ist meine Mutter kurz vor dem Abitur von der Schule abgegangen? War sie schwanger?»
Nach einer sehr langen Pause antwortete ihre Tante mit einer Gegenfrage. «Wer hat dir das denn erzählt?»
«Ist es wahr oder nicht?»

«Was spielt das heute noch für eine Rolle? Mit ihrem Tod hat das jedenfalls nichts zu tun.»
«Tante Charlotte, muss ich nach Berlin kommen, um die Wahrheit aus dir rauszuschütteln?»
Ihre Tante seufzte. «Was bist du für eine Nervensäge, Leonie. Also gut, ja, deine Mutter war schwanger, und es wurde daraus ein Staatsgeheimnis gemacht. Wie das früher eben so war.»
«Und weiter?»
«Sie wurde zu einer Tante verfrachtet, irgendwo bei Hamburg.»
«Was wurde aus dem Kind? Hat sie abgetrieben?»
«Ich weiß es nicht.»
Leonie war fassungslos. «Das gibt's nicht. Ihr müsst doch darüber gesprochen haben.»
«Du hast ja keine Ahnung, wie das früher lief. Meine Eltern haben nie ein Wort über die Sache verloren. Mir wurde nur gesagt, dass Margot für ein paar Monate zur Tante ziehen würde. Natürlich war mir klar, dass da etwas faul war. Aber ich hätte nie gewagt nachzufragen. Margot hat mir dann gesagt, was los war. Sie wollte das Kind nicht.»
«Und du weißt nicht, ob sie es zur Welt gebracht hat?»
«Nein. Sie hat es auf jeden Fall nicht behalten. Mehr kann ich dir nicht sagen.»
«Wer der Vater war, weißt du vermutlich auch nicht, oder?»
«Margot war zu der Zeit in einen verheirateten Lehrer verliebt. Aber deshalb muss er nicht der Vater des Kindes sein. Ich weiß nicht mal, ob die beiden ein Verhältnis hatten.»

«Wieso seid ihr dann alle nach Hamburg gezogen? Wegen der Gerüchte?»
«Auch. Vater konnte sich beruflich verbessern. Und Margot wollte nicht zurück.»
«Und dann habt ihr alle wieder zusammengelebt, und keiner hat mit dem anderen geredet. Meine Mutter tut mir zum ersten Mal richtig Leid.»
Ihre Tante schwieg einen Moment, bevor sie darauf antwortete. «Du bist sehr hart, Leonie. Meine Eltern haben getan, was sie für richtig hielten.»
Leonie fühlte sich plötzlich sehr erschöpft. «Ja, sicher. Wie heißt diese Tante? Hast du vielleicht ihre Adresse?»
«Mein Gott, sie ist längst tot. Sie war damals schon nicht mehr jung.»
«Egal. Ich brauche einen Anhaltspunkt, wo ich mit der Recherche beginnen kann.»
«Was für eine Recherche?»
«Da fragst du noch? Ich will wissen, ob meine Mutter abgetrieben oder das Kind ausgetragen hat. In dem Fall hätte ich nämlich eine Halbschwester oder einen Halbbruder. Glaubst du nicht, dass das von Interesse wäre?»

Leonie verbrachte eine mehr oder weniger schlaflose Nacht, in der sie sich mit der Idee vertraut machte, dass es möglicherweise irgendwo einen Mann oder eine Frau gab, der oder die von derselben Frau wie sie geboren worden war. Der Gedanke war beunruhigend, aufregend, abstoßend und gleichzeitig sehr verlockend. Er brachte eine Menge Fragen mit sich und verwies schlagartig den Wunsch, den Mörder ihrer Mutter zu finden, auf den zweiten Platz. Plötzlich erschien es ihr unendlich wich-

tig, dieses Geschwisterkind, so es existierte, zu finden. Und zwar so schnell wie möglich.
Als sie mit ziemlicher Verspätung ins Institut kam, lief ihr Frau Thiele aufgeregt und empört in der Eingangshalle entgegen.
«Doktor Simon, endlich. Es ist etwas Schreckliches passiert. Mit Othello.»
«Hat er sich wieder geprügelt?»
Die kühle Aufnahme ihrer dramatischen Eröffnung steigerte Frau Thieles Empörung beträchtlich.
«Eine ganz unverschämte Person sitzt in Ihrem Büro und will mit Ihnen über Geld reden.»
«Wieso? Will sie Othello kaufen?»
«Sie will eine Entschädigung. Für ihre Rassekatze, die Othello angeblich geschwängert hat.»
Leonie brauchte einen Moment, bis sie begriff, wovon die Rede war. Dann musste sie laut loslachen und konnte gar nicht mehr aufhören. Vermutlich war ihre Erschöpfung daran schuld, aber das konnte Frau Thiele nicht wissen, die sie entgeistert anstarrte, als hätte sie den Verstand verloren.
«Entschuldigen Sie», keuchte Leonie. «Aber unser kleiner Kater als Schänder einer Katzenprinzessin ist einfach zu komisch.»
«Ich kann daran nichts Komisches finden. Die Person heißt übrigens Meier.»
Wohl selten war der Name Meier mit größerer Verachtung ausgesprochen worden. Frau Thiele ließ Leonie einfach stehen und schritt in Richtung von Frau Ohngemachs Büro davon, vermutlich, um sich dort ausgiebig zu beklagen. Leonie blieb nichts anderes übrig, als den

Kampf mit der geschädigten Katzenbesitzerin aufzunehmen. Die Dame stellte sich als ebenso arrogant wie geldgierig heraus. Nach ihrer Darstellung hatte Othello ihre Semiramis, eine Katze edelster Abstammung, tagelang bedrängt. Für die Schwangerschaft kam allein er infrage, da war sich die Besitzerin von Semiramis ganz sicher. Leonie wollte wissen, worin denn nun der Schaden bestehe, und wurde belehrt, dass Rassekatzen nun mal nicht von Feld-, Wald- und Wiesenkatern begattet werden durften. Die unedle Brut setzte den Wert von Semiramis erheblich herab. Angesichts der Arbeit, die sich unübersehbar auf ihrem Schreibtisch stapelte, beschloss Leonie, dass sie sich lange genug mit Semiramis' Schwangerschaft beschäftigt hatte. Sie bot Frau Meier an, für die zu erwartenden Kätzchen rechtzeitig ein geeignetes Heim zu suchen, lehnte aber die Zahlung einer Entschädigung kategorisch ab. Eine Klageandrohung ließ sie kalt, und die Dame Meier verließ enttäuscht ihr Büro. Kaum war sie verschwunden, spazierte Othello ins Büro. Sein unschuldiger Blick erregte wieder Leonies Heiterkeit. Er nahm das als gutes Zeichen und sprang auf ihren Schoß.
«Was hast du da angestellt, du kleiner Casanova?» Sie kraulte ihn hinter dem rechten Ohr, was er besonders liebte. «Muss ich dich etwa kastrieren lassen?»
«Unterstehen Sie sich.» Kaminski stand an der Tür und sah grinsend auf Leonie und Othello herab. «Soll der arme Kerl denn gar keinen Spaß mehr haben?»
Leonie setzte Othello auf den Boden. «Gegen Spaß ist nichts einzuwenden, aber mit Othellos Nachkommenschaft bin ich überfordert.»
«Alter Schlawiner, hast nicht aufgepasst, was?» Kamins-

ki ging in die Hocke, worauf sich Othello auf den Rücken rollte und ihm seinen Bauch zum Kraulen anbot.
«Wenn Sie's schaffen, ihm den Gebrauch von Kondomen beizubringen, überlege ich mir das mit der Kastration nochmal.»
Kaminski erhob sich ächzend und ließ sich in Leonies Besucherstuhl fallen, der ausnahmsweise nicht von Zeitungs- und Zeitschriftenstapeln bedeckt war, weil Frau Thiele aufgeräumt hatte. Othello kuschelte sich in sein Körbchen und schlief sofort ein. Wahrscheinlich hatte er wieder eine aufregende Nacht hinter sich.
«Sie sagten, Erika Lifka sei eine alte Freundin. Richtig?»
«Mehr oder weniger.»
«Kennen Sie auch ihre Schwester Sophie Vandenberg?»
«Eigentlich heißt sie Anita. Ja, ich kenne sie. Sie war mal meine beste Freundin, aber das ist ewig her.»
«Heißt das, in der letzten Zeit hatten Sie keinen Kontakt zu ihr?»
«Ich hab sie vor ein paar Wochen nach vielen Jahren zufällig wieder getroffen. Wieso fragen Sie?»
«Was wissen Sie über ihren Ehemann, Philipp Vandenberg?»
«Wenig. Er ist Geschäftsmann, sehr wohlhabend und, wie ich auf Fotos gesehen habe, nicht gerade hässlich. Was soll die Fragerei?»
Gedankenverloren kratzte Kaminski sich im Schritt.
«Ich hab die letzten Tage in Berlin eine Menge Leute abgearbeitet, darunter auch einen gewissen Bernhard Stöcker, ein fetter Fisch in der Baubranche. Er wurde möglicherweise auch von Isabel Lifka erpresst.»
«Und was hat das mit den Vandenbergs zu tun?»

«Warten Sie's doch ab. Stöcker steht im Zentrum eines Immobilien- und Bankenskandals, die Staatsanwaltschaft ermittelt seit Monaten. Und wie es der Zufall will, verunglückt vor kurzem ein Mann tödlich, der Stöcker hätte gefährlich werden können. Natürlich glaubt bei den Ermittlungsbehörden keiner, dass der Unfall ein Unfall war.»

«Kaminski, das ist alles höchst interessant, aber …»

«Vandenberg macht seit einigen Jahren mit Stöcker Geschäfte. Würde Stöcker fallen, müsste auch Vandenberg mit Unannehmlichkeiten rechnen. Er ist also auch überprüft worden. Von seinem Hamburger Privatanschluss ist zweimal die Telefonnummer von Hohmann angewählt worden. Das zweite Mal einen Tag vor Isabels Verschwinden aus Hohmanns Wohnung.»

Leonie sah ihn entgeistert an. «Wollen Sie damit sagen, dass Sie Vandenberg des Mordes an seiner eigenen Nichte verdächtigen?»

«Ich referiere lediglich die Fakten. Im Übrigen ist noch gar nicht raus, dass er wusste, wer Isabel war.»

Leonie rekapitulierte das soeben Gehörte. «Zwei Menschen sind tot, beide waren möglicherweise eine Gefahr für Stöcker und Vandenberg. Aber welche Beweise gibt es, dass die beiden hinter den Morden stecken, falls der Unfall wirklich Mord war?»

«Solche Leute machen sich nicht selbst die Hände schmutzig. Vandenberg war zum vermuteten Todeszeitpunkt von Isabel nicht einmal in Hamburg. Gerade was ihn betrifft, gibt es in dem Zusammenhang noch ein paar weitere interessante Erkenntnisse. Aber das würde zu weit führen.»

Leonie grinste. «Mit anderen Worten, es geht mich nichts an. Darf ich raten? Ihr reizender Bundesanwalt hat Ihnen was über Vandenberg gesteckt. Steht er etwa bei einem Geheimdienst auf der payroll?»

«Sie haben wirklich eine blühende Phantasie, Doc.» Kaminski vermied es, ihr in die Augen zu sehen. Anscheinend lag sie nicht so weit neben der Wahrheit.

«Und was haben Sie jetzt vor? Wollen Sie Vandenberg in die Mangel nehmen?»

«Das dürfte wenig Sinn haben. Ich will mit seiner Frau reden. In aller Vorsicht natürlich.»

Leonie griff zum Telefonhörer. «Ich kündige uns an.»

«Wie kommen Sie darauf, dass ich Sie mitnehmen will?»

Leonie warf ihm einen ironischen Blick zu. «Wozu wären Sie sonst hier?»

Sophie Vandenberg bereitete in den Deichtorhallen hinter dem Hauptbahnhof eine Ausstellung Hamburger Künstler vor. Der Verkaufserlös sollte nicht nur den Künstlern, sondern auch verwahrlosten und drogenabhängigen Kindern zugute kommen. Zusammen mit einigen anderen Damen der Hamburger Gesellschaft hatte Sophie einen karitativen Verein ins Leben gerufen, dessen vornehmste Aufgabe es war, Geld zu sammeln bei denen, die ihre Drittvilla schon abbezahlt hatten. Auf dem Weg zum Ausstellungsort erzählte Leonie Kaminski über Sophie so viel, wie er wissen musste, wobei sie sich bei ihrer persönlichen Beziehung nicht weiter aufhielt.

«Haben Sie Frau Vandenberg bei Ihrer privaten Mördersuche wieder ausgegraben?»

«Als meine Mutter starb, war der Kontakt zu den Lifkas bereits abgebrochen.»
«Und?» Kaminski sah sie von der Seite an. «Haben Sie schon was herausgefunden?»
«Eine Menge. Abgesehen vom Mörder.»
Vor der Ampel am Dammtor staute sich wie üblich der Verkehr. Leonie nahm den Gang raus.
«Man denkt, man weiß alles über seine Familie, und dann findet man Sachen raus, die einfach nicht ins Bild passen.»
«Meine Familie ist leider total berechenbar. Jeder Einzelne ein Superarschloch.»
Leonie legte den ersten Gang ein und schaffte es wieder ein paar Meter weiter. «Das glaube ich Ihnen nicht.»
«Dann lassen Sie's bleiben. Wo liegt denn der Hund begraben?»
Sie hatte nicht vorgehabt, mit ihm darüber zu reden. «Es gibt möglicherweise ein Kind, das ich nicht kenne. Also ich meine, eine Schwester oder einen Bruder. Halbschwester oder Halbbruder, um genau zu sein.»
Kaminski pfiff durch die Zähne. «Papas kleiner Seitensprung.»
Leonie schüttelte den Kopf.
«Mamas Seitensprung?»
«Vor der Ehe. Sie war noch sehr jung, und ich weiß noch gar nicht, ob sie das Kind zur Welt gebracht hat.»
«Na, das is ja 'n Ding.» Kaminski fing plötzlich an zu lachen. «Da suchen Sie einen Mörder, und was finden Sie stattdessen? Also wenn das kein Witz ist.»
«Es freut mich, dass ich zu Ihrer Erheiterung beitragen konnte.»

«Seien Sie nicht so humorlos. Wollen Sie diesen armen Menschen jetzt etwa auch aufstöbern?»
Leonie gab Gas und fuhr bei Orangerot über die Ampel. «Weiß ich noch nicht.»
Ihre erste Reaktion, sich sofort auf die Suche zu begeben, war rein emotional gewesen. Nach einigen Stunden ruhiger Überlegung waren ihr Zweifel gekommen, ob sie sich und diesem unbekannten Geschwisterkind damit einen Gefallen täte. Dieser Mensch wusste vielleicht gar nicht, dass er adoptiert war. Wie würde es ihr gefallen, wenn plötzlich eine unbekannte Frau auftauchte und ihr verkündete, sie sei ihre Schwester und die gemeinsame Erzeugerin sei übrigens ermordet worden? Andererseits ging ihr der Gedanke nicht mehr aus dem Kopf, dass es womöglich jemanden gab, der ihr äußerlich oder wesensmäßig ähnlich sah. Eine Schwester von ihrer Größe und Haarfarbe, die genauso ungern wie sie Klamotten kaufen ging und bei Wetterwechsel Kopfschmerzen bekam. Oder einen Bruder mit ihrer Vorliebe für Rotwein und klassische Musik. Aber viel wahrscheinlicher war es, dass ihre Mutter bei einer Engelmacherin gewesen war. Andererseits, wäre es in dem Fall nötig gewesen, sie für Monate zur Tante zu schicken?
«Wetten, dass Sie's tun? So wie ich Sie kenne, haben Sie sonst keine ruhige Minute mehr.»

Sophie Vandenberg verhandelte mit einem jungen Mann von einem Catering-Service über die Häppchen, die sie zur Ausstellungseröffnung reichen wollte, als Leonie und Kaminski die große Halle betraten.
«Natürlich muss es etwas sein, das man im Stehen essen

kann, aber ehrlich gesagt, schon das Wort Fingerfood kann ich nicht mehr hören. Sushi werde ich wahrscheinlich in meinem ganzen Leben nicht mehr essen.»

Kaminski warf Leonie einen sprechenden Blick zu. Sophie gehörte zu der Kategorie Frauen, die bei ihm auch dann nicht landen könnte, wenn er heterosexuell und drei Monate allein mit ihr auf einer einsamen Insel wäre.

«Hallo, Anita, pardon, Sophie. Hauptkommissar Kaminski kennst du schon?»

Sophie entließ ihren Verhandlungspartner mit einem Kopfnicken und wandte sich den Besuchern zu.

«Ja, natürlich. Es geht wieder um die arme Isabel, nehme ich an?»

«Richtig», antwortete Kaminski. Er wollte weitersprechen, aber Leonie war schneller.

«Du meine Güte, Sophie, ich war ja völlig daneben, als ich hörte, dass meine unbekannte Tote deine Nichte war. Und die arme Erika macht sich solche Vorwürfe.»

Sophie deutete mit einer anmutigen Geste auf eine extravagante Sitzgruppe und ließ sich selbst mit einem Seufzer in einen der Sessel sinken. Kaminski betrachtete misstrauisch das fragile Sitzmöbel, ehe er sich vorsichtig darauf niederließ.

«Sie hat auch allen Grund dazu, sich Vorwürfe zu machen. Das Mädchen war völlig verdorben. Sie ist schon mit sechzehn von zu Hause weggelaufen.»

«Und wie war dein Verhältnis zu Isabel? Hattet ihr Kontakt?»

«Gelegentlich. Meist ging es um Geld. Vandenberg mochte das nicht. Und seit wir eine Geheimnummer haben, schlief der Kontakt ganz ein. Vor ein paar Monaten schrieb sie einen Bettelbrief. Ich hab ihr Geld geschickt, aber deutlich gemacht, dass ich nicht mehr von ihr belästigt werden möchte. Aber das habe ich dem Kommissar schon gesagt.»

Kaminski nickte. «Das ist korrekt.»

Wieder schaltete sich Leonie ein. «Dein Mann mochte Isabel wohl nicht?»

«Für einen Mann in Vandenbergs Position ist eine angeheiratete Nichte mit Isabels Lebenswandel nicht gerade ein Aushängeschild. Er wollte uns nur schützen.»

«Das heißt, ihr wusstet, was sie trieb.»

«Ja, natürlich.»

Kaminski hob die Augenbrauen. «Eigenartig. Ihre Mutter wusste nichts davon.»

«Weil sie es nicht wissen wollte. Meine Schwester ist eine Meisterin der Verdrängung. Aber vielleicht war Isabel mir gegenüber auch ehrlicher. Vor mir hatte sie immer einen gewissen Respekt.»

«Weißt du, was ich nicht verstehe? Warum ist Isabel nicht zu dir gekommen, als sie in Hamburg war? Sie hatte offenbar Vertrauen zu dir, und du hättest ihr aus der Klemme helfen können, in der sie war.»

Sophie schlug ein Bein über das andere und hob das Kinn. «Ich nehme an, mein Brief hat sie abgeschreckt. Oder es gab jemand anderen, den sie in Hamburg aufsuchen wollte.»

«Könnte es sein, dass sie sich mit Ihrem Mann treffen wollte?»

Kaminskis Frage schien Sophie zu erheitern. «Ausgeschlossen. Er wäre der Letzte gewesen, den sie um Hilfe gebeten hätte.»

«Es hat also keiner von Ihnen beiden Ende Juli oder Anfang August mit Ihrer Nichte telefoniert?»
Sophies Blick wanderte misstrauisch zwischen Leonie und Kaminski hin und her.
«Nein, das habe ich doch schon gesagt. Ich hatte keinen Kontakt mehr zu Isabel. Und Vandenberg mit Sicherheit auch nicht.»
Leonie erhob sich. «Schade. Wir hatten gehofft, über dich einen Schritt weiter zu kommen. Na ja, wahrscheinlich war irgendein Junkie der Täter.»
Als sie beide wieder im Auto saßen, konnte Kaminski nicht mehr an sich halten.
«Vandenberg. Sie nennt Ihren Mann Vandenberg. Wahrscheinlich siezen die beiden sich auch noch. Ich hätte nie gedacht, dass ausgerechnet Sie mit so einer Zicke befreundet sind.»
«War, Kaminski, und zwar vor langer Zeit. Seitdem hat sie sich ziemlich verändert. Und außerdem lügt sie.»
«Den Eindruck hatte ich auch. Sie will ihren Mann schützen.»
Leonie haute den Rückwärtsgang rein. «Ja, vielleicht.»
Aber sie war sicher, dass nicht Vandenberg, sondern Sophie von seinem Apparat aus mit Isabel telefoniert hatte.

Als Leonie an diesem Tag nach Hause kam, wartete ein Mann in der dunklen Toreinfahrt auf sie. Er kam ihr vage bekannt vor, aber erst als er ein Messer zog, erinnerte sie sich, wo sie ihm schon einmal begegnet war.

28.

Es war nicht schwierig gewesen, Erika Lifkas Vertrauen zu gewinnen. Mit der Rettung vor den Brutalitäten ihres Exmannes hatte Dutch bei ihr und Max einen Status irgendwo zwischen James Bond und Superman erlangt. Bei zwei Treffen erfuhr er alles über sie, ihre Schwester und ihre erneuerte Bekanntschaft mit der Rechtsmedizinerin Dr. Leonie Simon. Das meiste davon wusste er allerdings schon, und über ihren Schwager Vau war Erika Lifka bedauerlicherweise nur sehr schlecht informiert. Eine Überraschung war für ihn die Sache mit ihrer Tochter. Leonies Interesse an den Schwestern hing also möglicherweise gar nicht mit Vaus Aktivitäten zusammen, sondern mit dem Mordfall, den sie bearbeitete. Was ihre privaten Recherchen anbelangte, wusste Erika Lifka nichts Wesentliches zu berichten. Die Simon hatte sie nicht ins Vertrauen gezogen und die Schätze, die möglicherweise in Erikas Erinnerung verborgen lagen, nicht gehoben.

Dutch musste sich wiederum einer beruflichen Angelegenheit widmen, die ihn für ein paar Tage auf den Balkan führte. Er mochte Politik nicht, und Politiker mochte er noch weniger. Dennoch entschloss er sich, den angebotenen Job abzulehnen, für den ihn ein indisponierter Kollege vorgeschlagen hatte. Auch jemand seiner Profession konnte so etwas wie Prinzipien und eine private Ethik haben. In seiner Arbeit hatte er immer eine Art Ordnungsfunktion gesehen, und er lehnte es ab, eine ganze Region zugunsten einer kriminellen Clique von besonders abstoßender Art ins Chaos zu stürzen. Ein anderer würde irgendwann den Job erledigen, dagegen konnte man nichts machen.

Zurück in Hamburg, hörte er die Mitschnitte von Leonie Simons Telefongesprächen ab. Die eine oder andere interessante Information war dabei, aber nichts, was eine sofortige Intervention erfordert hätte. Es war reiner Zufall, dass er durch sein Teleskop sah, als Leonie beladen mit zwei Einkaufstüten durch die Toreinfahrt kam, wo ihr ein Mann entgegentrat, der im Schatten eines Gebüschs gewartet hatte. Nach einem kurzen Wortwechsel zog der Unbekannte etwas aus der Jackentasche. Dutch sah ein Blitzen und wusste augenblicklich, dass es eine Messerklinge war. Ohne lange zu überlegen, griff er nach der 22er Ruger, deren Lauf er gerade auswechseln wollte, um sie wieder benutzen zu können. In weniger als einer Minute schaffte er es auf die Straße und rannte zur Toreinfahrt des Nebenhauses. Der Mann stand dicht vor Leonie Simon, die ihre Einkaufstüten immer noch in Händen hielt. Er flüsterte etwas, das Dutch nicht verstehen konnte, und die Spitze des Messers zielte auf den Hals seines Opfers. Eine große Ruhe überkam Dutch, wie immer in den Sekunden, bevor er tötete.

«Heh.»

Er hob seine Pistole und wartete, bis der Mann sich zu ihm umdrehte und erstaunt in den Lauf der auf ihn gerichteten Pistole starrte. Dutch drückte ab. Auf die kurze Distanz von weniger als zehn Metern traf er den Mann exakt mitten in die Stirn. Als er zusammenbrach, war er bereits tot. Für den Bruchteil einer Sekunde traf sich Dutchs Blick mit dem der Frau, der er möglicherweise gerade das Leben gerettet hatte. Dann sprintete er den kurzen Weg zurück. Er hoffte, dass sie ihm nicht zu schnell folgen und sehen würde, in welchem Hauseingang er verschwand.

Noch bevor Notarzt und Polizei anrückten, hatte Dutch seine Sachen gepackt und die Wohnung geräumt. In nächster Zukunft würde er den Fortgang des Spiels vom Spielfeldrand aus beobachten müssen.

29.

«Guten Abend, Herr Adolph», hatte Leonie gesagt und sich gefreut, dass ihre Stimme nicht zitterte.

«Sie erinnern sich also an mich. Das ist gut. Dann wissen Sie ja, wieso ich hier bin.»

Vor ein paar Monaten hatte Leonie Consuela Adolph zum ersten Mal untersucht. Die junge Filipina war völlig verängstigt und grün und blau geprügelt. Die Verständigung war nicht leicht gewesen. Consuela verstand kaum Deutsch, und Leonies Spanischkenntnisse hatten in den letzten Jahren schwer gelitten. Aber es wurde klar, dass Consuelas Ehemann sie regelmäßig schlug. Trotzdem wollte sie keine Anzeige erstatten. Er hatte sie erst vor wenigen Monaten per Katalog ausgewählt und aus Manila einfliegen lassen. Immerhin hatte er sie geheiratet, aber sie hatte noch kein eigenständiges Aufenthaltsrecht und würde bei einer Scheidung abgeschoben werden. Leonie kannte solche Fälle zur Genüge. Es war ein Skandal, dass sich diese Frauen jahrelang krankenhausreif schlagen lassen mussten, bis sie endlich auch ohne Ehemann ein Recht auf eine gesicherte Existenz in Deutschland hatten. Vor ein paar Wochen war sie Consuela Adolph im Krankenhaus wieder begegnet, wo sie ambulant behandelt wurde. Sie sah schlimmer aus denn je und ließ sich endlich überreden, in ein Frauenhaus zu gehen und ihren Ehemann anzuzeigen. Daraufhin hatte Leonie im Institut Besuch von Edgar Adolph bekommen. Sie schätzte ihn auf circa Mitte vierzig. Ein Durchschnittstyp mit dünnem Haar, Bauchansatz und schlechten Zähnen, dessen Chancen auf dem deutschen Heiratsmarkt vermutlich nicht besonders groß gewesen waren. Er hatte zunächst die Adresse des Frauenhauses von Leonie gefordert. Als sie das ablehnte, verlangte er, sie solle seine Frau überreden, zu ihm zurückzukommen. Er habe schließlich viel Geld für sie gezahlt. Es war Leonie nicht leicht gefallen, sachlich zu bleiben, und vermutlich hatte er ihre Abneigung gespürt. Jedenfalls war er ziemlich ausfallend geworden und hatte ihr unmissverständlich gedroht. Der Kollege Bernd Fuchs, der zufällig dazukam, beförderte ihn schließlich problemlos hinaus. Adolph gehörte nicht zu denen, die es mit einem gleich starken Gegner aufnahmen.

«Ich hab einen Prozess am Hals. Und daran sind Sie schuld.»

«Sie hätten Ihre Frau nicht schlagen sollen.» Falsche Antwort, du dumme Gans, dachte Leonie. Der Mann war schon wütend genug.

«Ich hab mir nich 'ne Frau aus dem Ausland geholt, um mir Frechheiten gefallen zu lassen. Euch eingebildete deutsche Weiber hab ich gefressen.»

Dann hatte er sie gepackt und ihr das Messer an die Kehle gesetzt. Sie hatte fieberhaft überlegt, was sie machen sollte. Mit einer Messerspitze, die direkt auf die Halsschlagader zielte, war alles außer stumm und starr dazustehen gefährlich. Hasserfüllt flüsterte er ihr etwas ins

Ohr, das sie vor lauter Panik nicht verstand. Plötzlich hatte er sich umgedreht, und sie sah einen Fremden nur wenige Meter entfernt eine Waffe heben. Alles ging ganz schnell. Ein lauter Knall und Adolphs lebloser Körper wie ein Haufen ungewaschener Wäsche zu ihren Füßen. Leonie starrte in ein Paar helle Augen, dann war die dunkel gekleidete Gestalt schon wieder verschwunden, als hätte es sie nie gegeben. Leonie brauchte einige Sekunden, um sich aus der Schockstarre zu lösen. Jetzt erst merkte sie, dass sie absurderweise immer noch ihre Einkaufstüten in Händen hielt. Sie ließ sie fallen und lief auf die Straße. Der Fremde war nirgendwo zu sehen. Die schmale Seitenstraße lag verlassen da. Leonie lief zu Adolph zurück und fühlte seinen Puls. Der Mann war tot. Das Einschussloch in der Stirn hatte sie nichts anderes erwarten lassen.

Der Schuss hatte inzwischen eine Hand voll Neugierige angelockt, die Leonie nur mit Mühe abhalten konnte, den Tatort zu zertrampeln. Sie war erleichtert, als Kaminski ziemlich gleichzeitig mit zwei Streifenwagen eintraf. Die uniformierten Beamten übernahmen sofort die Sicherung des Tatortes. Kaminski warf nur einen kurzen Blick auf die Leiche und verzog sich mit Leonie in die Eingangshalle ihres Hauses. Leonie fasste kurz zusammen, was sich in der letzten halben Stunde abgespielt hatte.

«Beschreiben Sie den Mann.»

«Es ging sehr schnell, und er stand im Schatten der Einfahrt.»

«Dann geben Sie sich Mühe.»

Leonie schloss kurz die Augen. «Er war dunkel gekleidet, vermutlich schwarz. Hose und Pullover.»

«Kein Mantel?»
«Ich glaube nicht.»
«Weiter. Größe, Figur.»
«Etwas größer als ich, schlank, dunkle Haare. Das Gesicht konnte ich nicht erkennen. Ich glaube, er hatte helle Augen.»
«Hat er etwas gesagt?»
«Ich hab nichts gehört. Aber ich nehme an, er hat Adolph etwas zugerufen, weil der sich plötzlich umdrehte. Der Schuss kam sofort, und dann ist der Täter verschwunden. Keine Ahnung, wohin.»
Kaminski sah sie nachdenklich an. «Sie werden angegriffen, und siehe da, ein unbekannter Bodyguard rettet Sie mit einem gezielten Schuss. Finden Sie das auch so komisch wie ich?»
Leonie schüttelte den Kopf. «Ich finde das beängstigend.»
«Sie fühlen sich doch seit einiger Zeit verfolgt. Vielleicht war er das.»
«Oder Adolph.»
«Der Täter trug keinen Mantel und war unmittelbar zur Stelle. Haben Sie ein Auto wegfahren hören?»
«Ich glaube nicht», antwortete Leonie nach kurzem Zögern.
«Das könnte heißen …»
«Dass er den Überfall von irgendwoher beobachtet hat.»
Leonie trat vor die Tür, wo die Spurensicherung die Arbeit aufgenommen hatte. Sie hob den Blick zu den Häuserwänden, die den großen Innenhof umschlossen. Nein, das war unmöglich. Welchen Sinn sollte das haben? Durch die gläserne Haustür sah sie Kaminski telefonie-

ren. Die Bewohner des Viertels hatten eine unruhige Nacht vor sich.

Der erneute Angriff auf Leonie trug ihr das Mitgefühl der Kollegen und, bedauerlicherweise, die Aufmerksamkeit der Presse ein. Wenn auch diesmal nicht sie, sondern der Täter am Pranger stand, konnten sich einige Journalisten nicht verkneifen, an die Anfeindungen zu erinnern, denen das Institut in den letzten Wochen ausgesetzt gewesen war.
Cordes wollte Leonie sofort in Urlaub schicken, was sie dankend ablehnte. Abgesehen davon, dass sie zurzeit keinen Urlaub gebrauchen konnte, hatte sie den unmittelbaren Schock rasch überwunden. Anders als die Vorfälle im Zusammenhang mit der Brechmittelverabreichung traf sie diese Attacke nicht in ihrem Selbstverständnis als Ärztin. Rein theoretisch konnte jeder im Institut jederzeit Opfer eines Angriffs werden. Sie alle waren bei der Ermittlung schwerer Gewaltverbrechen beteiligt.
Was Leonie wirklich aus dem Gleichgewicht brachte, war die Neuigkeit, die ihr zwei Tage später von Kaminski präsentiert wurde. Er suchte sie auf, als sie gerade mit der Obduktion eines Mannes begann, der in der Nacht zuvor aus dem Alsterfleet gezogen worden war.
«Schön, dass euch die Arbeit Spaß macht.»
Leonie, Dr. Matschoss, der zweite Obduzent, und die Präparatorin Heidi Zenker sahen Kaminski grinsend entgegen. Leonie deutete nur auf die Leiche. Kaminski trat neben sie an den Stahltisch und musste ebenfalls lachen. Der Körper des Toten wies mehrere Tattoos auf.

Unter dem Bauchnabel war ein Schriftzug tätowiert, «Nur für dich», mit Pfeil in Richtung Penis.
«Das gehört dokumentiert.» Matschoss holte eine Kamera und machte ein Polaroidfoto.
Kaminski nahm Leonie an die Seite.
«Wir haben die Kugel untersucht, die Ihr Kollege Silber aus Adolphs Schädel rausgeholt hat. Das Ergebnis ist recht interessant.»
Leonie überlegte einen Moment. «Okay, ich glaube, Fuchs ist noch im Haus.»
Sie wandte sich an Matschoss. «Fangen Sie mit der äußeren Leichenschau an, ich frage Bernd Fuchs, ob er übernehmen kann.»
Zehn Minuten später folgte Kaminski Leonie in ihr Büro und zog die Tür hinter sich ins Schloss. Leonie setzte sich und sah ihn erwartungsvoll an.
«Also, was gibt's so Wichtiges?»
Kaminski legte eine dünne Mappe auf ihren Schreibtisch. «Eine Kopie des ballistischen Gutachtens. Um es gleich auf den Punkt zu bringen: Laut BKA ist auf Adolph mit derselben Waffe geschossen worden wie auf den Usbeken.»
In Fällen, die eine Wiederholungstat möglich erscheinen ließen, wurden Hülsen und Geschosse ans BKA geschickt und dort archiviert. Wurde dieselbe Waffe wieder benutzt, konnte man sie durch einen Abgleich identifizieren. Mit Hilfe des BKA war auch eine Schusswaffensystembestimmung möglich, die sämtliche Eigenschaften einer Waffe bis hin zum Drall der Patrone umfasste, was die Bestimmung der Herstellerfirma und eventuell sogar der Waffenart erleichterte.

Leonie schlug die Mappe auf und blätterte kurz durch das Gutachten, aber ohne wirklich zu lesen. Sie überlegte fieberhaft, was diese Information bedeuten konnte.
«Boysen möchte mit Ihnen über die Sache sprechen.»
«Wozu? Ich stehe genauso wie Sie vor einem Rätsel.»
Kaminski nahm die Mappe wieder an sich. «Es gibt möglicherweise Verbindungslinien zu Vandenberg und Isabel Lifka.»
«Was hat das mit Vandenberg und seiner Nichte zu tun? Ich dachte, bei dem Usbeken-Fall ginge es um politischen Mord.»
«Aber Sie sind auch mit dem Fall Lifka befasst, und wir glauben, dass das die entscheidende Verbindung ist.»
Leonie schüttelte den Kopf. «Da komme ich nicht mehr mit. Ich sehe weder die Zusammenhänge, noch begreife ich, warum er mich nicht getötet hat, wenn ich ihm als gefährlich erscheine.»
«Er hat sie im Gegenteil gerettet. Das heißt, er will etwas von Ihnen, was er noch nicht bekommen hat.»
Das war alles ziemlich beängstigend, trotzdem kam Leonie ein Gedanke, der sie erheiterte. «Jetzt hab ich doch noch einen Bodyguard am Hals, einen kriminellen noch dazu.»
Kaminski versuchte, harmlos auszusehen.
«Nein, Kaminski, auf keinen Fall.»
«Doc, falls der Kerl weiter um Sie herumschnüffelt, ist das die beste Möglichkeit, ihn zu schnappen. Sie werden die Kollegen überhaupt nicht bemerken.»
«Natürlich werde ich sie bemerken. Das ist auch gar nicht möglich, weil es die ärztliche Schweigepflicht tangiert.»

«Ach, kommen Sie …»

«Die Anonymität von Gewaltopfern, die zur Untersuchung kommen oder die ich aufsuche, ist nicht gewährleistet, wenn Ihre Leute aus der Horch-und-guck-Abteilung um mich herumschleichen. Zu einer solchen Überwachung gebe ich nicht meine Erlaubnis. Und wenn ich auch nur den leisesten Verdacht schöpfe, dass Sie Aufpasser auf mich angesetzt haben, gibt's Ärger. Das verspreche ich Ihnen.»

Dasselbe sagte sie am nächsten Tag zu Staatsanwalt Dr. Boysen, der mit einem ausweichenden Lächeln reagierte.

«Gut. Wir werden sehen. Um offen mit Ihnen zu sein, mir geht es in erster Linie um diesen Vandenberg. Und wie mir Hauptkommissar Kaminski sagte, sind Sie eine alte Freundin seiner Frau.»

Leonie warf Kaminski einen strafenden Blick zu, aber der ließ Boysen nicht aus den Augen. «Dann hat Ihnen Kaminski hoffentlich auch gesagt, dass Sophie Vandenberg und ich uns schon seit einer Ewigkeit nicht mehr gesehen haben. Ihren Mann kenne ich nicht mal vom Wegsehen.»

Boysen nickte. «Nicht, was Sie über ihn wissen, sondern was Sie über ihn in Erfahrung bringen können, interessiert mich.»

Leonies Aufmerksamkeit stieg um tausend Prozent. «Verstehe ich das richtig? Sie möchten, dass ich in Ihrem Auftrag meine alte Schulfreundin über ihren Ehemann aushorche?»

«Ja.» Boysens knappe und unerwartet ehrliche Antwort ließ Kaminski zusammenzucken und Leonie auflachen.

«Sehr erfrischend, Ihre Offenheit. Geht sie auch so weit, mir zu verraten, was das alles soll?»
Die Art, wie Boysen Kaminski komplizenhaft zuzwinkerte, gefiel ihr nicht.
«Kaminski hat mich schon gewarnt, dass ich bei Ihnen auf Granit beißen würde. Schauen Sie, es geht mir darum, möglichst viel darüber zu erfahren, welche Kontakte Vandenberg in der letzten Zeit hatte, mit wem er gesprochen oder sonst wie Nachrichten ausgetauscht hat. In der Regel wissen Ehefrauen ziemlich gut Bescheid.»
«Das beantwortet nicht meine Frage.»
«Ich kann sie Ihnen nicht genauer beantworten. Nur so viel: Vandenberg ist Geschäftsmann mit internationalen Kontakten, auch auf politischer Ebene.»
Leonie konnte sich vorstellen, worauf das hinauslief. Wahrscheinlich gruben sich Bundesanwaltschaft, BKA, die Geheimdienste und die Staatsschützer der LKAs gegenseitig das Wasser ab.
«Doktor Boysen, ich bin Rechtsmedizinerin und arbeite lediglich auf lokaler Ebene, und so soll es auch bleiben. Tut mit Leid.»
Boysen nahm die Abfuhr in guter Haltung hin. «Vielleicht denken Sie noch einmal darüber nach. Es wäre weder illegal noch moralisch verwerflich. Und schließlich geht es um Mord.»
Kaminski brachte sie zum Fahrstuhl. Er versuchte es mit Vorwärtsverteidigung.
«Es war nicht meine Idee, Sie auf Sophie Vandenberg anzusetzen.»
«Aber Sie hätten auch nichts dagegen, oder?»
«Es würde uns, mir, möglicherweise weiterhelfen.»

Leonie blieb stehen und sah ihn an.

«Kaminski, noch vor kurzem hat man Ihnen einen angeblichen Mörder präsentiert und wollte, dass Sie die Usbeken-Akte schließen. Jetzt plötzlich ist Vandenberg unter Verdacht, und Sie sind wieder im Geschäft. Vielleicht sollten Sie ein bisschen misstrauischer werden.»

Sie war sicher, dass Boysen ihn nur benutzte. Wahrscheinlich war er nicht mal schwul und ließ Kaminski zappeln, solange er ihn brauchte. Aber eine entsprechende Bemerkung verkniff sie sich. Darauf musste Kaminski schon selbst kommen.

Zwei Tage später nahm Leonie an Isabel Lifkas Beerdigung teil. Nachdem die Identität der namen- und gesichtslosen Toten endlich geklärt war, hatte die Staatsanwaltschaft die Leiche freigegeben. Es sollte eine stille Beerdigung im engsten Familienkreis sein, und tatsächlich waren außer Erika und Max Lifka nur Sophie Vandenberg und ihr Mann anwesend. Und natürlich war Kaminski gekommen. An Leonies Seite folgte er dem Sarg, in gebührendem Abstand zur Familie. Leonie ließ den Blick über die nähere Umgebung des Grabes schweifen, an dem der Pfarrer Aufstellung nahm. Ein Trupp Männer von der Friedhofsverwaltung war unterwegs, um die Körbe mit dem Grünabfall zu leeren. Ein junges Pärchen knutschte hinter einem Gebüsch, und zwei Frauen mittleren Alters waren damit beschäftigt, Gräber für den Winter mit Tannenzweigen abzudecken.

«Verraten Sie mir, wer von denen zur Beobachtung abgestellt ist? Das Pärchen oder die Arbeiter?»

Kaminski tat, als habe er nichts gehört. Vandenberg und

Sophie flüsterten miteinander, und wenn Leonie ihre Mienen richtig deutete, handelte es sich um eine Auseinandersetzung. Leonie sah Sophies Mann zum ersten Mal aus der Nähe. Er war ein attraktiver Mann, vermutlich ein paar Jahre älter als Sophie, aber seine Ausstrahlung war zwiespältig. Obwohl er zunächst durchaus sympathisch auf Leonie gewirkt hatte, fühlte sie sich in seiner Gegenwart nicht wohl, ohne den Grund dafür benennen zu können. Leonie fiel der Vergleich mit einem Wein ein, der sich beim ersten Schluck auf der Zunge wohlig breit machte, im Abgang aber eine plötzliche Bitterkeit oder Schärfe spüren ließ, die einen unangenehm berührte. Aber wahrscheinlich, so sagte sie sich, lag das in dem Misstrauen begründet, das Boysen gepflanzt hatte.

Der Pfarrer hielt eine wohltuend kurze und einigermaßen aufrichtige Rede, bevor der Sarg ins Grab gesenkt wurde und die kleine Trauergemeinde sich auf den Rückweg begab. Erika und Max hatten keine Träne vergossen. Sophie hatte versucht, den Schein zu wahren, und sich mit einem kleinen Spitzentaschentuch die trockenen Augen abgetupft. Ihr Mann sah mehrmals auf die Uhr. Ohne mit seiner Schwägerin ein Wort zu wechseln, lief er zu einer schwarzen Limousine, deren Fahrer die ganze Zeit in der Nähe gewartet hatte. Sophie blieb allein zurück. Sie schien verärgert, vielleicht fiel der Abschied von Schwester und Neffe deshalb so förmlich aus.

Leonie tauschte einen kurzen Blick mit Kaminski und folgte ihrer Jugendfreundin zum Haupteingang des Friedhofs.

«Sophie?»

Die Angesprochene drehte sich widerstrebend um. «Tut mir Leid, aber ich habe keine Zeit.»
«Kann ich dich irgendwohin fahren?»
«Danke. Ich nehme ein Taxi.»
Leonie legte ihr den Arm um die Schulter. «Sei nicht so bockig. Also, wohin soll's gehen?»
Sophie ergab sich und ließ sich zu Leonies Auto bugsieren. Sie musste ihren Sohn vom Kindergarten abholen, weil das Au-pair-Mädchen in der Nacht Zahnschmerzen bekommen hatte und den Vormittag beim Arzt verbrachte. Während der Fahrt redeten beide nicht viel, und als der kleine Adrian, der schon auf seine Mutter gewartet hatte, einstieg, drehte sich für Sophie ohnehin alles um ihn. Leonie bog mit Schwung in die Auffahrt zum Vandenberg'schen Anwesen ein und parkte direkt vor der Haustür. Sophie reichte ihr die Hand.
«Vielen Dank. Das war sehr nett von dir.»
«Ich würde gern noch etwas mit dir besprechen.»
Sophies Lächeln schwand. «Das hätte ich mir wohl denken können, nicht wahr? Also gut, aber nur kurz.»
Leonie sprang aus dem Auto und sah zu, wie Sophie ihrem Sohn vom Rücksitz half. Das Kind knickte kurz ein und lief dann stolpernd auf die Haustür zu. Leonie fiel außerdem auf, dass er Schwierigkeiten mit der Aufrichtung im Beckenbereich hatte. Im Haus half Sophie dem Kleinen die Treppe hinauf und brachte ihn auf sein Zimmer, wo er sich für ein paar Minuten selbst beschäftigen sollte. Leonie blickte ihr entgegen, als sie die Treppe wieder herunterkam.
«Gehst du mit deinem Sohn regelmäßig zum Kinderarzt?»

«Natürlich.» Sophie zog die Augenbrauen hoch. «Wieso fragst du?»
«Mir fiel auf, dass er Schwierigkeiten beim Laufen hat.»
«Ach das. Das wächst sich aus, er ist ja gerade erst vier geworden.»
Leonie blieb skeptisch, wollte sich aber nicht weiter einmischen. Sie folgte Sophie in einen Raum, den sie Bibliothek nannte. Es war so eine Art Wohnzimmer mit Bücherwänden.
«Also? Was willst du von mir?»
Sie bot Leonie weder einen Stuhl noch eine Erfrischung an und blieb mitten im Raum stehen. Leonie ging zum Fenster und sah hinaus. Der Raum lag an der Seite des Hauses und bot einen Blick auf einen Teil des Gartens. Leonie sah eine Gruppe von Nadelgehölzen und in einer Ecke des Gartens, halb verdeckt von den Bäumen, ein Holzhäuschen, wie man es zur Unterbringung von Gartengerät benutzt. Sie drehte sich zu Sophie um.
«Sophie, die Polizei glaubt, dass dein Mann etwas mit dem Tod deiner Nichte zu tun hat.»
Leonie hatte sich für die Schocktherapie entschlossen. Wenn Vandenberg nicht dumm war, und das war er ganz sicher nicht, hatte er ohnehin schon zwei und zwei zusammengezählt. Er musste von den Ermittlungen gegen seinen Geschäftspartner Stöcker gehört haben.
Sophie schien jedoch aus allen Wolken zu fallen. «Das ist absolut lächerlich. Welchen Grund sollte er haben?»
«Möglicherweise hat sie ihn erpresst. Ihn oder einen Geschäftspartner.»
Sophie wanderte im Raum auf und ab, rückte hier und dort unnötigerweise etwas zurecht. «Ich weiß nicht, wer

sich so was ausdenkt, aber es ist bestimmt nicht wahr. Außerdem war Vandenberg nicht hier, als Isabel starb. Das hat jedenfalls dieser Kommissar gesagt. Vandenberg war Anfang September in Washington. Das kann ich bezeugen, ich habe ihn begleitet.»

Leonie setzte sich, was Sophie zwang, sich der Höflichkeit halber ebenfalls in einem Sessel niederzulassen.

«Das glaube ich dir ja. Dennoch hat einer von euch beiden vor oder nach eurer Reise mit Isabel telefoniert.»

Sophie faltete die Hände fest im Schoß. «Also gut, ich hab mit Isabel telefoniert.»

Leonie hatte sich das bereits gedacht. Boysens Verschwörungstheorie von Vandenbergs Verwicklung in völlig unterschiedliche Morde leuchtete ihr nicht ein.

«War sie deinetwegen nach Hamburg gekommen?»

«Das hat sie nicht gesagt. Sie stand irgendwann Ende Juli vor der Tür. Glücklicherweise war Vandenberg nicht da, der hätte sie gleich rausgeworfen. Sie wollte Geld, wie immer.»

«Hast du's ihr gegeben?»

«Ich hab nie viel Geld im Haus, weil ich das meiste ohnehin mit Karte bezahle. Sie war sauer, weil ich ihr außerdem gesagt habe, dass sie nicht bei uns übernachten könne. Ein paar Tage später kam sie wieder. Sie erzählte, dass sie bei einem Mann namens Hohmann wohne, und gab mir die Nummer. Um sie loszuwerden, habe ich ihr versprochen, dass ich ihr eine größere Summe besorgen würde.»

Sophie machte eine Pause und sah Leonie herausfordernd an.

«Ich hab's mir dann aber anders überlegt. Meiner Meinung nach brauchte Isabel eine Therapie. Mit Geld hätte ich ihr nicht geholfen. Ich hab sie angerufen und es ihr gesagt. Danach habe ich nichts mehr von ihr gehört.»

So konnte es gewesen sein, aber Leonie war nicht sicher.

«Kennst du Achim Löhr?»

«Nein.»

«Bernhard Stöcker?»

Sophie überlegte. «Ich bin nicht sicher, aber eher nein. Was sind das für Leute?»

Leonie überging ihre Frage. «Hast du Kontakt zu den Geschäftspartnern deines Mannes?»

«Wenn du offizielle Gelegenheiten meinst, bei denen die Ehefrauen mitgenommen werden, dann habe ich Kontakt. Aber die meisten sind nur Namen für mich.»

«Was macht dein Mann eigentlich genau? Du hast, glaube ich, mal was von Immobilien gesagt.»

Sophie zuckte mit den Schultern, das Thema schien sie nicht zu interessieren. «Vandenberg ist ziemlich umtriebig. Er ist oft im Ausland unterwegs und macht Geschäfte. Was genau, weiß ich nicht ...»

Sophie gehörte einem Frauentyp an, den Leonie längst ausgestorben wähnte. Sie schien sich ausschließlich dafür zu interessieren, dass ihr Konto immer gut gefüllt war. Wo immer sich Boysen seine Informationen beschaffen wollte, von Sophie bekam er sie nicht.

«Sophie, deine Nichte ist brutal ermordet worden. Und du gehörst zu den Personen, zu denen sie in ihren letzten Lebenswochen Kontakt hatte. Wenn du weißt, wer mit dem Mord zu tun haben könnte, musst du eine Aussage machen.»

Sophie sah sie mit großen, ernsten Augen an. «Es tut

mir Leid, aber ich kann wirklich nicht helfen. Bitte, glaub mir.»

Das Gespräch mit Sophie hatte Leonie nicht befriedigt. Ihre ehemalige Freundin hatte vielleicht die Wahrheit gesagt, aber nicht die ganze. In den meisten Fällen waren es lächerliche Kleinigkeiten, die verschwiegen wurden, weil es den Leuten peinlich war, Details ihrer kaputten Ehe oder ihrer desolaten beruflichen Situation preiszugeben. Manchmal führte das die Ermittler auf falsche Fährten, die hätten vermieden werden können. Leonie entschied deshalb, Kaminski zunächst nichts von Sophies Geständnis zu erzählen. Es war dabei nichts zutage gekommen, was ihm weiterhelfen würde.
Sie hatte es nicht besonders eilig, ins Institut zu kommen, und fuhr einen Schlenker durch ihre alte Wohngegend. Dabei kam sie an einem kleinen Park vorbei, wo sie als Kind öfter gespielt hatte. Ein Bild tauchte so plötzlich in ihrem Kopf auf, dass sie eine Vollbremsung machte, was ihr ein ärgerliches Hupen von einem Fiat-Fahrer eintrug. Bei den Entspannungsübungen, die der Hypnosearzt ihr als tägliche Pflicht aufgegeben hatte, war dieses Bild schon einmal aus ihrer Erinnerung hochgestiegen.
Leonie betrat den kleinen Park und sah sich suchend um. Es hatte sich nicht besonders viel verändert, soweit sie das erkennen konnte. Die mannshohen Rhododendren waren im Herbst stark heruntergeschnitten worden, was ihr die Orientierung ein wenig erschwerte. Aber nachdem sie einen der Parkwege ein paar Mal auf und ab gelaufen war, meinte sie, die Stelle wieder gefunden zu ha-

ben, die sie suchte. Mit dem Eiskratzer, den sie aus dem Handschuhfach mitgenommen hatte, begann sie neben einem Gebüsch zu graben. Im vierten Loch stieß sie endlich auf etwas Hartes. Vorsichtig hebelte sie einen fingerlangen Gegenstand aus der festgetretenen Erde. Es war ein Taschenmesser, ihr Taschenmesser. Vor langer Zeit hatte sie es zum Zeichen ewiger Freundschaft vergraben. Leonie berührte die Stelle an ihrem linken Zeigefinger, wo sie sich mit einem Dorn die Haut blutig geritzt hatte. Es war nicht leicht gewesen, ihre Freundin Anita dazu zu bringen, es ihr gleichzutun. Leonie ging wieder in die Hocke und grub tiefer. Aber der kleine goldene Ring mit dem blauen Stein, den Anita schweren Herzens geopfert hatte, war nicht mehr da. Leonie richtete sich auf und klopfte sich die Erde von den Händen. Anita hatte sich ihr Freundschaftspfand also wiedergeholt, wahrscheinlich schon am selben Tag. Leonie fühlte Enttäuschung und eine große Traurigkeit über den Verlust einer Freundschaft, die schon viel früher verloren gegangen war, als sie geahnt hatte.

30.

Der Tag war miserabel gelaufen. Eine junge Ärztin, die noch ein Jahr bis zum Facharzt hatte und Meiling Zhao ersetzte, war an Lungentuberkulose erkrankt. Tbc gilt als Berufskrankheit der Rechtsmediziner. Die meisten der älteren Ärzte hatten sie bereits gehabt, wie zum Beispiel Silber, Hinrichs und natürlich Professor Cordes. Leonie war bislang verschont geblieben, aber das Risiko stieg, seitdem der Eiserne Vorhang gefallen war. Im früheren Sowjetreich war Tbc eine Volkskrankheit gewesen, die seit einigen Jahren von Aussiedlern und Arbeitsuchenden in den Westen mitgebracht wurde. Da sich außerdem Gabriel bei seinen Kindern mit Masern angesteckt hatte, bedeutete das für Leonie einen heldenhaften Kampf mit dem Dienstplan und den von den Änderungen betroffenen Kollegen.

Nach der wöchentlichen Dienstbesprechung war sie mal wieder mit Meißner aneinander geraten und gleich danach in derselben Angelegenheit mit Cordes. Beim ständigen Kampf um Geld und Positionierung im hierarchischen System grub Meißner ihr immer wieder geschickt das Wasser ab. Die Auseinandersetzung hatte sie derart mitgenommen, dass ihr die Hände zitterten, als sie die Kaffeetasse entgegennahm, die ihr Frau Thiele reichte.

Im Leichenkeller herrschte schon seit der vergangenen Nacht Hochbetrieb, alle Tische waren seit dem frühen Morgen ständig besetzt. Unter Leonies Leichen befand sich ein knapp zwei Jahre altes Mädchen, das vom Freund der Mutter zum wiederholten Mal schwer misshandelt worden war. Leonie zeigte dem Kriminalbeamten, der die kleine Leiche begleitet hatte, eine Röntgenaufnahme des Thorax, auf der selbst ein ungeschultes Auge mehrere abgeheilte Rippenbrüche mit den typischen kalzifizierten kolbenförmigen Auftreibungen der Knochenhaut erkennen konnte. Der kleine Körper war übersät mit alten und neuen Wunden, und während der Sektion rang Leonie mehrmals um Fassung. Der Akte hatte sie entnommen, dass das Kind in den letzten Monaten seines Lebens mehrmals beim Kinderarzt und im Krankenhaus gewesen und jedes Mal ohne besonderen Befund wieder nach Hause geschickt worden war. Solche Fälle waren leider nicht selten, und Leonie fragte sich, ob die Kollegen überfordert oder desinteressiert waren oder ob sie die Unannehmlichkeiten einer Anzeige und eines daraus sich ergebenden Gerichtsverfahrens scheuten.
Ihre Wut, ihre physische und emotionale Erschöpfung und die mehr oder weniger unverarbeiteten Ängste der letzten Wochen wirkten sich nicht eben positiv auf Leonies diplomatische Fähigkeiten aus, und sie hatte es möglicherweise bei zwei Telefonaten an der nötigen Verbindlichkeit fehlen lassen. Jedenfalls erklärte sie sich so ihre beiden Recherchemisserfolge des Tages. Bei der Adoptionsstelle des Jugendamtes in der Feuerbergstraße informierte sie eine ebenso freundliche wie bestimmte Dame, dass man nichts für sie tun könne, wenn sie nicht Name

und Geburtsdatum des eventuell zur Adoption freigegebenen Kindes nennen könne. Leonies Hinweis, dass sie ja gerade danach auf der Suche sei und deshalb ihre Hilfe brauche, änderte gar nichts. Beim Einwohnermeldeamt erlitt sie eine ähnliche Schlappe, als sie nach der neuen Adresse einer Nachbarin ihrer Mutter fragte. Zwar kannte sie die alte Adresse, aber der volle Name der Frau fiel ihr nicht mehr ein. Eigenartigerweise war die Frau in der alten Ermittlungsakte nicht aufgetaucht, was Leonie sehr verwunderte. Als Bewohnerin des Nebenhauses war sie damals mit Sicherheit vernommen worden. Der Beamte des Einwohnermeldeamtes bestand auf dem vollen Namen und legte einfach auf, als Leonie insistierte. Leonie hatte große Lust, irgendwas kurz und klein zu schlagen. Was sie jetzt brauchte, war körperliches Training bis zur Erschöpfung und danach ein langes heißes Bad.

Es war *Tagesschau*-Zeit, als sie das Institut verließ und auf dem Parkplatz zu ihrem Auto ging. Dabei sah sie sich ganz automatisch nach potenziellen Angreifern um. Der letzte Schock steckte tiefer, als sie es wahrhaben mochte. Sie hätte Paul Unruh um ein Haar gar nicht bemerkt. Er saß reglos in seinem unbeleuchteten Wagen über dem Steuer zusammengesunken, als schliefe er. Leonie erschrak, weil sie dachte, ihm wäre etwas passiert. Sie riss die Fahrertür auf.

«Paul? Geht's Ihnen gut?»

Unruh fuhr hoch und sah sie erschrocken an. Trotz der schlechten Beleuchtung sah sie Tränen glitzern. Und sie roch Alkohol.

«Tut mir Leid. Ich dachte … Entschuldigung», stammelte sie und wollte die Autotür gleich wieder schließen.

«Ich hab sie heute in ein Heim gebracht.» Unruh wischte mit seinem Jackenärmel übers Gesicht. Leonie wusste nicht, was sie sagen sollte. Also sagte sie gar nichts. «In guten und in schlechten Tagen wollte ich für sie da sein. Hab ich in der Kirche geschworen. Jetzt haben wir die schlechten Tage. Ich bin ein Schwein.» Er sprach mehr mit sich selbst als mit Leonie.

«Kommen Sie, Paul, ich fahre Sie nach Hause.»

«Danke, nicht nötig.»

«Sie haben getrunken.»

«Nur ein Glas. Nicht mal 0,5 Promille.»

«Ich fahre Sie nach Hause.»

Leonie ließ sich nicht abwimmeln, und er folgte ihr schließlich zu ihrem Auto. Unruh überragte sie fast um Haupteslänge und saß recht unbequem in ihrem alten Golf, die Knie fast bis unters Kinn hochgezogen. Während der kurzen Fahrt zu seiner Wohnung sprachen die beiden kein Wort. Sie parkte in der Einfahrt und begleitete ihn bis zur Haustür. Er bat sie unerwartet hinein.

«Ich brauche jetzt einen starken Kaffee. Sie auch?»

Sie wollte keinen Kaffee, aber sie wusste, dass er sich vor dem Alleinsein fürchtete. «Ja, gern.»

Sie folgte ihm ins Wohnzimmer. Es sah ziemlich chaotisch aus. Mit einer hilflosen Geste schob er benutztes Geschirr auf einem Beistelltisch zusammen. Dann griff er nach einem Umschlagtuch, das vermutlich seiner Frau gehörte. Es hatte einen Blutfleck. Er starrte das Tuch an, knüllte es zusammen und vergrub sein Gesicht darin. Seine Schultern bebten. Leonie fühlte überwältigendes Mitleid mit seinem Schmerz. Und Mitleid mit sich selbst. Wegen ihres eigenen uneingestandenen Kummers, ihrer Angst, ihrer Hilflosigkeit, ihrer Enttäuschung, ihres aufgestauten Zorns. Impulsiv trat sie auf ihn zu und legte ihm die Arme um die Schultern. Er trat einen Schritt zurück und starrte sie an. Sie ließ beschämt die Arme sinken. Gerade wollte sie zu einer Entschuldigung ansetzen, als er das Tuch fallen ließ, nach ihr griff und sie heftig in die Arme riss. Er presste sie so fest an sich, dass ihr für einen Moment die Luft wegblieb. Dann spürte sie seine Lippen auf ihrer Stirn, ihren Wangen, ihrem Mund. Ungeduldig zwängte er seine Zunge zwischen ihre Lippen. Seine Hände zerrten an ihren Kleidern. In dem Moment setzte irgendetwas bei Leonie aus, eine Art Filmriss. Sie erinnerte sich später, dass sie seinen Kuss erwidert hatte, gierig und verzweifelt und jenseits jeglicher Vernunft. Sie hatten es nicht einmal bis ins Schlafzimmer geschafft. Auf dem staubigen Boden des Wohnzimmers waren sie übereinander hergefallen, hatten sich ineinander verknäult und verbissen. Später waren sie irgendwie in ein ungemachtes Bett gefallen und kämpften dort weiter miteinander um Lust und Vergessen.

In den frühen Morgenstunden wachte Leonie auf. Für ein oder zwei Minuten war sie völlig desorientiert. Dann fiel ihr alles, oder doch das meiste, wieder ein. Sie setzte sich auf und betrachtete den Mann neben sich, den sie im Halbschlaf den Namen seiner Frau hatte flüstern hören. Sie berührte seinen sehnigen, mageren Körper. Es war eine seltsame Begegnung gewesen, aber sie verspürte keine Scham oder gar den Ekel, den ein One-Night-Stand gelegentlich ausgelöst hatte. Sie hatten einander Trost geschenkt, und das war völlig in Ordnung.

So leise wie möglich zog sie sich an und schlüpfte aus dem Haus. Sie fuhr in ihre Wohnung, duschte und schlief noch einmal für zwei Stunden ein. Die Ereignisse der vergangenen Nacht erschienen bei Tageslicht ziemlich irreal, aber die blauen Flecken auf ihrem Körper waren echt.

Im Institut traf sie am Eingang mit Ursula Kühn zusammen, die zu ihr wollte. Die Kollegin sah sie mit schief gelegtem Kopf an und lächelte dann. «Ist das ein Knutschfleck?» Sie deutete auf eine Stelle an Leonies linker Halsseite.

«Die nächste Frage bitte.»

Leonie stieß die Tür auf und nickte grüßend Pfeiffer zu, der an einem dicken Wurstbrot kaute. Der Präparator kämpfte ständig mit großen Portionen gegen sein Untergewicht an, was ihm den Neid der meisten weiblichen und einiger männlicher Institutsmitarbeiter einbrachte.

«Kenne ich ihn?»

«Gib's auf. Ich habe absolut nichts zu berichten.»

«Das ist nicht fair. Du weißt, wie sehr ich Liebesgeschichten mag, vor allem die mit Happyend.»

«Damit kann ich leider nicht dienen. Keine Liebesgeschichte, kein Happyend.»

Ursula Kühn zwinkerte einem jungen AiPler zu, der fasziniert ihre rote Mähne anstarrte, und folgte Leonie ins Büro, das verwaist war, weil Frau Thiele einen freien Tag hatte. Die beiden Frauen redigierten einen gemeinsam verfassten Artikel für eine Fachzeitschrift, und da sie sich nicht täglich sahen, hatten sie noch etliches zu besprechen. Einer ihrer letzten gemeinsam bearbeiteten Fälle war eine von einem Saufkumpan als vermisst gemeldete Alkoholikerin, die, bedeckt von einem Madenteppich, tot vor ihrem Fernseher gefunden wurde. Ursula Kühn hatte in der Wohnung eine hohe Durchschnittstemperatur gemessen und wie üblich den Thermohygrographen aufgebaut.

«Gestern hab ich den Hygrographen abgeholt, und dabei bin ich mit einer Nachbarin ins Gespräch gekommen. Jetzt weiß ich, warum in der Wohnung der Toten die Heizung voll aufgedreht war. Die Anlage war defekt und drei Tage völlig außer Betrieb. Als der Druck nachließ und die Raumtemperatur fiel, muss sie aufgedreht haben. Und weil sie schon tot war, als die Anlage wieder hochfuhr, konnte sie nicht mehr runterdrehen.»

Die Tote hatte also nicht die ganze Zeit bei hoher Raumtemperatur gelegen. Diese Information war zur Berechnung der Entwicklung der Madenlarven und damit der Liegezeit enorm wichtig.

«Warum erzählen uns die Jungs von der Polizei so etwas nicht?»

«Vermutlich, weil sie nicht darauf gekommen sind. Wir müssen in Zukunft besser recherchieren. Asche auf unser Haupt.»

Ursula Kühn zog die Stirn kraus. «Da wir gerade bei dem Thema sind. Mir liegt immer noch unsere unbekannte Madenleiche im Magen. Das heißt, jetzt ist sie ja nicht mehr unbekannt.»

«Du meinst Isabel Lifka?»

«Genau die. Du erinnerst dich. Die Calliphora ist schneller geschlüpft als Lucilia. Können wir wirklich sicher sein, dass in dem Keller die ganze Zeit eine Temperatur von siebzehn Grad geherrscht hat?»

Leonie versuchte, sich zu erinnern, was ihr berichtet worden war.
«Der Bauleiter hat gesagt, man habe schon im September die Heizung repariert und in Betrieb genommen, weil es für einige Arbeiten zu kalt und zu feucht war. Außerdem sollten die Wände abtrocknen.»
«Hast du selbst mit ihm gesprochen?»
Leonie schüttelte den Kopf.
«Okay, du hast mich überzeugt. Ich kümmere mich darum.»
Beim Abschied warf Dr. Kühn noch einen Blick auf Leonies Knutschfleck. «Und das krieg ich auch noch raus.»
Leonie machte sich eine Notiz wegen der Temperaturrecherche und griff dann zum Telefon, um Vera Kilian anzurufen. Ihre freundschaftlichen Beziehungen hatten unter Veras Eheproblemen etwas gelitten, aber das hieß nicht, dass sie sie nicht um Rat fragen konnte. Vera schien sich über ihren Anruf zu freuen und konnte auch sofort mit einem Namen und einer Telefonnummer aushelfen. Leonie bedankte sich und tippte die Nummer der Frau ein, die angeblich alles zum Thema Adoption wusste. Die Frau schien sehr nett und aufgeschlossen zu sein und schlug ein persönliches Treffen vor, nicht ohne zu erwähnen, dass sie Rat und Hilfe nicht kostenlos geben könne. Das klang professionell, und als Leonie den Hörer auflegte, hatte sie das tröstliche Gefühl, endlich auf dem richtigen Weg zu sein.
Der Tag verlief fast so hektisch wie der vorige, und sie hatte Paul Unruh weitgehend aus ihren Gedanken verbannt, als er ihr auf dem Flur vor Professor Cordes' Büro begegnete. Er zögerte den Bruchteil einer Sekunde, ehe

er auf sie zukam. Jetzt sag bloß nichts Falsches, dachte Leonie. Unruh lächelte auf seine typische schüchternjungenhafte Weise, sah ihr aber ruhig in die Augen.

«Ich hab dich schon gesucht.»

Leonie registrierte, dass er ganz selbstverständlich zum Du übergegangen war. Aus seiner Hosentasche förderte er einen Kugelschreiber zutage, den Leonie schon vermisst hatte. Es war das Geschenk ihrer Tante zur Promotion gewesen. Er musste ihr gestern Abend aus der Brusttasche ihres Jacketts gefallen sein.

«Der gehört dir, nehme ich an.»

«Danke.»

Sie erwiderte sein Lächeln und begleitete ihn zum Ausgang. Er nahm ihre Hand und drückte sie wortlos. Dann wandte er sich ab und verließ das Gebäude. Sie sah ihm durch die Glastür nach. Er hatte alles richtig gemacht.

Erst am frühen Abend fiel ihr Blick auf die Notiz, die sie nach dem Gespräch mit Dr. Kühn gemacht hatte, und sie wählte Kaminskis Nummer. Ein Kollege teilte ihr mit, dass er das Büro bereits verlassen habe. Über seine Handynummer erreichte sie nur die Mailbox, hinterließ aber keine Nachricht. Eigentlich hatte sie auch gar keine Lust mehr auf dienstliche Gespräche. Ihre verspannte Nacken- und Schultermuskulatur signalisierte ihr, stattdessen endlich wieder das Fitness-Training aufzunehmen, das sie in den letzten Wochen arg vernachlässigt hatte. Auch die sportlichste Liebesnacht war dafür kein Ersatz. Also stoppte sie nur kurz bei ihrer Wohnung, um Trainingskleidung und Handtücher zu holen. Auf dem Weg durch die Toreinfahrt zur Haustür musste sie die aufsteigende Angst niederkämpfen, die sie seit dem Zwischenfall mit Adolph beim Heimkommen überfiel. Wenn sie ihr Auto in der schlecht beleuchteten Tiefgarage parkte und zum Fahrstuhl im Untergeschoss ging, schlug ihr Herz so heftig, dass es in ihren Ohren dröhnte. Auf keinen Fall durfte sie zulassen, dass diese Angst die Oberhand gewann und ihr Verhalten beeinflusste.

Der Fitness-Club war wie stets am Abend stark frequentiert, und sie musste bei fast allen Geräten warten, bis sie frei waren. Nach fast zwei Stunden unerbittlicher Arbeit ging sie mit schmerzenden Muskeln, aber entspannt unter die Dusche. Auf dem Weg zur Bar traf sie Kaminski, der mindestens zweimal die Woche trainierte, um sich für seinen Job fit zu halten, wie er sagte. Aus Eitelkeit, wie sie glaubte. Kaum hatten sie ihren üblichen Platz an der Theke eingenommen, stand schon das Bier parat. Ein Vorteil, wenn man Stammgast war. Leonie nahm durstig einen tiefen Zug und wischte sich anschließend den Schaum von der Nasenspitze. Sie spürte Kaminskis Blick.

«Was haben wir denn da? Ich dachte immer, Sie wären ein braves Mädchen, Doc.»

Leonie legte instinktiv die Hand über den Knutschfleck an ihrem Hals. «Seien Sie nicht albern, Kaminski.»

«Wieso? Ist doch prima, wenn Sie sich mal ein bisschen amüsieren. War in letzter Zeit ziemlich ruhig bei Ihnen, was?»

«Was man von Ihnen ja nicht gerade behaupten kann.»

Kaminski trank sein Glas aus und war froh, als sie das Thema wechselte.

«Ich hab versucht, Sie im Büro zu erreichen. Sie müssen etwas für mich herausfinden.»
Sie erzählte ihm von Dr. Kühns Bedenken wegen der Umgebungstemperatur in dem Keller, in dem sie Isabels Leiche gefunden hatten.
«Reden Sie bitte nochmal mit dem Bauleiter. Wir müssen wissen, wann exakt die Heizung hochgefahren wurde und wie vorher die Verhältnisse im Keller waren. Und wenn Sie schon dabei sind, besorgen Sie sich die Außentemperatur-Daten von, sagen wir, Mitte August bis Anfang Oktober.»
Das zweite Bier rollte an. Kaminski machte sich Notizen in seinen halb zerfledderten Kalender.
«Ist das denn so wichtig?»
«Doktor Kühn ist von einer Durchschnittstemperatur von 17 Grad ausgegangen. Wenn das nicht stimmt und sogar stark differiert, könnte das die Aussage über die Liegezeit stark verändern.»
«Wie stark?»
«Vielleicht um mehrere Wochen.»
Kaminski überlegte. «Dann wäre das Alibi von Vandenberg womöglich Makulatur.»
«Verrennen Sie sich da nicht in was?»
«Beweisen kann ich natürlich noch nichts, aber Sie werden sehen, bei Vandenberg laufen alle Fäden zusammen.»
«Und was ist mit den Leuten, die das Mädchen erpresst hat?»
Kaminski zog die dichten Brauen zusammen. «Da verbrennt man sich leicht die Finger. Das sind alles Leute, die mit mindestens zwei Anwälten aufkreuzen und alles

abstreiten. Und wir können nicht beweisen, dass Isabel Lifka das Material auch tatsächlich benutzt hat, und wenn ja, gegen wen.»

«Was sagt Vandenbergs Geschäftspartner?»

«Bernhard Stöcker ist ein ganz eigenes Kaliber. Er hat zugegeben, dass er mit dem Mädchen ein paar Mal geschlafen hat. Das Material, das sie über faule Geschäfte hatte, ist angeblich Makulatur. Damit hätte sie getrost zur Polizei gehen können.»

«Aber wo hat sie es her?»

«Das haben wir uns auch gefragt. Und dann hat ein Berliner Kollege etwas sehr Interessantes herausbekommen. Isabel hatte Kontakt zu dem ehemaligen Mitarbeiter Stöckers, der den angeblichen Unfall hatte.»

«Du meine Güte, Kaminski. Die arme kleine Isi hat versucht, mit den großen Jungs zu spielen. Aber da reicht doch eine Tracht Prügel, um sie einzuschüchtern. Und wie passt Löhr da hinein?»

«Keine Ahnung», brummte Kaminski. «Aber wenn die Spurenlage so mies ist, muss man sich über Motive herantasten.»

Leonie gähnte. Sie hatte genug für heute. «Vergessen Sie nicht, den Bauleiter anzurufen.» Sie war froh, dass sie nur einen kurzen Fußweg nach Hause hatte. Zwanzig Minuten später schlüpfte sie unter die Bettdecke und schlief sofort ein.

Heftige Kopfschmerzen weckten sie am nächsten Morgen, und die Gerichtsverhandlung, mit der sie den Vormittag zubringen musste, war nicht dazu angetan, ihr Wohlbefinden wieder herzustellen. Fast war sie ver-

sucht, den nachfolgenden Termin mit der Adoptionsberaterin abzusagen, entschied sich dann aber, Kopfschmerzen nicht als ausreichenden Grund zu akzeptieren.
Regina Hass war eine quirlige, kleine Person in einem voll gepfropften Büro. Beim Anblick der anscheinend unsortiert herumliegenden Akten- und Papierberge fragte sich Leonie, ob sie jemals etwas wieder fand. Im Gespräch stellte sich heraus, dass die Adoptionsberaterin selbst von dem Problem betroffen gewesen war. Sie hatte als fast Erwachsene herausgefunden, dass sie ein adoptiertes Kind war, und hatte nach monatelanger Suche sowohl ihre leibliche Mutter als auch ihren Vater gefunden. Nachdem sie am eigenen Leib erfahren hatte, wie schwierig die Suche und vor allem wie belastend es für alle Beteiligten war, wenn die Suche zum Erfolg führte, war sie nach und nach zur Ratgeberin für Menschen in vergleichbaren Situationen geworden. Enttäuschend für Leonie war zunächst, dass sie ihr dasselbe sagte wie die Beamtin der Adoptionsstelle. Ohne weitere Angaben wie Name des Kindes, Ort und Datum der Geburt war wenig zu machen. Darüber hinaus stellte sie ganz klar, dass Leonie keinerlei Recht auf Auskünfte hatte.
«Aber falls das ein Trost für Sie ist, Adoptierte haben zwar ein Recht darauf, Auskunft über ihre leibliche Mutter zu bekommen. Das sieht dann allerdings so aus, dass man ihnen aus der Akte ein paar allgemeine Angaben vorlesen, aber den Namen und die damalige oder derzeitige Adresse der Mutter aus Datenschutzgründen nicht herausgeben darf.»

«Und was soll das dann für einen Sinn haben?»
«Na ja, für ein adoptiertes Kind ist es schon ein Riesenfortschritt, zu erfahren, in welcher Situation die Mutter zur Zeit der Geburt gelebt hat. Damit sind schon einige Fragen beantwortet, mit denen dieser Mensch sich vielleicht jahrelang herumgequält hat.»
Umgekehrt besaß die Mutter keinerlei Auskunftsrechte. Sie konnte lediglich einen Brief in die Adoptionsakte legen lassen in der Hoffnung, die Behörde werde das Papier weiterleiten oder das Kind werde eines Tages nach ihr fragen. Diesen Weg konnte natürlich auch das Kind gehen.
«Und wie realistisch ist es, dass man damit Erfolg hat?»
Frau Hass servierte Kaffee und lächelte fein. «In Einzelfällen mag das funktionieren. Aber, offen gestanden, ich würde nicht darauf vertrauen, dass der Brief weitergeleitet wird. Es ist zwar mühsam, aber ich würde immer selbst auf die Suche gehen.»
Genau das hatte Leonie vor.
«Sie sollten Folgendes tun. Versuchen Sie, wenigstens den ungefähren Zeitpunkt der Geburt herauszufinden, da gibt es ja vielleicht Anhaltspunkte. Und Sie brauchen Krankenhaus und Hebamme, die mit Sicherheit aus dem Umkreis des Wohnortes Ihrer Mutter stammen. Mit ein wenig Glück und Überredung lassen die Sie einen Blick in die Akten tun. Aber seien Sie nicht zu optimistisch. Einen Anspruch auf Akteneinsicht oder Auskünfte haben Sie nicht.»
Frau Hass bot Leonie an, die Recherche für sie zu übernehmen, was Leonie nicht nur der Kosten wegen ablehnte. Sie wollte persönlich mit den Menschen spre-

chen, die ihre Mutter damals gekannt und ihr geholfen hatten. Und wenn das Kind geboren worden war, würde sie es finden.

Im Institut wartete Frau Thiele mit einer langen Telefonliste auf sie, und Leonie verbrachte den Rest des Tages damit, die Anrufer nach Wichtigkeit abzuarbeiten. Es war reine Glückssache, dass Erika Lifka gerade in dem Moment anrief, als Leonie ein Telefonat beendet und ein neues noch nicht begonnen hatte.
«Entschuldige, dass ich dich im Büro störe.»
«Kein Problem», antwortete Leonie höflich. «Ist alles in Ordnung bei dir?»
«Na ja, ich mache mir so meine Gedanken.» Sie machte eine Pause, und Leonie hörte ein Schniefen. «Ich weiß ja, dass du nichts sagen kannst, oder vielleicht doch? Es geht um Isabel.»
Das hatte sich Leonie schon gedacht. «Wie kann ich helfen?»
«Du hast sie doch gesehen, ich meine, du hast ihre Leiche, du weißt schon.»
«Ja?»
«Kann man dabei sehen, ob eine Frau ein Kind geboren hat?»

31.

Erika Lifka putzte sich die Nase und nahm dann einen Schluck von ihrer Apfelsaftschorle. Wegen Max hatte sie sich mit Leonie in einer Kneipe in der Nähe ihrer Wohnung verabredet. An der Theke standen zwei Männer und unterhielten sich mit dem Wirt über ihre Probleme mit dem Arbeitsamt. Am Stammtisch spielten drei Rentner Skat. Leonie und Erika waren die einzigen Frauen und hatten sich mit ihren Getränken in eine Ecke zurückgezogen. Leonie hätte gern Wein getrunken, hatte sich aber für Bier entschieden, als sie die 3-Liter-Flasche sah, aus der der Wirt einschenken wollte.

«Es ist alles meine Schuld. Ich hätte Isi damals nicht gehen lassen dürfen. Dann wär sie vielleicht noch am Leben.»

Wenn sie jetzt bloß nicht anfängt zu heulen, dachte Leonie. Laut sagte sie: «Das ist doch Unsinn. Euer gestörtes Verhältnis hat nichts mit dem Mord zu tun.»

«Woher willst du das wissen? Sie war erst sechzehn, als sie weggelaufen ist. Und ich hab nichts unternommen, sie zurückzuholen.»

Leonie schwieg und wartete ab, was Erika zu beichten hatte.

«Ich war zuerst sogar froh, dass sie weg war. So eine

Mutter bin ich.» Erika war voller Verachtung für sich selbst. «Aber ich wurde einfach nicht mehr mit ihr fertig. Sie hat die Schule geschwänzt und gestohlen. Nachts kam sie oft nicht nach Hause, hat sich mit Jungens rumgetrieben. Und wenn ich was gesagt habe, dann ist sie frech geworden. Einmal ist mir die Hand ausgerutscht. Da hat sie zurückgeschlagen. Meine eigene Tochter.»
Sie sah Leonie an. «Stell dir das vor. Und dann kam sie und sagte, sie würde nach München gehen. Da gäb's reiche Leute und Künstler. Sie wolle Schauspielerin werden. Ich hab gesagt, die nehmen so eine wie dich höchstens für Pornofilme. Das hätte ich nicht sagen sollen, oder?»
Leonie schüttelte den Kopf. «Ich nehme an, sie wäre in jedem Fall gegangen. Aber sie war noch minderjährig.»
«Ja, und ich habe ihr auch gesagt, wenn sie die Schule abbricht und einfach abhaut, gehe ich zur Polizei. Sie hat geschrien, wenn ich das tue, dann ist es aus zwischen uns.»
«Und da hast du stillgehalten?»
Erika nickte. «Ich hatte Angst, dass sie es ernst meint. Sie hat dann ab und zu angerufen. Aus München und später aus Amerika. Da ist sie mit einem Rockmusiker hingefahren, den sie kennen gelernt hatte. Eine Weile habe ich nichts mehr von ihr gehört. Und dann kam ein Brief von ihr. Und später noch einer.»
Leonie nahm die beiden Blätter, die Erika ihr über den Tisch schob, und las.
«Liebe Mama! Warscheinlich flipps du aus, aber ich kanns jetz auch nicht mehr endern. Ich bin schwanger und Tommy der Scheißkerl is abgehauen. Was soll ich

machen? Ich brauch Kohle für ne Abtreibung. Kanns du mir was schicken? Deine Isi.»
Orthographie war nicht Isabels Stärke gewesen, dachte Leonie und nahm sich den zweiten Brief vor.
«Liebe Mama! Was is los? Gibs du mir jetz die Kohle oder bis du sauer auf mich? Ruf mich an!!! Deine Isi.»
Leonie schob die beiden Briefe wieder zu Erika hinüber. «Hast du ihr das Geld gegeben?»
«Nein.» Erika senkte den Blick und strich die beiden Briefe glatt, immer und immer wieder. «Ich hab die Briefe nicht gelesen.»
«Warum nicht?»
Nach einer langen Pause und zwei atemlosen Anläufen kam Erikas geflüsterte Antwort. «Ich kann nicht lesen.»
Obwohl bei ihr schon einmal ein Verdacht aufgeblitzt war, machte Leonie das Geständnis zunächst sprachlos.
«Ich hab die Briefe in eine Schublade zu den anderen gelegt und vergessen.»
Leonie versuchte, nicht allzu erschrocken auszusehen. «Das heißt, du hast nie Briefe geöffnet? Aber was ist mit Behördenpost oder Rechnungen passiert? All diese Dinge, die sich nicht von selbst erledigen.»
«Ich hatte eine nette ältere Nachbarin, die wusste, was mit mir los war. Die hat immer alles für mich gemacht. Sogar die Kinder haben nichts davon mitgekriegt. Aber dann hatte sie einen Schlaganfall und kam ins Heim. Ein paar Monate hab ich einfach die Augen zugemacht, bis ein Gerichtsvollzieher vor der Tür stand.»
Ein Leben ohne Bücher, Zeitungen und ohne Kontrolle über die eigenen Angelegenheiten. Unvorstellbar.
«Und dann kam Max und sagte, Mama, ich weiß doch

schon lange, dass du nicht lesen und schreiben kannst. Da hab ich mich furchtbar geschämt und geheult, und Max hat mich getröstet. Seitdem liest er mir alles vor.»

«Auch Isabels Briefe?»

Erika nickte. «Ich hab sofort versucht, sie zu erreichen. Aber es waren schon so viele Monate vergangen, und die Nummer stimmte nicht mehr. Irgendwann rief sie mal an und tat, als wäre nie etwas passiert. Ich hab nach dem Kind gefragt, und sie hat gesagt, ich soll mir keine Sorgen machen. Die Sache wäre geregelt.»

«Wann war das?»

«Vor knapp vier Jahren. Und jetzt ist sie tot, und ich denke, was ist, wenn sie gar nicht abgetrieben und das Kind gekriegt hat? Da hätte ich doch ein Enkelkind?»

Leonie kam der Gedanke, dass die Probleme dieser Unterschichtsfamilie dem Familienskandal der bürgerlichen Familie ihrer Mutter verblüffend glichen.

«Ich würde dir gern helfen, Erika, aber bei der Obduktion konnte ich nicht feststellen, ob deine Tochter schon einmal ein Kind geboren hat.»

Isabels Leiche war bei der Obduktion in einem Zustand weit fortgeschrittener Verwesung, sodass die inneren Organe keine derartigen Rückschlüsse mehr zuließen. Um die Beckenknochen auf charakteristische Riefen untersuchen zu können, die meist erst bei zwei oder mehr Schwangerschaften durch die überdehnte Muskulatur auftreten konnten, hätte sie die Knochen mazerieren, das heißt abkochen müssen, um Fleisch oder anderes Gewebe abschaben zu können. Und in jedem Fall hätte sie noch eine Kollegin hinzugezogen, die sich auf forensische Anthropologie spezialisiert hatte.

«Wem könnte sie sich sonst anvertraut haben? Deiner Schwester?» Leonie dachte an das Gespräch mit Sophie über Isabel.

«Ich hab sie gefragt, aber sie hat nein gesagt.» Erika sah Leonie treuherzig an. «Was soll ich jetzt machen?»

Gar nichts, hätte Leonie am liebsten geantwortet. Stattdessen erzählte sie Erika das, was sie inzwischen über Adoption wusste, natürlich ohne zu erwähnen, woher und warum.

«Aber, ehrlich gesagt, ich bezweifele, dass du viel erreichen kannst. Du weißt ja nicht einmal ungefähr, wo ein Kind zur Welt gekommen sein könnte. Und wenn sie abgetrieben hat, was ich glaube, dann hast du überhaupt keine Chance, etwas zu erfahren. Selbst wenn du den Arzt finden würdest, dürfte er dir keine Auskunft geben.»

Erika seufzte und steckte die Briefe wieder ein, nachdem sie sie sorgfältig gefaltet hatte.

«Vielleicht geschieht ja noch ein Wunder.»

Das, dachte Leonie, wäre dann eine echte Überraschung.

Schon am nächsten Tag bekam sie von Kaminski die erbetenen Angaben zu Isabels Fundort. Es verhielt sich so, wie Dr. Kühn es befürchtet hatte. Die von ihr gemessene Durchschnittstemperatur von siebzehn Grad hatte sehr wahrscheinlich nur an wenigen Tagen geherrscht. Der Bauleiter hatte die Fragen der Beamten zwar korrekt beantwortet, aber ihm waren die falschen Fragen gestellt worden. Die Bauarbeiten hatten bereits Anfang September begonnen, aber erst Ende September, etwa eine Woche vor dem Auffinden der Leiche, war die Heizung repariert und in Betrieb genommen worden. Der September war ungewöhnlich kalt und regnerisch gewesen, und auch der August hatte wenig Wärme und dafür reichlich Niederschläge geboten. Die genaue Kellertemperatur war nicht exakt nachzuvollziehen, aber da es sich außerdem um die Nordseite des Hauses handelte, die zusätzlich von einer Reihe hoher Tannen beschattet wurde, konnte man annehmen, dass die Temperatur um einige Grade niedriger als siebzehn Grad gewesen war. Die Schätzung eines LKA-Experten pendelte zwischen elf und dreizehn Grad. Leonie gab diese Werte an Ursula Kühn weiter, die versprach, sich so bald wie möglich an die Neuberechnung der Liegezeit zu machen.

Während des Gesprächs mit Kaminski hatte Leonie kurz überlegt, ob sie ihm von Isabel Lifkas Schwangerschaft erzählen sollte. Sie hatte sich dagegen entschieden, weil ihr eine fünf Jahre zurückliegende Schwangerschaft für den Mordfall nicht relevant schien. Aber es nagte ein leiser Zweifel an ihr, und als sie sich zwei Tage später nach langer Zeit wieder zu einem privaten Plausch mit Vera Kilian traf, erwähnte sie beiläufig dieses Detail.

«Wie kommst du darauf, dass die Schwangerschaft keinen Bezug zur Tat hat?»

Der Wirt der «Casa de Aragon» am Eppendorfer Weg servierte mit melancholischer Miene den Rioja für Leonie und das Mineralwasser für Vera, die noch immer Diät hielt.

«Das liegt fast fünf Jahre zurück. Wo siehst du da noch ein Motiv?»

«Nur weil wir es jetzt nicht sehen, heißt es nicht, dass keines da ist.»

«Okay, aber das ist reine Theorie, Vera. Wenn überhaupt, hätte der Erzeuger ein Motiv, weil er sich kein Kind und keine Alimente ans Bein binden wollte. Aber erstens hätte er den Mord damals begangen und nicht Jahre später, und zweitens bin ich sicher, dass Isabel abgetrieben hat.»

«Wieso? Vorhin hast du mir erzählt, du seiest überzeugt, dass deine Mutter ihr uneheliches Kind ausgetragen hat. Bei Isabel glaubst du an Abtreibung.»

«Na hör mal, das waren doch damals ganz andere Zeiten. Meine Mutter hätte einen gefährlichen und noch dazu illegalen Eingriff riskieren müssen. Isabel konnte das legal tun und bei bester medizinischer Versorgung.»

Vera stocherte ohne große Begeisterung in ihrem Fisch herum. Sie mochte Fisch nicht besonders, aber er hatte nun mal weniger Kalorien als Fleisch. «Zugegeben, aber trotzdem bleibt beides Vermutung. Du solltest Kaminski die Chance geben, sich selbst einen Reim darauf zu machen.»

«Ich werd's mir überlegen. Vielleicht rede ich auch nochmal mit Sophie.»

«Das ist die Tante, nicht wahr? Nach dem, was du mir von ihr erzählt hast, solltest du ihrer Ehrlichkeit nicht allzu sehr vertrauen.»

«Immerhin war sie mal meine beste Freundin, dachte ich jedenfalls.»

Leonie bereute die Einschränkung ihrer Aussage sofort, aber Vera fragte nicht nach. Sie war auch den Rest des Abends keine gute Zuhörerin, ein Hinweis für Leonie, dass ihre Eheprobleme noch längst nicht beendet waren. Deshalb fragte sie auch nur ganz vorsichtig nach Veras

Plänen für die Weihnachtszeit, die bedrohlich näher rückte. Die Lebkuchen, die sich seit Anfang September in den Supermärkten stapelten, wurden bereits trocken. In den Vorgärten und an den Fenstern und Häuserfronten blinkten die Lichterketten und kletterten die ersten Weihnachtsmänner. Es war zum Davonlaufen.

«Wir werden zusammen feiern, wie immer. Jedenfalls am Heiligen Abend.»

«Aha», sagte Leonie.

«Na ja, ich kann nicht erwarten, dass er dem armen Mädchen von heute auf morgen den Stuhl vor die Tür setzt. Ich habe ihm vorgeschlagen, einen Weihnachtsfeiertag mit ihr zu verbringen. Er selbst ist ja auch noch nicht völlig darüber hinweg.»

«Wie rücksichtsvoll von dir», sagte Leonie und dachte, dass Veras Vernunft privat völlig abhanden gekommen war.

Dunkelheit hatte Leonie nie als etwas Furchteinflößendes empfunden, und sie hatte sich in der Nacht nicht anders bewegt als tagsüber. Seit den beiden Überfällen der letzten Wochen war diese Unbefangenheit dahin. Nach Anbruch der Abenddämmerung überlegte sie sich ihre Wege sehr genau, achtete auf ausreichende Beleuchtung, mied unübersichtliches und einsames Gelände und nahm sehr viel intensiver als früher verdächtige Geräusche und Bewegungen wahr. Deshalb nahm sie dankbar an, als Kaminski ihr anbot, sie zu Hause abzuholen. Sie war während ihres Bereitschaftsdienstes morgens kurz vor vier aus dem Schlaf geklingelt und zu einem Leichenfundort bestellt worden. Kaum hatte sie aufgelegt, ging das Telefon ein zweites Mal, und Kaminski meldete sich bei ihr. Da er in Altona wohnte, lag ihre Wohnung ohnehin am Wege, denn die Leiche war im Stadtpark gefunden worden. Als er an ihrer Tür klingelte, stand sie parat.

Unterwegs erzählte er ihr, worum es sich handelte. Ein Zeitungsausträger hatte, bevor er seinen Dienst antrat, seinen Hund Gassi geführt und hatte in der Nähe der Freilichtbühne eine männliche Leiche gefunden. Die Spurensicherung war schon vor Ort und zwei von Kaminskis Kollegen ebenfalls. Auf dem Parkplatz an der Saarlandstraße herrschte Hochbetrieb. Leonie und Kaminski ließen sich von einem uniformierten Beamten den Weg zeigen. Sie hatten nicht weit zu gehen. Etwa 150 Meter vom Parkplatz entfernt lag die Leiche neben einer Gebüschgruppe.

Es handelte sich um eine männliche Leiche, und dem ersten Anschein nach um einen Obdachlosen. Kleidung, Haare und Bart des Mannes waren schmutzig und ungepflegt. Einige Meter neben der Leiche lagen drei prallvolle Plastiktüten, in denen Leonie die Habe des Toten vermutete. Sie hockte sich neben die Leiche, wobei sie versuchte, nicht mit der großen Blutlache in Berührung zu kommen, die sich unter dem Körper ausgebreitet hatte. Der Tote lag in verkrümmter Position auf dem Bauch, die linke Gesichtshälfte war dem Betrachter zugewandt. Er war schwer misshandelt worden. Schädel und Gesichtsknochen waren von wuchtigen Schlägen mit einem stumpfen Gegenstand an mehreren Stellen getroffen und zertrümmert worden. Beim Abtasten der Arme und Beine stellte Leonie ebenfalls Brüche fest, und sie vermutete, dass sie bei der Obduktion Rippenfrakturen und innere Verletzungen finden würde. Schuhsohlenprofile hatten ihre Spuren auf dem Mantel des Opfers hinterlassen. Leonie spulte routiniert ihr Tatortprogramm ab, maß Körper- und Umgebungstemperatur, prüfte den Fortgang der Leichenstarre und drehte dabei den Toten auf den Rücken. Der üble Geruch, der Kaminski ein paar Schritte zurückweichen ließ, rührte nicht von einsetzender Leichenfäulnis her. Der arme Kerl hatte sich vor Angst in die Hose gemacht, bevor er starb.

Leonie erhob sich aus ihrer Hockposition und seufzte.

«Nach meiner Schätzung ist er noch nicht sehr lange tot. Es ist in jedem Fall im Laufe des Abends passiert. Welche seiner vielen Verletzungen zum Tode geführt hat, kann ich Ihnen noch nicht sagen. Aber dass er sie sich nicht selbst beigebracht hat, sehen Sie ja wohl.»

«Können Sie mir sagen, ob das einer oder mehrere waren?»

«Wenn mit unterschiedlichen Waffen oder aus verschiedenen Richtungen auf ihn eingeschlagen wurde, kann ich dazu bei der Obduktion sicher etwas sagen. Wahrscheinlich geben auch die Schuhsohlenprofile etwas her.» Sie wandte sich ab. «Ich kann Ihnen gar nicht sagen, wie wütend mich das macht.»

«Was soll ich da sagen?», knurrte Kaminski. «Falls ich den Scheißkerl zu fassen kriege, der sich an dem armen Schwein abreagiert hat, muss ich den beim Verhör auch noch mit Samthandschuhen anfassen.»

Kaminski hatte am Tatort noch zu tun, und Leonie ließ sich ein Taxi kommen, um ins Institut zu fahren. Es lohnte nicht mehr, wieder nach Hause zu fahren. Unterwegs dachte sie an die Obdachlosen-Studie, die eine junge Ärztin zusammen mit Professor Cordes im Rahmen ihrer Dissertation erstellt hatte. Sie war zu dem Ergebnis gekommen, dass Wohnungslose rund dreißig Jahre früher sterben als andere Menschen. Dabei ging es nicht um Verbrechen wie dieses, sondern in erster Linie um chronische Erkrankungen, die gar nicht oder nicht ausreichend behandelt wurden. Die medizinische Versorgung dieser Menschen ist selbst in einer Stadt wie Hamburg völlig unzureichend, weil das System nicht auf Menschen eingerichtet ist, die zum Teil nicht krankenversichert sind, Angst vor Ärzten und Krankenhäusern haben, weil sie sich schämen oder mit der Bürokratie nicht zurechtkommen, die häufig suchtkrank oder psychisch krank sind und die sich nach frühzeitiger Entlassung aus stationärer Behandlung nicht auskurieren können, weil sie keinen Ort dafür haben. Und dann gab es noch die, die nicht alt wurden, weil sie brutalen Schlägern in die Hände gerieten, die meinten, dass es noch minderwertigere Existenzen gebe als ihre eigene.

Leonie nahm später die Obduktion des toten Mannes aus dem Stadtpark vor, der Kaminski nur zu Anfang beiwohnte. Ein Anruf, der ihn über Handy erreichte, schien nicht für ihre Ohren bestimmt zu sein, und als Kaminski noch einmal den Kopf durch die Tür steckte, tat er das nur, um ihr zu sagen, dass er dringend fortmüsse. Sie selbst hatte es ebenfalls eilig und verließ nach Sektionsende das Institut.

Nach dem Gespräch mit der Adoptionsberaterin hatte

sie lange mit ihrer Tante Charlotte telefoniert und sie dazu gebracht, ihr die Adresse der Tante zu besorgen, bei der Leonies Mutter die entscheidenden Monate verbracht hatte. Da die Schwester ihres Großvaters schon viele Jahre tot war, kostete das einige Recherchearbeit in der entfernteren Verwandtschaft. Aber schließlich bekam Leonie eine Adresse in Harksheide, damals eine eigenständige kleine Gemeinde am nordwestlichen Rand von Hamburg gelegen, inzwischen ein Teil des schleswig-holsteinischen Norderstedt. Das Haus gab es nicht mehr, es war von den Erben verkauft und zugunsten eines Neubaus abgerissen worden. Entscheidend für Leonie war die Überlegung, wo ihre Mutter aller Wahrscheinlichkeit ein Kind zur Welt gebracht hatte. Die nächstgelegene Klinik war das Heidberg-Krankenhaus in Hamburg-Langenhorn, seit einiger Zeit Teil des Klinikums Nord. Dort wäre auch die Hebamme zu suchen gewesen, hätte ihre Mutter zu Hause entbunden. Soweit Leonie informiert war, gab es damals keine freien Hebammen. Ein weiterer wichtiger Zeitpunkt war das Datum der Geburt, das Leonie gern so eng wie möglich einkreisen wollte. Ihre Tante war ziemlich sicher, dass ihre Schwester damals zu Anfang des Jahres 1958 aus Lübeck weggeschickt worden war. Kurz vor Weihnachten hatte es im Hause Reichert eine schwere Verstimmung gegeben, die sich Charlotte damals nicht gleich erklären konnte. Sie erinnerte sich gut an das trübe Weihnachtsfest und das bleiche Gesicht ihrer in Ungnade gefallenen Schwester. Noch bevor nach Weihnachten die Schule wieder anfing, war sie fort, wenige Monate vor ihrem Abitur. Wenn man annahm, dass sie im De-

zember 1957 im dritten Monat schwanger war, konnte man als Geburtstermin den Juni 1958 oder bei vorsichtiger Auslegung den Zeitrahmen Mai bis Juli festlegen.
Der Termin, wegen dem Leonie das Institut bereits am frühen Nachmittag verließ, war eine Verabredung mit Marianne Kallweit, seit wenigen Monaten pensioniert und die letzte noch lebende Hebamme, die im Jahr 1958 im Heidberg-Krankenhaus gearbeitet hatte. In der Krankenhausverwaltung hatte man ihr nicht helfen können oder wollen. Die Stationsschwester der Geburtenstation war wesentlich kooperativer und gab ihr die Telefonnummer von Marianne Kallweit mit der Bemerkung, wenn ihr jemand weiterhelfen könne, dann sie.
Die pensionierte Hebamme wohnte in Flughafennähe. Als Leonie vor ihrem Haus aus dem Wagen stieg, donnerte ein landender Airbus über sie hinweg.
«Als mein Mann und ich das Haus vor fünfundzwanzig Jahren gekauft haben, war der Flugverkehr noch nicht so schlimm wie heute. Eigentlich würden wir jetzt gern verkaufen und in den Süden ziehen. Aber wer will schon ein Haus in der Einflugschneise.»
Marianne Kallweit stellte Tassen auf den Tisch, die auf den Untertassen klirrten, als die nächste Maschine über das Haus flog.
«Sie suchen also ein Baby.»
Die ältere Frau setzte sich Leonie gegenüber und lächelte. Sie sah jünger aus, als sie vermutlich war, und gehörte zu den Menschen, die eine starke positive Energie ausstrahlten. Nicht die schlechteste Voraussetzung für den Beruf der Hebamme, dachte Leonie. Sie erklärte ihr Anliegen, nannte Namen und Adresse und legte ein Ju-

gendfoto ihrer Mutter auf den Tisch. Marianne Kallweit griff nach dem Foto und sah es lange an. Dann stand sie wortlos auf und kam nach einiger Zeit mit einer verblichenen Karteikarte zurück.

«Im Sommer 58 habe ich nach dem Ende meiner Ausbildung meine ersten selbständigen Geburten übernehmen dürfen, natürlich in Anwesenheit eines Arztes. Und ich habe von Anfang an jede Geburt privat dokumentiert. Ob das gestattet war, weiß ich nicht, aber es hätte mich auch nicht davon abgehalten. Dieses Kärtchen habe ich ausgefüllt, nachdem ich Ihre Mutter entbunden hatte.»

Sie reichte Leonie die Karte. Leonie war so nervös, dass sie sie fallen ließ. Auf der Karte hatte die Hebamme den Namen der Mutter, Geschlecht, Größe und Gewicht des Kindes, Datum, Zeit und Ort der Entbindung und den Namen der Ärztin notiert. Leonie las den Namen ihrer Mutter. Am 16. Juni 1958 hatte sie im Haus ihrer Tante ein männliches Kind geboren, das sieben Pfund wog und 51 cm groß war. Ein Junge, ihr Halbbruder.

«Sicher können Sie sich an meine Mutter nicht erinnern. Es ist ja schon so lange her.»

«Es ist lange her, und es waren viele Babys in all den Jahren. Aber ich kann mich an viele erinnern und an einige besonders gut. Ihre Mutter war die erste Hausgeburt, die ich eigenständig betreuen durfte. So etwas vergisst man nicht.»

Leonie nahm einen Schluck Kaffee. Ihr Mund fühlte sich an wie mit Sandpapier ausgekleidet. «Erzählen Sie mir davon. Wie ging es meiner Mutter?»

Die Hebamme betrachtete das Foto, das immer noch vor ihr auf dem Tisch lag. «Sie war eine sehr ungeduldige

Schwangere, konnte es kaum erwarten. Aber ich hatte nicht den Eindruck, dass sie sich auf das Baby freute. Mir war klar, dass das Kind unehelich war. Die junge Frau trug ja keinen Ehering. Doch sie hat nie eine Bemerkung gemacht, und ich war ziemlich erstaunt, dass sie das Kind nach der Geburt nicht sehen wollte.»

Sie machte eine kurze Pause.

«Es war keine schwere Entbindung. Gott sei Dank, ich hatte ja noch nicht so viel Erfahrung, und die Ärztin kam erst in der Schlussphase dazu. Die junge Frau war tapfer, kein großes Geschrei und Theater wie bei manchen anderen. Als das Kind da war, hab ich es ihr zeigen wollen, bevor die Ärztin es untersuchte. Aber sie hat den Kopf weggedreht und die Augen zugemacht. Die Ärztin hat mich dann gebeten, Milch abzupumpen und in eine Flasche zu füllen. Da wusste ich, dass die Frau das Kind nicht behalten wollte. Ich hab sie trotzdem gefragt, ob sie das Baby nicht wenigstens einmal anlegen will. So ein erster Hautkontakt ist so wichtig, nicht wahr? Aber sie wollte nicht. Der Kleine tat mir Leid. Es war ein besonders hübsches Baby mit dichtem schwarzem Haar. Die Ärztin hat ihn mitgenommen.»

«Was ist mit ihm passiert?»

«Ich hab ihn noch einmal auf der Kinderstation des Krankenhauses gesehen, zwei oder drei Tage nach der Geburt. Wohin er dann kam, weiß ich leider nicht.»

Leonie war unsinnigerweise enttäuscht. Sie hatte mehr bekommen, als zu erhoffen war.

«Und jetzt sind Sie ganz unzufrieden, weil Sie nur den Zipfel von der Wurst in der Hand halten.» Die Hebamme lächelte verständnisvoll. «Leider kann ich Ihnen nicht weiterhelfen. Aber vielleicht versuchen Sie's mal beim Standesamt. Das war damals für Harksheide das Amt in Tangstedt. Wenn nicht die Kindesmutter, dann hat das Krankenhaus die Geburt dort gemeldet.»

In dieser Nacht hatte Leonie nach längerer Zeit wieder ihren alten Albtraum, zumindest fing der Traum so an wie immer. Sie betritt ihr Elternhaus und geht mit einem unerklärlichen Gefühl der Angst die Treppe zum ersten Stock hinauf. Aber als sie auf halber Treppe angelangt ist, ändert sich der Traum. Ihre Mutter erscheint am oberen Ende der Treppe. Leonie kann die vielen Stiche sehen, die ihren Körper durchbohrt haben, aber die Verletzungen bluten nicht. Ihre Mutter hat ein Baby im Arm, einen kleinen Jungen mit schwarzen Haaren. Sie blickt Leonie ernst an, ernst und ein bisschen ärgerlich. Ihre Lippen bewegen sich, aber Leonie kann nicht hören, was sie sagt. Dann hebt die Gestalt, die ihre Mutter ist, den rechten Arm und winkt. Geh fort, bedeutet die Geste. Geh fort und lass mich in Ruhe. Und dann wankt die Treppe unter Leonies Füßen, Risse und Spalten tun sich auf, und Leonie stürzt und fällt und fällt und fällt. Das Gesicht ihrer Mutter wird immer kleiner und verschwindet schließlich in der Dunkelheit, die sie einhüllt.

32.

Sie starrte auf die drei Porträts, die Kaminski vor ihr ausgebreitet hatte. Zwei davon waren Fotos, wie sie bei der erkennungsdienstlichen Behandlung von inhaftierten Straftätern gemacht wurden, das dritte ein so genanntes Phantombild.

«Lassen Sie sich Zeit, schauen Sie sich die Bilder genau an. Versuchen Sie, sich die Situation in Erinnerung zu rufen.»

Nach der Attacke auf Leonie und dem tödlichen Schuss auf Adolph hatte die Polizei tagelang die Gegend durchkämmt und alle Bewohner der umliegenden Häuser überprüft. Die Ausbeute ihrer Nachforschungen lag vor ihr auf Kaminskis unaufgeräumtem Schreibtisch. Die beiden Männer auf den Polizeifotos waren verurteilte Straftäter, die wegen diverser Gewaltdelikte jeweils mehrjährige Haftstrafen auf dem Buckel hatten und noch nicht lange auf freiem Fuß waren. Einer von ihnen wohnte auf der gegenüberliegenden Straßenseite und war laut Nachbarn bereits seit Tagen nicht mehr gesehen worden. Das Phantombild zeigte einen Mann, dessen Wohnung im selben Häuserkarree lag und aus dessen Küchen- und Schlafzimmerfenster man einen guten Blick auf den Hauseingang hatte, den Leonie benutzte.

Nachbarn hatten ihn als unauffällig und höflich beschrieben, die Frau aus der Nebenwohnung meinte, einen fremden Akzent bei ihm bemerkt zu haben. Seine Identität konnte bisher nicht geklärt werden, weil der Hauptmieter der Wohnung zurzeit im Ausland war und noch nicht aufgetrieben werden konnte und der Mann selbst verschwunden war.

Leonie schob die beiden Polizeifotos nach kurzer Überlegung zur Seite.

«Wie ich schon sagte, habe ich sein Gesicht nicht richtig erkennen können, aber die Augen …»

Sie nahm das Phantombild, das nach Angaben der unmittelbaren Nachbarin angefertigt worden war, und trat damit ans Fenster. «Ich bin nicht sicher, aber ich kann auch nicht ausschließen, dass es dieser Mann war.» Tatsächlich kam ihr das Gesicht bekannt vor, aber nicht von dem Vorfall, um den es hier ging. Wahrscheinlich war sie ihm beim Einkaufen in einem der zahlreichen Geschäfte des Viertels begegnet.

Kaminski war nicht unzufrieden, lehnte sich weit in seinem Stuhl zurück und legte seine in Cowboystiefeln steckenden Füße auf die einzige freie Ecke des Schreibtisches, die vermutlich zu genau diesem Zweck frei geblieben war. Er sah so aus wie jemand, der noch etwas in petto hatte. «Ich habe die drei Bilder an die Kollegen in Berlin geschickt. Die beobachten schon seit längerer Zeit diesen Stöcker.»

«Der von Isi erpresst wurde.»

«Was er bestreitet. Aber die Kollegen sind schon länger an ihm dran. Na egal, jedenfalls gibt es eine Menge Fotos von Leuten, die mit ihm Kontakt hatten.»

«Und er war einer davon?» Sie tippte auf das Phantombild.
«Die Kollegen sind jedenfalls sicher. An dem Tag, an dem sie diesen Mann vor Stöckers Villa fotografiert haben, war auch Vandenberg dort.»
«Da wird sich Boysen aber freuen. Das ist doch Wasser auf seine Mühle.»
Kaminski reckte das Kinn vor. «Bis jetzt spricht jedenfalls einiges für seine Idee, dass Vandenberg das Bindeglied zwischen allen Fällen sein könnte.»
«Mag ja sein, aber sind Sie sicher, dass es Boysen nur um die Aufklärung Ihrer Mordfälle geht? Bevor Vandenberg ins Spiel kam, war man offenbar darauf bedacht, die Akte Utschaew möglichst rasch zu schließen. Und für Isabel und ihren unglücklichen Verehrer hat sich außer uns sowieso keiner interessiert, schon gar nicht die Bundesanwaltschaft.»
«Keine Ahnung, welche Verschwörungstheorien Sie da wälzen. Ich für meinen Teil mache einfach meinen Job, und sollte Vandenberg der Dreckskerl sein, der hinter allem steckt, soll's mir recht sein, wenn ich ihn an den Hammelbeinen packen kann.»
Leonie gab ihm das Phantombild zurück.
«Und wie wollen Sie das anfangen?»
Kaminski grinste. «Indem wir langsam den Druck erhöhen.»

Was damit gemeint war, erfuhr Leonie, als sie kurz nach dem Gespräch mit Kaminski den Anruf einer höchst erbosten Sophie Vandenberg bekam, die wissen wollte, ob Leonie dahinter stecke.

«Wovon redest du eigentlich? Wohinter soll ich stecken?»
«Hinter der Anzeige. Überall sind Leute von der Steuerfahndung. In Vandenbergs Büros, in unserer Villa und sogar in unseren beiden Ferienhäusern schnüffeln sie herum. Kannst du dir vorstellen, wie ich mich fühle?»
Sie klang eine Spur hysterisch, weshalb Leonie sich bemühte, so ruhig wie möglich zu antworten. «Natürlich, und du hast mein Mitgefühl. Aber wieso sollte ich so etwas tun?»
«Erzähl mir nichts. Du hast uns schon die Polizei ins Haus gebracht. Aber mein Mann hat nichts mit Isabels Tod zu tun. Es ist ungeheuerlich, wie man mit uns umspringt.»
«Ich kann verstehen, dass du dich aufregst, aber die Anzeige bei der Steuerfahndung hast du bestimmt nicht mir zu verdanken. Und ich habe nie behauptet, dein Mann hätte deine Nichte umgebracht. Wenn du mir das nicht glaubst, kann ich's nicht ändern.»
Es kam zunächst keine Antwort, und Leonie dachte, Sophie habe aufgelegt. Als sie sich wieder meldete, war die Aufregung aus ihrer Stimme verschwunden.
«Ich hab mich albern benommen. Verzeih mir, bitte.»
«Schon gut.» Leonie entschied sich rasch, die Situation zu nutzen. «Was Isabel angeht, hat sich allerdings etwas ergeben, das ich gern mit dir besprechen möchte. Ich könnte heute Abend zu dir kommen.»
Sophies Nein explodierte im Hörer, noch bevor Leonie ihren Satz beendet hatte.
«Ich denke, es wäre in deinem Sinn, wenn wir zunächst unter vier Augen darüber sprechen.»

Die immanente Drohung wirkte. Sophie hatte ein gutes Ohr für Zwischentöne. «Aber nicht bei mir zu Hause. Ich muss heute Abend zu einem Konzert ins Museum für Kunst und Gewerbe. Wir treffen uns um 18.30 Uhr am Eingang.»

Sophie Vandenberg sah gerade nervös auf die Uhr, als Leonie die Treppe zum Haupteingang hinaufsprintete.
«Tut mir Leid, aber ich musste wer weiß wo parken.»
Das Museum lag in nächster Nachbarschaft zum Hauptbahnhof. Freie Parkplätze waren dort fast so selten wie ein Lottogewinn. Sophies Konzert fand im Spiegelsaal statt, einem neoklassizistischen Festsaal im Erdgeschoss, aber sie lotste Leonie die geschwungene Treppe in den ersten Stock hinauf. Die «Destille», das Museums-Restaurant, hatte bereits geschlossen, weshalb sie sich ungestört an einem der Tische, die verlassen auf dem Treppenabsatz und in einem Seitengang standen, unterhalten konnten.
«Ich hab nicht viel Zeit, meine Bekannten kommen gleich.»
«Gut.» Leonie wollte auch gar nicht lange um den heißen Brei herumreden. «Deine Nichte Isabel hat dich vor ein paar Jahren um Hilfe gebeten, als sie schwanger war. Ich möchte wissen, was mit dem Kind passiert ist.»
Die Wirkung ihres Versuchsballons war nicht ganz die erhoffte. Sophie brauchte ein paar Sekunden, um sich von ihrer Verblüffung zu erholen, dann lächelte sie herablassend.
«Erika hat also mit dir darüber gesprochen.»
«Das ist richtig.»

«Und du glaubst ihr.»
Leonie antwortete nicht und blickte Sophie unverwandt an.
«Also gut, ja, sie kam damals zu mir und erzählte mir, was passiert war. Sie tat mir Leid, und ich hab ihr geholfen. Was soll das jetzt noch? Sie ist tot.»
«Eben», sagte Leonie ruhig. «Und deshalb ist das wichtig. Wenn ein Mord geschieht, bekommt alles eine neue Bedeutung, auch die Dinge, die schon lange vergessen sind. Oder sein sollen. Wie hast du ihr geholfen?»
«Na, wie schon? Ich hab eine Abtreibung für sie organisiert.»
«Dazu brauchte sie deine Hilfe nicht. In Hamburg gibt's genug Ärzte und Beratungsstellen.»
Sophie lachte ein atemloses kleines Lachen. «Geradezu paradiesische Zustände im Vergleich zu früher, nicht wahr? Aber hast du eine Ahnung, wie dumm und unwissend junge Mädchen immer noch sind?»
«Sie hat nicht abgetrieben, sie hat das Kind ausgetragen.»
«Das kannst du nicht wissen.» Sophie war jetzt sichtlich aus der Fassung.
«Ich hab die Leiche obduziert.»
Das war nicht korrekt, und Leonie fühlte sich nicht besonders wohl dabei. Aber sie wusste, dass Sophie log. Schon als Kind hatte sie gewusst, wann ihre Freundin die Unwahrheit sagte.
«Als sie zu mir kam, wollte sie das Kind unbedingt loswerden. Ich konnte sie gut verstehen. Sie war so jung, und sie hatte noch so wenig vom Leben gehabt. Aber ich hab ihr geraten, sich das gut zu überlegen. Es ist schließ-

lich nicht dasselbe wie ein entzündeter Blinddarm. Es gibt Risiken.»

Leonie hörte Sophie aufmerksam zu und registrierte den Unterton von echtem Schmerz in ihren Worten.

«Und sie hat es sich überlegt?»

«Ja. Ich war selbst erstaunt.» Sophie kehrte zum Ton kühler Sachlichkeit zurück. «Natürlich wollte sie es nicht behalten. Es sollte nach der Geburt zur Adoption freigegeben werden.»

«So lange hat sie bei dir gewohnt?»

«Bist du verrückt? Das hätte Vandenberg nie zugelassen. Ich hab ihr Geld gegeben, und sie ist abgereist. Wieder nach München, nehme ich an.»

«Auf die Idee, Erika zu informieren, seid ihr beide nicht gekommen?»

«Das wollte Isi nicht. Es war ja auch offensichtlich, dass von Erika keine Hilfe zu erwarten war.»

Sophie wusste also immer noch nicht, dass ihre Schwester Analphabetin war. Es war nicht Leonies Aufgabe, sie darüber zu informieren.

«Du hast also eine minderjährige Schwangere mit ein paar Geldscheinen in eine ungewisse Zukunft entlassen.»

«Sie war nicht minderjährig, sie war gerade achtzehn geworden. Und es war ihr Wunsch zu gehen.»

Leonie stellte fest, dass Sophie die Angewohnheit beibehalten hatte, trotzig die Unterlippe vorzuschieben, wenn sie sich ertappt fühlte. Und wieder wusste sie, dass ihre alte Freundin log. «Was ist aus dem Kind geworden?»

«Sie hat mir nichts gesagt, und ich habe sie auch nie danach gefragt.»

Sie sah auf ihre Uhr, die so schlicht wirkte, dass sie bestimmt sehr teuer war.
«Meine Leute warten sicher schon auf mich. Ich nehme an, du weißt jetzt, was du wissen wolltest.»
Leonie erhob sich mit ihr zusammen. «Ja, ich danke dir für deine Ehrlichkeit.»
Sophie zuckte mit keiner Wimper. «Und was hat das deiner Meinung nach mit dem Mord zu tun?»
«Wahrscheinlich gar nichts. Aber ich mag keine weißen Flecken auf einem Bild.»
«Die gute alte, neugierige Leo.»
Sophie verabschiedete sich mit in die Luft gehauchten Wangenküssen und eilte leichtfüßig die Treppe hinab. Leonie folgte etwas gemächlicher. Ihr war gerade aufgegangen, dass sie jetzt zwei adoptierte Kinder suchen musste.

Leonie zog die Vorhänge in ihrem Schlafzimmer zurück und blinzelte müde in den trüben Spätherbstmorgen. Sie hatte um zehn Uhr einen Termin beim Justizsenator und wollte vorher in Ruhe noch ein paar Unterlagen durchgehen. Das Telefon in ihrem Arbeitszimmer klingelte, und sie hoffte, dass es nicht wieder einen Engpass im Institut gab. In letzter Zeit waren zu viele Kollegen krankheitshalber ausgefallen.
«Morgen, Doc, schickes Nachthemd haben Sie an.»
Leonie erstarrte. Dann realisierte sie, wem die Stimme gehörte.
«Kaminski?»
«Gehen Sie ans Fenster. Sehen Sie mich jetzt?»
Auf der gegenüberliegenden Hofseite ging in einem

Fenster, das mit ihrem Fenster auf gleicher Höhe lag, das Licht an, und sie sah eine Gestalt heftig winken.

«Was machen Sie denn da?»

«Kommen Sie rüber, dann sehen Sie's. Bei Sänger klingeln.»

Leonie machte eine schnelle Katzenwäsche und schlüpfte in die nächstbeste Jeans, die ihr in die Hände fiel. Vor dem Eingang zum Nebenhaus standen Kaminskis Motorrad und der Wagen der Spurensicherung. Die Haustür stand offen, und Leonie lief die Treppe hinauf und las dabei die Namensschilder an den Türen. Bei Sänger klingelte sie, obwohl die Tür nur angelehnt war, um sich anzukündigen. Dann betrat sie den schmalen Flur, wo ihr Kaminski entgegenkam.

«Kleiner Schreck in der Morgenstunde, was?» Er grinste wie ein Schuljunge.

«Der Mann vom Phantombild?»

«Genau.»

Er führte sie durch die Wohnung, wo Kriminaltechniker dabei waren, Türklinken einzustäuben, Haare vom Kopfkissen im Schlafzimmer zu sammeln und Faserspuren vom Teppichboden mit Klebefolie aufzunehmen.

«Sieht nach raschem Aufbruch aus.»

Im Schlafzimmer war das Bett nicht gemacht, und die Schranktüren standen offen. In der Küche war die Spülmaschine eingeräumt und eingeschaltet, aber nicht mehr abgeschaltet und ausgeräumt worden.

«Könnte man meinen. Leider gibt's keine Zeugen dafür, dass Mister X am Tatabend mit Sack und Pack verschwunden ist. Schauen Sie mal.»

Leonie blickte aus dem Küchenfenster. Es war der ideale

Standort zur Überwachung ihres Hauseingangs. «Wie sieht's mit der Zeit aus? Es ging alles sehr schnell, und er hätte vier Treppen und etwa zwanzig Meter Straße bewältigen müssen.»

«Haben wir schon ausprobiert. Wer halbwegs fit ist, schafft das.»

Leonie ging ein zweites Mal durch alle Räume und dachte an den Mann mit den hellen Augen. War er wirklich von Vandenberg beauftragt? Aber zu welchem Zweck? Wenn er sie töten sollte, hätte er es längst tun können. War ihr eine Aufgabe zugedacht, von der sie nichts ahnte? Leonie fühlte sich als Figur in einem Spiel, das sie nicht begriff, und diese Vorstellung behagte ihr ganz und gar nicht.

«Wenn der Kerl schon einmal eine Straftat begangen hat, haben wir ihn bald. Er wird kaum die ganze Zeit Handschuhe getragen haben.»

Kaminskis Optimismus färbte auf Leonie nicht ab. So einfach würde er es ihnen nicht machen. Der Mann, den sie suchten, war ein sehr ernst zu nehmender Gegner, davon war sie inzwischen überzeugt.

«Wie ich hörte, haben Sie Vandenberg die Steuerfahndung auf den Hals gehetzt. Und ich vermute, dass sich auch noch andere Herrschaften um ihn kümmern. Können Sie mir eine Information besorgen?»

«Kommt drauf an.»

«Ich wüsste gern, wo er überall Ferienhäuser hat beziehungsweise in den letzten fünf, sechs Jahren hatte.»

Kaminski sah sie misstrauisch an. «Was brüten Sie jetzt wieder aus?»

«Gar nichts. Reine Neugierde.»

«Mal sehen», knurrte Kaminski. «Aber dann will ich wissen, wieso. Klar?»
«Mal sehen», antwortete Leonie und schloss die Haustür rasch hinter sich.

Der Termin beim Justizsenator verlief recht erfreulich. Leonie stellte ihm ihr Konzept zur Etablierung eines Kompetenzzentrums für die Untersuchung von Gewaltopfern vor, ein Modellprojekt, das zunächst auf drei Jahre angelegt werden sollte. Die Erfahrungen, die sie seit Gründung der Opferambulanz gesammelt hatte, zeigten, dass es eine Versorgungslücke speziell für erwachsene weibliche traumatisierte Opfer von Gewaltdelikten gab. Ihr Ziel war es, durch Analyse der Akutversorgung die Situation von Gewaltopfern zu verbessern, die klinischen und die niedergelassenen Kollegen für das Problem zu sensibilisieren, die Dunkelziffer insbesondere im familiären Kontext zu erhellen und Polizei und Justiz von der alleinigen Täterorientierung hin zu mehr Opferorientierung zu führen. Der Justizsenator zeigte sich interessiert und stellte in Aussicht, das Projekt mit einem Betrag aus der so genannten Gewinnabschöpfung zu unterstützen. Gewinne und Besitztümer aus illegalen und kriminellen Aktivitäten konnten seit einiger Zeit beschlagnahmt und in der Regel für Verbesserungen in der Strafverfolgung eingesetzt werden. Leonie wurde zwar ohne feste Zusage verabschiedet, durfte aber die Hoffnung mit ins Institut nehmen, dass ihre Chancen zumindest für eine Teilfinanzierung nicht schlecht standen. Nicht ohne einen gewissen Stolz erstattete sie ihrem Chef Bericht, den diese Nachricht aus seinem Stimmungstief holte, in dem er spätestens seit der Farbbeutelattacke auf sein Haus steckte.

Allein an ihrem Schreibtisch, verflüchtigte sich Leonies gehobene Laune rasch wieder. In den letzten Wochen fand sie immer weniger Geschmack an ihrer Arbeit, was nicht nur mit der Krise im Institut zusammenhing. Die Ermittlungen der Staatsanwaltschaft zum Tod des Dealers waren endgültig eingestellt worden, die Wogen der Empörung begannen sich zu glätten. Die allgemeine Erregung würde bald neue Ziele finden. Was sie nicht zur Ruhe kommen ließ, waren die ungeklärten Mordfälle Isabel Lifka und Achim Löhr, die sich in ihrem Bewusstsein inzwischen mit ihren wenig erfolgreichen privaten Recherchen verbunden hatten. Jede viel versprechende Spur führte bisher ins Nirgendwo, und jeder Blick in die Vergangenheit schien die Toten weiter in ihr Schattenreich hineinzutreiben. War ihr bisheriges Leben, das die Vergangenheit Vergangenheit sein ließ, nicht viel klüger gewesen? Würde das Herumstöbern in ihrer eigenen und in Sophies und Erikas Vergangenheit nicht neue Verletzungen und Verheerungen anrichten? Und wie hoch würde der Preis für die Wahrheit ausfallen, falls sie je gefunden wurde? Die Medizinerin und Forensikerin in Leonie setzte dagegen, dass ein ungesühnter Mord nicht ignoriert und unter einer dicken Schicht des Vergessens versteckt werden und weiter Unheil anrichten durfte. Wer den Schlechten schont, verletzt den Guten, sagte ein lateinisches Sprichwort.

Anstatt sich den Herausforderungen der Klinikverwaltung zu stellen, versuchte Leonie so etwas wie einen Kassensturz zu machen. Isabel Lifka hatte eine wilde Jugend hinter sich, anscheinend ihrer Tante darin nicht unähnlich. Leonie machte sich eine Notiz, dass sie mehr über Sophies Jugendsünden wissen wollte. Isabel war vor etwa fünf Jahren schwanger geworden. Schicksal des Ungeborenen bis jetzt ungewiss. Danach war sie abgerutscht und in Berlin anschaffen gegangen. Die Erpressung wohlhabender Kunden hatte zusätzliches Geld eingebracht, das sie in Drogen umsetzte. Zum Zeitpunkt ihres Verschwindens war sie erstens pleite und zweitens Objekt der Obsessionen eines Achim Löhr. Ihre Mutter Erika konnte weder lesen noch schreiben, war das typische Opfer männlicher Gewalt und hatte ihre Tochter seit Jahren nicht gesehen. Sophie, die Tante, war durch Heirat sozial aufgestiegen, ihr Mann derzeit allerdings im Zwielicht. Sohn Adrian hatte motorische Probleme, die Leonie an die Symptomatik einer unheilbaren Krankheit erinnerten. Wieder machte sie sich eine Notiz, dass sie Erika oder Sophie nach möglichen familiären Belastungen befragen wollte. Wo in diesem personenreichen Lebensgewebe war die Zelle zu suchen, die entartete und den Organismus schließlich tötete? Der gestörte Liebhaber, ein gewalttätiger Freier, ein Junkie oder Drogenhändler, bei dem sie Schulden hatte, ein Bernhard Stöcker, den sie erpresste, Schwager Vandenberg, über den sie zu viel wusste – in der jüngeren Vergangenheit fanden sich reichlich Motive. Und in der ferneren Vergangenheit gab es einen jungen Mann, den sie vielleicht gegen seinen Willen zum Vater gemacht und von dem sie Geld gefordert hatte. Der Ordnung halber notierte Leonie auch Max' Erzeuger, der bei Frauen gern mal hinlangte. War sie damals vielleicht seinetwegen ge-

flohen, weil er sie belästigte, und ihm jetzt wieder begegnet? Nicht sehr wahrscheinlich, aber sie würde Kaminski fragen, ob der Mann überprüft worden war.
Und Achim Löhr? Musste er sterben, weil er Isabels Mörder kannte? Oder war er nur durch Zufall oder durch einen Racheakt selbst Opfer geworden? Leonie griff nach einem neuen Blatt Papier und setzte den Namen ihrer Mutter darauf. Margot Simon, geborene Reichert war wie Isabel sehr jung schwanger geworden und hatte das Kind zur Welt gebracht. Vater unbekannt. Verbleib des Kindes unbekannt. Bis jetzt. Sie hatte einen Mann zur Ehe verführt und ihre eigene Schwester verraten. Sie war egozentrisch, launisch, als Mutter dominant und lieblos, hatte Menschen benutzt und wieder fallen gelassen, war nach der Scheidung verbittert und bösartig. Aber sie war auch attraktiv und lebenslustig gewesen, charmant, vital und hungrig auf Freiheit. Sie wollte das Glücklichsein mit aller Macht erzwingen und merkte vermutlich deshalb nie, wenn sie es war oder hätte sein können. Sie wollte lieben und geliebt werden, aber es gelang ihr nie zur gleichen Zeit. Leonie hatte vor allem in den letzten Jahren ihres Zusammenlebens meist nur die negativen Seiten der Mutter gesehen und den Mord als deren Folge und Strafe. Zum ersten Mal kam ihr der Gedanke, dass der Mord nicht aus Hass, sondern aus Liebe geschehen sein konnte. Oder aus einer Mischung daraus. Sie malte drei große Fragezeichen aufs Papier. Das Foto kam ihr in den Sinn, das ihre Mutter mit ihrem vermutlich letzten Liebhaber, Norbert Zacharias, zeigte. Vielleicht sollte sie sein Alibi ein zweites Mal überprüfen. Das Foto. Ihr Herz kam für ein paar Schläge

aus dem Takt. Ohne Absender für sie abgegeben. Nachdem sie mit dem Gemeindesekretariat telefoniert hatte. Leonie griff nach ihrem Mantel, bat Frau Thiele noch, einen Nachmittagstermin mit einem Journalisten abzusagen, und verließ das Institut. Sie startete ihren Wagen und hätte beim hastigen Zurücksetzen beinahe Paul Unruh übersehen. Der hintere Kotflügel hatte ihn touchiert.
«Ist dir was passiert?» Leonie sprang aus dem Wagen.
Er klopfte sich die Hose ab. «Schon gut. Ist alles noch heil. Aber ich würde dir bei der Gelegenheit gern den Trick mit dem Rückspiegel erklären.»
«Es tut mir so Leid. Aber ich bin in Eile.»
«Wie immer.»
Leonie musterte ihn mit plötzlichem Interesse. «Hast du Zeit?»
«Eigentlich nicht. Aber wenn du Hilfe brauchst …?»
«Vielleicht. Steig ein, ich fahr dich später wieder her.»
Unruh setzte sich neben sie und sah sie erwartungsvoll an. Sie gab ihm unterwegs eine kurze Erklärung des Problems, ohne den Gesamtzusammenhang zu erwähnen. Zurzeit hatte sie nicht das Bedürfnis, ihre Familiengeschichte vor ihm auszubreiten. Zu Hause angekommen, fuhr sie mit Schwung in die Parkgarage und war auf dem düsteren Weg zum Fahrstuhl froh, einen Begleiter zu haben. Als sie ihre Wohnungstür aufschloss, fiel ihr ein, dass sie sie in der letzten Zeit beim Nachhausekommen öfter nur einmal umgeschlossen vorgefunden hatte statt zweimal, was sie auf die eigene Nachlässigkeit schob. Ohne sich nach Unruh umzusehen, ging sie schnurstracks in ihr Arbeitszimmer und nahm den Tele-

fonhörer ab. Sie versuchte vergeblich, ihn aufzuhebeln. Unruh nahm ihr den Hörer aus der Hand.
«Hast du einen Schraubenzieher?»
In einer Grabbelschublade fand sich einer, und Unruh öffnete vorsichtig das Gehäuse. Er nahm etwas kleines Glänzendes heraus, das aussah wie eine Knopfbatterie für ein Hörgerät. Leonie starrte fassungslos auf das Abhörmikro und schüttelte den Kopf. Es war eine verrückte Idee gewesen, und sie hätte sich lieber geirrt. Unruh öffnete das Fenster und warf das Mikro in hohem Bogen hinaus.
«Was meinst du?» Er sah sie fragend an. Dabei lächelte er, und sie hatte den Eindruck, die Suche nach Wanzen mache ihm Spaß. Sie machte eine ausgreifende Handbewegung.
«Such's dir aus. Wo würde James Bond danach suchen?»
Sie fanden noch drei der kleinen Mikros. Hinter einem Gemälde im Wohnzimmer, hinter der Teppichleiste neben ihrem Bett und unter der Flurgarderobe.
«Für den Rest solltest du dir einen Spezialtrupp kommen lassen.»
Sie sah ihn stirnrunzelnd an. «Du glaubst, das ist noch nicht alles?»
«Ich bin kein Experte. Vielleicht steckt noch was in deinem Schuhabsatz, in deinem Aktenkoffer oder in deinem Auto.»
Leonie wurde ganz heiß vor Zorn. Dieser Kerl hatte sich in ihre Wohnung geschlichen, wahrscheinlich in ihren Sachen herumgewühlt und sie belauscht. Das war fast so schlimm und demütigend wie ein physischer Angriff.
«O Gott!» Die fehlenden Tagebuchseiten! Vielleicht hatte er sie herausgetrennt und nicht ihr Vater.

«Stimmt was nicht?» Unruh sah sie besorgt an. Sie schüttelte den Kopf.
«Ich brauche jetzt was zu trinken. Du auch?»
Sie fand eine Flasche Calvados, die noch zu einem Drittel gefüllt war, und goss großzügig ein.
«Ich versteh nicht, was das alles soll. Jemand beobachtet mich, hört mich ab, verfolgt mich, als wäre ich ein Verbrecher oder hütete ein Staatsgeheimnis. Was will der Kerl von mir?»
«Bestimmt nichts Persönliches. Wahrscheinlich steckt eine Organisation dahinter.»
«Die Mafia oder der CIA?»
«Im Zweifelsfall beide. Nein, im Ernst, in Zeiten der Terrorismus-Hysterie ist alles denkbar. Und du bist in einen politischen Mordfall involviert.»
«Ach, komm, das ist doch Quatsch. Und wieso kriege ich ein Foto meiner Mutter anonym zugeschickt, das mich auf eine neue Fährte setzt, wenn andererseits Eintragungen aus den Tagebüchern meines Vaters entfernt werden, die ich anscheinend nicht lesen sollte? Das ist doch widersinnig.»
Unruh sah sie verwirrt an. «Moment mal, worum geht's hier eigentlich?»
«Das erzähl ich dir ein anderes Mal.»
Sie spürte, wie er sich verschloss. «Es ist alles ein bisschen kompliziert, und ich bin im Moment einfach nicht in der Stimmung. Verstehst du?»
Er nickte. «Schon gut. Sag mir, wenn ich dir helfen kann.»
«Das hast du gerade getan, und ich bin dir sehr dankbar.»

Leonie bemerkte zum ersten Mal, dass seine Augen verschiedenfarbig waren, eines hellblau, das andere graugrün.
«Ich fahr dich zurück ins Institut.»
«Nicht nötig, ich nehme ein Taxi.» Er ging zur Tür. «Und das mit den Wanzen solltest du der Polizei sagen.»
Darüber musste sie noch nachdenken. Unter anderem.

33.

Dutch saß in einem kleinen marokkanischen Restaurant an der Place Charles-Dullin und trank Pfefferminztee. Paris wirkte, wie immer, sowohl anregend als auch beruhigend auf ihn. Bei seiner Ankunft hatte er noch nicht zu seiner gewohnten Gelassenheit zurückgefunden. Die Entwicklung der Dinge war seiner Kontrolle entglitten, und das schätzte er gar nicht. Nicht zum ersten Mal in seinem Leben hatte er eine Wohnung und eine Stadt in aller Eile verlassen müssen, aber diesmal trug er selbst die Schuld daran. Er hatte einen wichtigen Grundsatz vernachlässigt, der da hieß: «Misch dich niemals in fremde Konflikte ein.» Das Schlimmste war, dass er den Fremden mit derselben Waffe wie Utschaew getötet hatte. Er hatte völlig kopflos und damit unprofessionell gehandelt. Was wäre passiert, wenn er nicht eingegriffen hätte? Wahrscheinlich wollte sich der Kerl nur ein bisschen abreagieren. Und wenn er sie getötet hätte?

Dutch zahlte und spazierte durch das im Winter angenehm touristenfreie Viertel am Fuß von Montmartre zur Métrostation Abbesses. Er dachte an die nächtliche Zugfahrt nach Frankfurt, wo er vor seinem Abflug nach Paris ein interessantes Gespräch mit einem seiner wichtigsten Kontakte geführt hatte. Er hatte Recht gehabt, als er Bernie vor Vau warnte. Der Mann jonglierte mit zu vielen Parteien, und ein Ehrgeizling aus der Bundesanwaltschaft knöpfte ihn sich gerade vor. Der Versuch, ihn zu stoppen, war gescheitert. Es war noch nicht klar, was er mit Vau vorhatte, in jedem Fall wäre es jetzt so oder so in Deutschland für Dutch zu gefährlich geworden. Die Interessen, in deren Schatten er bisher sicher war, konnten ihn im Falle einer Festnahme nicht mehr schützen. Vorerst musste er abwarten.

Von Paris aus hatte er Erika Lifka angerufen. Sie würde für ihn ein wenig die Augen und Ohren offen halten. Nicht dass er sich viel von ihr erhoffte, sie war nicht die Hellste und vor allem nicht eingeweiht, aber sie war besser als nichts.

Sobald er wusste, wie die Sache mit Vau lief, konnte er eventuell zurückkehren. Oder aufgeben. Man musste wissen, wann ein Spiel verloren oder zu unterbrechen war. Inzwischen verband er das Angenehme mit dem Nützlichen. Er würde sich ein paar Tage in Paris gönnen, das er zu jeder Jahreszeit liebte, und dann einen Job in der Provinz durchziehen. Eine erfreulich unpolitische Familienangelegenheit. Allerdings in den besseren Kreisen, wo sich Ehepartner noch mit Madame und Monsieur anredeten. Doch wenn es um Geld, Besitz und Macht ging, war es mit der Noblesse nicht weit her.

Auf dem Weg zum Bahnhof passierte er einen Cellospieler, der jedem Kammerorchester zur Ehre gereicht hätte, und eine sehr junge und sehr hübsche Frau lächelte ihn entschuldigend an, weil sie ihn angerempelt hatte. Er lud sie auf ein Glas ein. Langsam kehrte er zu seiner alten ausgeglichenen Form zurück.

34.

Dr. Ursula Kühn präsentierte Leonie ihre neue Berechnung zur Liegezeit von Isabel Lifkas Leiche. «Mein Misstrauen war berechtigt. So wie die Dinge jetzt liegen, ist es klar, warum die Schmeißfliege schneller geschlüpft ist als die Goldfliege. Für die war es die meiste Zeit zu kühl.»
Sie hatte bei ihrer komplizierten Neuberechnung zunächst bis zu dem Tag zurückgerechnet, als die Heizung nach jetzigen Informationen eingeschaltet wurde, von siebzehn Grad langsam bis zu dreizehn Grad sinkend, die sie als mittlere Temperatur für die Zeit davor annehmen konnte. Dann rechnete sie entsprechend die Stadien der Larven vom Zeitpunkt des Absammelns zurück, die den größten Teil ihrer Entwicklung bei niedrigen Temperaturen verbracht hatten.
«Dabei komme ich jetzt nicht mehr auf drei bis vier, sondern auf sechs bis sieben Wochen Liegezeit.»
Das Gespräch fand im Treppenhaus des Zoologischen Instituts statt. Die Entomologin war in Eile, und Leonie begleitete sie auf dem Weg zu ihrem Auto.
«Das bedeutet also, dass die Leiche schon Anfang August dort abgelegt wurde.»
«Erste, spätestens zweite Augustwoche, ja. Und ich würde, so wie es jetzt aussieht, annehmen, dass die Besied-

lung der Leiche nicht im Keller, sondern an einem wärmeren Ort stattgefunden hat.»

«Zum Beispiel im Freien?»

Leonie dachte an das Gartengift, das man unter Isabels Fingernägeln gefunden hatte.

«Möglich. Oder in einer Wohnung oder einem Auto. Überall, wo Fliegen hineinkommen.»

Dr. Kühn eilte auf ihren Wagen zu und betätigte schon von weitem den elektronischen Schlüssel.

«Entschuldige, aber jetzt muss ich wirklich los. Muss meinen Sohn von der Schule abholen. Mein Ex macht mit seiner neuen Flamme eine Ayurveda-Kur auf Goa. So ein Schmarren!»

Ursula Kühn brauste davon, und Leonie ging zu ihrem eigenen Wagen. Noch auf dem Weg tippte sie Kaminskis Nummer ein. Er war nicht im Büro. Man sagte ihr, er habe sich mit einer schweren Erkältung ins Bett gelegt. Leonie notierte sich seine Privatnummer. Sie wollte ihn so schnell wie möglich über die neue Situation unterrichten. Es lief nur der Anrufbeantworter, auch auf seinem Handy meldete er sich nicht. Entweder machte er blau, oder er war richtig krank. Leonie war zwar noch nie bei ihm gewesen, kannte aber seine Adresse. Sie sah im Stadtplan nach, er wohnte in Altona, inmitten eines Einbahnstraßengewirrs, in dem sie sich wahrscheinlich rettungslos verfahren würde. Erstaunlicherweise tat sie das nicht und fand, noch erstaunlicher, ganz in der Nähe seiner Wohnung einen Parkplatz. Sie musste mehrfach klingeln, ehe eine schwache Stimme sich in der Gegensprechanlage meldete.

«Simon. Ich wollte mal nach Ihnen sehen.»

Der Summer ertönte, und sie betrat ein Haus, das schon bessere Zeiten gesehen hatte. Sie lief drei Treppen mit ausgetretenen Stufen, die fast alle erbärmlich knarrten, hinauf. Die einzige Wohnungstür, die frisch gestrichen aussah, war die, die Kaminski öffnete. Er hatte sich offenbar in aller Eile in einen Trainingsanzug geworfen und roch nach Medizin.

«Kommen Sie schnell rein», krächzte er. «Es zieht.»

Er schloss die Tür hinter ihr, schleppte sich ins Wohnzimmer aufs Sofa und wickelte sich in ein großes kariertes Plaid. Leonie folgte ihm und betrachtete neugierig, was sie von der Wohnung zu sehen bekam. Sie hatte sich nie Gedanken über Kaminskis Lebensverhältnisse gemacht, und wenn, wäre ihre Vermutung in Richtung Räuberhöhle gegangen. Eine gepflegte und mit Geschmack eingerichtete Wohnung hatte sie jedenfalls nicht erwartet.

«Soll ich Ihnen einen Tee machen oder etwas aus der Apotheke holen?»

Kaminski bekam einen Hustenanfall und konnte nur mit dem Kopf schütteln.

«Ich wäre sogar bereit, für Sie zu kochen?»

«Sie können doch gar nicht kochen», krächzte der Kranke. «Warum lassen Sie mich nicht einfach in Frieden sterben?» Natürlich war Kaminski wehleidig, wie die meisten Männer.

«Ich habe Neuigkeiten.»

Kaminski schloss die Augen. «Kein Interesse.»

«Unsere Madenleiche ist etwa drei bis vier Wochen älter, als wir bis jetzt dachten. Kühn hat die Liegezeit neu berechnet. Isabel Lifka wurde schon Anfang August in den Keller gebracht.»

Kaminski öffnete ein Auge. «Anfang August?»
«So ist es.»
Das zweite Auge des Gesetzes klappte auf. «Dann braucht Vandenberg ein neues Alibi.»
«War mir klar, dass Ihnen das als Erstes einfällt. Wie lange hat sie bei Frettchengesicht gewohnt?»
Kaminski setzte sich auf. «Bis zum vierten August. Wenn die neue Rechnung Ihrer Madenfrau stimmt, ist sie wahrscheinlich kurz danach getötet worden. Mit ihrem Handy wurde erst wieder Mitte August telefoniert, eingehende Anrufe landeten ab dem fünften nur noch auf der Mailbox.»
Leonie nickte. «Na bitte, dann passt jetzt alles. Was waren das für Telefonate?»
«Unwichtig. Zeitansage, Bahnauskunft und das Sozialamt Mitte.»
«Alles Anrufe, die man nicht nachvollziehen kann.»
«Sieht so aus, als hätte der Mörder ihr Handy kurz benutzt, weil er vortäuschen wollte, dass sie zu dem Zeitpunkt noch lebte. Er hat damit gerechnet, dass wir irgendwann die Anrufe überprüfen würden.»
«Ja, dumm ist er nicht. Ich vermute, sie ist eigens nach Hamburg gekommen, um Kontakt zu ihrem späteren Mörder aufzunehmen. Sie kommt Ende Juli und stirbt etwa eine Woche später. Warum wird sie nicht gleich getötet?»
«Vielleicht findet sie ihn erst nach einer Woche, oder er war nicht in der Stadt?»
«Oder sie stellt eine Forderung und erhöht langsam den Druck. Der spätere Mörder will sie zunächst gar nicht töten, sieht aber schließlich keinen anderen Ausweg.»

Kaminski nickte beifällig und bekam wieder einen Hustenanfall. Er wickelte sich aus dem Plaid, schlurfte hinaus und kam ein paar Minuten später mit einer Packung Lutschtabletten zurück. Er nahm gleich zwei auf einmal.
«Und da sind wir wieder bei Vandenberg. Sie erpresst ihn mit seinen illegalen Geschäften, er versucht, sie abzuwimmeln, und bringt sie schließlich um, als sie droht, mit ihren Unterlagen zur Polizei zu gehen.»
Leonie konnte diese These nicht widerlegen, sowenig er sie bis jetzt beweisen konnte.
«Dann tauchte Löhr auf. Bei seinem ersten Aufenthalt hatte er wahrscheinlich keinen Erfolg. Beim zweiten Anlauf traf er auf Vandenberg, vielleicht hatte er inzwischen in Berlin etwas herausgefunden, und erpresste ihn ebenfalls. Oder beschuldigte ihn, Isabel getötet zu haben, und wollte ihn der Polizei ausliefern.»
Für einen schwer kranken Mann war Kaminski geradezu munter geworden. Er griff zum Telefon.
«Stein? Kaminski hier. Prüf doch mal nach, wo Vandenberg in der letzten Juliwoche und in der ersten Augustwoche war. Danke.»
«Und wenn er kein Alibi für den vermuteten Todeszeitpunkt hat?»
«Dann lasse ich die Spurensicherung sein Haus und sein Grundstück umgraben, dass er seine feine Bude nicht mehr wieder erkennt. Und wenn irgendwo eine Spur von Isabel Lifka ist, werden wir sie finden.»
Leonie dachte an Sophie und Adrian, und ihr wurde mulmig.
«Sie wollten doch wissen, wo der Kerl Ferienhäuser hat?»
«Richtig. Hat er?»

«Gleich drei. Auf Sylt, auf Gomera und in der Schweiz. Und bis vor knapp vier Jahren auch noch eine Bude in der Nähe von Kappeln an der Schlei. War ihm wohl nicht mehr fein genug, die Gegend.»

«An der Schlei», wiederholte Leonie nachdenklich.

Kaminski sah sie aus rot verschwollenen Augen an. «Und was hat das mit unserem Fall zu tun? Isabel Lifka kann unmöglich auf Sylt, Gomera oder in der Schweiz umgebracht worden sein.»

«Nein. Ich wollte es nur wissen.»

«Warum haben Sie nicht Ihre Freundin gefragt?»

«Weil sie nicht wissen soll, dass ich mich dafür interessiere. Und es hat gar keinen Sinn, dass Sie weiter rumbohren. Mehr kann ich Ihnen im Moment nicht sagen. Ich will mich nicht blamieren.»

Kaminski war zu krank, um sich auf eine Diskussion mit ihr einzulassen. Er ließ sich auf dem Sofa zurücksinken und schloss wieder die Augen.

«Dann überlasse ich Sie jetzt Ihren Viren.»

«Ach, Doc, Sie könnten doch noch was für mich tun.»

Leonie blieb an der Tür stehen.

«Besorgen Sie mir ein Sixpack Bier? Ich soll viel trinken, hat mein Arzt gesagt.»

Leonie hatte längst vergessen, dass sie Einsicht in die Akten der Staatsanwaltschaft beantragt hatte. Nachdem ihr Kaminski die Akten der Polizei aus dem LKA-Archiv besorgt hatte, wollte sie den Antrag eigentlich zurückziehen, was sie dann versäumte. Nun fand sie die Nachricht vor, dass die Akten des Falles Simon für sie bereitlagen, und überlegte, ob es sich lohnte, einen Blick hineinzu-

werfen. Bei der Polizei wurden Ermittlungsakten doppelt geführt und nach Abschluss eines Falles je ein Exemplar an die Staatsanwaltschaft übergeben. Im Großen und Ganzen mussten die Akten der Staatsanwaltschaft also identisch sein mit denen der Polizei. Aber beide Parteien führten während der Ermittlungen Handakten, weswegen es durchaus sein konnte, dass den abschließend archivierten Akten Dokumente aus den Handakten beigefügt waren, die der jeweils anderen Seite, aus welchen Gründen auch immer, nicht bekannt waren.
Leonie beschloss, einen Nachmittag zu opfern, und begab sich ins Archiv der Staatsanwaltschaft. Beim raschen Durchblättern der Akten fand sie, wie erwartet, zunächst nur bereits Bekanntes. Aber als sie nach zwei Stunden die letzte Akte schloss, war sie hoch zufrieden, dass sie sich der Mühe unterzogen hatte. Es gab zwei Dokumente, die in Kaminskis Akten gefehlt hatten: eine Liste der Telefongespräche, die ihre Mutter in den letzten Wochen vor dem Mord geführt hatte, und die Zeugenaussage der Nachbarin, die zusammen mit ihrem Mann das Nebenhaus bewohnte. Leonie kopierte beides, um sich später in Ruhe damit beschäftigen zu können. Auf der Rückfahrt ins Institut überlegte sie, welche vernünftige Erklärung es geben konnte, dass die beiden Schriftstücke in der polizeilichen Ermittlungsakte fehlten. Sowohl die Telefonliste als auch die Zeugenaussage stammten mit Sicherheit von den mit dem Fall befassten Kripobeamten. Es gab keinen Grund, warum sie beides aus der Archivakte hätten entfernen sollen. Darüber sollte sie noch einmal mit Kaminski sprechen.
Im Institut gab Silber einen kleinen Umtrunk aus An-

lass seines fünfzigsten Geburtstags. Leonie kam gerade rechtzeitig, um ihm zusammen mit den Kolleginnen und Kollegen einen Gutschein über zehn Musikstunden zu überreichen. Silber redete schon seit einiger Zeit davon, dass er nach dem Motto «Besser spät als nie» Klavier spielen lernen wollte. Bisher hatte er sich noch nicht aufraffen können, was der moralische Druck des Geschenkes ändern würde.

Obwohl sie nur ein Glas Sekt auf Silbers Gesundheit getrunken hatte, fiel es Leonie schwer, sich auf ihre Schreibtischarbeit zu konzentrieren. Vielleicht war es aber auch nicht der Sekt, sondern die Neugierde auf die Kopien aus der Akte der Staatsanwaltschaft. Mit in langen Jahren antrainierter Disziplin bewältigte sie die wichtigsten Arbeiten, die auf sie gewartet hatten, und verließ das Institut nicht früher als gewöhnlich. Noch gesättigt von Silbers Geburtstagskuchen und einem belegten Brötchen, verzichtete sie darauf, sich auf dem Weg nach Hause etwas zu essen zu kaufen. Nach einer entspannenden halben Stunde in der Badewanne holte sie sich ein Bier und fischte die Dokumente aus ihrer Aktentasche. Als Erstes las sie die Zeugenaussage von Frau Wieck, der Nachbarin, an die sie sich noch recht gut erinnern konnte. Die Frau war stark sehbehindert und trug enorm dicke Brillengläser, derentwegen sie von den Kindern in der Straße oft gehänselt worden war. Ihrer Aussage nach hatte sie an dem schönen Frühlingstag, an dem Margot Simon ermordet wurde, bis mittags im Garten gearbeitet. Gegen ein Uhr hatte sie streitende Stimmen gehört, die eine gehörte Margot Simon, die andere Richard Simon, den sie kurz danach aus dem Haus kommen sah. Das heißt, sie hatte einen großen, dunklen Mann weggehen sehen, der Richard Simon sein musste. Soweit Leonie wusste, stützte die Aussage insoweit die Angaben ihres Vaters, der zugegeben hatte, seine Ehefrau um diese Zeit besucht und mit ihr gestritten zu haben. Frau Wieck war dann ins Haus gegangen, um für sich und ihren Ehemann Essen zu kochen. Kurz vor zwei Uhr meinte sie, durch ihr geöffnetes Küchenfenster wieder streitende Stimmen aus dem Nachbarhaus zu hören, und dachte, Richard Simon sei zurückgekehrt. Auf die Nachfrage des vernehmenden Polizisten, ob sie sicher sei, dass die Stimmen wirklich aus dem Nebenhaus und von Margot Simon und ihrem Exehemann kamen, war die Frau unsicher geworden. Vor Gericht könne sie das nicht beschwören, hatte sie gesagt. Offenbar war dieser Aussage nicht weiter nachgegangen worden. Mit Richard Simon meinte man zu dem Zeitpunkt den Täter bereits am Haken zu haben. Für Leonie macht Wiecks Aussage einen ganz anderen Sinn. Offenbar gab es nach ihrem Vater einen zweiten Besucher, der mit ihrer Mutter in Streit geraten war.

Falls Frau Wieck noch lebte, musste sie unbedingt mit ihr sprechen.

Das zweite Dokument war eine Liste mit den letzten Telefongesprächen ihrer Mutter. Leonie ging rasch die Liste durch und hakte all die Namen ab, die ihr bekannt waren und unverdächtig schienen. Nur über zwei Namen stolperte sie: Dr. Borchert und Hans-Joachim Mohr. Die Personen waren ihr nicht bekannt, aber die Namen. Sie holte sich ein zweites Bier und überlegte, wo sie diese beiden Namen schon gehört oder gelesen hatte. Es half nichts, sie musste in allen Dokumenten und Unterlagen, einschließlich der Tagebücher ihres Vaters, auf die Suche gehen. Nur dort konnte sie die Namen gelesen haben. Als Erstes fand sie Dr. Borchert, er war der Scheidungsanwalt ihrer Mutter gewesen. Wahrscheinlich hatte sie ihn in der finanziellen Angelegenheit kontaktiert, derentwegen sie dann auch mit ihrem Exmann gestritten hatte. Noch während sie suchte, fiel ihr wieder ein, wo sie den Namen Mohr schon gelesen hatte. Sie griff nach dem Karton mit der Hinterlassenschaft ihrer Mutter. Und da war er, der Brief des unbekannten Herrn Mohr, eine Einladung, ihn und seine Familie zu besuchen. War er einer der verflossenen Liebhaber ihrer Mutter gewesen? Hatte sie ihn angerufen, um den Kontakt wieder aufleben zu lassen? Leonie konnte sich jedenfalls nicht erinnern, den Mann kennen gelernt zu haben. Die Polizei hatte sich anscheinend nicht für ihn interessiert. Es gab kein Zeugenprotokoll, und im Prozess war er auch nicht aufgetaucht. Leonie notierte trotzdem seine Telefonnummer und die noch ältere Adresse.

Aber weder Herr Mohr noch Frau Wieck standen auf ihrer Prioritätenliste ganz oben, nicht einmal der verlorene Sohn ihrer Mutter. Was ihr zurzeit auf der Seele lag, waren Isabel und ihr Kind. Sie musste unbedingt etwas überprüfen, um sicher sein zu können, dass sie sich irrte.

Bei strömendem Regen aus tief hängenden, graphitschwarzen Wolken fuhr Leonie eine Landstraße auf der linken Seite der Schlei entlang. Es war eine Gegend, in der die kleinen Dörfer und Gemeinden Namen wie Gammelby und Guckelsby trugen, was irgendwie gemütlich und nach Urlaub klang. Wahrscheinlich war die Landschaft bei Sonnenschein recht reizvoll, aber so viel Phantasie hatte Leonie nicht. Sie war seit dem frühen Morgen unterwegs und heilfroh, dass sie ihr Ziel, eine kleine Gemeinde südlich von Kappeln, bald erreicht hatte. Es hatte sie ein paar Telefonate gekostet, die genaue Adresse von Vandenbergs ehemaligem Ferienhaus herauszufinden. Beim Amtsgericht in Kappeln war ihr ein freundlicher Mensch behilflich gewesen, dem sie ein Kaufinteresse an der Immobilie vorgeschwindelt hatte. Außer der Adresse erfuhr sie auch noch den Namen des derzeitigen Besitzers aus dem Grundbuch. Da ihr der neue Hausherr kaum nützen konnte, fuhr sie im Schritttempo an der renovierten reetgedeckten Kate vorbei, als sie ihr Ziel erreicht hatte, und machte erst beim Dorfkrug Halt. Sie hatte keinen Regenschirm im Auto und wurde auf dem kurzen Weg zur Eingangstür kräftig abgeduscht. Mit einem Papiertaschentuch trocknete sie sich das Gesicht ab, die Haare mussten von allein trocken werden. In der Gaststube war nicht viel Betrieb, obwohl es Mittagszeit war. Ein älterer Mann saß allein an einem Fenstertisch und arbeitete sich tapfer durch einen Berg Bratkartoffeln hindurch. Es roch nach kross gebratenem Speck, und Leonies Speicheldrüsen arbeiteten auf Hochtouren. Sie war immer dafür, das Angenehme mit dem Nützlichen zu verbinden, und setzte sich ebenfalls an einen Tisch am Fenster. Der alte Herr nickte ihr vom Nebentisch zu.

«Die machen hier die besten Bratkartoffeln. Das Sauerfleisch ist auch sehr gut.»

Leonie nickte lächelnd und studierte die kleine Speisekarte, die sie sich vom verwaisten Tresen mitgenommen hatte. Eine junge Frau kam aus der Küche und gähnte mit weit geöffnetem Mund. Als sie den neuen Gast bemerkte, griff sie nach ihrem Block und kam im Zeitlupentempo näher.

«Tach. Was soll's denn sein?»

Leonie bestellte Bier und Roastbeef mit Bratkartoffeln. Als die Kellnerin das erstaunlich gut gezapfte Bier brachte, ließ Leonie ihre erste Frage los. «Freunde von mir haben bis vor ein paar Jahren hier gewohnt, die Vandenbergs. Sicher kennen Sie sie.»

Die junge Frau betrachtete die Fragestellerin mit müdem Blick. «Nee. Ich bin hier neu.»

Und viel älter wird sie hier wohl auch nicht werden, dachte Leonie und nahm einen Zug von ihrem Bier. Es war ein wenig zu herb für ihren Geschmack, aber nicht schlecht. Der ältere Herr schaltete sich ein.

«Sie kennen die Vandenbergs? Denen hab ich seinerzeit das Bad renoviert. Alles vom Feinsten.»

Leonie drehte sich zu ihm um. «Ja, die beiden legen immer Wert auf Qualität. Sind Sie aus dem Ort?»

«Nicht direkt. Ich wohne ein Dorf weiter. Aber ich hatte in der ganzen Gegend meine Aufträge. Na ja, jetzt macht das alles mein Sohn, und ich kann in aller Ruhe zu Mittag essen.»

Der Bratkartoffelberg wurde vor Leonie aufgebaut, und während sie ihn abtrug, tastete sie sich im Gespräch mit ihrem Nachbarn an das heran, was sie interessierte. Zu ihrem Bedauern wusste er nichts von einer Schwangeren, konnte ihr aber die Adressen von zwei Ärzten aus der Gegend nennen, die möglicherweise mehr wussten.

Zum Dank überließ Leonie dem Rentner die Hälfte ihrer Bratkartoffelportion, die sie nicht mehr schaffte und die «man doch nicht umkommen lassen darf».
Sie wählte als Erstes den Gynäkologen für einen Besuch, weil das die natürlichste Wahl für eine Schwangere war. Aber der Kollege machte es ihr erstens nicht leicht und ritt auf seiner Schweigepflicht herum und war zweitens der Falsche, wie sich zum Schluss herausstellte. Weder der Name Vandenberg noch der Name Lifka war in seiner Kartei zu finden. Auf dem Weg zu dem anderen Arzt überlegte Leonie, dass es natürlich sehr gut möglich war, dass Isabel einen falschen Namen benutzt hatte. Dann würde sie allerdings sehr schlechte Karten haben.
Dr. Seiler war praktischer Arzt und nach Leonies vorsichtiger Schätzung nahe der Pensionsgrenze. Er wirkte nervös und überarbeitet, und seine Hände zeigten einen leichten Tremor. Leonie hielt es für möglich, dass er ein Suchtproblem hatte. Nicht gerade die Sorte Arzt, die sie sich wünschen würde, wenn sie ein Kind erwartete. Sie trug ihm ihr Anliegen vor, und er nickte sofort, ohne seine Kartei zu bemühen.
«Die Vandenbergs. Ja, ja, die waren damals meine Patientinnen, die Jüngere vor allem. Wie geht's denn dem Kind?»
Vorsichtig holte Leonie aus ihm heraus, weswegen sie die weite Fahrt gemacht hatte. Der Mann stellte sich als Volltreffer heraus. Die ihm damals unbekannte Sophie Vandenberg hatte eine junge Frau in ihr Ferienhaus einquartiert, die zu dem Zeitpunkt im dritten Monat schwanger war und ihm als Nichte gleichen Namens vorgestellt wurde. Während Sophie die Ältere nur gele-

gentlich nach dem Rechten sah, lebte die jüngere Sophie bis zur Geburt eines Jungen in dem kleinen Dorf, betreut von Dr. Seiler. Die beiden Frauen bestanden auf einer Hausgeburt, die Dr. Seiler mit Hilfe einer erfahrenen Hebamme aus einem weiter entfernten Ort durchstand.

«Welchem Standesamt haben Sie die Geburt gemeldet?»

Dr. Seiler bog eine Büroklammer auseinander. «Zuständig ist Kappeln, aber die junge Frau wollte die Geburt selbst anmelden. Ich habe nur den Geburtsschein ausgestellt.»

«Darin muss auch das Geburtsdatum der Mutter stehen.»

Die Büroklammer zerbrach. «Selbstverständlich. Kann ich Ihnen sonst noch irgendwie helfen?»

Das Standesamt in Kappeln war bereits geschlossen, als Leonie mit quietschenden Reifen vorfuhr. Sie verfluchte die absurden Öffnungszeiten der Behörden, die ihre Beamten nach Hause schickten, wenn normale Arbeitnehmer noch mindestens zwei Stunden vor sich hatten. Übernachten kam nicht infrage, sie musste also eventuell Kaminski einschalten. Sie trat die lange Rückfahrt nach Hamburg an, wenigstens regnete es nicht mehr so heftig, und dachte über Dr. Seiler nach. Seine Aussage hatte den Beweis geliefert, dass Isabel ihr Kind ausgetragen und zur Welt gebracht hatte. Alles andere war nach wie vor Spekulation. Aber als sie sich das Bild des Arztes, wie er vor ihr gesessen hatte, in Erinnerung rief, hielt sie eine Menge für möglich.

Die Nacht war kurz und auch nicht besonders erholsam gewesen. Leonie hatte bis zum frühen Morgen wach gelegen und mit sich gerungen. War es richtig gewesen, der Spur zu folgen? Hatte das alles für Isabels Tod wirklich eine Bedeutung, oder war sie im Begriff, ohne Notwendigkeit eine Familie zu zerstören, die schon so viele Probleme hatte, dass alle Beteiligten mit den Folgen bis an ihr Lebensende belastet waren? Bevor sie endlich einschlief, beschloss sie, noch zwei Gespräche zu führen. Danach musste sie entscheiden, was sie mit den Informationen anfing.

Sie hatte mit Erika telefonisch verabredet, sie am Abend abzuholen, und wartete ein paar Minuten vor der Zeit auf dem Parkplatz des Supermarktes. Die letzten Kunden schoben die Einkaufswagen durch Regen und Dunkelheit zu ihren Autos, und im Laden begann das Personal mit dem großen Aufräumen. Leonie dachte an das Gespräch mit dem Kollegen von der Kinderklinik, mit dem sie sich am Nachmittag getroffen hatte. Ihre Kenntnisse der Erbkrankheit Dystrophia musculorum progressiva waren gering, außerdem gab es zahlreiche Formen. Das Gespräch war aufschlussreich und ziemlich deprimierend gewesen. Der Kollege hatte sie in ihrer Vermutung bestärkt, obwohl natürlich nur ein Test auf eine starke Erhöhung des Enzyms Kreatinkinase Sicherheit bringen konnte.

Sie hatte die Freundin nicht kommen sehen und schrak zusammen, als die Beifahrertür aufgerissen wurde und eine regenfeuchte Erika auf den Sitz plumpste. Sie trug einen Wintermantel, der viel zu eng war, und eine Wollmütze, die nach Eigenproduktion aussah.

«Habt ihr den Kerl gefunden, der meine Isi umgebracht hat?»

«Nein», antwortete Leonie und sah Erika nicht an. «Wir wissen noch nicht, wer es getan hat.»
«Oh», sagte Erika verwirrt. «Ich dachte nur, weil du am Telefon so ernst warst.»
Der Parkplatz leerte sich langsam.
«Ich hab nur ein paar Fragen an dich, aber ich wollte nicht am Telefon mit dir darüber reden.»
Erika nickte. «Aber es geht doch um Isi, oder?»
Leonie vermied eine direkte Antwort. «Wann wurde dein Neffe geboren?»
«Adrian?» Die Frage hatte Erika überrascht. Sie musste überlegen, ehe sie antwortete.
«Also, den Tag könnte ich jetzt nicht sagen. Im Sommer ist er vier geworden, im Juli, glaube ich. Wieso fragst du nicht Sophie?»
«Wann hast du erfahren, dass sie schwanger war?»
«Gar nicht. Als der Junge da war, hat sie mir eine Geburtsanzeige geschickt. Sie hat's so lange versucht, da war sie wohl abergläubisch und wollte nicht zu früh darüber reden.»
«Gab es in deiner Familie mal einen Fall von …» Leonie stockte. Mit dem lateinischen Begriff Dystrophia konnte Erika kaum etwas anfangen. «Hatte ein Kind, ein Junge, in deiner Familie Probleme mit dem Laufen und ist auch sehr früh gestorben?»
Erika sah Leonie an und schüttelte den Kopf.
«Was sind das für komische Fragen? Was hat das mit meiner Tochter zu tun?»
Im Halbdunkel des Autos sah Leonie ihre Augen glänzen.
«Kennst du so einen Fall, Erika?»

«Ja. Der Bruder meiner Mutter ist früh gestorben. Und ich glaube, einer ihrer Cousins hatte dieselbe Krankheit. Was das genau war, weiß ich aber nicht.»
«Bruder und Cousin deiner Mutter. Und das ist alles?»
«Ja.»
Leonie hatte bekommen, was sie wollte, aber es gefiel ihr nicht. Es gefiel ihr ganz und gar nicht.

Zu Hause wartete eine noch immer unaufgeräumte und ungeputzte Wohnung auf sie. Unkonzentriert klaubte sie aus der Schmutzwäsche Blusen, T-Shirts und Socken heraus und stellte die Waschmaschine auf 30-Grad-Wäsche ein. Zu weiteren häuslichen Tätigkeiten fehlte ihr der Elan. Während sie aß, was der Kühlschrank noch hergab, wuchs das Bedürfnis, mit jemandem zu reden. Nachdem sie wenigstens die Küche aufgeräumt hatte, ging sie ins Arbeitszimmer und überlegte, ob sie Vera anrufen sollte. Sie schlug ihr Adressbuch auf, versehentlich nicht bei V wie Vera, sondern bei U wie Unruh. Warum eigentlich nicht? Er meldete sich schon nach dem zweiten Läuten.
«Leonie? Ist etwas nicht in Ordnung?»
«Doch, doch», beeilte sie sich zu versichern. Aber es stimmte, bisher waren ihre Begegnungen und Gespräche immer von Krisen oder Problemen geprägt.
«Ich wollte eigentlich nur hören, wie es dir geht?»
«Den Umständen entsprechend. Und dir?»
Das klang nicht sehr ermutigend.
«Das Gleiche. Ich muss eine Entscheidung treffen und ich weiß nicht, was richtig ist.»
«Willkommen im Club. Soll ich mich mit einem Rat bei dir revanchieren?»

«Es ist ein bisschen kompliziert.» Leonie überlegte kurz. «Was würdest du tun, wenn ein alter Freund von dir etwas Illegales, vielleicht sogar Kriminelles angestellt hätte? Also, wenn du das vermuten würdest.»

«Ich würde mit ihm reden.»

«Nur reden?»

«Erst mal ja. Jedenfalls würde ich nicht sofort zur Polizei gehen, falls es das ist, was du wissen willst. Zunächst mal würde ich meinem Freund die Chance geben, mir zu erklären, ob er es getan hat und warum.»

«Angenommen, du hättest Recht gehabt mit deiner Vermutung?»

«Dann würde ich ihm raten, einen guten Anwalt zu engagieren und sich zu stellen.»

Leonie fühlte sich erleichtert. «Ja, das ist ein guter Rat.»

«Leonie?»

«Ja?»

«Du kannst mich gern wieder anrufen.»

«Danke.»

Sie legte auf und merkte plötzlich, wie müde sie war.

35.

Drei der zu Anfang der Behandlung vereinbarten Hypnosesitzungen standen noch aus. Leonie zögerte, sie abzusagen, hielt aber angesichts der mageren Erfolge den Zeitaufwand für nicht mehr gerechtfertigt. Schließlich rang sie sich zu einer weiteren Sitzung durch, danach würde sie weitersehen.

Dr. Albrecht betrachtete sich selbst als Fährmann, der wie Charon die Seelen über den Fluss Styx in die Schattenwelt übersetzte. In seinem Fall war es die Welt des Unbewussten, in die er seine Patienten geleitete. Dort mussten sie sich selbst zurechtfinden und suchen, wonach es sie verlangte. Nach dem immer gleichen Prolog, der zur Entspannung und weitgehenden Ausblendung störender Gedanken führen sollte, wies er sie mit sanfter Stimme an, den Weg zu gehen, den sie am Todestag ihrer Mutter nach der Schule gegangen war. Dabei sollte sie sich auf die Dinge konzentrieren, die sie damals nicht bewusst wahrgenommen, die ihr Gehirn aber verarbeitet und registriert hatte. Zunächst war Leonie nicht besonders erfolgreich. Ihre Anspannung war noch zu groß und ihre Erinnerung deswegen noch zu bewusst. Aber je näher sie ihrem Elternhaus kam, desto stärker wurden die beiläufigen Wahrnehmungen. Der Gesprächsfetzen eines vorbeigehenden Paares, der Geruch eines frisch gebackenen Kuchens, die Spiegelung eines vorbeihuschenden Vogels in einer Fensterscheibe. Dann geht sie durch den Vorgarten und sucht nach ihrem Hausschlüssel. Sie findet ihn nicht gleich und erschrickt. Ob sie ihn verloren hat? Nein, er ist noch da, nur vergraben unter ihren Sportsachen. Sie schließt die Tür auf. «Ich bin's.» Keine Antwort. Sie wirft ihre Schultasche neben der Garderobe auf den Boden, was ein ziemlich lautes Geräusch verursacht. Wahrscheinlich arbeitet ihre Mutter in der Küche. Aber das tut sie nicht, und es ist auch kein Essen vorbereitet. Aus der Ferne dringt ganz schwach Baulärm an ihr Ohr und ein sehr schwaches und undefinierbares Geräusch aus dem ersten Stock. Aber sie lässt dieses Geräusch nicht in ihr Bewusstsein, denn nur ihre Mutter könnte die Urheberin sein, und die ist ja nicht da. Wäre sie es, dann stünde das Essen längst auf dem Tisch, und Leonie wäre mit einer Standpauke wegen ihres Zuspätkommens empfangen worden. Leonie nimmt ihre Schultasche wieder auf und steigt die Treppe empor. Eine der Stufen knarrt leise, wie sie es immer tut. Einige Fliegen umsummen Leonie und eilen ihr voraus. Auf dem Treppenabsatz empfängt sie ein süßlicher Geruch. Eine Unruhe befällt sie, und ihr Magen knurrt mehrmals, als sie auf das Zimmer ihrer Mutter zugeht. Sie stößt die offen stehende Tür weiter auf und sieht die Leiche ihrer Mutter am Boden liegen. Das Blut, das aus ihren vielen Wunden austritt, ist noch nicht geronnen. Die Fliegen, der Geruch, Kinderstimmen von der Straße. Ihr Herz hämmert mal langsamer, mal schneller gegen ihre Rippen. Ein Geräusch hinter der Tür. Das Reiben von Stoff auf

Stoff? Es ist ein Geräusch, das sie kennt. Aber sie kann sich nicht erinnern. Was ist das für ein Geräusch?

Dr. Albrechts Stimme drang in ihr Bewusstsein. Das Bild ihrer toten Mutter entglitt ihr, und sie folgte ihm an die Oberfläche. Leonie gähnte und öffnete die Augen.

«Wie geht es Ihnen?»

Leonie antwortete nicht. Ihre Erinnerung spulte das Geräusch wieder und wieder ab.

«Zähneknirschen. Jemand hat mit den Zähnen geknirscht.»

«Bruxismus», sagte Dr. Albrecht.

«Wie bitte?»

«Meist unbewusstes Zähneknirschen. Ein Auslöser kann psychischer Stress sein, und den hatten Sie bestimmt in der Situation.»

«Nicht ich. Es kam von der Tür. Jemand stand hinter der Tür.»

«Sie meinen, der Täter war noch im Raum?» Der Arzt sprach diese Ungeheuerlichkeit so gelassen und freundlich aus, als ginge es um den Besuch der Lieblingstante. Leonie sah ihn entgeistert an.

«Nun, ich würde sagen, der Täter hatte in dem Fall mindestens genauso viel Stress wie Sie.»

Der Mörder ihrer Mutter war knapp einen Meter von ihr entfernt gewesen.

«Er hätte mich auch töten können.»

«Offensichtlich wollte er das nicht.» Dr. Albrecht lächelte sein introvertiertes Lächeln, das sich nicht im Besonderen an seine Patienten richtete.

«Haben Sie damit gefunden, was Sie suchten?»

«Ja», sagte Leonie. «Aber was fange ich damit an?»

Sie durchlebte die Szene immer und immer wieder und war von Mal zu Mal sicherer, dass sie sich nicht täuschte. Das Geräusch war keine Einbildung, wie sie immer gedacht hatte. Zugleich glaubte sie, der Lösung des Falles noch nie so nahe gewesen zu sein. Es konnte nur eine Kleinigkeit sein, die noch fehlte, um den Schleier wegzuziehen, der das Bild verdeckte. Dieser Gedanke trieb sie, so rasch wie möglich Kontakt zu Frau Wieck, der ehemaligen Nachbarin ihrer Mutter, aufzunehmen. Da sie nun den vollen Namen kannte, war es kein Problem, vom Einwohnermeldeamt Auskunft zu bekommen. Die Wiecks hatten einige Jahre nach dem Tod der Nachbarin ihr Haus verkauft und waren wenige Straßen weiter in eine Eigentumswohnung gezogen. Dort wohnten sie noch immer.

Leonie klingelte zum verabredeten Zeitpunkt. Herr Wieck öffnete die Tür. Er musste über achtzig sein, aber seine Augen waren wach und jung.

«Mein Gott, Leonie, hast du dich verändert.»

Leonie musste lachen.

«Ach, ich sollte wohl Doktor Simon zu dir sagen.»

«Schon gut, Herr Wieck. Lassen Sie's ruhig bei Leonie.»

Er führte sie ins Wohnzimmer, wo seine etwa gleichaltrige Ehefrau am Fenster saß. Sie hob ihr Gesicht den Eintretenden entgegen, und Leonie sah auf den ersten Blick, dass die alte Frau vollständig erblindet war.

«Hallo, Frau Wieck. Wie geht's Ihnen?»

Ein Lächeln huschte über das leere Gesicht der alten Frau, wie ein Reflex aus der Zeit, als sie sich im Spiegel der anderen Gesichter noch erkennen konnte.

«An deine Stimme kann ich mich noch erinnern. Ein bisschen rauer ist sie geworden.»

Herr Wieck schob Leonie einen Stuhl in die Kniekehlen. «Dann koche ich uns mal eine schöne Tasse Tee. Oder bist du Kaffeetrinkerin?»
«Nein, nein. Tee ist wunderbar», flunkerte Leonie.
Seine Frau beugte sich in Leonies Richtung und tastete mit der Hand nach ihr. Leonie ergriff ihre knochige Greisenhand und drückte sie ein wenig.
«Meine Augen haben mich endgültig im Stich gelassen. Jetzt hättet ihr Kinder noch mehr Anlass, mich zu hänseln.»
«Wir waren schreckliche Biester. Ich hab mich für manches im Nachhinein ordentlich geschämt.»
«Ach was, Kinder sind Kinder. Nur darf man ihnen nicht alles durchgehen lassen, sonst lernen sie den Unterschied zwischen Gut und Böse nicht.»
Herr Wieck trug auf einem Tablett aus schwarz lackiertem Holz mit chinesischen Schriftzeichen drei Porzellantässchen und eine Kanne Tee ins Zimmer. Er stellte das Tablett vorsichtig ab und servierte den Tee. Seine Hände zitterten ein wenig dabei.
«Ich hoffe, du magst grünen Tee. Er ist sehr gesund.»
Leonie nahm einen Anstandsschluck und stellte die Tasse aufs Tablett zurück. Sie hatte nur warmes Wasser geschmeckt. Die beiden alten Leute sahen sie erwartungsvoll an. Herr Wieck mit einem leichten Lächeln, seine Frau mit schief geneigtem Kopf und einem vagen, ihr rasch entgleitenden Ausdruck.
«Ich hoffe, Sie werden es nicht als Belästigung empfinden, aber ich möchte mit Ihnen über den Tag sprechen, an dem meine Mutter ermordet wurde.»
Leonie hatte befürchtet, dass Frau Wieck die Details des

Mordtages vergessen hatte, aber das Gegenteil war der Fall. Wie die meisten alten Leute konnte sie sich an längst Vergangenes besser erinnern als an das Mittagessen des vorigen Tages. Sie wusste noch genau, was sie den Beamten zu Protokoll gegeben hatte. Und auch, was sie ihnen nicht gesagt hatte.

«Weißt du, meine Liebe, ich konnte zwar schon damals sehr schlecht sehen, aber ich habe immer gemerkt, wenn man mich nicht ernst nahm. Und Menschen mit extrem dicken Brillengläsern werden oft für dumm gehalten.»

Leonie wusste genau, was sie meinte. Die Lupen vor ihren Augen, die verzerrten Gesichter und die Grimassen, die sie schnitten, im verzweifelten Bemühen, etwas zu erkennen, lösten bei den anderen das Vorurteil aus, es mit Idioten zu tun zu haben.

Noch einmal schilderte die alte Frau den Ablauf ihres Vormittags, die streitenden Stimmen, die sie hörte, und die Männer, die sie sah. Denn sie hatte nicht nur Richard Simon gehört und nach dem ersten Streit weggehen sehen. Sie hatte vor dem zweiten Streit einen Mann kommen sehen, der ebenfalls dunkle Haare hatte, aber ihrer Meinung nach größer war als Leonies Vater. Weil sie ihn nur von ihrem Küchenfenster aus gesehen hatte, also aus noch größerer Entfernung als Richard Simon von ihrem Vorgarten aus, hatte sie ihre Beobachtung gar nicht mehr erwähnt. Der Beamte war schon skeptisch gewesen, als sie den zweiten Streit erwähnte. Er hatte sich probeweise an ihr Küchenfenster gestellt, und ein Kollege hatte im Nachbarhaus laut gesprochen. Der Beamte hatte nichts hören können und deshalb ihre Aussage verworfen, obwohl sie versuchte, ihm klar zu machen, dass ihre Ohren die Augen zum Teil ersetzt hatten. Und natürlich hätte sie nicht beschwören können, dass es beim zweiten Streit nicht wieder Richard Simon war. Aber sie war *fast* sicher gewesen. Und sie war es noch.

«Ich war damals sehr erleichtert, dass dein Vater nicht verurteilt wurde, meine Liebe. Es hätte mir schwer auf der Seele gelegen. Als die Polizei mich befragte, wusste ich natürlich noch nicht, dass er vor Gericht gestellt würde. Aber ich hätte eine bessere Zeugin sein müssen.»

Leonie beruhigte Frau Wieck in dem Punkt. Ihre Aussage, wie immer die ausgefallen wäre, hätte an der Anklage vermutlich wenig geändert.

«Mir fällt noch etwas ein. Der Mann, den ich kommen sah, schien mir jünger zu sein als dein Vater. Jüngere Menschen bewegen sich ganz anders als ältere, weißt du.»

Leonie bedankte sich bei den alten Leuten und verabschiedete sich bald. Als sie sie verließ, saßen die beiden Händchen haltend nebeneinander.

Leonie hatte das Bild der beiden alten Leute noch vor ihrem inneren Auge, als sie einige Stunden später nach der Obduktion einer Greisin die Staatsanwaltschaft routinemäßig über den Fall informierte. Ein hochgradiger Dekubitus als Folge schwerer Pflegefehler war nach ihrer Meinung todesursächlich, was eine Ermittlung wegen fahrlässiger Tötung nach sich ziehen würde. Die bettlägerige Frau war von überforderten Verwandten bereits mit Druckstellen im Anfangsstadium in ein Pflegeheim eingeliefert worden, wo sich in den folgenden Monaten

der Zustand der Kranken weiter verschlechterte. Als sie ins Krankenhaus eingeliefert wurde, war sie bereits im finalen Stadium und verstarb dort innerhalb weniger Tage. Der Fall war in Leonies Augen typisch und eine Folge des gemeinsamen Versagens von Kranken- und Pflegekassen, Ärzten, Heimen und Pflegediensten. Der Fehler lag im System, wo man auf Kosten der Alten und Kranken an so grundsätzlichen Dingen wie Wechseldruckmatratzen sparte und sich um Zuständigkeiten stritt, bis der Patient verstorben war. In den Heimen fehlte es häufig selbst an den elementarsten Bestandteilen einer qualitätssichernden Pflege wie zum Beispiel einer standardisierten Befunddokumentation oder Lagerungsplänen, ohne die eine angemessene Umlagerungspraxis schwer vorstellbar ist. Pflegende Angehörige bekamen zu wenig oder gar keine Unterstützung durch Ärzte und Kassen, Prophylaxe beziehungsweise Behandlung begannen zu spät, und die Pflegestufe III wurde oft erst posthum bewilligt. Schon seit Jahren gab es Studien zu dem Thema, auch aus der Rechtsmedizin, die bestenfalls punktuell eine Wirkung zeigten. Aber was war von einer Gesellschaft zu erwarten, in der die Hälfte der Firmen keine Mitarbeiter über fünfzig mehr beschäftigte und sich immer mehr Menschen dem Risiko einer Schönheitsoperation unterzogen in dem verzweifelten Bemühen, Jugend vorzutäuschen.
Leonie war wütend und deprimiert, nachdem sie ihr Gutachten diktiert hatte. Sie hoffte, den alten Wiecks werde ein solches Ende erspart bleiben. Das Gespräch mit den beiden hatte sie mit ihrer Erlaubnis auf Tonkassette mitgeschnitten. Die Aussage von Frau Wieck ent-

lastete nicht nur nachträglich ihren Vater, sondern war ein deutlicher Hinweis auf einen anderen Täter. Sollte sie sich dazu entscheiden, die Wiederaufnahme des Falles durch Staatsanwaltschaft und Polizei zu beantragen, wäre die Aussage von Frau Wieck ein wichtiges Indiz.
Am Abend hörte sie sich den Mitschnitt noch einmal an und klappte ihren privaten Laptop auf, um das Gespräch sicherheitshalber abzuschreiben. Sie war fast fertig, als es an der Wohnungstür klingelte. Es war erst kurz vor neun, trotzdem wunderte sie sich. Sie erwartete keinen Besuch. Als sie sich an der Sprechanlage meldete, dachte sie flüchtig an Paul Unruh und verspürte eine leichte Enttäuschung, als sie Kaminskis Stimme hörte. Sie drückte auf die Taste mit dem Schlüsselzeichen und hörte eine Minute später den Fahrstuhl surren. Kaminski war bisher nur einmal in ihrer Wohnung gewesen. Damals war er sturzbetrunken gewesen und hatte bei ihr seinen Rausch ausgeschlafen. Diesmal war er zwar nüchtern, aber er wirkte angespannt und unruhig.
«'n Abend, Doc. Stör ich?»
«Sie doch nicht», sagte Leonie mit sanfter Ironie. «Wollen Sie ein Bier?»
«Deswegen bin ich gekommen.»
Kaminski folgte ihr in die Küche und sah zu, wie sie zwei Flaschen aus dem Kühlschrank nahm, öffnete und ihm eine reichte. Sie tranken gleich aus der Flasche.
«Was kann ich noch für Sie tun?»
«Ich dachte nur, Sie würden vielleicht gern wissen, dass Vandenberg für Anfang August kein Alibi hat. Er war fast drei Wochen am Stück in Hamburg.»
«Und seine Frau?»

«Die auch. Wieso?»
«Nur der Vollständigkeit halber.»
Kaminski wandte sich ab und ging ins Wohnzimmer, wo er sich in einen Sessel fallen ließ und mürrisch die halb leere Bierflasche anstarrte, die er auf seinem rechten Knie abstellte. Leonie lehnte im Türrahmen und betrachtete ihn.
«Besonders glücklich scheint Sie das nicht zu machen.»
«Es gibt Probleme mit dem Durchsuchungsbefehl.»
Leonie ließ ihm Zeit. Mit dem Eingeständnis von Fehlern oder Schwierigkeiten tat Kaminski sich nicht leicht.
«Voss hat mich angerufen und mir gesagt, die Staatsanwaltschaft hätte einen Wink bekommen, dass eine gegen Vandenberg gerichtete Mordermittlung zurzeit nicht erwünscht ist.»
Leonie ahnte, wohin der Hase lief. «Das kommt nicht zufällig von Boysen?»
Kaminskis Gesicht verdüsterte sich noch mehr. «Kann sein.»
«Ich dachte, Boysen wäre daran gelegen, Vandenberg Druck zu machen?»
«Druck ja, aber eine Mordermittlung wirbelt Staub auf. Und eine mögliche Anklage erst recht. Die Presse würde aufmerksam werden. Sie wissen doch, wie das ist.»
«Das heißt, es gibt Interessen, die in eine andere Richtung laufen.» Sie setzte sich Kaminski gegenüber und sah ihn fragend an. «Interessen, die sogar einen potenziellen Mörder schützen würden?»
Er konnte seinen Frust nicht länger unter Kontrolle halten, sprang auf und rannte ein paar Mal auf und ab wie ein schwarzer Panther in einem zu kleinen Käfig.

«Es ging überhaupt nicht um unsere Morde, auch nicht um den in Berlin. Es ging darum, Vandenberg nervös zu machen und ihn zur Mitarbeit zu kriegen. Und ich blöder Idiot hab mich dafür benutzen lassen, hab die Drecksarbeit gemacht.»

Vermenge niemals Beruf und Privatleben. Merk dir das, Leonie. Laut sagte sie:

«Und was macht Vandenberg für die Bundesanwaltschaft so interessant?»

«Was weiß ich. Ich bin doch nur ein unwichtiger kleiner Beamtenarsch.»

«Ihr Selbstmitleid können Sie sich sparen. Sie wissen genau, wer und was Sie sind. Das Einzige, was Sie sich vorwerfen können, ist ein schlechter Geschmack in puncto Männer. Was Sie im Übrigen mit vielen Frauen gemeinsam haben.»

Damit entlockte sie Kaminski ein schuldbewusstes Grinsen. Er setzte sich wieder und reichte ihr die leere Bierflasche. «Ich könnte noch eins vertragen.»

Er sah ihr nach, als sie in die Küche ging und eine neue Flasche holte.

«In die Details wurde ich nicht eingeweiht. Aber ich hab mitgekriegt, dass Vandenberg erstklassige geschäftliche Beziehungen zu diversen islamischen Ländern unterhält und gleichzeitig Verbindungen in die USA hat. Wem er dabei unangenehm aufgefallen ist und warum, kann ich aber nicht sagen.»

«Ein weites Feld. Und was nun?»

Kaminskis Lippen wurden schmal. «Ich setze den Durchsuchungsbefehl für Haus und Grundstück durch, da können Sie Gift drauf nehmen. Mir ist wurscht, ob der

Kerl vom CIA oder von Osama bin Laden oder von wem auch immer bezahlt wird. Wenn er seine Nichte umgebracht hat, will ich ihn haben. Und zwar ehe ihn sich andere schnappen.»

«Dann sollten Sie sich besser beeilen», meinte Leonie skeptisch.

«Genau das werde ich tun.» Kaminski brachte seine leere zweite Flasche Bier selbst in die Küche. «Danke für das Bier.»

Er war immer noch wütend und verletzt, aber Leonie hatte auch noch etwas auf dem Herzen.

«Ich würde Ihnen raten, Ihre Verwaltungsangestellten unter die Lupe zu nehmen. In den Ermittlungsakten, die Sie mir besorgt haben, fehlten zwei Dokumente.»

Er sah sie irritiert an. «Wieso fehlte was? Woher wissen Sie das überhaupt?»

«Weil ich auch die Akte der Staatsanwaltschaft eingesehen habe. Und darin habe ich eine Telefonliste und die Aussage einer Nachbarin gefunden, die in Ihren Akten nicht abgeheftet waren.»

«Ein Irrtum wahrscheinlich. Darf natürlich nicht passieren.»

«Oder von jemandem bewusst entfernt. Und das darf erst recht nicht passieren.»

Kaminski schüttelte den Kopf. «Jetzt sehen Sie Gespenster. Warum sollte jemand so was machen?»

«Das sollen Sie ja herausfinden. Apropos herausfinden: Was ist eigentlich aus den Fingerabdrücken von Big Brother geworden?»

«Auch so 'ne merkwürdige Sache», gab Kaminski zu. «Wir haben keine Vergleichsabdrücke gefunden. Weder

das BKA noch Interpol, noch das FBI hat ihn im Computer. Der Kerl ist entweder noch nie geschnappt worden oder …»
Er machte eine Pause, und Leonie beendete den Satz für ihn: «Oder er hat irgendwo sehr, sehr gute Freunde.»
Nachdem sie Kaminski verabschiedet hatte, rief sie Sophie an und verabredete sich für den nächsten Tag mit ihr. Sie durfte sich vor einem klärenden Gespräch nicht länger drücken.

Vor dem Vandenberg'schen Anwesen fand sie keinen Parkplatz. Leonie stellte ihren Wagen in der nächsten Querstraße ab und ging zu Fuß zurück. Das schmiedeeiserne Tor war verschlossen und erschien ihr diesmal besonders abweisend. Nachdem sie ihren Namen genannt hatte, schwang es weit auf, und sie ging die Auffahrt zum Haus hinauf.
Ein junges Mädchen öffnete ihr die Tür und teilte ihr in gebrochenem Deutsch mit, dass die gnädige Frau im oberen Stock zu finden sei. Leonie bedankte sich und lief die Treppe hinauf. Das obere Stockwerk hatte sie bisher nicht betreten. Die Türen waren fast alle geschlossen, und Leonie widerstand der Versuchung, die eine oder andere zu öffnen. Die einzige Tür, die weit offen stand, war die des Kinderzimmers. Sophie Vandenberg saß auf dem Fußboden und baute zusammen mit Adrian ein Haus aus Holzklötzen. Sie blickte erst auf, als Leonie sie ansprach.
«Guten Tag, Sophie.»
Sie erhob sich mühsam, und erst als sie vor ihr stand, konnte Leonie die Ringe unter ihren Augen sehen. Und

die feinen Fältchen in den Mundwinkeln, die sie bisher nicht bemerkt hatte.
«Geht's dir gut, Sophie?»
«Aber ja, natürlich.»
Sophie Vandenberg drehte sich abrupt um und stieß dabei gegen das Haus, an dem Adrian immer noch baute. Die Holzklötze purzelten in alle Richtungen, und Adrian verzog das Gesicht. Leonie erwartete, dass er weinen würde, aber er gab keinen Ton von sich.
«Tut mir Leid, mein Schatz.» Sophie beugte sich zu ihm hinunter. «Komm, wir bauen es wieder auf.»
Adrian schüttelte heftig den Kopf. «Nein, nein. Alles kaputt.» Mühsam rappelte das Kind sich auf und stolperte aus dem Zimmer.
«Ich glaube, dein Sohn ist krank. Du solltest mit ihm zum Arzt gehen.»
Sophies Gesicht verfiel vor Leonies Augen. Sie ließ sich auf einen Kinderstuhl sinken.
«Das war ich schon. Er wird sterben. Mein Sohn wird sterben, bevor er erwachsen ist.»
«Die Duchenne-Krankheit?»
Sophie nickte. Eine der Formen der Dystrophie war nach ihrem Entdecker Duchenne benannt worden.
Leonie setzte sich neben Sophie auf den Boden.
«Man hat dir gesagt, dass es sich dabei um eine Erbkrankheit handelt?»
Sophie wandte den Blick ab.
«Du bist nicht seine Mutter, nicht wahr?»
«Ich *bin* seine Mutter. Isabel hat ihn nur geboren. Sie wollte ihn nicht einmal sehen, als er da war. Und er war so ein süßes Baby. So gesund.»

«Warum hast du das Kind nicht auf legale Weise adoptiert?»
«Vandenberg hätte ein fremdes Kind nie akzeptiert. Aber ich brauchte ein Kind. Er hätte mich verlassen. Verstehst du?»
Leonie versuchte es.
«Wie kann man einem Ehemann eine Schwangerschaft vorspielen?»
Sophie lachte leise. «Das ist nicht so schwer, wie du denkst. Nicht, wenn man mit Vandenberg verheiratet ist. Er ist dauernd fort, auf Geschäftsreisen. Und er hat immer irgendeine Freundin, zu der er gehen kann. Er war nur an seinem Sohn interessiert. Mein dicker Bauch hat ihn abgestoßen. Nackt wollte er mich gar nicht sehen.»
«Und trotzdem wolltest du ein Kind von ihm?»
Sophie sah ihr in die Augen. Ihre Stimme verlor die Gepflegtheit, die sie sich in langen Jahren antrainiert hatte. Aus Sophie wurde wieder Anita. «Du hast doch überhaupt keinen Schimmer, du mit deinem Akademiker-Vater und deinem Doktortitel. Du hast immer alles gehabt. Bei uns gab's nur leere Schnapsflaschen.»
Sie machte eine heftige Handbewegung. «Für das alles hier habe ich eine Menge Dreck gefressen, das geb ich nicht mehr her. Nie mehr, verstehst du?»
«So, wie du den Ring nicht hergeben wolltest? Damals.»
Sophie sah sie überrascht an, antwortete nach einigem Zögern. «Ich hab ihn wieder ausgegraben. Noch am selben Tag.»
«Ich weiß. Es hat mir wehgetan.»
Sophie hob die Hand und strich Leonie leicht über die

Wange. Es war eine so unerwartet zärtliche Geste, dass Leonie Tränen in die Augen stiegen.

«Es tut mir Leid. Ich habe gehofft, dass du es nicht bemerkst. Aber das hatte nichts mit dir zu tun. Ich wollte wirklich deine Blutsfreundin sein. Du warst so stark. Ohne dich hätte ich meine Kindheit nicht überlebt.»

Leonie war erschüttert. «Ich wusste nicht, dass es so schlimm war. Ich dachte, du warst der Liebling deines Vaters?»

«Das war ja das Schlimme. Mit sechzehn bin ich abgehauen, weil ich's nicht mehr ausgehalten hab. Ich hab dann gemacht, was ich am besten konnte. Und irgendwann war ich schwanger. Ich hab's wegmachen lassen, von einem Hinterhofarzt. Der war am billigsten, weil er keine Zulassung mehr hatte. Drogen und so. Dann hab ich Vandenberg kennen gelernt, hab ihm die Unschuld vom Lande vorgespielt. Er war verrückt nach mir, hat mich sogar geheiratet. Aber er wollte unbedingt ein Kind, und ich wollte das auch. Zu einer Familie gehört doch ein Kind. Aber es klappte nicht. Der verdammte Engelmacher hatte gepfuscht. Ich wusste, dass ich Vandenberg früher oder später verlieren würde.»

Sie unterbrach ihre atemlose Erzählung. Leonie dachte an die Signale, die ihr Unterbewusstsein ihr schon die ganze Zeit in Form von Traumbildern gegeben hatte.

«Hast du sie getötet?»

Sophie erhob sich langsam von ihrem Kindersitz und strich ihren blauen Wollrock glatt.

«Hat dich dein Kommissar deswegen geschickt? Damit du ein Geständnis aus mir herauslockst? Unter alten Freundinnen?»

Leonie schüttelte den Kopf. «Er weiß nichts von diesem Gespräch.»
«Wenn er dich fragt, sag ihm, ich habe meine Nichte nicht getötet. Und jetzt entschuldige mich bitte. Ich muss mich um meinen Sohn kümmern.»
Sophie ließ sie einfach stehen. Leonie blieb mit dem Gefühl zurück, völlig versagt zu haben.
Wütend kickte sie einen Ball zur Seite in ein Regal hinein und löste damit eine Kettenreaktion aus. Spielzeuge purzelten durcheinander, und eine große Schale mit bunten Murmeln ergoss ihren Inhalt auf den Fußboden. Leonie kniete sich leise fluchend auf den Boden, um die Glaskugeln wieder einzusammeln. Sie wollte nicht schuld daran sein, dass jemand darauf ausrutschte und sich den Hals brach. Beinahe hätte sie das Schmuckstück zwischen den schimmernden Kugeln übersehen. Es war ein kleiner Stecker mit einem blauen Stein. Zunächst hielt sie ihn für einen Ohrstecker, aber dann fiel ihr das Foto von Isabel wieder ein und der Aquamarin, der ihren Nasenflügel schmückte. Sie schlug den Stecker in ein Papiertaschentuch ein und verwahrte ihn in ihrer Tasche.
Sophie ließ sich nicht blicken, als Leonie die Treppe hinablief. Sie kam sich wie eine Verräterin vor.

Leonie war mitten in einer Obduktion, als Kaminski sie dringend sprechen wollte. Heidi Zenker hielt ihr den Hörer ans Ohr, während der Kollege Fuchs weiterarbeitete.
«Kaminski? Ich hab nicht viel Zeit.»
«Vandenberg ist verschwunden.»
Leonie zog ihre Handschuhe aus und nahm der Präparatorin den Hörer aus der Hand.

«Ist nicht wahr.»
«Ich weiß noch nicht, ob er freiwillig oder in Begleitung abgereist ist. Wir vermuten, dass er sich nach Südostasien abgesetzt hat.»
«Und Sophie?»
«Die ist ziemlich mit den Nerven fertig. Sie hat keine Vollmacht für seine Konten, nur für ein Haushaltskonto, das er regelmäßig gefüllt hat. Damit dürfte sie nicht weit kommen. Möglicherweise wird ohnehin sein Vermögen beschlagnahmt.»
Den Verlust ihres Mannes würde Sophie wohl verschmerzen, den des Geldes nicht. Wie würde sie darauf reagieren, fragte sich Leonie.
«Vandenberg ist zur weltweiten Fahndung ausgeschrieben», fuhr Kaminski fort. «Und ich kann endlich die Jungs von der Spurensicherung von der Leine lassen.»
Leonie brachte die Obduktion zu Ende, aber sie hatte Mühe, sich zu konzentrieren. Das Ausfüllen der Formulare überließ sie anschließend Bernd Fuchs. Auf der Treppe, die zum Erdgeschoss hinaufführte, traf sie Paul Unruh.
«Hallo, Paul.»
Sie waren sich seit Tagen nicht über den Weg gelaufen, und sie war erstaunt, wie sehr sie sich freute, ihn zu sehen.
Er wedelte mit einem Computerausdruck vor ihrem Gesicht herum.
«Es geht um den Stecker, den du mir rübergeschickt hast. Ich hab Hautzellen isolieren können. Sie sind eindeutig deiner Madenleiche zuzuordnen.»
«Oh», sagte Leonie.

«Ich dachte, das würde dich freuen?»
«Kommt drauf an, aus welcher Perspektive man's betrachtet.»
Er sah auf sie hinunter. «Ich weiß nicht, ob das jetzt eine gute Idee ist. Aber ich wollte dich fragen, ob du vielleicht mal abends mit mir essen gehen möchtest. Also, einfach nur so.»
«Einfach nur so wär schön.» Sie lächelte. «Aber ich hab ein paar Dinge zu erledigen. Und ich weiß nicht, wie ich mich danach fühlen werde. Verstehst du?»
Er nickte. «Gut. Ich warte.»
Sie hatte ihn mal für einen netten, aber langweiligen Burschen gehalten. Das musste schon ziemlich lange her sein.

36.

«Und das bringen Sie mir erst jetzt?»

Auf Kaminskis Schreibtisch lagen Isabel Lifkas Schmuckstecker und Unruhs DNA-Gutachten in einem braunen Papierumschlag. Kaminski funkelte Leonie wütend an. «Ich hab in der letzten Zeit eine Menge Geduld mit Ihnen gehabt, aber das geht einfach zu weit.»

«Es ist doch nichts passiert», verteidigte sich Leonie. «Ich wollte erst sicher sein. Es geht schließlich um meine Freundin.»

«Es geht um einen Mordfall mit zwei Leichen. Und die Ermittlungen fallen in meine Kompetenz, nicht in Ihre.»

«Ach, blasen Sie sich doch nicht so auf, Kaminski. Hören Sie lieber zu, was ich Ihnen noch zu sagen habe. Es fällt mir schwer genug, Ihnen das überhaupt zu erzählen, und ich wäre auch nicht dazu verpflichtet.»

Leonie fühlte sich hundeelend. Sie kam sich vor wie Judas Ischariot, bevor er Jesus verriet

Kaminski sah sie an und räusperte sich. «Also gut. Was gibt's denn noch?»

«Sie kennen Sophies Sohn Adrian?»

Kaminski nickte.

«Er ist nicht ihr leiblicher Sohn.» Sie machte eine Pause.

«Ja und? Was hat das mit dem Fall zu tun?»

«Adrian leidet an einer Erbkrankheit namens Dystrophia musculorum progressiva vom Typus Duchenne. Diese Krankheit ist X-chromosomal rezessiv, was bedeutet, dass sie nur über die weibliche Linie in einer Familie weitervererbt wird. So wie die Hämophilie.»
Sie dachte an Iris Roeseler, die ehemalige Geliebte ihres Vaters, die an ihren Sohn die Bluterkrankheit weitergegeben hatte. Durch sie war sie eigentlich erst auf die Idee gekommen, sich für Adrians Krankheit zu interessieren.
«Doc, das ist alles wirklich hoch interessant, aber …»
«In der mütterlichen Linie von Sophie Vandenberg gibt es keine solche Erkrankung, aber in der von Erika Lifka.»
Kaminski sah sie verständnislos an. «Aber die beiden sind doch Schwestern.»
«Halbschwestern, Kaminski. Ihr Vater hat zweimal geheiratet. Als Kind wollte ich von meiner Mutter wissen, warum Anita so hübsch und Erika so hässlich war, und meine Mutter hat gesagt, ihr Vater hätte bei seiner zweiten Frau einen besseren Geschmack gehabt.»
«Das bedeutet …» Kaminskis Hirn arbeitete noch an der Verarbeitung der Informationen, die es gerade bekommen hatte.
«Dass Isabel Adrians Mutter ist. Sophie hat ihr damals das Kind, wie ich vermute, abgekauft und als ihr eigenes ausgegeben. Ich glaube, dass Isabel ihres Sohnes wegen nach Hamburg zurückgekommen ist. Vielleicht wollte sie ihn wiederhaben. Wahrscheinlich hat sie mehr Geld gefordert. Sophie war erpressbar, weil ihre Ehe davon abhing. Und jetzt sehen Sie zu, was Sie damit anfangen.»
Atemlos lehnte sie sich zurück, als hätte sie einen Hun-

dertmeterlauf hinter sich. Kaminski machte sich Notizen. Dann blickte er auf.

«Falls das alles stimmt, was Sie mir da erzählt haben, hat sie ein Motiv für die Tat. Das entlastet aber nicht ihren Mann.»

«Sie glauben immer noch, Vandenberg war der Täter.»

«Die Umstände der Tat passen besser zu einem Mann, finden Sie nicht? Einen Menschen erschlagen, wegschleppen und in einem verlassenen Haus in den Keller werfen. Einem anderen Menschen eine tödliche Spritze setzen. Das alles erfordert viel Kraft, auch physische.»

«Vielleicht», sagte Leonie, aber sie wusste, dass Sophie zäh und wahrscheinlich verzweifelt genug war, um das alles zu bewältigen. Sie trank den inzwischen kalt gewordenen Kaffee aus und verabschiedete sich von Kaminski. Alles Weitere war seine Sache.

Auf dem Weg zum Fahrstuhl überlegte sie, ob sie Vera Kilian aufsuchen sollte. Die Psychologin war eine gute Zuhörerin. Leonie entschied sich dagegen. Veras Absolution würde nichts nützen, ihre Schuldgefühle würden dadurch nicht beseitigt werden. Sie fuhr mit dem Aufzug nach unten, durchquerte die große Eingangshalle des Präsidiums und lief die breite Außentreppe hinab. Am Fuß der Treppe kam ihr Vera entgegen. Seit sie ihr zum letzten Mal begegnet war, hatte Vera etliche Pfunde verloren. Ihr Gesicht war schmal und blass, die Ringe unter den Augen zeugten von zu wenig Schlaf.

«Gerade habe ich an dich gedacht.»

Vera lächelte matt. «Ich kann jeden guten Gedanken gebrauchen.»

«Ehrlich gesagt war ich ziemlich mit mir selbst beschäf-

tigt.» Leonie sah sie prüfend an. «Bist du sicher, dass du wirklich in diesen Laden reingehen und dich mit dem Seelenleben von miesen Typen beschäftigen willst?»
«Es ist mein Job.»
«Na gut, das ist ein Argument.»
Einen Moment standen sie sich schweigend gegenüber. Dann blickte Vera zur Seite und sagte: «Du hattest übrigens Recht. Ich hab mich zum Narren gemacht.»
Daher wehte also der Wind.
«Aus unserem Weihnachtsfest wird nichts. Peter hat mir mitgeteilt, dass seine Freundin schwanger ist und jetzt seine Unterstützung braucht. Er hat mich um Verständnis gebeten.»
«Hat er es bekommen?»
«Ich hab ihn rausgeworfen. Endgültig.»
«Tut mir Leid», sagte Leonie und meinte es ehrlich. Noch so ein Fall, wo sie sich lieber geirrt hätte.
«Für die Kinder ist es am schlimmsten. Und im Grunde bin ich schuld daran, weil ich ihre Hoffnung genährt habe, dass alles nochmal gut wird.»
«Nein. Ihr Vater hat die Hoffnung genährt, weil er sich nicht entscheiden konnte. Der Mistkerl hat dich benutzt, um eine Krise zu bewältigen, die er verursacht hat. Und jetzt kehrt er zu seiner Neuen zurück, und du darfst wieder die Trümmer wegräumen.»
Leonie hatte sich in Wut geredet. Vera sah sie erstaunt an.
«Meine Güte, Leonie, ich bin's, die sich aufregen sollte. Was ist los? Hast du dich wieder mit Kaminski gestritten?»
«Auch. Aber das ist es nicht. Weißt du, dass ich nicht

eine einzige glückliche und wirklich gut funktionierende Familie kenne? Bei den meisten bröckelt schon die Fassade. Und trotz der ganzen Familien- und Verhaltens- und Psycho- und Sonst-was-Therapeuten hat sich gar nichts geändert in den letzten Jahrzehnten. Es ist eher noch schlimmer geworden. Was ist bloß los mit uns?»
Vera schüttelte den Kopf. «Ich weiß es nicht, Leonie. Vielleicht sind wir einfach überfordert. Es ist alles zu kompliziert und undurchschaubar geworden.»
Die beiden Frauen gingen auseinander, ohne sich zu verabreden.

Leonie fuhr ins Institut und versuchte, nicht an Sophie zu denken. Ein anderer unangenehmer Gedanke ließ sich jedoch immer schwerer verdrängen. Erika hatte ein Recht darauf zu erfahren, dass sie Großmutter war. Leonie hielt es für nicht sehr wahrscheinlich, dass Sophie es ihr gestehen würde. Doch da täuschte sie sich. Erika hatte während Leonies Abwesenheit im Institut angerufen. Sie fand die Nachricht von ihrem Anruf auf ihrem Schreibtisch, als sie von einer Vorlesung zurückkam. Erika meldete sich nach dem ersten Klingelzeichen, sie schien neben dem Telefon gesessen zu haben.
«Sophie war bei mir. Ich weiß nicht, was ich tun soll.»
Eine Stunde spater saß Leonie in Erika Lifkas Küche. Erika und ihr Sohn Max, der Bescheid wusste, sahen sie erwartungsvoll an.
«Sophie sagt, Isabel wollte das so, und sie hätte nichts Unrechtes getan.»
«Ich bin keine Juristin, aber ich glaube, so einfach ist das nicht. Wenn sie sich als Mutter des Kindes hat eintragen

lassen, verstößt das mit Sicherheit gegen irgendeinen Zivil- oder Strafrechtsparagraphen. Rein rechtlich gesehen ist sie nicht seine Mutter und hat nicht das Sorgerecht für Adrian. Du solltest einen Rechtsanwalt fragen.»

«Sie hat gesagt, wenn ich ihr das Kind wegnehme, bringt sie sich um.»

«Solche Drohungen sind meist nicht wirklich ernst gemeint. Sie will dich unter Druck setzen, was nicht in Ordnung ist.» Leonie war von Sophies Taktik sogar ziemlich abgestoßen. Statt Reue zu zeigen, hatte sie die Flucht nach vorn angetreten. «Wobei ich ihr sogar zugestehen würde, dass sie sich als Adrians wirkliche Mutter fühlt. Sie sorgt seit vier Jahren für ihn, und sicher liebt sie ihn sehr. Ich denke, das Problem ist nicht nur juristisch zu sehen.»

Erika zog die Stirn kraus. «Du meinst, sie soll den Jungen behalten dürfen?»

«Das weiß ich nicht. Ich sage nur, die Frage ist nicht allein, was Recht und Unrecht ist, sondern auch welche Lösung für das Kind die beste ist.»

Leonie war froh, dass Erika die merkwürdigen Geburtsumstände ihres Enkels nicht mit dem Mord an Isabel in Verbindung brachte. Max tat es.

«Ist Isabel wegen Adrian ermordet worden?»

Seine Mutter war völlig entgeistert. «Was redest du für einen Unsinn?»

«Das ist kein Unsinn.» Max war beleidigt. «Nicht, Doktor Simon? Möglich ist das doch?»

Leonie antwortete so vorsichtig wie möglich. «Es gibt mehrere Theorien, wer deine Schwester getötet haben könnte und warum. Und bis jetzt kann der Kommissar keine beweisen.»

Die Tränen, die sich bei Erika Lifka aus stets gut gefüllten Quellen speisten, tropften ihr aus den Augenwinkeln.

«Sophie ist meine kleine Schwester, und ich hab sie gern. Aber sie hat immer nur Ärger gemacht. Dabei hatte sie es viel besser als ich, so hübsch, wie sie ist.»

Ärger machen ist anscheinend die Spezialität jüngerer Schwestern, dachte Leonie und fühlte sich an ihre Mutter und Tante Charlotte erinnert.

«Ich hab mich früher oft darüber geärgert, dass sie dich so schlecht behandelt hat. Und dass du dir das gefallen ließest. Aber ich glaube, sie hatte es nicht so gut, wie wir alle dachten.»

Erika warf Leonie einen warnenden Blick zu und wandte sich an ihren Sohn.

«Hast du schon deine Schularbeiten gemacht?»

«Ich hab keine auf.»

«Keine Schularbeiten gibt's nicht.»

«Aber nur ganz wenig.»

«Na, dann bist du ja schnell fertig. Mach die Tür von außen zu.»

Max verabschiedete sich mit Handschlag von Leonie und zog ab. Erika sah Leonie an.

«Das mit Sophie, das wusste ich lange nicht. Aber Michael hat's vermutet. Er hatte eine Antenne für solche Dinge.»

«Welcher Michael?» Leonie überschlug im Kopf die Kinder und Jugendlichen, die sie damals aus der Schule und der Nachbarschaft kannte.

«Der mit den Pickeln, der manchmal in unserer Gegend

rumhing. Ich glaube, er war in dich verliebt. Aber du konntest ihn nicht leiden.»

Leonie erinnerte sich vage. «Hat der nicht mal einen von den Typen verprügelt, die dir auf dem Schulweg aufgelauert haben?»

«Ja. Danach haben sie mich in Ruhe gelassen. Michael war mein Freund, er hat mir auch bei Schulaufgaben geholfen und ist mit mir ins Kino gegangen. Einmal hat er mich gefragt, ob mein Vater mich gut behandelt. Ich hab ihm gesagt, dass er mich manchmal schlägt, aber nicht schlimm. Und dann hat Michael gesagt: ‹Wenn dein Alter mit dir macht, was er mit deiner Schwester macht, kriegt er's mit mir zu tun.› Ich hab ihn gefragt, wie er das meint. Ich hab ihm zuerst nicht geglaubt.»

Sie schwieg und war mit ihren Gedanken weit fort.

«Ich wusste gar nicht, dass du einen Freund hattest. Wie lange ging denn das?»

Erika war verlegen. «So habe ich das mit Freund nicht gemeint, nicht was du denkst. Er hatte einfach nur Mitleid mit mir. An dir war er interessiert. Hast du das nicht gemerkt? Er ist doch ständig hinter dir hergeschlichen und hat mich über dich ausgefragt.»

Leonie schüttelte den Kopf. «Komisch, aber das habe ich nicht mitbekommen. Wie lange ging denn das so?»

Erika überlegte. «Eine ganze Weile. Zwei oder drei Jahre vielleicht. Irgendwann kam er nicht mehr. Er hat mir nie gesagt, wo er wohnt. Deshalb konnte ich ihn nicht suchen. Ich kannte nur seinen Namen, Michael Mohr. Ich war traurig, als er nicht mehr kam.»

Leonie zuckte zusammen. «Michael Mohr? Nicht Hans-Joachim Mohr?»

«Nein, Michael. Hans-Joachim und Michael kann man doch nicht verwechseln. Wer ist denn das, Hans-Joachim Mohr?»
«Ich weiß nicht.» Leonie erkannte sofort, dass sie unerwartet auf etwas sehr Wichtiges gestoßen war. «Ein Mann auf einer Telefonliste. Entschuldige, Erika, aber ich muss dringend weg.»
Leonie hetzte zu ihrem Auto und fuhr unter Missachtung der meisten Verkehrsregeln nach Hause. Dort angekommen, suchte sie den alten Brief an ihre Mutter heraus und verglich die Adresse mit der Telefonnummer, die ihre Mutter einige Tage vor ihrem Tod angerufen hatte. Der Brief war in Worpswede abgeschickt worden, die Nummer gehörte zu einem Telefonanschluss in Osterholz-Scharmbeck. Hans-Joachim Mohr war in den dazwischen liegenden Jahren zwei Dörfer weitergezogen. Leonie ging ins Internet und fand im Online-Telefonverzeichnis unter Osterholz-Scharmbeck sechs Einträge für den Nachnamen Mohr, einer davon hieß mit Vornamen Hans-Joachim. Sie notierte die Adresse. Die Telefonnummer war noch dieselbe. Kurz entschlossen tippte sie die Nummer ein und hörte das Besetztzeichen. Nach mehr als einer halben Stunde war der Anschluss immer noch besetzt. Leonie verlor die Geduld. Osterholz-Scharmbeck lag nicht gerade um die Ecke, aber in etwa eineinhalb Stunden müsste sie es schaffen. Sie griff nach ihrem Autoschlüssel und war zehn Minuten später auf dem Weg zur Autobahn. Es herrschte dichter Feierabendverkehr, und sie kam nicht so gut voran, wie sie gehofft hatte. Es war schon nach sieben Uhr, als sie am Bremer Kreuz von der A1 auf die A27 in Richtung Bre-

merhaven abbog. Auch dort herrschte dichter Verkehr, und sie war froh, einige Kilometer weiter die Autobahn verlassen zu können. Auf der B74, die an Osterholz-Scharmbeck vorbeiführte, geriet sie in plötzlich einsetzendes dichtes Schneetreiben und verpasste um ein Haar die Abfahrt in Richtung Stadtzentrum. Es war inzwischen fast acht Uhr und auf den Straßen nicht mehr viel los. Leonie hielt an einer Tankstelle und ließ sich den Weg beschreiben. Im Dunkeln hatte sie Schwierigkeiten, sich zu orientieren, und verfuhr sich noch zweimal, ehe sie seufzend den Motor abstellte und sich dehnte, um die verkrampfte Schultermuskulatur zu lockern. Ihr nächster Wagen würde GPS haben, falls sie es sich leisten konnte.

Hans-Joachim Mohr wohnte in einem Bungalow bescheidenster Bauart, mit kleinem gepflegtem Vorgarten und einem Opel Corsa in der Einfahrt. Durch die Glasbausteine neben der Eingangstür schimmerte Licht. Leonie blieb im Wagen sitzen und überlegte, was sie sagen sollte. Die Idee herzufahren, ohne sich telefonisch anzumelden, war möglicherweise doch nicht so gut gewesen. Die immer noch herabwirbelnden Schneeflocken bedeckten langsam die Frontscheibe, und es wurde kalt im Wagen. Leonie gab sich einen Ruck, sie hatte den langen Weg nicht gemacht, um es sich in letzter Minute anders zu überlegen. Sie stieg aus und ging zur Haustür. Nach dem zweiten Klingeln kamen schlurfende Schritte näher, eine Kette wurde vorgelegt und die Haustür einen Spalt geöffnet. Ein weißhaariger, gebeugter alter Mann sah ihr misstrauisch ins Gesicht. Sie sagte rasch den Spruch auf, den sie sich zurechtgelegt hatte.

«Guten Abend, Herr Mohr. Es tut mir Leid, dass ich so hereinplatze, aber Ihr Telefon war immer besetzt. Mein Name ist Simon.»
Der alte Mann gab kein Zeichen des Begreifens und starrte sie wortlos an. Dann hakte er die Sicherheitskette aus.
«Also gut, kommen Sie rein.» Er ließ sie eintreten und winkte sie in ein mit Möbeln zugestelltes Wohnzimmer, das von einer Deckenlampe spärlich erhellt wurde. Ihr Blick fiel auf ein Telefon, dessen Hörer nicht richtig aufgelegt war. Deshalb hatte sie ihn also nicht erreichen können. Der alte Mann, sie schätzte ihn auf etwa siebzig Jahre, ließ sich in einen grünen Plüschsessel sinken und überließ es ihr, sich selbst für eine Sitzgelegenheit zu entscheiden. Es war offensichtlich, dass ihm ihr Besuch nicht recht war.
«Ich bitte nochmals um Verzeihung, dass ich Sie so spät und noch dazu unangemeldet aufsuche, aber es ist sehr wichtig für mich. Eigentlich habe ich nur eine Frage. Welcher Art war Ihre Bekanntschaft mit meiner Mutter?»
Seine Antwort kam prompt und traf Leonie wie ein Fallbeil.
«Bekanntschaft würde ich das nicht nennen. Ich hab ihren Sohn adoptiert.»
Nach dem Besuch bei der Hebamme hatte sich Leonie auf einen langen Weg durch die Ämter gefasst gemacht, und nun saß sie in diesem grässlichen Wohnzimmer einem unfreundlichen alten Mann gegenüber, der behauptete, er sei der Adoptivvater ihres Halbbruders.
«Geboren am 16. Juni 1958?»

«Warum sind Sie gekommen?»
«Können Sie sich das nicht denken? Ich habe erst kürzlich herausgefunden, dass es diesen Halbbruder gibt, und ich möchte ihn kennen lernen.»
Ein schiefes Lächeln verzerrte die Züge des Alten. «Das wird nichts werden. Der ist im Ausland. Keine Ahnung, wo.»
«Sie wissen nicht, wo Ihr Sohn ist?»
«Nein.»
«Das tut mir Leid.»
Das Gespräch lief nicht so, wie sie es sich vorgestellt hatte.
«Ich würde trotzdem gern über ihn sprechen. Wie heißt er eigentlich mit Vornamen?»
«Michael.»
Es überraschte sie nicht. Der Michael, von dem Erika erzählt hatte, war also ihr Halbbruder. Und sie vermutete, dass er das damals schon wusste.
«Erzählen Sie mir bitte von ihm. Wusste er, dass er adoptiert war?»
Der alte Mann seufzte und gab seinen inneren Widerstand auf.
«Ich hab nicht mehr damit gerechnet, dass sich nochmal einer von der Simon-Sippe meldet. Wäre auch besser gewesen, wenn Sie's nicht getan hätten. Aber ich sehe, dass Sie von der hartnäckigen Sorte sind.»
Er machte eine Pause und betrachtete sie eine Weile. Sie ließ ihn gewähren und wartete, bis er den Faden wieder aufnahm.
«Sie sind also Ärztin geworden. Michael hatte auch ein helles Köpfchen, aber ich fürchte, er hat nichts daraus

gemacht. Also, hören Sie zu. Er kam zu uns, als er schon fast drei Jahre alt war. Vorher war er bei Pflegeeltern gewesen, die ihn wohl nicht gut behandelt haben. Er war misstrauisch und aggressiv. Es war nicht leicht mit ihm. Und als er in die Schule kam, hat er jeden verprügelt, der ihn gehänselt hat, weil er seine richtige Mutter nicht kannte. Auf Bitten meiner Frau habe ich dann einen Brief an die leibliche Mutter geschrieben, den Namen kannte ich ja aus Michaels Geburtsurkunde, und habe das Jugendamt gebeten, ihn weiterzuleiten. Nach einem Jahr hat Ihre Mutter sich endlich zu einer Antwort bequemt. Sie wollte den Jungen nicht sehen. Wir waren von Anfang an in allem ehrlich zu Michael und haben ihm das gesagt. Er fing wieder an, ins Bett zu machen. Zwei oder drei Jahre später rief sie plötzlich an. Sie hätte mit ihrem Mann gesprochen und er wäre bereit, das Kind zu dulden. Michael durfte nun alle paar Wochen mal am Sonntag zu Besuch nach Hamburg fahren. Wenn er zurückkam, war er kaum zu bändigen. Er hat nie von sich aus erzählt, was er bei diesen Besuchen erlebt hat, und ich habe ihn nicht ausgefragt. Ich nahm an, dass er von seiner Mutter enttäuscht war.»

Der kleine Junge, der damals manchmal zu ihnen kam, war also ihr Bruder und die Geschichte mit der Amtsvormundschaft eine Lüge. Ihre Mutter hatte nicht den Mut gehabt, sich offen zu ihrem Sohn zu bekennen, und er war alt genug gewesen, um das zu begreifen.

«Warum hat sie damals den Kontakt überhaupt aufgenommen?»

«Das müssten Sie sie selbst fragen, wenn sie noch lebte. Neugierde vielleicht. Nachdem ihr Ehemann irgendwie

von der Existenz eines früheren Kindes erfahren hatte, musste sie auf ihn auch keine Rücksicht mehr nehmen.»
Leonie war sicher, dass ihre Tante Charlotte geplaudert hatte. Späte Rache an der Schwester.
«Nachdem er ein paar Mal lange Finger gemacht hatte, war's aus mit den Besuchen in Hamburg. Zwei Jahre später starb meine Frau, und ich allein bin mit dem Bengel einfach nicht mehr fertig geworden.» Der Alte schüttelte den Kopf und horchte eine Weile in die Vergangenheit zurück. Dann seufzte er und fuhr fort. «Er riss immer öfter aus, machte Dummheiten. Ich hab alles probiert, Härte und Verständnis, ich kam nicht an ihn ran. Manchmal blieb er tagelang verschwunden, stahl mir Geld und fuhr nach Hamburg. Von Ihrer Mutter erfuhr ich, dass er immer wieder versuchte, Kontakt zu ihr aufzunehmen. Zwei- oder dreimal kam er für ein paar Wochen ins Heim. Ich dachte, das würde ihn zum Nachdenken bringen. Hat leider auch nicht geholfen. Als er fünfzehn wurde, hab ich ihn schließlich nach Süddeutschland in ein Internat verfrachtet. Finanziell für mich kaum zu bewältigen, aber er sollte sein Abitur machen und mal eine Weile raus aus allem. Als er vier Jahre später zurückkam, war er sehr verändert. Ich weiß bis heute nicht, ob es eine Änderung zum Guten war. Das Abitur hatte er in der Tasche, und er schien für sein Alter sehr reif zu sein. Er wirkte ausgeglichener, reagierte nicht bei jeder Kleinigkeit aggressiv wie früher. Aber er kam mir vor wie ein schlafender Vulkan, der jeden Moment wieder ausbrechen konnte.»
Leonies Magen rebellierte in Form von leichten Krämpfen, die in regelmäßigen Schmerzwellen durch ihren

Oberbauch brandeten. Sie hatte den ganzen Tag nichts gegessen.
«Warum hat meine Mutter Sie kurz vor ihrem Tod angerufen. Wegen Michael?»
«Er meldete sich gleich nach seiner Rückkehr bei ihr. Sie war bereit gewesen, sich mit ihm zu treffen, und er hatte ihr ganz stolz sein Abiturzeugnis gezeigt. Dann kam er auf die Idee, in Hamburg zu studieren, und fragte sie, ob er bei ihr zur Untermiete wohnen könne. Deswegen rief sie bei mir an. Sie bat mich, ihm das auszureden. Das war alles. Ein paar Wochen später las ich, dass ihr Exehemann sie getötet hatte.»
«Mein Vater hat sie nicht getötet. Hat Michael in Hamburg studiert?»
«Nein. Ich sagte ihm, dass seine Mutter ihn auf keinen Fall aufnehmen würde. Er müsse sich woanders eine Bude suchen. Das hat er wohl akzeptiert, jedenfalls war das Thema vom Tisch. Er ging dann nach London, hat gejobbt und angeblich Wirtschaftswissenschaften studiert. Die Adresse, die ich von ihm hatte, stellte sich als falsch heraus. Irgendwann kam ein Brief aus Belfast. Und das war das letzte Mal, dass ich von ihm gehört habe. Ich weiß nicht einmal, ob er noch lebt.»
Leonie legte die rechte Hand auf ihren Magen. Manchmal half das.
«Wann ist er nach London gegangen? Vor oder nach dem Tod meiner Mutter?»
«Er hat den Prozessausgang abgewartet. Ich weiß noch, wie enttäuscht er über den Freispruch war.»
«Das war ich damals auch», sagte Leonie. «Haben Sie ein Foto von Michael?»

«Irgendwo vielleicht. Ich sehe mir nie alte Fotos an.»
«Falls Sie eines finden, auf dem er schon älter ist, wäre ich Ihnen dankbar, wenn Sie es mir schicken könnten.»
Sie gab ihm ihre Visitenkarte.
«Institut für Rechtsmedizin. So eine Ärztin sind Sie also.»
«Ja, so eine bin ich.»
Zum ersten Mal seit sie gekommen war, glaubte sie, so etwas wie Sympathie in seinen Augen zu sehen. Sie sah auf die Uhr.
«Es wird höchste Zeit für mich. Vielen Dank, dass Sie meine Fragen so geduldig beantwortet haben.»
Der alte Mann begleitete sie zur Haustür. Er reichte ihr nicht die Hand zum Abschied.
«Mehr kann ich nicht für Sie tun. Aber einen Rat gebe ich Ihnen noch mit auf den Weg. Lassen Sie die Vergangenheit ruhen und vergessen Sie, dass Sie einen Halbbruder haben.»

Es hatte inzwischen aufgehört zu schneien, aber der Schnee, der schon gefallen war, bedeckte weiß und im Mondlicht schimmernd die Landschaft. Leonie war hungrig und müde, und sie war beunruhigt. Auf der Herfahrt herrschte noch lebhafter Verkehr, jetzt waren auch des Wetters wegen nur noch wenige Fahrzeuge unterwegs. Schon am Ortsrand fiel ihr ein Wagen auf, der ihr zu folgen schien. Er blieb hinter ihr bis zur Autobahn und passte sich dort ihrer jeweiligen Geschwindigkeit an. Sie sagte sich, dass das Zufall sein könne, aber dennoch fühlte sie langsam Panik in sich aufsteigen. Kurz vor Hamburg begann das Schneetreiben von neuem, was die Sichtverhältnisse enorm verschlechterte. Leonie merkte, dass sie trotz der Anspannung in Gefahr kam, in den berüchtigten Sekundenschlaf zu verfallen. Sie hätte den nächsten Parkplatz ansteuern und ein Nickerchen machen müssen, aber in dieser Situation war das für sie undenkbar. Irgendwie musste sie sich wach halten. Sie schaltete das Radio ein und wählte dröhnend laute Musik. Mit einer Hand massierte sie sich abwechselnd den Nacken und verpasste sich kräftige Ohrfeigen. Es half alles nicht. Es fiel ihr immer schwerer, die Lider oben zu halten und sich aufs Fahren zu konzentrieren. Die Geschwindigkeit hielt sie konstant bei nur noch 100 km/h. Und dann sah sie in einigen Metern Entfernung einen Löwen durch die wirbelnden weißen Flocken die Fahrbahn betreten. Einen Löwen mit prächtiger Mähne, der mitten auf der Autobahn stehen blieb und sie ansah. Sie wusste, dass ihr übermüdetes Hirn ein Trugbild produzierte, aber sie trat instinktiv auf die Bremse. Ihr Wagen kam auf der glatten Fahrbahn ins Schleudern und rutschte unaufhaltsam auf die Böschung zu. Als er sich das erste Mal überschlug, fühlte sie einen scharfen Schmerz irgendwo in ihrem Körper. Bevor sie sich darüber Gedanken machen konnte, überschlug sich ihr Auto ein zweites Mal, und sie verlor das Bewusstsein.

37.

Als Leonie erwachte, war es noch dunkel. Wilde Träume, in denen es von Löwen und Männern ohne Gesicht wimmelte, hatten sie zur Oberfläche ihres Bewusstseins begleitet. Es fiel ihr schwer, sich zu orientieren, und ihr Kopf war ein einziger pulsierender Schmerz. Bei dem Versuch, die Augen zu öffnen und sich in eine andere Position zu schieben, fuhr ein stechender Schmerz durch ihren Brustkorb. Sie stöhnte laut auf, und sogleich legte sich eine kräftige, kühle Hand auf ihre Stirn.

«Nicht bewegen. Diesmal haben Sie's geschafft und sich drei Rippen gebrochen.» Die Hand und die Stimme gehörten Kaminski.

Leonie drehte vorsichtig den Kopf. «Was machen Sie hier? Wo bin ich überhaupt?»

Kaminski saß neben ihrem Bett in einem Sessel, wo er geschlafen hatte. «Ich fange mal mit der zweiten Frage an. Sie befinden sich ganz in der Nähe Ihres Arbeitsplatzes in der Unfallchirurgie der Uni-Klinik. Und ich bin hier, weil ich wie üblich nichts Besseres zu tun habe, als auf Sie aufzupassen.»

Leonie schloss die Augen und dachte über das nach, was er gerade gesagt hatte. Unfallchirurgie. Sie hatte also einen Unfall gehabt.

«Das Auto.»
«Es wurde sowieso Zeit, dass Sie sich mal ein neues zulegen», sagte Kaminski ungerührt. «Können Sie sich erinnern, was passiert ist? Sie haben nämlich eine schwere Gehirnerschütterung.»
Leonie versuchte sich aufzusetzen, was erneut die Messer in ihrem Brustkorb in Bewegung setzte.
«Ich hab doch gesagt, Sie sollen sich nicht bewegen.»
«Ich meinte nicht mein Auto, sondern das Auto, das mir gefolgt ist.»
«Sind Sie etwa deswegen in den Graben gefahren?» Irgendetwas in Kaminskis Stimme drang durch den Schmerznebel und ließ Leonies Misstrauen erwachen.
«Kaminski, das waren doch nicht etwa Ihre Leute, die mich verfolgt haben?»
Kaminski räusperte sich. «Nein, aber ich hab mir gedacht, dass jemand auf Sie angesetzt war.»
Leonie schloss die Augen. Sie fühlte sich zu krank, um sich aufzuregen. Stattdessen quollen ein paar Tränen aus ihren Augenwinkeln, die sich nicht zurückhalten ließen.
Kaminskis Zerknirschung war komplett. «Verdammt. Was hätte ich machen sollen? Auf die Entscheidungen anderer Dienststellen habe ich keinen Einfluss.»
«Sie hätten es mir sagen können. Ich hatte Angst, Kaminski. Und das werde ich Ihnen so schnell nicht verzeihen.»
Er sagte noch etwas, aber seine Worte kamen aus großer Ferne. Sie schlief wieder ein.
Als sie das zweite Mal erwachte, war es hell und eine Krankenschwester beugte sich über sie. Sie redete mit ihr wie mit einem Kleinkind und zwang sie, etwas zu es-

sen. Danach fühlte sich Leonie tatsächlich schon viel besser und schaffte es sogar, sich in eine sitzende Position zu hieven. Der behandelnde Arzt, ein Kollege, dem sie schon einige Misshandlungsopfer geschickt hatte, sah nach ihr und zeigte ihr die Röntgenbilder, die er hatte anfertigen lassen. Auch wenn es sich nicht so anfühlte, hatte sie bei dem Unfall dank ihres Gurtes keine schweren Verletzungen erlitten. Sie würde bald entlassen werden können, musste ihm aber versprechen, noch ein paar Tage strenge Bettruhe einzuhalten und sich noch mindestens zwei Wochen vom Institut fern zu halten.

In den kommenden zwei Tagen erhielt sie einige Besuche aus dem Institut, unter anderem von Frau Thiele, die zu Leonies Aufmunterung Othello in einer Einkaufstasche hereinschmuggelte. Paul Unruh erschien mit einem Picknickkorb.

«Eigentlich hatte ich mit dir in ein neues Restaurant am Hafen gehen wollen, aber ein *dinner for two* am Krankenbett ist ja mal was anderes.»

Leonie warnte ihn, sie zum Lachen zu bringen, falls er sie nicht umbringen wolle, und schlief zu ihrem Entsetzen über dem Dessert, einem Zitronentörtchen, was sie besonders liebte, für ein paar Minuten ein. Als sie hochschreckte, sah sie in Unruhs lächelnde Augen. «Ich wusste schon immer, dass ich ein verdammt langweiliger Bursche bin, aber du bist die erste Frau, die mir quasi unter den Händen eingeschlafen ist.»

Am dritten Tag hielt sie es im Krankenhaus nicht mehr aus und wurde auf eigene Verantwortung entlassen. Von Frau Thiele mit Lebensmitteln versorgt, befolgte sie fast

einen vollen Tag lang die Anweisungen des Arztes. Eine Nachricht, die ihr Kaminski zukommen ließ, änderte das schlagartig.
Kaminski hatte die Durchsuchung des Vandenberg'schen Anwesens genehmigt bekommen. Zwei Tage lang hatten die Spezialisten des LKA in Haus und Garten alles unter die Lupe genommen und waren fündig geworden. Im Gartenhaus waren alte Bestände eines nicht mehr frei verkäuflichen Pilzgiftes und Blutspuren gefunden worden. Mit dem bloßen Auge kaum sichtbare Blutspuren waren auch im Haus sichergestellt worden und in Sophies Kleiderschrank Lederfibrillen wie die in Löhrs Auto. Während das Spurenmaterial in den LKA-Labors untersucht und mit den Tatortspuren verglichen wurde, hatte Kaminski Sophie Vandenberg vorläufig festgenommen und verhört. Sie hatte auf keine seiner Fragen eine Antwort gegeben, und ihrem Anwalt war es gelungen, sie vor der Untersuchungshaft zu bewahren. Der Haftrichter hatte entschieden, dass weder Flucht- noch Verdunklungsgefahr bestand, und Sophie auf freien Fuß gesetzt.
Sophie war erst wenige Stunden zuvor entlassen worden, als Kaminski Leonie über das informierte, was sie durch ihren Unfall verpasst hatte. Es war ihm vor allem daran gelegen, dass sie es nicht von Erika oder aus der Zeitung erfuhr. Erika Lifka war selbst noch einmal zur Sache befragt worden und hatte vehement bestritten, dass ihre Schwester etwas mit den Morden zu tun haben könne. Ihrem Schwager dagegen, auf dessen Spur zwei Zielfahnder angesetzt worden waren, traute sie so ziemlich alles zu.

Leonie quälte sich aus ihrem Morgenrock in Hose, Pullover und Wintermantel und bestellte ein Taxi. Sie hatte in den vergangenen Tagen reichlich Zeit zum Überlegen gehabt, und sie hatte nicht nur über den verschollenen Halbbruder nachgedacht. Immer wieder waren ihr die verhängnisvollen Verstrickungen der Lifka-Frauen im Kopf herumgegangen. Dabei war ihr eines klar geworden. Ihre alte Freundin Anita, die sich jetzt Sophie nennen ließ, war von Anfang an von zwei Antrieben geleitet worden: einem unbedingten Willen zur Freiheit und dem Drang nach Besitz, der ihr diese Freiheit und Unabhängigkeit garantieren sollte. Beides hatte sie nun verloren, und Leonies Instinkt sagte ihr, dass sie das nicht akzeptieren und hinnehmen würde.
Das Einfahrtstor zum Vandenberg'schen Grundstück stand offen, als sich Leonie mit Hilfe des Fahrers aus dem Taxi quälte. Bevor sie hindurchging, sah sie sich um. Auf der gegenüberliegenden Straßenseite saßen zwei Männer in einem zivilen Fahrzeug und gaben sich keinerlei Mühe zu verbergen, dass sie das Haus observierten. Einer las Zeitung, der andere sprach gerade in sein Funkgerät. Vermutlich gab er durch, dass Sophie Vandenberg gerade Besuch bekam. Leonie klingelte an der Haustür. Nach mehrmaligem Klingeln und Klopfen gab sie es auf und umrundete das Haus. Sie hatte kein Glück. Es war nichts zu sehen, und Fenster und Terrassentür waren fest verschlossen. Sie verließ das Grundstück und ging zu den beiden Polizisten hinüber. Der Beamte, der telefoniert hatte, stieg aus, als er sie kommen sah.
«Mein Name ist Simon. Doktor Simon von der Rechts-

medizin. Hat Sophie Vandenberg das Haus verlassen, oder ist sie noch drin?»
Der Angesprochene zögerte mit der Antwort. «Also, eigentlich darf ich Ihnen keine Auskunft geben.»
«Sophie Vandenberg ist meine Freundin, und ich mache mir Sorgen. Sie reagiert weder auf Klopfen, Klingeln oder Rufen. Bitte, informieren Sie Hauptkommissar Kaminski. Er soll entscheiden, was passieren soll.»
Leonie ging zurück und versuchte es noch einmal, wiederum vergeblich. Erschöpft setzte sie sich auf eine Bank im Vorgarten und zog den Wintermantel enger um sich. Der Schnee war geschmolzen, und die Temperaturen waren gestiegen, dennoch war es recht ungemütlich, vor allem, wenn man sich nicht gesund fühlte.
Sie musste nicht lange warten. Kaminski fuhr in seinem Dienstwagen bis direkt vor die Haustür. Er sprang aus dem Wagen und ging auf sie zu, nachdem er seinem Begleiter zugenickt hatte, der eine Werkzeugtasche dabeihatte und sich an der Tür zu schaffen machte.
«Wieso liegen Sie nicht zu Hause auf dem Sofa und lassen mich meine Arbeit machen?»
«Wenn ich zu Hause auf dem Sofa liegen würde, hätte man Sie nicht gerufen.»
«Na, kommen Sie schon», knurrte Kaminski. «Ich will nicht, dass Sie auch noch eine Lungenentzündung kriegen.» Er nahm ihren Arm und schob sie ins Haus. «Und da bleiben Sie jetzt schön sitzen, während ich mal nachsehe. Ich wette, die Dame des Hauses hat die beiden Idioten da draußen ausgetrickst und sitzt schon im Flugzeug nach Rio.»
Er schob sie in einen Sessel, der zu einer schicken Sitz-

gruppe in der Halle gehörte, und durchsuchte zunächst die unteren Räume. Dann lief er die Treppe hinauf. Ein paar Minuten lang hörte sie ihn von Zimmer zu Zimmer wandern.

«Scheiße!»

Leonies Magen zog sich schmerzhaft zusammen.

«Doc, können Sie mal eben kommen?»

So schnell sie konnte, stolperte sie die Treppe hinauf und folgte Kaminskis Stimme.

«Ich bin im Kinderzimmer.»

Leonie blieb einen Moment auf der Schwelle stehen. Kaminski stand neben dem Kinderbett, in dem zusammengekrümmt Sophie lag, ihren Sohn fest in den Armen haltend. Beide sahen aus, als schliefen sie. Auf den zweiten Blick sah man das Erbrochene, das aus Sophies Mund geflossen war. Leonie schüttelte ihre Starre ab und trat auf das Bett zu. Sie fühlte beiden den Puls.

«Rufen Sie einen Krankenwagen. Das Kind ist tot. Aber sie lebt noch.»

Leonie tat mit raschen Griffen, was notwendig war, um zu verhindern, dass Sophie an ihrem Erbrochenen erstickte, während Kaminski telefonierte. Sie hatte den richtigen Instinkt bewiesen, nur viel zu spät.

Kaminski steckte das Telefon wieder ein und hob mit spitzen Fingern einen Zettel auf, der neben dem Bett lag.

«Das ist wohl ein Geständnis.»

Er legte den Zettel so hin, dass Leonie den Text lesen konnte. Sophie hatte nur zwei Sätze geschrieben. «Ich wusste immer, wann ich verloren habe. Und für Adrian ist es besser so.» Leonie betrachtete die leblose Gestalt ihrer Freundin, die drei Menschen das Leben genommen hatte. Falls sie überlebte, hatte Leonie sie damit zu einer schwereren Strafe verurteilt, als ihr vom Gericht blühte.

«Wir müssen ihre Schwester benachrichtigen», sagte sie zu Kaminski.

«Nicht wir, ich werde das tun, nachdem ich Sie höchstpersönlich nach Hause gefahren und Ihnen eine Schmerztablette verabreicht habe. Sie sind so bleich wie Ihre Kundschaft.»

Die Schmerztablette bekam Leonie vom Notarzt, aber sie ließ sich von Kaminski erst wegführen, als feststand, dass Sophie überleben würde.

Leonie ließ einen Tag vergehen, ehe sie bei Erika anrief. Max war am Telefon.

«Meine Mama möchte mit niemandem sprechen, auch nicht mit Ihnen.»

«Das kann ich verstehen. Sag ihr, dass ich angerufen habe und mich wieder melde.»

«Ist gut.»

Leonie hätte ihn gern in den Arm genommen. «Wenn ich dir helfen kann, ruf mich an. Jederzeit.»

«Okay.»

«Versprochen?»

«Versprochen.»

Er legte auf, und sie fühlte sich hundeelend. Schlimmer konnte es jetzt nicht mehr kommen, dachte sie. Aber da sollte sie sich irren.

Sophie war nach zwei Tagen aus dem Koma erwacht, aber nicht ansprechbar. Die Ärzte konnten noch nicht sagen, ob sie bleibende Schäden erlitten hatte. Leonie war noch immer krankgeschrieben und hatte zum ersten Mal auch kein Verlangen, gegen die Auflagen des Arztes zu verstoßen. Sie konnte sich nicht vorstellen, jemals wieder einen Toten zu sezieren. Und jeden Gedanken an die Weiterführung ihrer privaten Recherchen schob sie weit von sich weg. Sie wollte einfach nichts mehr davon wissen. Das sagte sie auch ihrer Tante Charlotte, mit der sie mehrfach telefonierte und die wegen ihres Sinneswandels mindestens so besorgt war wie vorher wegen ihrer Neugierde.

Erika ließ sich nach wie vor verleugnen, und von Max kam kein Hilferuf. Aber Leonie überlegte ernsthaft, ob sie dem Jungen nicht etwas zu Weihnachten schenken sollte. Viel Freude hatte er wahrscheinlich zurzeit nicht, und sie war sicher, dass sie ihn mit einem Computer glücklich machen konnte.

Ihre Schmerzen hatten sich auf ein erträgliches Maß reduziert, und sie fühlte sich fit genug für einen Nachmittag in der Stadt. Auf dem großen Platz vor dem Hamburger Rathaus war der historische Weihnachtsmarkt aufgebaut, über dessen Dächer als besondere Attraktion zu bestimmten Zeiten Engel und Weihnachtsmann in einem Schlitten himmelwärts fuhren. Leonie war nicht die typische Besucherin von Weihnachtsmärkten, und nicht für Geld hätte sie die erhitzte Chemiesuppe getrunken, die dort als Glühwein verkauft wurde. Aber diesmal ließ sie sich einfach mit der Menge treiben und schnupperte den Duft von gebrannten Mandeln und Lebkuchen. Am Alsterfleet stand wie jedes Jahr der große Pavillon von Käthe Wohlfahrt, wo sich die Käufer von Christbaumschmuck drängten. Leonie ging hinein,

obwohl sie schon lange keinen Weihnachtsbaum mehr schmückte. Die Zinnfiguren hatte sie immer am meisten geliebt. Ihr Vater hatte jedes Jahr eine neue dazugekauft. Sie nahm einen Schlittenfahrer in die Hand und betrachtete ihn, als sie eine gepflegte Stimme ansprach.
«Ich würde den Bären mit der Trommel nehmen.»
Sie drehte sich um. Ein gut aussehender Mann in mittleren Jahren, elegant gekleidet und mit einem Lächeln, das seine grauen Augen nicht erreichte, sah auf sie herab. Wo hatte sie ihn schon mal gesehen?
«Wollen wir uns draußen weiter unterhalten? Hier ist es ein wenig zu voll, finden Sie nicht?»
Er drehte sich um und verließ den Pavillon, offenbar ganz sicher, dass sie ihm folgen würde. Während sie auf seinen breiten Rücken starrte und in seiner Bugwelle durch die Menge schwamm, überlegte sie immer noch fieberhaft, wie sie ihn einordnen konnte. Plötzlich fiel es ihr ein. Als sie vor Monaten zum ersten Mal ihr ehemaliges Elternhaus wieder besuchte, hatte sie ein Mann auf der Straße angesprochen und etwas gefragt. Das musste er gewesen sein.
«Gehen wir ein Stück?» Er wandte sich Richtung Jungfernstieg, und sie folgte ihm einfach. «Ich habe vor einigen Tagen mit einer sehr alten Freundin telefoniert und erfahren, was sich in meiner Abwesenheit abgespielt hat.»
Leonie hatte keine Ahnung, wovon er redete. Verwechselte er sie vielleicht mit einer Frau, die ihr ähnlich sah?
«Ich spreche von Erika Lifka, einer gemeinsamen Freundin also.»

Sie hatten den Jungfernstieg überquert und schauten auf die Binnenalster, an deren Rand sich ein leichter Eisfilm gebildet hatte. Seit einigen Tagen lagen die Temperaturen unter der Nullgradgrenze.

Leonie blieb stehen und sah zu ihm auf. Sie blickte in seine Augen, die härtesten und kältesten, die sie je gesehen hatte. Lange tauchte sie hinein, bis sie glaubte, hinter den Eissplittern etwas anderes zu sehen. Einen Schmerz, so tief vergraben, dass er ihn selbst nicht mehr wahrnehmen konnte.

«Ich habe dich gesucht.»

«Ich weiß. Und du hast mich gefunden. Du warst bei Mohr.»

«Bist du mir gefolgt?»

«Erika hat mir erzählt, dass du sie nach ihm gefragt hast. Lass uns weitergehen, mir ist kalt.»

Sie gingen eine Weile stumm nebeneinanderher, um die Binnenalster herum, und Leonie versuchte, ihre Nerven wieder unter Kontrolle zu bekommen.

«Warum hast du mir damals nicht gesagt, wer du bist?»

«Deine Mutter hatte es mir verboten. Und ich hätte nicht gewagt, mir das wenige an Zuneigung zu verscherzen, das sie mir entgegenbrachte.»

«Unsere Mutter», korrigierte ihn Leonie. «Du wolltest nicht, dass ich alles herausfinde. Du hast die Ermittlungsakten manipuliert. Und du hast Seiten aus den Tagebüchern meines Vaters herausgerissen. Gleichzeitig hast du mich am Anfang mit dem Foto erst richtig auf die Fährte gesetzt. Warum?»

«Aus dem gleichen Grund, warum ich damals so viel wie möglich in deiner und ihrer Nähe war. Ich spiele gern, gebe aber nie gleich alle Karten aus der Hand. Es hat mir Spaß gemacht, dir beim Suchen zuzusehen.»

Sie spürte, dass er ihr auswich.

«Du hast mich damals gehasst. Du warst neidisch und eifersüchtig, da bin ich sicher. Und sie? Hast du sie gehasst?»

Er schwieg, und sie dachte, er hätte ihr nicht zugehört.

«Ich kann mich nicht mehr erinnern.»

Sie holte tief Luft und wollte etwas erwidern, da hörte sie es. Ein Geräusch, beinahe als ob Stoff auf Stoff rieb. Sie blickte ihn an und sah seine Kiefermuskeln mahlen. Es war ein Schock, aber gleichzeitig wurde ihr klar, dass sie es schon seit geraumer Zeit wusste.

«Ich glaube, ich weiß, warum du es getan hast. Sie hatte die Lust verloren, sich wenigstens gelegentlich mit dir abzugeben. Du hast sie nicht gehasst, du hast sie geliebt.»

«Es ist zu lange her. Ich habe keine Antworten auf deine Fragen.»

«Aber du wolltest mich doch auch kennen lernen? Oder warum hast du mir sonst das Leben gerettet?»

Er sah sie an, und diesmal war sein Lächeln beinahe echt.

«Dir gehen wohl niemals die Fragen aus?»

Schweigen. Nur der rasche Atem und die Wolken vor ihren Mündern. Leonie ging an der Seite des Mannes, der ihre Mutter getötet hatte, der seine Mutter getötet hatte. Und der seitdem wahrscheinlich viele andere Menschen umgebracht hatte. Sie wusste alles und nichts über ihn.

«Macht dir das Töten Spaß?»

«Schon wieder eine Frage. Es geht nicht um Spaß. Ich erledige einen Job und bekomme dafür Geld. Macht es dir Spaß, stinkende Leichen aufzuschneiden?»

«Es geht nicht um Spaß. Es geht um die Wahrheit.»

«Du glaubst, dass du weißt, was das ist? Die Wahrheit?»

«Ja. Manchmal jedenfalls.»

Sie hatten die Binnenalster einmal umrundet und blickten auf den Weihnachtsmarkt, wo gerade wieder Santa Claus auf seinem Rentierschlitten über die Dächer der Buden fuhr. Leonie spürte die plötzliche Anspannung in der Haltung ihres Begleiters. Sie folgte seinem Blick und sah zwei Männer, die aus einem im absoluten Halteverbot geparkten Auto stiegen und nach einem kurzen Blickwechsel auf sie zukamen. Michael Mohr sah ihr ein letztes Mal in die Augen.

«Du entscheidest.»

Sie überlegte keine Sekunde. «Beeil dich.»

Seine Augen lächelten sie an, dann verschwand er in der Menge. Die beiden Männer folgten ihm, aber sie würden ihn nicht erwischen. Er war zu schlau für sie. Michael Mohr. Ihr Bruder.

Der Schnee war geschmolzen. Eine weiße Weihnacht würde Hamburg wohl wiederum nicht erleben. Das Thermometer zeigte beinahe frühlingshafte zwölf Grad, und die Sonne schien aus einem zartblauen Himmel, als Leonie zum zweiten Mal an das Grab ihrer Mutter trat. Jemand hatte das Herbstlaub fortgerecht und die Grabplatte gesäubert. Leonie beugte sich vor und legte die linke Hand auf den glänzenden Marmor.

«Bist du zufrieden mit mir?», flüsterte sie, obwohl sie doch wusste, dass ihre Mutter sie nicht hören konnte.

Und nicht antworten. Leonie wurde überwältigt von einer kaum zu ertragenden Traurigkeit, tiefer und schmerzhafter als je zuvor in ihrem Leben. Als sie sich aufrichtete, hatte sie Tränen in den Augen. Sie machte nicht den Versuch, sie fortzuwischen.

38.

Der Februar und der März waren ungewöhnlich kalt und sonnig gewesen. Erst Ende März zog sich der Winter endgültig zurück. Er war lang und in mehrfacher Hinsicht hart gewesen. Leonie lehnte an der Tür ihres Büros und sah dem schwarzen Kätzchen zu, das unter den liebenden Augen ihrer Sekretärin mit einem Wollknäuel spielte. Der Kleine gehörte zu dem Wurf, für dessen Existenz Othello verantwortlich war. Leonie hatte ihr Versprechen gegenüber der Besitzerin der Rassekatze gehalten und für alle vier Katzenkinder ein Heim gefunden. Der kleine Kater, der seinem Vater am ähnlichsten sah, war Max Lifka versprochen. Frau Thiele setzte ihn samt Wollknäuel in einen Korb.

«Sagen Sie dem Jungen, er darf ihm keine unverdünnte Milch geben. Das vertragen Katzen in dem Alter nicht.»

Mit weiteren Hinweisen dieser Art versehen, machte sich Leonie auf den Weg zu Max, mit dem sie für den Nachmittag verabredet war. Auf der Fahrt durch die Stadt dachte sie an die Dinge, die in letzter Zeit in Bewegung geraten waren, als hätten sie nur auf den Beginn des Frühlings gewartet. Nicht alles war so erfreulich wie die Bewilligung der beantragten Summe, mit der sie ihr Modellprojekt im Rahmen der Gewaltinitiative wenigstens für das erste Jahr finanzieren konnte. Dann musste man weitersehen.

Max wartete schon auf Leonie, als sie vor dem kleinen Reihenhaus in Rahlstedt parkte, in dem er jetzt wohnte. Er lief auf sie zu, umarmte sie und stürzte sich voller Begeisterung auf den kleinen Kater, der seine Schüchternheit erstaunlich schnell überwand und mit Max im Vorgarten herumtobte. Max taufte ihn kurz entschlossen Moritz. Er hatte gerade Wilhelm Busch gelesen und hielt diese Namenskombination für eine glänzende Idee. Frau Kuntner erschien mit einem kleinen Mädchen von etwa zwei Jahren auf dem Arm, das andere Pflegekind, das sie und ihr Mann betreuten. Sie begrüßte Leonie herzlich und nahm sie ein wenig beiseite. Ob der Prozessbeginn endlich feststehe, wollte sie wissen. Der Junge leide schrecklich unter der Ungewissheit. Leonie betrachtete Max und dachte, dass niemanden die letzten Ereignisse so getroffen hatten wie ihn. Er würde schneller erwachsen werden als seine gleichaltrigen Kameraden.

Sophie Vandenberg hatte ihren Selbstmordversuch überlebt, und die Ärzte waren optimistisch gewesen, was ihre Chancen auf vollständige Genesung betraf. Kurz bevor sie von der Intensivstation des Krankenhauses auf die Krankenstation des Untersuchungsgefängnisses verlegt werden konnte, erhielt sie Besuch von ihrer Schwester. Der Beamte, der zur Bewachung von Sophie Vandenberg eingeteilt war, hatte es nicht für nötig gehalten, die unscheinbare Frau zu durchsuchen. Nach einem kurzen Gespräch mit ihrer Schwester, dessen Inhalt nicht bekannt war, zog sie eine Pistole aus der Handtasche und schoss Sophie zweimal in den Kopf. Danach ließ sie sich widerstandslos festnehmen. Bei der ersten Vernehmung gab sie an, sich die Waffe illegal besorgt zu haben, weil sie Angst vor ihrem ehemaligen Lebensgefährten hatte. Leonie glaubte zu wissen, wer ihr die Waffe gegeben hatte, und vermutlich zu dem genannten Zweck. Max wurde vom selben Tag an vom Jugendamt betreut. Zweimal riss er aus und tauchte jeweils mitten in der Nacht bei Leonie auf. Es brach ihr das Herz, ihn immer wieder fortzuschicken, aber sie konnte und durfte Max nicht bei sich aufnehmen. Auch Vera Kilian, auf die Max dann verfiel, war nicht in der Lage, eine Pflegschaft zu übernehmen. Sie hatte die Scheidung eingereicht und bot damit nicht gerade die besten Voraussetzungen. Mit der Entscheidung für die Kuntners hatte sich Max zu Leonies Erleichterung arrangiert, er schien sich bei den Leuten wohl zu fühlen. Das milderte ihr schlechtes Gewissen ihm gegenüber. Zu Weihnachten hatte sie ihm seinen Herzenswunsch nach einem Computer erfüllt, worüber er sich sicher unbändig gefreut hätte, wäre seine Mutter nicht im Gefängnis gewesen. Leonie rechnete mit einer Anklage wegen Totschlags, dennoch würde Max am Tag der Freilassung seiner Mutter voraussichtlich schon erwachsen sein. Sophie hatte mehr Leben zerstört, als sie beabsichtigt hatte.

Nach Abschluss der kriminaltechnischen Untersuchungen hatte Kaminski die Morde an Isabel Lifka und Achim Löhr rekonstruiert. Vermutlich war Sophie von ihrer Nichte um Geld erpresst worden. Sie hatten gestritten, und es war zu Handgreiflichkeiten gekommen, in deren Verlauf das Mädchen niedergeschlagen wurde.

Die Tatwaffe konnte allerdings nicht gefunden werden. Sophie hatte ihre Nichte für tot gehalten und in den Gartenschuppen geschleppt. Sie hatte ihr die Kleider ausgezogen, um damit etwaige Spuren zu beseitigen. Dann hatte sie sie bis zur Nacht dort liegen gelassen. Isabel war aber noch nicht tot gewesen. Bevor sie an den Folgen der Kopfverletzung starb, war es ihr gelungen, bis zur Tür zu kriechen. Daher stammten die Reste des Gartengiftes unter ihren Nägeln und die Wunden an Händen und Knien, die die Fliegen angelockt hatten. Was musste Sophie empfunden haben, als sie in der Nacht zurückkam und feststellte, dass sie eine noch Lebende zurückgelassen hatte? Sophie hatte ihre Leiche dann vermutlich in Folie gewickelt und mit ihrem Wagen zu dem Haus transportiert, von dem sie vermuten konnte, dass es noch sehr lange leer stehen würde.
Achim Löhrs Tod war ein eiskalt geplanter Mord gewesen. Als sie sich von ihm bedroht fühlte, hatte sie sich mit ihm verabredet, ihn mit Rohypnol betäubt und ihm anschließend den goldenen Schuss gesetzt. Kaminski nahm an, dass Rauschgift und Spritze aus der Hinterlassenschaft ihrer Nichte stammten. Die Lederfibrillen in Löhrs Wagen waren Abrieb von einem Anzug, den Sophie laut Aussage ihres Au-pair-Mädchens etwa zum Zeitpunkt des Mordes in eine Kleidersammlung gab.
Es war eine ausgesprochene Ironie des Schicksals, dass Sophies Schuld ohne Leonies Hartnäckigkeit vermutlich niemals entdeckt worden wäre. Löhr wäre als toter Junkie zu den Akten genommen und Isabels madenbedeckte Leiche vielleicht nie identifiziert worden. Adrian und Sophie wären noch am Leben, und Erika säße nicht im

Gefängnis. Leonie hatte sich viele schlaflose Nächte mit der Frage herumgeschlagen, ob die Suche nach der Wahrheit so viele Opfer wert gewesen war. Hatte sie nicht die größere Schuld auf sich geladen mit ihrer Neugierde und Unbedingtheit?

Max lief zu ihr, das müde Katzenbaby fest im Arm. «Moritz hat schlapp gemacht. Ob er hungrig ist?»

«Vergiss nicht, dass er noch sehr jung ist. Kleine Katzen schlafen fast den ganzen Tag.»

Mit seligem Lächeln streichelte er das Tier. «Danke, dass Sie ihn mir geschenkt haben.»

«Ich danke dir, dass du bereit bist, dich um ihn zu kümmern», antwortete Leonie. «Seine Besitzerin wollte ihn und seine Geschwister nicht haben.»

«Die muss ja voll bescheuert sein», sagte Max voller Verachtung. Dann wurde er ernst. «Ich darf meine Mutter nächste Woche besuchen.»

Neuerdings sagte er Mutter statt Mama. Leonie war sicher, dass er sich damit nicht von seiner Mutter distanzierte. Er begann, sich von seiner Kindheit zu verabschieden.

«Sie wird sich sehr freuen, dich zu sehen.»

«Glauben Sie, dass sie für immer ins Gefängnis muss?»

«Für immer sicher nicht. Aber mit fünf Jahren muss sie mindestens rechnen.»

«Das finde ich ungerecht», begehrte Max auf. «Tante Sophie war selbst schuld. Sie war eine Mörderin und hat Strafe verdient.»

Leonie zog ihn neben sich auf das Mäuerchen, das das Grundstück zur Straße hin begrenzte.

«Was deine Tante getan hat, ist sehr schlimm, wenn es

auch Gründe dafür gibt, die man verstehen kann. Dennoch hatte deine Mutter kein Recht, sie zu töten. Niemand hat das Recht, einen anderen Menschen zu töten, ganz egal, was er angestellt hat. Im Einzelfall mag uns das gerecht erscheinen, aber das Leben in einem Land, in dem nicht der Staat nach geschriebenen Gesetzen Strafen festlegt, sondern jeder Einzelne, wie es ihm gefällt, wäre sehr grausam und furchtbar chaotisch und ganz und gar nicht gerecht.»

Max dachte eine Weile darüber nach. «Aber meine Mutter ist trotzdem keine Mörderin. Sie hat in einer seelischen Ausnahmesituation gehandelt, sagt ihr Anwalt.»

Nach einem Leben voller Demütigungen und Zurückweisungen hatte die Maus einmal gebrüllt, dachte Leonie. Wie ihr Bruder. Sie hätte ihn gern noch gefragt, warum er mit dem Töten nicht mehr hatte aufhören können.

Sie verabschiedete sich von Max und fuhr zu ihrem Fitness-Club. Nach der langen Verletzungspause wurde es Zeit, wieder mit dem Training zu beginnen. Sie hoffte, sie würde dort nicht auf Kaminski treffen. Das Verhältnis zwischen ihr und dem Hauptkommissar war seit einiger Zeit leicht getrübt. Kurz nach den dramatischen Ereignissen um die Lifka-Schwestern war er mit einem Foto zu ihr gekommen, das unzweifelhaft ihren Bruder im Gespräch mit einem anderen Mann zeigte, der aussah wie Tommy Lee Jones in dem Film *Men in black*. Das Foto war anscheinend in New York aufgenommen worden. Einer der Beamten, die Michael Mohr über den Weihnachtsmarkt verfolgt hatten, identifizierte ihn danach als Leonies Begleiter. Sie hatte Kaminski belogen.

Längst hatte sie sich eine harmlose Geschichte zurechtgelegt, die in ihren Ohren glaubwürdig klang. Aber Kaminski glaubte ihr nicht. Vielleicht war er misstrauisch geworden, weil sie auch auf seine Fragen nach ihren privaten Recherchen ausweichend geantwortet hatte. Es war auch nicht besonders glaubwürdig, dass sie sich plötzlich nicht mehr für ihre Familiengeschichte interessierte. Aber was hätte sie ihm sagen sollen?
Noch einmal hatte sie von ihrer Mutter geträumt. Sie hatte das Haus betreten, war in die obere Etage hinaufgegangen, und dort hatte ihre Mutter auf sie gewartet. Ihre Wunden bluteten nicht, und sie lächelte, als Leonie den Raum betrat. Sie erhob sich von dem Stuhl, auf dem sie gesessen und gewartet hatte, trat auf ihre Tochter zu und legte einen Arm um ihre Schulter. Sie schob sie zum Fenster, öffnete es und deutete hinaus. Eine gleißende Frühlingssonne beschien das vertraute Panorama der Nachbarschaft, wo Frau Wieck im Garten arbeitete und auf dem Gehsteig ein paar Kinder einem armen Straßenköter eine Cola-Dose am Schwanz festbanden. Leonie blickte in einen ganz normalen Tag. Sie wandte sich zu ihrer Mutter, um sie zu fragen, was sie ihr zeigen wollte. Aber ihre Mutter war nicht mehr da, verschwunden in den tiefen Schatten, die den Raum plötzlich erfüllten. Leonie fürchtete sich und verließ das Haus so schnell sie konnte. Als die Haustür hinter ihr zuschlug, fühlte sie sich erleichtert und befreit. Sie wusste, dass sie nie mehr zurückkehren musste.

Leonie trainierte nicht so hart und ausdauernd wie sonst. Ihre Rippen nahmen das noch immer übel. Dann duschte

sie ausgiebig und genehmigte sich zur Belohnung ein großes Pils. Kaminski war nicht da. Sie saß allein am Tresen, betrachtete die Blasen, die in ihrem Glas aufstiegen, und versuchte, zur Abwechslung an etwas Angenehmes zu denken. Paul Unruh zum Beispiel, der noch immer auf ein Zeichen von ihr wartete. Sie hatte sich noch nicht entschieden, und sie wusste nicht, ob sie es je könnte.
Hinter der Bar stand zwischen Flaschen und Gläsern ein kleiner Fernseher, der Joey, dem Barkeeper, gehörte. Joey war Sportfan und versuchte, sich auch während der Arbeitszeit auf dem Laufenden zu halten. Im Moment lief eine Nachrichtensendung, und Leonie wurde aufmerksam, als sie ein paar Satzfetzen aufschnappte, in denen das Wort Auslieferung vorkam. Und dann sah sie Vandenberg, der, begleitet von Polizisten und einem zufrieden lächelnden Knut Boysen, ein öffentliches Gebäude in Kapstadt verließ. Ein Pulk von Reportern umringte die Gruppe, und einige von ihnen riefen Fragen, die niemand beantwortete. Unter den Journalisten bemerkte Leonie einen großen dunkelhaarigen Mann, dessen Augen von einer Sonnenbrille verdeckt wurden. Natürlich erkannte sie ihn trotzdem sofort. Sein Gesicht blieb ausdruckslos, als Vandenberg an ihm vorbeiging, ohne ihn zu bemerken. Dann wechselte das Bild, und die Nachrichtensprecherin ging zu einem anderen Beitrag über.
Leonie trank ihr Bier aus und zahlte. Als sie den Club verließ, dämmerte es. Es war ein kühler Abend, und auf dem kurzen Fußweg nach Hause bekam sie eine Gänsehaut.